션녀명란젼

처녀 명란 전

5

관심즉란 장편소설

위즈덤하우스

知否? 知否? 应是绿肥红瘦

아는가, 아는가,

푸른 잎은 짙어지고

붉은 꽃은 진다는 걸

목차

제4장

엷은 색으로 진한 색의 아름다움을 알았네,
털어놓을 곳 없는 마음을 해당화에 전해보네
(2)

제123화

연회 전과 후, 세상사

연회 준비 때문에 요새 명란은 눈코 뜰 새 없이 바빴다. 가장 큰 문제는 금전 문제였다.

혼인 후 막 너댓새 지났을 즈음, 고씨 집안의 먼 인척이 혼례를 올렸다. 몇 다리 건너 친척이라 명란 부부가 직접 참석할 필요는 없었다. 하지만 그 집안이 요즘 잘나가는 데다 조정에서 마주칠 수도 있어서 무시할 수 없었기에 명란은 축하 예물을 보냈다.

이런 풍습을 '부조'라고 했다. 조금이라도 관계가 있거나 왕래가 있을 경우, 혼례를 치른다고 청첩장을 보내오면 참석 여부와 관계없이 부조금을 보내야 한다. 얼마나 성의를 표할지는 별개의 문제다.

녕원후부는 개국과 함께 시작되어 자손이 아주 번창한 것은 아니나 그래도 제법 기반을 잡은 대갓집이었다. 인척과 먼 친척이 경성 안팎으로 수없이 많았다. 그밖에 고정엽이 음으로 양으로 친분을 쌓은 벗들도 한 무더기라 타지의 지인을 제외한다고 해도 그 수가 상당했다.

혼례를 올린 지 고작 한 달, 명란은 공식적으로 연회에 참석한 적은 없지만 벌써 열한 냥 반을 부조금으로 보냈다. 나열해보면 집안 어르신 생신에 넉 냥, 혼례에 석 냥, 적자 만월에 두 냥, 승진 축하연에 한 냥, 장례에 한 냥 반이다. 아, 반 냥은 녕원후부 내에서 모아서 보내느라 생긴 액수였다.

명란은 마침내 고대 대가족이 왜 모여 사는 걸 좋아하는지 깨달았다. 서너 세대가 함께 사는 대가족은 조부의 생신부터 증손자가 첩을 들이는 일까지 경조사가 끊이지 않아 부조금 받을 일이 많기 때문이다. 물론 선물은 주고받는 것이다. 대갓집에서 부조금은 들어오고 나가는 액수 차이가 너무 크지만 않으면 됐다.

이렇게 따져보니 고부는 손해가 막심했다.

생신 잔치? 고씨 집안의 어르신들이 바로 옆에 사신다.

혼사? 고정엽은 이제 막 처를 맞아들였고, 명란이 당장 죽기는 무리였다.

딸의 혼인? 용이는 고작 초등학교 입학할 나이이고, 아무리 고대라도 이렇게 어린아이를 시집보내는 경우는 없었다.

만월주 마실 일? 부부가 아무리 밤낮으로 노력한다고 해도 때를 맞추기는 글렀다!

뿌린 축의금을 회수할 길이 없었다. 그러나 따로 저택을 지어 독립했기 때문에 부조금은 따로 감당해야 했다. 명란은 장부를 보며 한숨을 내쉬었다. 가슴이 에이서 '심장을 칼로 저민다'는 것이 어떤 고통인지 드디어 알게 되었다! 고정엽에게 녕원후부로 돌아가자고 설득하고 싶을 정도였다.

고정엽은 멀쩡히 있다가 뜬금없이 우울해하는 명란을 보며 궁금해서 물었다. 명란은 풀이 죽어 답했다.

"집 떠나 세상 유람하실 때 금전 문제로 고민해보신 적이 있나요?"

고정엽은 웃음기 띈 눈으로 왼쪽 팔을 자단목 의자 팔걸이에 걸친 후 차를 천천히 마셨다.

　　"그야 물론이지. 때로는 한 그릇에 서푼밖에 안 하는 양춘면[1]으로 끼니를 때운 적도 있었다."

　　명란이 고개를 끄덕이며 슬픈 얼굴로 그를 바라보더니 탄식했다.

　　"요새 부조금으로 양춘면 653,400그릇에 해당하는 액수를 썼다는 사실을 아세요? 휴……. 아무래도 연회에 가서 먹는 거로라도 회수를 좀 해야겠어요."

　　고정엽은 코로 찻물을 뿜을 뻔했다. 그는 황급히 찻잔을 내려놓고 웃음을 터트렸다.

　　"그럴 필요 없다. 앞으로 다 회수할 수 있을 게야."

　　명란이 코웃음을 치며 사내의 우뚝 솟은 콧날을 두드렸다.

　　"대도독께서 너무 오랫동안 세상사에 무심하셨나봅니다. 집안에 어르신이나 아이가 없으니, 첩을 들이는 일이 아니고서야 무슨 명분이 있겠어요!"

　　고정엽이 안쓰럽다는 눈길로 명란의 무지를 일깨워줬다.

　　"내 남편으로서 가르침을 주지. 아궁이가 뜨거우면 여름이라도 찾는 사람이 끊이지 않는 법이다."

　　곰곰이 생각해 보니 일리 있는 말이었다. 하지만 무엇보다 그 속에 숨은 자신감이 느껴져 남편을 다른 눈으로 보게 되었다. 명란은 진심으로 탄복하며 말했다.

---

1) 중국 상해에서 즐겨 먹는 잔치국수와 유사한 국수.

"역시 당신은 현명하시네요!"

명란의 존경심 가득한 눈빛에 고정엽은 자신이 대단해진 것 같은 기분이 들었다. 흡족한 마음에 절로 입꼬리가 올라갔다.

"하지만……."

그때 명란이 다시 말을 꺼냈다.

"불길이 너무 세면 아궁이가 타지 않겠어요?"

고정엽이 고개를 끄덕이며 웃었다.

"그렇지. 그러니 아무나 땔감을 넣지 못하게 아궁이 문을 잘 지켜야 한다."

명란이 안심하며 작은 손을 휘저었다.

"예, 당신이 조심하시면 됩니다."

고정엽은 눈을 가늘게 뜨고 뒤에서 명란의 목덜미를 쓸어 올렸다. 마치 야옹거리는 새끼 고양이를 잡는 느낌이었다.

"부인, 내 남편으로서 한마디 더 하지. 우리는 지금 같은 아궁이 위에 있어."

명란이 목을 움츠리며 고정엽을 잠깐 바라보다가 말을 받았다.

"그럼 우리 함께 조심해요."

· · ·

고정엽의 예상은 정확했다. 대엿새 전부터 경성 안팎에서 축의금이 날아든 것이다. 변경을 지키는 장수부터 경성 부근의 관료에, 건너건너 아는 친지까지 축의금을 보냈다. 다들 '다른 일이 있어 귀댁의 경사에 직접 참석하여 축하드리지 못하지만 대신 소소한 성의를 표합니다.'라는 뜻이었다.

명란은 축의금을 보낸 자들의 이름을 보며 어리둥절했다. 청첩장을 보내지도 않았는데 대체 어떻게 보낸 걸까? 명란은 축의금 목록을 고정엽에게 보여주었다.

고정엽은 명단을 일일이 살펴봤다. 명단을 보다가 눈썹을 치켜뜨며 놀라기도 하고, 의아하다는 듯이 생각에 잠기기도 했다. 때로는 같잖다는 눈빛으로 콧방귀를 뀌기도 했다. 그러나 너무 과한 축의금만 아니라면 전부 받으라고 명란에게 말했다.

"이렇게 '소소한 성의'까지 받지 않으면 달려올지도 모른다."

고정엽은 굳은 얼굴로 몸을 돌려 외원 서재로 갔다.

명란도 더 묻지 않고 자신의 처소로 돌아가서 명단을 기록하기 시작했다. 훗날을 위해 고정엽이 명단을 살피며 보였던 반응까지 일일이 적었다. 축의금 목록은 회사처에서 관리할 테니 걱정할 필요가 없었다.

고개를 돌려 다시 크고 작은 '소소한 성의'를 바라보니 명란은 마음이 답답했다. 곧장 이것들을 물리고 마음의 평화를 되찾고 싶었다. 이런 생각이 들자 명란은 깊은 한숨을 내쉬었다. 이제야 자신이 타임슬립한 사람으로서의 풍모를 갖게 되었다는 생각이 들었다. 이제 금전 보기를 돌처럼 하고 있지 않은가?!

그리고 며칠 후 궁에서도 상이 내려왔다. 먼저 남해에서 진상한 진주 한 상자였다. 진주는 알이 굵고 동그라며 깨끗했다. 한 자가 넘는 산호도 있었다. 산호는 전체가 붉고 매끄러우며 색이 선명하고 아름다웠다. 둘 다 진귀하고 범상치 않은 보물이었다. 그 외에도 노란 능라비단에 싸인 은자 삼백 냥도 있었다.

이 상에 담긴 황제의 뜻은 이러했다. 다들 보라, 고정엽은 짐의 사람이다.

명란은 쌀 한 포대 정도 되는 무게의 은자를 가슴에 끌어안았다. 놀랍게도 전혀 힘들지 않았다. 그리고 감개무량해하며 말했다.

"역시 나랏밥 먹는 게 마음이 편하지."

노동으로 단련되지 않은 여린 몸으로 은자를 오랫동안 들고 있던 탓에 밤이 되자 명란의 가냘픈 팔이 부어올랐다. 고정엽은 고약을 들고 험악한 표정으로 들어왔다. 그는 사나운 눈빛으로 고약을 받으려던 단귤을 내쫓은 후, 직접 명란의 팔에 약을 발라 주었다. 고정엽은 근골이 분명한 커다란 손을 교차시키며 힘주어 약을 문지르며 명란에게 화를 냈다.

"……은자를 처음 보았느냐!"

"하하, 황제께서 내리신 건 처음 봤어요."

명란은 쓰읍 하고 숨을 들이켰다. 팔이 욱신거리고 부풀어 올랐지만 아프다고 말도 못 하고 곁눈질로 바라보니 고정엽의 표정이 어두웠다. 명란이 참지 못하고 물었다.

"왜 그러세요? 폐하께서 하사하신 건데 무슨 문제가 있나요?"

고정엽이 가라앉은 목소리로 답했다.

"폐하께서 지금 힘든 상황이시니 이런 상을 군이 내리실 필요 없었다. 폐하의 어려움을 우리가 모르는 것도 아니고."

"국고가 꽉 찼다고 하셨잖아요."

명란이 이상하다는 듯 물었다. 선황제의 훌륭한 업적 중 하나가 꽉 찬 국고를 남긴 것이 아닌가.

"장부상으로는 당연히 가득 차 있지."

고정엽이 차갑게 웃었다.

"북쪽과 남쪽의 변방 수비, 그리고 전란이 있었던 회하 이남과 이북을 정돈하는 데 모두 비용이 든다. 그런데 호부에서는 내놓지 않고 있어. 고얀 것들, 국고를 축낼 줄이나 알지!"

"폐하께서는 왜 경고하시지 않나요? 사람들은 국고가 가득하다고 여기잖아요."

명란의 얼굴이 진지해졌다.

고정엽이 코웃음을 쳤다.

"첫째, 폐하께서 즉위하자마자 이 일을 들쑤시면 선황제께 누가 되지 않느냐. 그나마 삼 년 상이 이제 끝나가서 다행이지. 둘째……."

그는 말을 해야 하나 잠시 망설였다.

"둘째, 즉위하시고 나서 몇 년은 안정에 역점을 두어야 한다. 게다가 폐하는 오랫동안 변방에 계셨기 때문에 경성에 아무 기반이 없으니 바로 기강을 세우기 어려우시다."

명란이 이어받아 천천히 말했다.

"게다가 그런 좀벌레들보다 형왕이나 담왕처럼 역모를 꾸미는 것들을 손보는 게 더욱 중요하다 이거지요?"

고정엽은 마음이 한결 후련했다. 그는 명란의 도자기처럼 하얗고 매끄러운 팔을 만지던 손동작을 늦추며 나지막이 말했다.

"폐하도 힘이 드실 테지……. 그러니 이번 연회는 간소하게 치르자꾸나."

명란이 진지하게 고개를 끄덕였다.

간소히 치르기로 했지만 그래도 꼭 초대해야 할 사람은 여전히 많았다. 연회 이틀 전 초청장을 보냈다. 모든 초청장에는 커다란 원이 그려져 있고, 그 둘레로 사람 이름이 적혀 있었다. 연회에 앉을 좌석을 표시한 것이다. 료용대은 마님이 어려 보이지만 꽤 주도면밀하다며 속으로 감탄했다.

"아랫것들은 다 배치했습니다. 외원에는 남자 손님을 위한 탁자 열다섯 개, 내원에는 여자 손님을 위한 탁자 여덟 개를 놓았고요. 이상이 있는지 살펴보십시오."

료용댁이 고개를 숙이며 공손하게 아뢨다.

"저택에 희대는 설치하지 않았습니다. 하지만 가희와 연주단을 외원에 준비시켰으니 손님들이 원하면 바로 불러낼 수 있습니다. 그리고 말과 마차를 세워 두는 곳과 손님들이 대동하고 온 하인들이 식사하고 쉬는 곳도 있지요. 외원에 손님을 안내하고 연회 자리에서 일할 아이들도 하나하나 배치했습니다……."

명란은 단정히 탁자 앞에 앉아 요리 목록과 장부를 보며 지출한 금액과 배치한 인력을 하나씩 확인했다. 명란은 작은 소리로 당부하며 중요한 부분을 상기시켰다. 아래쪽에 서 있던 어멈들은 명란의 조리 있는 지시에 대충 하려던 생각을 거두고 성실히 대답했다.

연회일이 다가올수록 명란은 더욱 엄숙해져 종일 굳은 얼굴이었다. 퇴청한 후 무료할 때마다 노상 명란에게 장난을 쳤던 고정엽은 요즘 명란이 별다른 반응을 보이지 않자 며칠 유심히 관찰하더니 의아해하며 물었다.

"설마 자신이 없는 것이냐?"

명란이 얼굴을 펴고 한숨을 길게 내쉬며 쓴웃음을 지었다.

"눈치가 빠르시네요."

지금은 일종의 특수 상황이었다. 명란 같은 서녀는 적모 곁에서 집안 관리나 연회, 사교 등에 대해 배우지 못한다. 내원에 갇혀 조용히 자라면서 바느질이나 글을 익힌 후 얌전히 시집가는 것이 일반적이다. 그런 까닭에 명문가에서는 보통 서녀를 정실로 들이지 않는다.

서녀는 적녀에 비해 식견이나 수완, 재능, 품성 등 모든 면에서 비교가 되지 않는다. 물론 그중에 굳이 가르치지 않아도 스스로 터득하는 별종들이 있긴 하다(서녀계의 걸출한 인물인 가탐춘[2]에게 박수를 보내자).

명란은 고개를 떨구고 몰래 눈물을 흘렸다. 자신은…… 그런 별종이 아닌 듯해서다.

노대부인이 명란을 가르친 적이 있긴 하지만, 노대부인 자신도 그런 일에 크게 신경 쓰는 사람이 아니었다. 게다가 십여 년 동안 둘 다 명란의 혼처를 중간 레벨의 집안으로 계획하고 있었다.

계획했던 신혼 생활에서 명란이 단독으로 처리해야 할 가장 큰 일은 자매, 동서, 시누이들을 초대해 간단히 식사를 대접하는 것이었다. 자신의 처소에서 말린 해바라기 씨를 까 먹으며 떠도는 소문을 주고받다가 너희 집 새끼는 새 이가 몇 개 자랐냐는 둥, 우리 서방이 또 불여우를 첩으로 들였다는 둥 한담을 늘어놓는 그런 정도 말이다.

일은 서녀 출신 며느리로서 길고 긴 고부 갈등을 겪으며 시어머니에게 꾸지람과 서러움을 당하다 보면 자연히 배우게 될 것이라 생각했다. 안타깝지만 이 길은 명란도 피해갈 수 없는 거니까.

원래 중소기업의 공장장 정도만 생각하고 있었는데 일거에 포브스 상위 랭크 재벌 그룹의 CEO가 될 줄 누가 알았겠는가. 예상보다 너무 대단한 곳에 취직해버렸다. 게다가 회장은 일에서 손을 뗐고, 나는 취임 전

---

2) 『홍루몽』의 등장인물.

연수조사 받지 못한 상황이 아닌가!

　간단히 식사하는 자리지만 내일 오는 손님들은 대부분 대부호 아니면 지체 높은 사람들이었다. 그중에는 흠을 잡으러 오는 사람도 있을 것이다. 명란은 그저 정신을 바짝 차리고 세심하게 준비하는 수밖에 없었다. 계획을 세우고 또 세우고, 대비책을 생각하고 또 생각했다. 손님들의 신분과 접대 방법을 숙지하고, 탁자와 의자에 씌울 천, 술과 요리를 담을 그릇까지 철저히 점검해야 했다. 간식과 차, 자리 사이사이 하인 배치에 주방의 불까지 소홀히 할 수 없었다. 명란은 관사 몇 명과 빠트린 것이 없는지 거듭 살피다가 연회 이틀 전에야 겨우 마음을 놓을 수 있었다.

　"연회를 망치면 어쩌죠?"

　명란은 걱정이 가득했다.

　"망치면 망치는 거지."

　고정엽이 재미있다는 듯이 우거지상을 하고 있는 명란의 이마에 입을 맞췄다. 명란이 손으로 밀치자 그는 뾰로통한 얼굴로 말했다.

　"물론 네가 망치는 건 아닐 게다."

　고정엽은 명란의 작은 손을 잡고 여린 손가락 하나하나를 깨물었다. 명란은 그의 앞니를 뽑아 버리고 싶었지만, 그의 새하얀 이를 보며 꾹 참았다. 고정엽이 웃으며 명란의 가녀린 허리를 감싸더니 한 손으로 그녀의 얼굴을 잡고 진지한 표정으로 말했다.

　"두려워 말아라. 그 자리를 망쳤다고 내가 널 버리겠느냐?"

　"그…… 그 정도는 아니겠지요."

　명란이 고개를 갸우뚱거렸다. 어젯밤 그가 열정을 불살랐던 탓에 명란은 아직도 몸이 뻐근한 상태였다.

　고정엽은 명란의 우물쭈물한 대답에 언짢아하며 손에 힘을 주었다.

명란은 비명을 지르며 허리를 비틀어 빠져나가려고 했지만, 그는 팔을 더 세게 감으며 웃음을 띤 채 말했다.

"그럼 황상께서 네게 벌을 내리시겠느냐?"

명란이 급히 고개를 저었다.

"그럴 리가요."

황제가 그리 한가할 리 없었다.

"그런데 뭘 두려워하느냐?"

"비웃음을 살 거예요."

명란이 입술을 깨물며 나지막이 말했다.

"제 뒷말이 돌 거예요."

명란이 그저 그런 가문 출신이라서 그렇다는 둥, 역시 능력 없는 서녀라는 둥 험담을 할 것이다.

"그럼 완벽히 치른다고 뒷말이 안 나올까?"

고정엽이 한쪽 눈썹을 치켜올리며 조용히 물었다.

명란은 대답을 못 하고 멍하니 있었다. 고정엽이 그런 그녀를 안아 침상 머리맡에 비스듬히 앉고는 살짝 비웃는 듯한 말투로 말했다.

"네게 호의를 품은 사람들은 실수가 있다고 해도 이해할 것이다. 일부러 트집을 잡으려는 사람이라면 네가 하늘에서 내려온 선녀라 할지라도 한입에 허벅지 고기 반을 먹어 치웠다며 욕을 할 게야. 너무 잘 먹는다고. 쯧쯧, 칠선녀가 너 같다면 동영[3]이 집안 살림을 다 팔아도 널 못 먹여 살렸을 것이다……."

---

3) 중국 신화, 부모의 장례를 치르기 위해 부잣집 머슴이 된 동영이란 자를 칠선녀가 구해주고 그에게 시집간 이야기.

"뭐, 뭐, 뭐라고요……!"

명란은 연신 고개를 끄덕이다가 뒷부분에 이르러서는 너무 창피하고 분해서 얼굴을 획 돌리고 남편을 무시해버렸다. 그 일은 평소에 늘 신중하던 명란이 저지른 인생 최대의 실수였다. 영원히 잊어버리고 싶었으나 이 얄미운 사내는 늘 그 일을 들먹였다.

고정엽은 호탕하게 웃으며 불타듯 빨개진 명란의 볼을 바라봤다. 창가에 놓인 서역에서 진상한 희귀한 꽃들이 사오월의 날씨에 더 짙은 향을 풍겼다. 봄바람을 타고 오후의 실내에 향기가 퍼지자 마음이 편안해졌다. 아리따운 부인이 품에 안겨 있으니 저도 모르게 팔에 힘이 들어갔다. 그는 명란의 정수리에 머리를 얹고 부드럽게 말했다.

"아직도 모르는 게 있으면 얼마든지 물어보거라."

명란은 그의 품에 안겨 가만히 생각하다가 소매에서 손님 명단을 꺼냈다. 그중에 빨간색으로 선을 그은 이름들을 가리키며 말했다.

"이분들 함자는 들어본 적 없는데, 아마 당신이 외부에서 사귄 벗과 동료들이겠죠? 제게 알려주세요."

고정엽이 명단을 손으로 잡고 느릿느릿 설명했다.

"……부근연은 장흥백부의 방계 장자다. 나와 가숙당에서 글공부를 같이 했지. 좀 고지식하지만 아주 괜찮은 친구야."

"아, 동문수학한 사이군요."

명란이 고개를 끄덕였다.

고정엽은 웃으며 다른 이름들을 가리켰다

"성영은 단 장군의 동생이다. 이 사람과 이 사람, 그리고 여기 쓰인 이 사람들은 오군영에서부터 날 따르던 동료들이고."

"아, 같이 창을 든 사이군요."

명란은 계속 그의 말을 정리했다.

고정엽이 멈칫하고 생각해 보니 맞는 소리였다. 그는 이어서 설명했다.

"이 사람들은 원래 폐하 잠저潛邸의 교위 도통이었는데 후에 선부宣府[4]와 북방 변경지역으로 보내졌지. 지금은 경성으로 돌아와 보직을 맡고 있어. 팔왕부 시절에 자주 술을 마시고 놀았는데……."

아, 함께 유흥을 즐기던 사이였군. 그의 말이 끝나기 전에 명란이 속으로 정리했다.

"……사실 이건 모두 눈가림이다."

고정엽이 갑자기 달라진 말투로 말했다.

"촉蜀[5] 지방에 도적 떼들이 난을 일으켰어. 이들은 촉왕이 폐하께 짐이 될까 봐 항상 염려했지. 그래서 나와 놀러 다닌다는 핑계를 대고 의복을 바꿔 입은 채 몰래 가서 도적놈들을 몇 명 잡아서 분풀이를 했다. 한번은 경 장군이 팔을 잃자 그 부인이 칼을 들고 우리를 죽이려고 한 적도 있지."

고정엽은 천천히 말을 마치더니 혈기 넘치던 과거를 떠올리는 듯 아련한 표정을 지었다. 명란은 할 말을 잃고 빨개진 얼굴로 조용히 고개를 숙였다. 의심한 자신이 부끄러웠다.

고정엽은 명란의 표정이 변하자 그녀의 보드라운 분홍빛 귀를 살짝 만지며 위험한 미소를 지었다.

---

4) 만리장성 지대에 설치한 아홉 개 요새 도시 중 하나.
5) 지금의 사천 지역.

"또 이상한 생각을 한 게냐?"

명란은 놀라서 몸을 흠칫 떨었지만, 곧장 진지하게 말했다.

"절대 아니에요. 소녀는 나리께서 의로운 협객이시며 고상한 인품을 지니셨다고 늘 생각했어요!"

고정엽은 잡고 있던 명란의 귀를 놓았다. 명란의 말은 신뢰성이 떨어진다는 걸 알고 있었지만 그래도 마음이 편안했다. 그는 저도 모르게 장난치듯 눈을 부라리며 호통쳤다.

"그런 아부하는 재능을 썩혀서 아깝구나."

제124화

연회 전과 후 上

다음 날 동이 트기도 전에 고부 사람들은 바쁘게 움직이기 시작했다. 혼인 후 처음으로 고정엽보다 일찍 일어난 명란은 그의 오뚝한 콧날에 입을 맞추고 부드럽게 말했다.

"모처럼 얻은 휴일인데 연회에서 손님을 접대해야 하다니. 지금은 일단 더 자 두세요."

그러나 고정엽은 말을 듣지 않고 그녀의 가녀린 허리를 끌어안더니 몸을 돌려 그녀를 덮쳤다. 한 손은 엉큼하게 명란의 옷 안을 탐색하는데 그 손놀림이 몹시 익숙했다. 요 며칠 연회 준비로 피곤할 명란을 생각해 밤에 선을 넘진 않았지만, 몸이 스치면서 여러 번 아슬아슬하게 불이 붙을 뻔하였기에 아예 새로운 방법을 '몸소' 부인에게 가르쳐주었다.

그런데 명란은 깨우침이 빨라서 하나를 가리키면 열을 해내 오히려 그의 혼을 쏙 빼놓았다.

명란은 우람한 몸에 눌려 호흡이 가빠지자 가차 없이 그의 허리를 확 꼬집었다. 하지만 그는 되레 명란의 귓불을 깨물며 덤벼들었다. 그렇게 한참을 엎치락뒤치락한 후에야 명란은 겨우 귀를 감싸 쥐고 침상에서 내려와 옷을 입어야겠다며 몸종을 불렀다.

원래 무거운 성장 차림을 좋아하지 않는 명란은 오늘 할 일을 생각해 최대한 간편하게 차려입었다. 위에는 손가락 두 개 넓이의 테두리에 목련을 수놓은 자색 비단 편금 장오를 걸치고, 아래는 자주색 주름치마를 입어 하늘하늘한 몸매가 돋보이게 했다. 머리는 올려서 한쪽으로 틀고, 봉황 머리에 엄지손가락만 한 녹주옥이 박힌 순금 쌍비녀를 꽂았다. 비녀가 햇빛에 받아 눈부시게 빛났다.

새 거처로 옮기는 거라면 한밤중에 천지신명에게 제사를 지내고 상량을 하는 등의 절차가 필요하다. 그러나 징원은 옛 저택을 수리하고 정돈한 것이라 이런 관례를 따르지 않아도 되었기에 그냥 날씨 좋은 길일을 택하여 조휘당의 열여섯 주홍 대문을 열어젖히고 붉은 칠을 한 제단에 돼지와 생선, 닭, 오리를 올렸다. 그 외에 남쪽과 북쪽의 말린 과일 열두 가지, 유명한 고기와 채소 요리 스물네 가지를 더 올렸다.

막 준비가 끝나니 고정엽이 그제야 느릿느릿 나왔다. 어두운 금빛 소나무가 수놓인 쪽빛 비단 장포가 그의 품위와 비범함, 긴 팔과 가는 허리, 크고 건장한 몸을 부각시켰다. 여유 있는 걸음걸이에 귀티가 흘렀다.

조휘당에는 향초가 환하게 타고 있었다. 고정엽이 앞장서서 향을 태우고 절을 올렸다. 그 옆에 명란이 무릎을 꿇고 있었고, 하인들만 양옆에 시립해 있을 뿐 친척은 하나도 없었다. 명란은 제사를 지낼 때 너무 썰렁하지 않도록 용이를 데려오자고 제안했었다. 그러나 고정엽은 고개를 저으며 승낙하지 않았다. 그의 가라앉은 표정을 보고 명란도 말을 더 건네기 어려웠다.

그런데 잠시 후 그가 갑자기 몸을 일으키더니 넓고 웅장한 조휘당에 서서 웃으며 말했다.

"몇 년 후면 이 안이 나 고정엽의 자손들로 가득 찰 것이다!"

그런 다음, 그는 한껏 고무된 눈빛으로 명란을 뜨겁게 바라봤다. 명란은 부들부들 떨며 하마터면 '가르침과 기대를 저버리지 않겠다'는 말을 꺼낼 뻔했다. 하지만 농구장 반은 족히 되는 커다란 조휘당을 보며 임무 완수의 길이 먼 만큼 분업과 협업을 요청해야겠다고 생각했다.

제사가 끝나자 고정엽은 사람들을 이끌고 외원으로 갔다. 명란은 몸 종과 어멈들의 보고를 듣느라 정신이 없었다. 마님, 다과 탁자를 다 마련해 놓았습니다, 악기와 악공이 대기하고 있습니다, 문 앞에 손님들을 안내할 하인들을 배치했습니다……. 이때 바깥문에서 폭죽 소리가 요란하게 울리더니 중문의 왕귀댁이 와서 아뢨다.

"녕원후부의 넷째 숙부, 다섯째 숙부, 그리고 나리 몇 분이 도착하셔서 전당前堂에서 말씀을 나누고 계십니다."

녕원후부는 본가인 만큼 응당 가장 먼저 와야 했다. 이 점에서 그럭저럭 믿을 만하게 행동했기에 명란은 후부의 안식구들을 더욱 정중히 접대했다.

손님들을 화청으로 안내하여 다과와 다양한 간식을 내오자 이야기꽃이 피기 시작했다. 명란은 하인을 시켜 손님을 접대하면서 주위를 자세히 살폈다. 소 씨를 제외하고 다른 부인과 동서들은 거의 다 왔다. 삽시간에 실내가 부인들의 장신구에서 나오는 반짝이는 빛과 웃고 떠드는 소리로 가득 찼다. 사실 명란은 동서나 시누이, 올케들을 몇 번 보지 못한 터라 "다들 맛있게 드세요." 외에는 무슨 말을 해야 할지 난감했다. 그래서 명란은 아예 자신의 주특기인 바보인 척하기를 꺼내 들었다.

넷째 숙모가 '저택이 호방하고 운치 있다'고 하면, 명란은 이를 두 배로 불려 녕원후부의 저택을 칭찬했다. 주 씨가 '집안이 화목하고 기강이

서 있다'고 하면, 명란은 '모두 집안 어르신들이 솔선수범하여 모범을 보였기 때문'이라 겸손을 떨었고, 내친김에 시어머니인 고 태부인과 두 숙모에게도 집안을 잘 다스리셨다며 비위를 맞췄다. 고정적의 부인이 명란의 신혼을 두고 깨가 쏟아진다고 놀리면, 명란은 얼굴을 붉히며 고개를 숙이고 부끄러운 척했다.

"서방님이 출세했네요. 황상께서 친히 노복과 은자를 하사하셨잖습니까. 이 얼마나 망극한 일입니까!"

고정병의 부인이 큰 소리로 교태부리듯 웃었다. 구리 방울(절대 은방울이 아니다) 같은 목소리에 명란은 고막이 아팠다. 고정병의 부인이 명란의 팔을 잡고 눈썹을 들썩이며 말했다.

"앞으로 이 댁 형제들 좀 잘 가르쳐주게. 우리도 덕 좀 봐야지."

그건 그 자리에 있던 안식구들이 다 하고 싶던 말이었다. 모두가 바라보자 명란은 수줍게 고개를 끄덕이며 가냘프게 말했다.

"옳으신 말씀입니다."

그게 다야? 모두 당황했다.

고정병의 부인은 포기하지 않고 명란을 붙잡으며 웃었다.

"그 말을 믿고 나중에 한번 찾아올 테니 모른 척하면 안 되네!"

고정병은 서출이긴 하나 적장자인 고정훤보다 넷째 숙부의 사랑을 많이 받았다. 게다가 생모는 넷째 숙부가 총애하는 유 이랑으로, 아직 살아 있다. 유 이랑은 아들 둘과 딸 둘을 낳았지만 아쉽게도 반이 요절한 상태다.

다소 언짢아진 명란은 '네.' 하고 가볍게 대답한 후, 난감한 표정으로 주위에 도움을 구하는 눈길을 보냈다. 명란의 대답이 마뜩치 않았던 고정병의 부인이 재차 물으려는데 넷째 숙모가 가볍게 헛기침을 하며 불만을 표했다.

"오늘 축하를 하러 온 것이냐, 아니면 빚 독촉을 하러 온 것이냐? 정도가 지나치구나."

고정병의 부인은 얼굴을 붉히며 마지못해 입을 다물었다. 그런 다음 아니꼽다는 듯 시어머니를 흘겼지만 이내 자리로 돌아갔다. 고정찬은 상황을 살피고는 사촌 자매들을 백보각 뒤로 데려가 마음껏 웃고 떠들었다.

명란은 눈으로 사람들을 훑다가 넷째 숙모를 향해 미소로 감사를 표했고, 넷째 숙모는 천천히 고개를 끄덕였다. 명란은 지금 고정엽이 권력을 잡게 된 만큼 녕원후부 내에서도 누군가가 의지하려 들 것이라 짐작하고 있었다. 다만 현명한 사람이라면 명란이 가장 필요로 할 때 앞으로 나서리라.

넷째 숙모가 그중 하나였고, 그 큰며느리도 마찬가지였다. 고정훤의 부인은 처음 만났을 때부터 명란에게 분명히 호의를 비췄다. 이 자리에서도 명란을 이런저런 이유로 비꼬는 사람들을 막아주고 있었다.

"어휴! 동서는 아직 말도 안 했는데 역성부터 드시다니. 형님은 정말 처세를 잘하십니다!"

고정적의 부인이 입을 가리고 웃으며, 일부러 주 씨와 고정찬에게 시선을 던졌다.

고정훤의 부인은 한 손을 허리에 얹고 웃으며 꾸짖었다.

"이게 무슨 소린가! 자네 시집올 때 기억 안 나는가보군. 그때도 내가 자네 편을 들어주지 않았는가? 그때 뒷집 사내들이 자네 신방에 들어가려고 소동을 벌일 때 내가 말려주었지! 그런데 지금 인제 와서 딴소리하다니!"

이 말에 모두 떠들썩하게 웃기 시작했다.

명란은 개울처럼 맑은 까만 눈동자로 고정훤의 부인을 보며 감사의 미소를 지어 보였다. 고정훤의 부인도 그 뜻을 헤아리고 함박웃음을 지으며 명란의 손을 잡았다.

고 태부인은 계속 인자한 미소를 머금고 떠들썩하게 즐기는 식구들을 보다가 명란을 가까이 잡아당겼다.

"요 며칠 정욱의 몸이 안 좋아서 네 형님도 오지 못했구나. 서운해하지 말거라."

명란이 걱정스러운 표정을 지었다.

"서운하다니요. 그간 저도 바쁘다고 아주버님 병문안도 못 갔으니 정말 죄송스러워요."

고 태부인은 긴 한숨을 내쉬었다.

"휴, 요양을 하니 그럭저럭 괜찮구나. 집안 걱정을 너무 많이 하는 바람에 피로가 쌓여 그리된 게지."

명란은 경계심이 바짝 들었다. 고정욱의 건강이 시원찮은 것은 어제오늘 일이 아니었다. 태어날 때부터 병을 달고 나와 그가 언제 죽을지 모른다는 사실을 경성에서 알 만한 사람은 다 알았다. 2년 전 태의원의 장경송 대인은 고씨 집안사람들에게 마음의 준비를 하라고 넌지시 이르기도 했다.

명란은 고 태부인에게 웃는 낯을 보였지만 속으로는 콧방귀를 뀌었다. 고정엽이 실의에 빠져 강호를 떠돌 때는 고정욱이 '오늘내일한다'고 온 경성이 떠나갈 정도로 법석을 떨어놓고, 고정엽이 잘나가니 '요양을 하니 괜찮다', '집안 걱정 때문에 피로가 쌓여' 병이 났다고? 흥, 대체 무슨 뜻이래?!

명란은 한쪽에 얌전히 앉아 있는 주 씨를 보며 말했다.

"동서에게 부탁할 일이 있어요."

사실 주 씨의 연배가 더 높았지만 '동서'라고 불러야 했다. 주 씨는 그 소리에 몸을 일으켰다.

"형님, 말씀하세요."

"바쁜 일이 끝나면 용이를 데리고 올 생각입니다. 큰형님은 아주버님을 돌보셔야 하니 그때가 되면 여기 일을 좀 부탁할게요."

명란이 정중히 말했다.

주 씨는 환한 얼굴로 입술을 오므리며 웃었다.

"전 또 뭐 대단한 일인가 했네요. 그 정도야 식은 죽 먹기니 분부만 하세요. 예전에 용이에게 새 저택이 정리되면 깨끗하고 예쁜 처소에서 지낼 수 있을 거라고 말했지요. 용이가 얼마나 기대했는지 모른답니다."

명란이 활짝 웃었다.

"그럼 신세 좀 지겠습니다."

역시 만만한 상대가 아니었다.

얼마 후 명란의 친정 안식구들이 왔다. 번잡한 곳을 싫어하는 노대부인은 아침 일찍 오지 않겠다고 기별했다. 화란과 해 씨는 해산한 지 만으로 두 달이 채 되지 않아 움직이기 어려웠다. 그리하여 왕 씨와 여란, 묵란 셋만 오게 됐다. 명란은 황급히 맞으러 나가서 웃는 얼굴로 안부를 물으며 안쪽으로 안내했다.

왕 씨는 정원을 지나며 널찍하고 큰 다리와 개울, 정자와 누각들이 고상하고 아름답게 꾸며진 모습을 보며 마음이 복잡했다. 그러다 명란과 희희낙락 하는 여란을 보니 한숨이 절로 나왔다. 묵란은 아무렇지 않은 척하면서 음울한 눈빛으로 눈앞의 광경을 훑었다. 영창후부의 좁다란 자신의 처소를 생각하니 샘이 나고 속이 쓰렸다.

"아쉽구나……."

왕 씨가 말했다.

"화란이가 널 계속 보고 싶어했는데 이 좋은 날 못 왔어."

명란이 살포시 웃으며 위로했다.

"화란 언니하고는 이미 이야기했어요. 오늘은 명목상 연회를 열긴 하지만 사실 꽃도 안 피어서 볼 게 없거든요. 화란 언니와 올케언니 몸이 회복될 때쯤이면 꽃도 피겠지요. 그때 할머님과 조카들까지 모두 모여 우리 식구끼리 꽃구경하면 훨씬 좋잖아요?"

왕 씨는 마음이 편안해졌다.

"화란이가 어려서부터 널 예뻐한 보람이 있구나."

여란이 입을 삐죽거렸다.

"화란 언닌 나보다 명란이를 훨씬 예뻐했어요!"

명란은 얼굴색 하나 변하지 않은 채 의기양양하게 말했다.

"어쩔 수 없지. 내가 귀염받을 만하게 생겼잖아."

여란이 눈을 부라리며 명란을 꼬집으려 했다.

왕 씨는 미소를 감추지 못하며 공연히 꾸짖었다.

"다 큰 것들이 또 장난을 치는구나!"

정방으로 들어선 명란은 왕 씨를 고 태부인 옆의 상석으로 안내했다. 두 사돈이 서로 인사를 나누자 고씨와 성씨 집안사람들은 이야기를 나누기 시작했다. 그리고 대략 사시巳時[1]가 지나자 다른 손님들이 잇달아

---

1) 오전 9시~11시.

당도했다.

　남자 손님들은 곧장 외원으로 가서 고정엽과 만나고, 여자 손님들은 내원으로 왔다. 명란은 친척들에게 양해를 구하고, 고정훤의 부인과 주씨에게 접대를 부탁한 후 나가서 손님을 맞았다.

　삽시간에 세 칸짜리 널찍한 화청이 웃음소리로 꽉 차고, 아리따운 차림의 여인들로 북적거렸다. 대갓집 여인들은 사교 능력을 타고났기에 안면이 있든 없든 다 함께 잘 어울렸다.

　여인들의 사교 세계에서 중요한 일 중 하나는 부인들의 아가씨 관찰이다. 어떤 선각자는 여인이 두 가지 본능을 타고나는데 하나가 엄마요, 다른 하나가 중매쟁이라 했다. 이 두 직업이 하나가 될 때 그 폭발력은 어마어마하다. 조금 전까지 조용하고 우아하게 있던 고 태부인과 넷째 숙모, 다섯째 숙모는 화색이 도는 얼굴로 한껏 분발하여 고정연과 고정형, 고정령을 데리고 다니며 귀부인들과 대화를 나눴다. 고정병의 부인도 시누이인 고정문을 데리고 틈에 끼어들었다.

　사실 명란은 대부분의 손님과 안면이 없었다. 그러나 고정엽이 사전에 정효 대인에게 부탁해둔 덕에 심청평이 명란 곁에 붙어 손님에 대한 정보를 자세히 알려 주었다. 얼마 후 명란은 공부公府 부인 둘과 후부侯府 부인 둘, 백부伯父 부인 넷, 총병總兵 부인 셋, 도통都統 부인 다섯, 내각內閣 부인 둘, 한림翰林 부인 하나, 그리고 부인들이 데리고 온 가솔들과 사귀게 되었다.

　명란은 웃느라 볼이 아팠다. 심청평은 막힘없이 사람들을 소개했다. 이따금 명란에게 '경 부인은 예전에 양손에 식칼을 들고 홍등가에서 경 대인을 잡을 뻔했다'거나 '이 두 사람은 단씨 집안 형제의 부인인데 사실 사촌 자매지간이기도 하다' 등 이런저런 이야기까지 귀띔해주었다.

심지어 '무슨 낯으로 여기에 온 걸까요? 진남후 부에서 매년 회임한 상태로 실려 나오는 시체가 몇 구인데.' 하는 소리까지 했다……. 심청평은 경성에 온 지 얼마 되지 않았지만 짧은 기간 안에 놀라운 업무 능력을 쌓았다. 명란은 심청평이 『악마는 프라다를 입는다』의 주인공 비서를 하면 딱인데 안타깝게 됐다며 진심으로 아쉬워했다.

제125화

연회 전과 후 中

손님들로 가득 차 시끌벅적한 고부. 여자 손님들은 한곳에 모여 담소를 나눴다. 고부의 가구는 묵직하면서 단정했고, 장식품은 간결하고 소박했다. 그러나 자세히 보면 극히 귀한 것들로 편안해 보이는 가운데 은근히 고아한 분위기를 풍겼다. 탁자 위의 찻잔과 그릇, 술잔은 모두 관요에서 구워낸 옥 자기였다. 단아하고 산뜻하면서도 투명하고 아름다워 봄철 경치에 절묘하게 어울렸다.

차와 간식 시중을 드는 몸종들은 모두 하얀 바탕에 푸른 꽃무늬가 있는 치마저고리를 걸치고 각기 다른 색의 비단 요대를 두르고 있었다. 차를 내오는 발걸음은 가벼우면서도 침착했고, 대답할 때는 손님을 함부로 곁눈질하지 않고 고개를 숙인 채 다소곳이 대답했다.

이런 광경을 보고 여자 손님들은 속으로 감탄하며 명란을 업신여기던 마음을 거뒀다. 과연 학식 있는 집안 출신이라 서출이라고 해도 집안을 법도 있게 엄격히 다스리는구나, 이렇게 큰 저택에 돌봐 주는 윗사람도 없는데 연치 어린 명란이 혼자 안팎의 일을 참 깔끔하게 처리하는구나 생각한 것이다.

이런 모습에 사람들은 왕 씨까지 높이 평가했다. 귀부인 몇 명은 일부러 왕 씨에게 다가가 말을 걸었다. 평녕군주에게 제대로 당한 덕분에 이런 귀부인들과 어울리는 법을 깨우친 왕 씨는 비굴하거나 거만하지 않게 당당한 풍모를 보였다.

명란은 제일 늦게 당도한, 연배가 가장 높은 노盧 노대부인을 가장 상석으로 안내한 후 한참 인사를 나누었다. 그 후 구석에 앉은 심청평에게 가서 "오늘 부인이 없었다면 아주 곤란했을 거예요. 정말 고맙습니다." 하고 감사의 인사를 건넨 후, 말하느라 입이 다 마른 그녀에게 직접 차를 따라 주었다.

심청평은 사양하지 않고 냉큼 찻잔을 받으며 웃었다

"그런 말씀 마세요. 그냥 입만 좀 아픈 정도인걸요. 저는 시골 출신이라 시를 짓거나 그림을 그리며 음풍농월은 못 합니다. 번거로운 법도도 익히기 어렵지요. 앞으로 성가시다 여기시지 않으면 그걸로 충분합니다."

"그게 무슨 말이세요?"

명란이 고개를 돌려 실내에 가득한 손님들을 봤다. 심청평의 큰형님, 정 부인이 수산백 부인 곁에서 이야기를 나누고 있었다. 명란은 번뜩 떠오르는 생각이 있어 심청평을 돌아보며 웃었다.

"황후마마의 동생이자 국구를 친정으로 두고 있는 부인이야말로 절 성가시다 여기지 마세요. 자, 부인이 한참 소개해주셨으니 이번엔 제 가족들을 소개해드릴게요."

심청평은 정 부인 쪽을 보다가 아무 소리 없이 명란을 따라 수산백 부인 쪽으로 갔다. 명란은 웃으며 인사를 올렸다.

"고모님, 오랜만에 뵙습니다. 화란 언니 말로는 고향에 다녀오셨다고 하던데 별고 없으셨나요?"

시원시원한 성격의 수산백 부인은 활기 넘치는 얼굴에 함박웃음을 지었다.

"별고 없었다. 아직 정정할 때 냉큼 고향에 가서 해야 할 일을 해버렸지. 그 사이에 네가 결혼을 해버려서 우리 문영이가 네 혼례 축하주를 못 마셨구나."

한쪽에 있던 원문영이 웃으며 명란의 팔을 잡았다.

"축하주 못 마시게 한 거 어떻게 갚을래?"

명란이 검지로 원문영의 이마를 누르며 웃었다.

"흥, 말은 똑바로 해야지요. 제 혼례에 참석 못 하고는 그런 말을 하다니요! 말해봐요, 언니는 어떻게 갚을래요?"

심청평은 수산백 부인 곁의 여인을 보며 조용하게 말했다.

"큰형님."

정 부인은 서른셋 정도로 단정한 용모에 위엄을 풍기며 천천히 고개만 끄덕였다.

"자네 친정 올케는 어째서 안 왔는가?"

위북후의 부인 장 씨를 일컫는 말이었다.

심청평은 고개를 숙이고 말했다.

"오라버니 말씀이 올케언니 몸이 안 좋아서 못 왔답니다."

정 부인은 쌀쌀맞은 눈으로 심청평을 흘겨본 후 냉담하게 말했다.

"고모님이 저쪽에 계시니 같이 가서 인사드리세."

심청평은 얼른 알겠다고 답하며 조금 기쁜 얼굴로 명란에게 감사의 미소를 보냈다. 두 사람은 수산백 부인에게 양해를 구한 후 몸을 돌려 다른 쪽으로 갔다.

뒤에 남은 명란과 원문영, 수산백 부인은 각기 다른 표정으로 서로를 처다봤다. 역시 원문영이 먼저 숨을 내쉬며 입을 뗐다.

"대단한 형님이네. 시어머니보다도 위엄이 넘쳐."

수산백 부인이 느릿느릿 말했다.

"정 노대부인은 병약해서 일찌감치 집안일에 손을 떼었지. 정효는 거의 형수 손에 컸다고 하더구나. 그러니 큰형수를 어머니처럼 여기겠지."

명란이 고개를 저었다.

"설사 시어머니 같은 분이라고 해도 너무 무서워하는 것 같아요."

원문영이 바로 동의했다.

"그러게 말이야."

수산백 부인이 눈을 부릅떴다.

"철없는 두 사람이 뭘 알겠누. 시어머니한테 호되게 당해보지 않아서 그렇지!"

명란이 목을 움츠리며 멋쩍게 웃었다.

"무슨 말씀이세요. 저는 그렇다 치고, 문영 언니는 확실히 복이 많아요. 고모님을 시어머니로 두었으니 사랑을 듬뿍 받으면 받았지 무슨 시집살이가 있겠어요?"

"어머님! 명란이 말하는 것 좀 보세요!"

원문영이 애교를 부리며 수산백 부인의 소매를 잡고는 명란을 노려봤다. 수산백 부인은 웃으며 둘을 가까이 잡아당기더니 가볍게 안았다.

"그래, 너희 둘 다 복이 많은 착한 아이들이지!"

그렇게 몇 마디 웃고 농담을 하다가 수산백 부인이 한숨을 쉬었다.

"따지고 보면 심씨 집안 잘못이지. 첩에 홀려 정실을 내친 것까진 아니지만 그래도 추 이랑의 기세를 너무 올려줬으니 말이다. 오늘 국구 부인이 안 오셨는데, 또 화병이 나신 건 아닌지 모르겠구나."

명란이 이해가 안 간다는 듯이 물었다.

"그게 정씨 집안과 무슨 상관이 있나요?"

어째서 정 부인은 심청평을 못마땅하게 여기는 걸까.

수산백 부인은 좌우에 아무도 없는 것을 확인한 후 입을 열었다.

"영국공은 예전에 군대를 통솔했지. 장씨 집안 자체가 기반이 탄탄한 가문이고 말이야. 군에서 지낸 사람 중에 장씨 집안과 관련 없는 사람이 몇이나 되겠어? 게다가 장 노대인이 정 노대인 목숨을 구한 적도 있단다."

명란은 사정을 이해하고 정씨 집안의 두 동서를 바라보며 짧게 한숨을 내쉬었다.

"정효 대인이 큰형수를 어머니처럼 생각한다고 하니 생각나는데, 정효 대인의 부인도 국구 나리의 돌아가신 정실, 대추大鄒 씨가 키우다시피 해서 올케, 시누이 간에 정이 깊다고 들었어요."

저마다 다른 정이 있고 저마다 다른 고충이 있었다. 이 이야기에 수산백 부인도 한숨을 쉬며 가볍게 고개를 저었다. 이때 원문영이 뭔가 생각난 듯이 눈썹을 찡긋했다.

"사실 그것뿐만 아니라……."

말이 채 끝나기 전에 사오십 정도 되는 둥근 얼굴에 귀티가 흐르는 부인이 다가왔다. 몸에는 금실 자수가 놓인 짙은 자주색 배자를 걸치고, 머리에는 진주와 비취 장신구를 가득 꽂아서 지나치게 화려해 보였다. 명란이 황급히 일어나 인사를 올렸다.

"감 부인."

감 부인이 한껏 웃으며 명란의 손목을 잡고는 친근하게 말했다.

"몸이 많이 여위었구나. 너무 바빠서 힘들었나 보다! 너도 참, 힘들면 말을 해야지. 다른 사람은 몰라도 난 분명 도우러 왔을 텐데! 그래도 넌 유능한 아이잖니. 이 저택과 정원 좀 봐. 세상에……."

감 부인은 원래도 목소리 톤이 높은데 말도 카랑카랑하게 하는 편이라 실내에 있는 사람들이 전부 다 듣게 되었다. 감 부인은 저택 안부터 밖까지 한바탕 요란하게 칭찬한 후 명란의 손목을 잡고 계속 찬탄했다. 명란은 살면서 수 없는 찬탄을 들었지만, 이번만큼은 감당하기가 힘들었다. 귀가 멍하고 머리는 욱신거렸다.

끝없이 칭찬을 늘어놓으며 친근하게 구는 감 부인을 보며 명란은 뭔가 애매한 기분이 들었다. 내가 언제 이 아주머니하고 이렇게 친했지? 감 부인은 말하는 도중에 명란의 머리를 쓰다듬으며 가까운 웃어른인 척했다. 명란은 언짢음을 누르며 미소를 유지하려고 노력했다. 대체 이 부인이 무슨 꿍꿍이인지 지켜볼 생각이었다.

한참 동안 감 부인은 번지르르한 말을 늘어놨다. 보통 사람은 견디지 못했을 테지만 명란은 감정의 동요 없이 고개를 숙인 채 미소만 보였다. 감 부인이 열 마디 하면 명란은 아주 짧게 대답했다. 냉담해 보일 수 있지만 말투는 따뜻하고 공손하면서도 전혀 예의에 어긋나지 않았다. 감 부인은 슬슬 인내심의 한계를 느끼며 화제를 바꿨다.

"……앞으로 어려운 일이 있으면 날 찾아오너라. 따지고보면 우리도 가족 아니겠니? 저기…… 내 수양딸 봉선이는 요새 잘 있느냐?"

명란은 움찔했다가 속으로 쓴웃음을 지었다.

'드디어 올 것이 왔군.'

그리고 겉으로는 웃으며 대답했다.

"잘 있습니다."

그 이상은 한 글자도 덧붙이지 않았다.

감 부인은 멈칫하더니 노여움을 참으며 웃었다.

"아이고, 오늘은 대답을 참 짧게 하는구나."

명란은 여전히 말 없는 미소로 답했다.

감 부인은 조용히 이를 악물었다. 세상 물정 모르는 새댁이니 구워삶기 편해야 하는데 공연히 힘만 빠지는 느낌이었다. 뭐라고 말을 해도 명란은 뜨뜻미지근한 반응만 보였다. 감 부인은 어쩔 수 없이 다시 말을 이었다.

"내 수양딸은 원래 관리 집안 출신인데 팔자가 좀 기구했어. 이제 고씨 집안사람이 되었으니 고생은 면한 셈이지. 내 얼굴을 봐서라도 앞으로 잘 돌봐주어야 한다!"

명란은 여전히 웃으며 대답했다.

"그야 물론이지요."

감 부인은 기운이 빠졌지만 애써 웃으며 말했다.

"봉선이는 글도 익히고 시사가부도 배웠지만, 너와는 비교도 할 수 없단다. 그 아이가 무슨 실수라도 한다면 내 체면 볼 것 없이 야단치거라! 그렇지만 둘이 화목하게 지내면 앞으로 안팎으로 네게 도움이 되지 않겠느냐?"

명란이 고개를 떨구고 부드러운 음성으로 수줍게 말했다.

"알겠습니다."

감 부인은 눈을 부릅뜨고 명란을 한참 노려보다가 결국 얼굴을 구기며 언짢다는 듯 언성을 높였다.

"오늘 네가 너무 바쁜 걸 보니 웃어른으로 안쓰러워 가만히 못 있겠구나. 그러지 말고 봉선이를 불러 도와달라고 하거라. 그 김에 나도 얼굴 좀 보자꾸나!"

말이 끝나자마자 주위가 살짝 조용해졌다. 모든 사람들이 들은 건 아니지만 주변에 있던 몇몇 무리는 둘의 이야기를 다 들었다. 명란은 주위에서 지켜보는 무수한 시선을 느꼈다. 그들은 아무 관심 없는 척하면서도 대놓고 혹은 조용히 사태가 어떻게 흘러가는지 살피고 있었다.

여러 귀부인들은 감 부인이 명란을 너무 무시한다고 여겨 고개를 절레절레 흔들었다. 정실부인이 연회에서 손님을 접대할 때 첩실이나 통방을 부르라고 강요하는 경우가 어디 있단 말인가? 게다가 사람들이 전부 보는 앞에서 말이다.

명란은 말없이 감 부인을 쳐다봤다. 그 눈빛이 예리하고 또렷했다. 감 부인은 그 눈빛에 마음이 뜨끔하면서도 은근히 기분이 좋아졌다.

옆에 있던 원문영과 수산백 부인은 몹시 초조해했다. 이렇게 큰 연회에서 사람들을 불러 두고 주최 측에서 화를 내거나 손님과 싸울 수는 없는 노릇이었다. 게다가 감 부인은 체면 구기는 일을 두려워하지 않는 찰거머리로 유명했다. 명란이 못 이기고 봉선을 불러내어 감 부인이 사람들 앞에서 소개하게 내버려 둔다면 지위를 정식으로 인정하게 되는 셈이다. 그럼 일이 아주 복잡하게 꼬인다!

"돕는다고요?"

명란이 웃으며 반문했다.

감 부인이 한바탕 웃었다.

"그래. 한집안 식구인데 너만 힘들고 그 아이만 호강할 수는 없잖니."

그러다 갑자기 말투를 바꿔 울적해하며 말했다.

"사실 나도 그 아이를 본 지 오래됐……"

"그리하지요."

명란이 말을 끊으며 시원하게 승낙했다. 주위 사람들이 모두 놀랐다.

어떤 이는 속으로 비웃고, 어떤 이는 대놓고 비웃고, 어떤 이는 구경거리라도 난 듯 흥미진진해했다.

감 부인이 크게 기뻐하며 입을 열려고 하는데 명란이 친근하게 웃으며 부드럽게 말했다.

"예선에 그분의 재주가 남달라 교방사[1]에서 명성을 날렸다고 들었습니다. 오늘 저희가 부른 가회 몇 명으로는 흥을 돋우기에 부족할 듯한데 그분에게 노래와 춤을 부탁하면 어떨까요?"

이 말이 끝나자마자 장내가 고요해지면서 사람들이 놀란 얼굴로 쳐다봤다. 몇 명은 아예 입까지 떡 벌리고 멍한 얼굴이 되었다. 그러나 옆에 있던 수산백 부인은 웃음이 나서 서둘러 손수건으로 입을 가렸다. 원문영은 수산백 부인 뒤에 숨어 어깨를 부르르 떨었다. 묘수다! 정말 절묘해! 이렇게 염치없는 찰거머리를 상대하려면 아예 한술 더 떠야 한다!

명란의 말에는 꼬투리 잡을 만한 게 하나도 없었다. 모두 사실이기 때문이다. 교방사 이야기도 사실이고, 재주가 남다른 것도 사실이다. 설사 봉선이 제대로 인정받은 첩실이라 한들 어쩌랴? 대갓집 나리들도 손님 접대할 때 첩에게 가무를 맡기기도 한다.

감 부인은 치가 떨릴 정도로 화가 났지만, 조금도 두려워하지 않고 자신을 직시하는 명란을 보며 눈빛을 거둬들일 수밖에 없었다. 명란이 이렇게 대놓고 약점을 들출지 상상도 못 했다. 명란 같은 어린애한테 당한 수모를 꾹 참느라 안색이 붉으락푸르락 가관이었던 감 부인은 주변의 비웃는 소리를 듣고 또 얼굴을 벌겋게 붉혔다.

---

1) 관기를 교육하고 관리하는 기관.

사실 장내에 있던 많은 귀부인들도 감 부인의 작태가 못마땅했다. 그러나 관계없는 일이라 끼어들지 않고 그저 열심히 구경만 하고 있었다. 이들은 명란을 돕지도 않았고, 감 부인을 두둔하지도 않았다.

감 부인이 어쩔 줄 몰라 하자 가장 상석에서 이 사태를 못 본 척하고 있던 노 노대부인이 큰 소리로 말했다.

"명란아, 연회는 언제 시작하느냐? 이 늙은이를 굶길 참이라면 나중에 네 할머니에게 다 고해바칠 것이야!"

이 말에 많은 사람들이 웃기 시작했다. 명란은 머쓱해서 얼굴을 붉혔다.

"어머, 오늘 많은 분들과 사귀고 이야기를 나누다가 잊어버릴 뻔했네요! 지금 바로 시작할 테니 너무 나무라지 마세요."

노 노대부인이 손을 내저었다.

"괜찮다. 어린 나이에 주최한 첫 연회가 이 정도면 훌륭하지!"

명란은 아랫것들을 불러 손님들을 식사가 준비된 화청 밖 연못이 있는 편청으로 안내하게 했다. 노 노대부인이 끼어들자 많은 사람들은 재미있는 판이 깨졌다며 아쉬워했다. 그러나 감 부인은 안도의 한숨을 내쉬며 냉큼 사람들 뒤를 따라 나갔다.

고정훤의 부인은 사태가 수습되자 서둘러 다른 손님들을 안내했다. 명란이 사람들을 다 보내고 마지막으로 문을 나서는데 원문영이 명란을 잡아챘다. 원문영은 얼굴이 발개질 정도로 웃으며 명란의 귓가에 속삭였다.

"저 염치없는 감 부인이 얼마나 많은 '수양딸'을 첩으로 보냈는지 아니?"

명란이 궁금해하며 물었다.

"꽤 되나봐요?"

원문영이 흥분하여 고개를 끄덕였다.

"너희 집안에 하나, 심 국구 집안에 하나, 정 지휘사 집안에 하나, 그리고 북방 총병總兵 몇에게도 보냈지. 한번은 연회에 참석했던 모든 장수들에게 첩을 보내기도 했나 봐."

명란은 매우 놀랐다. 조금 전 일을 통해 감 부인이 몰염치한 건 알아봤지만 그 정도일 줄은 몰랐던 것이다.

"하, 하…… 하지만 심 국구 집안과 정씨 집안이라면 이제 막 신혼이잖아요!"

이런 일을 대놓고 벌이다니 어쩌면 감 부인도 끄나풀에 불과하고 뒷배가 있는지도 모른다.

"그러니까 말이야. 원래 네게 말하기가 좀 그랬거든. 그런데 오늘 네가 잘 대처하는 모습을 보니 마음이 놓인다."

원문영이 하얗고 고른 이를 드러내며 흥분한 눈빛으로 말했다.

"심 국구 집안의 그 추 이랑은 정말 대단했지. 남의 손을 빌려서 그 여자를 바로 내보냈거든. 정씨 집안에서도 난리가 났어. 감씨 집안과 척지긴 싫지, 심청평은 막 신혼이라서 보름 동안 울며불며 싫다고 하지. 정준 대인은 황후마마께 밉보이기 싫어서 결국 동생 대신 그 여자를 거뒀어. 그런데 이번엔 정 부인이 제대로 심통이 났지! 정 부인은 단정하고 엄격해서 그런 요부를 싫어하기로 유명하잖아. 정준 대인에게 첩을 들이는 건 괜찮지만 저런 여인은 안 된다고 하며 또 한바탕 난리가 벌어졌다지 뭐야……."

"그래서 어떻게 되었나요?"

명란이 재미있다는 듯이 물었다.

원문영은 숨이 넘어갈 듯 웃으며 겨우 말을 이었다.

"하하……. 그래서 정 노대부인이 나섰나봐. 하하하, 그 여인을 정 노대인의 첩으로 들이셨대! 하하……. 정 노대인은 와병한 지 오래라 이제 사내구실도 못 하는데……."

명란은 탄복하며 혀를 내둘렀다.

"세상에, 세상에…… 그런……."

"그래서 정씨 집안의 두 동서 간에 분위기가 그렇게 딱딱했던 거야."

원문영이 드디어 숨을 돌리며 웃다가 삐져나온 눈물을 닦았다.

"우리 큰올케와 정 부인이 친하잖아. 정 부인은 친정이 멀어서 우리 집에 자주 와. 정 부인이 이 이야기했을 때 우리 모두 얼마나 분통이 터졌다고! 흥, 어쩜 그렇게 염치가 없을 수 있어!"

명란과 원문영은 배를 잡고 한참을 웃은 다음 서둘러 밖으로 나갔다. 둘은 모두 시원시원하고 재미난 성격이라 잘 맞았다. 웃고 떠들며 가다가 명란이 물었다.

"맞다, 친정에 다녀오셨잖아요. 새로 태어난 조카는 보셨어요?"

원문영이 갑자기 한숨을 쉬었다.

"하, 다녀왔지. 둘째 올케와 조카는 다 무탈해. 모두 잘 있는데 어머니만 안 좋으시네."

"왜 안 좋으세요?"

원문영이 울상을 지었다.

"얼마 전에 고모님이 아버지께 첩을 하나 보내셨어. 어머니께서 집을 발칵 뒤집으셨지. 하지만 방법이 없어서 며칠 전 차를 올리게 하고 집에 들이셨어."

"네? 그렇게……."

빨리요?!

명란은 뜻밖의 희소식에 기뻐하는 모습을 보일 뻔하다가 재빨리 뒷말을 삼키고는 이렇게 물었다.

"고모님께서 어떻게 그러실 수가 있죠?"

"그러게 말이야!"

원문영이 걱정하며 말했다.

"고모님께서 무슨 생각이신지 스물 남짓의 처자를 보냈어. 제대로 된 가문 출신인데 부모를 여의고 동생들을 키우다 혼기를 놓쳤대. 생김새도 성격도 괜찮고, 글도 안다더라. 아버지께서……."

원문영은 깊은 한숨을 내쉬었다.

"아버지께서 많이 좋아하셔."

명란은 수산백 부인의 속도에 탄복했다. 매의 눈을 지닌 진정한 인재이시구나.

충근백은 나이도 있고, 성격도 신중하고 점잖다. 십 대의 어린 처자는 그의 눈에 들지 않을 수 있다. 오히려 이렇게 인생의 굴곡을 겪은 강인한 여인이 더 잘 맞는다. 게다가 어린 동생들을 키우려고 혼기를 놓친 여인이라면 인품도 그리 나쁘지 않을 것이다. 그러니 첩 때문에 정실을 내쫓는 사달이 일어날 가능성은 크지 않다.

이제 화란의 시어머니가 바빠졌으니 화란도 숨 좀 돌릴 수 있을 것이다. 명란은 몰래 안도의 숨을 내쉬며 원문영을 힐끔 봤다. 좀 미안한 마음이 들었다.

명란은 코를 긁다가 눈썹을 찌푸리며 고개를 숙였다. 그런 다음 원문영의 팔을 잡고 비통한 얼굴로 걸음을 내디디며 소리 없이 결연한 의지를 밝혔다.

'언니와 전 절친이고, 운명 공동체예요. 언니 어머니께서 첩으로 골치

가 아픈 건 제 어머니께서 첩으로 골치 아픈 거나 마찬가지에요. 첩이 합
법적으로 인정받는 이 세상에서 우리 더 나은 내일을 위하여 함께 노력
해요.'

제126화

연회 전과 후 下

편청에는 이미 음식이 차려져 있었다. 널찍한 열두 개 창을 활짝 연 편청 내부는 호화로운 편이 아니었다. 그러나 구석구석에 각양각색의 생화가 꽂힌 사람 키 절반만 한 청화백자 꽃병이 놓여 있어 고풍스러우면서도 소박하고, 생동감 있으면서 아름다웠다.

5월의 봄볕이 하늘을 화창하게 물들였다. 편청 옆 연못에서 은은하게 불어오는 시원한 바람, 졸졸 흐르는 물소리, 수면에 떠다니는 치자 꽃잎과 푸른 잎, 그리고 시원한 향이 가득한 편청. 그 상쾌하고 편안한 느낌에 손님들은 감탄을 연발했다.

냉채와 과일은 전부 올라와 있었다. 명란은 손님들을 한 명 한 명 자리로 안내한 뒤 뜨거운 요리와 따뜻한 술을 올리라고 명하고, 어린 아가씨들을 위해 가벼운 과일주와 과일즙도 준비시켰다. 시종들이 접시와 그릇을 줄지어 날라 오자 사람들은 젓가락을 들고 식사를 시작했다.

고부에서 처음 여는 연회라 갈씨 어멈은 온갖 솜씨를 다 부려 닭과 오리, 생선을 이용한 일반적인 요리는 물론이고, 산해진미도 많이 준비했다. 목이버섯 오리볶음, 봉리수를 곁들인 새콤달콤 갈비볶음, 죽순과 참

깨를 넣은 장어탕, 버섯을 넣은 돼지고기 등심찜 등이 요리로 나왔다. 모두 입에 착 붙는다며 흡족해했다.

여자 손님들은 남자만큼 술을 많이 마시거나 장난이 심하지 않다. 외부 손님이 있으니 고씨 집안의 여인들이 명란에게 술을 강권하기도 어려웠다. 게다가 웃어른들까지 자리에 있으니 시를 읊어서 벌주를 먹이는 놀이 등은 삼가고 모두 얌전히 먹고 즐겼다.

어느 정도 식사가 끝난 후 명란은 화청 앞의 자그마한 팔각정에 공연을 준비시켰다. 박자판과 피리, 삼현금 같은 악기를 든 악공과 분장한 가희들이 줄줄이 들어왔다. 연배가 높은 손님이 곡을 고르자 연주가 시작되고 분장한 가희들이 노래하기 시작했다.

화청과 팔각정 사이에는 얕은 개울이 있고, 두 척 너비의 푸른 석판이 깔린 대여섯 걸음 길이의 짧은 다리가 둘을 이어주고 있었다. 물소리에 너울거리는 꽃과 푸른 나무, 여기에 음악 소리까지 더해지니 실로 절경이었다.

한참 듣다가 고 태부인이 찬탄을 금치 못했다.

"가희들을 제대로 골랐구나. 곡조도 좋고 장소도 잘 선택했어. 덕분에 우리 귀도 눈도 아주 호강이구나."

칭찬을 듣자 명란은 일어나서 감사의 인사를 했다. 한쪽에 있던 고정적의 부인이 천천히 말했다.

"모두 폐하의 은덕이지요. 이런 상을 내리시다니 동서는 정말 복이 많군그래."

맞은편에 앉은 고정훤의 부인이 바로 웃으며 말을 받았다.

"그렇다 해도 감각이 있어야 가능하지. 나라면 이렇게 좋은 장소가 있다고 해도 이런 생각은 떠올리지 못했을 게야! 동서는 역시 학자 집안 출신답네.”

왕 씨는 자랑스러운 마음에 절로 웃음이 나왔다. 명란은 볼을 붉히며 겸손히 말했다.

“과찬이세요. 이건 제가 생각해낸 게 아니라 웅린산 대인이 남긴 그림을 따라 그대로 배치한 것뿐이에요.”

고정훤의 부인이 볼멘소리를 했다.

“이 사람! 자네는 너무 솔직해. 칭찬하자마자 바로 이실직고하다니!”

모두 폭소를 터트렸다. 명란이 부끄러워서 고개를 숙이자 고정병의 부인이 이 틈을 타 말을 꺼냈다.

“저택이 아주 마음에 들어 돌아가고 싶지 않을 정도라네! 기왕 이리 큰 집이 텅 비었으니 내 동서와 함께 사는 복을 누려보고 싶구먼. 내가 이리로 온다면 북적북적하고 재미있을 게야.”

명란이 살포시 웃으며 고부의 안식구들을 살펴봤다. 다들 상당히 불편해하면서 고정병의 부인을 못마땅히 여기는 눈빛이었다. 그러나 고정병의 부인은 이를 모른 척하고 명란의 대답만 기다렸다.

고정훤의 부인은 얼굴을 붉히며 속으로 뻔뻔스러운 고정병의 부인을 욕했다. 외부 손님들 앞에서 고씨 집안의 위신을 떨어뜨리고, 집안사람들 앞에서 넷째 집의 체면을 완전히 구겼기 때문이다.

고정훤의 부인은 고정병 부인의 팔을 잡아당기고 억지 미소를 지으며 조용히 경고했다.

“지금 뭐 하는 짓인가? 시부모님께서 멀쩡하신데 어딜 가려고!”

고정병의 부인은 일부러 그러는 건지 아예 대놓고 말했다.

“그럼 저희 모두 옮기면 되지 않겠습니까?”

이 지경이 되자 고 태부인마저 언짢아졌다. 넷째 숙모의 얼굴에 노기가 서린 것을 보며 꾸짖으려는 찰나 저쪽에 앉은 여란이 옆에 있는 원문영의 귓가에 속삭였다.

"진작 분가하지 않았나요? 어쩜 뻔뻔스럽게 계속 붙어살려고 하죠? 설마 재산 아끼려고 그러는 것은 아닐 테죠?"

원문영은 여란을 밀친 후 입 다물라는 눈빛으로 쏘아봤다.

여란의 목소리는 크다면 크고 작다면 작았다. 그래서 원문영에게 하는 '귓속말' 같았지만 실상 사람들 귀에도 똑똑히 들렸다. 외부 손님들은 고부 안식구 간의 재미있는 구경거리를 즐기며 속으로 생각했다.

'한 집안인 소 씨와 주 씨도 가만히 있는데 왜 분가한 사촌 동서가 난리야?'

고정욱은 후부 나리이니 자기 집을 떠날 수 없다. 고정위는 고 태부인의 친아들이니 홀어머니를 모셔야 하는 만큼 역시 옮겨올 수 없다. 직계 식구들도 가만히 있는데 넷째 숙부 식구가 정원을 탐내다니 정말 눈 뜨고는 볼 수 없을 정도로 몰염치했다!

여란의 말이 끝나자마자 고 태부인과 주 씨를 제외한 고부 안식구들은 낯이 뜨거워져 고정병의 부인을 째려봤다. 특히 넷째 숙모는 더 심했다. 조금 전 한담을 나눌 때 몇몇 귀부인이 고정형의 시원시원한 행동거지를 어여삐 여겨 품성과 외모가 출중한 자신들의 조카를 소개해주려고 했다. 그런데 혼담이 오고 갈 찰나에 고정병의 부인이 자신의 체면을 구긴 것이다. 넷째 숙모는 잡아먹을 듯한 눈빛으로 고정병의 부인을 노려봤다.

따가운 눈초리가 쏟아지자 낯 두꺼운 고정병의 부인도 견디지 못하고 고개를 수그렸다.

명란은 고개를 돌리고 아무 말도 하지 않았다. 자신도 얼마 전에야 분가의 내막을 알게 되었다.

국고 사건이 발생했을 때 궁지에 몰린 고정엽의 증조부는 멸문지화를 당하기 전에 서둘러 가산을 나눴고, 다행히 조금이나마 보존할 수 있었다. 그런데 몇 달 후에 백 씨가 시집을 왔고 집안에 닥친 화도 해결되었다. 장자였던 고정엽의 아버지, 고 대인이 변경을 지키느라 늘 집에 없어서 넷째 숙부, 다섯째 숙부 식구들이 계속 후부에 머물렀는데, 고 대인이 경성으로 돌아온 후에도 분가에 대해 다시 거론하지 않았던 것이다.

바로 이때 계속 눈을 가늘게 뜨고 공연을 보던 노 노대부인이 힘없이 말을 꺼냈다.

"아이고…… 나이가 들어서 귀가 잘 안 들리네. 자네들이 계속 말을 하니까 무슨 노래를 부르는지도 모르겠어."

넷째 숙모가 한숨 돌리며 "저희가 방해를 했네요." 하고 말을 받은 다음 고정병의 부인을 매섭게 쏘아보며 부자연스럽게 웃었다.

"더는 아무 말 말고, 조용히 노래나 듣거라!"

그제야 실내가 조용해졌다. 명란은 몰래 고개를 저으며 한숨을 내쉬고, 고개를 돌려 봉래산 같은 연못 위의 정자를 바라봤다. 더는 시댁 사람들을 신경 쓰지 않고 마음을 가라앉힌 후 공연을 감상했다.

희대를 설치하지 않아서 손님들은 대부분 문인극[1]의 곡을 골랐다.

노 노대부인은 〈단도회單刀會〉 '훈자訓子'의 한 단락을 골랐다(듣자 하니 노 노대부인의 오십 넘은 아들이 요즘 말을 안 듣는다고 한다). 고 태부인이 고른 곡은 〈동창사발東窓事發〉 '귀안歸案'의 한 단락이었다(고부

---

1) 싸우는 장면 없이 노래나 동작이 위주인 전통극.

간, 동서 간에 오해했다가 화해하는 내용이다). 왕 씨는 〈금대기琴臺記〉 '환주還珠' 중 한 단락을 골랐다(남편이 여러 여인을 거친 후에야 부인의 장점을 깨닫고 개과천선하여 백년해로한다는 이야기이다). 다른 손님들도 각자 좋아하는 곡을 골랐다.

그중 가장 많이 선택된 극은 〈류운교전琉雲翹傳〉이었다. 여러 손님이 극의 한 단락씩을 골랐다. 명란이 대충 헤아려 보니 극의 모든 곡이 다 선택되었다.

이 극은 전 왕조부터 약 100년 동안 계속 공연되며 여인들의 사랑을 듬뿍 받은 극이다.

극의 내용은 대략 이렇다. 어느 왕조의 중엽, 유명한 기녀가 인연이 닿아 나이 어린 탐화랑과 만나게 된다. 둘은 신분이 달랐지만, 첫눈에 반하여 깊은 사랑을 주고받는다. 나중에 탐화랑이 기녀를 기적에서 빼내어 양인으로 만들어주지만, 집안에서는 그런 여인을 용납하지 못한다. 강인한 성격의 기녀는 탐화랑에게 걸맞은 가문의 여인을 처로 삼으라는 서신을 남기고 떠난다.

탐화랑은 연인을 찾지 못하고 부모의 명에 따른다. 몇 년 후 홀아비가 된 탐화랑이 순찰어사로 발탁되어 변방을 순찰하는데 갈족이 대거 침입한다. 탐화랑은 군대와 백성을 이끌고 최선을 다해 저항하지만 중과부적이었다. 지원군은 오지 않고 성이 함락될 지경에 이르자 그는 칼을 목에 대고 자진하려고 한다. 이때 갑자기 갈족 본영이 우왕좌왕한다. 탐화랑은 기회를 놓치지 않고 성을 지키던 병사들을 동원해 기습 공격으로 위기를 넘긴다.

전투가 끝난 후 보니, 어떤 여인이 전단田單 [2]의 책략대로 거금을 들여 소와 양, 말을 500필 사들인 다음 꼬리에 불을 붙여 무방비 상태였던 갈족의 후방에 풀어놓은 것이었다. 탐화랑이 의아하게 여겨 자세히 살펴보니 그 여인은 바로 자신의 옛 정인이었다.

마지막은 물론 두 사람이 자식도 많이 보고, 오순도순 백년해로한다는 행복한 결말이다.

이 이야기는 통속적이지만 감동을 준다. 실제로 전 왕조에 있었던 실화를 극으로 만든 것이기 때문이다.

그 탐화랑은 고담이라는 자로 강소江蘇 지방 명문가의 자제였다. 열여섯이라는 어린 나이에 과거에 급제하여 황제 셋을 모셨다. 평생 기복이 많긴 했지만, 백성들에게 이로운 일을 했고, 후에 『명신전名臣傳』에 기록되었다.

그의 부인은 더 전설적이었다. 부인은 진회秦淮 [3] 강가의 가희 출신으로 훗날 '유리 부인'이라고 불렸다. 원래 내놓기 어려운 신분은 동시대 사람들에게 숨기기는 어려워도 글로는 적당히 꾸며서 후세 사람들을 속여넘길 수 있다. 그러나 이 부인은 너무 유명한 데다 이들의 이야기 또한 세간을 떠들썩하게 했던 관계로, 정사에는 기록되지 않아도 야사에서는 수없이 회자되었다.

이때 박자판 두드리는 소리가 빨라지고, 악공 넷이 열 손가락을 놀려 삼현금을 빠르게 타기 시작했다. 눈물샘을 자극하는 애절한 가락이었

---

2) 전국시대 제나라의 병법가.
3) 남경성 안으로 흐르는 작은 강.

다. 명란은 곁에 앉은 주 씨와 동서 몇 명을 살펴봤다. 모두들 한껏 고조된 얼굴로 곡에 심취한 상태였다. 곡이 절정으로 치닫고 있었다.

고담은 변방에서 집으로 돌아와 부모에게 간청했다. 양친은 유리 부인을 첩으로 들이는 데 동의했다. 그런데 유리 부인은 한숨을 쉬며 정인인 고담에게 명언을 날렸다.

"저는 당신을 깊이 은애하지만, 저 자신도 사랑합니다."

유리 부인은 자신이 내내 괄시당하다 기적妓籍에서 벗어났을 때, 남은 생은 가슴 펴고 당당하게 살겠다고 다짐했단다. 공방을 열어 제자들을 모으고 장사를 하며 사람다운 삶을 살고 싶다는 것이다. 게다가 지금도 충분히 행복하게 지내고 있다고 전했다.

고담은 반드시 그녀를 아내로 맞겠다고 결심했다. 그러나 고씨 집안은 한사코 반대했다. 이 일은 온 세상에 알려졌고, 시정잡배의 안줏거리가 되었다. 결국, 고담은 탄탄한 출셋길을 버리고 관직에서 물러났다. 집안 족보에서도 제명당하고 쫓겨났다.

세상 사람들의 입방아에 오른 부부는 옹주雍州 산야에 묻혀 서로 의지하며 청빈하게 살았다. 고담은 글공부에 매진하면서 책을 집필하고 제자들을 가르쳤다. 유리 부인은 가난한 현지 백성들을 이끌고 광산을 캐고 물을 비축하여 농사를 지었다.

꼬박 10년이 흐르고, 황제가 바뀌었다. 고담은 성리학 사상을 버리고 집필한 대작을 통해 다시금 세상에 이름을 떨쳤다. 전국의 학자들이 그를 흠모하여 배움을 청하러 왔고, 조정에서는 복직하라는 조서를 여러 차례 내렸다. 그 후 높은 관리를 지냈고, 총 세 번의 낙향과 복귀를 반복했다. 관직은 태사太師까지 오르고, 수많은 문하를 남겼으며, 마지막에는 『명신전』과 충량사忠良祠에까지 이름을 남기게 되었다.

유리 부인은 가회에서 일품 고명부인으로 봉해졌다. 그녀의 일생은 소설보다 더 소설 같았다.

예전에 명란은 이 고사(정사+야사)를 읽고 장 선생에게 물어본 적이 있다.

"광산을 개인이 마음대로 채굴해도 되나요? 관아에서 가만히 둬요?"

"다른 광산은 안 되지만 유리 부인이 캔 광산은 가능했다."

장 선생이 일러주었다.

"그 광산은 금이나 은, 동, 석탄이 나지 않고, '석영'이라는 물건이 나왔지. 불에 태우면 유리를 만들 수 있는 신기한 광물이었단다. 관아에서는 석영을 어디에 쓰는지도 몰랐어."

유리! 그래, 유리야.

명란은 눈을 가늘게 뜨고 활짝 열린 창문을 바라봤다. 위쪽에 투명하게 빛나는 유리가 끼워져 있었다. 어떤 것들은 큼직한 크기의 투명한 유리였고, 어떤 것들은 꽃이나 새 무늬에 끼워 넣은 색깔 유리였다. 모두 찬란하게 빛나며 실내를 밝히고 있었다.

기술 수준이 낮았던 고대에 유리 부인은 정밀한 실험을 거듭하면서 일단 장난감이나 작은 장식품 따위를 만들어 초기 자금을 마련하고, 10여 년 후에는 화경을 만들어 이를 바탕으로 천리경과 확대경을 제작했다. 또다시 10여 년이 지나 마침내 기술 혁신을 이뤄 평평하고 단단한 큰 유리판을 만들어냈다.

유리 부인도 아마 미래에서 왔을 것이다. 명란은 다소 넋이 나간 표정으로 유리창을 바라봤다. 잔존하는 실험 원고로 봤을 때 유리 부인은 이공계 출신이다.

역시 이공계가 좋아. 명란은 고개를 숙이고 탄식했다.

실내에 가벼운 갈채 소리가 울려 퍼졌다. 가희는 갑자기 목소리를 낮게 깔며 세상 다 산 듯한 표정을 지었다. 문화적 소양이 부족한 명란도 공연이 뛰어나다는 것을 알 수 있었다.

이 희곡은 전 왕조의 뛰어난 문인이 창작한 것으로, 그는 바로 고담의 제자였다. 그는 칠순이 되던 해 학문을 닦던 젊은 시절의 꿈을 꿨다. 그 시절에 그는 백발이 성성한 고담 부부가 서로 손을 잡고 강가를 천천히 거닐던 모습을 자주 봤었다. 그때까지도 고담 부부는 서로 깊이 은애하고 있었다.

눈물을 흘리며 잠에서 깨어난 그는 경애와 감격에 사로잡혀 세상을 떠난 은사와 사모를 기리고자 일필휘지로 세기의 대작을 써 내려갔다. 뛰어난 문인의 작품은 역시 남달랐다. 〈류운교전〉은 곡조가 은은하고 감동적이며, 가사도 청아하고 아름다웠다. 극에 여러 구절은 한 편의 시라고 해도 과언이 아니었다.

명란은 부러워하거나 우수에 잠긴 사람들의 얼굴을 바라봤다. 다들 감동한 표정이었다. 옆에 있던 주 씨는 감탄하며 조용히 말했다.

"아…… 여자로 태어나 유리 부인처럼 살 수 있다면 보람 있겠지."

유리 부인은 하나의 아이콘이자 상징이었다. 아직 자신이 만나지 못했을 뿐, 이 세상엔 분명 사랑을 위해 모든 것을 바치는 사내가 있다는 것을 여인에게 알려주는 상징.

그러나 명란에게 유리 부인은 일종의 신호였다. 자신과 같은 곳에서 온 사람이 있었다는 신호.

명란은 성 노대부인에게 정안황후에 관한 이야기를 자주 들었다.

정안황후는 대단한 가문 출신에 용모가 아름다웠다. 어려서부터 총명하여 세 살에 시를 짓고, 다섯 살에 그림을 그렸다(분명 영혼 타임슬립을 했을 것이다). 그녀의 당시唐詩나 송사宋詞는 모두 빼어난 수작이었다. 열다섯 살에 황자의 정비로 간택되어 무 황제가 즉위한 후 황후에 책봉되었다. 노대부인과는 어린 시절부터 알고 지냈다. 노대부인은 입궁하여 황후를 알현한 적도 있었다. 그러나 명이 길지 못해 서른일곱의 나이로 세상을 떠났다.

"황후마마께서는 어째서 그렇게 일찍 돌아가셨나요?"

어린 시절 명란은 이런 질문을 던진 적이 있었다.

"입궐하여 황후가 되면 안 되는 분이어서 그랬지."

노대부인은 그리움 가득한 얼굴로 말했다.

"황후마마의 성품은 절벽에 핀 설련화처럼 흠 없이 고결하셨단다. 가벼이 누군가를 믿지 않으셨지만, 사람을 진심으로 대하셨지. 수단을 부릴 줄 모르는 게 아니라 그런 걸 하찮게 여기셨어. 그러나 암투가 판을 치는 황궁이 황후마마를 더럽혔단다. 흥! 그 간교한 것들은 자신들이 이겼다고 여겼겠지? 다들 제명에 죽지도 못했으면서!"

노대부인이 그렇게 깊은 원한을 토해 내는 모습을 본 건 그때가 처음이자 마지막이었다.

공식적인 설에 의하면 간교한 후궁의 이간질에 황제와 사이가 멀어진 후 정안황후는 거울을 만드는 기술에 심취했다고 한다. 궁궐 한쪽에 작은 공방을 만들어 종일 그곳에서 바삐 지내며 다시는 궁의 일에 관여하지도 않고 황제를 만나고 싶어 하지도 않았다는 것이다.

"거울을 만드셨다고요?"

명란이 놀라서 물었다.

"그래."

노대부인이 웃으며 말했다.

"황후마마께서는 옛 서적에서 유리를 거울로 만드는 방법을 찾았다고 말씀하셨다. 구리거울보다 훨씬 낫다고 하시더구나. 황후마마는 총명하셨으니 일이 년이면 성과를 보셨을 거다. 헌데……."

노대부인의 어두워진 얼굴에 명란은 더 묻지 못했다. 정안황후는 유리 거울의 탄생을 보지 못하고 세상을 뜬 것이다.

"황후마마께서는 어린 시절 용모와 재주로 이름을 떨친 게 평생 가장 후회되는 일이라고 하셨다."

노대부인은 안타까워하며 흐느끼듯 말했다.

"그 명성이 화를 불렀어!"

공 상궁은 정안황후가 임종 전에 자신의 시와 그림을 하나도 남기지 않고 전부 태웠다고 했다.

다음 이야기는 공 상궁의 단독 제보로 알게 된 내용이다.

황후가 죽었다는 소식에 무 황제는 넋이 나간 사람처럼 굴었다. 그는 황후가 병사했다는 사실을 믿지 못하고 태의원의 모든 어의들에게 부검을 명했다. 사인을 찾지 못하면 어의를 하나씩 죽였다. 어의를 열 명 죽이고 나서야 마침내 독을 발견했다. 만성적인 독약으로 정안황후는 중독된 지 거의 3년이나 되었다는 결과가 나왔다.

봉의궁에서 무 황제는 시신 옆에서 꼬박 하루를 앉아 있었다. 불과 며칠 사이에 늠름하고 용맹스러웠던 무 황제는 의심이 많은 불같은 성격으로 변했다. 그 후 그는 누구도 믿지 못하고 황궁을 철저히 조사하여 후궁과 궁인 천여 명을 매질로 죽였다. 그뿐만 아니라 여러 큰 사건을 일으켜 무수한 관리들을 옥에 가두고 고문했다.

황귀비는 사약을 받고 멸문지화를 당했다. 숙비와 려비는 목을 매어 자진했다. 그 부모는 사약을 받았고, 일족은 평민으로 강등됐다. 장비는 신형사愼刑司 4)에 보내져 혹독하게 고문한 후 죽였고, 집안도 멸문했다…… 정삼품 이상의 비빈은 거의 화를 피하지 못했다. 운이 안 좋은 경우 가족까지 함께 화를 당했다. 네 명의 비 중에 현비가 살아남았지만 몇 년 후 경기로 죽었고, 아홉 명의 빈 중에서 왕충의 하나가 살아남았지만, 그녀도 나중에 실성했다. 순식간에 후궁 절반이 비어버렸다.

솔직히 말해서, 정안황후를 독살한 범인이 그중에 있을 것이다. 그러나 그들 중 억울한 사람도 분명히 있었다. 그러나 그때의 무 황제는 보이는 사람마다 물어 죽이는 정신 나간 야수 같았다. 누구도 감히 그를 말릴 수 없었다. 그나마 다행인 게 정안황후에게는 온화하고 인정 있는 어린 아들이 있었다. 바로 선황제인 인종이다. 무 황제는 그래도 아들의 말은 들었다.

이렇게 꼬박 3년 동안 피바람이 몰아쳤다. 무 황제 말기, 황제는 술사들의 말을 믿고 제단에서 혼을 소환하는 의식을 벌이기까지 했다. 그러나 황제는 바보가 아니었다. 그를 기만한 가짜 술사들의 머리를 수없이 자른 후 황제는 거의 절망에 빠졌다.

어느 날 밤 갑자기 깨어난 황제는 효릉으로 말을 달려 정안황후의 능 옆에서 통곡하며 마구 소리 질렀다. 그런 다음 새벽에 다시 말을 타고 돌아와 조회를 주관했다. 이날 이후 이런 행동은 습관이 되었다.

여기까지 들은 명란은 저도 모르게 탄식했다. 그럴 줄 알았으면 처음부터 잘하지!

어의는 무 황제의 건강 상태라면 칠팔십까지 사는 것은 문제없다고

---

4) 황궁 내 형벌을 담당하는 기관.

단언했다. 그러나 아무리 무쇠 같은 몸이라 해도 새벽마다 능에 오가는 것을 버틸 수는 없었다. 한번은 상한에 걸려 열이 나서 내관과 신하들이 말렸지만, 여전히 말을 달려 아내를 만나러 능에 갔다. 황제는 이튿날 돌아와서 고열에 시달리다가 얼마 못 가 붕어했다.

이 이야기에 명란은 울음을 그치지 못했지만, 노대부인은 매우 통쾌해했다.

이런 사정으로 거울이 세상에 나오는 시간은 수십 년 미뤄졌다. 그리고 몇 년 전 새 황제가 즉위하여 선대의 두 황제가 봉인했던 정안황후의 유물을 해금했다. 황제는 내무부(內務府)[5]의 장인에게 정안황후가 남긴 문서에 따라 거울을 만들라고 명했다. 얼마 후 선명하게 비출 수 있는 거울이 탄생했다. 지난한 과정을 거쳤고 아직 보급할 수도 없었지만, 황제의 심복인 고정엽은 전면 거울과 양면에 보석을 박은 작은 손거울을 받을 수 있었다.

유리 부인과 정안황후는 완전히 다른 신분으로 태어났다. 두 사람 모두 사랑스러운 인물임이 분명하지만, 안타깝게도 한 명은 성공했고, 한 명은 실패했다. 명란이 확신할 수 있는 타임슬립 동지는 아직까지 이 둘이다.

그 외에 10여 년 전에 기이한 일이 있긴 했다. 당시 호부상서 집에 금지옥엽 딸이 하나 있었는데 크게 앓고 나서 이상한 모습을 보이기 시작한 것이다. 그녀는 하고많은 날 점포를 열어 장사를 하겠다고 떼를 쓰더니 혼기가 되자 친왕과 군왕, 명문가 공자들에게 치근덕댔다. 천방지축

5) 황궁 내 사무를 맡아보던 관청.

행동하며 단정치 못한 말로 젊은 명문가 자제들을 부추기기도 했다.

악명이 자자해지자 모두 그녀를 벌레 보듯 피했다. 스물이 되도록 혼담이 들어오지 않았고, 아비의 벼슬길마저 끊겼으며, 자매들도 좋은 곳으로 시집을 가지 못했다. 후에 집안 사당의 암자에 갇혔는데 결국 도망 나와 기루에 몸을 팔았다. 그렇게 기녀가 되어 '유리 부인도 했는데 내가 왜 못 하겠는가.'라는 말을 달고 살았다고 한다.

하지만 그녀는 평생 고담을 만나지 못했다. 망나니 같은 사내들은 재미만 보고 떠났고, 자진해서 나락으로 떨어진 대갓집 아가씨와 자신과의 스캔들을 떠벌리고 다녔다. 그렇게 온 가족의 명예가 땅에 떨어졌다.

고대 종법제도에서 부모와 웃어른이 생존해 계신 경우 여인은 자신을 팔 자격이 없었다. 그녀의 가족들은 그녀를 찾자마자 집으로 데려갔고, 그 후로 아무 소식이 없었다. 항간에는 연못에 던져졌다는 소문이 돌았다.

명란은 이런 정신 나간 행동이 타임슬립의 부작용인지 아니면 고대에 원래 있던 정신병인지 궁금했다. 어쨌든 확실한 증거가 없어서 자신과 같은 경우인지 확신할 수 없었다.

명란은 앞으로 영원히 동지를 못 만날 수도 있다는 걸 어렴풋이 깨달았다. 동지 중에는 세상에 이름을 떨친 이도 있고, 무명인 이도 있다. 나는 아마 후자에 속하겠지.

혹은, 같은 시대 다른 지역에서 명란처럼 열심히 살고 있는 동지가 있을지도 모른다. 세상을 놀라게 하지도 않고, 함부로 나서지도 않으며 묵묵히 책임을 다하며 이 사회에 융화되어 평온하게 일생을 마치는 그런 동지가.

그런 삶도 나쁘지 않다.

생각이 여기에 미치자 가벼운 웃음이 났다. 이 모습이 주 씨의 시야에 잡혔다. 혼자만 아는 재미난 비밀을 조용히 곱씹기라도 하듯 입술을 잘근잘근 깨물며 묘하게 애교 섞인 눈빛을 하고 있는 명란의 표정은 주 씨에게 낯설기도 하고 이상하기도 했다. 그 눈에는 뭔가 엉뚱한 생각과 장난기가 가득해 보였다.

　주 씨는 고개를 숙이고 생각했다.

　'이래서 둘째 아주버님이 반하셨구나.'

제127화

당신은 내 마음을 모른다

미시未時 [1] 끝 무렵이 되자 손님들이 하나둘 인사를 하고 떠났다. 명란은 웃느라 경련이 날 것 같은 볼을 문지르며 푹신한 침상으로 올라갔다. 눈을 감자 바로 정신없이 잠에 빠져들었다. 얼마나 지났을까. 몽롱한 가운데 복부와 가슴에 익숙한 압박감이 느껴졌다.

명란이 차분히 눈을 떠보니 창밖의 해는 벌써 서쪽으로 지고 있고, 사내의 무거운 몸이 자신의 몸 절반을 덮고 있었다. 다리는 명란의 배 위에, 팔은 가슴에 얹고, 목에 머리를 붙인 채 뜨겁고 축축한 숨을 내뿜고 있었다.

힘겹게 숨을 내쉰 명란은 허리를 비틀어 일단 얇은 이불 속에서 두 팔을 빼내고, 역기를 들 듯 사내의 두 팔을 들어 올린 다음 매끄럽게 침상에서 내려왔다. 일련의 동작이 물 흐르듯 자연스럽고 익숙하기 그지없었다.

---

1) 오후 1시~3시.

자신의 옷에서 나는 냄새를 맡아 보고 명란은 급히 욕실로 들어갔다. 단귤이 머리를 풀어주고 옷을 벗기자 소도가 급히 뜨거운 물에 수건을 적셨다. 둘은 명란의 화난 얼굴을 보며 서로 쳐다봤다. 단귤이 참지 못하고 입을 열었다.

"하죽과 하하가 마님 분부대로 나리께 침상을 준비해드렸지만……."

소도가 툭 터놓고 말했다.

"나리께서 처소에 오시자마자 '부인은 어디 계시냐'고 물으시더니 대취하신 상태로 동쪽 상방으로 가셨어요."

조금 화가 난 말투였다.

명란이 짧게 한숨을 내쉬었다.

"해명할 필요 없어. 내가 그걸 모르겠니?"

명란은 온몸을 씻고 나서 깨끗한 속옷으로 갈아입은 후 겉에는 매화가 수놓인 얇은 담황색 솜저고리를 걸쳤다. 거울을 보고 단장을 한 후 소도에게 일렀다.

"전이하고 순이를 불러줘. 오늘 외원 상황을 물어야겠어."

소도가 대답을 하고 나갔다. 얼마 후 두 머슴아이가 왔다.

고전은 말솜씨가 좋고, 고순은 침착하고 세심했다. 동생은 초등학교 5학년 정도, 형은 중학교 1학년 정도의 나이였다. 명란은 해바라기 씨를 한 움큼 쥐여주며 부드럽게 물었다. 고전은 귀여운 덧니를 보이며 하나씩 설명하기 시작했다. 고전은 어리지만, 기억력이 좋았다. 누가 취해서 들려 나갔고, 누가 술이 들어가자마자 막무가내로 굴었는지, 그중 술버릇이 좋은 사람은 누구였는지 등을 세세히 기억했다.

단씨 집안 형제는 주량이 엄청났다. 들려 나간 사람 절반은 이 형제들과 대작했다. 그중에는 노익장을 과시하며 관직에 버티고 앉아 있는 감 노대인도 있었다. 그는 고정엽을 붙잡고 이야기하다가 부추김을 못 이기고 술독에 빠져들었다고 한다.

박 우대도독은 수염을 쓰다듬으며 나이가 있으니 적당히 마시라고 말렸다.

"감 노대인은 연세가 어떻게 되느냐?"

명란이 궁금해하며 물었다. 고대에는 정년이 없었다.

"오륙십은 되어 보이십니다."

고전이 긴가민가해하자 옆에 있던 고순이 보충했다.

"소인이 듣기로는 감 노대인께서 재작년에 환갑연을 여셨다고 합니다."

명란은 흡족해하며 고개를 끄덕였다. 감 부인이 겨우 마흔 전후이니 궁설화와 친구가 아닌 이상 분명 후처일 것이다.

연회는 성공적이었다. 술과 안주가 풍성했을 뿐만 아니라 시 읊기, 투호, 제비뽑기, 벌주패 등의 놀이는 물론이요, 술 깨는 차와 약까지 준비되어 있었다. 명란에게 의외였던 것은 성굉 부자였다. 연회에 참석한 이들이 대부분 장군이나 작위가 있는 가문의 공자들이라 성굉 부자가 제대로 즐기지 못할 것이라고 생각했는데 정반대였던 것이다.

연회 시작 후 얼마 지나지 않아서 엄숙한 표정의 장백은 자신보다 더 엄숙한 표정의 홍려시鴻臚寺[2]의 우시승, 부근연 대인과 만났다. 그 후 아직 국자감에서 썩고 있는 구서가 합류했다. 셋은 한자리에 앉아서 근엄하게 이야기를 나누었다. 모르는 사람이 보면 추도회를 여는 줄 알았을 것이다.

---

2) 제사와 의전을 담당하던 기관.

성굉과 고씨 십안 다섯째 숙부는 만나자마자 '절친'이 되었다. 어린 시절 힘겹게 글공부했던 이야기부터 과거 시험의 어려움, 관직의 고충까지 서로 이야기가 척척 통했던 것이다. 사실 다섯째 숙부는 평생 학식 깊은 자를 흠모했으나 과거로 출세한 문관들은 권작 자체를 무시했다. 그러나 성굉은 사교에 도가 튼 사람이라 속으로 상대를 얼마나 무시하든 점잖은 말과 분위기로 상대를 편하게 해 줄 능력이 있는 사람이었다.

다섯째 숙부는 십여 년 넘게 글공부에 매진했지만, 매번 과거에 낙방하여 부끄럽다고 말했다. 성굉은 문인에는 최고가 없고 무인에는 둘째가 없으니 어찌 급제 여부로 영웅을 평가할 수 있겠냐며 진지하게 반박했다. 그러면서 대인의 문체가 당시 시험관의 취향에 맞지 않았던 것뿐일 거라며, 고금에 과거에 낙방했던 문호와 대가들을 열거했다.

다섯째 숙부는 눈시울 붉히며 성굉을 자신의 지기로 인정했다.

명란은 그 소식에 절로 코웃음이 났다.

'웃기는 소리! 그 정도 재주도 없이 지금까지 탄탄대로를 걸어왔겠어? 늙은 여우들도 다 아버지 말에 넘어갔었다고.'

그 후 둘의 화제는 교육 문제로 바뀌었다. 조상을 따지면 성굉은 당연히 다섯째 숙부보다 못했다. 그러나 후손을 비교하면 다섯째 숙부는 람보르기니를 탄다고 해도 성굉을 따라잡을 수 없었다. 이야기를 계속 나누다 보니 다섯째 숙부는 자괴감이 들기 시작했다. 학교에서 학부모 회의를 열면 성적이 바닥을 기는 학생의 부모는 성적이 우수한 학생의 부모 앞에서 고개를 들지 못하는 법이다.

명란은 기분이 좋아서 찻잔을 들고 어깨를 들썩거렸다.

고정엽이 깨어날 때까지 유쾌한 기분이 가시지 않은 명란은 식사를 준비하면서 싱글벙글 이 일을 이야기했다. 때는 이미 유시酉時 3) 끄트머리인 데다 점심에 술을 너무 많이 마셔서 둘 다 속이 좋지 않았다. 그래서 명란은 녹두살구죽, 소고기와 깨를 넣은 호떡, 담백한 채소 요리, 그리고 갈씨 어멈의 주특기인 장아찌를 내오게 했다. 참기름이나 식초 두어 방울을 넣고 비비면 입맛 돋우는 데 그만이었다.

고정엽은 연회에서 배부른 음식을 먹지 않았으면서도 처음에는 그냥 깨작깨작하기만 했다. 그런데 몇 입 먹고는 식욕이 살아나 죽을 후루룩 세 그릇이나 비우고, 부드러운 소고기 호떡을 다섯 개나 먹어 치웠다. 그는 한결 편안해진 상태로 명란의 이야기를 듣다가 저도 모르게 웃기 시작했다.

"내 사촌 형님들이 힘드시겠군!"

고정엽은 고소하다는 듯 눈동자를 반짝이다가 순식간에 분위기를 바꿔 차갑게 말했다.

"하지만 걱정하지 말거라. 다섯째 숙모님께서는 해결할 방법을 많이 알고 계시니까."

명란은 그가 비꼬고 있다는 것을 알아차렸다. 요새 명란도 어멈들에게서 녕원후부 소식을 적잖이 알아냈다. 다섯째 숙부의 아들들이 가장 변변치 않은데, 특히 큰아들인 고정양은 혼인 전 통방에게서 아들, 딸을 하나씩 보았고, 기생과 광대를 품고 노는 등 황당한 일을 두루 벌였다고 한다. 이럴 때 다섯째 숙부는 불같이 화를 냈지만 다섯째 숙모는 항상 잘 수습했다나.

---

3) 오후 5시~7시.

아! 엄마가 있으면 정말 좋지. 명란은 슬그머니 눈을 올리고 고정엽을 봤다.

"음……."

명란이 화제를 돌렸다.

"내일 아침 일찍 어머님께 문안드리러 가면서 용이를 데려올까 하는데 어떠세요?"

고정엽이 얼굴을 찡그리며 그릇을 내려놓았다.

"이렇게 빨리?"

"어차피 그리해야 할 일인데 공연히 사람들 입방아에 오를 필요 없잖아요."

명란은 대야와 차를 가져오라고 시킨 후 웃으며 말했다.

"그리고 내일부터 대엿새에 한 번씩 어머님께 문안을 드리러 가려고요."

한 주에 한 번, 한 달에 네 번이었다.

고정엽의 얼굴이 더욱 일그러져 미간이 아예 붙을 지경이었다. 그는 언짢아하며 물었다.

"그럴 필요 있겠느냐? 괜히 번거롭기만 하지. 이렇게 멀지도 가깝지도 않은 거리면 된다."

명란은 그리하면 안 된다는 것을 알기에 부드럽게 설득했다.

"다른 사람이 잘못한다고 따라서 잘못하면 좋은 것은 버리고 나쁜 것을 취하는 일이지요. 그러면 떳떳하게 목소리를 낼 수 없잖아요."

"누가 그리 일러주더냐?"

고정엽이 말을 곱씹으며 흥미롭다는 듯이 물었다.

"할머님께서 하신 말씀이구나?"

명란은 웃으며 "아니에요, 아버님께서 그러셨어요." 하고 대답하면서 속으로 투덜댔다.

'다른 사람이 일러줬다는 걸 어떻게 알았지?'

고정엽은 깜짝 놀라더니 가볍게 웃었다.

"장인어른께서 생각이 깊으시군."

성굉은 사람을 설득할 때 실속 있는 방법을 썼다. 쓸데없이 예의와 염치를 따진 말들을 늘어놓는 것이 아니라 감당해야 할 결과를 분석해 알려 주는 것이다.

하죽과 소도가 따뜻한 물이 든 구리 대야와 다반을 가져왔다. 명란은 내려놓으라고 한 후 직접 일어나 손수건을 짰다. 그런 다음 싱글벙글 웃으며 고정엽에게 건넸다.

"어릴 때 모두 모여 스승님께 이야기를 들을 때 묵란 언니가 일부러 먹물을 튀겨 제 새 옷을 더럽힌 적이 있어요. 전 화가 나서 옷을 갈아입을 때 주방에서 돼지비계를 가져와서 묵란 언니 방석에 마구 문질렀……"

말이 채 끝나기도 전에 고정엽은 뜨거운 손수건에 얼굴을 묻고 웃음을 터트렸다. 명란이 커다랗고 맑은 눈으로 노려보자 그는 급히 엄지손가락을 치켜세우고 "잘했어!" 하고 칭찬하더니 명란을 자신의 무릎에 앉히고 코를 꼬집었다.

"그래서 어떻게 되었느냐?"

명란은 얼굴을 붉히면서도 으스대며 말했다.

"묵란 언니는 아무 의심 없이 자리에 앉다가 의자에서 주르륵 미끄러져 바닥에 대자로 뻗었어요."

핵심은 당시에 제형도 자리에 있었다는 것이다! 평소에 고상 떨던 묵란이 뒤집힌 하마 꼴이 되자 제형은 놀라서 입을 떡 벌렸다. 묵란은 땅을 피고 들어가고 싶은 심정이었을 것이다. 그 뒤로 한동안 묵란은 제형 앞에 나타나지 않았다.

고정엽은 하하 웃다가 명란이 으스대는 모습에 저도 모르게 그녀의 앙증맞은 귓불을 깨물었다. "이런 못돼먹은 녀석!" 하고 웃더니 명란의 귀를 문지르며 물었다.

"그래서 어떻게 됐느냐? 벌을 받았느냐?"

명란이 솔직하게 고개를 끄덕였다.

"다행히 여란 언니가 증인이 되어주었어요. 아버지께서 제 일방적인 잘못이 아니라고 하시며 저와 묵란 언니에게 서책 300번 필사하는 벌을 내리셨죠. 방금 그 말은 아버지께서 그때 절 꾸짖으시면서 하신 말씀이에요."

사실 여란의 말을 성굉이 어찌 전부 믿었겠나? 명란은 원래 장백을 증인으로 세우려고 했다. 그런데 제형이 수업을 마치자마자 성굉에게 달려가 묵란이 먼저 고의로 명란을 괴롭혔다고 완곡하면서도 명확하게 설명했다. 그 말을 듣고서야 성굉은 공평하게 두 사람 모두에게 벌을 내렸다. 그 생각이 나자 명란은 가슴 한구석이 욱신거렸다.

명란은 제형이 오래전부터 묵란의 행동을 간파했다는 사실을 일찌감치 알아챘다(평녕군주의 교육은 효과적이었다). 다만 그는 어린 시절부터 엄한 교육을 받아 우아하고 온화한 웃음으로 조소와 불쾌감을 감췄을 뿐이다.

가장 우스운 것은 묵란이 그걸 전혀 알아차리지 못하고 제씨 집안사람들 앞에서 계속 가식을 떨었다는 점이다.

명란의 웃음에는 알 수 없는 연민이 섞여 있었다. 명란은 고정엽의 목을 감싸며 조용히 말했다.

"녕원후부에서 이렇게 가까운 곳에 살면서 문안 인사를 드리지 않는 다면 우리 잘못으로 돌아오지 않겠어요? 그러니 전 가야겠어요."

고정엽은 여전히 굳은 얼굴로 마지못해 고개를 끄덕였다. 명란이 미소를 지었다.

"걱정 마세요. 사실 저도 다 따져 봤어요. 노씨 집안의 경우, 노 노대인이 폐께서 하사하신 저택으로 이사하고 나서도 양친은 옛 저택에 머무르셨죠. 거리가 멀어서 노 노대인은 닷새에 한 번씩 문안 인사를 드리러 갔고요. 한씨 집안의 경우, 차남과 삼남이 분가해 살면서 그 두 집 며느리가 보름에 한 번씩 문안 인사를 가고요…… 저희는 분가했지만 이렇게 가까이 있고, 그렇다고 친혈육은 아니니 노씨 집안처럼 하면 될 것 같아요."

고정엽은 명란의 야무진 모습을 재미있어 하며 조용히 말했다.

"그 혼탁한 물에 발을 담그게 하고 싶지 않았다. 처음에 저택을 하사받을 때도 복잡한 생각은 안 했는데……."

미안함이 묻어 있는 말투였다.

"개의치 마세요! 전 그리 약하지 않아요."

명란이 장난스럽게 웃으며 대범한 모습을 보였다.

"사람 사는 곳은 다 강호라고 하잖아요. 강호에는 혼탁한 물이 있기 마련이죠."

고정엽은 가슴이 따뜻해지는 걸 느꼈다. 이에 명란의 볼을 문지르며 부드럽게 말했다.

"그것도 장인어른께서 하신 말씀이 아니더냐? 장인어른을 많이 존경하는구나?"

하지만 그가 알기로 명란은 성굉이 가장 예뻐하는 딸이 아니었다.

명란은 아니라고 하기 어려워 생각 끝에 솔직히 말했다.

"할머님은 아버지가 편애한다고 하시지만 전 아버지가 좋은 분이라고 생각해요. 어렸을 때 아버지가 주신 옥패를 언니들한테 뺏기면 아버지는 최소한 금쇄를 주면서 달래주셨어요. 또, 아무리 바쁘셔도 매월 꼭 제 안부를 물으셨죠……"

특히 나중에 모창재로 처소를 옮기자 성굉은 명란을 볼 때마다 잘 지내는지, 옷이나 물건이 부족하지 않은지, 아랫것들이 시중을 잘 드는지 등을 물었다. 왕 씨를 앞에 두고 일부러 들으라는 듯 그렇게 물었었다.

성굉은 서출 출신이라 교활한 아랫것들이 어떻게 상전은 기만하고 속이는지 잘 알고 있었다. 그는 '아이들은 다 잘 있다'는 왕 씨의 말만 믿고 가만히 있는 아비가 아니었다. 자식들이 몸종이 시중을 소홀히 한다고 하면 바로 교체해주었다. 요의의가 타임슬립하기 전에 왕 씨와 임 이랑 사이에 몇 차례 암투가 있었는데, 이런 성굉 덕분에 임 이랑은 왕 씨가 장풍과 묵란 곁에 심어 둔 사람들을 몰아내고 자기 사람들로 바꿀 수 있었다.

물론, 임 이랑은 그럴 배짱이 있었고, 향 이랑은 감히 그러지 못했다.

성굉의 테두리 안에서 성씨 집안 서출 자녀들은 모두 무탈하고 건강하게 자라며 상대적으로 괜찮은 대우를 받았다. 그는 편애를 하긴 하지만 어리석고 이기적이며 자식을 낳기만 하고 거들떠보지 않는 여러 사내들보다 훨씬 나았다.

이 시대에서 그는 결코 나쁜 아버지가 아니었다.

고정엽은 그리움에 잠긴 명란의 표정을 보고 멋진 입가에 미소를 띠웠다. 그는 잠시 머뭇거리다 결국 입을 열었다.

"내 아버지는…… 내게 몹시 엄하셨다. 난 어릴 때부터 장난이 심해서 벌을 많이 받았지.”

명란은 깜짝 놀랐다. 그가 돌아가신 후부 나리 이야기를 꺼낸 것은 처음이었다. 명란이 조용히 물었다.

“아버님은 나리께…… 못되게 구셨나요?”

“……그건 말하기 어려운 문제구나.”

고정엽은 한참을 가만히 있더니 덤덤히 말했다.

“아버지께서는 날 많이 혼내셨어. 엄동설한에 형님과 동생은 처소에서 불을 쬐는데 나만 매일 아침 일찍 일어나 무예를 연마해야 했지. 하지만…… 형제 중에 나에게만 직접 무예를 전수하셨어. 초식을 하나씩 직접 가르쳐주셨어. 하지만 내가 잘못하면 심하게 매질을 하셨지. 누가 말려도 듣지 않으셨어.”

“그럼 큰아주버님과 작은아주버님은요?”

명란이 조용히 물었다.

“형님은 몸이 약하니 말할 필요도 없고, 아우는 외원의 호위들이 몰래 몇 초식 가르쳐줬지.”

명란은 양심에 걸려서 목소리를 낮췄다.

“음…… 어머님께서는 당신께 잘해주셨나요?”

사실 고정엽은 다 알면서도 고 태부인의 행태를 도무지 용서할 수 없었다.

“아주 잘해주셨다.”

고정엽은 지체 없이 대답했다. 그의 입가에 조소가 걸렸다.

“내가 아우와 뭔가를 놓고 다툴 때마다 내 편을 들어주셨고, 은자가 필요하다고 하면 두말 않고 내주셨지. 내 처소의 몸종이 가장 많고, 가장 고왔다. 내가 잘못을 저지르면 누구보다 먼저 나서서 날 두둔하셨지. 후부 전체가 온화하고 인자하다고 어머니를 칭찬했어."

명란은 속으로 콧방귀를 뀌었다. 뻔한 수법이지! 식상해.

고정엽이 쓴웃음을 지었다.

"별로 대단한 것도 아니었다. 누구든 생각해낼 수 있는 방법이었지. 커 갈수록 뭔가 이상하다고 생각했지만, 그땐 나에 대한 아버지의 신뢰가 떨어진 다음이었어. 우리 둘은 몇 마디만 하면 곧 언쟁으로 이어졌다. 나중에 상 유모가 날 찾아와서 내 생모에 대해 이야기해주었지……."

그의 숨이 갑자기 거칠어지더니 얼굴에 분노가 떠올랐다.

"그때부터 난 진짜 아버지를 원망하기 시작했어! 아버지는 다 알면서도 그 긴 세월 동안 아무 말씀도 안 하셨던 거였어. 건방진 아랫것들이 내 생모의 출신이 미천하다고 비웃도록 놔두셨어! 넷째 숙부와 다섯째 숙부가 날 꾸짖을 때마다 내 외가를 들먹이게 놔두셨고!"

"……분노하신 데는 다 이유가 있었군요."

명란이 탄식했다.

한번 말을 꺼내니 이야기하기가 수월했다. 고정엽은 자조했다.

"내가 밖에서 문제를 일으켜서 아버지께 훈계를 들으면 난 차갑게 웃으며 '어머니 재산이 없었다면 작위를 지키지도 못했을 겁니다. 집안이 다 어머니 덕분에 떵떵거리고 살면서 무슨 거드름을 피우십니까?'라고 대들었어. 아버지는 기가 막혀 쓰러지셨고 온 집안이 날 불효자라고 욕했지. 아버지에게 분풀이를 한 건 그 한 번만이 아니었다."

명란은 그의 뻣뻣하고 숱 많은 머리카락을 쓰다듬으며 아무 말도 하지 않았다.

"난 아버지 마지막 가시는 모습도 보지 못했어."

고정엽은 조용히 읊조리며 머리를 명란의 가슴에 기댔다. 따뜻하고 부드러웠다.

"사흘 밤낮 잠도 자지 않고 말 여섯 필이 쓰러져 죽어 나가도록 달려도 결국 제때 닿지 못했지."

그의 말투는 담담했지만, 명란은 가슴이 아팠다.

세상에서 가장 복잡한 것이 아마도 인간의 감정일 것이다. 논리가 전무하니 제아무리 정밀한 기계라도 측정할 수가 없다. 고정엽의 아버지는 백 씨를 사랑하지 않았을 수도 있지만, 아들에게는 죄책감을 느끼고 있었다. 하지만 전처인 대진 씨와의 정, 가문의 명성을 고려하여 공식적으로 아들에게 어떤 보상도 하지 않았다.

명란은 심리학자가 아니라 뭐라 위로해야 할지 몰라서 그저 부드러운 목소리로 물었다.

"아버님이 돌아가셔서 제가 차를 올릴 기회가 없었잖아요. 아버님에 대해서 이야기해주시겠어요?"

고정엽은 아련한 눈빛으로 한참 있다가 말을 꺼냈다.

"……함박눈이 내리던 새벽, 아마 내가 일고여덟쯤 되었을 게다. 너무 추워서 벌벌 떨며 이불에 들어가고 싶었어. 하지만 아버지께서는 조금도 봐주지 않으셨어. 난 백랍 창을 휘두르며 속으로 계속 투덜거렸지. 눈이 펑펑 내리면서 아버지 머리와 눈썹, 어깨에 쌓여서 거의 눈사람이 되셨어. 하지만 여전히 미동도 하지 않으시고 날 지켜보셨다. 아버지는 넌 형제들과 달리 믿을 건 자신뿐이라고 말씀하셨지."

해질녘 촛불 아래, 그의 다부지고 준수한 얼굴에 기묘한 슬픔이 떠올랐다.

명란은 여전히 한숨을 내쉴 수밖에 없었다. 그렇게 잠시 앉아 있다가 조금 졸리기도 하고 그를 혼자 있게 해 줘야겠다고 생각했을 때, 갑자기 고정엽이 조용히 웃기 시작했다. 적막한 실내에 울리는 그 웃음소리는 왠지 사람을 오싹하게 했다.

그의 얼굴은 매섭게 변했고 조용한 웃음소리는 냉소로 바뀌었다.

"흥, 대체 왜?!"

그가 냉혹하고 자조적인 얼굴로 명란을 보며 말했다.

"대체 왜 난 칼을 들고 피를 묻혀 가며 살아야 하느냐! 진 씨가 낳은 아들은 나보다 귀하다더냐? 그래서 편히 작위를 받고 조상의 은덕을 누려도 되는 것이냐? 고씨 집안 전부가 내 외가 재산으로 지금까지 거들먹거리고 사는데 왜 나만 꼬리를 내리고 힘겹게 살아야 하느냐! 상갓집 개처럼 세상을 떠돌면서!"

고정엽이 벌떡 일어났다. 그의 까만 머리카락이 푸른 비단 도포 위에 헝클어지면서 가슴 시리도록 처량한 빛을 뿜었다. 촛불 그림자에 잠긴 수려한 얼굴, 꼿꼿이 세운 몸에서는 사람을 잡아먹는 맹수처럼 증오에 가득 찬 위험한 기운을 풍겼다.

그는 냉소를 지으며 쇳덩이처럼 차가운 목소리로 외쳤다.

"빚을 갚을 것이다! 저들의 뜻대로 평생 숨죽이고 살았다면 흐지부지 지나갔겠지. 허나 오늘날 난 입신양명했고, 이것은 빚을 갚으라는 하늘의 뜻이다!"

명란은 태사의 위에서 몸을 웅크렸다. 고정엽의 커다란 체구로 인해 드리워진 그림자가 명란을 덮었다. 두려움이 인 명란은 '하늘에 다른 뜻이 있는데 당신이 오해한 걸 수도 있어요.'라고 하고 싶었지만, 감히 입을 열지 못했다. 명란은 고정엽이 작위나 재산을 노리는 게 아님을 알고 있었다. 도도하고 굽히지 않는 성격인 그는 그저 참을 수 없는 것뿐이었다. 이런 억울한 대접을 참을 수 있는 사람이 얼마나 되겠는가?

문득 뇌리를 스치는 생각에 명란은 고개를 번쩍 들고 그에게 물었다.

"어쩌실 작정이세요?"

고정엽이 고개를 돌렸다. 눈빛은 평소의 맑고 침착한 모습으로 돌아와 있었다. 그는 우아하게 도포를 가다듬으며 평상에 비스듬히 앉아 다시 고고하고 침착한 모습으로 부드럽게 웃었다.

"두려워 말거라. 아무것도 하지 않을 테니."

명란은 멍하니 앉아서 의심스럽다는 눈초리로 사내를 바라보다가 갑자기 뭔가를 깨달았다. 사람은 복잡하다. 명란은 아직 그를 잘 모른다. 그가 자신을 아직 잘 모르는 것처럼.

제128화

소실을 데리러 간 본처

별세한 아버지를 떠올린 덕분인지 고정엽은 이날 밤 얌전히 명란을 껴안고 누워만 있었다. 둘은 아무 말도 하지 않았다. 명란은 이날 너무나 곤하여 사내의 화로처럼 뜨거운 품 안에서 조용히 잠들었다. 고정엽은 명란의 가늘고 부드러운 머리칼을 세심히 쓰다듬었다. 맑고 여린 얼굴에 피곤한 기색이 비치자 안쓰러운 마음이 들었다. 그는 내일이면 오는 용이와 아직 먼 곳에 있는 창이를 떠올렸다. 결코 원한 적 없는 그 두 아이들을 생각하니 절로 탄식이 나왔다. 실은 그도 좋은 아비가 아니었다. 그러나 손바닥으로 명란의 보드라운 배를 만지자 갑자기 희망이 솟구쳤다.

다음 날 동트기 전 일어난 고정엽이 세수를 하고 옷을 입고 나오니 명란이 이불에서 빠져나오려고 안간힘을 쓰고 있었다. 그는 웃으며 말했다.

"더 자거라. 많이 피곤할 테니."

명란은 단호하게 고개를 저었다.

"이왕 가기로 했으니 보란 듯이 법도를 지켜야지요. 딱 문안드릴 때예요."

고정엽은 물시계를 보며 얼굴을 찡그렸다.

"겨우 축시丑時 1)인데?"

명란은 아쉬운 마음으로 베개를 쳐다보다 이를 악물고 침상에서 내려왔다.

"모처럼 일찍 일어났잖아요. 그리 이른 것도 아니니 다른 일 좀 보고 평소에 늦잠 자면 되지요."

다른 일이라 함은 고정엽과 아침 식사를 한 후 현모양처처럼 그를 배웅하는 것이었다. 이런 행동에 고정엽은 비웃으며 눈을 흘겼지만, 명란은 못 본 척하며 계속 현모양처처럼 웃었다. 고정엽이 인정하지 않더라도 최소 집안 하인들에게 좋은 인상은 남길 수 있다.

그를 배웅한 후 하인들의 근무 상태를 살피고 집안일 및 각 관사를 점검했다. 이 기습적인 점검의 결과, 충성심 있고 성실한 하인들은 상을 받았고, 꾀를 부리는 하인들은 벌을 받았다. 효과는 꽤 좋았다. 점검을 마치고 명란은 가마에 올라 녕원후부로 향했다.

징원과 녕원후부는 같은 거리에 나란히 있고, 사이에는 내무부의 숲 절반(나머지 절반은 징원 내에 있다)이 껴 있었다. 위에서 내려다보면 징원의 내원과 후부의 내원은 활의 양 끄트머리에 있는 형세였다. 명란이 활시위를 따라가면, 다시 말해서 숲의 오솔길로 가로질러 가면 걸어서 십 분 정도면 후부에 도착할 수 있다. 그러나 지금은 어떤 연유로 인해 활등의 곡선을 따라 우회해서 가야 했다. 징원의 내원에서 나와 외원을 지나 대문을 나와서 가마를 타고 후부의 대문까지 간 다음, 다시 후부

---

1) 새벽 1시~3시.

의 외원을 통해 내원으로 들어가야 하는 것이다.

명란이 후부에 들어섰을 때가 딱 진시辰時 2)였다. 입구에 있던 향씨 어멈이 웃으며 명란을 맞이하더니 안으로 안내하지 않고 밖에 서서 말했다.

"어제 둘째 마님이 오신다고 말씀하셔서서 큰마님께서 아침 일찍부터 기다리고 계십니다."

명란은 멈칫하더니 부끄러워하며 사과했다.

"어머님께서 잠을 설치셨다니 다 내 잘못이에요. 향씨 어멈, 내가 시집 온 지 얼마 안 돼서 잘 모르니 평소에 어머님께서 언제 기침하시는지 알려 줘요. 그래야 나도 때를 맞춰 오지."

참 나, 내가 안 오면 당신 상전은 안 일어나? 소 씨와 주 씨는 매일 문안 인사드리러 안 오고? 누굴 겁주려 들어!

향씨 어멈은 잠시 멍하니 있다가 재빨리 대답했다.

"그게 무슨 말씀이세요. 제가 공연한 소리를 했습니다. 큰마님께서는 연세가 있으셔서서 때로는 일찍, 때로는 늦게 기침하십니다. 잠자리 드시는 시간도 일정치 않고…….."

"그래도 상관없어요."

명란이 부드럽게 말을 끊었다.

"앞으로 일찍 오면 상방에서 기다릴게요. 어머님께서 모두 준비되시면 들어가 인사드리면 되지."

흥, 기다리는 게 좋지. 배짱 있으면 벌세우듯 밖에 몇 시진 세워 놓으

2) 오전 7시~9시.

시지! 이것은 원 부인이 애용하는 방법으로, 이것 때문에 화란은 애를 많이 먹었다. 그러나 이 방법은 친모인 시어머니나 쓸 수 있지 계모는 쓸 수 없다. 한번 쓰기만 하면 뒷말이 무성해지기 때문이다! 그럼 사람 좋기로 소문난 고 태부인이 '덕으로 사람을 대한다'는 평판을 어떻게 유지할 수 있으랴?

여기까지 생각이 이르자 명란은 왠지 모르게 기대가 되기 시작했다.

'에휴, 큰일이네. 나 점점 더 꼬여가는 것 같아.'

가까스로 웃음을 보인 향씨 어멈은 역시 명란을 얕볼 수 없다고 생각하며 바로 안으로 들었다.

명란이 들어가자 소 씨와 주 씨가 보였다. 둘은 구들 곁에 앉아서 고 태부인과 이야기를 나누는 중이었다. 소 씨는 얼굴이 누렇게 뜨고 걱정스러운 표정이었다. 고 태부인은 그런 소 씨를 계속 달랬다.

"……정욱이는 복도 많고 장수할 운명이다. 어려서부터 지금까지 그랬어. 이번에도 잘 넘길 게야."

"둘째 형님 오셨군요."

주 씨가 명란이 들어오는 모습을 보고 일어나 인사를 하며 웃었다.

"원래 큰형님은 어머님께 문안드리고 바로 아주버님께 가려고 했는데, 둘째 형님이 오신다고 해서 기다리고 있었어요."

명란은 참지 못하고 옆에 있는 향씨 어멈에게 의혹의 눈길을 보냈다. 하나는 일찍 왔다고 하고 하나는 늦게 왔다고 하는데, 대체 어떻게 된 일이지?

향씨 어멈은 머쓱해하며 고개를 숙였다.

주 씨는 몹시 영리했다. 향씨 어멈의 안색이 좋지 않자 자신이 뭔가 말을 잘못했다는 것을 알아차렸다. 주 씨는 명란의 답을 기다리지 않고 웃으며 재빨리 명란을 옆으로 잡아끌었다. 명란도 아무 말 없이 옷깃을 여미고 고 태부인과 소 씨에게 공손히 인사를 올렸다. 고 태부인은 명란을 자리에 앉게 하고 차를 내오라고 했다. 몇 마디 안부 인사를 나눈 후 마작판을 벌이기에 딱 좋은 숫자인 넷이서 이야기를 나누기 시작했다.

"……네 큰아주버니의 병세에 관해 이야기하고 있었단다."

고 태부인은 자애로운 얼굴로 몸종에게 구들 위 탁자에 놓인 신선한 과일을 명란에게 건네주라고 손짓했다.

"골골거리는 사람이 오래 산다고 하잖니. 네 형님을 달래고 있는 중이었다."

명란도 따라서 위로의 말을 건네며 한마디 덧붙였다.

"제 고방에 좋은 산삼이 몇 뿌리 있는데 형님께 보내드릴게요. 부족한 약재가 있으면 말씀만 하세요."

소 씨는 명란의 진지한 말에 쓴웃음을 지었다.

"고맙네. 하지만 자네 아주버님의 병은 하루하루 버티는 게 최선이라네."

고 태부인이 가볍게 탄식하며 안쓰럽다는 얼굴로 명란에게 말했다.

"네 형님과 난 이제 별 방도가 없구나. 오늘 네게 부탁할 게 있다. 돌아가서 정엽이에게 말해다오. 그 아이는 발이 넓잖니. 형님이 이 지경이 되었으니 방도를 좀 찾아보라고 해주렴. 무슨 수를 써서라도 용한 의원을 찾아야 해."

이 말이 끝나자 소 씨는 생기 없던 눈을 다시 반짝이며 간절한 얼굴로 명란을 바라봤다. 명란은 가슴이 철렁했다. 여기에 들어오면서부터 온몸의 경각심을 곤두세웠던 터다. 명란은 생각 끝에 온화하고 공손하게 대답했다.

"그야 물론이죠. 그 전에 큰아주버님의 진맥을 본 의원이 누구누구였는지 말씀해주셔요. 그래야 겹치지 않지요."

소 씨는 명란의 말이 옳다고 여겨 서둘러 일일이 열거하다가 다시 낙담했다. 경성에서 의술로 유명한 가문부터 전국 각지의 유명한 의원은 물론이요, 태의원의 수장부터 시골뜨기 의원까지, 몇십 년 동안 부를 만한 의원은 죄다 불러봤기 때문이다.

말을 마친 후 소 씨는 명란의 난감해하는 얼굴을 보며 자신이 무리한 일을 강요하고 있다고 생각했다.

"마땅히 찾아야 하지만……."

명란이 잠시 생각하다가 신중히 말했다.

"흔히들 유유상종한다고 하지요. 나리가 밖에서 쌓은 인맥은 대부분 군대와 관련되어 있습니다. 그분들이 찾는 의원은 외상 치료에만 용할 수 있어요. 어머님께서는 저희보다 연륜이 깊으시고, 동서의 친정은 경성에서 오래 계셨지요. 숙부님과 숙모님들도 계시고요. 모두 함께 용한 의원을 생각해 보고, 떠오르는 인물이 있으면 서방님이 모셔오는 게 어떨까요. 어찌 됐든 모두 함께 힘을 모으는 것이 혼자 헤매는 것보다 훨씬 낫지 않겠습니까."

고정엽이 고명한 의원을 알 거라는 보장은 없다. 그러나 알게 되면 권세로 진맥을 요구할 순 있을 것이다.

소 씨는 뜻을 알아차리고 동의의 표시로 묵묵히 고개를 끄덕였다.

"그리 할 수밖에 없겠네."

고 태부인은 눈을 반짝이며 명란을 보다가 다시 한숨을 쉬었다.

"형제가 셋뿐이니 정엽이가 짬이 나는 대로 형님을 자주 들여다보면 좀 나아질지 모르겠구나."

명란은 다소 어색하게 웃었다.

"그리 말씀드리겠습니다."

명란이 시원하게 답하니 다른 사람들은 할 말이 없었다. 주 씨는 저도 모르게 새 동서를 자세히 뜯어 봤다. 명란은 조용히 앉아서 대부분 다른 사람의 말을 듣고 이따금 한마디씩 거들었다. 말은 많지 않고 해야 할 말만 했다. 게다가 말도 단정적으로 하지 않고 항상 여지를 남겼으며, 모두 승낙한 것처럼 보였지만 실은 하나도 승낙하지 않고 있었다.

주 씨는 속으로 쓴웃음을 지으며 시어머니의 계산이 어그러질 수도 있겠다고 생각했다.

이때 밖에 있던 몸종이 용이 아가씨가 왔다고 큰 소리로 아뢨다. 모두 고개를 돌리자 공홍초와 추랑이 나란히 서서 국화를 수놓은 담황색 비단 저고리를 걸친 용이를 앞세우고 들어왔다. 여전히 마르고 연약한 모습의 용이는 고개를 숙인 채 말이 없었다.

"어머니께 인사 올려야지?"

주 씨가 웃으며 말했다.

용이는 고개를 숙이고 엉거주춤 무릎을 굽혀 예를 갖춘 다음 아주 낮은 목소리로 말했다.

"마님께 인사 올립니다."

용이의 뻣뻣한 모습에 추랑은 티 나지 않게 한숨을 쉰 후 부드럽게 인사를 올렸다. 공홍초는 영리하게 한 발 앞으로 나와 공손히 예를 올리며 어여쁜 목소리로 말했다.

"마님께 인사 올립니다."

명란은 미소를 지으며 고개를 끄덕였다.

"셋째 동서가 큼직한 짐들은 다 꾸려 놨다고 일러주었네. 행장 정리가 되면 오늘 징원으로 같이 돌아가세."

추랑은 기쁜 소식에 반색했다. 공홍초는 눈을 들어 명란을 보더니 입술을 깨물며 하려던 말을 멈췄다. 명란은 번거로운 일이 생길까 봐 일부러 못 본 척했으나 고 태부인이 인자하게 말을 건넸다.

"둘째 마님은 너그러운 분이니 할 말이 있으면 해보거라."

공홍초는 거듭 몸을 숙이며 공손히 말했다.

"소첩은 몸종 둘을 데리고 가고 싶습니다. 금희와 오아라는 아이들인데…… 둘은 저와 함께 이 댁에 왔습니다. 두 아이를 떼어 두고 갈 수 없어요……."

목소리가 점점 작아졌다.

명란은 용이가 재빨리 공홍초에게 눈을 돌렸다가 다시 고개를 숙이는 것을 봤다.

고 태부인은 웃으며 명란에게 눈으로 물었다. 명란은 미소를 지었다.

"어머님과 형님께서 허락하신다면 전 상관없습니다."

고 태부인이 흡족해하며 고개를 끄덕이더니 두 첩을 가리키며 명란에게 말했다.

"저 두 아이들도 고생이 많았다. 정엽이가 요 몇 년간 떠나 있으면서 깜깜무소식이었으니 말이야. 그런데도 꾹 참고 기다렸어. 하…… 사람은 다 감정이 있지 않으냐. 저 아이들의 마음을 봐서라도 앞으로 미흡한 점이 있어도 네가 잘 돌봐주거라."

말에는 연민과 호의가 가득했다. 홍초와 추랑은 감격에 겨워 눈시울을 붉힌 채 고 태부인을 바라봤다.

고정엽이 집을 떠난 지 3년도 더 되었다. 첫 2년과 그다음 1년, 홍초와 추랑에 대한 대우는 천양지차였다. 그런데도 이런 말을 거침없이 자연스럽게 내뱉는 고 태부인에게 명란은 크게 감복하며 그녀를 본받기로 다짐했다. 명란은 고 태부인의 진심 어린 말투를 흉내 내며 온순한 웃음을 더했다.

"그게 무슨 말씀이세요. 어머님께서 그리 분부하지 않으셔도 제가 설마 저들을 박대하겠어요?"

고 태부인은 명란의 손을 잡으며 자애로운 눈으로 쳐다봤다.

"이 기특한 것!"

주 씨는 입을 오므리며 웃었고, 소 씨는 안심한 듯한 얼굴이었다. 홍초와 추랑은 공손히 감사를 표했다. 홍초는 손수건으로 눈가를 찍으며 훈훈한 분위기를 더했고, 양옆의 몸종도 덩달아 살포시 웃었다. 다들 이 상황이 진짜라고 여기는 듯했다. 역시 인생은 연극이요, 연극은 인생이로다. 명란은 자신이 오늘 꽤나 평화적으로 보냈다고 생각했다.

제129화

소실, 통방 및 혼전에 낳은 딸의 처소 문제를 해결하는 방법

공홍초와 추랑이 행장을 챙기길 기다려야 해서 명란은 고 태부인과 계속 이야기를 나눌 수밖에 없었다. 소 씨는 남편이 눈에 밟혀 먼저 돌아가면서 대신 한이를 불러 명란에게 인사를 올리게 했다. 주 씨 역시 유모에게 현이를 안고 오라고 시켰다.

명란은 이 사촌 남매를 자세히 쳐다보다가 저도 모르게 감탄했다.

'역시 있는 집안 아이들이 예쁘게 생겼다니까.'

현이는 말이 아직 서툴렀다. 유모 품에서 옹알거리는데 뽀얗고 통통한 게 몹시 귀여웠다. 한이는 대여섯 살밖에 안 되었지만 용이와 키가 비슷했다. 어린 나이지만 몸가짐이 단정하고 말하고 인사를 올리는 모습이 의젓했다. 방금 쭈뼛거리던 용이와 비교가 돼서 명란이 물었다.

"용이는 약을 먹고 있나요?"

주 씨도 용이의 비실비실한 모습에 한숨을 쉬며 말했다.

"안 먹어요. 의원에게 보였는데 몸에는 별 이상이 없답니다. 그저 마음을 편히 가지고 섭생을 잘하면 된다고 했어요."

명란은 고개를 숙이고 말을 아꼈다. 옆에 있던 한이는 명란의 표정을 보며 귀여운 목소리로 물었다.

"작은어머니, 걱정 마세요. 용이는 편식하는 버릇이 있고 종일 멍하니 있지만 건강해요. 지난달 환절기에 날이 더웠다 추웠다 하는 바람에 저와 현이는 고뿔이 들었지만 용이는 별일 없었어요."

명란은 한이의 조리 있는 말과 천진난만한 행동에 흐뭇해서 웃었다.

"우리 한이가 아주 의젓하구나! 한이 아버지 몸이 좋아지거든 작은어머니가 너와 용이를 데리고 놀아줄게. 우리 정원에 새 그네를 달았단다."

한이는 자그마한 얼굴로 새싹 같은 미소를 짓더니 세차게 고개를 끄덕이며 큰 소리로 대답했다.

"네!"

고 태부인은 인자하게 한이를 바라보며 가볍게 한숨을 쉬었다.

"참 효심이 깊은 아이야. 제 아비가 아프고 나서부터 바깥출입도 하지 않고 집안 정원에도 잘 나가지 않는다더구나."

명란은 갑자기 연민이 들었다. 소 씨가 조금 전에 줄줄이 열거한 명의를 생각해 보니 고정욱은 별다른 가망이 없을 듯했다. 현대에도 불치병이 있는데 이 시대에는 오죽했을까.

현이가 할머니 곁에 있지 못하고 구들 위에서 명란 쪽으로 몸을 비틀었다. 명란은 웃으며 아이를 안았다. 주 씨는 몹시 놀란 얼굴로 명란이 아주 익숙하게 현이의 허리를 받쳐 자기 무릎에 앉히는 것을 보았다. 명란이 현이의 겨드랑이에 입김을 불고 배를 문지르며 장난치자 현이는 신나서 까르륵 웃으며 구들장을 굴렀다.

고 태부인이 웃으며 말했다.

"네가 아기를 잘 안을 줄 몰랐구나."

"저희 친정 조카가 현이와 비슷한 나이예요. 큰언니 아들도 이만하고요."

명란이 힘겹게 현이를 유모에게 돌려주고 나서 손수건으로 이마의 땀방울을 닦았다. 주 씨가 아들을 안고 한껏 웃으며 장난쳤다.

"다음에 사촌들끼리 모이면 정말 잘 놀겠어요."

이때 밖에서 몸종이 발을 걷고 들어와서 고 태부인을 보고 살짝 겁을 내며 말했다.

"아가씨 말씀이 아침에 문득 시상이 떠올랐다며 꼭 시를 써야겠다고, 둘째 마님을 뵈러 오지 못하겠다 하셨어요. 대신 죄송하다는 말씀을 드리러 왔습니다."

고 태부인이 굳은 얼굴로 꾸짖었다.

"둘째 올케가 간만에 왔는데 이렇게 버릇없이 굴다니?!"

방 안에 있던 몸종들은 누구도 감히 입을 열지 못했다. 잠시 후 고 태부인이 웃으며 명란에게 사과했다.

"너무 서운해하지 말거라. 정찬이는 어려서부터 네 시아버지가 직접 가르쳐서 서화를 좋아한단다. 네 시아버지가 너무 귀애했더니 선비같이 도도한 구석이 있어. 일단 흥이 일면 누구 체면도 봐주지 않는구나."

명란이 웃으며 가볍게 손을 저었다.

"아가씨 명성이야 익히 알고 있습니다. 학식이 깊어 경성 규수들의 칭찬이 자자하던걸요. 게다가 한 가족인데 언제든 또 보면 되지요. 괜찮습니다."

문학적 소양이 깊은 여인이라니, 엉성한 시만 지었던 명란은 그 고전적인 평계에 감탄했다.

고 태부인은 딸 이야기를 더 하고 싶지 않았다. 그 나이 먹도록 아직 시집을 못 갔으니 명성이 자자해봤자 더 좋은 이야기가 나올 리 없었다. 시를 짓겠다고 올케를 보러 오지 않겠다니 말도 안 되는 소리였다. 하지만 이 일로 봤을 때 고정찬은 확실히 후부 나리의 총애를 받았던 것 같다.

한이를 처소로 돌려보낸 뒤 주 씨가 현이와 관련된 재미있는 일들을 이야기하자 모두 웃음을 터트렸다. 고 태부인은 짐짓 자애로운 얼굴로 고정엽과 고정위가 어렸을 때 말썽부렸던 일들을 꺼냈다. 명란은 흥미진진하게 들었다. 시어머니와 동서는 명란에게서 고정엽 이야기를 듣고 싶어 하는 것 같았다. 그러나 오랫동안 비밀유지에 단련된, 사법기관의 우수 인재였던 요의의는 얼버무리기에 도가 터서 엉뚱한 이야기로 화제를 멀리 돌렸다.

"……자주 먹으면서도 그렇게 다양한 요리법이 있는 줄 몰랐어요."

주 씨가 영문도 모른 채 뜬금없이 명란과 민물 새우 품종 7가지와 요리법 16가지에 관해 이야기하기 시작했다. 주 씨는 얼굴을 문지르며 가볍게 물었다.

"수세미 오이와 함께 볶아 먹으면 정말 피부에 좋나요?"

"잊지 말아요. 새우 등 쪽의 그 줄은 꼭 떼어야 해요. 기름 솥에 넣기 전에는 전분과 달걀흰자를 묻혀야 하고."

명란은 전생의 몸에 계속 미안했다. 몸을 제대로 돌보기는커녕 산사태에 떠내려가 시신을 수습하기도 어렵게 만들었으니 말이다. 고대로 날아온 후 명란이 가장 신경 쓴 일은 바로 건강 관리였다. 남자에게 잘해 봐야 바람피울지도 모른다. 몸종들에게 잘하면 기어오를 수도 있다. 자매에게 잘해도 배신당할 수 있다. 거듭 생각을 해 봐도 자기 건강을 돌보는 게 가장 남는 장사였다.

주 씨는 명란의 화사하고 고운 얼굴을 쳐다봤다. 도자기처럼 뽀얗면서 연꽃처럼 불그스름하고 피부는 부드럽고 여린 게 마치 물에서 꺼낸 것처럼 촉촉하고 반짝거렸다. 외모를 빼고 혈색만 따져도 동년배인 자신의 시누이보다 훨씬 나아 보였다. 주 씨는 명란의 말에 설득되어 저도 모르게 조언을 청하기 시작했다.

"친정 할머님께서 여인은 평생 힘든 일이 많다고 말씀하셨어요. 자식을 낳고 집안을 돌보는 일에 뭐 하나 쉬운 게 있나요?"

명란이 가볍게 한숨을 쉬었다.

"아이를 낳을 때마다 몸은 크게 상하죠, 몸을 풀면 또 아이가 건강하게 자라길, 글공부해서 출세하길 바라며 노심초사하고요……. 후, 다들 여인은 사내보다 빨리 늙는다지 않습니까. 이리 고생하는데 어찌 안 늙겠어요?"

"누가 아니래요!"

주 씨도 덜컥 걱정이 들었다. 사내는 가난을 걱정하고 여인은 늙는 것을 두려워하는 법이다. 사실 주 씨는 이제 겨우 스물이었지만 자신이 명란보다 한참 연장자처럼 느껴졌다. 고대 여인의 삶은 비참했다. 스물 전후에 아이를 낳아 기르고, 서른이 넘으면 여성으로는 거의 끝이었다. 마흔에는 손주를 보고 대부분 불가에 귀의하여 수양을 하며 여생을 보내야 했다.

고 태부인이 보니 대화의 주제가 점점 원하는 방향에서 멀어졌다. 주 씨가 해야 할 말을 깡그리 잊은 듯해 보이자 고 태부인은 참지 못하고 얼굴을 살짝 찌푸렸다. 그러나 첫날인 만큼 여러 걱정을 억누르고 웃는 얼굴로 듣고 있다가 가끔 웃어른답게 야단치기도 했다. 전반적으로 분위기는 화기애애했다. 홍초와 추랑이 행장을 다 꾸리자 사시巳時 ¹⁾가 훌쩍 지나 있었다. 고 태부인이 웃으며 말했다.

"벌써 시간이 이리되었구나. 식사하고 보내지 않으면 사람들이 나더러 매정한 시어미라고 흉볼 게야."

명란도 그리 생각하여 흔쾌히 동의했다. 그러나 식사를 할 때 덜컥 겁이 났다. 밥에 독을 타지는 않았겠지?

식사 후 차를 마시며 명란은 이만하면 됐다고 생각하여 일어나 인사를 올렸다. 밖에는 마차가 이미 준비되어 있었다. 짐을 싣고 덜컹거리는 마차를 타고 가다 보니 곧 징원에 도착했다. 마차에서 내린 후 명란은 로용댁에게 짐을 풀라고 명한 후 직접 용이와 두 소실을 이끌고 천장이 파란 가마에 올라 내원으로 이어지는 내의문까지 갔다.

안으로 들어가면서 홍초는 정원의 경치가 훌륭하다는 생각뿐이었다. 곳곳에 꽃과 새, 정자와 자그마한 다리, 연못이 어우러져 있었다. 호화롭지는 않지만 고상하여 부러운 마음이 들었다. 추랑은 오는 내내 몸종과 어멈들을 살펴봤다. 이들은 모두 작은 소리로 이야기했고, 명란이 지나가는 것을 보자마자 한쪽으로 물러나 공손히 서 있었다. 가희거 편청으로 들어간 후 자리에 앉자 몸종들이 차를 내어왔다. 몸종들은 모두 수려하고 행동이 단정하여 누구도 홍초와 추랑을 곁눈질하지 않았다.

추랑은 속으로 놀라지 않을 수 없었다. 새로 온 정실부인이 어리다는 소리만 들었지, 집안을 이렇게 잘 다스릴 줄은 생각도 못 했다. 추랑은 고정엽을 생각하며 기뻐했다. 고정엽의 후처는 전처보다 어느 방면으

---

1) 오전 9시~11시.

로나 더 뛰어났다. 그러나 이 생각을 하다 보니 이제 고정엽에게 자신이 필요하지 않을 수도 있다는 걱정도 들었다.

명란은 상석에 앉아서 차를 한 모금 홀짝이며 오늘 너무 많은 일을 했다고 생각했다. 이런 정신적, 육체적 노동은 균형 있는 생활을 꾸리는 데 좋지 않다. 명란은 속전속결로 일을 처리하고 돌아가서 낮잠을 자야겠다고 결심했다.

명란이 찻잔을 내려놓고 고개를 돌렸다.

"취미, 처소 정리는 끝났느냐?"

"여러 번 분부하신 일이잖습니까."

옆에 서 있던 취미가 급히 앞으로 나와 웃으며 고했다.

"처소와 하인들 준비를 다 마쳤습니다. 마님과 공 이랑, 추랑 세 분 모두 바로 씻고 쉬실 수 있도록 물도 데웠습니다."

추랑이 급히 일어나 감사를 표했다. 홍초도 한 박자 늦게 일어나 웃으며 말했다.

"신경 써줘서 고맙습니다."

추랑은 명란을 보며 황공해했다.

"전 그저 아랫것에 불과합니다. 마님을 모셔도 시원치 않을 판에 이리 잘해주시다니요! 마님의 아량에 몸 둘 바를 모르겠습니다. 나리와 마님 곁에서 모실 수 있는 것만으로도 충분합니다."

명란이 가볍게 손을 저었다.

"자네는 나리를 오랫동안 모셨네. 시중드는 몸종 몇 명 붙였다고 그렇게 황송해할 필요 없네. 게다가 이래야 집안 체면이 선다네."

부드럽지만 반박하기 힘든 말투였다. 추랑은 거듭 감사를 표하며 자리에 앉았다.

명란은 잠시 있다가 아랫자리에 앉은 용이를 향해 미소를 지었다.

"다들 피곤할 테니 짧게 이야기하겠네. 이곳엔 사람이 적었는데 자네들이 왔으니 시끌벅적해지겠지. 용이야, 네 처소로 구향원을 줄까 하는데 네 의견을 물어봐야겠구나. 혼자 처소를 쓰는 게 좋으니 아니면 나와 같이 지내겠니?"

용이가 아직 어리기에 물어보는 말이었다. 명란도 열 살이 되어서야 따로 나와서 자신만의 처소에서 지냈다.

용이는 여전히 고개를 숙인 채 마른 몸을 움직이지도 않고 말도 하지 않았다. 한참 지나도 대답이 없자 추랑은 마음이 급해져서 다가가 용이를 살짝 잡아당겼다.

"어서 대답해야지. 마님께서 물으시잖니."

용이가 갑자기 고개를 들고 명란을 빠르게 훑어봤다. 경계심과 적의가 가득한 눈빛이었다. 그 후 용이는 다시 고개를 숙이고 아무 말도 하지 않았다.

홍초가 난감해하며 상황을 수습했다.

"너무 나무라지 마세요. 용이는 후부에 들어오면서부터 이랬습니다. 평소에 저희와도 말을 많이 하지 않아요. 하지만 속으로는 다 알고 있어요."

"그럼 자네의 뜻은 어떤가?"

명란이 홍초를 보며 입꼬리를 살짝 올렸다.

"제가 어찌 감히 제 의견을 내놓겠습니까. 다만……."

공홍초는 미리 생각해 둔 게 있어 바로 웃으며 말했다.

"용이가 어리고 아직 철이 없어서 혼자 처소를 쓰면 외로울까 걱정입니다. 게다가 오랫동안 나리를 못 뵀지요. 부녀지간은 천륜이지 않습니까. 마님께서 용이를 거두시는 게 좋을 것 같습니다."

명란은 곰곰이 생각하며 표정 변화 없이 살며시 고개만 끄덕였다. 이 모습에 홍초는 순간 안도하는 얼굴로 명란의 대답을 기다리지 않고 말을 이었다.

"그리고 하나 더……. 제 무례를 용서하세요. 어찌 됐든 용이는 큰마님께서 제게 맡기신 아이입니다. 그 당부를 저버릴 수 없으니 저도 용이와 떨어져 지내기가……."

홍초는 명란의 표정을 훔쳐봤다. 옆에 있던 취미는 얼굴의 웃음기를 거두고 홍초에게 싸늘한 눈빛을 보내고 있었다.

여기까지 듣다가 명란은 저도 모르게 웃기 시작했다.

"그래서 자네도 나와 함께 지내겠다는 말인가? 하지만 자네는 소실이야. 정원은 넓고, 마땅한 처소가 없는 것도 아니니 자네에게 독채를 줄 생각이었네."

홍초는 머뭇거렸다.

"마님의 호의를 소인이 모를 리 있겠습니까? 하지만 저 하나 편하자고 중요한 일을 그르칠 수는 없는 노릇이지요."

사전에 얼마나 준비를 했는지 홍초의 말에는 빈틈이 없었다. 명란은 크게 감탄했지만 두렵지는 않았다. 어차피 이 세상의 모든 논리는 사람이 만든 것이다. 특히 집안일은 더욱더 그렇다. 시아버지 앞에 가면 시아버지 말이 옳고, 시어머니 앞에 가면 시어머니 말이 옳은 법이다. 공홍초가 갖가지 이유를 대며 들어오려고 하지만 명란에게도 이를 거절할 논리는 충분했다. 게다가 정실로서 압도적인 권위를 가지고 있었다.

정실이 소실에게 처소를 주는데 누가 잘못했다 손가락질하겠는가?

"그건 온당치 않다."

명란이 말을 꺼내려는데 한쪽에서 갑자기 굵직한 사내 목소리가 들렸다. 편청에 있던 모든 여인이 고개를 돌려보니 고정엽이 주황색 조복을 걸친 채 측문으로 천천히 걸어오고 있었다.

"오셨군요."

명란이 품격 있고 우아하게 일어났다. 고정엽은 입꼬리를 올리고 그윽한 눈빛으로 그런 명란을 바라봤다. 그가 자신 옆에 앉자 명란은 차를 따라 주며 미소 지었다.

"용이가 왔어요. 지금 공 이랑과 처소 문제를 논의하고 있었고요."

공홍초와 추랑, 용이도 자리에서 일어나 고정엽에게 인사를 올렸다. 인사를 올린 후 용이는 고개를 들고 멍하니 아버지를 쳐다봤다. 추랑은 눈시울을 붉게 적시며 들뜬 눈빛으로 고정엽을 바라봤다. 애정이 가득 담긴 그 눈은 좀처럼 그를 떠나지 않았다. 홍초는 처음엔 놀랐다가 곧 부드러운 눈빛으로 고정엽을 바라보며 고운 얼굴에 옅은 미소를 띠었다.

고정엽은 익숙한 눈빛이라는 듯 대수롭지 않아 하며 그저 조용히 용이만 바라봤다. 용이는 목을 움츠리더니 다시 고개를 떨궜다. 고정엽은 어두워진 얼굴로 아무 말도 하지 않았다.

명란은 속으로 생각했다. 뭐라고 말 좀 해요!

"둘째 도…… 둘째 나리."

추랑이 눈물을 머금고 한참 참다가 결국 떨리는 목소리로 입을 열었다.

"몸은 어떠십니까? 요 몇 년 곁에서 모시는 사람도 없이 밖에서 무탈하게 지내셨나요?"

고정엽은 생각에 잠겨 있다가 하마터면 대꾸할 뻔했다. 그러다 옆에 명란이 앉아 있다는 것을 떠올리고 눈을 들어 살짝 눈치를 봤다. 명란은 언짢은 기색 없이 그저 찻잔을 들고 미간을 살며시 찌푸리고 있었다. 그는 추랑이 무례했다고 여기며 싸늘하게 쳐다봤다. 추랑은 고정엽이 대꾸도 없이 냉담하게 쳐다보는 모습에 가슴이 철렁했다.

명란은 반응이 없었다. 그러나 옆에 있던 취미가 상황을 파악하고 앞으로 나와서 또렷한 목소리로 공손히 말했다.

"제가 한 말씀 올리겠습니다. 나리와 마님께서 계신데 어찌 가볍게 입을 여십니까?"

취미는 점잖은 낯으로 이야기했지만 속은 부글거렸다. 이 못된 것! 방금 자기 입으로 아랫것이라고 했잖아. 상전 앞에서 마음대로 입을 여는 아랫것이 어디 있어?

추랑이 두려움에 몸을 떨며 힘없이 고정엽을 바라봤다. 그러나 그는 새로 맞은 부인에게만 눈길을 주고 있었다. 추랑은 씁쓸해하며 거듭 사죄했다.

"다 제 잘못입니다. 오랫동안 나리를 못 봬서 무례를 범했습니다."

"나리, 방금 온당치 않다고 말씀하셨는데 무슨 뜻이시죠?"

명란이 간신히 졸음을 참으며 단정하게 미소를 지었다.

고정엽은 아래쪽에 고개를 숙이고 서 있는 사람들을 훑어봤다. 추랑의 모습을 본 그는 더더욱 자기 생각을 굳히며 덤덤히 말했다.

"곰곰이 생각해봤는데 세 사람 모두 구향원에 머물게 해야겠다."

호수에 돌멩이를 던진 것처럼 이 말은 아래에 있던 세 사람을 놀라게 했다. 홍초는 창백해진 안색으로 뭐라 말을 꺼내려 했다. 그때 고정엽이 손을 들며 매서운 눈빛으로 위압적인 분위기를 풍기자 모두 입을 다물었다.

그가 목소리를 깔며 말했다.

"난 마음을 굳혔으니 원치 않거든 큰마님께 가서 말씀드리거라."

말은 모든 사람을 향해서 하고 있었지만, 그의 눈은 공홍초에게 고정되어 있었다. 조롱의 기색이 섞인 눈빛이었다.

홍초는 흠칫 놀라며 과거의 일을 떠올리더니 즉시 고개를 떨구고 항변하지 않았다.

추랑은 바람에 구르는 낙엽처럼 비틀거리며 떨리는 목소리로 말했다.

"어찌…… 소인이 따로 떨어져 지낼 수 있겠습니까? 그럼 어찌 나리와 마님을 모시나요? 물을 떠드리고 바느질에, 밤 시중……."

명란의 이마에 순간 깊은 주름이 파였다. 이봐, 너무 돌직구잖아!

고정엽은 추랑에게 다소 누그러진 눈길을 보냈다.

"너는 꼼꼼하고 사람을 잘 돌보지……."

그는 용이를 보며 말을 이었다.

"네가 용이와 함께 지내며 돌봐 준다면 마음이 놓일 것 같구나."

이 말에 홍초는 어깨를 굳히더니 고개를 더 깊이 떨구었다. 그러나 추랑은 창백했던 얼굴을 붉히고는 부끄러워하며 한껏 정을 담아 고정엽을 쳐다봤다. 그러고는 묵묵히 그의 결정을 받아들였다.

명란은 저도 모르게 고정엽을 힐끔 바라봤다. 이 사내에게 이런 말솜씨가 있는지 몰랐다. 그렇게 말하면 추랑은 그의 의견을 받아들일 수밖에 없었다. '사내만 돌볼 줄 알고 아이는 못 돌본다'고 할 수는 없는 노릇이니까.

처소 문제는 그렇게 결정되었다. 취미는 고개를 숙이고 흡족한 마음을 억누른 채 세 사람에게 처소에 대해 일러주었다. 고정엽은 셋을 눈으로 배웅한 후 명란이 입을 열기도 전에 고개를 돌려 '외원 서재에 가서 공손 선생을 뵈어야겠다'고 선수를 치더니 급히 사라졌다.

명란은 질문은 나중에 하기로 하고 우선 처소로 돌아가 씻은 후 침상에 머리를 파묻고 꿈나라로 떠났다. 새벽부터 일어나 오후까지 바삐 움직이니 몸과 마음이 몹시 곤했다. 너무 피곤했던지 명란은 곧장 곯아떨어졌다. 깨어보니 미시未時 2) 끝자락이었다. 명란은 자신이 낮잠을 세 시간이나 잤다는 데에 뛸 듯이 놀랐다.

단귤이 싱글벙글하며 명란에게 옷을 입혀 주고 머리를 만져 주며 고했다.

"취미 언니가 세 사람 모두 구향원에 당도하여 짐도 다 풀었다고 일러 주었어요. 몸종들 배치도 다 끝내서 세 사람은 쉬고 있다니 걱정 마시랍니다."

명란이 단귤의 이마를 톡 쳤다.

"바보, 이제 하유창댁이라고 불러야지. 항상 틀린다니까!"

단귤은 기분이 좋아서 계속 싱글거렸다. 명란은 조용히 한숨을 쉬었다. 단귤은 요새 계속 소실들이 만만치 않을까, 명란에게 속상한 일이 생길까 걱정했었다. 이제 최소한 눈앞에서 걸리적거릴 일은 없게 되었다.

단장을 마친 후 명란은 옅게 우린 차를 마셨다. 입 안에 향이 감돌아 기분이 좋아지자 이날 하루가 확실히 녹록지 않았구나 하는 생각이 들었다. 명란은 장부를 밀어 놓고 단귤에게 종이와 붓을 달라고 했다. 새로운 자수 도안을 그릴 생각이었다.

단귤의 시선이 옆에 방치된 바느질 바구니로 향했다. 그 안에는 고정엽에게 줄 하얀 비단 내의가 들어 있었다.

"마님, 우선 저 내의부터 마무리하세요. 저기 둔 지 벌써 한참 되었어요."

---

2) 오후 1시~3시.

명란은 붓을 들고 단귤의 코를 콕콕 찍으며 웃었다.

"이 바보, 모르면 가만히 있어."

갑자기 영감이 떠올라 그려 두려고 했던 것이다.

"마님은 갈수록 장난이 심해지시네요!"

단귤은 골을 내며 발을 구르더니 코를 감싸 쥐고 씻으러 갔다.

고정엽이 들어올 때 명란은 정신을 집중하고 탁자 앞에 엎드려 있었다. 그는 일부러 살금살금 다가갔다. 명란은 종이에 개 두 마리가 뼈다귀한 점을 놓고 다투는 장면을 그리고 있었다. 뼈다귀는 유난히 크고 살점이 두둑했다.

"이게 무슨 의미더냐?"

명란은 화들짝 놀라 고개를 돌렸다. 눈썹을 살짝 치켜뜬 고정엽이 보였다. 명란은 괜히 뜨끔해서 손으로 종이를 가리고는 머쓱하게 웃었다.

"재미로 그려본걸요. 아무 의미도 없어요."

고정엽은 명란의 표정을 보고 의구심이 들어 명란의 손을 치우고 자세히 살폈다. 그는 뭔가를 알아차리고 노여운 눈길로 명란을 뚫어지게 쳐다봤다.

명란은 그의 따가운 눈총에 바보처럼 웃더니 기분을 풀어주려고 바짝 다가갔다. 고정엽이 자리에 앉으려 하지 않아서 명란은 까치발을 들고 그의 도포와 관을 벗겨주었다. 고정엽은 명란을 한번 쏘아보고 나서 침상에 몸을 기대며 말했다.

"그림 계속 그리거라."

그럴 배짱이 없는 명란은 탁자 앞에 앉아 장부를 들고 어제 연회 경비를 맞춰 보았다. 고정엽은 조용히 명란을 바라보다가 갑자기 물었다.

"오늘 후부에서…… 별일 없었더냐?"

명란은 그의 말뜻을 알아차리고 빙긋 웃었다.

"이제 처음인데 무슨 일이 있었겠어요? 다만…… 거기서 식사를 했어요."

명란은 걱정스러운 얼굴로 물었다.

"별일 없겠지요?"

고정엽은 잠시 멍하니 있다가 웃으며 야단쳤다.

"이제야 걱정을 하다니 별일이 있었다 해도 수습할 방법이 없겠구나!"

명란은 그의 기분이 조금 풀린 것을 보고 장부를 가슴에 든 채 바보처럼 웃으며 다가가 조심스럽게 물었다.

"용이와 두 사람은 처소에 들어갔어요. 취미가 잘 처리할 거예요. 앞으로 화씨 어멈에게 그쪽을 맡길까 하는데 어떠세요?"

한동안 관찰해 보니 화씨 어멈은 그래도 일을 맡길 만했다. 중요한 것은 후부에서 보낸 어멈이라는 점이었다.

"네가 알아서 하거라."

고정엽의 표정은 냉담했다.

명란은 더 묻지 않는 게 상책임을 알았지만 근질거리는 마음을 참지 못하고 결국 입을 열었다.

"당신……."

명란은 어떻게 물어야 할지 몰라서 잠시 멈칫했다.

명란이 난감해하자 고정엽이 먼저 입을 열었다. 그는 석류가 새겨진 단목 침상 끄트머리를 바라보며 혼잣말하듯 말했다.

"용이는 고집이 센 아이야. 예전에 돌로 커다란 물독을 깬 적도 있지. 네 살 때였나? 아니, 다섯 살 때였던 것 같다."

명란은 매우 놀랐다. 힘이 장산가?!

"앞으로 우리 둘 사이에 태어난 아이를 보면 용이가 힘들어할 게다."

고정엽의 눈빛은 깊었다.

"난 분명 우리 사이에 태어난 아이를 용이보다 더 예뻐할 거야. 그건 당연한 일이니 아닌 척할 필요 있겠느냐?"

명란이 놀라서 고정엽을 쳐다봤다. 오빠, 너무 솔직한 거 아니에요?

"앞으로…… 그 아이에게 좋은 혼처를 골라주어야지."

고정엽이 가볍게 한숨을 쉬었다.

"글과 집안 다스리는 법을 가르쳐주어라. 가르칠 수 없어도 괜찮다. 그 아이가 추랑의 행동을 곁눈질로 익히고 바느질과 장부 정리법을 배운다면 시댁에서도 잘 버틸 수 있을 게야."

명란은 침상 머리에 앉아 눈을 크게 뜨고 사내의 근사한 옆모습을 한참 바라봤다.

고정엽은 확실히 현명했다. 용이는 출신이 불분명했다. 적녀도 아니고 장녀도 아니며 가장 귀염받는 아이도 아니었다. 이런 딸은 적모에게 아무 위협이 되지 못한다. 적모의 머리와 심보만 나쁘지 않다면 그런 아이를 박대할 리 없다. 성년이 된 후 혼수를 두둑이 챙겨 보내기만 하면 그만이다. 이렇게 하면 힘도 들지 않고, 좋은 평판도 얻을 수 있다.

만약 고정엽이 일방적으로 용이를 감싸고 돈다면 오히려 적모의 반발을 부를 뿐이다. 게다가 적모가 마음먹고 아이를 괴롭히고자 한다면 사내들은 온전히 지켜주기 힘들다. 고정엽은 경험자였다.

추랑은 후부 적자 처소의 몸종으로 뛰어난 자질을 지녔다. 어쩌면 평범한 집안의 아가씨보다 훨씬 나을지도 모른다. 용이가 추랑을 보고 배우고, 여기에 후부 집안다운 기품까지 흡수하면 사람들 앞에 능히 나설 수 있을 것이다.

하지만 너무 눈이 높아지면 오히려 용이에게 독이 된다.

물론 이 모든 것은 한 가지 전제조건하에서만 성립한다. 명란은 눈을 가늘게 뜨고 사내를 바라봤다. 이 사람이 왜 내 머리나 심보가 나쁘지 않다고 믿는 걸까? 만약 내가 정말 나쁜 사람이면?

명란은 몰래 이를 악물고 악독한 계모 모습을 한번 보여야겠다는 못된 생각을 했다.

"……그럼 추랑도 마음 붙일 곳이 생기는 셈이지."

고정엽이 다시 말을 덧붙였다. 그는 처음부터 끝까지 한 번도 공홍초에 대해 언급하지 않았다.

설마 용이를 추랑 밑으로 입적시킬 생각인가? 그럼 조금 전에 어째서 추랑의 신분을 정식 소실로 올려주지 않았지? 그리고 홍초는 어쩌라고? 명란은 한참 생각 끝에 이 일에 다른 속셈이 있음을 알아차렸다. 명란은 고정엽의 말을 천천히 곱씹다가 문득 그 뜻을 깨닫고 알 수 없는 기쁨에 휩싸였다. 명란은 흐뭇한 얼굴로 계속 장부를 봤다.

고정엽은 명란이 기뻐하고 있다는 것을 은연중에 깨달았다. 그는 험악한 눈초리로 명란의 볼을 살짝 꼬집으며 굳은 얼굴로 혼을 냈다.

"뭐가 그리 좋은 것이냐? 말해봐. 추랑이 와서 기분이 상한 게지?"

명란이 급히 볼을 감싸며 정색했다.

"맞아요. 몇 번 본 적도 없는 사람 앞에서 꼭 벌거숭이가 된 기분이었다고요."

통방은 여러모로 쓸모가 많았다.

"그게 다냐?"

고정엽이 언짢아하며 눈썹을 치켜세웠다.

"물론이죠."

명란이 당연하다는 듯이 고정엽의 코를 가리키며 유쾌하게 웃었다.

"나리는 어려서부터 그 아이에게 이런저런 모습 많이 보여주셨겠지만 전 아니잖아요."

고정엽의 얼굴에 의심의 빛이 떠올랐다. 이 상황을 간파해 낸 게 얄미운지 그냥 아내가 얄미운지 자신도 알 수 없었다. 그는 그저 답답한 마음에 명란을 등지고 누웠다. 명란은 그가 정말 성이 났다는 것을 알고 더 놀리지 못했다. 명란은 그의 등 뒤에서 물고기처럼 꼼지락거리며 갖은 애교를 부렸다. 한참을 달래자 고정엽은 그제야 싸늘한 얼굴로 돌아누웠다.

명란이 서둘러 그에게 말을 걸었다.

"조정 일은 공손 선생과 잘 상의하셨나요?"

"그래."

사내는 다 죽어가는 듯 대답했다.

"별다른 문제는 없으시죠?"

고정엽은 한참 가만히 있다가 느릿느릿 말했다.

"······오늘 조정에서 누가 경 장군을 고발했다. 권력자들과 교류하며 기강을 어지럽히고 사사로운 이익을 도모했다고 말이야. 황상께서 그 자리에서 따끔하게 훈계하시더구나."

그는 잠시 말을 끊었다.

"작년 북방에서 병사들을 이끌다가 입은 상처가 아직 아물지도 않았는데."

그는 탄식하며 다시 말했다.

"경고하는 선에서 끝냈으니 폐하가 마음 써주신 거긴 하지만······ 경

장군도 참!"

"아."

명란은 뒤늦게 반응을 보였다.

명란도 이 풍문을 들었다. 까놓고 말하면 별일도 아니다. 경 장군이 범한 실수는 중화인민공화국 건국 시기에는 흔한 것이었다. 평생 근면하고 충직하고 성실하게 살다가 달콤한 유혹을 견디지 못하고 향락 세계에 빠지는 것 말이다. 고정엽은 세도가 공자 출신이라 주변에 여자 친척이 많은 벗들이 넘쳤다. 이런 환경에서 그는 요리조리 숨으며 최대한 눈에 띄지 않으려고 했다. 경 장군은 촉 지역 한미한 가문 출신의 무장으로, 경성에 온 지 며칠 되지도 않아서 매일 집 안에 손님이 넘치도록 온갖 친목 모임을 열었다. 어사와 언관들이 트집 잡을 거리를 일부러 만들어 준 꼴이었다.

"하지만 경 장군 탓만도 아니야."

고정엽은 운 없는 동료를 두둔했다.

"권력자들과 교류할 의도는 전혀 아니었어. 대부분 군 전우들의 친척들이었지. 경 장군이 그들이 오는 걸 막을 수나 있었겠느냐."

안타깝게도 경성의 권력자들은 대부분 군에 직계나 방계나 친척이 있었다.

"그렇지 않으냐?"

그는 말을 마친 후 습관적으로 명란에게 물었다.

사실 명란은 경 장군을 동정하지 않았지만, 솔직히 말할 수는 없었다.

명란은 고정엽의 안색을 살피며 손에 든 장부를 털면서 조심스러운 말투로 답했다.

"외원에는 학 관사와 반 관사가 있어요. 내원에는 료용댁과 왕귀댁이 있고, 그 밑으로도 관사와 어멈, 몸종들이 있죠."

고정엽이 무슨 말인지 모르겠다는 듯이 미간을 살짝 찡그렸다. 명란은 웃으며 말을 이었다.

"만약 저들이 모두 금보다 단단하고 바다보다 깊은 정을 나누며 의리를 지킨다면."

명란은 호흡을 가다듬고 말을 이었다.

"그럼 전 그들과 어울릴 필요가 없죠."

세상 모든 지도자는 종적 충성을 좋아하고, 수하들 간의 횡적 교류는 좋아하지 않는다. 고정엽도 물론 이 이치를 알고 있었다. 다만 마음속에서 아직 '팔왕야'를 완전히 '군왕'으로 받아들이지 못했을 뿐이었다.

고정엽은 심각한 표정을 짓지 못하고 푸핫 하고 웃음을 터트렸다. 속마음을 들킨 그는 아기 돼지를 잡듯 명란을 침상에 끌어당겨 품에 안더니 크게 웃으며 한참을 비벼댔다.

추랑은 처소 문까지 울려 퍼지는 웃음소리에 안색이 창백해졌다. 단귤은 가식적이지만 예의 바른 미소를 지으며 말했다.

"급한 일이라면 제가 바로 전해 드리겠습니다."

"아, 아니에요. 별일도 아니니 그냥 돌아갈게요."

추랑은 연거푸 손을 젓고는 비틀거리며 가희거를 떠났다.

제130화

혼전에 낳은 딸에 관한 교육 방침 및
방씨 어멈의 가르침

인간은 성찰하는 생물이라서 자신이 예전에 못 했거나 제대로 하지 못한 일에 미련을 두기 마련이다.

방씨 어멈에게 타임슬립의 기회가 주어진다면, 분명 노대부인의 혼인 즈음으로 돌아가 아예 혼담을 망쳐버리거나 그 요망한 것을 죽여 놓든가 했을 것이다. 방씨 어멈은 그 일을 떠올릴 때마다 지금의 자신이 솜씨를 보일 수 있게 노대인이 무덤에서 기어 나와 주제 모르는 소실을 몇 들여주면 얼마나 좋을까 하고 한스럽게 생각한다. 그리고 이런 우울한 기분은 이런 결과로 이어지는데……

"……그러니까 추랑이 부랴부랴 떠나지 뭐예요."

저녁 식사 후 고정엽이 서재로 간 틈에 소도가 오후에 추랑이 가희거에 다녀간 일을 세세히 고했다.

명란은 아직 잠에서 완전히 깨지 않은 상태라 힘주어 눈을 깜빡였다. "그게 뭐 어때서?"

오랫동안 떨어져 있었던 주인이자 정인인 고정엽과 회포를 풀고 싶어서 그냥 살짝 주저넘은 짓을 한 것뿐이었다. 하지만 풍경은 같아도 사람은 이미 달라진 것을 어쩌랴. 습인[1]은 그대로이나 고정엽은 그때의 가보옥이 아니었다.

"그리 간단한 일이 아니에요!"

한쪽에 있던 단귤이 나무라듯 목소리를 깔고 말하자 명란은 깜짝 놀랐다.

"나리께서 돌아오신 걸 추랑이 어찌 알았을까요? 어찌 이렇게 시간을 딱 맞추었을까요? 추랑은 나리께서 오시자마자 바로 왔어요. 분명 사람을 써서 길에서 지켜보다가 낌새가 보이면 바로 고하라고 시켰을 거예요!"

단귤은 예리한 눈빛으로 완벽한 논리를 펼쳤다.

"흥, 이제 겨우 첫날인데 저러다니! 대체 누굴 썼을까요? 나리께서 다니시는 길을 어찌 알고 있었을까요?"

"그래서……."

명란이 말을 받았다.

단귤이 볼을 실룩거리며 말했다.

"취미 언니에게 말하니까 바로 조사하러 갔어요. 구향원에 들어간 후 공 이랑과 용이는 휴식을 취했는데 추랑만 뢰씨 어멈을 찾아가 이야기를 나눴다지 뭐예요! 흥! 둘이 끝도 없이 수다를 떨었대요!"

늘 온화하던 단귤의 얼굴이 화로 잔뜩 구겨져 있었다.

"그게 또 뭐 어때서?"

---

1) 홍루몽, 가보옥의 첩이자 계집종.

명란은 웃음을 터트렸다.

"뢰씨 어멈과 추랑은 원래 어머님 쪽에서 온 사람들이야. 둘이 수다를 떨었다고 해서 잘못은 아니지. 그리고 구향원에 금족령을 내리지 않는 이상 어디든 자유롭게 다닐 수 있고, 내가 어찌할 수 있는 것도 아니야. 중요한 건 이 처소의 문간을 잘 지키는 거지."

한패가 되려면 일찌감치 되는 게 낫지. 명란은 전혀 두렵지 않았다.

소도가 멍한 모습으로 걱정했다.

"저들을 다스릴 방법이 없는 건 아니겠죠?"

"길에서 지켜보거나 어멈하고 수다 떠는 걸 잘못이라고 할 순 없어."

명란은 고개를 저었다.

"공연히 트집 잡아 봐야 아무 의미도 없고 속 좁다고 비웃음만 사. 이제 집안 법도도 섰으니 잘못을 포착하면 처리하는 일이 뭐 어렵겠니?"

"잘못을 저지르지 않고 앙큼한 수작을 부리면요?"

단귤이 냉큼 물었다.

명란은 억지웃음을 지으며 한마디 뱉었다.

"그럼…… 수작을 부리게 둬야지."

이 시대에 소실의 수작에 당하지 않는 정실은 거의 없다. 성격이 예민하고 급하면 피 토하는 것쯤은 예삿일이다.

앙큼한 수작은 곧바로 시작됐다.

다음 날 이른 아침, 명란이 침상에서 꾸물대고 있는데 공홍초와 추랑이 용이를 데리고 문안 인사를 왔다. 단귤과 소도는 부리나케 명란을 단장시켰다.

"간밤에 별고 없으셨나요?"

홍초가 사뿐히 절을 올렸다. 몸에 걸친 석류화 무늬를 수놓은 붉은 비단 배지가 고왔다. 홍초가 눈을 들어 보니 명란은 은은한 꽃무늬가 그려진 호수 빛깔 오자에 요대를 매고 있었다. 옥처럼 아리따운 얼굴은 정갈하고 단정하며 몸은 하늘하늘했다. 홍초는 저도 모르게 감탄했다.

"후부에 있을 때 마님의 인품과 용모가 출중하다고 익히 들었습니다. 이제 징원에서 머물게 되었으니 앞으로 마님을 보고 배우면 저도 촌스러운 모습은 면할 수 있을 것 같습니다."

그러면서 제 옷을 매만졌다.

명란은 자신의 부스스한 머리를 만졌다. 조금 전 너무 급해서 장신구조차 달지 않았다. 명란은 진심이 담긴 홍초의 얼굴을 보며 좀 어이가 없었다.

"자네 참 곱게 차려입었군. 나도…… 가끔 그런 색 옷을 입는다네."

홍초는 좀 머쓱해하며 물러나서 자리에 앉았다.

옆에 있던 추랑은 단귤이 다반에 차를 받쳐 들고 들어오자 황급히 일어나더니 찻잔을 들어 명란에게 공손히 올렸다.

"마님, 차 드세요."

명란은 고개를 끄덕이며 찻잔을 받아 가볍게 한 모금 마셨다. 단귤은 고개를 숙여 입을 삐죽이고는 소도와 함께 뒷정리하러 뒷방으로 갔다.

명란의 눈길은 용이에게로 옮겨갔다. 용이는 고개를 떨군 채 몸을 웅크리고 구석에 앉아 있었다. 명란이 참지 못하고 물었다.

"용이야, 이사하고 나서 어젯밤 잠은 잘 잤니?"

용이는 뻣뻣하게 고개를 들더니 명란을 보며 우물쭈물하다가 다시 말없이 고개를 숙였다. 추랑이 답답해서 얼른 말했다.

"마님께서 신경을 많이 써 주셨더군요. 침상과 이불 모두 최고였고, 몸종들도 정성을 다해 시중을 들어주었습니다. 어젯밤 용이와 같이 잤는데 용이는 한 번도 깨지 않고 잘 잤습니다."

명란이 추랑을 보며 웃었다.

"이러니 나리께서 자네가 사람을 잘 보살핀다고 하셨나 보네."

추랑이 별안간 고개를 들고 흐느끼며 말했다.

"나리의 분부를 제대로 행하지 못할까 걱정될 따름입니다."

홍초는 조금 난처해하는 듯했지만, 얼굴만은 태연했다. 허리끈을 매만지는 손가락만 조금 초조해 보였다.

명란은 다시 크게 차를 한 모금 마신 후 일찍 일어난 부작용을 억누르며 적당히 웃었다.

"앞으로는 이렇게 일찍 올 필요 없네. 사람도 몇 안 되는데 너무 깍듯이 챙기지 말게. 내일부터는 진시 이각에 와도 되네."

출근은 8시에 하라고.

추랑이 간절한 눈빛으로 황급히 대꾸했다.

"어찌 그러겠습니까? 저희를 배려하신 말씀인 걸 압니다. 하지만 이렇게 법도를 어길 수는 없지요. 게다가 날이 밝기도 전에 등청하시는 나리를 시중드시느라 마님께서는 쉬지도 못하는데 저희가 어찌 편히 있을 수 있겠습니까?"

명란은 몹시 난감했다. 고정엽의 시중을 드느라 늦잠을 포기해 본 적은 없지만, 이 사실을 아는 이는 많지 않았다.

안에 있던 소도는 화가 나서 '당신이야말로 법도를 어겼잖아.'라고 뱉을 뻔했다. 뒤에 있던 단귤이 가까스로 소도를 진정시키고 나니 명란의 부드러운 음성이 들려왔다.

"문안 인사를 오지 말라는 게 아니라 시간만 좀 늦추는 걸세. 이 정도는 내가 결정할 수 있지. 또, 용이를 위한 것이기도 하네. 지금 한창 자랄

때가 아닌가. 더구나 이렇게 연약하니 몸조리에 신경 써야 해."

모두의 이목이 용이에게로 쏠렸다. 용이는 머리를 거의 무릎까지 숙이며 옹색한 자세로 몸을 웅크렸다. 명란은 살며시 미간을 찌푸리고 무심한 듯 홍초에게 시선을 주었다.

"여덟 살이나 되었는데 이제 다섯인 한이보다 못하다니 앞으로 친척이나 손님이 와서 용이를 보고 뭐라 하겠나?"

용이는 흠칫 어깨를 떨었지만, 고개는 들지 않았다.

귀까지 빨개진 홍초와 추랑은 자리에서 일어나 사죄했다. 추랑이 몸 둘 바를 몰라 하며 우물거렸다.

"다 제 잘못입니다."

홍초가 조용히 흐느끼며 말했다.

"마님 말씀이 옳습니다. 예전에…… 흑, 아닙니다. 이제 부모님 곁으로 왔으니 분명 괜찮아질 겁니다."

"애들은 잠이 많아. 몸조리 잘하고 좋은 음식을 먹으며 마음의 응어리를 풀고 많이 움직이면 조금씩 좋아지겠지."

명란은 느긋하게 찻잔 뚜껑을 젖혔다.

"아침에 잠을 자게 하고 식사를 마친 후 정신을 차리면 그때 문안 인사를 와도 늦지 않네. 앞으로 매일 보양식을 보낼 것이니 용이가 잘 먹는지 살펴보게. 추랑, 이 일은 자네에게 맡기겠네."

추랑이 서둘러 그러겠노라고 대꾸했다.

명란은 다시 홍초에게 눈을 돌리며 온화한 표정으로 물었다.

"용이가 다섯 살 때부터 자네 곁에서 컸는데 글은 읽고 쓸 줄 아는가? 글자는 얼마나 익혔지? 『삼자경』은 다 배웠는가?"

홍초는 몸을 부르르 떨더니 명란과 용이를 번갈아 보다가 더듬더듬

답했다.

"그건…… 용이가 몸이 좋지 않아서 다그칠 수가 없었습니다. 아마 글자를 열 개 남짓 익혔을 겁니다."

명란의 얼굴이 살짝 일그러지자 홍초는 허둥지둥 자리에서 일어났다. 하지만 감히 입을 열진 못했다. 명란이 말투를 누그러뜨렸다.

"용이의 큰고모처럼 시서에 능통하진 못하더라도 용이를 까막눈이 되게 할 수는 없네. 예전에 자네가 학자 집안 출신이라 학식 있고 사리에 밝다고 들었네. 그때 용이가 복 받은 아이라고 생각했지. 이런 이랑 곁에서 배우면 언행이나 글 익히기에는 문제없을 거라 여기면서 말이야. 그런데……"

명란이 가볍게 한숨을 내쉬며 다소 질책하는 눈빛을 보내자 홍초는 고개를 들지 못했다. 명란은 잠시 후 다시 말을 이었다.

"과거의 일은 넘어가지. 오늘부터 자네가 더 신경 써야겠네. 앞으로 친지들이 왔을 때 용이가 이 모양이면 되겠는가? 평생 내원에 박혀서 사람들을 안 만날 수도 없으니 말이네."

홍초는 질책을 당하여 고개를 들지 못했다. 어제 '큰마님께서 제게 맡기셨다' 운운했는데 오늘 바로 면목 없는 상황이 발생했다. 추랑은 숨소리조차 내지 못했다. 명란은 약간 무거워진 말투로 위엄 있게 말했다.

"용이가 날 어색해하는 건 당연한 일이네. 하지만 자네들은 몇 년 동안 함께 지냈어. 아이를 맡았으면 책임을 져야지!"

홍초와 추랑은 벌벌 떨며 알겠다고 답했다. 명란은 몇 마디 더 당부하고 나서야 세 사람을 구향원으로 돌려보냈다. 안에 있던 소도와 단귤은 그제야 안도의 한숨을 길게 내쉬었다.

단귤이 싱글벙글 웃으며 나와 손에 든 머리 장신구를 명란에게 천천히 꽂아주며 말했나.

"임 이랑도 왕 씨 마님 앞에서는 감히 법도를 들먹이지 못했는데 저 둘은 참 간도 크네요! 저 둘에게 본때를 보여야 해요. 그렇지 않으면 인자하고 마음 여린 마님을 우습게 볼 거예요."

명란이 답답해하며 한숨을 쉬었다. 명란은 사실 힘으로 사람들을 압박하는 게 싫었다. 하지만 이 방법밖에 안 통하는 사람들이 있다. 좋게 대해주면 저들은 오히려 기어오를 것이다.

"앞으로는 길어야 진시까지밖에 못 자겠어……."

명란은 몹시 유감스러워하며 탄식했다.

단귤이 곧장 군은 얼굴로 잔소리를 늘어났다.

"참 걱정입니다! 시집온 후로 마님은 너무 편히 지내고 계세요. 예전에 친정에서도 이렇게 지내지는 않으셨잖아요. 앞으로 정신 바짝 차리셔야 해요! 마님의 꼬투리를 잡으려는 사람이 얼마나 많은데요!"

단귤의 투지 넘치는 얼굴을 보니 명란은 절로 머쓱해졌다.

오후가 되자 고정엽이 퇴청하여 돌아왔다. 명란은 그의 조복과 관을 벗기고 평상복으로 갈아입힌 후 몸종들에게 창가의 구들 위 탁자에 식사를 준비하게 했다. 구들장에는 일찌감치 면과 마, 비단을 엮어 만든 방석이 깔려 있었다. 부부는 바람에 실려 오는 풀꽃 내음을 맡으며 식사를 시작했다. 고정엽은 맑은 술을 한 모금 넘기며 물었다.

"오늘 잘 지냈느냐?"

"물론이죠."

명란이 눈을 깜빡였다.

"제 평생 처음으로 문안 인사를 받아봤어요."

고정엽은 명란의 볼이 고운 분홍빛으로 물드는 모습을 보며 웃었다.

"그게 뭐 대수로운 일이더냐? 우리가 아들을 열댓 명 낳고 그 녀석들이 부인을 맞아들이면 문안 인사를 실컷 받을 수 있을 게야. 어쩌면 줄을 서서 문안 인사를 해야 할지도 모른다. 그럼 집안이 복작거리지 않겠느냐?"

명란이 눈을 흘겼다.

"당신이 열 달 품고 있어보세요. 입만 움직인다고 어디 아이가 그냥 생기나요?"

명란은 아이를 원했지만, 출산에 필요한 몸 상태를 만들어야 했다. 고대에는 산부인과가 없었다. 명란은 아이를 낳다가 황천길에 오를 생각은 추호도 없었다.

고정엽이 목소리를 깔며 장난기 어린 눈빛을 보였다.

"내가 어디 입만 움직이느냐?"

"지금 식사 중이잖아요!"

명란의 얼굴이 빨개졌다.

"식욕과 성욕은 같은 거지. 말 한번 잘했다."

고정엽이 느긋하게 말했다.

명란은 그를 한참 노려보다가 제풀에 먼저 웃고 말았다.

"당신! 휴…… 당신 딸이 당신 반만큼이라도 얼굴이 두꺼우면 좋겠어요!"

고정엽의 얼굴이 천천히 어두워졌다.

"용이는…… 아직 그대로더냐?"

"말도 안 하고 사람도 본체만체해요. 이렇게 컸는데 글도 못 읽고, 바느질도 못 하고, 사교는 말할 것도 없고요. 아무 보살핌도 못 받은 아이 같아요."

명란이 중얼거리듯 말했다.

"용이가 어릴 때 성격이 과격했다고 하셨잖아요. 그런데 지금 이렇게 맥이 없는 걸 보니 그때…… 어…… 요 몇 년…… 이제 우리 곁으로 왔으니 천천히 나아지겠죠."

"……만랑은 독한 여장부였으니까."

고정엽은 살짝 비웃으며 말을 이었다.

"그럼 앞으로 어떻게 할 생각이냐?"

"기다려야죠."

명란이 똑 부러지게 대답했다.

"용이가 자라서 스스로 깨닫길 기다려야지요. 이 세상에 세월을 이기는 사람은 없어요. 한 달, 일 년 지나다 보면 점점 좋아질 거예요. 오늘 추랑에게는 용이의 생활을 살피고, 공 이랑에게는 글과 예법을 가르치라고 일렀어요. 먼저 몸조리부터 하고 좀 더 크면 선생을 모셔와 가르쳐야지요."

명란은 타임슬립한 현대인이지만 10년의 세월 끝에 고대의 규수가 되었다.

고정엽은 얼굴을 찌푸렸다. 사실 그도 뾰족한 수는 없었다. 자신이 어릴 때 말을 듣지 않고 성질을 부리면 아버지가 바로 매를 들었지만, 여자아이에게 그럴 수는 없었다.

명란은 조금 답답해하는 얼굴이었다.

"대갓집이나 명문가 규수들은 대부분 환경에 의해 만들어져요. 호의호식하고 아랫것들의 깍듯한 시중을 받게 되면 분위기가 바뀌면서 차츰 귀티가 나게 되지요. 지켜야 할 체면이 생기고 위엄이 생기면서 조금씩 좋아질 거예요."

고정엽은 천천히 고개를 끄덕이며 수긍했다. 살짝 거칠지만, 지극히 일리 있는 말이었다. 곳곳에서 진심 어린 호의도 느껴졌다. 그는 웃으며 말했다.

"고집이 센 아이라 널 잘 섬길지 걱정이구나."

"절 잘 섬기지 않아도 괜찮아요."

명란은 개의치 않는 얼굴이었다.

고정엽은 의외라고 여기다가 잠시 후 낮은 목소리로 말했다.

"걱정하지 말거라. 적모에게 효도하는 건 당연한 예법이야. 그 아이가 말을 듣지 않는다면 내가 엄히 벌줄 것이다!"

"너무 멀리 가셨어요! 그런 뜻으로 한 말이 아니에요."

명란이 웃음을 터트렸다.

"저도 애는 못 가르쳐요. 다만……."

명란은 표정을 가다듬고 진지하게 말했다.

"그 아이가 깨닫길 바랄 뿐이에요. 사람은 오기나 절망, 원한 속에서 살아선 안 된다는 걸요. 앞으로 자식도 낳고 자기 인생을 꾸려야 하는데 자기 잘못도 아닌 옛일에 집착해 봐야 무슨 소용이 있겠어요. 세상은 넓으니 열린 마음으로 멀리 내다봐야 제대로 나아갈 수 있는걸요."

고정엽은 마음에 꽃이라도 핀 것처럼 두 눈을 반짝이며 입가에 미소를 지었다. 그는 한 손으로 명란을 끌어당겨 자기 무릎에 앉힌 후 그녀의 몸을 부드럽게 어루만지며 즐거운 목소리로 낮게 말했다.

"넌 날 달랠 때도 있고, 으름장을 놀 때도 있고, 얼렁뚱땅 속이려 할 때도 있지만 난 쭉 알고 있었다. 네 성품이 올곧다는 걸."

명란이 눈을 흘기며 일부러 언짢은 척했다.

"그 말씀 칭찬인가요?"

고정엽은 한참 동안 대답이 없었다. 그는 약간 정신이 나간 듯 명란의 가슴팍만 뚫어지게 보고 있었다. 평상시의 에리함을 잃은 멍한 눈빛에 명란이 그의 뺨을 톡톡 쳤다.

"왜 그러세요?"

그제야 정신을 차린 고정엽은 명란의 가슴을 손바닥으로 누르고 이리저리 더듬으며 탄식했다.

"언제부터인지 모르겠지만 여기가 많이 봉긋해졌구나."

그의 손은 여전히 명란의 부드러운 가슴 위를 헤매고 있었다.

명란은 창피함에 사과처럼 새빨개진 얼굴로 가슴을 가리며 고정엽의 품에서 빠져나가려 했다. 그러다 다시 고정엽의 품에 갇히자 손으로 그의 허리를 간지럽혔다. 두 사람은 깔깔대며 구들장에서 엎치락뒤치락하다가 결국 고 장군이 성 여협을 제압하고 그녀에게 한참 동안 입을 맞췄다.

얼마 후 소도가 들어와서 명란의 부르튼 입술을 보고 생각했다. 음식이 너무 뜨거웠나?

식사 후 둘은 바둑을 두다 낮잠을 청하려 했다. 소도와 몸종 둘이 탁자를 치운 다음 차를 받쳐 들고 오는데 단귤이 조금 떨어진 곳에서 누군가를 막고서 이야기하고 있는 모습이 보였다.

단귤은 깍듯한 미소를 짓고 있었다.

"추 아가씨……."

"그냥 추랑이라고 불러요. 괜찮다면 나도 단귤 동생이라고 부를게요."

추랑이 황급히 말했다.

이마에 핏대가 바짝 섰지만, 단귤은 여전히 미소를 지으며 말했다.

"나리께서는 막 오침에 드시려는 참입니다. 중요한 일이시라면 제가 전해 드릴게요."

"오침?"

추랑의 얼굴이 멍해졌다.

"나리께서는 오침을 주무신 적이 없는데."

단균은 경련이 일 듯한 얼굴로 가까스로 계속 웃었다.

"그건 저도 모르겠지만 마님께서 시집오신 후 나리께서는 틈이 날 때마다 오침에 드십니다."

추랑은 낙담한 얼굴로 자그마한 보따리를 세게 움켜쥐었다. 단균은 속으로 콧방귀를 뀌며 안으로 들어가 소식을 알렸다. 명란이 막 겉옷을 벗겨주고 있을 때 이 소식을 들은 고정엽은 저도 모르게 눈살을 찌푸렸다.

"들어오라고 해라."

추랑이 들어가니 하얀 비단 속옷 차림의 고정엽이 탐탁지 않아 하는 표정으로 침상 맡에 앉아 있었다.

"무슨 일이냐?"

"그게…… 나리…… 이게 몇 년 만인지…… 전……."

추랑은 그의 말투가 심상치 않자 곁눈질로 침상 머리에서 조복을 정리하는 명란을 힐끔 쳐다봤다. 추랑은 속이 상해서 우물우물하다가 찾아온 이유를 제대로 대지 못했다. 고정엽이 짜증을 내며 직설적으로 물었다.

"대체 무슨 일이냐? 냉큼 말해보아라."

추랑은 짧게 이야기하는 수밖에 없었다.

"몇 년 동안 나리께 드릴 옷과 신발을 지었습니다. 하지만 몇 년을 못 뵈어서 치수가 맞을지 모르겠으니 한번 입어보셨으면 합니다."

명란은 코웃음이 나오는 걸 가까스로 참고 조복을 정리하며 틈틈이 추랑에게 온화한 웃음을 보였다.

고정엽이 흘긋 보더니 질책하듯 말했다.

"그런 사소한 일도 냉큼 고하지 못하다니! 몇 년 못 본 사이에 어리석어졌구나? 나중에 내 옷과 신발을 가져가서 비교해보면 될 일 아니냐? 그걸 일일이 입어볼 시간 없다."

명란이 웃으며 말했다.

"추랑의 생각도 맞습니다. 소도, 들었느냐?"

안채 문가를 지키고 있던 소도가 키득거리며 대답했다.

"예. 앞으로 옷 치수를 비교해보실 일이 있으면 절 찾아오세요. 바로 내어드릴게요."

추랑은 씁쓸해하며 아무 대꾸 없이 그저 고개만 끄덕였다.

고정엽이 명란에게 일렀다.

"미시未時에 나가야 하니 늦어도 오시가 끝날 때에는 깨워다오."

명란이 고개를 돌려 물시계를 보고는 부드럽게 답했다.

"알겠으니 어서 주무셔요. 쉬고 나면 일이 더 수월하실 거예요."

고정엽은 입가에 웃음을 머금고 명란을 그윽하게 바라봤다.

"넌 너무 깊이 잠들면 안 된다."

명란이 뻔뻔하게 웃었다.

"제가 깊이 잠들어도 단귤과 소도가 있잖아요."

두 사람의 대화는 여염집 부부처럼 평온하고 단조로웠지만 어딘지 의미심장하고 아름답게 들렸다.

추랑이 참지 못하고 끼어들었다.

"제가 두 분 곁을 지키고 있다가 나리를 깨워드리겠습니다."

고정엽이 추랑을 보며 얼굴을 찡그렸다.

"네게 용이를 보살펴달라고 하지 않았느냐? 어찌……!"

그는 매섭게 나무라려다 명란 앞이기도 하고 추랑의 체면도 생각하여 입을 다물었다.

시비 출신이라서 눈치 살피는 데 익숙한 추랑은 고정엽의 언짢은 기색에 더 눌러있지 못하고 몇 마디 던진 후 황급히 명란의 처소를 빠져나왔다.

· · ·

왼쪽 이방耳房 [2]에서 녹지가 눈을 부라리며 말했다.

"추랑이 왔다고 진짜로 고하다니! 바보야?"

단귤이 이를 악물었다.

"바보가 아니니까 그랬지! 추랑은 온종일 나리를 뵐 생각만 하잖아. 일부러 그때 처소에 들인 거야. 나리께서 그 시간에 부드럽게 대하실 리 있겠어? 흥! 꿈 깨라지!"

녹지는 그제야 표정을 누그러뜨렸다.

"난 또 얌전하고 순진한 그 여자 얼굴에 넘어간 줄 알았지."

"그게 말이 돼?!"

단귤은 맞은편을 바라봤다. 채환이 웃으며 추랑을 배웅하고 있었다. 단귤은 목소리를 낮추며 매섭게 말했다.

"방씨 어멈이 우리한테 당부한 말씀 기억해?"

"물론 기억하지!"

---

2) 곁채.

녹지도 단귤을 따라 눈길을 돌리다 채환과 추랑을 보고 험악한 눈빛을 뿜어냈다.

"전에 저 여자가 몸을 살랑살랑 흔들면서 우리한테 '마님의 수고를 덜어드리고 싶다'고 했었지? 웃기고 있네! 누가 자기더러 수고 덜어 달랬어? 나리께서 마님께 살갑게 구시는 모습을 보고 눈에서 불이 나던데. 무슨 생각하는지 누가 모를 줄 알고……! 방씨 어멈이 그랬잖아. 하고많은 날 나리와 도련님 곁에 붙어 있으려고 하는 것들은 다 못된 꿍꿍이가 있는 것들이고, 자진해서 통방이나 첩이 되려고 하는 것들은 모두 요망한 것들이라고!"

제131화

일련의 앙큼한 수작에 대한
대응 전략

홍초와 추랑이 오고 얼마 지나지 않아 명란은 고정엽의 밤 생활에 관심 있는 사람이 꽤 많다는 사실을 알게 되었다.

한번은 뢰씨 어멈이 흥분한 모습으로 달려와서는 명란을 꽃에 비유하며 갖은 아부를 떨었다. 칭찬으로 귀가 따가울 쯤이 되어서야 뢰씨 어멈은 본론으로 들어갔다.

"……마님은 젊으셔서 모르실 수도 있습니다. 이런 대갓집에서는 부부 사이에도 법도가 있지요. 짬이 날 때 날을 고르셔서 나리께 소실의 처소에도 돌아가며 들르시라고 하세요. 그래야 집안이 평안합니다!"

명란은 어이가 없었다. 처음으로 정말 화가 나서 싸늘한 눈빛으로 쏘아보자 뢰씨 어멈은 어색한 웃음을 지으며 입을 다물었다. 뢰씨 어멈은 명란의 굳은 얼굴을 보며 분위기를 누그러뜨리려 웃었다.

"제가 괜한 소리를 했네요. 하지만 마님이 '투기'를 한다고 입방아에 오르실까 봐 걱정되어 드린 말씀입니다."

명란은 속으로 코웃음을 쳤다. 정말 날 바보로 아는 거야? 이렇게 대놓고 수작을 부리는네?! 본처와 첩이 돌아가며 밤 시중을 드는 것은 본디 첩을 경계하기 위한 법도다. 사내가 첩의 치마폭에 싸여 정신을 잃고 본처를 방치하는 것을 막기 위한 것이다. 간단히 말해서 사내가 특정한 첩만 찾지 못하게 구속하는 법도인 셈이다.

하지만 사실상 이를 철저히 지키는 대갓집은 별로 없었다.

명란은 간신히 냉랭한 눈빛을 거두고 옅은 미소를 지었다.

"내가 법도를 잘 모르긴 하네. 어멈은 잘 아는 것 같으니 몇 가지 물어보겠네. 첫째, 내 시아버님의 첫째 부인께서 그런 날을 미리 고르셨는가?"

뢰씨 어멈은 그 자리에서 말문이 막혔다. 대진 씨가 있을 때 고 대인은 첩실과 통방은 고사하고 여인네 근처에도 못 갔다.

명란이 다시 물었다.

"그럼 두 번째 부인과 지금의 태부인께서는 어떠셨는가?"

뢰씨 어멈은 목이 막혀 말을 할 수 없었다. 두 번째 부인인 백 씨는 물론이고, 현모양처로 소문난 소진 씨조차 그런 적은 없었다.

명란은 싸늘하게 웃었다.

"그럼 형님과 아랫동서는? 어멈이 그러라고 충고한 적은 있고?"

뢰씨 어멈은 꿀 먹은 벙어리가 되어 가만히 서 있었다. 자리를 뜨기도, 남아 있기도 난처했다. 뢰씨 어멈의 표정은 우는 것보다 더 보기가 애처로웠다.

명란은 덤덤히 말했다.

"앞으로는 내 일에만 신경 써주었으면 하네."

뢰씨 어멈은 그제야 큰 실수를 했다는 것을 깨달았다. 이 젊은 마님은 통찰력도 좋고 말재주도 뛰어나서 보통의 마님보다 다루기가 훨씬 힘들었다. 뢰씨 어멈은 겁을 먹고 무릎을 꿇으려고 했다. 명란이 눈짓을 보내자 소도가 번개 같은 손길로 뢰씨 어멈을 막았다. 명란이 지나치리만큼 따뜻하게 웃으며 말했다.

"내가 어찌 감히 자네를 무릎 꿇리겠나."

뢰씨 어멈은 식은땀을 뻘뻘 흘리며 순간 아무 말도 하지 못했다.

뢰씨 어멈을 문밖으로 배웅하고 온 단귤이 성을 냈다.

"마님, 이렇게 넘어가시면 안 돼요. 저것들이 눈에 뵈는 게 없네요!"

소도가 엉뚱한 생각을 내놨다.

"약점을 캐서 호되게 벌을 주는 게 어떨까요? 볼기라도 치면 잠잠해지겠지요!"

명란이 어두운 얼굴로 주먹을 불끈 쥐더니 한참 고민한 끝에 조용히 한마디 뱉었다.

"역시 대단해. 어쩌면 정말 호되게 벌주는 게 저들이 원하는 바였을지도 몰라. 저들이 이곳에 무슨 일이 나길 바랄수록 난 집안을 '화목하게' 다독여야 해."

단귤과 소도는 무슨 뜻인지 몰라서 어리둥절하게 서로를 쳐다봤다. 명란이 고개를 들고 물었다.

"뢰씨 어멈이 이곳에 온 후로 언쟁을 벌이거나 다툰 적이 있어?"

"왜 없겠어요?"

소도가 대답했다.

"몇몇 어멈들은 어르신들을 모셔 봤다는 이유로 얼마나 거드름을 피우는데요. 별일 없어도 옆 사람을 훈계하면서 으스대기 바쁘다니까요! 뢰씨 어멈이 특히 심해요. 기회만 있으면 일하는 사람 붙잡고 성가시게 구니까 미움을 많이 샀지요."

"그거 잘됐구나."

명란이 딤딤히 대꾸했다.

이틀 뒤 오후, 명란은 후원의 왕오댁에게 숲의 한쪽에 있는 황무지에 씨 뿌리는 일을 맡겼다.

징원 사람들은 모두 의아해했다. 이 작업은 모두가 탐내는 일이었다. 그런데 어쩌다 성격도 거칠고 알랑거리는 재주도 없는 왕오댁에게 돌아갔을까? 사실 명란은 취미의 남편인 하유창에게 이 일을 주려고 했다. 그런데 외원에서 관사 일을 배우던 그의 후임이 좀 쓸 만해졌을 무렵 그만두고 말았고, 하유창이 자리를 비울 수 없게 된 것이다. 명란은 적당한 사람을 찾지 못해 그 일을 지금까지 미뤄왔다.

"왕오댁이 감사 인사를 드리러 오겠답니다."

취미가 들어와서 고했다.

명란이 취미에게 손짓하며 물었다.

"왕오댁이 제일 적합한 사람인 거 맞아?"

"저하고 최씨 어멈이 냉정하게 따져 봤는데 여기 사람 중에 왕오댁이 가장 괜찮아요."

취미가 고개를 끄덕였다.

"말이 거칠고 성격이 직선적이지만 그래도 눈치가 있고 영리한 편이에요. 알아보니까 평판이 좋아요. 대부분 억울한 일을 당한 사람들을 두둔해주다가 뢰씨 어멈과 말다툼을 벌였다고 해요. 하지만 저도 안면을 튼 지 얼마 안 돼서 다른 흠이 있는지는 잘 모르겠어요."

"완벽한 사람이 어디 있니?"

명란이 씁쓸하게 웃었다.

"어쨌든 일단 맡겨 보자. 잘 해내면 이 일을 아예 통째로 맡겨야지. 시원치 않으면 그만두게 하면 돼."

문가에 있던 단귤이 주위를 세심하게 살펴보고 나서 몸을 돌려 조용히 말했다.

"걱정 마세요. 어젯밤에 문서를 살펴봤잖아요. 왕오댁은 그쪽 경험이 없지만, 남편이 장원에서 농사일을 한 적이 있어요. 다른 사람들은 농사를 지어 봤지만, 공연히 말썽을 일으키고 주제넘게 구는 편이고요."

명란이 고개를 끄덕이며 결정을 내렸다.

"취미야, 감사 인사는 됐다고 전해 줘. 왕오댁에게 두 가지만 일러 둬. 첫째, 사람들에게 책잡히지 않게 일 잘하라고 해. 내가 지켜볼 테니. 그리고 둘째……."

명란은 살포시 웃었다.

"뢰씨 어멈은 후부에서 오랫동안 일한 사람이야. 성격도 좋고 친절하니 '잘 따르라'고 일러주거라. 다른 말은 할 필요 없어."

취미는 눈을 반짝이며 곧바로 고개를 끄덕이고 나갔다. 단귤도 뭔가를 알아차린 듯했다. 구들 위 탁자에서 비단 조각을 맞추고 있던 소도만 얼떨떨한 표정이었다.

"그거 가지고 될까요?"

명란이 천천히 말했다.

"정말 영리하다면 알아듣겠지. 오늘 이후로 이 일은 절대 거론하지 말거라. 뢰씨 어멈과 마주치면 친절히 굴고 말다툼하면 안 돼. 무슨 소식이 있으면 내게 알리기만 해!"

단귤과 소도는 심각하게 고개를 끄덕였다.

취미의 안목은 옳았다. 왕오댁은 영리한 사람이었다.

왕오댁은 맡은 일을 제대로 처리하면서 뢰씨 어멈과 다툼을 벌였다. 두 일을 다 놓치지 않으며 선을 분명히 지켰다. 집안에서 눈치 좀 있는 사람들은 점점 요령이 생겼다. 뢰씨 어멈을 고깝게 여기며 피해 오던 사람들은 이제 더는 참지 않았다. 실랑이가 벌어질 때마다 다들 몰려와서 남편이 노름꾼이네, 딸은 머리가 텅텅 빈 돈만 밝히는 노인네에게 시집 갔네 등의 이야기로 뢰씨 어멈을 멸시했다.

뢰씨 어멈은 화가 나서 온몸이 바르르 떨렸지만 어찌할 방도가 없었다. 혼자서 여럿을 상대하자니 버거웠고, 설사 조씨 어멈을 끌어들인다고 해도 중과부적이었다. 목청을 높여도 상대에게 묻혔고, 몸싸움을 벌여 봐야 머리채 잡히는 추태나 보일 뿐이었다. 나이도 많은 뢰씨 어멈은 늘 화가 나 있다 보니 안색이 퍼레지고, 숨도 잘 못 쉬고, 손발도 덜덜 떨렸다.

이때 명란은 보란 듯 의원을 불러 많은 돈을 써서 좋은 탕약을 지어주고 위로했다. 또 싸움을 일으킨 하인들을 '점잖게' 꾸짖고, 몇 명에게는 세지도 약하지도 않은 벌을 내렸다. 이로써 '다툼에도 선을 지켜라'라고 경고했다.

그리고 뢰씨 어멈이 한숨 돌리면 이 과정을 다시 반복했다.

명란이 세 번째 문안 인사를 하러 갔을 때 고 태부인은 참지 못하고 물었다.

"뢰씨 어멈은 잘하고 있느냐?"

"그럼요."

명란이 해맑게 웃었다.

"뢰씨 어멈은 어머님께서 부리던 사람인데 부족한 점이 있겠어요?"

"내가 듣기로…… 사람들과 자주 언쟁을 벌인다고 하던데?"

고 태부인이 망설이듯 물었다.

명란이 웃으며 답했다.

"그런 일 없어요! 다만 뢰씨 어멈이 아랫것들에게 좀 엄격한 편이라 가끔 언성이 높아질 때가 있습니다."

명란이 갑자기 화제를 돌렸다.

"굳이 말하자면 일이 있긴 있네요."

고 태부인은 눈을 반짝이더니 내색하지 않고 물었다.

"무슨 일이더냐?"

명란이 불안한 목소리로 대답했다.

"다 제가 제대로 살피지 못한 탓이죠. 나이도 많은 뢰씨 어멈에게 이것 저것 집안일을 맡겼으니 병이 날 만도 하지요. 벌써 의원을 둘이나 불렀습니다. 성 남쪽 훤초당의 장세제 의원과 정효 대인의 부인이 추천한 이숭 의원을요. 두 의원 모두 뢰씨 어멈이 집안일을 감당할 기력이 없고 화병도 좀 있다고 하더군요. 휴…… 이를 어쩌죠? 뢰씨 어멈에게 무슨 일이라도 생기면 제가 어머님을 어찌 뵙겠어요?"

명란이 나지막한 목소리로 거듭 사죄했다.

고 태부인의 얼굴에 순간 놀란 기색이 스쳤다. 소 씨는 자책하는 명란을 부드럽게 위로했다.

"너무 마음 쓰지 말게. 그 두 의원은 나도 알고 있네. 의술과 덕망이 높은 분들에게 진맥을 받았으니 뢰씨 어멈이 복이 많군 그래. 그리고 집안일을 돌보며 분통 안 터지는 사람이 어디 있겠나? 나도 위로는 어머님이 계시고 아래로는 동서가 있어서 도움을 받지만, 처음엔 아랫것들 때문에 화나는 일이 많았다네!"

고 태부인은 온화한 얼굴로 미소를 지으며 "네 형님 말이 맞다. 마음에 담아두지 말거라." 하고 한참을 좋은 말로 위로하더니 다시 떠보듯 물었다.

"뢰씨 어멈이 정 안 되겠거든 다른 사람들을 보내줄 수도 있다만……?"

"무슨 말씀이세요."

명란이 씩씩한 얼굴로 화난 시늉을 했다.

"사람은 이미 많습니다. 용이 쪽도 신경 쓸 일이 거의 없고요. 어멈 몇이 도와준 지 곧 두 달이 되어 가는데, 아무렴 제가 아무리 모자라도 집안 관리를 못 하겠어요? 일이 있을 때마다 어머님께 손을 벌렸다간 친정에서 배운 게 없다고 흉볼 거예요. 그럼 제가 무슨 낯으로 사람들 앞에 서겠어요?"

"이 아이 말하는 것 좀 보게!"

고 태부인은 재미있다는 듯이 명란을 가리키며 웃었다. 소 씨도 소매로 입을 가리며 웃었다. 주 씨는 가장 유쾌하게 웃으면서도 계속 고 태부인을 곁눈질로 살폈다.

· · ·

"언쟁이 없다고?"

고정훤의 부인이 낮은 목소리로 물었다.

젊은 어멈 하나가 가까이 다가와 답했다.

"언쟁은커녕 웃음소리가 끊이질 않습니다. 아주 화기애애하다니까요."

고정훤의 부인은 굳게 닫힌 문을 바라보며 한숨을 길게 내쉬더니 칭찬하듯 말했다.

"우리 사촌 동서가 정말 대단하군. 큰어머니께서 적수를 만나셨어. 전씨 어멈이 귀띔해주지 않았다면 정말 아무 일도 없는 줄 알았을 게야."

젊은 어멈은 급하게 뛰어왔는지 계속 손수건으로 땀을 닦으며 조용히 말했다.

"정원 쪽은 아주 철통같아요. 소식을 캐내기가 여간 어렵지 않네요. 마님께서 뢰씨 어멈 때문에 의원을 부른 일을 의아하게 여기셔서 전씨 어멈에게 물어본 덕에 겨우 사정을 알게 된 게지요."

"동서가 참 신중하구나. 소식이 밖으로 새나간들 뭐 어쩌겠느냐?"

고정훤의 부인은 웃느라 눈이 가늘어졌다.

"이렇게 주도면밀하다니. 밖에서는 인자하고 너그럽고 하인에게도 잘해 준다고 칭찬이 자자하지 않으냐!"

"제가 뢰씨 어멈이었다면 아예 체면 불고하고 소란을 피우겠어요! 이렇게 당할 수는 없잖아요. 듣자 하니 뢰씨 어멈이 용서를 빌려고 갔는데 그 댁 마님이 선수를 쳐서 돌려보내기까지 했답니다!"

젊은 어멈이 말했다.

"네가 뭘 안다고 나서느냐?! 속사정을 어찌 드러내겠어!"

고정훤의 부인이 어멈을 한번 노려보고 나서 웃었다.

"뢰씨 어멈이 후부에 와서 억울하다고 하소연할 수 있겠느냐? 정실과 첩의 처소에 돌아가며 들르라고 권유하는 통에 그 집 마님이 다른 아랫것들을 시켜 자신을 물 먹인다고? 하하, 그 말을 뱉었다가는 이제 얼굴도 못 들고 다닐 게다."

"마님, 그게 무슨 말씀이세요?"

젊은 어멈이 물었다.

고정훤의 부인은 목소리를 더 낮췄다.

"후부에서 정실과 첩의 처소에 돌아가며 들리는 사람이 있더냐? 정양 서방님네 동서는 과부처럼 지내니 그런 날을 정하고 싶어 할지 모르겠다만 그것도 서방님이 받아들여야 통할 것이 아니냐?"

고정환의 부인은 시원하게 웃다가 급히 목소리를 낮추며 말을 이었다.

"내 시어머님과 다섯째 숙모님, 그리고 각 집안의 나이든 이랑과 총애를 잃은 첩들까지 날을 어떻게 나눈단 말이냐? 뢰씨 어멈이 그 말을 뱉는다면 그걸 진담으로 받아들여야 할까 아니면 농으로 받아들여야 할까? 진담이라면 나이든 이랑들이야 기뻐하겠지만 집안에 난리가 나겠지!"

"그렇군요. 역시 마님께서는 뭐든 훤히 꿰뚫어 보십니다!"

어멈은 큰 가르침에 감탄하는 척 맞장구를 쳤다.

"마님께서 그런 날을 정하신다고 해도 나리는 거부하실 겁니다."

고정환의 부인은 활짝 웃으며 무척 즐거워했다.

"저 둘은 이제 막 달콤한 신혼을 보내고 있어. 뢰씨 어멈이 계속 트집을 잡고 밖에 시끄러운 소문을 내고 다닌다고 해서 서방님이 동서에게 불리한 말을 할 리 없다. 오히려 뢰씨 어멈에게 본가 마나님들에게는 가만히 있었으면서 막 시집온 동서에게만 '권유'했다고 역정 내지 않겠느냐? 아직 자식도 보지 않았는데 첩실에게 양보하라고? 정말 그런 뜻이라면 우리 큰어머님은 뭐라 할 말씀이 없지. 하하, 뢰씨 어멈은 큰어머님이 보낸 사람이지 않으냐. 아무 말씀 하지 않는 이상 우리는 그저 뢰씨 어멈이 자기 얼굴 먹칠하는 거나 구경하는 수밖에."

어멈도 따라 웃으며 물었다.

"그럼 뢰씨 어멈은 이제 끝인가요?"

"어멈이 좀 똑똑하다면 얼른 몸을 웅크리고 눈에 띄는 행동을 삼가겠지. 그러면 슬그머니 넘어갈 수도 있어. 그렇지 않다면, 글쎄…… 하하, 동서가 이미 말하지 않았느냐. 뢰씨 어멈은 어머님이 보낸 사람이니 뭔가 '큰 잘못'을 저지르지 않는 한 제대로 대우를 해줄 거라고."

어멈은 연신 고개를 끄덕이며 또 아부를 떨었다. 고정환의 부인은 한참 우쭐대다가 혼잣말을 중얼거렸다.

"⋯⋯큰어머니의 계획은 수포가 되었다. 이제 동서가 공홍초와 추랑을 다스릴 차례구나."

고정훤 부인의 예상은 적중했다. 징원이 너무 소란스러워져서 명란이 그냥 두고 볼 수만은 없게 된 것이다.

사실 고대의 소실은 총애를 받지 않는 이상 부군을 보기 힘들었다. 첫날 문안 인사 때 명란은 어려서부터 친정 할머님과 예불을 드리느라 아침을 조용히 보내는 걸 좋아한다고 분명히 말했다. 따라서 매번 문안 인사를 받을 때마다 용건이 끝나면 공홍초와 추랑을 곧장 돌려보냈다. 그리하여 이들은 퇴청하고 돌아오는 고정엽을 거의 보지 못했다.

그리고 지금까지 고정엽은 이들의 처소에서 밤을 보내겠다는 뜻을 비치지 않았다. 당연히 명란도 뇌에 이상이 있지 않고서야 고정엽을 보낼 리 없었다. 휴대폰이 없으니 이들이 직접 전화를 걸어 '자기, 본처랑 있는 거 지겹지 않아? 내 침대로 와~.'라고 할 수도 없고, 회사 앞에서 기다리고 있다가 끈적끈적한 눈빛을 보내며 '자기야, 서프라이즈!'라고 할 수도 없는 노릇이었다.

용이가 사내아이면 고정엽이 아들의 글공부를 가르칠 때를 이용해 마주칠 수도 있다. 물론 그의 머리에 누구를 가르칠 만큼 먹물이 찼는지는 다른 이야기지만.

그렇게 내내 고정엽과 마주칠 기회가 없자 두 여인의 원망이 쌓여 갔다.

고정엽이 자신을 어여삐 여기지 않는다는 걸 아는 홍초는 처소에 박혀 용이의 말문을 트이게 하려고 애썼다. 하지만 추랑은 몸이 달아서 허구한 날 가희거로 가는 길목에서 기다렸고, 고정엽과 두 번 마주칠 수 있었다. 그러나 하인들이 눈치도 없이 눈에 불을 켜고 지켜보는 통에 애끓는 마음을 토로할 수 없었다.

이런 일이 반복되자 망부석처럼 기다리는 추랑의 모습을 본 사람이 늘면서 소문이 돌게 되었다. 내원 여인들이야 속으로 '앙큼한 것'이라고 욕하는 게 고작이었다. 하지만 입이 걸걸한 외원 홀아비들은 '사내 생각에 정신이 나갔다'는 둥, '이제 곧 서른이지? 서른 넘은 여인은 호랑이처럼 무섭다니까'라는 둥, '나리께서 달래주지 않으면 무슨 짓을 할지 모른다'는 둥 민망한 말들을 내뱉었다…….

어쩌겠나? 장가 못 간 홀아비들은 상상력이 넘치는 법인 것을.

외원에는 이런 경박한 소문을 퍼트리는 사람이 많지 않았다. 그래서 내원에 이 소문이 들어간 건 며칠이 지나서였다.

추랑은 이 소문을 듣고 죽을 듯이 통곡했다. 단균이 이를 재빨리 고하자 명란은 대로하며 그 자리에서 소문을 낸 하인들을 잡아내 호된 벌을 내렸다. 평소에도 주제넘게 행동하던 둘은 팔아 치웠고, 나머지는 두 달치 품삯을 깎고 볼기 스무 대를 친 것이다.

명란의 매서운 모습에 외원 하인을 비롯한 모든 하인들은 상전의 사사로운 집안일을 함부로 발설하지 않게 되었다.

하인들에게 벌을 내린 후 명란은 곧바로 추랑을 추궁했다.

추랑은 부끄러운 짓을 했다는 것을 알기에 무릎을 꿇고 간곡히 용서를 빌었다.

"나리께서 자네가 예의 바르고 사람 마음을 잘 헤아린다고 여러 번 칭찬하셨네. 그런데 온 지 며칠이나 됐다고 이런 분란을 일으키는 겐가? 이건 대체 어디에서 배운 버릇이야?!"

추랑은 눈물을 펑펑 쏟으며 거듭 머리를 조아렸다.

"제가 잠시 정신이 나갔나 봅니다. 오랫동안 나리를 뵙지 못하다 보니 너무 사무쳐서……."

"자네 감정이야 내 알 바 아니네."

명란이 근엄하게 말을 자르며 직설적으로 말했다.

"지금 나리께서는 높은 자리에 계시네. 얼마나 많은 눈들이 지켜보고 있는지 몰라. 이런 지저분한 소문이 조금이라도 징원 밖으로 퍼지면 나리께서 집안 관리도 제대로 못 한다고 비웃음을 사지 않겠나?! 통방 하나가 나리를 잡으려고 온 집안을 휘젓고 다닌 꼴이 아닌가!"

이건 굶주렸다고 대놓고 선전을 하는 꼴이잖아.

추랑은 우느라 몸을 가누지 못했지만, 명란은 단호했다.

"당분간 문안 올 필요 없네. 소도, 『반야심경』을 내주어라. 자네는 이걸 백 번 필사하고, 다 쓰면 그때 찾아오게!"

추랑의 웅크린 뒷모습을 보고 있자니 화가 치밀었다. 명란은 남의 잘못을 감춰 주는 미덕을 지니지 못했다. 그날 밤 명란은 이 일을 고스란히 고정엽에게 전하며 한숨을 쉬었다.

"제가 너무 무른가 봐요. 저희 친정이었다면 내원에서 무슨 일이 벌어져도 외원까지 새나가지 않았을 거예요. 상전의 일을 아랫것들이 왈가왈부할 수나 있었겠어요?! 이제야 할머님께서 어머님이 집안 단속을 잘한다고 칭찬하신 까닭을 알겠어요. 휴…… 정말 쉽지 않네요."

예전에 명란은 왕 씨를 다소 무시했다. 그런데 이제 집안을 맡고 나서 보니 왕 씨는 대단한 사람이었다.

"네 탓이 아니다!"

고정엽의 얼굴은 어두웠다.

"집안을 맡은 지 며칠이나 되었다고 그러느냐? 제아무리 능력이 좋아도 하루아침에 되는 일이 아니야! 엄한 모습을 보여서 한번 제대로 단속하거라."

그는 말을 잠시 끊었다가 다시 덤덤히 이어갔다.

"추랑이 점점 도가 지나치구나."

목소리가 무척 평온했다. 그러나 이게 정말 화났을 때 모습이라는 걸 알고 있는 명란은 사내에게 다가가 몸을 어깨에 살포시 기대며 부드럽게 말했다.

"그리 대단한 일도 아닌데요, 뭘. 사람은 누구나 실수를 하잖아요. 이 번에 뉘우쳤으니 앞으로 괜찮을 거예요."

고정엽은 명란을 품에 안고 그녀의 풀어진 머리를 어루만졌다. 한참의 적막 후에 그가 가볍게 웃으며 명란의 코를 비틀었다.

"왜 불경을 베끼라고 했느냐? 『여칙』 같은 걸 주지 않고?"

명란은 우쭐거리며 말했다.

"다 생각이 있어서 그랬죠. 누가 물어보면 추랑이 제 영향으로 불심이 생겼다고 말할 거예요. 전 지금 계몽시키고 있는 거라고요! 이러면 사람들도 우리 집안일로 입방아를 안 찧겠지요."

고정엽은 잠시 멍하니 있다가 가슴팍이 울리도록 쩌렁쩌렁 웃기 시작했다. 칠흑처럼 까만 눈동자에는 웃음기가 가득했다. 그는 명란의 머리에 이마를 대고 진지하게 말했다.

"『반야심경』은 글자 수가 너무 적어. 어째서 두꺼운 경전을 주지 않은 게야! 부근연에게 『대장경』 필사본이 있다. 그 녀석이 어렸을 때 글자 연습을 하면서 필사한 것이지. 다음에 빌려 오마! 전권을 다 빌려 오겠다!"

명란은 질겁했다.

"나리, 『대장경』 전체가 몇 권이나 되고 몇 글자나 되는지 아세요?"

무식하면 용감하다고 고정엽이 아무렇지 않게 말했다.

"모른다."

그는 대장경이 아주 대단해 보인다는 것만 알고 있었다.

황당한 명란은 고정엽의 무식을 일깨워 주기로 했다.

"노안도 안 오고 수전증도 안 생긴다는 가정하에 추랑이 일흔, 여든까지 하루도 쉬지 않고 쓰면 무덤에 들어가기 직전에 겨우 끝낼 수 있다고요."

제132화

포화의 현장을
목격하다

추랑은 눈시울이 벌게져서 구향원으로 돌아왔다. 용이는 뒷방에서 자고 있었다. 추랑은 홍초를 보자마자 눈물을 쏟았다. 그래도 꽤 오랫동안 고난을 함께한 자매지간인지라 둘은 손을 맞잡고 상방으로 가서 이야기를 나누었다.

"못난 꼴을 보였네."

추랑은 처량한 모습으로 눈물을 닦았다.

"다 내 잘못이지. 나리를 사람들 입방아에 오르내리게 했어."

홍초는 속으로 '입방아에 오르내린 건 언니 하나죠.'라고 비웃었지만, 입으로는 따뜻하게 위로했다.

"그게 어디 언니 잘못인가요? 나리와 언니는 어릴 때부터 정을 나누던 사이잖아요! 나리는 언니를 다른 사람과 다르게 대하세요. 마님께서 그 사정을 어떻게 다 아시겠어요? 언니도 마음에 담아두지 마세요. 마님도 나리께서 언니 칭찬 많이 하신다고 하셨잖아요! 얼마나 자랑스러운 일이에요?"

추랑은 눈물을 머금고 탄식하다가 한참이 지나서야 입을 열었다.

"난 이제 나이 들어서 마님과 상대가 안 되잖아. 그냥 나리께서 잘 지내시나 보고 싶었어. 마님께서는 아직 어리시니 시중을 제대로 못 드실 수도 있잖아. 그럼 나리는 어떡해……."

"누가 아니래요? 이렇게 오랫동안 기다린 우리가 다른 마음을 품을 리 있겠어요? 마님도 걱정이 과하세요."

홍초도 따라서 한숨을 내쉬었다. 둘은 눈물을 흘리며 한참 하소연한 후에야 각자의 방으로 돌아갔다.

"돌아가셨나요?"

머리를 양 갈래로 묶은 몸종이 일어나 다가왔다. 몸종은 외모가 수려했다. 홍초는 방으로 들어온 후 곧장 평상에 반쯤 몸을 뉘었다.

"불경을 베껴 쓰러 갔어. 오아는?"

금희가 웃으며 홍초에게 차를 건넸다.

"갈 데가 어디 있겠어요. 수다나 떨고 있겠죠."

"……그런데 추랑 언니도 참 재미있는 사람이야."

홍초가 눈을 가늘게 뜨며 찻잔을 들고 흥미롭다는 표정을 지었다.

"어리석다고 한다면 굉장히 어리석지. 지금의 나리는 그때의 둘째 도련님이 아니란 걸 몰라보다니. 이리 오자마자 뢰씨 어멈한테 가서 방도를 묻기까지 했잖아. 하지만 영리하다면 영리해. 계속 아무것도 모르는 척 마음씨 좋고 어리숙한 사람 흉내를 내서 지금까지 무탈하게 지냈으니까."

금희가 조그맣게 말했다.

"맞아요. 그렇지 않았다면 우리 아가씨께서도 가까이하지 않으셨겠죠."

홍초의 얼굴에 조소가 떠올랐다.

"예전에도 나리가 언니를 많이 예뻐하셨을 것 같진 않아. 고작 어릴 때 시중 좀 든 거 가지고 주인 걱정하는 충실한 몸종 흉내를 내다니. 나리께서는 옛정을 생각해주시는 것뿐인데 말이야. 이제 세상이 바뀌었잖아! 총명한 사람이라면 부인께 잘 보여야지 아직도 옛날처럼 굴다니."

추랑은 글자에 서툰 데다 되는 대로 막 쓸 수도 없어서 필사 진도가 빨리 나가지 않았다. 붓을 재게 놀렸지만, 이틀 후에야 겨우 끝낼 수 있었다. 사흘째 되는 날 필사본을 들고 명란에게 문안 인사를 하러 갔다. 명란은 '행실을 유의하라'는 등 몇 마디 충고했지만, 딱히 의미가 없다고 여겨 이번 일은 그냥 그렇게 마무리했다.

다음 날 명란은 자신이 왜 그렇게 기분이 언짢고 짜증이 일었는지 깨달았다. 달거리가 시작된 것이다.

단귤은 늘 하던 대로 흑설탕을 넣은 약초차를 달여주었다. 소도는 갈씨 어멈에게서 뜨겁게 달군 소금을 받아 와 기름종이와 천으로 겹겹이 싼 후 다시 두꺼운 비단으로 감아 명란의 배에 올렸다.

꼬박 이틀 동안 명란은 힘없이 늘어져 평상에만 붙어 있었다. 가냘픈 자태로 앉아 우울한 눈빛으로 창밖에 펼쳐진 그림 같은 경치를 내다보며 생각했다. 아, 손에 든 게 장부가 아니라 시집이었다면 훨씬 좋았을 것을…….

몸이 편치 않으니 장부가 눈에 들어오지 않았다. 명란은 또 다른 중요한 일을 떠올렸다. 얼마 전 소문 때문에 소동이 일어났을 때 료용댁이 은근슬쩍 다가와 한마디 했는데, 대략 노총각, 노처녀가 많으면 집안이 평화롭지 못하다는 말이었다.

악독하기 그지없는 봉건시대 노예 제도에 따라 징원의 하인들은 부모 형제 유무와 상관없이 무조건 주인의 허락을 받아야 혼인할 수 있었다.

명란은 부모가 있는 자들에게는 알아서 혼인한 후 결과만 고하라고 했다. 그밖에 신경 써 줄 가족이 없는 하인들을 위해서는 단귤이 가져온 문서와 료용댁의 설명을 기반으로 맡은 일과 성품을 비교하여 자원 배분의 원칙에 따라 짝을 지어주었다.

남녀 혼사에 관한 이야기를 몇 마디 하자 단귤은 얼굴을 붉히며 황급히 몸을 피했다. 소도는 신이 나서 계속 듣고 싶어 했지만 취미에게 눈총을 받고 결국 나가야 했다.

"저 아이는 아직도 애 같다니까요!"

취미는 소도의 뒷모습을 보며 고개를 젓더니 한숨을 쉬면서 말했다.

"마님, 다른 아이들은 얼추 되었는데, 우리 처소 아이들을 어떻게 할지 생각하셨나요?"

명란은 반쯤 몸을 일으키니 정신이 좀 돌아오는 것 같았다.

"알아보니 공손 선생께서 집안 형편이 어렵지만 괜찮은 젊은이들을 알고 계신다더구나. 나리 휘하에 믿을 만한 병사들도 있고, 집안의 나이든 관사 아들도 몇 있어. 아직 짝을 찾았다고 고하지 않았으니 우리 처소 아이들과 맺어줄까 해."

취미는 재미있어 하며 웃었다.

"마님께서는 확실히 달라지셨어요. 아, 이 아이들은 복이 있네요……."

취미는 말을 하다가 뭔가가 떠올랐는지 갑자기 확 달라진 말투로 소곤소곤 말했다.

"마님, 약미를 눈여겨보셔야 해요."

"어, 약미가 왜?"

명란은 의아했다. 약미는 늘 고고하게 굴며 다른 몸종들과 어울리는 것을 꺼렸다. 의심을 받지 않으려고 고정엽이 있을 때는 얼굴도 비치지 않았다.

취미는 잠시 망설이다가 입을 열었다.

"약미는 우리 처소에서 연배가 가장 높죠. 전 약미가 외원으로 가서 서재 시중을 드는 아이들과 어울리는 모습을 여러 번 봤어요. 아무래도 제 생각에…… 마음에 드는 이가 그곳에 있는 듯해요."

명란은 깜짝 놀랐다.

"외원 서재의 그 서리 말이냐?"

취미가 안타까워하며 말했다.

"마님도 아시잖아요. 약미는 평소에 시서를 좋아해서 집안에는…… 마음에 차는 사람이 없을 거예요."

취미는 당황한 명란을 보며 황급히 덧붙였다.

"그 서리가 약미를 어떻게 생각하는지는 둘째고, 이 일을 허락하실지는 마님께 달려 있어요. 그 전에 둘이 몰래 정분이 나기라도 하면 큰일이죠! 그 일 하나로 집안 몸종들 전부와 마님의 명성에 누가될 수 있으니까요."

명란은 농담을 던질까 했지만, 잔뜩 긴장한 취미의 얼굴을 보고 서둘러 고개를 끄덕였다.

"우리 아이들이야 다들 훌륭하지만 그래도 괜찮은 짝을 만나야지. 그래, 어쨌든 시간이 몇 년 있으니 천천히 지켜보자꾸나. 나중에 네가 약미에게 한마디 하거라. 그리고 단귤이는 또 고질병이 도졌구나. 약미 바로 옆방에 살고 있으니 진즉에 이 일을 알았을 텐데. 정 때문에 또 마음이 약해진 모양이야. 나중에 혼을 내야겠어."

취미는 다소 굳은 얼굴로 쓴웃음을 지었다.

"마님께서 아셨으니 되었습니다. 저……"

말이 끝나기도 전에 "나리께서 돌아오셨습니다."라는 소리가 들렸다.

인기척과 함께 발이 올라가더니 고정엽이 성큼성큼 들어왔다. 취미는 예를 올린 후 곧바로 물러갔다. 명란이 몸을 일으키려고 했으나 고정엽이 명란의 창백한 얼굴을 보고 나지막하게 말했다.

"괜찮으니 일어나지 말거라."

명란도 고집부리지 않고 하죽을 불러 고정엽의 환복 시중을 들게 했다. 명란은 비스듬히 기대어 사내의 신이 난 얼굴을 바라봤다. 기분이 좋아 보이길래 명란이 웃으며 물었다.

"이렇게 즐거워하시다니 설마……?"

고정엽이 똑바로 서자 자금색 관에 박힌 암홍색 보석이 빛났다. 비단 도포와 옥대로 그는 더욱 성숙하고 늠름하게 보였다. 그가 고개를 돌리자 기대에 부풀어 반짝이는 명란의 커다란 눈망울이 보였다.

그는 눈을 부릅뜨며 호탕하게 웃었다.

"관직이 높아지거나 재물이 늘어난 게 아니다!"

속마음을 들킨 명란이 머쓱하게 웃으며 다시 기운 빠진 모습으로 평상에 몸을 기댔다. 고정엽은 석청색 비단 편복으로 갈아입은 후 하죽에게 물러가라고 손짓했다. 그는 명란 곁에 앉아서 명란의 배에 놓인 찜질 주머니를 만지며 물었다.

"아직도 아프냐?"

명란이 귀를 늘어뜨리며 고개를 저었다.

"기운이 없을 뿐이에요."

고정엽이 명란의 뺨을 부드럽게 어루만지며 천천히 얼굴을 맞댔다. 그의 얼굴은 햇빛을 받아 조금 뜨거웠다. 그는 약간 까칠하고 따가운 턱수염이 난 얼굴을 명란의 부드럽고 서늘한 볼에 가볍게 비볐다. 한참 후

부부는 약속이라도 한 듯 한숨을 쉬며 서로 완전히 딴소리를 했다.

"아무래도 애를 늦게 가지는 게 좋겠구나."

"아무래도 애를 빨리 가지는 게 좋겠어요."

말이 끝나자 둘은 놀라서 서로를 쳐다봤다. 놀랍기도 하고 웃기기도 했다. 고정엽이 먼저 입을 열었다.

"바보로구나. 우선 몸조리부터 해야지. 아이를 낳는 게 뭐 그리 급해? 시간은 많지 않더냐."

명란의 뽀얀 얼굴이 고운 연지라도 바른 듯 붉어졌다.

"그건 아니지요. 어르신들이 그러잖아요. 아이를 낳아야 편히 지낼 수 있다고요."

"그래?"

고정엽은 의아해했다.

"아이를 너무 일찍 급하게 가지면 몸이 상하는 게 아니고?"

"누가 그래요?"

명란이 웃음을 터트렸다.

"어르신들은 전부 몸조리만 잘하면 아이 낳는 데 문제없다고 하셨어요."

이 사내는 침상에서 다소 과격하지만 세심한 구석이 있었다. 하 노대부인의 처방대로 몸조리를 시작하면서부터 명란은 완곡하게 몇 가지를 부탁했다. 매달 며칠은 쉬었으면 좋겠다는 것과 탕약을 몇 재 먹고 나서 아이를 가지면 좋겠다는 부탁이었다. 명란은 이런 부탁을 하면서도 내심 불안했다. 이 시대는 아이를 빨리 낳을수록 좋은 시대였기 때문이다. 그런데 고정엽은 두말없이 수락하며 명란에게 몸조리를 잘하라고 여러 번 당부하기까지 했다.

"홀아비 신세는 한 번으로 족하다. 네가 오래오래 살면 좋겠구나."

그때 고정엽은 농담을 하듯 말했다.

물론 양보한 결과, 나머지 합방하는 날은 침상에 불이 날 듯 격렬했다.

명란의 말에 고정엽은 누그러진 얼굴로 명란의 자그마한 손을 어루만졌다.

"더욱 몸조심하거라. 타지를 떠돌 때 들었는데……."

그는 잠시 뜸을 들이다가 즐거운 듯 말했다.

"어떤 농가의 아낙네는 쉰이 되어서도 아이를 낳았다고 하더구나."

명란은 몹시 부끄러워하며 사내의 팔뚝을 세게 꼬집었는데 딱딱한 근육 부분이어서 손가락만 아팠다. 명란은 짐짓 뾰로통한 얼굴로 조용히 말했다.

"부끄럽지도 않으세요!"

부부는 한참 동안 장난친 후에야 처음에 무슨 이야기를 하다가 이렇게 되었는지 떠올렸다. 명란이 다시 묻자 고정엽은 기분 좋은 얼굴로 말했다.

"상 유모가 내일 온다는구나."

"나무아미타불, 드디어 오시는군요."

명란이 웃으며 합장했다.

"유모가 안 오시면 찾아가려고 했어요."

고정엽이 경성으로 돌아온 후 상 유모는 과부가 된 며느리와 손주들을 데리고 교외에서 경성 내 묘이 골목으로 이사했다. 외아들이 요절하고 나서 삼년상을 치르는데 고정엽이 혼례를 올릴 때가 마침 삼년상 마지막 한두 달 전이라서 신혼부부가 부정 탈까봐 쭉 방문을 삼가고 있었다.

"유모도 니무 걱정이 많으세요. 뭘 그리 신경 쓰시는 게 많은지."

명란은 상 유모 이야기를 듣고 쭉 만나고 싶었다.

고정엽이 웃으며 말했다.

"유모가 시골 사람이라 그래. 고집도 센 편이고. 며칠 차이 안 나니 유모 뜻대로 하게 됐다. 내일 내가 퇴청하기 전에 유모가 오거든 잡아두거라."

명란은 미소로 답했고, 부부는 다시 바싹 붙어서 오손도손 이야기를 나누었다. 이때 밖에서 단귤이 고했다.

"추 아가씨가 왔습니다."

고정엽은 잠시 멈칫하더니 까맣고 진한 눈썹을 찡그렸다.

명란은 서둘러 사내를 밀쳐내고 조금 전 꽁냥거릴 때 흐트러진 옷과 머리를 정리한 후 말했다.

"어서 안으로 들라고 해라."

고정엽은 평상에서 내려가려는 명란을 붙잡았다.

허리띠를 두른 연녹색 저고리를 입은 추랑이 작은 보따리를 들고 사뿐히 걸어 들어왔다. 명란은 평상에 반쯤 기대어 앉아 있고, 고정엽은 두 손을 무릎에 놓고 평상 옆에 앉아 있었다. 추랑이 서둘러 고개를 숙이고 인사를 올리자 명란은 웃으며 자리를 청했다.

"무슨 일로 왔느냐?"

고정엽이 짜증을 참으며 물었다.

추랑은 고개를 살짝 옆으로 틀고 눈을 들어 고정엽을 바라보더니 나긋나긋하게 말했다.

"날이 점점 더워지고 있습니다. 더위를 많이 타시는 나리를 위해 시원한 옷감으로 저고리와 바지를 지었어요. 향낭도 몇 개 만들었고요. 나리께서 좋아하시는 침향, 모기와 벌레를 쫓는 송진과 쑥을 넣었어요."

추랑은 보따리를 펼쳐 앞으로 살포시 밀었다. 하지만 고정엽이 미동도 하지 않자 추랑은 좀 당황스러웠다.

명란은 분위기가 심상치 않자 서둘러 끼어들었다.

"이리 주게. 나중에 바느질 솜씨 좀 구경하겠네. 단귤아, 나가서 점심 식사 준비가 되었는지 보고 오너라."

아무래도 이목이 적은 게 나을 듯했다.

단귤이 보따리를 받아 한쪽에 두고는 공손히 물러갔다.

추랑은 멍하니 고정엽의 굳은 표정을 바라보며 조심스레 말했다.

"나리…… 전……."

고정엽은 추랑을 가만히 쳐다보았다. 명란은 그의 준수한 옆얼굴에서 그가 뭔가를 곰곰이 생각하고 있다는 걸 알 수 있었다. 그가 추랑에게 물었다.

"용이에게도 옷을 지어주었느냐?"

추랑은 순간 멈칫했다.

"나, 나, 나리께 올리고 나서 용이 옷도 지으려고 했어요."

"이곳으로 온 후 마님께 지어 드린 적은 있느냐?"

고정엽이 다시 물었다.

추랑은 황급히 일어나서 명란을 향해 무릎을 꿇었다.

"제가 생각이 짧았습니다. 요 며칠 불교 경전을 베끼느라 시간이 없어서 나리 옷만 지었습니다."

몸종이 없어서 추랑을 일으켜 줄 사람이 없었다. 명란은 미소를 지으며 위로할 수밖에 없었다.

"괜찮네. 용이를 돌보는 일이 먼저지. 어서 일어나게."

추랑은 감히 일어나지 못한 채 고정엽이 있는 쪽으로 방향을 틀어 뭐라 말을 꺼내려 했다. 고정엽은 손을 들어 말을 막으며 갑자기 질문을 던졌다.

"오늘 아침 마님께 문안 인사를 올렸느냐?"

추랑은 곧바로 대답했다.

"그야 물론이죠. 어떻게 감히 문안 인사를 빼먹겠습니까."

"그럼 어째서 오늘 아침에 이것들을 마님께 드리지 않았느냐?"

추랑은 그 말을 듣고 믿을 수 없다는 듯이 고개를 번쩍 들었다. 고정엽의 눈에는 질책과 빈정거림이 담겨 있었다. 추랑은 말문이 막혀서 아무 말도 하지 못했다. 붉어진 눈시울에서는 금방이라도 눈물이 떨어질 것만 같았다.

방 안에 적막이 흘렀다. 몹시 난감해진 명란은 차라리 빠져나가야지 싶었다. 하지만 몸을 일으키자마자 고정엽이 잡는 바람에 꼼짝도 하지 못했다. 명란은 할 수 없이 평상 옆에 놓인 『산해지山海志』[1]를 펼쳐서 읽는 척했다.

"여기에 남기 싫다면 한밑천 두둑이 마련해주겠다. 이 사람에게 일러 좋은 신랑감을 물색해볼 테니 시집가는 게 좋겠구나."

고정엽의 말이 떨어졌다.

"싫어요!"

추랑이 소리쳤다. 그리고 놀란 얼굴로 눈물을 줄줄 흘리며 연신 머리를 조아렸다.

---

1) 중국 고대 신화인 산해경을 바탕으로 창작한 소설.

"제겐 나리밖에 없습니다. 제 마음을, 제 마음을…… 어찌 모르십니까! 저…… 지금 당장 죽어서 제 시신이 썩어 문드러지고 재가 된다고 해도 나가지 않겠습니다!"

명란은 거북하고 불편해서 귀를 막고 싶은 심정이었다. 이렇게 처량하고 결연한 고백은 타임슬립 이전에도 이후에도 들어본 적이 없었다. 명란은 가슴이 먹먹하여 저도 모르게 옆에 있는 사내를 쳐다봤다.

"이 세상에 제 뜻대로 되는 일이 어디 있더냐."

고정엽은 조금도 동요하지 않았다. 오히려 약간 실망한 듯했다. 그는 예전에 있었던 일을 회상하는지 아득한 눈빛으로 천천히 말을 이었다.

"네 마음은 알고 있다. 너도 내 마음을 알고 있는 줄 알았는데 내 착각인 것 같구나."

추랑은 나지막이 울먹이기 시작했다. 명란은 거의 책 속으로 들어갈 지경이었다.

고정엽은 차분하지만 위엄 있는 말투로 말했다.

"요 며칠 네가 계속 법도를 어기며 말썽을 일으키고 추태를 보여도 옛정을 생각하여 한마디도 하지 않았다. 네가 정말 정실이라도 된다고 생각하느냐? 네 신분을 잊은 게야?"

추랑은 가슴이 철렁하여 사내를 쳐다보지 못하고 입술을 떨며 고개를 떨궜다. 추랑은 어려서부터 고정엽의 시중을 들었기에 그의 고약한 성질머리를 잘 알고 있었다. 비록 많이 나아지긴 했지만, 뼛속까지 바뀐 것은 아니었다. 그는 한번 성질을 부렸다 하면 아주 고약했다.

명란은 고정엽이 제대로 화내는 모습을 처음 봤다. 이렇게 침착하게 사람 마음을 후벼 파다니, 폭풍이 몰아치기 전의 평온한 하늘처럼 위험한 기운이 가득했다.

"넌 오랫동안 나를 따르며 변함없는 마음으로 세심하게 내 시중을 들었지. 체면을 살려주고 섭섭지 않게 챙겨줄 것이다. 백 년 후에 제삿밥도 챙겨 먹을 수 있을 게야."

고정엽은 점점 더 차가워졌다.

"하지만 너도 분수에 맞게 행동해야 할 것이다. 난 네게 용이를 맡겼다. 그 아이에게 어떻게 해야 하는지 내가 알려줄 필요는 없겠지. 네가 제대로 못 한다면 널 대신할 사람은 널렸어."

추랑은 바닥에 꿇어앉아 눈물을 참으며 고개를 들지 못했다.

"물러가서 네 본분에 대해 잘 생각해보거라."

고정엽의 말이 끝나자 추랑은 눈물을 닦으며 고개를 숙이고 물러갔다. 문가에 다다르자 고정엽이 다시 불러 세웠다. 추랑이 희망에 차서 고개를 돌리자 고정엽은 말했다.

"앞으로 내게 줄 것이 있으면 마님께 직접 드려라."

이 말은 마지막 희망의 끈을 무참히 잘라버렸다. 추랑은 사색이 되어 비틀거리며 나갔다.

처소에 남은 둘은 아무 말도 하지 않았다. 시간이 한참 지난 후 명란은 긴 한숨을 내쉬었다.

"훈계를 하시려거든 절 내보내고 하셨어야죠. 이러면…… 추랑의 체면이 뭐가 되겠어요."

정말 난감했다.

고정엽은 명란의 허벅지를 베고 똑바로 누워서 짧게 한마디 했다.

"그 아이가 욕심을 부리는구나."

명란은 속으로 인정했다. 추랑은 여러 해 고난을 함께한 정이 남녀 사이의 사랑이 될 수 있다고 착각했다. 통방이나 첩실에게 이는 크나큰 욕심이다. 안타깝고 가련한 노릇이었다. 고정엽은 매정해 보이지만 사실이는 추랑을 위해서였다. 다 큰 사내가 통방에게 이렇게 마음을 쓰는 것 또한 정이었다. 가보옥이 끔찍이 총애했던 몸종들이 맞이한 비참한 최후를 생각하면 이러는 편이 훨씬 나았다.

"그 아이가 안쓰러우냐?"

고정엽이 명란을 보며 가볍게 물었다.

명란은 고개를 끄덕이다가 다시 가로저었다.

인간은 사회적 동물이라 비교를 해봐야 결론을 낼 수 있다.

명란은 예전에 자신이 너무 답답한 처지로 환생하여 사는 게 힘들다고만 여겼다. 그러나 몸종이나 머슴, 끼니도 제대로 잇지 못하는 가난한 사람에 비해서는 훨씬 나았다. 추랑은 불쌍하긴 했지만, 끝이 비참한 통방이나 몸종에 비해서는 운이 좋은 편이었다. 그의 상전은 그래도 책임감 있는 사람이기에 가능한 일이다.

성씨 집안은 나름대로 덕이 있는 집안이었고 성장풍도 정이 많은 인간이었으나 가아는 결국 죽었다. 하지만 누구도 장풍이 매정하다고 질책하지 않는다. 장풍 곁의 나머지 통방들의 운명 역시 부평초 같다. 앞으로 자신들의 상전이 될 장풍의 본처가 내릴 처분만 기다리는 신세이니 말이다.

어떤 대단한 사람은 제3세계의 국민들에게는 사랑이 없다고 말했다. 그 사회는 계급이 분명하고, 신분이 낮은 사람은 생존이라는 절대적인 과제 때문에 사치스러운 감정을 좇을 겨를이 없다는 이유였다.

고정엽은 명란이 아무 말 없이 이상한 표정을 짓자 다시 물었다.

"화났느냐?"

명란은 고개를 젓다가 다시 끄덕였다.

고정엽은 미간을 찌푸리더니 명란의 귀를 잡아당기며 낮은 목소리로 말했다.

"말해보아라."

명란은 탄식하며 말했다.

"상서가 해야 할 일을 일개 낭중이 앞에 나서서 하려고 하면 그걸 보는 상서 기분이 좋을까요?"

좌천되거나 면직되지 않는 게 이상한 일이다. 통방이나 첩실이 정실보다 더 사내에게 열렬한 관심을 쏟는다면 그건 제 무덤을 파는 행동이다.

고정엽이 웃음을 터트렸다.

"비유가 아주 적절하구나."

그는 잠시 생각하다가 다시 말을 꺼냈다.

"그리 관대하고 여리다니. 네가 왠지 '너그러운 마음'으로 날 그 아이의 처소로 떠밀 것 같구나."

명란은 즉시 격하게 고개를 저으며 물었다.

"당신이 위청衛靑[2]이라면 이광李廣[3]처럼 평생 소외당했던 노장에게 지휘권을 양보하겠어요?"

고정엽은 잠시 망설이다가 천천히 고개를 저었다.

"아니. 그건 합당하지 않다. 게다가 힘겹게 세운 공을 어째서 다른 이에게 양보한단 말이냐? 그자가 재수 없는 게 내 탓도 아닌데 말이다."

"다행이에요. 저도 그렇게 생각하거든요."

---

2) 한 무제 때 흉노를 물리치고 공을 세운 명장.
3) 위청과 함께 흉노를 토벌한 노장군, 운 없는 장군으로도 유명.

명란이 손뼉을 치며 환하게 웃었다.

"첫째, 제가 추랑에게 통방을 하라고 시킨 게 아니잖아요. 둘째, 제가 그 아이에게 당신을 기다리라고 하지도 않았고요. 셋째, 제게 부군은 한 분뿐인데 왜 추랑을 위로한답시고 당신을 양보하겠어요?"

남편은 차치하고, CEO 중에 다른 꿍꿍이를 품은 부하직원이 회장 앞에서 자신과 경쟁하려는 걸 용납하는 경우가 있을까? 턱도 없는 소리! 맡은 일이나 제대로 하라고.

아무리 고대라고 해도 상도덕은 지켜야 하는 법. 최소한 긴장하고 조심하는 척은 해야 한다.

고정엽이 일어나서 명란을 향해 눈을 부릅떴다. 명란은 아무 잘못 없다는 눈으로 맞섰다. 둘은 서로를 한참 노려보다가 동시에 풉 하고 웃음을 터트리고는 얼굴이 벌게지도록 웃었다. 고정엽이 명란을 안아 누르며 쿡쿡대자 가슴팍의 떨림이 명란에게 고스란히 전달되었다. 두 사람의 맞닿은 코에서 나온 뜨거운 숨결이 뺨을 축축하게 물들였다.

사내가 낮은 목소리로 말했다.

"마지막 한마디가 무척 마음에 드는구나."

명란이 눈을 깜빡였다.

"제가 뭐라고 했죠?"

고정엽이 눈을 부릅뜨고 겨드랑이를 간질이려고 하자 명란은 용서해 달라며 애교를 부렸다. 둘은 한참을 엎치락뒤치락하다가 숨을 헐떡이며 평상에 누웠다. 명란은 호흡을 가다듬고 사내의 가슴에 얼굴을 묻으며 천천히 말했다.

"한 사람을 제외하고 누구도 제게 남자를 양보하라고 할 수 없어요."

고정엽이 웃으며 물었다.

"그 대단한 자가 대체 누구냐?"

"당신이요."

명란이 쓴웃음을 지으며 탄식했다. 그가 변심하면 어떤 방법도 소용 없다. 그러니 사전에 대비하여 대책을 마련하는 게 상책이었다. 어쨌든 계속 살아야 하니까.

명란의 눈동자는 푸른 하늘처럼 맑았다. 재미있는 장난을 치는 것 같 았지만 그 밑바닥에는 답답한 마음이 숨겨져 있었다.

고정엽은 조용히 명란을 응시했다.

제133화

상유모上

밤에 명란은 편히 잠을 잘 수 없었다. 누군가가 자신을 지켜보고 있는 것만 같았다. 비몽사몽간에 눈을 살짝 떠보니 고정엽이 옆으로 누워 자신을 뚫어지게 쳐다보고 있었다. 명란은 너무 졸려서 "왜 아직 안 주무시냐"고 웅얼거렸다. 고정엽은 한참 지나서야 조용히 대답했다.

"요새 많이 피곤했을 테니 푹 자거라."

안쓰러움과 애정, 미안함이 깊이 묻어나는 말투였다.

명란의 긴 속눈썹이 파르르 떨렸다.

확실히 피곤하긴 했다.

이렇게 큰 집을 관리하면서 접대하고 선물을 주고받고 사람들을 대하는 것은 피곤한 일이었다. 매일 누군가의 계략에 넘어가지 않을까 경계하는 일은 더욱 피곤했다. 속으로 서너 번 곱씹은 후에야 말할 수 있었고, 예닐곱 번 고민한 후에야 행동할 수 있었다. 다른 사람에게 책잡히고 비난받을까 두려웠고, 약점을 잡혀 고정엽에게 누가 될까 더욱더 두려웠다. 이렇게 가다가는 바로 정신병원에 입원할 지경이었다.

아주 오래전 명란은 부처님 앞에서 열심히 노력하며 잘 살아보겠노라고 맹세했다.

매일 아무리 바빠도 시간을 내어 휴식을 취했다. 꽃을 감상하고, 책을 읽고, 바둑을 두고, 그림을 그리고, 혼자 몰래 즐겼던 '동성애 시리즈' 자수도 했다. 푸르고 맑은 자연을 보며 불경을 암송하고, 아름다운 시와 사를 감상하고, 속이 후련해지는 책을 읽었다. 그러면 산 중턱에서 시원한 바람을 쐬는 것처럼 기분이 좋고 왠지 모르게 위로가 되었다.

명란은 미소 지으며 부처님의 자비를 구했다. 평안하고 즐겁게 지낼 수 있기를, 맑은 마음으로 살 수 있기를 기도했다.

다들 명란이 복 받았다고 말한다. 하지만 고정엽은 그녀가 얼마나 힘들지 알고 있었다.

명란은 자신의 몸을 틀어 강아지처럼 그의 품으로 비집고 들어갔다. 싸늘한 초여름 밤, 따뜻한 곳은 오직 곁에 있는 이 사내의 품밖에 없는 듯했다.

아침 식사 후 구향원의 세 사람이 평소처럼 문안 인사를 올리러 왔다.

추랑은 밤새 울었는지 눈이 밤톨만큼 부어 있고, 표정에서 활기라곤 찾아볼 수 없었다. 홍초는 무슨 일이 있었는지 전혀 모르는 것처럼 평소대로 방실방실 웃으며 이야기했다. 용이는 매일 좋은 음식을 먹으며 몸조리를 해서 살이 올라오고 있었다. 하지만 여전히 단어나 구 정도밖에 말하지 않았다.

명란은 세 사람과 친근히 이야기를 나눴다. 보통은 명란이 모두에게 각각 세 마디 정도 던지고, 나머지는 홍초의 주도하에 자유롭게 대화하는 식이다. 하지만 오늘은 명란이 평소보다 말을 많이 했다.

"오늘 오후에 상 유모가 올 것이니 화씨 어멈에게 용이를 데리고 오라고 하게."

추랑은 입술을 들썩일 뿐 아무 말도 하지 않았다. 용이는 떨구고 있던 고개를 들었다. 홍초는 기쁜 기색이 역력했다.

"상 유모님이 오시는군요. 예전에 나리께서 말씀 많이 하셨어요. 이제 경성에 머무시니 자주 왕래할 수 있겠네요."

기대에 가득 찬 말투였다.

명란은 홍초를 보며 찻잔을 들고 덤덤히 말했다.

"나리께서 예전에 상 유모가 용이를 돌봤었다며 용이와 함께 맞으라고 분부하셨네."

추랑의 안색이 더욱 어두워졌다. 용이는 고개를 숙인 채 깊이 생각하는 눈치였다. 뭔가 떠오르는 게 있는 듯했다. 홍초는 순간 굳은 표정을 짓더니 곧바로 활짝 웃으며 화제를 돌렸다. 명란은 5분 정도 들어주다가 이들을 돌려보냈다.

셋이 떠난 후 명란은 무늬가 새겨진 대들보를 멍하니 쳐다봤다. 사실 상 유모도 평범한 사람은 아니었다.

상 유모는 첫딸이 요절한 후 백씨 집안의 유모가 되어 정성을 다했다. 백 노대인이 상씨 부부를 거두겠다는 뜻을 밝히자 완곡히 거절하며 그로 인해 생길 많은 이점을 포기했다. 백 노대인은 점점 부유해졌고, 상 유모는 충성심과 성실함을 인정받아 좋은 대우를 받았고 집안 형편도 점차 좋아졌다. 백씨 부인이 시집갈 때 다른 몸종들은 후부로 따라가서 '호강'을 누리고자 했지만, 상 유모는 고향으로 돌아가 자기 집안을 꾸렸다.

고정엽이 출세한 후에도 의탁하지 않고 계속 자유로운 생활을 누렸다. 처음 징원을 꾸릴 때도 고정엽의 부름을 받고 한동안 집안 정리를 도왔을 뿐, 공손 선생이 남쪽에서 오자 다시 자신의 집으로 돌아갔다.

심지어 이번 방문도 오후에나 오겠다고 했다.

흥미로운 시간 선택이었다. 고대에는 다른 사람의 집을 방문할 때 주로 오전에 갔다. 명란은 속으로 상 유모의 의중을 헤아려봤다. 첫째, 오후에 오면 고정엽과 마주칠 가능성이 훨씬 크다. 둘째, 오전에 온다면 주인은 손님에게 식사를 대접해야 한다.

상 유모가 아무리 연배 높은 어른이라 해도 백씨 집안의 유모였으니 결국 하인인 셈이었다. 그래서 상전과 한 식탁에서 식사하는 것을 피한 것이다. 그렇다고 '하인은 상전과 한 식탁에 못 앉는 법이다'라는 뜻을 대놓고 밝히며 자신을 낮추고 싶진 않았기에 아예 오후에 오겠다고 한 것일 수 있다.

이 노인은 선을 넘지 않았지만 도도했다.

미시 이각쯤 명란은 낮잠을 자고 일어나 세수를 마쳤다. 단장을 하는데 밖에서 상 유모의 네 가족이 왔다고 고했다. 명란은 곧장 취수에게 구향원으로 가서 용이를 데려오라고 한 후 정갈한 차림으로 편화청으로 가서 기다렸다. 얼마 후 료용댁이 상 유모 일행을 데리고 들어왔다.

앞장서서 들어온 사람은 가장자리에 우단을 댄 암청색 민무늬 비단 배자를 걸친 백발의 노부인이었다. 주름 가득한 얼굴로 웃지도 않고 말도 없었다. 그 뒤로 마흔이 안 된 여인이 들어왔다. 은은한 무늬가 있는 암홍색 비단 장오를 입고 있었다. 이어서 두 아이가 들어왔다. 꽃을 수놓은 살구색 오자를 입은 열대여섯쯤 되는 여자아이와 연한 색의 수수한 장포를 걸친 열 살 남짓의 사내아이였다.

명란에게 익숙한 차림새였다. 동생 장동이 자주 이런 옷을 입었다. 물론 옷감과 자수가 훨씬 더 고급이었지만.

천천히 일어난 명란은 웃으며 다가가 상 유모에게 인사했다.

"오셨군요. 정말 뵙고 싶었어요. 나리께서 유모 이야기를 많이 하셨거든요."

상 유모는 몸을 살짝 틀어 명란의 인사를 피하면서 무릎을 구부리고는 명란에게 정식으로 예를 올렸다.

"마님께 인사 올립니다."

인사를 올리며 상 유모는 명란을 훑어봤다. 한창 꽃다운 나이의 어린 마님은 꽃줄기 무늬가 있는 연한 자색의 얇은 오자를 걸치고 있었다. 머리는 위로 비스듬히 올리고, 수수하게 백옥으로 된 연꽃 비녀 하나만 꽂고 있었다. 그 모습이 새벽에 맺힌 이슬처럼 영롱하고 순수했다. 언행은 상냥하고 온화했으며, 눈빛은 선하고 맑았다. 어딘지 모르게 고결한 분위기였다.

이제 막 봤을 뿐이지만 상 유모는 저도 모르게 살며시 고개를 끄덕였다.

상 유모는 몸을 살짝 돌리고 뒤에 있는 사람들을 가리켰다.

"이쪽은 제 며느리입니다. 호씨 집안 아이죠."

중년 부인이 고개를 숙인 채 앞으로 나와 무릎을 굽혀 인사했다. 명란은 미소를 지으며 가볍게 답인사했다.

"잘 오셨어요."

"마님께 인사 여쭙니다."

호 씨가 고개를 조금 들었다. 얼굴색이 좀 까무잡잡하고 입가가 축 처져서 울상인 것만 빼고는 제법 자색이 고왔다. 호 씨는 입을 열자마자 듣기 좋은 소리를 늘어놓으며 환하게 웃었다.

"예전부터 뵙고 싶었습니다. 선녀처럼 아리따우시다고 하길래 안 믿었는데 오늘 이렇게 뵈니까, 어머나, 서왕모께서 아까워서 어떻게 마님을 인간 세상에 보내셨을까 싶습니다!"

명란은 호 씨의 차림을 보자마자 피부가 까만데도 암홍색 옷을 입었길래 범상치 않다고 생각했다. 역시나 넉살이 좋은 여인이었다. 호 씨의 말에 명란은 웃음을 터트렸다.

"재미있는 사람이군! 어서 앉게."

호 씨는 바로 앉지 않고 시어머니를 흘끔 보았다. 상 유모는 뒤에 서 있는 두 아이를 가리켰다.

"이쪽은 제 손녀 상연이고, 이쪽은 손자 상년입니다. 연아, 년아, 어서 인사 올리거라."

두 남매는 곧장 앞으로 나와 나란히 서서 몸을 숙이고 인사를 올렸다. 명란은 이번에는 편하게 인사를 받았다. 남매가 고개를 들었을 때 명란은 깜짝 놀랐다.

둘은 생김새가 무척 닮고 까무잡잡한 피부에 외모가 수려했으나 기질이 판이하게 달랐다. 상연은 평범한 집안의 어여쁜 소녀로, 몇 년간 경성 밖 시골에서 살아서인지 아직 촌티가 남아 있었다. 하지만 상년은 말도 또박또박하고 행동도 의젓한 꼬마 선비 같은 분위기가 있었다. 평범한 집안 아이가 처음 대갓집 마님을 만났을 때 보이는 어색함이 전혀 없었다.

모두 자리에 앉아서 이야기를 나누기 시작했다. 상연과 상년도 의자에 앉았다.

호씨 모자 셋은 이런 대저택은 처음이라 자리에 앉고 나서는 계속 사방을 두리번거리며 장식을 구경했다. 특히 호 씨가 고급스럽지만 단아한 편화청의 장식에서 계속 눈을 떼지 못했다.

한 자 정도 높이의 티끌 없이 맑은 백옥병이 진열장에 고아하게 놓여 있었다. 양쪽에 꽃을 새긴 자단목 의자는 색이 짙고 윤기가 흘렀다. 호 씨는 손으로 의자를 쓰다듬으며 감탄을 금치 못했다.

"마님, 여긴 참 근사한 곳이네요. 제가 신선이 사는 곳을 다 구경하게 되다니. 아이고, 저 분재 좀 봐⋯⋯. 와, 설마 옥으로 된 건 아니지요? 이 방석 좀 보라지. 이건 무슨 대나무로 엮은 걸까요⋯⋯."

호 씨의 언행은 저잣거리 사람처럼 호들갑스러웠다. 상 유모는 눈살을 찌푸리더니 며느리를 쳐다보며 한마디 할까 하다가 참았다. 명란을 돌아보니 무시하거나 언짢아하는 기색은 없었다. 굳이 자신의 호감을 사려고 하지도 않고 호 씨의 말이 진짜 재미있다는 듯이 옅은 미소로 호 씨의 말에 맞장구칠 뿐이었다.

"나도 잘 모르겠네."

명란은 기억을 해 보려고 애썼다.

"아마 사천 지역 대나무일 걸세. 높이 솟은 죽대를 잘라 편으로 깎은 다음, 결이 촘촘하고 진한 것만 골라 긴 죽편을 뽑아내지. 그러고 나서 하얀 돌로 하나씩 가는데, 아마 수천 번 갈아서 실처럼 가느다랗게 만든 다음에 엮은 것일 게야."

이렇게 엮은 대나무 방석이어야 면처럼 부드럽고 연하다.

호 씨는 깜짝 놀라면서 부럽다는 눈빛으로 외쳤다.

"세상에나, 얼마나 품이 많이 들었을까요! 엄청 귀한 거군요. 그러니까 이렇게 부드럽고 시원하지. 아이고, 저희 같은 것들이 이런 걸 언제 만져 보겠습니까⋯⋯."

이 부분은 겸손하게 굴래야 굴 수가 없었다. 고대는 자본주의 사회가 아니라서 돈이 있어도 살 수 없는 것들이 있었다. 황권 사회에서 최고급 물품은 황제에게 진상되는 것으로, 궁정의 장인들이 만들었다.

여름으로 접어들면서 궁에서는 더위 방지용 물품을 줄줄이 하사했다. 명란도 처음 보는 물건이 꽤 많았다. 이 대나무 방석도 오래 됐다가 곰팡이가 슬까 걱정되지 않았다면 진즉에 고방에 넣어뒀을 것이다.

상 유모는 미간을 찌푸리며 싸늘한 눈빛으로 쉴 새 없이 떠드는 호 씨를 저지했다. 명란은 대수롭지 않게 여기며 몇 마디 더 하다가 상 유모에게 말을 걸었다.

"……묘이 골목에 산다고 들었는데 집은 살 만한가요? 드나드는 길은 불편하지 않고요?"

상 유모는 얼굴에 가득한 주름을 펴며 답했다.

"나리 덕분에 살 만합니다. 우리 네 식구뿐만 아니라 앞으로 년이가 처를 들여 아이를 낳고 살아도 충분한 크기지요. 양쪽 이웃도 점잖은 사람들이고, 골목 앞뒤로 큰길과 통해서 마차든 가마든 다 드나들 수 있습니다."

"다행이에요. 그렇다면 나리와 나도 안심이에요……."

명란이 푸른 도자기 접시에 담긴 먹음직한 간식을 집어 들고 웃으며 말을 이으려고 하는데 호 씨가 또 끼어들었다.

"다 좋지만은 않아요. 아무래도 외진 곳이다 보니 인적이 드물 답니다. 년이에게 붓과 묵, 서책이라도 사 주고 연이에게 옷이라도 지어주려면 반나절은 나가야 하고요. 만약……."

"입 다물어라."

상 유모가 표정을 구기며 찻잔을 세게 내려놓았다.

"지금 무슨 헛소리를 하는 게야!"

호 씨는 즉시 입을 다물었다. 명란이 궁금해서 쳐다보니 호 씨는 입을 다물긴 했지만 부끄러운 기색이 아니었다. 아무래도 낯이 두껍고 시어머니에게 자주 꾸지람을 들어 사람들 앞에서 창피를 당하는 게 전혀 두렵지 않은 모양이었다. 호 씨는 아무 일도 없다는 듯 태연히 간식을 먹기 시작했다.

상 유모는 며느리를 노려보고 나서 고개를 돌려 명란에게 말했다.

"신경 쓰지 마십시오. 이미 나리께 신세 많이 졌습니다. 후……, 이 늙은 것, 뭐가 창피하겠습니까. 그냥 말씀드리겠습니다."

상 유모는 한숨을 내쉰 후 침울한 말투로 말했다.

"다 제 못난 아들 탓입니다! 글공부가 시원찮으니 장사를 배우겠다고 갔다가 사기를 당했지요. 집안을 홀랑 털어먹은 것도 모자라 사람을 반죽음으로 패놓아서 식구들까지 화를 당할 지경이었습니다. 그제야 전체면 불고하고 식구들과 경성으로 왔습니다. 그런데 큰아가씨께서 십여 년 전에 돌아가셨을 줄 누가 알았겠습니까? 눈앞이 캄캄했는데 다행히 나리께서 저희에게 전답과 집을 마련해주셔서 지금까지 목숨을 부지할 수 있었지요."

이 말에 명란은 놀라움을 금치 못했다.

상 유모의 이야기가 놀라운 게 아니었다. 상 유모가 집안의 치부를 이렇게 솔직히 털어놓는 게 놀라웠다.

이 일에 대해 고정엽은 입도 벙긋하지 않았지만, 명란은 진즉에 예상하고 있었다.

고대에서는 고향과 가업을 지키는 게 중요해서 고향을 등지는 일이 드물었다. 상 유모가 해녕에서 잘 지냈다면 갑자기 식구들을 데리고 경성으로 이사할 필요가 있었을까? 옛 상전과 연락이 끊긴 지 십여 년인데 갑자기 충성심이 샘솟았을 리 없다. 유모의 집안에는 경성으로 과거를 보러 올 사람도 없고, 점포를 열 계획이 있어 보이지도 않았다.

그렇다면 답은 하나다. 고향에 있을 수 없게 되어 옛 상전에게 몸을 의탁하러 온 것이다.

시집오고 나서 지금까지 언홍의 죽음이나 만랑의 정체, 창이의 행방 등 명란은 궁금한 점이 많았다. 고정엽이 말하길 원한다면 듣겠지만 먼저 물어본 적은 없었다. 부부 사이라도 마음 깊이 묻어둔 사사로운 일은 꺼내기 힘든 법이다. 고정엽도 이런 이야기를 꺼낼 의사가 전혀 없어 보였다.

경성에 온 지 곧 십 년이 되는 상 유모라면 분명 모든 사정을 다 알고 있을 것이다. 명란에게 상 유모는 일종의 돌파구였다. 그래서 명란은 아주 오래전부터 상 유모의 품행을 헤아려보려고 애썼다.

자, 상 유모는 대체 어떤 사람일까?

제134화

상 유모 下

시어머니가 대놓고 속사정을 털어놓자 호 씨는 그제야 부끄러워하며 자세를 바로 하고 입을 다물었다. 상 유모는 그런 며느리를 노려보고 나서 천천히 말했다.

"제 명 짧은 아들놈의 마지막 가는 길도 나리께서 보내주신 사람들이 지켜 주었지요. 그 덕분에 관을 고향으로 보내 년이 아버지를 묻을 수 있었습니다!"

상 유모가 흐느끼며 눈시울을 붉히자 명란은 급히 위로했다.

"너무 슬퍼하지 말아요. 건강을 생각해야죠. 며느리 식구들도 거둬야 하잖아요."

상연과 상년 남매도 양옆에서 위로했다.

"마님께 못난 꼴을 보였네요."

상 유모는 원래 모습으로 돌아와서 눈물을 닦으며 웃었다.

이때 화씨 어멈이 용이를 데리고 왔다.

"용이야, 누가 오셨는지 아니?"

명란이 웃으며 말했다.

"사, 유모한테 인사해야지."

담홍색 능라비단 오자를 걸친 용이의 작은 얼굴은 순두부처럼 뽀얗고 부드러웠다. 용이는 상 유모를 보다가 상씨 남매를 한번 훑어보더니 공손하게 예를 올리며 조용히 말했다.

"유모, 안녕하셨어요?"

상 유모의 표정은 복잡했다. 상 유모는 연민과 혐오를 오가는 눈빛으로 용이를 보다 겨우 입을 뗐다.

"많이…… 컸구나. 얼굴도 훤해지고. 그래야지."

용이는 고개를 들어 명란을 보면서 입을 우물거렸지만, 여전히 말을 하지 않았다.

상 유모는 명란을 보며 직설적으로 말했다.

"용이가 마님 같은 분을 만나게 되다니 복입니다. 고집이 좀 센 아이지만 너무 마음에 담아두지 마세요. 적당히 가르치시고 하실 말씀 하시면 됩니다."

명란은 말없이 고개를 끄덕이며 용이를 한쪽에 앉게 했다. 상 유모는 용이를 보다가 다시 명란을 돌아보며 웃었다.

"한참 이야기를 하면서도 마님과 나리 안부를 안 여쭤봤네요. 모두 별고 없으시지요?"

명란은 상 유모의 얼굴에서 진심 어린 관심을 느끼고 감동하여 따뜻하게 대답했다.

"잘 지내고 있어요. 내가 집안 관리는 처음이라 배울 게 많네요. 나리는 공무로 바쁘시지만 그래도 활력이 넘치시고요."

상 유모는 명란의 진솔한 대답에 주름진 얼굴로 활짝 웃었다.

"정말 다행입니다. 다행이에요. 진작부터 나리께서 크게 출세하셔서 가문을 빛내실 줄 알았습니다!"

명란은 말석에 앉은 아이들에게로 시선을 돌렸다. 상연은 용이 옆에 앉아서 소곤거리고 있고, 상년은 단정히 앉아서 어른들의 말씀을 듣고 있었다. 명란이 미소를 지으며 물었다.

"그러고 보니 연이와 년이가 어떻게 지내는지 안 물어봤구나? 요즘 뭘 하고 노니?"

상 유모는 손주들을 흘긋 보며 웃었다.

"연이는 계집아이 아닙니까. 글자를 몇 자 익혔고 바느질도 좀 합니다. 나중에 좋은 짝을 만나면 그만이지요. 우리 년이는 요즘 글공부를 하고 있습니다."

명란이 눈을 돌려 년이를 쳐다봤다. 년이는 어른들이 자기 이야기를 하자 공손하게 일어났다. 명란은 사내아이를 보며 장난삼아 물었다.

"여오악취, 여호호색[1]이라는 구절의 출처를 아느냐?"

상년은 놀랐다는 얼굴로 명란을 보다가 앳된 얼굴에 진지한 표정을 띠우며 대답했다.

"소위성기의자, 무자기야, 여오악취, 여호호색. 차기위자겸[2].『대학大學』에 나온 말입니다."

"무슨 뜻이냐?"

명란이 다시 물었다.

상년은 막힘없이 대답했다.

---

[1] 여오악취如惡惡臭, 여호호색如好好色.
[2] 소위성기의자所謂誠其意者, 무자기야毋自欺也, 여오악취如惡惡臭, 여호호색如好好色. 차기위자겸此之謂自慊.

"성실이라 함은 남을 대할 때뿐만 아니라 자신을 대할 때도 똑같이 적용되어야 한다. 악을 미워하기를 악취를 싫어하는 것과 같이하고, 선을 좋아하기를 아름다운 색을 좋아하는 것과 같이해야 한다. 이것이야말로 참된 성실이라고 할 수 있다'는 뜻입니다."

어린아이 목소리였지만 태도는 당당하고 말은 논리적이었다.

명란은 눈썹을 찡긋하고는 별다른 말없이 다시 물었다.

"이향관향, 이방관방[3]은 어디에 나온 말이냐?"

상년이 귀여운 덧니를 드러내며 웃고는 낭랑하게 대답했다.

"선검자부발, 선포자부탈, 자손이제사부철. 수지어신, 기덕내진; 수지어가, 기덕내여; 수지어향, 기덕내장; 수지어방, 기덕내풍; 수지어천하, 기덕내보. 고이신관신, 이가관가, 이향관향, 이방관방, 이천하관천하. 오하이지천하연재? 이차.[4] 『도덕경道德經』에서 나온 말입니다."

상년은 명란의 질문을 기다리지 않고 곧바로 뜻풀이를 했다.

"'덕행을 자신의 집안, 고향, 나라, 천하로 널리 행한다면 덕은 무한히 뻗어 나갈 수 있다. 자신을 통해 타인을 관찰하고, 자신의 집안을 통해 다른 집안을 관찰하며, 자신의 나라를 통해 다른 나라를 관찰하면, 천하

---

3) 이향관향以鄕觀鄕, 이방관방以邦觀邦.

4) 善劍者不拔, 善抱者不脫, 子孫以祭祀不輟. 修之於身, 其德乃眞; 修之於家, 其德乃餘; 修之於鄕, 其德乃長; 修之於邦, 其德乃豊; 修之於天下, 其德乃普. 故以身觀身, 以家觀家, 以鄕觀鄕, 以邦觀邦, 以天下觀天下. 吾何以知天下然哉? 以此.
풀이: 잘 세워놓으면 뽑지지 않고, 잘 끌어안고 있으면 떨어지지 않는다. 그러면 자손은 끝없이 제사를 지낸다. 도를 닦는다면 덕은 참된 경지에 이를 것이다. 집안이 도를 닦는다면 덕은 남음이 있을 것이다. 고을이 도를 닦는다면 덕은 오래갈 것이다. 나라가 도를 닦는다면 덕은 풍성해질 것이다. 천하가 도를 닦는다면 덕은 널리 퍼질 것이다. 그러므로 자신을 통해 자신을 보고, 집안을 통해 집안을 본다. 고을을 통해 고을을 보고, 나라를 통해 나라를 보며, 천하를 통해 천하를 본다. 내가 어찌 하늘이 이러함을 알겠는가? 바로 이런 원칙 때문이다.

의 일을 전부 알게 된다'는 뜻입니다."

이번에 명란은 속으로 놀라워하며 웃었다.

비유를 하자면 과거시험에서 사서오경은 필수과목이고, 그 외에 『도덕경』 같은 것은 선택과목에 속한다. 그런데 시골에서 공부한 어린 사내아이가 선택과목도 이렇게 탄탄히 공부한 것이다. 명란은 자신이 이 구절을 처음 배웠을 때를 기억하고 있었다. 주석을 한 페이지 가득 베껴 썼었는데, 이 아이는 단 몇 마디로 간결하고 똑 부러지게 정리한 것이다. 대단한 아이였다.

명란은 눈을 돌려 상 유모를 지긋이 바라봤다. 명란의 감탄과 놀라움이 담긴 눈빛에 상 유모는 몹시 기분 좋아서 흐뭇한 얼굴로 손자를 대견하게 바라봤다.

"지금 글공부를 어디에서 하나요?"

명란이 물었다.

상 유모가 한숨을 내쉬었다.

"고향에 있을 때 그곳의 나이 많은 수재들에게 좀 배웠지요. 경성에 와서는 아는 게 없어서 시골 선생의 글방에서 배웠습니다. 그래도 대부분은 스스로 익혔지요."

상 유모와 상년의 얼굴에 선생에 대한 불만이 역력히 드러났다.

명란은 고개를 숙이고 생각에 잠겼다. 역시 공부는 재능에 달려 있다. 성씨 집안은 학구적인 분위기로 가득했다. 집안 사내들이 전부 이름을 떨쳤고, 성굉은 뒤에서 아들들을 엄하게 채찍질했다. 그렇지만 솔직히 장동은 눈앞의 년이보다 부족했다.

상년은 장동보다 어리지만, 언행이 바르고 높은 사람 앞에서도 겁먹지 않았다. 부유한 저택에 와서도 시샘하는 마음을 보이지 않고 즐기는 태도로 감상하며 주눅 들지 않는 모습이 군자다웠다.

그제야 명란은 상 유모가 왜 이렇게 행동하는지 깨달았다.

상년이 앞으로 과거를 치르고 벼슬길에 오른다면 신분에 흠이 있어서는 안 된다. 그렇다면 관직 사회에서 쉽게 공격당할 수 있다. 상 유모는 비록 유모 노릇을 했어도 노비 문서에 이름을 올리려 하지 않았다. 당시 상 유모는 자신의 외아들을 위해 그렇게 결단한 것이다.

정말 이 세상 부모님들 마음이란······.

상 유모는 말없이 고개를 숙이고 있는 명란에게 슬쩍 물었다.

"마님은 학자 가문 출신이시지요. 형제분들의 학식이 대단하다고 들었습니다만······."

명란이 고개를 들고 미소를 지었다.

"학자 가문이라고 하기엔 그렇지만 아버지께서 학문을 중시하셨죠. 친정에 넌이 또래 남동생이 있는데, 그 아이도 글공부를 하고 있어요."

장동은 명성이 자자한 해씨 집안 가숙당에서 공부하고 있었다. 생원과 수재, 진사, 심지어 은퇴한 노학자나 장기간 머물고 있는 명사와 문인들이 돌아가며 공부를 가르쳤다. 어린 장동은 공부를 하고 올 때마다 과부하로 정신을 차리지 못했다.

상 유모가 떨리는 목소리로 말했다.

"마님께서 좋은 선생을 구해주신다면 이 늙은이 여한이 없겠습니다!"

고대에는 교육이 보편적이지 않았다. 전봇대를 뒤덮는 과외 광고 따위도 없고, 사정에 밝은 사람이 아니라면 어떤 선생이 좋은지 알기 어려웠다. 장 선생도 잘 알려지지 않은 작은 골목에 은거하여 성굉은 그를 수소문하는 데 꽤 애를 먹었고 엄청나게 공을 들여 등주로 모셨다.

명란은 잠시 망설이다 고개를 끄덕였다.

"큰오라버니께 알아봐 달라고 부탁해 볼게요. 하지만 무엇보다 년이 에게 운이 따라야겠지요."

명란은 상 유모의 뜻을 알아차렸지만, 전혀 반감이 들지 않았다. 현대 사회에서도 자녀를 좋은 학교에 보내기 위해 학부모들이 갖은 방법을 다 동원하지 않는가.

상 유모는 몹시 감격한 나머지 손가락을 떨 뿐 아무 말도 못 했다. 명란은 미소를 보이며 따뜻하게 말했다.

"년이에게 주제를 줄 테니 글을 지어보게 하죠. 큰오라버니께 보내서 년이의 실력을 가늠해보고 결정하는 거죠. 어떨까요?"

상 유모는 망설였다.

"지금 말씀이십니까? 나중에 천천히 쓰는 게 어떨까요?"

상년은 처음으로 다급한 모습을 보이며 급히 말했다.

"괜찮아요. 지금 바로 쓸게요."

명란은 상년에게 미소를 지은 후 잠시 생각하더니 말했다.

"물격이후지지, 지지이후의성, 의성이후심정, 심정이후신수, 신수이 후가제, 가제이후국치, 국치이후천하평[5]. 반 시진이면 충분하겠지?"

상년은 까무잡잡한 얼굴을 붉히며 공손히 읍했다.

"알겠습니다."

---

5) 物格而後知至, 知至而後意誠, 意誠而後心正, 心正而後身修, 身修而後家齊, 家齊而後 國治, 國治而後天下平.
풀이: 사물의 이치를 철저히 연구한 후에야 지식이 깊어지고, 지식이 깊어진 후에야 뜻이 성 실해지며, 뜻이 성실해진 후에야 마음이 바르게 되고, 마음이 바르게 된 후에야 몸과 마음을 수양할 수 있다. 몸과 마음을 수양한 후에야 집안을 단속할 수 있고, 집안을 단속한 후에야 나 라를 다스릴 수 있으며, 나라를 다스린 후에야 천하가 태평할 것이다.

명란은 기분이 좋았다. 여성을 낮게 보는 이 시대에 오래 있다 보니 자기 지능을 의심할 뻔했던 참이었다. 명란은 목소리를 조금 높였다.

"단귤아, 년이를 내 책상에 앉히고 묵을 갈아주거라."

단귤이 웃으며 앞으로 나와 상년을 데리고 갔다.

이런 즉흥 시험은 서체뿐만 아니라 기본 실력, 심리적인 소양까지 엿볼 수 있다. 이런 상황에서 지은 글이 장백의 인정을 받는다면 상년은 가르칠 만한 인재일 것이다. 친정에 전도유망한 학생을 하나 더 늘리는 것은 나쁜 일이 아니다. 어쩌면 앞으로 관직에 아군이 늘어날 수도 있다.

인정받지 못한다고 해도 시골 글방보다 나은 학당을 찾아 준다면 별문제 없을 것이다.

상 유모는 안절부절못하며 계속 문밖을 쳐다봤다. 호 씨는 감히 말을 못 하고 있다가 슬쩍 입을 떼자마자 상 유모의 매서운 눈초리를 받았다. 이에 혼자 두서없는 말을 뱉으며 초조한 모습을 보였다.

명란은 두 사람을 가만히 두고 그냥 웃으며 이런저런 말을 꺼냈다. 이때 고정엽이 돌아왔다.

고정엽은 조복도 갈아입지 않고 곧장 편청으로 성큼 들어섰다. 그의 건장한 체구가 문 앞에 나타나자 상 유모는 곧장 일어나서 반가움이 가득한 목소리로 말했다.

"나리!"

"어서 앉게!"

고정엽이 위풍당당하게 편청으로 들어와 상 유모를 부축하여 앉혔다. 명란은 고정엽이 상 유모와 가까이 앉을 수 있도록 서둘러 자기가 앉아 있던 자리를 양보하고, 자신은 상석의 다른 한쪽에 앉았다.

호 씨는 딸과 용이를 데리고 고정엽에게 몸을 숙여 인사를 올렸다. 상연은 몸을 일으킨 후 발그레한 얼굴로 사내를 훔쳐봤다. 그러나 고정엽은 썩 반갑지 않다는 얼굴로 호 씨에게만 살짝 고개를 끄덕이고 눈길을 돌려 상 유모와 이야기를 나누었다.

"아주 듬직해지셨습니다!"

상 유모는 고정엽의 소매를 어루만지며 위아래로 훑어보더니 눈물이 그렁그렁한 눈으로 말했다.

"암요, 암요. 이러셔야죠. 장가를 가셨으니 이제 어른입니다. 더 잘하셔야 해요!"

고정엽이 웃으며 넉살 좋게 말했다.

"당연한 소릴."

"나리!"

상 유모는 그를 한번 노려보았다가 명란을 향해 웃었다.

"마음이 맞는 새색시가 계시니 이 늙은이는 눈에 거슬리시겠군요! 얼른 돌아가야겠습니다."

"그건 안 되지요. 넌이가 아직 내 책상에 있잖아요. 손자를 두고 가시게요?"

명란이 농을 던졌다.

상 유모는 난감한 척하며 웃었다.

"이거 방도가 없군요!"

옆에 있던 호씨 모녀와 몸종 몇이 웃기 시작했다. 고정엽이 의아하다는 얼굴로 쳐다보자 명란은 조용히 설명해주었다.

"넌이의 학문 실력이 좋아서 글을 써 오라고 했어요. 제 오라버니께 보여 드리고 좋은 선생을 찾아주려고요."

고정엽은 웃으며 크게 칭찬하더니 상 유모에게 말했다.

"아주 잘됐군. 내 색시 참 괜찮지 않은가?"

명란은 몹시 부끄러워하며 얼굴을 붉혔다. 상 유모는 고정엽을 가리키며 한마디 했다.

"팔불출이십니다! 마님께서 좋은 분인 건 두말하면 잔소리지요!"

실내에 즐거운 분위기가 흘렀다. 상 유모는 분위기를 못 맞추는 며느리가 또 입을 열려고 하자 얼른 명란에게 말했다.

"제 며느리와 손녀는 이곳이 처음인데 사람을 불러 집안 구경을 좀 시키면 어떨까요? 그래야 이야기 나누기도 편하고요."

명란은 고정엽을 흘끔 보더니 고개를 끄덕였다.

"그것도 좋지요. 왕귀댁이 말을 잘하니 두 사람에게 집 구경을 시켜 주라고 할게요. 용이도 같이 가고 싶으면 따라가렴."

호 씨는 뭐라 말을 하고 싶었지만, 시어머니의 도끼눈에 딸과 용이를 데리고 편청에서 나올 수밖에 없었다.

사람들이 모두 나가자 상 유모는 흥분을 가라앉히고 고정엽에게 자세히 안부를 물었다. 그러고 나서 명란에게 이렇게 당부했다.

"앞으로 우리 나리 좀 잘 부탁드립니다. 나리는 고삐 풀린 망아지 같아서 성질이 났다 하면 몸을 사리지 않으세요. 등과 어깨는 상처투성이지요. 자주 살펴보시고 탕약이나 고약을 잘 챙겨주세요. 상처를 잘 돌봐주셔야 합니다!"

고정엽이 웃으며 끼어들었다.

"언제적 상처인데 또 시작이군. 폐하께서 일찌감치 어의에게 살피게 하셨네. 이제 많이 나았으니 괜찮아."

"그런 소리 마세요."

상 유모가 눈을 부릅떴다.

"몇 년 전 겨울에 상처 때문에 오한이 나서 식은땀 뻘뻘 흘리며 고생하셨잖아요. 제가 생강과 약초 기름을 매일 보름 넘게 발라 드려서 겨우 나아졌지요. 지금 좀 괜찮아졌다고 그때를 잊으면 안 됩니다!"

명란은 고개를 숙이고 곰곰이 생각했다. 고정엽 어깨와 등에는 확실히 칼과 창으로 입은 상처가 있었다. 그중 하나는 왼쪽 어깨에서 등까지 이어져 있어 섬뜩할 정도였다. 명란은 나중에 호랑이 뼈 고약과 약초 기름을 지어 와야겠다고 생각했다.

고정엽은 명란이 당장 기록하지 못해 안달하는 모습이 재미있기도 하고 고맙기도 해서 말을 꺼냈다.

"전에 장원에 가보겠다고 하지 않았느냐?"

"그랬죠."

매일 장부를 보지만 피부로 와닿지는 않았다. 손에 쥐고 있는 장원이 있는데, 수입과 지출 항목이 명확하게 기록되어 있긴 하지만 가본 적이 없어서 마음이 놓이질 않았다.

"나와 함께 그곳들을 한번 돌아보자꾸나."

고정엽이 편안한 표정으로 유쾌하게 말했다.

"유모도 함께 가겠나?"

상 유모는 웃으며 단칼에 거절했다.

"나리 같은 귀한 분들이야 그런 곳이 신기하겠지만 저희는 막 시골에서 왔잖습니까. 산수 구경은 질리도록 했습니다."

명란은 놀랍고 기뻤다.

"네? 시간이 나시나요?"

고대의 휴가 제도는 최악이었다.

"그렇진 않아."

고정엽은 자기 찻잔이 빈 걸 보고 아랫것을 부르기도 귀찮아 명란 앞에 놓인 찻잔을 들고 마시기 시작했다.

"폐하께서 서쪽 군영의 군사 훈련을 순시하겠다고 하셨다. 내가 먼저 가서 준비해야 할 것 같다. 그곳은 장원과 가까우니 거기서 머물자꾸나. 가서 장부를 대조해 보고 소작인들도 살펴보고 싶다 하지 않았느냐? 천천히 하다가 폐하께서 순시를 마치시면 며칠 짬을 낼 수 있을 테니 서산 온천에 가자꾸나."

상 유모는 입을 쩍 벌리고 웃으며 감탄했다.

"이제 색시를 아낄 줄도 아시는군요. 잘되었습니다. 두 분도 바람 좀 쐬셔야지요. 매일 바쁘게 지내시니 적잖이 답답하실 겝니다."

명란은 고정엽이 몇 번이나 세심하게 따져 보고 꺼낸 말인지를 알기 때문에 감동하였다. 명란은 기쁜 얼굴로 웃으며 고정엽을 부드럽게 쳐다봤다.

상 유모는 훈훈한 부부의 모습에 마음이 놓였다.

• • •

상씨 가족은 작은 회색 방수포 마차를 타고 집으로 향했다. 늙은 마부는 요란하게 마차를 몰았고, 마차 안은 즐거운 대화로 화기애애했다.

"넌아, 글은 잘 지었느냐?"

상 유모가 기대하며 물었다.

상년은 전혀 긴장하지 않은 듯 편안히 웃었다.

"평소와 똑같이 했어요."

"그 정도로 괜찮을까?"

상 유모는 초조했다.

"잘 써야지 일이 성사되지!"

상년은 할머니를 안심시켰다.

"걱정하지 마세요. 마님께서는 저를 도와주고 싶으신 것 같아요."

상 유모는 안도의 한숨을 쉬며 마음을 다소 놓았다. 맞은편에 앉은 호씨는 참지 못하고 투덜댔다.

"어머니는 왜 저희 집 속사정을 다 털어놓으신 거예요? 나리께서 떠들고 다니실 것도 아닌데! 마님한테 괜히 우스운 꼴만 보였잖아요!"

상 유모는 화가 치밀어 호통쳤다.

"네가 뭘 아느냐?! 이 일을 언제까지 숨길 수 있겠어?"

상년은 수긍하지 못하는 어머니를 다독였다.

"엄마, 할머니 말씀이 맞아요. 할머니가 말씀하실 때 마님께서도 알고 계시는 듯했어요."

"말도 안 돼! 마님은 놀라신 눈빛이었어!"

호 씨는 박박 우겼다.

상년이 고개를 저으며 다시 설득했다.

"놀라긴 하셨죠. 그런데 완전히 모르시는 것 같진 않았어요. 할머니가 전체 상황을 대충 말씀드렸을 때야 조금 놀라셨고요."

"역시 년이가 제대로 봤구나!"

상 유모는 대견하다는 듯이 손자를 봤다가 고개를 돌려 며느리를 꾸짖었다.

"이 눈치 없는 것아! 마님께서 젊다고 얼렁뚱땅 넘어갈 수 있는 분인줄 알았느냐? 지금 마님께서 징원을 얼마나 철저하게 관리하시는데! 우리 일도 언젠가 알게 되실 텐데 그때 동정받느니 먼저 털어놓는 게 낫다!"

"그럼…… 연이는요? 연이를 그 댁으로 시집보내는 이야기는 왜 안 하셨어요?"

호 씨가 딸을 흘끔 쳐다봤다.

그 말에 상 유모는 불같이 노여워했다.

"너 같은 어미도 있단 말이냐! 그런 일은 나리가 알아서 결정하는 거지 어디 마님께 말씀드려! 이 이야기는 앞으로 두 번 다시 꺼내지 말거라!"

호 씨는 대들었다.

"어째서요?! 나리 관직이 날로 높아지고 있잖아요. 눈앞에 부귀영화가 기다리고 있는데 왜 연이를 안 보내시려고 하세요?"

상 유모가 크게 호통쳤다.

"헛소리 집어치워라! 천지 분간 못하고 또 시작이구나! 글공부 잘하고 있던 내 아들이 왜 죽고 집안이 망했느냐? 다 네가 부귀영화를 탐해서 년이 아범을 장사로 내몰아서 그리된 게 아니더냐! 이제 겨우 숨 좀 쉬고 사는데 또 고얀 마음이 동하나보구나?!"

상연과 상년 남매는 할머니가 화내는 모습에 입을 다물었다. 호 씨는 꾸지람을 듣고 얼굴이 벌게져서 얼버무리듯 말했다.

"어머니, 애들 앞이잖아요."

체면을 지켜 달라는 소리였다.

상 유모는 아들 생각에 화가 치밀어 올라 목청을 높였다.

"이 망할 것아! 그래도 부끄러운 줄은 아는구나! 내가 눈이 멀었지. 너 같은 걸 며느리로 들이다니! 끼니 걱정 없이 사는데 욕심을 부려 내 아들을 잡아먹었지! 연이와 년이가 아니었다면 진작 쫓아냈을 텐데 아직도 정신을 못 차렸구나! 나리께서 널 어떻게 보시는지 아느냐? 나리께서는 네가 어떤 사람인지 진작 알아보셔서 널 본체만체하시는 게야!"

상 유모의 성질이 폭발했다. 원래 정말 노여울 때는 장소도 가리지 않고 내키는 대로 호통치는 상 유모였다. 막 화가 머리끝까지 치솟은 터라 거의 호 씨 얼굴을 콕콕 찌르면서 소리쳤다.

"난 순수하게 나리를 돌봐줄 사람이 없을까 봐 연이를 보내려고 한 것이야. 이제 나리께서 좋은 짝을 얻어 즐겁게 지내고 계시는데 거기 끼어들겠다는 거냐? 난 평생 재수가 없었다. 세상에서 말하는 세 가지 고초를 다 겪었지. 어릴 적에 아비를 잃고, 중년에 서방을 보내고, 말년엔 자식까지 앞세웠어. 전생에 죄가 많아서 세 가지를 다 겪나 보다 했다! 이제 연이가 좋은 사람한테 시집가고 년이가 출세할 것만 바라보고 사는데, 너 또다시 엉뚱한 생각 하면 맨몸으로 쫓겨날 줄 알아라! 너 같은 어미는 없는 게 나아!"

호 씨는 침 튀기며 화내는 시어머니에게 찍소리도 못하고 고개를 숙였다.

상연은 어머니가 고개조차 들지 못하자 한마디 했다.

"할머니, 나리는 할머니와 각별하잖아요. 제가 소실이 되면 제게도 잘 해주실 거예요!"

상 유모는 눈을 부릅뜨고 손녀의 귀를 세게 잡아당기며 목청을 높였다.

"제 어미랑 똑같은 게 나왔네. 눈치 없는 것아, 그동안 나리께서 네게 건넨 말이 열 마디는 되느냐?"

상연은 아파서 귀를 감싸며 얼굴을 붉혔다.

"그때는 제가 어려서 눈여겨보시지 않은 거죠."

"웃기는 소리!"

상 유모가 일그러진 얼굴로 말했다.

"마님은 너와 비슷한 연배신데 나리께서 왜 이리게 보지 않는 것 같으냐?! 일찌감치 마음 접어. 오늘 마님을 뵈었으니 거울 좀 보고 생각해보거라. 언행이나 학식, 외모 어느 것도 비교가 안 돼. 마님은 하늘의 봉황이고, 넌 논두렁의 거머리다!"

서러워진 상연은 눈시울을 붉히며 입을 삐죽거렸다.

"그냥 해 본 소리예요! 안 가면 되잖아요!"

상 유모는 화가 안 풀리는지 계속 호통쳤다.

"어쨌든 네 아비의 삼년상도 다 치렀으니 좋은 사람을 물색해야겠다. 그러니 나가서 부끄러운 짓 하지 말거라! 오늘 징원을 봤으니 이제 너와 네 어미는 앞으로 다시는 가지 말고! 이제 집에 얌전히 있어. 안 그러면 다리몽둥이를 부러뜨릴 게야!"

상 유모는 잠시 숨을 고르고는 다시 몇 마디 더 쏟아내었다.

"대갓집 안방마님으로 사는 게 쉬운 일인 줄 아느냐? 백 노대인께서 뭘 모르고 큰아가씨를 후부에 시집보내시는 바람에 몇 년 만에 초상 치렀지!"

상 유모는 가슴 아파하며 다시 손녀의 귀를 잡아당겼다.

"이 꼴로 그런 가문에 들어가면 뼈도 못 추릴 게야!"

상씨 모녀가 꾸지람을 듣고 쥐 죽은 듯이 있자 상 유모는 한숨을 쉬었다.

"그래도 내가 네 동생의 앞길은 터줄 수 있다! 년이가 출세한다면 너희 모녀 신세도 한결 나아지지 않겠느냐? 하…… 과거는 어렵지. 네 할아버지 말씀이 평민은 끌어주는 사람이 없으면 과거 치르는 데 수십 년이 걸린다고 하더라."

"누나, 할머니 말씀이 맞아. 옆집 형이 누나를 좋아하는 것 같던데. 그 집은 전답도 있고 점포도 있으니 고생하지 않을 거야."

어린 나이에 아비를 잃어서인지 일찍 철이 든 상년이 차분한 목소리로 설득했다.

"게다가 나리는 마님을 아끼셔서 다른 사람은 거들떠보지도 않으실 것 같아."

"암, 년이도 그렇게 봤구나?"

상 유모가 웃으며 물었다. 역시 어리지만 철이 든 믿음직스러운 손자였다.

상년은 고개를 끄덕이며 쑥스럽게 웃었다.

"글을 마님께 드릴 때 보았는데 마님이 드시다가 쟁반에 내려놓은 과일을 나리가 드시더라고요."

제135화

명란의 식견

그날 오후 명란은 장백에게 상년을 만날 의사가 있는지 알아보려고 추천서와 함께 년이의 글을 보냈다.

그 후 명란은 손가락을 꼽으며 계산해보았다.

고대 문관은 등청 시간은 중시했지만, 퇴청 시간[1]은 꽤 자유로웠다. 하지만 장백은 아직 한림원에 있는지라 황제가 갑자기 학사들을 소집할 경우를 대비해 일찍 퇴청할 수 없었다. 따라서 장백이 시간이 있다고 해도 결국 휴일을 기다려야[2] 했고, 그다음 적합한 학당을 찾아 추천하는 것까지 생각하면…… 아무리 못해도 십수 일은 걸릴 듯했다.

이어서 명란은 집안의 관사와 하인들을 모두 불러 모아 책임감 있게 일하라고 훈계했다. 또 자신이 집을 비우는 며칠 동안에 결정하기 어려운 일이 생기며 최씨 어멈이 처리하고, 필요하다면 장원으로 사람을 보

---

1) 원나라법령〈지원신격至元新格〉에서는 '관청은 새벽부터 정사를 돌봐야 하며, 당일 상의해야 하는 일을 마치면 퇴청할 수 있다'고 규정함.
2) 본 소설에서는 고대의 관료가 열흘에 하루 쉬는 것으로 설정되어 있음.

내라고 지시했다.

"모두 노련한 사람이니 내가 있으나 없으나 별다를 바 없을 거라 생각하네."

명란은 상석에 앉아 미소 지었다.

"이번에 돌아와서 어떤지 보겠네."

거기 서 있던 남녀 관사들은 마음이 철렁했다. 요즘 이들은 '임시'로 맡는 보직이 많았다. 이번에 명란이 집을 비우는 사이에 제대로 해내지 못하면 다른 사람에게 보직을 뺏길지도 모른다. 모인 사람들은 연신 굽신굽신 절을 올렸다.

명란은 화씨 어멈과 료용댁만 남으라고 한 뒤 이렇게 당부했다.

"자네는 구향원만 잘 살피면 되네."

명란은 화씨 어멈에게 조용히 말했다.

"특히 용이가 아프면 곧장 훤초당으로 가서 장 의원을 모셔오고 내게 알려야 하네."

화씨 어멈은 속으로 좋은 수라고 생각했다. 마님은 일부러 고 태부인 쪽에서 온 자신을 구향원에 배치한 것이다. 무슨 일이라도 나면 고 태부인도 발뺌하기 어려울 것이다. 화씨 어멈은 료용댁을 흘끔 보며 마님이 안팎에 얼마나 많은 눈을 심어놨을지 생각해봤다. 자칫 잘못하면 뢰씨 어멈 꼴이 될 수도 있었다.

그렇다면 차라리 전씨 어멈처럼 아예 명란의 사람이 되는 게 낫다. 명란은 자신을 섭섭지 않게 대우해 줄 것이다. 화씨 어멈은 알겠다고 정중히 대답했다.

"자네는 특별히 말하지 않아도 알 걸세."

명란이 웃으며 료용댁에게 말했다.

"조심해야 하는 일은 알아서 조심해주게."

료용댁은 엄숙한 표정으로 고개를 숙였다.

"마님께서 분부하신 일 명심하겠습니다. 마구간은 잘 지키고 있으니 무슨 일이 생기면 두 시진 안으로 소식을 드릴 수 있을 겁니다."

료용댁은 진작부터 알고 있었다. 자신들은 마님이 친정에서 데려온 몸종처럼 마님과 사이가 돈독한 것도 아니니 잘못을 저지르면 바로 고향으로 돌려보내질 것이다. 더구나 그들은 저택과 함께 통째로 넘겨진, 죄를 지은 관료의 노복이었다. 원래 다들 꺼리던 처지니 뭔가 사달이 나면 곧장 팔아 버려도 명란에게 야박하다고 욕할 사람은 없을 것이다.

징원 내에 믿고 쓸 만한 사람이 부족한 만큼 마님에겐 새로운 사람이 필요하다. 일만 제대로 한다면 곧바로 중용될 수 있다. 게다가 최씨 어멈은 나이가 많아 기력이 달리고, 취미는 너무 젊다. 자신이 일만 제대로 한다면 명란의 신임을 얻어 최소 십 년은 체면 지키며 살 수 있다.

료용댁은 반드시 집안을 잘 돌보겠다고 다짐했다.

이렇게 저녁 식사 시간까지 쭉 분주했다. 단귤은 계속 몸종들을 지휘하여 짐 상자를 정리하고, 옷가지와 장신구부터 향로, 목욕통까지 챙겨 마차에 실었다.

고정엽은 신기해하며 미소 지었다.

"아주 날래구나. 말 떨어지자마자 바로 준비하다니. 모레나 돼야 떠날 수 있을 줄 알았다."

그는 대다수 여인들이 준비하는 데 시간이 오래 걸린다고 생각해왔다.

"내일 아침 묘시[3]에 출발할 거예요. 단귤은 남아서 정리하다가 얼추 일이 끝나면 출발할 거고요."

명란은 붓을 들고 종이에 세세히 적었다.

"대략 점심 전에 소우 장원에 도착해서 한나절 살필 거예요. 이때쯤이면 흑산 장원도 준비가 다 돼 있을 테니까 그곳에서 묵어요. 맹이에게 단귤과 함께 짐을 끌고 곧장 그리로 오라고 하면 돼요. 거기서 며칠 있다가 고암 장원으로 갈 생각이에요."

소우 장원은 명란이 혼수로 가져온 전답으로, 최씨 아범이 관리했다. 성 노대부인은 매년 두어 번 그곳을 보러 갔고, 명란도 여러 번 가봤다. 그곳은 줄곧 작황이 좋았다. 이번에는 시집간 후 첫 방문으로 인수인계를 받는다는 뜻이었다. 하지만 나머지 두 곳은 면적이 광활할 뿐만 아니라 관사부터 소작인까지 아는 이가 하나도 없어서 공을 들여야 했다.

"그냥 전답일 뿐이다. 한 해에 몇 푼 안 나오니 너무 신경 쓰지 말거라."

고정엽은 미간을 찌푸렸다. 전답에서 나는 이익을 가볍게 생각하는 듯했다.

명란은 그의 생각에 동의하지 않았다. 집안 재산 관리에서 전답 등 고정자산에서 나오는 수입 외의 것은 전부 정상적인 수입으로 계산할 수 없다. 대갓집 지출은 고정자산 수입으로만 충당해야 한다. 이렇게 해야 남는 수입을 편안하게 다용도로 사용할 수 있다.

명란은 다른 이유로 나머지 두 장원에 가보려고 한 것이라 고개를 저으며 말했다.

---

3) 오전 5시~7시.

"은자 몇 푼 때문에 살펴보려는 게 아니에요. 관리에 소홀함이 있어서 무슨 문제라도 나면 우리가 책임져야 하잖아요. 누가 끼어들어 못된 짓을 하고 있을 수도 있고요."

명란은 어릴 때 노대부인을 따라 장원을 돌아보고 다닐 때, 길가에서 구걸하던 소작농의 아이를 본 적 있다. 그때 노대부인은 교활한 하인들 때문에 평판이 나빠지는 것을 경계해야 한다고 거듭 가르쳤다. 인색한 지주나 위아래 사람을 기만하는 관사는 소작농들을 사람으로 취급하지 않았다. 이들은 농가 주민들을 죽도록 괴롭혀 사람이 죽어 나가도 슬쩍 덮고 지나간다.

명란은 그때 할머니의 가르침을 가슴에 새겨두고 있었다.

고정엽은 침상 머리맡에 넓은 등을 기대고 두꺼운 장부를 들추는 척했지만, 사실은 어슴푸레한 등불 아래 빛나는 백옥처럼 고운 명란의 얼굴을 넋 놓고 쳐다보고 있었다. 명란은 하얀 비단 속옷을 입고 있어서 가냘파 보였지만 강단 있는 표정으로 토끼털 붓의 청옥 붓대를 쥐고 종이에 뭔가를 쓰고 있었다. 붓을 쥔 손가락은 종이처럼 하얗고 손끝은 청옥에 물들어 파랗게 보였다. 명란의 모습은 커다란 인형처럼 귀여웠다.

그는 신경 쓰지 않으며 웃었다.

"별걱정을 다하는구나."

명란이 그를 향해 작은 코를 찡긋하더니 붓을 놓고 침상 가장자리에 앉았다. 명란은 고정엽의 어깨에 기대 뜬금없이 물었다.

"당신 말씀이 맞아요. 전답에서 나오는 소득은 얼마 안 되죠. 그럼 뭘 해야 많이 벌 수 있을까요?"

고정엽은 멈칫하며 웃었다.

"당황스러운 질문이구나. 돼지 사냥? 노략질?"

어째서 돼지 사냥 뒤에 바로 노략질이지? 명란은 의아했지만, 이 문제에 집착하지 않고 고개를 저으며 말했다.

"아니죠. 예전에 장유 스승님은 이 세상에서 가장 돈을 많이 버는 일은 소금, 채굴, 조운, 변경 무역, 해운이라고 하셨어요. 그러니까 조정에서 허가해야만 가능한 일들이죠."

고정엽은 천천히 웃음을 거뒀다.

명란은 말을 이었다.

"그럼 이런 큰 사업은 지금 누구 수중에 있을까요?"

고정엽의 얼굴이 조금 일그러졌다. 명란은 그를 쳐다보며 또박또박 말했다.

"누구 수중에 있는지 모르지만, 폐하의 수중은 아닐 거예요."

고정엽은 무거운 얼굴로 한참 지나서야 고개를 끄덕였다.

"원래 나도 별일 아니라고 생각했다. 그런데 어느 날 공손 선생이 국고가 텅 비었다고 토로하더구나. 그제야 문제가 있다고 생각했지."

명란이 조용히 말했다.

"제가 비록 여인이지만 폐하께서 큰 뜻을 품고 계시는 게 보여요."

일반적으로 큰 뜻을 품으면 그다음은 권력을 회수한다. 그리고 중앙 집권 통치를 하려면 금권과 군권이 필요하다. 돈이야 널렸지만 국고에 있지 않고, 군사도 널렸지만 황제의 지휘에 잘 따르지 않을 뿐이었다.

그렇다면 다음 일은 간단하다. 이를 쥐고 있는 쪽이 얌전히 내어놓지 않는다면 황제가 내어놓게 '부탁'하는 것이다.

"지난해 북방 대첩에서는 운이 좋아 적을 무너뜨릴 수 있었지만, 당시에 그곳 군대는 도움이 되지 않았고, 폐하께서는 정당한 명분으로 사람들을 갈아치우실 수 있었다. 그러니 거기서 변경 무역을 하는 자들의 가슴이 철렁했을 게다."

명란은 몸을 일으켜 단정히 무릎을 꿇고 앉아 정색하며 말했다.

"원래 폐하께서 경 대인을 북방으로 보내려고 하신다고 하셨잖아요? 그 후 경 대인은 탄핵당했죠."

고정엽은 눈살을 찌푸리며 숙연하게 말했다.

"평소 행실이 안 좋긴 했다."

그의 말에서 명란은 자신이 절반은 맞췄다는 걸 알 수 있었다.

한 명의 언관 뒤에는 언관 무리가 버티고 있다. 언관 무리 뒤에는 사림이 버티고 있다. 이들은 동문, 동기라는 유대로 견고한 인맥을 형성했다. 선황의 덕정이 스무 해 넘게 계속되면서 이들 중 다수는 권력 있는 세도가와 결탁하여 파벌을 만들었다. 이들에게는 돈이면 돈, 권력이면 권력, 사람이면 사람 모든 게 있었고, 황궁과 조정, 군, 지방 관아에도 전부 자신들의 세력이 있었다.

하늘에서 비가 내리면 땅에 흐르는 법. 피해 보는 건 농작물뿐이다. 명란은 희생양이 되고 싶지 않았다.

"공손 선생의 말이 딱 맞다."

고정엽은 잠자코 있다가 조용히 명란을 보며 입을 열었다.

"선생은 네가 총명하고 포부가 커서 여인의 몸이지만 큰일을 할 수 있겠다고 했지."

"과찬하셨군요."

명란의 얼굴이 발그레해졌다.

"그런데 어째서 조정일은 한 번도 묻지 않느냐?"

고정엽이 궁금해했다.

명란은 무릎을 감싸며 자그마한 몸을 웅크리고 머쓱하게 말했다.

"할머님께서 남자들의 공무에 대해 함부로 묻지 말라고 하셨어요. 제가 알아야 할 일이라면 당신께서 말씀해주셨겠죠."

사실 명란은 물어보고 싶었던 적이 여러 번 있었다.

고정엽은 깊은 눈빛으로 명란을 한참 바라보다가 천천히 말했다.

"어릴 때 아버지께서는 앞으로 오는 창은 피하기 쉬워도 뒤로 날아드는 활은 막기 어렵다고 하셨다. 행군과 전쟁에 능한 장수들은 태평성대에 많이 죽지. 내가 전쟁에 나가게 된다면 약점을 잡히지 않게 행동거지를 조심해야만 된다."

명란은 겁이 나서 사내의 팔을 꼭 움켜쥐었다. 고정엽은 명란을 품에 안고 달래며 가볍게 말했다.

"걱정 말아라. 언관들은 이름을 얻고 싶어 하지만 바보는 아니다. 탄핵해도 되는 사람이 있고, 안 되는 사람이 있다는 걸 알지. 폐하께서는 지금 사람이 필요하셔. 나뿐만 아니라 경 장군도 별일 없을 게다."

그는 두 팔로 명란을 안았다. 둘은 몸을 밀착한 채 잠시 조용히 누웠다. 서로의 심장 뛰는 소리가 들렸다. 고정엽은 웃으며 명란의 작은 얼굴에 입을 맞췄다.

"앞으로 알고 싶은 게 있으면 말해다오."

"알겠어요!"

명란은 웃으며 고개를 끄덕이더니 그에게 바짝 다가가 그의 코에 쪽하고 입 맞췄다. 그리고 눈을 깜빡이며 말했다.

"밖에서 고생하시는데 제가 도울 게 없어요. 최소한 집안일로 골치 아프게 하진 않을게요!"

감동한 고정엽은 명란의 머리를 쓰다듬으며 조그맣게 말했다.

"장인어른께서 식견이 뛰어나시군. 자식들을 다 잘 키우셨어."

명란은 그의 품에서 고개를 빼내어 자랑스러운 표정을 지었다.

"스승님께서 제가 남자로 태어났으면 한 가닥 했을 거라고 말씀하셨
어요."

두 사람이 뒤엉키면서 명란의 앞섶이 풀어져 뽀얀 속살이 드러났다.
푸른 연꽃잎을 수놓은 연황색 가슴가리개 안쪽이 출렁거렸다.

고정엽은 고개를 숙이며 흔들리는 눈빛으로 천천히 탄식했다.

"그래도 여인인 게 좋겠구나."

· · ·

다음 날 아침 명란은 도씨 형제에게 하인과 호위를 이끌게 하고 집을
나섰다. 앞뒤로 나란히 이동하는 서너 대 마차 중에 명란은 두 번째 마차
에 탔다. 설레는 마음에 밤잠을 설친 소도는 옆에 앉아서 내내 재잘재잘
떠들었다.

"평생 나들이 한번 못 가본 줄 알겠네!"

녹지가 기어코 면박을 줬다.

"소우 장원에는 우리도 가봤잖아."

녹지는 고개를 돌려 명란에게 물었다.

"더 주무시겠어요? 도착해서 기운 없으면 안 되잖아요."

명란은 비몽사몽 고개를 끄덕였다. 늦게 자고 늦게 일어나는 편이라
아직도 잠이 덜 깬 상태였다. 소도가 재빨리 자리를 깔아 명란을 반쯤 기
대어 눕게 한 후 녹지에게 조용히 말했다.

"진상 언니와 취수가 이번에 못 와서 안됐어. 문을 나설 때 취수 눈시
울이 빨갛더라고."

녹지는 명란이 잠든 것 같아 보이자 목소리를 낮췄다.

"전부 다 올 순 없잖아. 누군가는 집을 지켜야지! 취미 언니가 날마다 지켜볼 수도 없는 노릇이고. 다른 사람은 걱정하지 마."

"그건 나도 아니까 말해줄 필요 없어."

그러더니 녹지 귀에 대고 속삭였다.

"그런데 약미는 남고 싶어했잖아? 왜 굳이 데리고 오신 걸까? 정말 내키지 않는 모습이던데."

녹지가 입을 삐죽이며 무시하듯 말했다.

"약미가 요새 싱숭생숭해 보이잖아. 혹시 엉뚱한 짓 할까 봐 마님께서 아예 데리고 오신 게지. 어쩌면…… 장원에서 남편감을 물색해주실지도 몰라."

녹지는 말을 하다가 일부러 소도를 놀렸다.

"그 김에 우리 소도에게도 혼처를 찾아주실지도!"

소도는 멍하니 생각에 잠기더니 뜻밖에 고개를 끄덕였다.

"그것도 괜찮지."

말문이 막힌 녹지는 그냥 고개를 돌려버렸다.

제136화

소우 장원과 흑산 장원,
가끔은 어설픈 연기파

반나절쯤 지났을까. 성문을 벗어난 지 얼마 지나지 않아 소우 장원에 도착했다.

경성 외곽과 인접한 소우 장원은 배산임수의 명당으로, 용의후부가 권세를 누릴 당시 유일한 적출인 성 노대부인에게 마련해준 혼수품이었다. 훗날 성 노대부인은 성굉의 출셋길에 필요한 목돈을 마련하고자 소우 장원 절반 이상을 처분했다.

성씨 일가의 살림이 점점 나아진 뒤에도 땅을 되찾아 오기가 쉽지 않았다. 성굉은 성 노대부인에게 다른 장원을 사 주었지만, 미련이 남았던 성 노대부인은 어느 집에 급전이 필요한지 알아보며 몇 년에 걸쳐 땅을 조금씩 사들였다. 그렇게 모두 580무를 되찾았다.

최씨 아범은 신중을 기해 고른 노복으로 성실함은 말할 것도 없고 농사 솜씨도 뛰어났다. 최씨 어멈은 아범의 죽마고우였는데 어릴 적 헤어진 뒤 오랜 세월이 지나 재회했다. 성 노대부인은 사연을 듣고 갖가지 노력과 비용을 들여서 다른 집에 있던 최씨 어멈을 데려왔다. 이후 두 사람은 평생의 소원대로 가정을 이뤘고, 성 노대부인의 은혜에 감격하여 충성을 다했다.

노부부의 정성 덕분에 소우 장원은 다른 장원에 비해 관리가 잘 이루어졌고 풍족했다.

명란은 유모[1]를 쓰고 가마에 앉아 느긋하게 장원을 둘러보았다. 눈에 들어오는 것이라곤 끝없이 펼쳐진 논밭과 드문드문 보이는 황소나 백구가 전부였다. 밭에는 농작물이 풍성하게 자라 있었다. 장원 사람들은 시찰 소식을 알았는지 명란의 가마가 지나가면 하던 일을 멈추고 반갑게 허리를 숙이거나 절했다. 평화로운 전원의 모습이었다.

명란은 흡족했다.

"올해 작황은 어떤가?"

저택으로 돌아온 뒤 명란은 청당 상석에 앉아 상세하게 물었다. 최씨 아범은 미소 띤 얼굴로 예의를 갖춰 대답했다.

"다 좋습니다. 올해 날씨가 좋아 작년보다 수확이 더 많을 겁니다. 몇 년 전만 해도 심한 가뭄이 들고 강회江淮[2]에 전란까지 덮쳐 경성의 곡식 값이 폭등했지요. 허나 노대부인과 아가… 아니, 마님께서는 소작료를 더 거두지 않고 농가의 처지를 보살펴주셨습니다. 그때 장원 사람들 사이에서 이렇게 자애로운 지주가 세상천지에 어디 있겠냐며 어찌나 칭찬이 자자하던지!"

명란은 탁상에 놓인 장부를 넘기다 웃으며 말했다.

---

1) 가리개를 드리운 모자.
2) 중국의 양자강과 회하. 중국의 강소성과 안휘성 일대를 가리킴.

"최 관사는 말주변이 좋군! 이런 모습을 할머님께 보여드리면 분명 재미있어하실 거네."

최씨 아범의 거칠고 까만 얼굴이 살짝 붉어졌다. 그는 명란의 능력과 수완을 잘 알기에 굳이 숨기지 않고 속마음을 털어놓았다. 명란은 깜짝 놀라며 말했다.

"땅을 산다고?"

최씨 아범은 고개를 크게 끄덕이며 기쁨을 드러냈다.

"연유는 모르겠으나 백통하白通河 일대의 대지를 누군가 팔려고 내놨답니다. 자세히 살펴보러 갔더니 땅이 좋기도 하고 여윳돈도 있어 사들이면 좋겠다고 생각했지요."

명란은 잠시 고민한 뒤 짧게 대답했다.

"그동안 지켜본 대로라면 관사 아범은 땅을 얼마나 살 건지, 주인은 누군지, 값은 얼마인지 상세히 기록해 두었을 테지. 나중에 사람을 시켜 산 맞은편에 있는 흑산 장원으로 보내주게. 문제가 없으면 아범에게 다시 말함세."

최씨 아범은 공손히 대답했다.

명란은 기뻐하는 아범의 모습을 보며 속으로 웃음이 터졌다. 옛날 사람들에게 가장 큰 재미는 땅을 사 모으는 일인가 보다.

"……마님, 아실는지 모르겠지만 노대부인의 땅은 본래 이삼십 경은 족히 됐습니다! 뒤편에 있는 산까지도 우리 소유였지요!"

최씨 아범은 눈시울을 붉히며 감정에 북받친 듯 말했다.

"이곳을 모두 되찾을 수 있다면 노대부인의 은혜에 보답할 수 있을 겁니다."

명란은 잠시 침묵하고는 낮은 목소리로 말했다.

"나도 아범의 뜻은 이해하지만, 모든 일은 도리에 맞게 행해야 하는 법이네. 좋은 땅이라 해서 다 사버리면 화를 입게 될지도 몰라."

아범은 웃는 얼굴로 연신 허리를 굽혔고, 가슴을 치더니 마치 맹세하듯 말했다.

"이 늙은이의 배짱에 어찌 감히 도리를 잊겠습니까! 노대부인의 가르침도 있어 그간의 일은 증서에 빠짐없이 기록했습니다. 마님, 마음 놓으십시오. 절대 착오가 생기지 않도록 하겠습니다!"

대략 신시辛時 3) 하고도 이삼 각이 더 지났을 때쯤, 명란 일행은 소우 장원을 떠나 흑산 장원으로 향했다. 길을 나설 때 사람을 더 데리고 나왔다. 그리 멀진 않았지만, 성안보다 길이 험해 가는 내내 가마가 들썩거렸고 날이 어둑해져 길이 흐릿하게 보일 때가 되어서야 도착했다.

소도가 마차에 기대어 멀리 내다보니 어둠이 내려 흐릿해진 저택 대문과 듬성듬성 밝혀진 횃불이 보였다. 조금 더 가까워지자 단귤과 전주댁, 그리고 키 작고 까무잡잡한 사내 하나와 그를 뒤따른 무리가 보였다.

마차가 대문 앞에 도착하자 키 작고 까무잡잡한 사내가 곧장 앞으로 나와 무릎을 꿇으며 말했다.

"소인 파로복巴老福, 마님께 인사드리옵니다. 오시느라 힘드셨지요. 모실 곳을 마련해 놓고 마님을 기다리고 있었습니다."

소도와 녹지는 마차에서 내려 두 손을 모은 채 서 있었다. 맞은편 단귤에게 눈짓을 보내자 단귤이 고개를 살며시 끄덕였다.

마차 안에서 단아한 목소리가 흘러나왔다.

---

3) 오후 3시~5시.

"그만 일어나게. 고생이 많네. 날이 저물도록 문 앞에서 기다리게 하다니, 아무래도 내가 때를 잘못 맞춰 온 것 같군."

"어찌 그런 말씀을 하십니까!"

파 관사는 횃불을 비추며 열심히 비위를 맞췄다.

"마님 같은 귀인께서 이렇게 시간을 내어 찾아주셨는데 저희에게는 큰 복이지요. 목이 빠지도록 기다렸습니다!"

명란은 별말 없이 하나만 물었다.

"나리는 당도하셨는가?"

파 관사는 몸을 일으키며 말했다.

"나리께서 오후에 사람을 보내 저녁 늦게 당도한다 하셨습니다."

"그럼, 몇 사람만 남아 나리를 기다리고 우리는 먼저 들어가는 게 좋겠네."

명란은 살짝 마음이 놓였다.

파로복의 명령에 저택 문이 열렸다. 마차가 천천히 안으로 들어서자 어멈과 노복들도 일제히 그 뒤를 따랐다.

저택 주실主室은 등불을 밝혀 환했다. 세간은 말끔하게 닦여 있고 다른 물건도 가지런히 놓여 있었다. 명란은 고개를 끄덕였다. 뒷방으로 들어가자 짐들이 말끔히 정리되어 있었다. 늘 사용하던 양각궁등羊角宮燈[4]이 침상 머리맡 탁자에 놓여 있고, 배나무로 만든 원탁 위에는 해바라기 무늬가 있는 청옥 다기茶器가 놓여 있었다. 찻주전자에서 차향이 은은하게 배어 나왔다. 숨을 참았다가 맡아보니 평소 즐겨 마시는 금계말리화

---

4) 양 뿔을 재료로 가공하여 만든 등롱.

차金桂茉莉花茶 5)였다.

피곤했던 명란은 구들 옆에 앉고서는 환하게 웃었다.

"우리 단귤이가 일이 점점 능숙해지는구나. 반나절 만에 이렇게 말끔하게 정리해 두고 말이야. 음, 이 정도면 시집보내도 되겠다."

단귤은 조금도 부끄러워하는 기색 없이 무뚝뚝하게 명란의 의대衣帶 6)를 풀었다.

"마님, 쉬엄쉬엄하세요. 온종일 분주하게 움직이시더니 목소리까지 잠기고. 마님인 줄 못 알아챌 정도예요! 게다가 얼굴에 뒤집어쓴 흙먼지며, 흐트러진 머리까지. 마차에 내려서 얼굴을 안 내비친 게 천만다행이라고요! 얼른 씻으세요. 전할 말이 있으시면 전주댁에게 일러두시고요."

녹지는 뒷방에서 건너와 장난스레 말했다.

"마님, 더운 물을 준비했으니 어서 씻으세요. 향료도 두 상자는 족히 가져다 두었어요. 혹시라도 부족할까 싶어서요."

명란은 피곤에 절어 기운이 하나도 없었다. 원형 나무 욕조 안에서 장장 한 시진을 꼼짝 않고 있으니 단귤이 쉴 새 없이 따뜻한 물을 채워 주었다. 그렇게 온몸이 노곤노곤 풀어진 뒤에야 밖으로 나왔다. 명란은 침대에 뻗으며 중얼거렸다.

"역시 온실 속의 화초로구나. 겨우 이 정도 외출에 녹초가 되다니."

지난 생에서의 마지막 일 년 동안 요의의는 수돗물도 나오지 않는 산골짜기에서 생활했다. 직접 우물물을 길어 왔던지라 거칠고 굵은 밧줄

---

5) 말린 계수나무 꽃과 재스민을 섞은 차.
6) 옷을 고정하는 끈, 고름.

에 쓸려 손에 상처가 나기 일쑤였다. 펜만 잡았던 손에 상처가 나고 낫기를 반복하면서 굳은살이 박였다. 또, 하루 대여섯 시간을 걷고 밤늦게 집에 들어와 신발을 벗으면 온 발이 물집투성이였다. 차가운 물에 발을 담그면 통증이 살 속 깊숙이 전해졌다. 예전에는 하이힐 때문에 발바닥이 아팠지만, 이제는 운동화를 신고 걸어서 발꿈치가 아팠다. 후들거리는 다리를 이끌고 침대에 누우면 제 다리가 아닌 것 같았다.

도시 아가씨는 고단함에 머리가 베개에 닿자마자 잠이 들었다. 그래도 마음만은 뿌듯했고 자신이 쓸모 있는 사람이라는 생각이 들었다. 간밤에 꿈을 꾸면서도 다음 동창회에서 쪽파와 부추도 구별 못 하는 녀석들에게 마음껏 뽐내야겠다고 생각했다.

요의의는 울타리도 뚝딱 세울 수 있는 능력자로 거듭났었다!

하지만, 지금은 여러 사람의 보살핌 속에 사는데도 그때만큼의 뿌듯함은 느낄 수 없었다. 그저 피곤하고 마음속에 걱정과 불안만 가득했다. 지금의 조정은 위태로웠다.

고대 벼슬길에는 피비린내로 가득했다. 그녀는 목에 칼을 차거나 쇠줄에 묶여 경성으로 압송되는 관리를 보기도 했고 재산을 몰수당하고 가족을 잃는 벼슬아치도 봤다. 함께 차를 마시며 담소를 나누기도 했던 양갓집 규수가 부모의 죄 때문에 교방사[7]로 보내져 관기가 되는 사례도 있었다.

매번 이런 사건을 볼 때마다 명란은 성굉에게 더할 나위 없이 감사했다. 그는 평생 무리하게 공명을 탐하거나 사사로운 이익을 탐하지 않았

---

7) 관기를 교육하고 관리하는 기관.

고 가산을 탕진하지도 않았다. 나름대로 청렴한 관리였고, 성격도 원만한 사람이었다. 다른 단점이 얼마나 있든 간에, 고대 남성으로서 짊어져야 할 의무를 성실히 수행했고 처자식에게 평화롭고 풍족한 가정을 만들어주었다.

성가의 소식을 전하자면, 며칠 전 명란은 곧 다가올 단오절을 맞아 미리 명절 선물을 보냈다. 소도가 선물을 전하고 듣고 온 소식에 따르면, 장풍의 혼삿일로 성굉과 왕 씨가 또 한바탕 실랑이를 벌였다고 한다.

장풍은 서출이지만 용모가 준수하고 행동거지가 고상해(왕 노대부인의 눈에 쏙 들었던 소년 시절 성굉의 모습과 닮았다) 주변에 늘 사람이 따랐다. 게다가 어린 나이에 향시에 급제했고, 부모님의 능력은 물론이거니와 형제 누이들도 쟁쟁한 집안에 시집 장가를 간 터라 금방金榜[8]에 이름을 올리는 일은 시간문제였다. 혼사에 관한 한 성굉이 운을 띄우기만 해도 수많은 집안의 러브콜을 받을 것이 분명했다.

하지만 성굉은 아들의 됨됨이를 정확히 파악하고 있었기 때문에 집안 수준은 그럭저럭 이라도 인품을 가장 일 순위로 따졌다. 그는 꼭 품행이 바르고 법도를 아는 현명한 며느리를 들이고 싶었다. 강단도 좀 있으면 더할 나위 없고 말이다.

"장풍의 성정을 봐선 잘 이끌어 줄 수 있는 규수와 맺어 줘야 할 텐데 말이지."

성굉이 의미심장하게 말했다.

"장풍이보다 마음이 굳세고(시어머니 등쌀에 기죽지 않고), 그 녀석

이 허튼짓하지 않도록(여색에 빠져 일을 그르치지 않도록) 잡아줄 수 있는 아가씨여야 하네!"

왕 씨는 너무 구체적이고 까다로운 조건에 어이가 없었다. 그녀는 조롱 섞인 투로 말했다.

"차라리 나리께서 직접 찾으시는 게 낫겠습니다!"

"애초에 자네에게 맡길 생각도 없었네."

성굉은 언짢은 듯 말했다. 그는 왕 씨의 심성은 몰라도 안목은 영 신뢰를 못 했기 때문이다.

명란은 대략 이런 장면이었을 거라 짐작하면서 침상에 얼굴을 묻고 쿡쿡 웃었다.

그렇다고 성굉이 직접 남의 집 여식을 살피러 다닐 수는 없는 노릇이었다. 하는 수없이 노대부인에게 도움을 청했지만, 노대부인은 요즘 증손자와 증손녀를 돌보느라 꽤 평화로운 시간을 보내고 있어 귀찮은 일에 나설 마음이 전혀 없었다. 결국 노대부인과 성굉은 실랑이 중이었다.

임 이랑이 제 무덤을 파서 그렇지 성굉은 묵란과 장풍을 정말로 아꼈다. 역시 살면서 분에 넘치는 욕심을 부려선 안 되는 법이다……. 단귤이 저녁 식사를 들고 왔을 때 명란은 책 한 권을 품에 안고 단잠에 빠져 있었다. 단귤은 담요를 덮어주고 조용히 물러났다.

술시가 끝을 알릴 무렵 고정엽과 그의 친위대가 준마를 타고 장원에 도착했다. 열 명 남짓 돼 보이는 친위대는 연무장에서 바로 왔는지 군장을 하고 있었다. 준마를 몰고 쏜살같이 달려온 사내들은 하나같이 기골이 장대하고 얼굴에 전쟁터의 살기가 남아 있었다. 파로복은 한층 더 고분고분해진 태도로 그들을 맞았다. 그리고 경직된 미소를 띤 채 굽실거리며 고정엽을 주실로 안내했다.

노복들은 친위대의 말을 마구간에 들이느라 분주했고 기병은 쉴 채비를 마친 상방으로 향했다. 가는 길에 공손맹과 도가 형제가 바삐 다가오는 것이 보였다.

"사 형님!"

크게 소리치며 다가온 공손맹이 기마복을 입은 스무 살 남짓 된 청년의 어깨에 팔을 걸치며 다정하게 말했다.

"이제 오셨군요!"

사앙謝昻은 활짝 웃으며 넓은 손바닥으로 공손맹을 툭 쳤다.

"맹이로구나!"

시선을 옮겨 뒤에 있던 두 사람을 보자 또다시 반갑게 외쳤다.

"첫째 형님, 둘째 형님!"

도호屠虎가 웃으니 기름집의 후덕한 주인장 같았다. 그는 아들 같은 공손맹을 보고 웃으며 말했다.

"너무 좋아하지 말게! 맹이가 보고 싶어했던 건 자네가 아니라 오늘 연무장의 모습이니까."

이 말을 들은 맹이는 풀이 죽었다.

"아저씨께서 끝끝내 허락하지 않으셨어요. 저도 부인을 호위하는 것이 중요하다 생각했는데, 부인께서 계집종 몇 명을 데리고 짐이나 옮기라고 하실지 누가 알았겠습니까!"

"복에 겨운 소리를 하는구나!"

도룡이 웃으며 말했다.

"나리는 네가 열심히 공부하고 무예를 익히라고 그러신 게야. 나중에 무과 시험에 합격하는 게 더 중요하단다! 우리 형제처럼 일자무식이면 가망이 없어!"

공손맹은 키는 크지만, 고작 열네 살이었다. 소년의 성정이 다 그렇듯 속상한 건 금방 털어버리고 사앙에게 들러붙어 이것저것 캐물었다.

"참, 사 형님, 이렇게 늦은 시각에 뭣 하러 여기까지 오신 겁니까?"

사앙은 갈 길을 재촉하며 웃었다.

"나리께서 걱정하셔서 왔다. 우리가 이 장원의 실태를 잘 모르지 않느냐."

"에이, 둘러대지 마십시오. 지키는 자들이 이렇게나 많은데 걱정할 게 뭐가 있습니까."

도호는 목소리를 낮춰 히죽거리며 말했다.

"나리께서 부인이 보고 싶으셨나 보지요!"

"나리의 일에 함부로 입을 놀리면 되겠느냐."

도룡은 아우를 노려보며 꾸짖었다.

"어째서 아직도 모른단 말이냐? 아직 젊고 마음이 약한 부인께서 장원을 관리하신다고 하니 뒤를 든든히 받쳐주기 위함이 아니더냐."

"어딜 봐서 마음이 약하단 말씀이세요?!"

공손맹이 의아해하며 말했다.

"부인께서 제게 공부를 가르치실 때면 아저씨보다도 독하십니다. 한마디도 대꾸할 수 없다고요."

그는 언젠가 명란이 빙그레 웃으며 한 말을 떠올렸다.

"방연龐涓[9]과 손빈孫臏[10]은 귀곡자鬼谷子[11]의 문하생이었단다. 방연은

---

9) 전국시대 위나라의 명장.
10) 전국시대 병법가. 손무孫武의 후예로 병가兵家를 계승함.
11) 전국시대 사상가.

공부를 싫어해서 도중에 군에 들어가 병사를 통솔했지만, 손빈은 부지런히 공부해서 하산한 후에 방연을 굴복시켰지. 맹아, 너는 방연이 되고 싶으냐 손빈이 되고 싶으냐?"

공손맹은 우물쭈물 말했다.

"그럼 방연이 손빈을 넘어서지 못한 이유가 공부를 게을리해서란 말씀이세요?"

고정엽은 곁에서 수염을 매만지며 '옳지.' 하고 맞장구쳤다.

그리고 어제는 고정엽이나 명란을 호위하는 것은 좋지만, 짐마차를 호송하는 일은 하고 싶지 않다고 툴툴거렸더니 명란이 또 한 번 미소를 지으며 타일렀다.

"맹아, 너는 물건과 사람 중에 무엇이 더 중요하다 생각하느냐?"

"사람이 더 중하지요."

"그럼 네 무예가 더 출중하니, 도가 형님들의 무예가 더 출중하니?"

"당연히 형님들의 무공이 더 출중하지요."

그러자 명란은 아무 말 없이 다섯 살배기 어린아이를 대하는 눈빛으로 바라봤다. 한술 더 떠서 가엾다는 듯이 고개를 내젓기까지 했다.

고정엽은 그때도 수염을 매만지며 '옳지.' 하고 말했다.

매번 이런 상황이 벌어지자 공손맹은 상꼬맹이가 된 것 같아 문득 서글퍼졌다. 그럴 때면 담벼락 옆에 한참을 쭈그리고 앉아 슬픔을 달래야 기분이 나아졌다.

"그래도 마님이 계신 게 좋지!"

도호는 말했다.

"예전에는 집이 엉망진창이었다. 나리를 따라 동분서주하고 집에 돌아와도 끼니나 옷을 챙겨줄 사람이 하나도 없었단다. 그때 나리가 주신

은자로 우리 형제는 몇 날 며칠을 기루에서 먹고 잤었지……."

"시끄럽다!"

도롱이 불쾌해하며 말을 잘랐다.

"네놈이 좋아서 기생집을 들락거린 것을 감히 나리 탓으로 돌린단 말이냐? 이놈이 점점 버르장머리가 없어지는 걸 보니 중매쟁이를 써서 장가를 보내야겠구나. 아주 지독한 마누라를 데려다 기도 못 펴게 말이다!"

도호는 형님이 무서워 감히 말대꾸는 하지 못하고 '같은 어머니 밑에서 난 형제가 맞나.'라고 중얼거렸다.

• • •

"대체 어쩌다 이러신 거예요?"

명란은 고정엽이 옷을 갈아입는 것을 거들다 금포錦袍 [12] 어깻죽지에 묻은 핏자국을 보고 깜짝 놀랐다.

고정엽은 잠시 내려다보고 그제야 생각이 났는지 대수롭지 않게 답했다.

"오늘은 딱히 중요한 일도 없는 날이라 사내 녀석들이 잠깐 흥분해서 창술을 겨루자기에……. 걱정 말거라. 창날은 떼어 내고 겨룬 것이니."

그는 명란의 놀란 얼굴을 보며 냉큼 뒷말을 덧붙였다.

"나리도, 참!"

---

12) 비단으로 만든 도포나 두루마기.

명란은 속상해하며 팔을 조심스럽게 움직여 재빨리 외포外袍[13]를 벗겼다.

"창날이 없다 하여 어찌 사람을 찔러 죽이지 못한답니까?! 나리는 탈명서생奪命書生[14]이 어떻게 목숨을 잃었는지 모르시나요?"

"누구……?"

외포를 벗자 하얀 능라비단으로 지은 내의에는 핏자국이 보이지 않았다. 명란은 동정을 벌려 어깨를 덮고 있던 내의를 살짝 벗겼다. 담갈색 피부와 단단한 어깨 근육만 보일 뿐 상처는 어디에도 없었고 희미한 멍 자국만 있었다.

그녀는 잠시 어리둥절해졌다.

"네 말이 맞다."

고정엽은 가볍게 한숨을 쉬었다.

"다음에는 창대에 헝겊을 두르는 것이 좋겠어. 나도 흥분해서 힘 조절을 못 해 하마터면 아우의 팔을 찌를 뻔했다."

명란은 멍하니 자신을 비웃었다. 다른 사람 피였구나. 그러다 아, 하고 정신을 차리고는 품에 있던 옷을 소도에게 건넨 뒤 다시 물었다.

"상처가 깊었나요?"

"마지막에 힘을 뺀 덕분에 살갗만 살짝 다친 정도다. 특별히 외부에서 의원을 모셔와 치료받게 했지."

"그럼 됐습니다."

---

13) 두루마기, 겉저고리의 일종.
14) 주성치 주연 영화의 등장인물로 결말에 주성치가 휘두른 날이 없는 패왕회마창霸王回馬槍에 목숨을 잃음.

명란은 고개를 끄덕였고 웃으며 디기가 관을 풀어주었다.

"나리께서 전력을 다할 정도였다면 그 아우의 무공도 꽤 훌륭했나 보군요."

"맞다. 젊고, 성격도 시원시원하고……. 좋은 재목감이지."

고정엽은 키가 워낙 커서 침대에 걸터앉았음에도 명란의 얼굴을 반쯤 가릴 만한 높이까지 왔다. 그는 명란의 가느다란 허리를 바짝 껴안아 부드러운 가슴에 얼굴을 기댔다. 그러고는 가만히 명란의 심장 소리를 들었다.

명란은 웃었다. 그는 올해로 겨우 스물여섯에 불과한데도 말투 하나하나가 늙은이 같았다. 놀려 줄까 생각하는 순간, 그의 까만 머리카락 사이에서 반짝이는 뭔가가 보였다. 자세히 들여다보니 귀밑머리 쪽에 새치 몇 가닥이 나 있었다. 평소엔 머리카락에 가려 보이지 않던 것이었다.

왠지 모르게 마음이 약해진 명란은 고개를 숙여 그의 귀밑머리에 살짝 입을 맞췄다.

고정엽은 명란을 무릎 위로 끌어 앉히곤 그녀의 얼굴을 가슴 깊이 끌어안았다.

"땅을 사는 일에 너무 그렇게 신중할 것 없다. 권력자들이 은자 좀 벌겠다고 써먹는 부정한 방법이 경성에 얼마나 많은지 아느냐. 땅 몇 마지기 사는 일로 벌벌 떨면 난 이번 생을 허투루 산 것이지. 돌아가면 공손 선생에게 순천부順天府 15) 여 통판을 찾아가 땅문서와 은자 거래 내역을 분명하게 처리해 달라고 하거라. 절차만 제대로 밟으면 걱정할 게 없지

---

15) 명, 청 시대의 행정 구역 명칭. 특별시에 해당.

않겠느냐."

"예."

명란은 고분고분 대답했다.

"밤참을 좀 드세요. 제가 챙겨드릴게요."

명란이 몸을 일으켜 나가려는 순간 고정엽이 커다란 손으로 그녀의 귀를 잡아당겨 다시 무릎 위에 앉혔다.

"물어볼 게 있다."

고정엽이 장난기를 머금고 물었다.

"방금 내가 다친 줄 알았던 것이냐?"

명란은 헤헤 웃으며 부끄러운 듯 고개를 끄덕였다.

"옷에 분명 핏자국이 있긴 했지."

고정엽의 길게 뻗은 눈썹과 눈빛에 미세한 기쁨이 서렸다.

"허나 옷이 찢어진 곳 하나 없이 멀쩡했는데, 전혀 몰랐단 말이냐?"

명란은 말문이 막혔다. 날이 없는 창대가 옷을 뚫고 들어왔다면 얼마나 큰 구멍이 생겼겠는가. 그녀는 옷 갈아입는 것을 도와주는 사이에도 그 점을 알아채지 못하고 어깨에 상처가 없는 것을 눈으로 확인하고서야 안심할 수 있었다.

"어째서 알아채지 못한 것이냐?"

고정엽은 원하는 답을 끌어내려는 듯 낮은 목소리로 물었다. 그는 명란이 담대하고 세심해서 쉽게 당황하지 않은 사람이라는 것을 알았다.

"그러게나 말이에요. 왜 몰랐을까요?"

명란은 자신도 궁금한 듯 눈을 껌벅거렸다.

"저도 잘 모르겠어요."

고정엽은 아무 말 없이 조용히 명란을 바라보았다. 명란은 아무것도 모르는 척하려 애썼지만, 그의 뜨거운 눈빛에 절로 두 뺨이 붉어지며 표정이 무너졌다.

고정엽은 그녀의 얼굴이 홍옥처럼 빨개진 것을 보고 가슴이 들썩일 정도로 웃음을 터뜨렸다. 그러고는 명란의 조그마한 몸을 뒤로 넘어뜨리며 그녀와 함께 침대 위를 굴렀다.

터질 듯 빨개진 얼굴을 가리는 명란 위로 고정엽이 몸을 포개어왔다. 고개를 들자 새카만 눈동자가 눈에 들어왔다. 고정엽은 애써 웃음을 참으며 그녀를 바라보고 있었다.

"거짓말쟁이."

고정엽은 말했다.

머리가 흐트러진 채 신나게 웃는 모습이 마치 놀이 공략법을 알아낸 소년 같았다.

제137화

흑산 장원 이야기

산속의 밤이 쌀쌀한 데다 달거리가 아직 끝나지 않아 몸이 불편했던 까닭에 명란은 몸을 구부리고 새우잠을 잤다. 고정엽은 산처럼 큰 몸으로 명란을 감싸 안으며 차가운 손과 발을 밤새 추위로부터 막아주었다. 난로처럼 따뜻한 고정엽의 품 안에 있으니 차가워진 몸이 금세 따뜻해졌다.

고정엽은 모처럼 개운한 잠을 잤다. 자기 전에 자신에게 추궁당하던 명란의 얼굴이 떠올랐다. 뜨거운 물에 푹 익은 통통한 문어처럼 벌건 얼굴로, 한입 베어 먹으려는 절체절명의 순간에 창문으로 달아나다시피 했던 그녀를 생각하면 고정엽은 잠결에도 웃음이 터졌다. 그때마다 명란은 약이 올라 그의 가슴을 때렸다.

다음 날 동이 트기 전, 고정엽은 사앙과 친위대를 이끌고 서쪽 군영으로 떠났다.

"너무 바쁘시면 밤중에 오시지 않아도 돼요."

명란은 잠이 덜 깬 목소리로 웅얼거렸다.

"호위도 든든하니 마음 놓으셔요."

"그래. 무슨 일이 있거든 네 뜻대로 처리하거라."

고정엽은 명란의 따뜻한 뺨에 입을 맞춘 후 장원을 떠났다.

역시 예상대로였다. 도룡의 험악한 얼굴을 앞세우고 건장한 가정을 곁에 두니 관사와 장두[1]들은 고분고분 말을 잘 따랐다. 명란은 멀찌감치 병풍 뒤에 앉아 지시를 내렸다.

파로복처럼 장원을 관장하는 총관사는 지주가 시찰을 나오면 노련하게 대처할 줄 알았다. 그는 아침 댓바람부터 각 부분 담당 관사와 장두를 이끌고 명란에게 문안하러 왔다. 그는 만면에 미소를 띤 채 단단히 준비해 뒀던 내용을 명란에게 보고했다. 그런데 명란이 질문도 하지 않고 파로복에게 잡담이나 할 줄 누가 알았겠는가.

파로복과 그 무리는 어리둥절했지만, 일일이 받아 줄 수밖에 없었다.

"마님, 모두 모였습니다."

이때 전주댁이 공손하게 들어와 명란에게 고했다.

병풍 너머 명란의 목소리가 또렷하고 상냥했다.

"명부에 있는 순서대로 한 명씩 불러들이거라."

단귤은 탁자에서 조금 전 파로복이 건넨 명부를 꺼내어 차분히 읽어 나가기 시작했다. 관사들은 당최 무슨 일이 벌어지고 있는지 알 수가 없었다. 그저 공손맹이 가정을 시켜 허리 높이만 한 광주리를 들고 들어오는 것만 바라보았다.

쿵 하는 묵직한 소리와 함께 청당 마루 위에 광주리가 하나둘 놓였다. 사람들은 광주리 안을 들여다보고 놀라서 펄쩍 뛰었다. 그 안에 동전이

---

1) 지주의 농가 관리인.

가득 담겨 있었던 것이다. 아침 햇살을 받아 빛을 내뿜으며 붉은 밧줄에 촘촘히 꿰어 있는 푸르스름한 동전을 보자 그 자리에 있던 사람들의 눈이 휘둥그레졌다.

명란은 경쾌하게 말했다.

"일 년간 저들도 고생하지 않았는가. 이 장원이 고씨 집안 소유가 된 후 첫 방문이니 상을 내려 기쁘게 해주고 싶었네."

"마님, 이, 이건……."

파로복은 심상치 않음을 느꼈다.

관사가 반박할 틈도 주지 않고 전주댁은 목소리를 높여 이름을 부르기 시작했다. 호명된 소작농에게는 동전 한 꿰미를 주었고, 집안에 예순이 넘은 노인이 있는 자에게는 삼백 닢을 더 얹어주었다. 단균은 돈을 받은 사람의 이름에 선을 긋고 액수를 표시했다. 소작농들은 꿈인가 생신가 하는 표정으로, 두둑한 돈꿰미를 품에 안고 비틀비틀 문을 나섰다.

앞줄에 있던 몇 명이 들어갈 때만 해도 소작농들은 기운 없이 안절부절못하는 모양새였다. 하지만 조금 뒤 대여섯 명이 돈을 받고 나오자 오늘 지주가 상금을 하사한다는 소식이 뒷줄까지 전해져 주변이 기름 솥에 물을 끼얹은 것처럼 시끌벅적했다. 그들은 들어갈 때는 얼굴을 붉혔지만, 문밖을 나설 때는 희색을 띠며 연신 고마워했다.

장두와 관사들은 서로 눈치만 살필 뿐 명란의 의중을 파악하지 못했다. 어떤 사람은 표정이 붉으락푸르락했고, 어떤 사람은 큰 소리로 명란의 선행을 칭찬하며 아첨을 늘어놓기도 했다. 파로복의 이마에는 땀이 송골송골 맺혔다. 반면에 명란은 장두들이 두 눈을 부릅뜨고 지켜보고 있었기 때문에 소작농들이 집에 노인이 있다고 거짓말할지 걱정하지 않아도 됐다.

장부에 기록된 대로라면 흑산 장원은 농경지 총 62경에 소작농 서른세 가구를 소유하고 있었다. 노인을 모시는 집까지 감안하면 명란은 이날 아침에 육칠천 냥을 썼다. 광주리도 거의 바닥을 보였다.

중간에 작은 에피소드가 발생했다. 돈을 나눠준다는 소문이 퍼지면서 소작농들이 더 많이 몰려왔다. 그들은 자신도 흑산 장원의 소작농이라 우겼지만 명부에는 이름이 없었다. 파로복은 구슬땀을 흘렸다. 그리고 명란의 화난 얼굴을 등진 채 소작농에게 돈을 나눠주었다. 파로복이 뭐라 해명할까 고민하고 있을 때 명란은 최평, 최안 형제에게 장두 몇 명과 호위 가정을 데리고 땅을 측량하라 지시했다.

파로복은 그제야 명란의 뜻을 알아차리고 새파랗게 질린 얼굴로 변명거리를 준비했다. 하지만 명란은 지친 기색으로 손을 내저으며 모두 물러가도록 했다. 그리고 한숨 돌릴 시간을 가졌다.

방으로 돌아오자마자 하죽이 참지 못하고 물었다.

"마님, 이렇게 사용하시려고 장방²⁾에 돈을 마련해 오라 하신 겁니까."

다른 말은 하지 않았지만, 아까워하는 게 분명한 표정과 눈빛으로 자기 심정을 전했다.

반면 소도는 담담한 표정이었다. 그녀는 명란이 하는 일이라면 백 번, 천 번은 옳은 일이라 생각했기 때문이다. 단귤은 명란을 위해 차를 내리고 옷을 풀어주며 가볍게 말했다.

"마님, 관사에게 왜 장원 일을 추궁하지 않으셨어요. 이틀 동안 아무것도 하문하지 않으셨잖아요."

---

2) 집안의 금전 출납과 곳간 등을 관리하는 곳.

명란은 지친 기색으로 말했다.

"그들은 쓸데없는 말만 지껄이고, 정작 내가 듣고 싶은 건 제대로 말해 주지 않을 테니까."

"감히 마님을 속이려 들다니!"

단귤은 얼굴을 찌푸리며 씩씩거리다 이내 낮은 목소리로 말했다.

"마님, 궁금한 게 있으시면 저희가 알아보겠습니다."

명란은 차를 한 모금 마신 뒤 관요에서 만든 찻잔을 만지작거리며 감상했다.

"별거 아니다. 그냥 흑산 장원 소유의 농경지와 소작농이 얼마나 되는지 알고 싶었어."

그 외에 장부를 조작해 중간에 세금을 가로챘는지 따위는 문을 걸어 닫고 천천히 알아보면 그만이었다. 장원의 관사부터 장두에 이르기까지 노비 문서가 이미 수중에 있고 쌓아 온 정도 없으니 원하는 대로 처리하면 됐다.

명란은 돈을 허투루 쓴 게 아니었다.

최씨 형제가 땅을 측량하러 가자 원래 관사와 장두의 눈치를 살피던 소작농들은 협조적인 태도를 보였다. 눈치 빠른 자들은 분위기를 살피더니 이것저것 잘못된 점을 알려주기도 했다. 할 말 안 할 말 가리지 않고 모두 털어놓을 기세였다. 관사와 장두들이 안절부절못하며 자리를 지키고 있었지만, 도가 형제의 험악한 눈빛에 끽소리도 못했다.

최평, 최안 형제는 단 이틀 만에 어마어마한 규모의 농경지를 모두 조사했고, 그 실태를 낱낱이 기록했다. 공손맹은 글을 아는 관사를 데리고 장부에 기록되지 않은 소작농을 일일이 방문 조사했다.

관사와 장두들의 안색은 점점 어두워졌다.

그사이 고정엽은 흑산 장원에서 이틀만 머물렀다. 황제의 군대 사열 준비로 바빠진 듯했다. 군영의 상당수가 병사 수를 속이고 급료를 더 챙기고 있었고, 병고사兵庫司 3) 쪽도 심상치 않았다. 그 와중에도 장원에 돌아오면 별일 없는지 꼭 챙겨 물었지만, 명란은 그가 마음 쓰지 않도록 별일 없다고 답했다. 고정엽은 온종일 바쁘게 돌아다닌 탓에 몹시 고단했는지 몸을 뉘면 바로 잠이 들었다.

사흘째 되는 날 조사가 마무리됐다. 최씨 형제와 공손맹이 보고한 문서에는 모든 상황이 일목요연하게 기록돼 있었다. 흑산 장원 소유의 농경지 690무와 소작농 네다섯 가구가 추가로 조사되었다. 또한 '마음씨 좋은 사람'의 밀고 덕분에 파로복을 포함한 관사들이 다른 지역에 친척 명의로 된 토지를 소유하고 있다는 사실도 밝혀졌다.

명란의 방문 앞에서 무릎을 꿇고 있던 파로복과 관사들은 진땀이 났지만 닦을 엄두조차 못 냈다.

방 안에 앉아 있던 명란은 문서를 천천히 훑어보며 담담하게 말했다.

"너희는 죄지은 신하의 가복이었다. 국공부 재산이 몰수당할 때 너희 같은 자들은 모두 팔려 나가는 게 보통이나 장원이 하사품으로 내려지면서 함께 보내졌다. 국공부 재산은 이제 쌀 한 톨 남아 있지 않을 텐데 너희는 자기 몫을 챙겨두다니 참으로 훌륭한 노비구나."

담담한 어조였지만 뼈가 있는 말이었다. 관사 무리들은 연신 머리를 조아리며 용서를 구했다. 파로복은 이마를 얼마나 찧었는지 멍이 들고 부어 있었다. 그는 고개를 들며 말했다.

———

3) 병기고를 관리하는 기관.

"소인들이 탐욕에 눈이 먼 탓입니다. 용서해주십시오. 마님께서 은혜를 베풀어주시면 다른 지역에 사 놓은 전답을 모두 팔아 마님께 은자를……."

"허튼소리 그만하게! 마님께서 돈 몇 푼 뜯어내려고 그러시는 줄 아는가?!"

단귤이 호통쳤다.

관사들은 계속 머리를 조아렸다. 명란은 그들을 잠시 보더니 누그러진 말투로 말했다.

"됐다. 너희는 본래 령국공부의 사람 아니냐. 오랜 세월 일하면서 재산 몇 푼 모아 둔 게 뭐 그리 대수로운 일이겠느냐."

명란의 말투가 다소 부드러워지자 관사들의 표정도 조금씩 풀렸다. 하지만 명란이 또다시 청천벽력 같은 말을 던졌다.

"하지만 너희는 장원의 토지를 숨기고, 사사로이 소작농을 축적했다. 이것은 엄연한 규율 위반이야. 만약 이대로 넘어간다면 앞으로 누구든 같은 일을 벌일 테고 고씨 가문도 엉망이 될 것이야. 정말 어렵게 됐구나……."

관사들은 조마조마한 마음으로 명란의 처분만 기다렸다. 명란은 퍼렇게 질린 그들의 얼굴을 보면서 이 정도면 됐다고 생각했다. 그녀는 다시 온화한 목소리로 말했다.

"우선 이쯤에서 끝내고 나리께서 바쁜 공무가 끝나면 다시 얘기하자꾸나."

명란은 말을 끝맺고 장부와 명부를 모두 챙겼다. 그리고 장부 조사를 위해 징원에서 데려온 관사 두 명과 호위만 남긴 채 흑산 장원을 떠났다. 그날 밤 부부는 고암 장원에서 만났다. 명란은 고정엽이 아직 기운이 남이 있는 걸 보고 모든 일을 소상히 털어놓았다.

"추가로 발견된 전답을 황제 폐하께 바치겠다 했느냐?"

명란의 표정은 진지했다. 그녀는 어릴 때부터 돈을 주우면 경찰서에 가져다 줬다. 고정엽이 찡그렸던 미간을 풀며 웃는 얼굴로 말했다.

"황제 폐하께서 장원을 하사하실 때 면적을 일일이 따져 보실 거라 생각하느냐?"

명란은 고개를 저었다.

"주인을 속인 노비를 찾아낸 게 아니냐. 남의 땅을 빼앗은 것도 아닌데 무얼 겁내느냐."

그 말도 일리 있다 생각한 명란은 고정엽의 젖은 머리를 닦아주는 데 전념했다. 고정엽은 명란의 안색이 편안해진 것을 보고 의아한 듯 물었다.

"헌데 그들이 겁도 없이 우리를 속였는데 화나지 않느냐?"

"……그렇진 않아요."

명란은 고개를 들고 잠시 생각했다.

"그들이 돈과 토지를 탐하긴 했지만 사리 분별은 할 줄 알았는지 소작 농들을 핍박하지는 않았으니까요."

명란이 며칠간 조사한 결과, 소작농들은 대체로 평온한 나날을 보내고 있었다. 자식들을 팔거나 굶어 죽은 사람도 없었다. 흑산 장원 관사들에 대해 명란이 받은 인상은 '간이 콩알만 한 좀도둑 집단'이었다.

그런 까닭에 이 장원 노복들의 악명은 그리 높지 않았으며, 어디에 내다 팔리지 않고 공신에게 내려진 것이다.

명란은 본질적으로 고대 노비 제도의 효율을 신뢰하지 않았다.

주인에게 종속된 노비가 저택에서 서비스 업무를 할 경우에는 효율이 그나마 괜찮다. 매월 고정 수입도 있고 주인에게 인정을 받으면 하사품도 받을 수 있으니 말이다. 하지만 이런 노비들이 장원을 관리하게 되면 문제가 복잡해진다. '균등분배제도[4]'의 실패는, 인간은 이익을 추구하는 동물이기 때문에 장기적이고 안정적인 효익을 얻기 위해서 상벌 제도가 꼭 필요하다는 것을 알려준다.

장원의 큰 재산을 관리하는 관사는 부단한 노력으로 장원을 번창시킬 수 있지만, 자유가 없는 노비는 재산을 축적할 수 없다. 이는 경제 법칙과 인간의 본성을 철저히 위배한 것이다.

핵심은 파로복과 다른 관사들이 대체 얼마나 해 먹었냐는 것이다. 수용할 수 있는 범위 내에서 잘못을 저지른 거라면 용서해줄 마음이 없는 것도 아니다. 어쨌든 며칠간 본 바로는 흑산 장원은 그럭저럭 잘 운영되고 있었다. 더구나…….

명란은 한숨을 쉬었다.

"우리 주변에 믿을 만한 사람이 많지 않으니 나리께서 후부에 충성스러운 노복이 있는지 알아보시는 게 좋겠어요. 만약 믿을 만하다면……."

명란은 고 태부인이 후부 내 모든 하인을 휘어잡고 있다고 믿지 않는다. 대대손손 녕원후부에서 지냈던 노비들에게는 고정엽도 정식 주인이 아닌가.

고정엽은 한참 침묵하다 고개를 끄덕이고는 다른 화제를 꺼냈다.

"흑산 장원의 명성은 아직 나쁘지 않다. 만약 잘못된 곳이 있다면 어떻게 바로잡을지 생각해 보고 집으로 돌아간 후 학대성에게 처리하라 이

---

4) 노동의 양과 질을 따지지 않고 평균적으로 소득을 분배하는 제도.

르거라."

그는 잠깐 머뭇거리다 바닥을 가리키며 말했다.

"허나 이 장원은 좀 다르지. 내일 네게 호위병을 더 붙여주겠다."

명란은 손동작을 멈추고 고개를 갸우뚱하며 말했다.

"괜찮아요. 사람은 지금도 충분한걸요."

그녀는 도가 형제의 위엄만으로도 이미 만족했다.

고정엽은 미소를 머금은 채 아무 말도 하지 않았다. 그녀는 총명하고 사리 판단이 명확하지만 아직 경험이 부족하다는 것을.

그는 명란을 홱 끌어당겨 침상 위로 쓰러트렸다. 그리고 그녀의 붉은 입술에 입을 맞췄다. 얇은 옷에 감춰진 명란의 피부는 부드럽고 매끈했다. 고정엽은 마음이 동하는 것을 느끼며 낮은 목소리로 물었다.

"이제 몸은 괜찮으냐?"

그의 손은 명란의 옷 속을 파고들고 있었다.

고정엽의 손길에 몸이 점점 나른해지는 걸 느낀 명란은 새빨개진 얼굴로 말했다.

"……저, 저…… 저기……."

온몸을 스치는 그의 손이 더욱 거칠어졌다. 깜짝 놀란 명란이 당황하며 말했다.

"나, 나리…… 날이 밝는 대로 먼 길 가셔야 하지 않습니까. 내일도 바쁘실 테니 좀 쉬세요."

"어버버거리긴. 뭘 그리 당황하느냐!"

고정엽은 웃음을 터트리며 몸을 들어 똑바로 누웠다. 그리고 명란을 품에 끌어안으며 말했다.

"그냥 물은 것뿐인데 혹시 달리 생각한 것이냐?"

명란은 점잖음을 가장한 장난스러운 그의 눈빛에 단단히 약이 올랐다. 독하게 한번 꼬집어주고 싶었다.

제138화

고암 장원의 풍운

전날 늦은 밤에 도착한 까닭에 미처 알아차리지 못했지만, 오늘 아침 장두들이 병풍 뒤에 앉아 있는 안주인에게 문안 인사를 할 때 명란은 뭔가 잘못됐다는 걸 바로 알아차렸다. 총관사 오광의 행동과 표정 하나하나, 뒤에 있는 관사들이 질서정연하게 절하는 모습 전부 다 그랬다. 조용해져도 어느 하나 말 꺼내는 사람이 없었고, 명란의 질문에는 논리정연하게 대답했다.

이런 상황은 대체로 두 가지로 해석할 수 있다. 전생의 요의의가 있던 부서에 고위 간부가 왕림할 때, 혹은 청소 검사가 있을 때 그랬듯 고암 장원 사람들이 미리 예행연습을 해둔 것이거나, 아니면…….

심지어 방금 토지를 측량할 것이라고 말했는데도 오광은 태연한 얼굴로 어린도책魚鱗圖冊 [1]과 소작농 명부를 바쳤다. 다른 장두들도 그를 도와 일사불란하게 움직였다.

---

1) 조세 징수를 위한 자료로 만든 토지 대장.

명란은 눈을 내리깔고 생각에 잠겼다.

발 없는 말이 천 리 간다고 흑산 장원에서 명란이 벌인 일이 머슴아이나 소작농을 통해 전해졌을 수도 있다. 같은 수법을 계속 써먹을 수는 없는 법. 흑산 장원이야 기습 작전이 가능했지만, 고암 장원은 그렇게 할 수 없었다. 게다가 명란은 원래 고암 장원을 경계할 생각도 없었다.

고암 장원은 수년 전 몰수된 죄신罪臣의 가산으로 황실에 예속된 지 이미 십여 년은 더 되어 흑산 장원과는 다르게 황제가 파견한 관장태감管莊太監[2]이 관리하고 있었다. 황실의 것이니 이 장원에 무슨 일이 일어나도 묻고 따지는 경우가 없었다.

명란은 오히려 궁금증이 들었다. 고암 장원의 물이 대체 얼마나 깊기에 수면 위는 이토록 평온해 보일 수 있는 것인지. 최씨 형제는 본래 하던 대로 토지를 측량하고, 공손맹은 소작농을 방문하러 갔다. 명란은 오광을 붙들고 얘기를 나눴다.

"……오 관사가 관장사管莊司[3] 오 공공의 족친이었다니 제가 실례했군요."

명란은 봄바람처럼 따뜻한 미소를 지었다.

"마님, 천만의 말씀이십니다. 사돈의 팔촌쯤 되는 먼 친척이긴 하오나 덕분에 이렇게 먹고살고 있습니다."

오광은 공손하게 허리를 굽혀 대답했다.

"황제 폐하께서 도독 나리께 이 장원을 하사하신 뒤 오 공공께서 제게

---

2) 황실 소유의 토지와 장원을 관리하는 환관.
3) 황실의 장원과 토지를 관리하는 기관.

관장시로 오라 하셨지요. 허나 오랜 세월 지냈던 터라 안팎으로 정도 많이 들었고 하여, 만약 마님과 도독께서 보시기에 제가 성에 차신다면 앞으로도 이곳에 남고 싶습니다."

"어찌 그럴 수 있겠어요? 관사 나리는 오 공공의 족친인데 제가 그랬다가 외부에 말이라도 돌면 법도도 모른다고 할 거예요."

명란은 주저하는 기색을 내비쳤다.

오광은 눈빛을 번뜩이며 능숙하게 대답했다.

"소인에게 나리라니요……. 저희 숙부 어르신은 궁 안의 공공들과 친분이 두터우십니다. 다들 도독이 호방하고 너그러우시다고 하더군요. 모두들 도독과 친분을 쌓고 싶어 하는데 어찌 쓸데없는 말이 나오겠습니까."

이런저런 암시를 깔면서 밀고 당기는 게 수준급이었다. 명란은 웃으며 찻잔을 들었다.

"오 관사의 말도 일리가 있군요. 저는 아녀자에 불과하니 나리와 함께 얘기해 보도록 하겠어요."

사흘간의 조사 후 최씨 형제와 공손맹이 상황을 상세히 보고했다. 도가 형제 역시 사람을 풀어 몰래 조사한 내용을 보고했다. 명란은 소식을 듣고 한껏 인상을 찌푸리며 오광을 불러오라고 분부했다.

의례적인 인사말을 몇 마디 나눈 뒤 명란은 나긋나긋 말했다.

"이 일을 쭉 생각해보았어요. 가문에는 가규가 있고 나라에는 법규가 있는 법이지요. 고씨 집안은 여태 외부 사람에게 장원 일을 맡긴 경우가 없었을 뿐만 아니라 경성 전체를 조사해 봐도 감히 황실의 토지를 관리하는 관사를 부리는 곳은 거의 없더군요. 아무래도 도리에 맞지 않는 일 같네요."

오광의 창백한 역삼각형 얼굴이 갑자기 어두워졌다.

"……제가 오 관사를 남겨둔다면, 바깥사람들이 고씨 가문은 도리를 모르는 집안이라 비웃는 것은 물론이거니와 시부모님께서도 부리나케 달려와 역정을 내실 겁니다."

명란은 미소를 지으며 교능사병풍鮫綾紗屛風[4] 너머로 그의 표정을 살펴보았다. 장담하건대 그도 노비로 팔려가긴 싫을 것이다.

오광의 안색이 어두워지는가 싶더니 금방 원래대로 돌아왔다. 오광은 탄식하며 말했다.

"마님 말씀이 옳습니다. 하지만 오륙십 농가가 아직도 밀린 소작료와 빚을 갚고 있습니다. 아직 못 받은 빚이 쌓여 있는데, 그럼 소인은 이 일을 상부에 어찌 설명해야 한단 말입니까."

명란은 속으로 흠칫 놀랐다. 이 종놈의 간이 어찌나 큰지 배 밖으로 나올 정도였으니 말이다. 이때 청당 한쪽의 칸막이 문이 살짝 움직였다. 그녀는 힐끗 곁눈질하며 다시 말했다.

"빚이 모두 얼마나 됩니까?"

오광은 미리 준비라도 했는지 바로 말을 이었다.

"밀린 소작료가 대략 이만 냥입니다. 끼니도 해결해야 하고, 살다 보면 잔병치레도 있기 마련이라 돈이 필요한 소작농은 따로 꿔 가기도 했지요. 그 빚이 일만 삼천에서 오천 냥 정도 됩니다."

명란은 경악했다.

"그렇게나 많단 말이오?!"

---

4) 명주실로 짠 얇은 비단으로 만든 병풍.

"에휴……."

오광은 일부러 더 큰 소리로 탄식했다.

"다른 것은 제쳐 두더라도 빌려 준 돈은 문제입니다! 소인이 돈이 어디 있습니까. 다 황실의 돈 아니겠습니까. 그리고 작년에야 이 장원을 받으셨으니 따지고 보면 밀린 소작료도 엄연히 황실의 것이지요!"

명란은 주먹을 불끈 쥐고 턱이 아플 정도로 이를 악물었다. 그녀는 겨우 화를 억누르며 난처한 듯 말했다.

"참으로 쉽지 않은 일이군요. 오 관사도 해결 방법이 있는지 생각해 봐 주세요……."

오광은 그제야 한시름 놓았다. 명란도 역시 아녀자에 불과했다. 거기다 나이도 어리고 겁도 많았다. 그가 요 며칠 관찰한 바에 따르면 고정엽은 집안일에 크게 관여하지도 않고 나이 어린 마님을 총애하여 일 대부분을 그녀의 결정에 따른다. 오광은 그 사실을 떠올리며 서둘러 말했다.

"마님, 걱정하지 마십시오. 소인이 이곳에 남아 있는 한 그 골치 아픈 일들은 잘 해결될 겁니다!"

명란은 오 관사가 자리를 뜰 때까지 미소를 유지했다. 그가 물러난 후 손바닥을 펴 보니 손톱자국이 선명하게 남아 있었다.

그 뒤로도 명란은 별다른 제스처를 취하지 않았다. 사람을 시켜 계속 장원 사정을 조사할 뿐이었다. 도호와 공손맹이 거세게 화를 내며 오광과 장두에게 본때를 보여주겠다고 했지만, 오히려 말렸다.

그로부터 이틀이 더 지난 오후에 고정엽이 돌아왔다. 무거운 옷가지와 갑주甲冑 5)를 벗어 던지고 말끔하게 씻은 고정엽은 편한 옷차림으로 구들 위에 앉아 홀가분한 마음으로 차를 마셨다.

"……병력을 한 데로 모르고 일사불란하게 훈련하니, 왕년에 박 우대도독께서 군기를 잡으시던 때만큼은 아니지만, 꽤 봐줄 만했다. 오늘 반나절은 좀 쉬어야지. 내일은 폐하께서 사열하러 오실 거다."

명란은 우물물로 씻은 과일을 가져오다 그의 말을 듣고 살짝 웃었다.

"그런 일은 다 체면치레 아닌가요? 만약 폐하께서 군이 잘 돌아가고 있다고 생각하셔서 출병하려 하신다면 큰일일 텐데요."

고정엽이 쓴웃음을 지었다.

"고작 며칠 동안 준비한 거다. 내가 도술을 부릴 수 있는 것도 아닌데 황제 폐하께서 어찌 그 속사정을 모르시겠느냐."

그래도 황제로 즉위한 후 첫 군대 사열이니 보이는 것이라도 잘 정리해야 했던 것이다.

"그럼 나리도 이제 한숨 돌릴 수 있는 건가요?"

명란은 미소 띤 얼굴로 그에게 비파 열매를 깎아주었다.

고정엽은 달달한 비파 열매를 먹으며 명란의 백옥 같은 얼굴과 가녀린 손가락을 바라봤다. 향기로운 황금색 비파 열매 위를 날아갈 듯 움직이고 있었다. 명란의 손가락까지도 은은한 비파 열매 향이 배어 나와 맛있을 것 같았다. 그는 조용히 명란을 바라봤다.

"장원에 무슨 일이라도 있는 것이냐?"

명란이 고정엽을 잠시 바라봤다. 그리고 불퉁한 얼굴로 답답한 마음

---

5) 갑옷과 투구.

을 터놓았다.

"실은 바깥일을 다 마치시면 얘기하고 싶었어요."

"말해보거라."

고정엽은 명란의 볼을 꼬집으며 다정하게 말했다.

"얼마나 대단한 일인지 어디 한번 들어보자꾸나."

명란은 입술을 깨물며 며칠 동안 보고 들은 일과 전후 상황을 터놓았다. 고정엽의 얼굴이 점점 굳어지더니 화를 억누르지 못하고 주먹으로 탁자를 세게 내리쳤다. 탁자 위에 올려진 비파 열매가 들썩거렸다.

명란은 재빨리 팔을 뻗어 아래로 떨어지려는 비파 열매를 끌어안았다. 문밖을 바라보니 다행히 사앙이 집 주위로 친위대를 세워 두고 있었다. 듣는 귀가 있을까 걱정하는 명란이었다.

"……저도 처음에는 결정을 내리지 못했지만, 전해준 소식을 들으면 들을수록 화가 머리끝까지 치밀어 올랐어요."

명란은 비파 열매를 백옥죽[6]으로 엮은 바구니에 하나하나 주워 담으며 말했다.

"소작료도 다른 황실 장원보다 몇 할은 높은데 오 관사는 걸핏하면 소작농을 사사로운 일로 부렸더군요. 명절을 핑계로 돈을 뜯어내거나 일손을 요구하기도 하고, 구실만 있으면 소작료를 인상했지요. 장두들은 권력에 기대어 장원 아녀자들을 희롱하기도 했고요. 정말 금수만도 못한 자들이에요. 고작 관사란 직분을 이용해서 천하의 도리를 우습게 여기고 사람을 착취하다니. 저는 그를 용서할 수 없어요!"

---

6) 빛깔이 백옥처럼 밝은 대나무.

명란이 계속해서 말했다.

"장원 사정을 듣고는 소름이 다 돋았다고요."

명란은 마지막 비파 열매를 주워 담으며 괴로운 표정을 지었다.

"집집마다 장작이 없어서 홑옷 몇 벌에 의지해 긴긴 겨울을 나야 했고, 아이들은 추위에 병이 나서 죽었어요. 높은 소작료 때문에 노인들은 밥 값이라도 아끼려다 굶어 죽기도 했고요. 이 지경인데도 일을 할 수 있는 장정이나 아낙들은 하루도 못 쉬고 일해야 했다고요."

병들어 피를 토하면서도 일해야 했고, 발이 동상에 걸려도 일해야 했다. 아이들이 집에서 추위와 배고픔에 목청이 찢어져라 울부짖어도 일을 해야 했다……. 그들이라고 참고만 싶었겠는가. 위에 사정을 들어줄 순검사아문巡檢司衙門 [7]이 있어도 아래에 교활하고 악랄한 장두들이 버티고 서서 죽일 듯이 감시하고 있었을 것이다. 어사나 언관에게 고하면 된다는 것도 모르고, 결국 몇 번 소동을 일으켰다가 제압당한 후에 더욱 혹독한 핍박을 받았을 것이다.

명란의 눈시울이 붉어졌다. 그녀로서는 정말 상상도 할 수 없는 일이라 울화통이 치밀어 올랐다. 타임슬립 후 오랜 세월이 흘렀지만 이토록 누군가를 미워해 본 적은 없었다. 안채 여인들이 간교한 계책을 쓰는 것은 그래도 생존을 위한 어쩔 수 없는 선택이라고 이해할 수도 있었다. 사회제도가 오광처럼 양심을 저버리고 횡포를 부리는 사람을 만드는 것일까? 명란은 그들의 머리에 총부리를 겨누고 하나씩 쏴 죽이고 싶었다!

---

7) 치안을 담당하는 기관. 포도청과 같은 곳.

고정엽의 얼굴에 폭풍이 몰아쳤다. 그는 명란에게 말했다.

"나도 대충 들은 바는 있지만 구체적인 상황을 몰라 그놈들을 처리하러 직접 나서지는 않았다. 내가 사람을 붙여줄 것이니 그들을 당장 처벌하거라! 모두 싸잡아 관아로 넘겨버리면 될 것이야."

고정엽은 불같이 화내더니 한숨을 깊게 내쉰 뒤 냉소적으로 말했다.

"이런 무뢰배 같은 놈들. 감히 상전을 위협하다니. 오랜 세월 호가호위하더니 겁을 상실한 게지. 어찌 궁이나 장원이나 귀족 행세를 하는 자들로 넘쳐난단 말이냐! 선대 황제의 자비심을 이용하여 허세와 횡포를 부린 것도 모자라 일 년에 삼에서 오천 냥의 이익을 남기는 장원이 불과 십여 년 만에 밀린 소작료만 이만 냥?! 내가 모르는 사이 이 장원에 천재지변이라도 있었단 말이냐? 누가 감히 토를 다는지 보자꾸나!"

명란은 고개를 푹 숙인 채로 한참 동안 말이 없다가 이내 탄식했다.

"그렇게 속 시원히 처벌할 수 있는 것이었다면 진즉에 했을 거예요."

"무얼 망설이는 것이냐?"

"망설이는 것이 아니라 그저……."

명란은 한숨을 쉬었다.

"아버지 지인 중에 구邱 씨 성을 가진 분이 있었어요. 그분은 삼왕야께서 황위에 오르실 것이라 확신했지요. 하지만 탁월한 안목을 가져 봐야 무엇 하나요? 삼왕야께서 태자로 책봉되시는 것도 못 보고 탄핵당하여 옥살이를 하셨는걸요. 결국 유배지에서 생을 마감하셨어요. 삼왕야께서는 제위에 오르실 운명도 아니었는데 그분만 공연히 목숨을 잃으신 거예요. 지금까지도 그 사건을 뒤집기 위해 나서는 사람은 없고요."

고정엽은 잠시 화를 누르고 근 십 년간 지속됐던 황위 쟁탈전으로 온 경성이 어지럽던 과거를 떠올렸다. 연루된 문무백관만 해도 그 수를 헤아릴 수 없었고, 몇 년간 중상모략이 이어지면서 줄을 제대로 섰던 사람들 중에서도 좋은 끝을 보지 못한 자들이 생겼다.

그는 공감하는 바가 있던 터라 명란의 말을 잠자코 들었다.

명란의 목소리가 점점 작아졌다.

"군자의 미움을 살지언정 소인의 미움은 사지 말라 했어요. 선황께서는 이미 붕어하셨지만, 태자비와 그 일족의 세력까지 사라진 것은 아니에요. 당장 반격할 힘이 없을진 모르겠으나, 뱀을 잡고도 살려 둔 이상 오랜 세월 원한과 독기를 품고 보복할 기회를 엿보고 있을지도 몰라요. 그러다 뒤에서 덮치면 어찌 될지 모르는 일이지요. 어쨌든 감정이 틀어지는 것과 왕래를 하지 않는 것은 별개의 일이에요."

성씨 집안의 경우 보통 이런 말은 성 노대마님이 성굉에게 충고할 때 한다. 하지만 안타깝게도 고정엽 집안에는 그렇게 기댈 만한 어른이 없다.

고정엽은 눈을 감고 창밖 회화나무에 붙어 가늘게 우는 매미 소리를 들었다. 길게 울었다 짧게 울었다 하는 매미 소리에 명란의 가슴도 뛰었다. 당황과 불안 때문이었다. 오랜 정적을 깨고 고정엽은 어렵게 한숨을 내쉬었다.

"네 걱정도 일리가 있다. 그럼 앞으로 어떻게 할 생각이냐?"

"저도 모르겠어요."

명란은 막막한 표정을 지었다.

"당장 죽여도 시원치 않을 놈들, 목을 베어버리지 못해 답답하지만, 곳곳에 방해가 있고 그들을 쉬이 건드릴 수도 없으니 저도 방법을 모르겠어요. 하지만 최소한 그들을 쫓아내야 이 장원이 고씨 집안의 것이 돼요. 이대로 둔다면 금수를 기르는 꼴이니 그들이 말썽을 부리지 않을까 내내 전전긍긍해야 하지요. 그러니……."

"어찌해야겠느냐?"

명란은 이를 악물고 단박에 말을 마쳤다.

"저희가 소작농 대신 빚을 갚아주면 어떨까요? 한번에 깨끗이 털어버리고 그놈들을 쫓아버리는 거죠!"

이 말을 마치고 명란은 고정엽의 안색을 살폈다. 그는 처음에 흠칫 놀라더니 금세 어두운 표정으로 생각에 잠겼다. 명란은 가슴이 조마조마했다. 자신이 낸 의견도 한 집안을 패가망신시킬 수도 있는 위험한 의견이란 생각이 들었다. 보통 권문세가의 한 해 지출이 오륙천 냥을 넘지 않는데 고정엽이 단번에 은자 삼사만 냥을 내놓아야 하는 것이 아닌가!

더구나 관직을 사기 위한 것도, 인맥 동원을 위한 것도, 향락을 얻기 위한 것도 아니니 확실히 받아들이기 어려운 조건이었다.

고정엽은 아무 말도 하지 않고 가만히 바구니에 담겨 있던 알이 실한 비파 열매를 집어 들었다. 뼈마디가 뚜렷한 손가락으로 천천히 껍질을 벗기자 얼마 안 있어 울퉁불퉁한 비파 열매 과육이 고정엽의 손끝에 들려 있었다.

고정엽은 비파 열매를 슬쩍 흔들더니 곧 명란의 입에 욱여넣었다. 그리고 재미있다는 듯 볼록해진 명란의 볼을 손가락으로 찔렀다.

"그것참 좋은 생각이구나."

그가 얼굴을 펴며 미소를 짓더니 밝은 안색으로 말했다.

"그 돈, 내겠다."

명란이 놀란 얼굴을 보이기도 전에 고정엽은 우렁찬 목소리로 소도에게 사람을 불러오라 지시했다. 명란은 어쩔 수 없이 무슨 이야기를 하는지 들으러 뒷방으로 옮겨 갔다.

• • •

"학대성."

"네, 나리. 부르셨습니까."

덩치가 보통 사람 정도 되는 관사가 앞으로 나와 허리 숙여 인사했다.

고정엽이 한 손을 구들 위 탁자에 걸치고 있으니 산 하나가 버티고 서 있는 것 같았다.

"너는 사람을 데리고 가서 오광과 장두들에게 좋은 음식을 대접하고 좋은 말로 구슬려라. 절대 밖으로 나오거나 다른 사람과 만나게 해서는 안 된다. 맹이 너도 함께 가서 억지로 들어가려는 자가 있거든 손을 봐주거라. 요컨대, 철통같이 감시하라는 뜻이다!"

학대성은 손을 모으고 분부에 응했다. 공손맹도 신이 난 듯 그 뒤를 따라 나갔다.

고정엽은 고개를 끄덕이고는 도룡 쪽으로 고개를 돌려 말했다.

"자네는 공손 선생에게 명첩[8]을 하나 받아 순천부 여 통판에게 현승縣丞[9]과 서리書吏[10]를 보내달라 부탁하게. 그다음 하 태감께 공공 두 분을 보내 달라고 청하고, 이곳의 주州 순검사에게도 증인을 서 줄 사람을 보내 달라고 하게. 사흘이면 충분하겠지?"

늘 믿음직한 도룡은 두 손을 들어 읍하며 분부에 답했다.

"나리, 저는 뭘 할까요?"

---

8) 남의 집을 방문할 때 신분과 방문 목적을 알리기 위해 사용. 명함의 일종.
9) 현縣의 부지사.
10) 과거의 하급 관리. 서기.

도호가 조급해하며 물었다.

"도호 너는 사람들을 데리고 장원 전체를 잘 살피거라. 감히 말썽 피우는 자가 있다면……."

고정엽은 구들바닥에 있던 명주 손수건을 집어 들고 손을 닦았다.

"내가 누구의 하수인이나 앞잡이를 쓰지 않는다는 건 알고 있겠지. 괜히 목숨만 죽어 나가게 하지 않으면 된다."

고정엽이 든 새하얀 명주 손수건이 금빛으로 물들며 비파 향이 은은하게 배어들었다.

제139화

신혼여행

"……그것이 사실이라면 고정엽은 실로 성장한 것이야."

노인이 차분히 말했다.

"제가 자세히 알아봤더니 확실했습니다."

긴 의자 옆에 서 있던 통통한 중년 남성이 낮은 목소리로 대답했다.

"고 도독이 상자를 가득 채운 빚 문서를 태워버리자 소작농들의 함성이 장원 밖까지 울려 퍼졌다고 합니다. 하지만 제일 놀라운 대목은 고약한 놈들에게 귀환 은자까지 후하게 내려준 것이지요."

너비가 열 장丈쯤 되는 병기방. 삼면에는 높은 나무 선반이 있고, 그 위에는 칼, 창, 검, 도끼, 갈고리, 삼지창 등 갖가지 병기가 걸려 있었다. 창을 통해 내리쬐는 밝은 햇볕에 방 안을 가득 채운 금속 날이 눈부시게 번뜩였다.

박천주는 올해로 예순일곱이지만 여전히 기골이 장대하고 건장했다. 어린 시절부터 다져온 습관 때문에 하루라도 무기를 쥐지 않는 날이 없었다. 그는 창가에 있는 긴 의자에 앉아 청유淸油와 부드러운 목화 천을 사용하여 두 척 이상 되는 참마검을 닦고 있었다. 그 옆에는 약간 통통한

235

중년 남성이 서 있었다.

"사열이 있던 사흘 내내 그는 싫은 소리 한번 하지 않았다. 정말 자제력이 강한 사내 녀석이지."

박천주는 목화 천을 내려놓고 수염을 쓰다듬으며 감탄의 말을 뱉었다.

"초야에서 걸출한 인물이 나온 것인가. 그렇다면 네 둘째 아들놈도 그의 휘하로 보내는 게 좋겠구나. 나는 이제 늙을 대로 늙어 더는 바랄 것도 없느니라. 아들, 손자가 평온한 삶을 보내길 바랄 뿐이지. 눈 감기 전에 너희에게 작위라도 남겨줄 수 있다면 그것으로 여한이 없을 게다."

"아버님, 그런 말씀 마십시오!"

박균은 털썩 무릎을 꿇었다. 두 눈에는 눈물이 가득 맺혔다.

"모두 제가 무능한 탓입니다. 문무가 모두 변변찮아 연로한 아버님께 심려만 끼치고 있으니 말입니다! 이제 천하도 태평해졌으니 아버님께서도 더 애쓰지 마시고 남은 생은 편하게 누리십시오! 그렇게 말씀하시면 제가 너무 송구합니다. 소자, 소자는……."

그는 고개를 숙인 채 눈물을 주르륵 흘렸다.

"됐다, 그만하거라. 어서 일어나지 못하겠느냐!"

장성한 아들이 눈물로 얼굴을 적시는 모습을 보이자 박천주는 눈을 부릅떴다.

"과거에 떨어지더니 이상한 것만 배워 왔구나. 세상에 죽지 않는 사람이 어디 있더냐. 네 아비도 사람이거늘 어찌 죽지 않겠느냐? 죽기 전에 혈육을 위해 애쓰는 것이 뭐 그리 큰일이라고! 사내대장부가 걸핏하면 눈물을 쏟으니. 시끄럽다! 어서 일어나서 얼굴 닦거라!"

박균은 눈물을 삼키고 숨을 골랐다. 그러고는 목소리를 낮춰 말했다.

"……아버님께서는 오십여 년을 전장에서 보내셨고, 둘째와 셋째는 장가도 가기 전에 변방에서 목숨을 잃었습니다. 그간의 희생과 공로로 따지면 저희는 진즉에 작위를 얻어야 했지 않습니까……."

박천주는 한창때 요절한 두 아들이 떠오르자 마음이 저렸다. 그는 큰 아들 말에 대꾸하지 않고 다시 목화 천으로 검을 닦으며 중얼거렸다.

"선황께서는 성정이 온화하시어 대단한 포상은 내리시지 않았지만 평안하게 살 수 있었지. 설사 실수가 있다 해도 대충 넘어갈 수 있었어. 하지만 지금의 천자는 다르니……."

박균은 멍하니 박천주를 바라보다 작은 소리로 말했다.

"그래서 용단을 내려 병부를 놓고 뒤로 물러나신 겁니까?"

"용단? 물러나? 진짜 물러나면 어찌 작위를 얻을 수 있겠느냐! 얼마 전 신 수보가 사직했지. 아들, 손자, 사위 모두 듬직하고 유능했으니까. 그런데 나는 뭐가 있느냐? 네놈처럼 아둔한 아들 녀석뿐이잖느냐!"

박천주는 수염을 어루만지며 노려보았지만, 그의 어리바리한 아들은 약삭빠른 대꾸조차 하지 못하고 가만히 서서 그 욕을 듣고만 있었다. 박천주는 그 모습을 보며 탄식했다.

"아들아, 기억하거라. 때로는 후퇴가 진짜 후퇴가 아니라 일보 전진을 위한 후퇴라는 것을. 이번 고정엽의 행동이 바로 좋은 예이니라."

박균은 솔직한 사람이라 이해를 못 하면 바로 티가 났다. 박천주는 아들의 어리둥절한 표정을 보고 길게 한숨을 쉬었다. 그는 인내력을 발휘해 아들에게 알려주었다.

"겉으로 보기에는 고정엽이 큰 손해를 입고 무능력함을 증명한 것처럼 보인다. 너도 그렇게 생각하느냐?"

"예, 그렇습니다."

박균은 고개를 끄덕이며 박천주 옆에 있는 걸상을 끌어다 앉았다. 그리고 아버지의 노쇠한 다리를 열심히 주물렀다.

"어진 선황 폐하께서 황실 소유의 모든 장원에 '소작료를 올리지 말라'는 황명을 내리지 않았습니까. 그런데 그 장두들은 온갖 나쁜 짓을 저질렀습니다. 삼천에서 오천 냥의 소작료만 거두면 되는 장원에서 십 년 동안 밀린 소작료와 꿔 준 돈만 삼사만 냥이라니. 이런 황당무계한 일이 어디 있습니까. 국법상, 도리상 절대 용납할 수 없는 일입니다!"

"어리석은 소리!"

박천주는 아들이 기민하진 않지만 그렇다고 어리석지도 않구나 생각하며 분명하게 말했다.

"너도 아는 것을 고정엽이 몰랐을 거라 생각하느냐. 그는 영리한 사람이니라!"

박천주는 입이 마르는 것을 느껴 옆에 있는 작은 탁자에서 은은한 광채를 내는 자사호紫砂壺[1]를 들고 주전자 주둥이로 차를 쭉 들이켰다. 그다음 아들에게 말했다.

"그 일은 이치상 말이 안 되니 속아 넘어갈 사람은 없을 것이다. 고정엽은 이 일을 공공연히 밖으로 알렸다. 순검사와 주아문의 관리까지 불러서 심문하도록 했지. 또 관장태감도 불러들였다. 이렇게 함으로써 까다로운 문제가 황제 폐하에게 넘어갔지. 황실이 소유한 장원이 얼마나 많으냐. 게다가 선황 폐하의 자비로운 성품을 믿고 얼마나 많은 사람이 거기다 손을 댔겠느냐 말이다. 만약 다른 장원까지 시끄러워진다면 황제 폐하는 어찌해야 하느냐? 철저히 조사해 엄벌을 내리셔야 하느냐?

---

1) 중국 강소성 의흥宜興에서 생산되며 중국인이 애용하는 찻주전자.

그리하시면 엄청나게 많은 사람이 줄줄이 연루되겠지. 하지만 아직은 때가 아니니라!"

박균은 박천주가 손에 든 찻주전자를 받아 조심스레 내려놓았다. 그는 계속 아버지 말씀에 귀 기울였다.

"이번 송사訟事는 황제께서도 드러내 놓고 대대적으로 처리하기 힘드시다. 선대 황제의 측근을 하나둘 천천히 제거하는 수밖에. 천자가 바뀌면 신하도 바뀌어야 하는 법. 황제 폐하는 조정, 후궁, 그리고 다른 영역까지 자신의 사람을 심어놓고 싶어하실 게다. 이전 사람은 당연히 물러나야 하지 않겠느냐."

박천주는 잠시 숨을 고른 후 다시 말을 이었다.

"순천부, 지방 순검사, 궁에서 온 사람들이 두 눈 똑바로 뜨고 지켜보는 가운데 고정엽은 그 어리석은 놈들한테 장원의 상황을 공개하게 하고, 단번에 삼사만 냥이나 되는 은자를 내놓았다."

박천주가 손에 쥔 장검을 어루만졌다. 칼날에 시퍼런 빛이 돌고 있었다. 주름 가득한 그의 얼굴에 묘한 미소가 돌았다.

"고정엽이 바란 것이 무엇이겠느냐. 첫째, 소문이 퍼져 나가면 사람들은 스스로 셈을 해보며 그 장원에 비리가 얼마나 많았는지 알게 될 것이다. 장두가 무슨 배짱이 있어서 그런 짓을 벌였겠느냐. 분명 배후가 있었을 게다. 둘째, 이렇게 마무리 지으면 배후에 있던 자는 감히 미움 살 짓을 못 하게 된다. 셋째, 천하에 자애롭다는 명성도 떨치겠지. 참으로 일석삼조가 아니냐."

고정엽의 속뜻 풀이를 마친 박천주가 덧붙였다.

"며칠 전 사열이 있고 난 후 황제 폐하께서는 관례대로 상을 내리셨고, 고 도독에게는 따로 은자 오만 냥을 하사하셨다. 폐하께서도 속뜻을 아시고 고씨 가문을 위로하신 기대.”

박균은 그제야 알 것 같았다.

박천주가 호탕하게 웃었다.

“고정엽은 시끄럽지 않은 방법으로 황실 장원의 관사들이 비리를 저지르고 있다는 사실을 드러냈다. 황제 폐하께서도 내심 통쾌해하실 게다! 사람을 바꾸는 일도 더 쉬울 테고.”

박균은 모든 상황이 이해되면서 자신의 우둔함에 자괴감이 들었다. 잠시 후 또다시 박천주에게 말했다.

“고정엽은 악랄한 장두들에게 좋은 일만 하고 그대로 놓아주게 됐군요! 휴……. 그래도 장원 소작농들은 이제 숨통이 트이겠지요. 소문에 고 도독의 부인이 무척 어질고 선하다고 합니다. 부인은 평생 고생한 장원 노인들이 기댈 곳이 없어서 되겠냐며, 소작농의 직계 가족 중 예순이 넘은 노인이 있으면 매년 곡식과 옷을 보내라고 지시했다지요.”

“고정엽의 어린 부인이라면 더 말할 필요도 없지. 네 어머니도 여러 번 칭찬하더구나. 하지만 나이는 어린데 조금 게을러 집 안에만 있다고 하더구나.”

박천주는 부인의 말을 떠올리며 고개를 살짝 끄덕였다. 그러다 눈빛을 번뜩이며 중얼거렸다.

“그 무뢰배들 좋은 일만 시켰다고? 그럴 리가 없지.”

• • •

서산은 산 하나가 아니라 수천 리나 이어져 있는 산들의 군락이다. 봄이면 온 산에 초록빛 생기가 돌고, 여름밤에는 달과 별이 하늘을 수놓는

다. 가을은 붉은 단풍, 겨울은 새하얀 눈으로 뒤덮여 빼어난 절경을 자랑하는 곳이기도 하다. 하지만 모든 사람이 그것을 누릴 수 있는 것은 아니다. 서산에서도 가장 멋진 동쪽 봉우리에는 피서행궁避暑行宮 [2]이 있다. 여기저기 솟아 있는 언덕과 고개에는 장원이 몇 개 흩어져 있는데 황실의 친인척이나 귀족 관료들만 그 상원을 가질 수 있었다.

그날 의논을 끝낸 후 고정엽은 명란에게 온천 산장에 가 있으라 했다.

산장으로 가는 길에 명란은 마차의 발을 살짝 걷어 밖을 내다보았다. 눈을 사로잡는 수려한 경관에 마음마저 홀려버렸다. 장원으로 들어서니 사방에 아름다운 풍경이 펼쳐져 있고, 저 멀리 둥그스름하게 솟아 있는 언덕이 보였다. 마치 무릉도원에 온 것 같았다. 고상하게 꾸며진 처소도 몹시 마음에 들었다. 명란은 장원의 관사를 한껏 칭찬했다.

이 장원 관사는 고정엽의 군영에서 일하던 잡역부였다. 오랫동안 부대를 따라다니며 충심을 가지고 야무지게 일했는데 훗날 전장의 난리통 속에 장애를 얻게 되었다. 늙고 병든 부모와 어린 자식들이 있는데 생계를 이어갈 방법이 없어지자 결국 고정엽에게 온 것이었다.

명란은 온천 산장에 온 이후 평생을 통틀어 있을까 말까 한 호사를 누리며 모든 속박에서 벗어나는 기분을 느꼈다. 양죽凉竹 가마[3]를 타고 장원의 경치를 구경하기도 하고, 유모를 쓰고 뒷산에 귤을 따러 가기도 했다. 매일 갓 따온 신선한 채소와 나물, 과일을 먹었고, 난생처음 들어보는 야생 버섯 요리를 먹기도 했다. 그중 단연 최고는 온천 샘이었다. 장

---

2) 황실의 피서지.
3) 대나무로 만든 가마.

원에는 사시사철 온천수를 내뿜는 온천 샘이 서너 곳 있었다. 뜨끈뜨끈한 수면 위에 떠 있는 나무 쟁반에 차가운 우물물로 씻은 과일과 밀주密酒를 올려놓고 즐길 수도 있었다. 이곳에서 매일 반 시진씩 온천욕을 즐기니 온몸이 개운해졌다.

여기서는 집안을 돌볼 필요도, 겉치레하는 자리에 참석할 필요도 없고, 시도 때도 없이 찾아오는 귀부인이나 친척을 상대할 필요도 없었다. 며칠 동안 명란은 인간 세상에 만들어진 천상의 세계에서 온몸의 고단함을 풀었다. 이렇게 평생을 살아도 좋을 것 같았다.

하지만 안타깝게도, 천국 같은 나날도 고정엽이 도착하면서 나흘 만에 끝났다.

안팎의 일을 모두 마치고 돌아온 고정엽은 몹시 지쳐 있었다. 연무장 사열은 쉬운 일이 아니다. 이 시대에 의전 차량이 있는 것도 아니니까. 게다가 황제가 모든 군영을 살펴보고 싶어한 탓에 하루에 말을 타고 몇백 리를 달려야 했다. 이번 사열 행사의 부총지휘사副總指揮使를 맡은 고정엽은 매일 말을 몰아 삼백 리를 이동해야 했다. 그뿐만 아니라 뺀질뺀질한 노병들도 상대해야 했다. 군에도 파벌이 있는지라 곳곳에 알력 다툼과 간계가 판치니 여간 피곤한 것이 아니었다.

명란은 고정엽의 지친 얼굴을 보고, 고개를 푹 숙인 채 제 손가락만 봤다. 진정한 멋진 남자란 허풍으로 똘똘 뭉친 사람이 아니라 매일 정신없이 바쁜 일정에도 밤마다 집으로 돌아오는 자상함을 갖춘 사람이 아닐까……. 명란은 짠한 마음에 정신을 바짝 차리고 열심히 내조해야겠다는 생각이 들었다.

피로로 딱딱하게 뭉친 고정엽의 몸을 보고 명란은 안마를 자청했다.

요의의는 스파 마사지에 열광하던 사람이었다. 틈만 나면 마사지 숍에 가기도 하고 스스로 연구하기도 하면서 자연스럽게 비결을 익혔다. 그녀가 보기에 고대 여성들이 가녀린 손으로 토닥토닥 두드리는 안마는 피로를 푸는 데 전혀 도움이 안 되고 간지럽히는 수준이다. 안마의 진수는 손가락과 손바닥 기술에 있다. 찌르기, 누르기, 주무르기, 밀기, 문지르기, 비틀기로 이루어진 기본 동작으로 완성되는 것이다. 토닥토닥 두드리는 것은 보조 동작일 뿐이다.

나중에 하 노대부인을 따라가 혈 자리를 배운 뒤 명란은 더욱 자신감이 붙었다. 성 노대부인도 손녀의 손기술을 인정할 정도였으니까. 그런데 예상치 못하게 고정엽에게는 이 모든 게 통하지 않았다.

고정엽은 남자라서 여자보다 피부가 두껍고 단단한 데다 오랫동안 무공을 연마한 사람답게 어깨와 팔, 복부 그리고 두 다리까지 모두 견고한 구릿빛 근육으로 덮여 있었다. 군살 하나 없는 몸은 밀도가 높고 단단했다. 명란은 땀을 뻘뻘 흘리며 주물렀다. 모든 기술을 동원해 젖 먹던 힘으로 열심히 두드렸다. 그런데도 고정엽은 눈썹 하나 까딱 않고 '아무 느낌도 없는데?'라는 표정만 지었다.

명란의 쥐꼬리만 한 재간도 바닥나고 말았다.

이때 고정엽이 영남嶺南 4)지역에서 배 위의 사내아이가 어른의 등을 발로 밟으며 안마하는 것을 본 적이 있다고 말했다.

명란은 손수건으로 땀을 닦으며 지친 목소리로 말했다.

"나리 딸은 경성에 있는 걸요. 아들은 어디 있는지도 모르고요."

고정엽은 아무 말 없이 베개 더미 위에 엎드리더니 명란더러 한번 해

---

4) 중국의 광동성, 광서성 지역을 가리킴.

보는 게 어떠냐고 물었다.

"그걸 어찌합니까?"

명란은 질색했다. 자기처럼 아녀자의 도리를 끔찍이 생각하는 사람이 어찌 남편의 몸을 밟겠느냐, 할머님께서 아시면 그날로 『여계』를 베껴 써야 할 것이라며 설득하고 또 설득했다.

"몰래 하면 될 것 아니냐. 내 비밀은 철저히 지키마."

"제가 아이도 아닌데 괜히 올라갔다가 나리만 밟혀 죽는 거 아닐까요?"

명란은 눈을 가늘게 뜨며 겁을 줬다.

고정엽은 그 자리에서 일어나 명란을 번쩍 들어 무게를 가늠하더니 전혀 문제없다는 표정을 지었다. 그는 명란을 재촉하면서 다른 손으로 그녀의 신발과 버선을 벗겼다. 버선 밖으로 뽀얗고 예쁜 발이 드러났다. 명란은 이를 악물고 침상의 난간을 의지하며 고정엽의 등에 발을 올렸다.

명란은 무서워서 일단 한 발만 올렸다. 그랬더니 고정엽이 약하다고 했다. 약이 오른 명란은 두 발을 딛고 올라섰다. 속으로는 '또 한 번 약하다고 하면 네가 죽든 말든 등 위에서 토끼 춤이라도 춰주마!' 하고 있었다.

고정엽의 등은 넓었다. 근육도 고르고 단단해서 명란은 제법 안정적으로 등을 밟았다. 발가락으로 찌르기도 하고, 발바닥으로 누르거나 발꿈치로 문지르기도 했다. 고정엽을 실눈을 뜨고 흡족해했다.

두 사람은 약초목욕과 온천욕, 초여름 보양식으로 몸을 달래고, 자연산 꿀을 곁들인 시원한 과일, 하루 세끼 정성스레 올리는 산해진미로 입을 달랬다. 약재를 넣고 푹 고아 낸 비둘기탕, 용정 찻잎을 첨가한 새우볶음, 투망 버섯과 제비집을 넣은 닭찜, 해파리 죽순 냉채, 배추와 함께 끓인 천엽탕 등 담백하고도 진한 풍미가 느껴지는, 이름만 들어도 침이 고이는 음식이 줄줄이 올라왔다.

고정엽은 이삼 일 만에 기력을 되찾았다. 산장에서 지내는 동안 그간의 피로는 다 사라지고 평소보다 더 기운이 샘솟는 것 같았다. 그래서인지 지칠 대로 지친 명란에게 시도 때도 없이 그윽한 눈빛으로 신호를 보냈다.

명란은 까닭 없이 몸이 부르르 떨렸다.

고정엽은 한창 혈기 왕성할 때인 데다 오랜만에 부부 생활의 달콤함을 주체할 수 없었는지 매일 창밖이 완전히 어두워지기도 전에 명란을 침상 위로 몰아넣었다. 처음에는 명란도 열정적으로 받아주었지만, 고정엽의 거친 반응에 여기서 멈추지 않으면 고정엽에게 뼈째로 삼켜질 것 같은 두려움까지 들었다. 그 후 명란은 도저히 감당이 안 된다고, 제발 살려달라고 울고 불며 애원했다.

뜨겁고 습한 공기로 한껏 달궈진 방 한편에는 석청색 비단 휘장이 드리워져 있었다. 휘장 너머에는 두 남녀가 서로 뒤엉킨 채 농염한 숨소리를 내뱉고 있었다. 신음인지 애원인지 모를 가느다란 울음소리가 침상 위를 어지럽게 맴돌아도 두 사람의 몸은 떨어질 줄 몰랐다.

고정엽은 명란의 알몸 위에서 그녀의 가느다란 허리를 한 손으로 감쌌다. 그리고 나머지 한 손을 뻗어 두 뺨 위로 흐르는 눈물을 닦아주었다. 잠시 후 그녀의 골반을 받쳐 들고 점점 더 거칠게 몸을 움직였다. 명란은 몸이 타들어갈 것 같아서 두 손으로 얼굴을 가리며 흐느꼈다. 고정엽이 가리고 있던 두 손을 걷어내자 새빨갛게 달아오른 얼굴 위로 눈물로 촉촉이 젖은 매혹적이고 커다란 두 눈이 드러났다. 그 모습이 오히려 그의 욕정에 불을 지폈다.

고정엽은 더욱 흥분하며 그녀의 다리를 꼭 잡고 몸을 세게 밀어 넣었다. 명란이 아악 하고 소리를 지르자 고정엽은 그녀가 자신을 더 쉽게 받아들일 수 있도록 정성스럽게 애무했다.

명란은 격렬하게 몸을 떨었다. 가슴 위로 꼿꼿이 솟아오른 선홍빛 유두가 앵두처럼 예뻤다. 고정엽은 몸을 숙여 그것을 입안 가득 머금으며 물고 빨았다. 백옥처럼 희고 가느다란 몸 곳곳이 붉게 달아올랐다. 명란의 가녀린 다리가 고정엽의 허리에 힘없이 걸려 있었다. 고정엽이 명란의 다리를 자기 어깨 위로 올리려 하자 명란은 그 위력을 알기에 깜짝 놀라 바들바들 떨며 다시 고정엽의 허리를 감쌌다. 이때 명란의 내부가 그를 조였다. 반격당한 고정엽은 낮은 신음을 내며 명란의 목덜미에 격렬한 키스를 퍼부었고 커다란 손으로 그녀의 가슴을 짓이겼다.

폭풍 같은 순간, 명란은 가슴팍에 있는 고정엽의 머리를 끌어안았다. 그의 까만 머리카락은 이미 땀으로 흠뻑 젖어 있었다. 두 사람의 쉰 목에서 연신 가쁜 호흡이 새어 나왔다. 명란은 온몸이 저렸다. 자신이 녹아 흐물흐물하게 변할 것만 같았다. 이에 명란은 교성과 함께 멋진 낭군님, 착한 나리 따위의 온갖 아첨을 내뱉으며 살려달라 애원했다. 이 순간이 얼른 끝나길 바랐다.

호흡이 차츰 진정되자 고정엽은 숨을 한 번 크게 내쉬고는 뜨겁게 달궈진 명란의 몸에 연이어 입을 맞췄다. 그리고 그녀의 볼에 입을 바짝 대고 잠긴 목소리로 말했다.

"즐거운 일인데 바보같이 울긴 왜 우는 것이냐?"

명란은 기력이 다 빠져 침상에 뻗은 채로 앓는 소리를 냈다.

"……적당히 하셔야죠. 허리가 끊어질 것 같습니다……."

"그럼, 온천욕을 하면 좀 나아질 게다."

고정엽이 명란의 하얗고 보드라운 가슴을 어루만졌다.

또다시 얼굴이 화끈해진 명란이 고개를 내저으며 얇은 능라비단 이불 속으로 얼굴을 파묻었다. 저번에 고정엽 때문에 온천에 갇혀서 알몸으로 바위에 깔리고, 여기저기 구르며 두 시진 가까이 시달렸더니 다시는 온천욕 할 엄두가 나지 않았다.

고정엽이 황제에게 받은 휴가는 길지 않았고, 며칠 후 두 사람은 집으로 돌아왔다.

엄밀히 말하면, 이번에 두 사람이 본 꽃과 새는 모두 집에서 기른 것이고, 두 사람이 올랐던 언덕은 뒤뜰이었다. 명란을 데리고 일출을 보러 산에 올라가겠다던 고정엽의 약속은 이뤄지지 않았지만, 어쨌든 서로 손을 맞잡고 여기저기를 즐겼으니 어찌 보면 신혼여행이었던 셈이다.

명란은 갑자기 지난 생의 사촌 언니가 떠올랐다. 언니는 결혼 전 들뜬 마음으로 호화롭고 낭만적인 신혼여행을 계획했지만, 돌아온 후 다급하게 포토샵으로 사진을 만져 달라고 부탁했다. 아무래도 너무 '바쁘게' 보내느라 딱히 여행지도 못 간 듯싶었다.

대부분의 신혼여행이 이렇겠구나. 명란은 이제야 깨달았다.

돌아가는 내내 고정엽의 얼굴에는 희색이 돌았다. 말을 타고 가면서 길을 따라 보이는 아름다운 경치를 가리키며 몇 마디 말을 걸기도 했다. 반면 명란은 마차에 깔아 놓은 담요 위에서 쥐 죽은 듯 누워 있었다. 그녀는 아무 말도 하고 싶지 않았다. 마차가 정원 입구에 도착하여 가마로 갈아타야 할 때가 되어서야 고개를 들었다. 고정엽이 수화문 아래에서 웃을 듯 말 듯한 얼굴로 자신을 바라보고 있었다. 명란은 그 모습을 보고 괜히 찔려서 얼굴이 새빨개졌다.

방으로 들어와 명란이 고정엽 대신 금장식이 있는 청옥관靑玉冠을 풀어쭈러던 그때, 놀랍게도 향씨 어멈이 찾아왔다. 낯빛은 다급해 보였지만 애써 차분함을 유지하는 것 같았다. 어멈은 녕원후부에서 급히 찾으신다며 서둘러 건너가시라는 말을 전했다.

명란은 영문을 모르겠다는 표정으로 곁에 있던 고정엽을 바라보았다. 그는 별다른 질문 없이 차분히 말했다.

"급한 일이 있었던 것 같은데 딱히 물어보지는 않겠네. 우선 어멈은 먼저 돌아가 있게. 우린 옷부터 갈아입고 바로 넘어가겠네."

향씨 어멈은 예를 갖춰 인사한 후 자리를 떠났다.

명란이 안쪽 방으로 들어가 옷을 갈아입으려 하자 진상이 재빨리 따라 들어왔다. 그녀는 다급한 얼굴로 명란에게 귓속말을 했다.

"마님, 두 분께서 출타하신 동안 관차官差[5]가 후부로 들이닥쳐 나리들을 압송해 갔답니다!"

명란은 깜짝 놀라 심장이 쪼그라드는 것 같았다. 소식을 듣자마자 대나무 발 틈새로 침상 끝에 앉아 있는 고정엽을 바라보았다. 그는 태연한 얼굴로 다리를 들고 하하와 하죽이 신발을 갈아 신기도록 기다리고 있었다.

---

5) 치안을 담당하는 관청의 하급 관리. 포졸과 유사.

제140화

은원

"그렇게 중요한 일을 왜 진작 알리지 않았느냐?!"

명란은 진상에게 조용히 물었다.

"말씀드렸습니다."

진상은 겁먹은 표정으로 소리 죽여 말했다.

"나리께서 출타하실 때 외원의 일은 전부 공손 선생께 맡기셨어요. 공손 선생은 급한 일이라며 머슴아이를 시켜 군영에 계신 나리께 먼저 소식을 전하고, 그다음에 마님께 아뢰게 했죠. 그런데 그 아이가 밤늦게 돌아와서 이러더라고요. 나리께서 마님은 바쁘시니 이런 일로 귀찮게 하지 말고, 후부에는 사열 임무가 막중하여 자리를 비울 수 없으니 급한 상황이긴 하나 자신도 어쩔 수 없다고 전하라 하셨대요."

명란은 다소 마음이 놓였다. 이 남자가 양심은 있었는지 자신은 이 일에서 쏙 빼 주었다. 며칠 동안 침상에서 이래저래 시달린 게 덜 억울한 순간이었다.

명란도 진상에게 더 물어볼 여유가 없어 옷을 갖춰 입은 후 고정엽을 따라 문을 나섰다. 수화문을 막 지났을 때 하얀 돌길에 용이가 서 있는 게 보였다. 무슨 생각을 하는지 고개를 푹 숙이고는 작은 발을 이리저리 휘젓고 있었다. 그 옆에는 돌아가자고 타이르는 몸종이 있었다.

용이는 고정엽과 명란이 다가오는 것을 보자 나무 그늘에 후다닥 몸을 숨겼다. 고정엽은 잠시 걸음을 멈췄다. 여전히 야위고 주눅 든 아이의 모습에 고정엽의 미간에 절로 주름이 잡혔다. 그는 고개를 들어 하늘을 한번 바라보고는 무거운 목소리로 말했다.

"어찌 여기에 있느냐? 시간이 있으면 글자라도 하나 더 익혀야지 왜 밖에 나와 돌아다니고 있는 것이야."

명란은 한껏 움츠러든 용이를 보고 재빨리 온화한 목소리로 말을 이었다.

"지금 이 시각이 볕이 가장 강할 때란다. 아버지는 네가 뜨거운 볕을 너무 오래 쬘까봐 걱정돼서 그러시는 거야. 지금은 아버지도, 나도 급한 용무가 있으니 일단 방에 가 있거라. 저녁에 내 방에서 이야기하자꾸나."

용이는 고개를 푹 떨군 채 아무 말도 하지 않았다.

미간의 주름이 한층 더 깊어진 고정엽은 무슨 말을 해야 할지 몰라 어험 하고 헛기침을 내뱉고 가던 길을 재촉했다. 명란은 단귤에게 눈짓을 보내고는 고정엽을 따라갔다.

단귤은 웃는 얼굴로 용이의 작은 손을 끌어당기며 말했다.

"두 분이 이번에 산에 다녀오셨는데 애기씨 생각이 많이 났대요. 그래서 애기씨 주려고 손바닥만 한 토끼 두 마리랑 노래할 줄 아는 꾀꼬리 한 마리, 그리고 맛있는 간식까지 챙겨 오셨답니다……."

명란과 고정엽이 길목에서 사라질 때쯤 용이는 휙 고개를 들고 그쪽을 바라봤다.

단귤은 그 모습을 보며 한숨을 쉬었다. 그러고는 용이 앞에 쪼그리고 앉아 따뜻하게 말했다.

"애기씨, 지난 보름 동안 나리와 마님께서는 중요한 용무를 보러 가셨어요. 그렇지 않고서야 왜 애기씨를 홀로 두셨겠어요. 이따가 며칠 동안 열심히 연습한 글씨를 나리께 보여드리세요. 그간 발전한 걸 보시면 나리께서도 틀림없이 기뻐하실걸요⋯⋯."

단귤의 말이 끝나기도 전에 용이는 그녀를 휙 밀쳐내고 바람처럼 달아났다. 단귤은 천천히 일어나며 탄식했다.

"결국 생각하는 건 제 아버지뿐이구나. 마님의 안부는 생각이나 했는지 모르겠네."

뒤에 있던 녹지가 단귤에게 다가와서 한마디 거들었다.

"맛있는 음식, 좋은 옷 다 갖다 바쳐, 시시때때로 잘 있는지 확인해, 몸종들이 자칫 소홀하기라도 하면 바로 쫓아내줘⋯⋯. 마님께선 갖은 애를 다 쓰시는데 아직 '마님'이라 부르는 것조차 싫어하니. 그래봤자 겨우 사생아⋯⋯."

녹지는 갑자기 명란의 무서운 얼굴이 떠올라 재빨리 입을 다물었다.

얘기를 나누는 사이 부부는 각각 가마를 타고 녕원후부에 도착했다. 가마에서 내리지도 않았는데 후부의 적막한 기운이 느껴졌다. 먼저 가마에서 내린 고정엽이 명란의 가마 문 너머로 조용히 말했다.

"이따가 너는 아무 말도 하지 말거라. 잠자코 있다가 내가 하는 대로 응수하면 될 게다."

명란은 매무시를 가다듬으며 고정엽의 말을 새겨들었다.

내의문에 다다르자 평범한 차림의 어멈 두 명이 대기하고 있었다. 향씨 어멈도 그곳에 서 있다가 부부를 발견하고는 안으로 안내했다.

"둘째 나리 그리고 둘째 마님, 모두 훤녕당에서 기다리고 계십니다. 저를 따리 오시지요."

명란은 마음도 발걸음도 무거웠다. 그저 앞에 있는 '둘째' 나리를 따라
가기만 했다.

안으로 들어갈수록 분위기가 적막하고 썰렁했다. 좁다란 길에는 잔
나뭇가지와 잎사귀가 떨어져 있고, 작은 연못에는 황청색 부평초가 떠
있었다. 명란은 씁쓸한 기분이 들었다. 고씨 집안의 하인 중 연줄이 있거
나 재산을 모은 자들은 제 발로 나가거나 대가를 치르고 자유를 얻어 저
택을 떠났다. 남은 자들도 주인어른이 언제 큰 죄에 연루되어 유배라도
될까 봐 불안에 떨고 있었다. 이런 상황에서 누가 일할 생각이 들겠는가.

명란은 불안한 마음에 고정엽의 곧은 옆모습을 흘끗 보았다. 그는 태
연한 모습으로 성큼성큼 걸어가고 있었다.

훤녕당에 도착하니 많은 사람이 자리를 채우고 있었다. 몸이 허약해
일어나지도 못하는 고정욱을 제외하면 집안 어른 대부분이 있었다. 가
장 상석에는 고 태부인이 앉아 있었고, 다음은 넷째 숙부와 다섯째 숙부
부부, 그 아래는 각 집안의 장성한 아들이 나이순으로 앉아 있었다. 청당
안쪽 꽃이 조각된 나무 격선 뒤편에는 며느리나 딸들이 앉아 있었다.

그들은 고정엽을 보자마자 황급히 몸을 일으켜 인사를 건넸다.

"둘째 형님, 오셨습니까! 정말 잘 오셨습니다."

"정엽이가 왔으니 이제 한시름 놓을 수 있겠구나!"

"이번에 꼭 좀 도와주거라. 다 너만 믿고 있다!"

· · ·

고정엽은 싫은 내색 없이 공손하게 두 손을 모아 친지들에게 인사했

다. 명란이 내측으로 들어가니 고씨 집안 며느리 다섯 명이 자리에 앉아 있었다. 모두 안색이 어둡기도 하고 재잘거릴 엄두도 나지 않아 눈인사만 주고받았다. 주 씨가 명란에게 할 말이 있는 듯 입술을 달싹였지만, 끝내 아무 말도 하지 않았다.

고정훤의 부인이 가장 침착한 편이었다. 그녀는 웃으며 명란을 끌어다 옆에 앉혔다.

"이번에 경성 밖에 있는 장원에 다녀왔다던데. 어떻던가? 아무 문제 없던가?"

"그러게나 말이네. 서방님의 장원이 어마어마하다고 하던데. 관리하기 쉽지 않았을 게야. 혹시 관리할 사람이 필요하면 나한테 괜찮은 자가 몇 있으니 말만 하게. 다들 알 만한 것은 다 알고 있다네."

고정적의 부인이 웃으며 말했다.

"형님들께서 이렇게 신경 써주시니 감사할 따름이에요. 언제 사람이 필요할지 모르니 형님 말씀도 잘 기억하고 있겠습니다."

명란은 웃으며 허리를 숙였다. 고정적의 부인도 만족스러운 듯 웃었다.

고정엽의 아버지가 분가한 후 숙부들은 자신의 가업을 꾸렸다. 하지만 점잖떨기 좋아하는 다섯째 숙부와 우아떨기 좋아하는 다섯째 숙모는 일 따위는 할 줄 몰랐다. 장자인 고정양도 그냥 겉만 번지르르 한 귀족 자제인 데다 그의 부인은 말도 별로 없는 인물이었다. 이렇게 큰 골칫덩이들이 있으니 실질적으로 일을 맡아 하는 고정적의 부인도 힘이 들었다.

그래서 장원이든 점포든 큰집과 넷째 숙부 집만큼 경영이 잘 이루어지지 못했다. 그렇게 오랜 시일이 지나다 보니 다섯째 숙부 집 관사들은 할 일이 줄어들었다. 일은 적은데 사람은 많으니 수중에 들어오는 돈도 줄었다. 상황이 이 지경이라 관사들이 입 다물고 있다 해도 그 처자식들의 불만이 밖으로 터져 나오고 있었다.

명란은 마침 집안에 일손이 부족하여 고씨 집안 하인들의 상황을 유심히 지켜보고 있었다. 평상시에 몇 사람씩 알아보기도 했다. 만약 정말로 쓸모 있는 사람이라면 명란은 바로 데려올 생각이다. 어차피 세상에 영원한 충성심은 없지 않은가. 뒤로 문제가 없고 일도 잘하는 사람이면 그만이다. 아무래도 밖에서 사 오는 것보다는 낫고, 그들의 대대손손까지 사정을 다 아니까.

하지만 명란은 모호하게 답하며 자조적인 말을 꺼냈다.

"예전에 친정 할머님과 어머니께서는 늘 제게 논밭 문서를 보라고 채근하셨어요. 해마다 장두와 관사의 보고도 듣게 하셨고요. 그때만 해도 너무 귀찮아서 차라리 자수를 하거나 시를 읽고 싶었지요. 편하고 고상하니까요. 그런데 이번에 직접 일을 해보면서 어른들의 노고를 알게 됐습니다."

고정훤의 부인은 무릎을 '탁' 치며 맞장구쳤다.

"동서 말이 맞네! 부녀자의 삶을 직접 경험해보지 않은 아가씨들이 어찌 그 고충을 알겠는가. 『여계』한 권 익히고, 자수바늘 다룰 줄 알면 충분한 줄 알지."

고정병의 부인은 그들의 말을 절반 정도 듣다가 조급함을 이기지 못하고 끼어들었다.

"그런데 동서는 정말 공사가 다망하군. 우리가 몇 번이나 사람을 보내지 않았는가. 코빼기도 보이지 않은 건 그렇다 치더라도 서방님께 말씀을 드리기는 했는가? 우리는 모두 애가 탔는데 아우는 아직도 아무것도 모르는 사람처럼 가만히 있으니!"

명란은 '저는 정말 아무것도 몰랐습니다.'라고 말하고 싶었다. 그 사이 고정훤의 부인이 곧바로 말을 이었다.

"동서도 아녀자인데 어찌 바깥일을 다 알겠는가. 게다가 요 며칠 한 사람은 군영의 일로 바쁘고, 한 사람은 장원 일로 바빴잖은가. 말 붙일 겨를도 없었을 텐데 동서가 어찌 이 일을 물어볼 수 있었겠는가! 그냥 나리께서 어찌 말씀하시는지 들어보세."

자리에 있던 아녀자들도 그 말에 동의하고 귀를 쫑긋 세웠다.

"정엽아, 이 일을 어찌하면 좋겠느냐?"라고 고 태부인의 목소리는 나긋나긋했지만 조급함이 묻어났다.

고정엽은 담담하게 대답했다.

"그저 몇 마디 물으려 데려간 것인데 똑바로 설명했다면 별일 없겠지요."

넷째 숙부가 가장 조바심을 냈다. 그는 뜨뜻미지근한 고정엽의 대답에 발끈했다.

"대체 무슨 말을 하는 것이냐! 그날 유정걸이 금군을 이끌고 기세등등하게 쳐들어왔다. 다짜고짜 큰형님의 서재를 뒤지더니 우리를 마당에 붙잡아 두고 심문을 하더구나. 온 집안을 난장판으로 만들어 놓고 우리 체면은 조금도 봐주지 않았단 말이다. 우리 고씨 집안이 무슨 장터라도 되느냐?!"

명란은 속으로 생각했다.

'정말로 체면을 안 봐줬다면 묵란 언니 시아버지와 그 댁 식구들처럼 대리시로 끌고 갔겠지. 집에서 심문하는 게 아니라.'

"제 말이 그 말입니다!"

다섯째 숙부가 탁자를 내리치며 성을 냈다.

"황제 폐하의 총애를 등에 업고 안하무인이지 않습니까. 유씨 집안은 본래 하급 관리 집안이었습니다. 그런데 하루아침에 출세해서 공신 귀족 집안을 제멋대로 휘젓고 다니고 있습니다. 정말 분개할 노릇이지요!"

말이 끝나자마자 자리에 있던 사람들은 저마다 한마디씩 거들며 봉인했던 입을 열기 시작했다. 이번 사건을 맡은 대리시와 형부의 관리가 무능하다느니, 말도 안 되는 심문을 한다느니, 금군 삼위禁軍三衛[1]가 오만방자하여 권문세가의 체면을 깎아내리고 있다느니 하며 열변을 토했다. 다음에는 고씨 집안의 불행을 탄식하기 시작했는데 핵심은 고정엽의 마음에 그들에 대한 적개심을 일으키려는 것이었다.

기대와는 달리 고정엽은 꿈쩍도 하지 않았다. 그는 무덤덤하게 사람들의 말이 끝나길 기다렸다가 입을 열었다.

"유정걸은 황제의 심복입니다. 그가 찾아와 심문하는 것은 다 황제 폐하의 명이 있어서지요. 이 사건을 심리하는 대인들도 칙명으로 선발된 사람이거나 유능한 관리입니다. 황제 폐하의 심복을 헐뜯는 것은 매우 불경한 짓이고요."

이 한마디에 주위가 고요해졌다. 고정엽은 팔걸이에 얹고 있었던 손목을 천천히 움직이며 대수롭지 않게 말했다.

"앞서 령국공부 등 십여 가문은 명백한 증거가 나와서 '사왕야 역모 사건'의 가담자로 확정되었습니다. 사건은 아직도 심리 중이라 조금이라도 연관된 사람이 발견되면 데려가서 심문했지요. 영창후부, 영평백

---

1) 금군의 수석 장수. 친위親衛, 훈위勳衛, 익위翊衛가 있음.

부, 그리고 다른 몇몇 가문들도 조사를 받았습니다. 하지만 무죄가 입증되자 모두 풀려났고, 다 무사하지 않았습니까. 다른 가문들이 이런데 우리 집안이라고 예외일 리 있겠습니까?"

일리 있는 말에 두 숙부는 반박할 수 없었다. 하지만 옆에 앉아 있던 고정병이 벌떡 일어나며 화를 냈다.

"뭐? 조금이라도 연관된 사람이라고 했느냐?! 하지만 그들은 이 사건을 심사할 깜냥이 안 된다. 다른 사람의 불행을 이용해서 자신의 수완을 과시하기에 급급한 사람들이란 말이다! 우리 고씨 집안은 대대로 황제 폐하께 충성을 다했다. 누구보다도 성실하게! 지금 정엽이 너는 황제 폐하 앞에서도 면목이 서겠지만, 우리 고씨 집안은 굴욕을 당하고 있다. 네가 힘을 쓰지 않으면 우리 집안이 사람들 조롱거리가 될 것이야!"

"이 일을 알고 나서 따로 조사해봤습니다."

고정엽이 쌀쌀맞게 웃었다.

"형부에서 증인과 증거를 확보하고 계속 조사해봤는데 실제로 의문점이 발견됐답니다. 이에 황상께서도 조사를 명하신 것인데 형님께는 조롱으로 보이십니까?"

고정병은 말문이 막혔다.

내측에서 대화를 듣고 있던 명란은 탄식을 금치 못했다.

'숙부고 사촌 형이고 정도를 모르는구나. 지금 이 상황에서도 저렇게 고자세로 나오다니. 문제의 근본 원인이 뭔지 알기나 하는 걸까?'

고정엽이 분노를 참지 못하고 집을 떠났을 때 고씨 집안과 고정엽은 이미 남남이었다. 특히, 고 대인이 생을 마감하면서 고씨 집안과 고정엽을 잇는 끈은 사라진 거나 다름없었다. 몇 해 전 황위 쟁탈전이 더욱 거세졌을 때, 고정엽은 한 그릇에 세 푼짜리 양춘면으로 끼니를 때웠고 강호에서 모진 풍파를 겪으며 생계를 이어갔다. 이 집안사람들이 황위 쟁탈전에 연루됐든 말든 고정엽과 무슨 상관이란 말인가?

이때 옆자리에서 인기척이 느껴졌다. 갑자기 고정병의 부인이 일어난 것이다. 그녀는 청당으로 들어가 고정엽 앞에 서더니 애걸하기 시작했다.

"서방님, 저는 아녀자라 나랏일은 모르지만 피는 물보다 진하다 하지 않습니까. 지금 서방님의 숙부님과 사촌 형님들이 어려움에 처했는데 불구경만 하고 있을 순 없지 않습니까!"

그녀는 오열하기 시작했다.

명란은 속으로 손뼉을 쳤다. 역시 여인의 육감이 더 믿을 만한 법. 원칙이나 도리를 따지는 것보다 눈물로 동정심을 유발하는 것이야말로 확실한 한방이다. 역시 고정엽은 미간을 찌푸리며 몸을 일으켜 고정병 부인의 절을 피했다. 그는 넷째 숙부를 향해 말했다.

"이는 법도에 맞지 않으니 형수님과 제수씨를 먼저 돌려보내는 게 좋겠습니다."

넷째 숙부는 개의치 않았다.

"모두 혈육이고 한 식구인데 그렇게 격식을 따질 필요가 있느냐. 네 형수 마음이 조급한 것도 인지상정 아니냐."

고정병의 부인은 눈물을 닦으며 공손하게 한쪽으로 비켜섰다.

고대에서는 재산 분할 같은 큰일이 아닌 이상 안채 여인들은 함부로 모습을 드러낼 수 없었다. 설령 시댁 식구라 할지라도 쉽게 만날 수 없었던 것이다. 모두 다 격식과 예절을 지키기 위함이었다.

명란은 눈을 가늘게 뜨며 생각했다.

'이게 무슨 뜻이지? 당근과 채찍을 모두 사용하려는 건가?'

고정엽이 눈썹을 살짝 치켜세우며 말했다.

"좋습니다. 그렇다면 저도 솔직하게 얘기하겠습니다."

그는 당당하게 앉아 분명한 목소리로 말했다.

"사왕야가 역모를 꾸몄다는 사실이 확실시되었습니다. 역모의 주범들은 이미 형을 받았지요. 지금은 당시 역모를 도왔던 공범과 사왕야와 비밀리에 왕래했던 자, 역모 모의 관련자를 색출하고 있습니다."

한평생 마음 약하게 살았던 인종 황제는 세상을 떠나기 전 무언가를 깨달은 바가 있었는지 삼왕야와 덕비의 원한을 풀어주고, 앞으로 즉위할 팔왕야의 앞길을 터 주기 위하여 사왕야의 대역죄를 명확히 밝히라 명했다.

이 말을 듣고 청당 안에 있던 모든 사람이 흠칫 놀랐다. 조정과 관직 사회 분위기를 대충 아는 다섯째 숙부가 가라앉은 목소리로 말했다.

"당시 사왕…… 역왕逆王의 권력이 경성의 절반 이상까지 미쳤던 까닭에 그와 왕래하는 사람이 부지기수였다. 그런데 서로 왕래하고 친분 좀 쌓았다고 해서 공범으로 모는 것이냐?"

"당연히 아니지요."

고정엽은 탁자 위의 찻잔을 들어 올려 차를 한 모금 마셨다.

"황제 폐하는 덕이 있고 사리에 밝으신 군주이십니다. 형부, 대리시와 도찰원에 사건을 심리하라 명하셨는데 어찌 일이 대충대충 진행되겠습니까. 당시 역왕이 사건을 모의할 때, 밖으로는 오성병마사 관리 절반이 가담했고, 안으로는 금위, 내위 관리들이 가담했습니다. 또한, 조정의 몇몇 사람은 가짜 조서를 써서 삼왕야를 죽음으로 몰아넣고, 선대 황제에게 양위하라 겁박했습니다. 여러 사람이 결탁하여 힘을 실어준 까닭에 큰 혼란이 빚어진 것입니다."

고정엽은 급할 것 없다는 듯이 천천히 말을 이었다.

"아버지께서는 이십 년 동안 군에 있었고, 십여 년은 변경을 지키셨습니다. 나중에는 일에서 손을 떼셨지만, 과거에 등용하고 돌봐줬던 사람 중 후에 군에서 크고 작은 관직을 얻은 사람이 적지 않지요. 지금 급선무는 이들 가운데 역모에 가담한 사람이 있는지 아는 것 아닙니까? 우리 가문이 역왕에게 그 사람들을 소개해준 적은 없는지 알아야 하는 것 아닙니까? 만약 그런 일이 있다면 역모죄에 연루될 것입니다."

고정엽은 싸늘한 눈빛으로 자리에 있는 사람들을 찬찬히 훑었다. 그 자리에 있는 사람들은 역모죄라는 단어에 간담이 서늘해졌다. 사실 기껏해야 사왕야에게 사람 하나 소개해준 일일 뿐이다. 하지만 그 사람이 고씨 집안과의 인연 때문에 황위 쟁탈전에 말려들었을 수도 있으니, 그럴 경우 이는 큰일이 된다.

"그, 그렇다면……."

고 태부인은 마침내 상황의 심각성을 눈치채고 떨리는 목소리로 말했다.

"네 아버지의 됨됨이는 네가 가장 잘 알겠지만, 절대 그런 짓은 안 하셨을 게다!"

고정엽도 아무 말 없이 다른 사람들을 계속 둘러보았다. 그의 말은 점점 더 느려졌다. 말 한마디 한마디로 사람을 눌러 죽이려는 것 같았다.

"저는 군영을 떠나기 어려운 사람이라 서신으로 유정걸에게 소식을 물었습니다. 그가 다른 것은 알려주기 어렵다며 이 이야기만 전하더군요. 당시 어떤 자가 역왕을 위해 강남江南 2)에서 여자를 사 온 적이 있었다고요."

"그…… 그것도 죄가 된단 말이냐?"

시종일관 정신을 딴 데 두고 있던 고정양이 깜짝 놀라 물었다.

고정엽은 찻잔을 내려놓고 담담하게 말했다.

"그 여자들 태반이 포섭용으로 조정 신하와 무장들 집에 보내졌다고 합니다."

다섯째 숙부는 넷째 숙부를 힐끗 보고는 고개를 떨군 채 깊은 생각에 빠졌다. 고정위도 불안한 표정으로 옆에 있는 고정병을 쳐다봤다. 고정병의 얼굴은 창백했고, 이마에 구슬땀이 맺혀 있었다.

집중해서 듣고 있던 명란의 손을 누가 꼭 쥐었다. 고개를 돌리니 비웃는 표정의 고정훤 부인이 보였다. 그녀는 목소리를 최대한 깔며 냉소적으로 말했다.

"돈 버는 일은 우리에게 돌아오지도 않네. 그러니 죄와 관련된 거래에 가담할 수도 없지."

명란은 멍하게 웃기만 할 뿐 아무 말도 할 수 없었다. 이제 상황은 분명해졌다. 고 대인은 신중하고 조심스러운 사람이라 결코 역모 세력과 결탁하지 않았을 것이다. 고정욱은 병약하여 가담할 힘조차 없었을 테고, 고정위는 어머니가 지켜보고 있으니 아마 엉뚱한 짓은 안 했을 것이다. 하지만 다른 사람은 단언하기 어렵다.

명란도 고대 형법에 관한 서적을 본 적이 있다. 또한, 부모님을 통해

---

2) 장강 이남 지역.

자연스레 주워들은 것도 있어서 내용은 대략 알고 있었다. 방금 고정엽의 말을 미루어볼 때, 설사 역모 가담죄로 인정된다 해도 고씨 집안이 개국 공신 가문인 데다 고정엽의 체면도 있고 하니 참수를 당하거나 노역에 팔려 나가는 일은 없을 것이다. 그럼, 최악의 시나리오는 무엇일까?

명란은 격선 너머 청당을 바라보았다. 태연한 표정으로 차를 마시는 고정엽을 제외하면 나머지 사람들은 놀라거나, 겁을 먹거나, 초조해하며 저마다 다른 반응을 보이고 있었다.

고 태부인이 가장 걱정하는 것은 당연히 집안 단속을 제대로 하지 않았다 비난받는 것, 가산(황제가 하사한 장원)이 몰수되는 것, 더 나아가 작위까지 박탈당하는 것이다. 넷째 숙부와 다섯째 숙부가 가장 걱정하는 것은 개개인에게 죄를 물어 노역이나 하옥, 유배를 당하는 것이다. 모두 다 견디기 힘들 것이었다. 그럼 고정엽은 어떻게 하고 싶은 걸까?

명란의 시선은 자연스레 꼿꼿한 자세로 앉아 있는 그에게 돌아갔다. 그는 단순히 자신을 업신여기던 사람들이 대가를 치르길 바라는 걸까?

"정엽이 네가 이렇게 장황하게 말하는 걸 보니 이 상황에서 몸을 빼고 싶은가보구나!"

다섯째 숙부가 이를 악물며 고정엽을 노려보았다.

"네 녀석은 속 편하게 가족들이 역모로 몰리는 것을 보고만 있으려는 것이냐. 한마디로 말해 보아라. 도울 것이냐, 안 도울 것이냐?"

"다섯째 숙부님께서도 확실히 말씀해주시지요. 방금 제가 말씀드린 일에 관련이 있으신 겁니까?"

고정엽이 침착하게 말했다.

다섯째 숙부는 말문이 막혔다. 그는 부인할 수 없었다. 그렇다고 체면

을 버리고 사실을 인정할 수도 없었다. 고정엽이 '충군애국'을 논하며 떵
떵거리는 상황을 피하려면 말이다. 그도 결국 선비라 체면이 중요했다.

넷째 숙모는 처음엔 끼어들고 싶지 않았지만, 넷째 숙부가 화를 입는
다면 딸의 혼삿길도 지장이 생길 것이기 때문에 점잖게 말했다.

"정엽아, 성인이 아닌 이상 허물없는 사람은 없다. 네 숙부와 사촌 형
들도 가끔 실수할 때가 있지 않겠느냐. 네가 좀 도와주거라. 어쨌든 한집
안 식구 아니더냐?"

고정엽은 그녀를 바라보며 말했다.

"저도 가만히 있을 순 없지요."

명란은 이 모호한 말을 다시 한번 곱씹어보았다. 음, 다시 원점으로 돌
아갔구나.

넷째 숙부는 손수건을 꺼내어 이마에 흐르는 땀을 훔치고는 고정엽을
향해 말했다.

"정엽아, 우리 집안은 네게 달렸다. 네 형은 병약하여 할 수 있는 게 없
지 않으냐. 작위와 가족을 지키는 막중한 일은 너의 몫이니라. 네가 집안
의 대들보 아니냐……."

고 태부인이 발끈하여 넷째 숙부를 노려보았다. 눈에 분노가 서려 있
었다.

"넷째 숙부님, 말씀 가려 하십시오!"

고정엽이 정색하며 단호하게 말했다.

"장유유서라 했거늘 어찌 그런 경솔한 말씀을 하십니까! 가문의 법도
를 어지럽히고 형제의 우애를 해치는 말씀이십니다. 숙부님께서 그러
시면 안 되지요!"

넷째 숙부는 무안해하며 자리로 돌아갔다.

명란은 눈살을 찌푸렸다. 넷째 숙부는 너무 노골적이고 부끄러운 발언을 했다. 게다가 그들은 시종일관 고정엽의 마음을 헤아리지 못했다. 그가 작위를 바라기는 하나 그건 작위 자체를 원해서가 아니다. 예전에 겪은 수모를 갚기 위해, 일찍 돌아가신 어머니를 위해, 그리고 지금까지 받은 설움을 풀기 위해서다. 그런 측면에서 넷째 숙부댁과 다섯째 숙부댁은 다른 사람들보다 더 나빴다.

"정엽아, 무슨 말이라도 해보거라."

고 태부인은 안 되겠다 싶은지 단도직입적으로 물었다.

"이 일을 대체 어떻게 해결해야 하는 것이냐?"

고정엽은 그녀의 다급한 얼굴을 보며 천천히 말했다.

"조사 결과 아무 관련이 없다면 가장 좋겠지요. 허나……."

그는 어쩔 수 없다는 듯 웃으며 더 이상 아무 말도 하지 않았다.

다섯째 숙부는 고정엽을 차갑게 노려보며 살벌하게 말했다.

"내가 바라는 건 고씨 집안의 평안과 고씨 집안 식구들의 무사 귀환뿐이다!"

체! 그러고도 '뿐이다'라니? 욕심이 너무 과하시구먼! 명란은 속으로 비난했다.

고정엽은 조용히 그를 바라보며 차갑게 말했다.

"평안하길 바라셨다면 애초에 왜 그러셨습니까? 숙부님, 노여워할 필요 없으십니다. 제가 지금까지 집으로 돌아오지 않았다면 숙부님께서는 어찌하려 하셨습니까?"

청당에 있는 사람들은 모두 속으로 뜨끔했다. 고정엽이 집을 나갔을 때 화병에 드러누운 고 대인의 침상 앞에서 넷째 숙부와 다섯째 숙부는 우리 고씨 집안에 그런 녀석은 없던 셈 치자며 위로했었다.

그들은 아무 말도 할 수 없었다. 그때 고 태부인이 눈물을 흘리며 말했다.

"정엽아. 네가 설움을 당한 것은 모두 나 때문이다. 네 속에 울분이 있다는 거 다 안다. 그건 다 내게 풀거라. 내가 너를 제대로 돌보지 못해 이 지경이 된 것이니……."

계모라도 저렇게 서럽게 우는 것은 보기에 썩 좋지 않았다. 명란은 자신도 나서서 한마디 거들어야 하나 생각했다.

고정엽은 이미 상석으로 가서 고 태부인을 부축한 채 달래고 있었다.

"변고가 있다면 저도 방법을 생각할 것입니다."

"무사할 순 있는 것이냐?"

고 태부인은 단념하지 않았다.

고정엽은 간결하게 대답했다.

"지금으로서는 확실치 않아서 저도 말씀드리기 어렵습니다."

대화는 이렇게 끝이 났다. 도와주겠다는데 무슨 할 말이 더 있겠는가. 청당에 있던 사람들은 더는 어쩌지 못하겠다는 듯 서로 눈치만 보고 있었다. 오늘은 강경책도 회유책도 먹히지 않고, 오히려 고정엽에게 반격만 당했다.

"허나."

고정엽은 미소를 지으며 주위의 사람들을 보았다.

"다른 것은 말씀드리기 어려우나 최소한 식구들의 목숨만은 지킬 것입니다."

그 말 속에 뼈가 있어 그 자리에 있던 사람들은 모두 간담이 서늘해졌다.

제141화

대책 上

넝원후부에서 징원으로 돌아올 때까지 부부는 아무 말도 하지 않았다. 같은 날 고정엽은 외원 서재에서 밤이 깊도록 공무를 논했다. 먼저 공손백석과 정무를 논한 후, 군영 수칙을 구두로 읊으면 일고여덟 명의 서리[1]가 그것을 옮겨 적었다. 일은 축시[2]가 조금 넘어서까지 이어져 눅진한 밤이슬을 맞으며 방으로 돌아왔다.

방에 도착한 고정엽은 침상의 휘장을 살며시 걷어보았다. 금실로 수놓은 침구 사이로 명란의 까만 머리카락이 보였다. 나머지는 이불에 파묻혀 보이지도 않고, 이불 모퉁이로 뽀얗고 귀여운 발만 나와 있었다. 오동통한 발가락은 살짝 들려 있었다.

고정엽은 피식 웃음이 나왔다. 대머리처럼 반반한 발가락을 괜히 한 번 찔러 보고는 정방淨房[3]으로 들어갔다. 말끔히 씻고 능라비단으로 만

---

1) 과거의 하급 관리. 서기.
2) 새벽 1시~3시.
3) 욕실.

든 내의로 갈아입은 뒤 침상으로 돌아왔더니 잠에서 깬 명란이 베개를 베고 옆으로 누워 있었다. 그녀는 몽롱한 눈으로 고정엽을 바라봤다.

"깼느냐?"

고정엽이 미소를 지으며 이불을 들쳤다.

명란은 고개를 끄덕였다. 마치 방금 잠에서 깬 고양이처럼 멍하니 기지개를 켰다.

"나리께서 발가락을 간질였을 때 깼어요."

고정엽은 잠시 얼굴을 굳혔지만, 곧 아무 일도 없었다는 듯 명란을 품속으로 끌어안았다. 명란이 고정엽의 다부진 가슴에 얼굴을 파묻고 뭐라고 중얼거렸다. 제대로 듣지 못한 고정엽이 눈을 감고서 되물었다.

명란은 고정엽의 품에서 얼굴을 쏙 빼 들고 그를 올려다보았다.

"녕원후부의 일을 미리 알고 계셨나요?"

그렇지 않고서야 어찌 이리 절묘한 타이밍에 장원 시찰을 보낼 수 있단 말인가.

고정엽이 감았던 눈을 뜨자 명란의 또렷한 눈동자가 자신을 향하고 있는 것이 보였다. 그는 웃음을 터뜨렸다.

"유정걸이 내게 언질을 주었다. 공교롭게도 두 일이 겹쳐서 너를 데리고 잠시 피해 있었던 것이지."

명란은 이불 속에서 일어나 가느다란 두 다리를 감싸며 웅크리고 앉았다.

"전 결국 절간에서 살아야 하는 중이지만, 잠시 떠나 있는 것도 나쁘진 않았어요. 그런데……."

명란은 잠시 머뭇거리다 그를 바라보며 나직한 목소리로 말했다.

"나리께서는 정말 보고만 계실 건가요?"

고정엽의 눈은 까맣고 깊었다. 그는 가만히 있다가 말을 이었다.

"아까 얘기했듯이 역모죄에 연루된 공후백부는 죄의 경중에 따라 가산이 몰수되기도 했고 작위를 박탈당하기도 했다. 정국공부程國公府처럼 큰 공로를 세운 가문도 삼 년간 근신하고 오 년간 녹미를 받지 못하는 벌을 받았다. 그런데 어찌 녕원후부라고 예외일 수 있겠느냐?"

매끈한 입술에서 조롱 섞인 말이 튀어나왔다.

"내가 불난 데 기름 안 붓는 것만으로도 다행인 줄 알아야지 날 이용해서 면피하겠다?"

명란이 긴 한숨을 내쉬자 고정엽이 다시 말했다.

"하지만 내가 손을 좀 써두긴 했었다."

명란은 토끼 눈을 뜨고 이해를 못 하겠다는 표정을 지었다.

"다른 사건을 먼저 처리하고 녕원후부의 일은 늦춰달라고 부탁했지."

"네?"

고정엽은 태연한 얼굴로 말했다.

"나도 혼례를 치러야 했으니 잔치 분위기가 썰렁하면 안 되지 않느냐."

명란은 입술을 깨물며 맥없이 침상으로 나자빠졌다. 고정엽은 명란이 몸을 둥글게 말아 침상을 이리저리 구르는 모습을 보고 귀엽다고 생각하며 다시 명란을 품 안으로 끌어당겼다. 그리고 명란의 코끝을 살짝 누르곤 웃음 지으며 말했다.

"대체 무얼 걱정하는 것이냐? 이렇게 유도한 것도 나고, 모른 척 방관했던 것도 나다. 그런데 네가 왜 이러는 게야?"

명란은 갑자기 정신이 번쩍 들었다.

그래! 저는 처음부터 끝까지 이 일에 낀 적도 없고, 알지도 못했다. 걱정할 필요가 뭐 있는가!

"나리의 말씀이 옳아요!"

명란은 갑자기 용기가 생겼다.

고정엽은 웃음을 참을 수가 없었다. 그도 갑자기 뭔가 떠올랐는지 명란에게 말했다.

"오늘 일은 아직 끝난 게 아니다. 앞으로 귀찮은 일이 많을 텐데 나는 밖에 있어 괜찮지만 너는 안에서 계속 시달릴 테니 골치 좀 아플 게야."

명란은 호기롭게 말했다.

"골치 아플 게 뭐 있겠어요. 겨우 나리를 설득해 도와 달라는 얘기겠지요. 전 일단 다 받아줄게요. 나리께서 도와주실지, 그래서 해결이 될 수 있는지는 다른 얘기이니까요."

고정엽은 눈빛을 밝히며 명란의 낙천적이고 용기 있는 모습을 바라보았다.

얼마 못 가 명란은 자신이 너무 성급히 호언장담했다는 사실을 깨달았다.

다음 날, 넝원후부의 여인들이 명란을 찾아왔다.

그들은 시어머니와 며느리가 짝을 지어 오기도 하고, 어린 자식들을 대동하여 오기도 했다. 떼로 몰려와 집중공격을 하기도 하고, 조용해질 만하면 한 팀씩 차례로 찾아와 괴롭히기도 했다. 명란이 막 식사하려 할 때 찾아오기도 하고, 관사와 장부를 정리하려 할 때 찾아오기도 하고, 낮잠 시간에도 찾아왔다. 끼니때 찾아오면 식사를 대접해야 했는데 밥상 앞에 울며불며 호소하거나 원망 가득한 눈초리로 노려보는 사람들이 진을 치고 있는데 무슨 밥이 넘어갔겠는가!

이런 악질적인 행동은 명란의 건강하고 규칙적인 일상을 망쳐 놓았다.

그들은 통곡했다가 애걸복걸했다가 난리도 아니었다. 명란의 옷자락을 붙들고 '부모가 없어지면 이 아이들이 얼마나 가엾냐'부터 시작해서 '이제 고아와 과부로 전락하게 되면 남은 생을 어떻게 살아가냐'까지 별별 강경책과 회유책을 번갈아 쓰며 온갖 쇼를 다 했다.

다섯째 숙모는 탁자를 내리치며 호통을 쳤고 코앞까지 삿대질하며 명란의 말은 들으려 하지도 않았다. 그녀는 고정엽이 앞장서서 이 일을 바로잡게 만들겠다는 명란의 맹세라도 받고 싶은 것 같았다. 고정적의 부인과 고정병의 부인은 서로 비밀 신호라도 만들었는지, 서로 눈빛이 오가면 아이들이 세상 떠나가라 울기 시작했고, 그러면 누군가가 사정하거나 충고하기 시작했다.

명란은 귀가 먹먹하고 머리가 어지러웠다. 겨우 사흘 만에 진이 쏙 빠져 서리를 맞아 물러터진 가지처럼 흐물흐물해졌다. 그들이 몰아닥쳤다 하면 숨이 막혔고 굳이 연기하지 않아도 그 자리에서 쓰러질 수 있을 것 같았다. 그런데 그 여인들 동작이 어찌나 빠른지 자신보다 더 빨리 쓰러지는 것이 아닌가. 동작도 절묘했고, 하마터면 탁자 모서리에 머리를 찧을 뻔하기도 했다.

명란은 더 이상 참을 수가 없었다.

고정엽은 명란의 초췌한 모습을 보고 이렇게 제안했다.

"한동안 처가댁에서 몸을 피하는 게 어떻겠느냐? 어차피 혼례를 치르고 근친覲親⁴⁾도 거르지 않았느냐."

"저…… 그리해도 될까요?"

명란은 마음이야 굴뚝같았지만 주저했다. 징원은 살림을 관장할 사람

---

4) 결혼한 지 한 달이 됐을 때 신부가 친정에 부모를 뵙고 오는 일.

이 없어 그녀가 쉽게 집을 비울 수가 없다. 그런 까닭에 근친도 포기해야 했다. 그런데 이렇게 친정에 가버리면⋯⋯.

결국, 명란은 친정으로 가서 분위기를 살펴보기로 했다.

다음 날 이른 아침, 부부는 성부로 향했다.

성부에 도착한 두 사람은 노대부인을 보러 수안당에 갔다. 왕 씨는 빙그레 웃는 얼굴로 노대부인 옆에 앉아 있었고, 해 씨는 고개를 숙인 채 그 뒤에 얌전히 서 있었다. 시집간 딸과 사위는 귀한 손님이라 먼저 그들의 인사가 끝나야 해 씨가 앉을 수 있었다. 명란은 해 씨가 계속 서 있는 모습을 보고 괜히 미안한 마음에 한마디 했다.

"올케, 한집안 식구끼리인데 좀 앉으세요."

해 씨는 워낙 예의를 지키는 사람이라 자리에 앉으려 하지 않았다. 그냥 웃으며 몸을 움직이더니 차와 냉수, 수건을 세심하게 준비하고, 녹두와 계수나무 꽃으로 만든 다과와 자기 친정에서 보내 준 남쪽 지방 과일을 대접했다.

"온다고 미리 말이라도 하지 그랬느냐."

노대부인의 눈에 걱정이 비쳤다.

"이렇게 갑자기 찾아오다니 무슨 일이라도 있는 것이냐?"

왕 씨는 고정엽이 언짢아할까 봐 서둘러 말했다.

"어머님, 무슨 말씀을 그렇게 하십니까. 제집에 오는 것인데 그냥 오면 또 어떻습니까?"

그러고는 고정엽을 향해 웃으며 말했다.

"고 서방, 마음에 담아두지 말게. 어머님 말투가 원래 저러신 것이니."

고정엽은 미소를 띠었다.

"괜찮습니다."

명란은 웃으며 성씨 집안의 여인들을 둘러보았다.

왕 씨는 여전했다. 손자 손녀를 본 후 복스러움이 더해져 귀티가 나는 것 같았다. 해 씨는 산후 비만을 극복했는지 점점 날씬해지는 것 같았다. 비 온 뒤 청초한 매화 같은 추사오자縐紗襖子 5)를 입고, 손목에는 양지옥羊脂玉 팔찌6)를 차고 있어 더 의젓하고 고아해 보였다.

명란은 고개를 떨구며 출산 후 뼈만 앙상했던 화란의 모습을 떠올렸다. 아이를 낳고 애처롭게 말랐던 몸을 생각하니 나중에 고방에서 몸보신할 약재를 찾아 보내줘야겠다는 생각이 들었다.

노대부인의 모습은 명란을 놀라게 했다. 그사이 노쇠하기는커녕 원기도 생겼고, 목소리도 더 커졌기 때문이다. 시선을 돌리자 유모 옆에 있는 전이가 보였다.

곧 만 두 살이 되는 오동통하고 귀여운 전이는 명랑한 아이였다. 토실토실한 팔다리에 힘이 붙어 자신을 돌봐 주는 어멈이나 시녀를 뿌리치고 주변을 아장아장 걸어 다니기도 했다. 고정엽을 보고는 낯도 가리지 않고 씩씩하게 인사할 줄도 알았다. 게다가 검고 똘망똘망한 눈동자로 거대하고 위엄 있는 고정엽을 호기심 어린 눈초리로 빤히 바라보기도 했다.

고정엽의 고집 센 얼굴도 전이를 보고 약간 부드러워졌다. 그가 전이의 머리를 쓰다듬자 전이는 신이 났는지 고정엽의 손을 벗어나 조그맣고 하얀 치아와 옴폭 들어간 보조개를 드러내며 고정엽을 향해 함박웃

---

5) 크레이프 원단처럼 주름진 직물로 만든 저고리.
6) 양의 지방처럼 하얀 흰 백색 옥돌로 만든 팔찌.

음을 지었다. 고정엽 역시 미소를 지으며 엄지손가락에 끼고 있던 암녹색 고옥古玉 반지[7]를 빼내어 전이에게 주었다.

자리에 있던 여인들은 모두 물건의 가치를 알아보았다. 해 씨가 황급히 말렸다.

"이렇게 귀중한 것을 주시다니요. 당치도 않아요!"

고정엽은 그저 고개만 돌릴 뿐 아무 말도 하지 않았다. 명란이 이어서 말했다.

"올케, 사양하지 말고 받으세요. 이 옥은 수호의 의미를 지니고 있다고 하니 전이가 건강하고 무사히 자라도록 지켜줄 거예요."

노대부인도 반지를 건네받아 자세히 보더니 솔직히 말했다.

"정말 좋은 물건이구나."

왕 씨는 매우 기뻐하며 약간 복잡한 눈빛으로 고정엽을 바라보았다. 해 씨는 감사를 표한 후 어멈을 불러 반지를 끈에 꿰서 전이에게 걸어주라고 시켰다.

명란은 분위기가 좋아진 것 같자 며칠 전 장원에서 겪었던 재밌는 에 피소드 몇 가지를 가족들에게 들려 주었다.

"……그 뒤에 산장에서 며칠 묵었어요. 산에서 딴 신선한 나물과 과일을 식구들에게 나눠 주려고 가져왔어요. 안에 실한 죽순도 있으니 고아 먹거나 볶아 드세요. 얼마나 맛있는지 몰라요!"

해 씨는 입을 가리고 웃었다.

"명란 아가씨가 여전한 걸 보니 할머님과 어머님은 이제 마음 놓으셔

---

7) 희귀한 옥돌로 만든 반지.

도 되겠어요. 먹는 이야기만 나오면 이렇게 기운이 넘치지 않습니까. 전이가 걸을 수 있게 된 뒤로 눈만 뜨면 먹을 걸 찾은 게 다 제 고모를 닮아서 그런가봅니다!"

명란은 얼굴을 붉히며 투덜거렸다.

"올케, 그냥 속 시원히 저보고 먹보라고 하세요."

고정엽은 여태 웃음 띤 얼굴로 말없이 아녀자들의 대화를 듣고만 있었다. 하지만 명란이 수세에 몰리자 한마디 끼어들었다.

"잘 먹는 게 좋지요."

이 말이 끝나기 무섭게 수안당 여인들은 모두 웃음보를 터뜨렸다. 왕씨는 눈물까지 닦으며 노대부인을 향해 말했다.

"고 서방이 명란이 감싸는 것 좀 보십시오. 어머님께서는 걱정 거두셔도 됩니다!"

노대부인이 미간을 풀며 두 사람을 흐뭇하게 바라보았다. 고정엽을 바라보는 눈빛도 한결 온화해졌다.

여인들이 얘기를 나누는 동안 고정엽은 전이를 바라보았다. 전이는 소란을 피우지는 않고 짧은 두 다리를 바삐 움직여 어른들 사이를 돌아다녔다. 잠깐은 왕 씨에게 가서 치맛단을 당기기도 하고, 또 잠깐은 해씨에게 가서 손가락을 잡아당기기도 했다. 수시로 고정엽 앞으로 다가가 고개를 들어 빤히 바라보다가 갑자기 명란의 살가움이 떠올랐는지 명란의 무릎 위로 기어 올라가서 그녀의 뺨에 힘껏 뽀뽀하기도 했다. 그러고는 조그만 입을 가리고 부리나케 노대부인 뒤로 숨었다.

전이의 모습에 온 집안이 웃음바다가 됐다. 고정엽도 웃음이 튀어나와 입가를 움찔거렸다. 그는 유난히 그윽하게 빛나는 눈으로 명란을 바라봤다.

명란은 꼬마 녀석을 품에 안으며 득의양양하게 말했다.

"우리 조카가 참 사랑스럽지 않습니까!"

호수처럼 깊은 고정엽의 눈에 옅은 노기가 어렸다. 분위기 파악 못 하는 누군가를 원망하듯이.

몇 마디를 더 나눈 뒤 고정엽은 아버님께 인사드리러 가야겠다며 먼저 자리를 떠났다. 그가 떠나자 여인들의 대화는 더 자유로워졌다. 왕 씨는 한숨을 내쉬며 고정엽의 차분하고 진중한 모습과 위풍당당함, 그리고 명란을 대하는 자상한 태도를 지켜보았다. 왠지 가슴 한쪽이 쓰렸다.

해 씨는 눈치가 빨랐다. 왕 씨가 문밖으로 나가는 고정엽의 모습을 아련하게 바라보며 한숨을 내쉬자 왕 씨 곁으로 다가가 말했다.

"그러고 보면 우리 집 아가씨들은 정말 복이 많습니다. 얼마 전에 왔던 여란 아가씨와 서방님이 모습을 생각하면……. 세상에! 꿀단지에 빠졌다는 말로도 부족할 겁니다!"

왕 씨의 표정이 환해지며 진심 어린 미소가 떠올랐다.

"여란이가 솔직한 아이 아니냐. 네 여동생을 대하는 태도는 말할 필요도 없고 말이야. 혼인한 지 얼마나 됐다고 살도 꽤 붙었더구나!"

왕 씨는 명란을 흘끗 봤다. 명란은 야윈 턱선을 포함해 살집이 거의 그대로였다. 웃고 있어도 얼굴에 지치고 피곤한 기색이 보였다. 고씨 집안이 순탄하지 않고 걱정거리가 많다는 소문이 떠올랐다. 왕 씨는 그제야 마음이 좀 편안해졌다.

역시 명란을 보고 있던 노대부인이 미간을 살짝 찌푸리며 말했다.

"때맞춰 잘 왔다. 마침 부르려던 참이었어. 여란이가 회임했다는구나."

제142화

대책 下

명란은 처음에는 어안이 벙벙해하다 이내 활짝 웃으며 축하 인사를 전했다.

이 얘기가 나오자 왕 씨의 얼굴에서 웃음이 떠나지 않았다.

"진즉에 알았지만, 초기여서 미리 알리지 못했단다. 이제 안정기에 접어들었으니 집에 한번 오라고 일렀지. 네 할머니께서도 걱정이 되셨는지 서신을 받자마자 유능한 어멈 둘을 보내셨단다. 여란이 곁에서 상태를 꼼꼼하게 살피고 조심시키라고 말이다."

왕 씨는 노대부인의 이런 부분이 썩 내키지 않았다. 물론 손녀딸 때문에 마음이 쓰여서겠지만, 그냥 집으로 데려오면 될 것을 꼭 저렇게 허세를 떨었다. 왕 씨는 노대부인을 향해 몸을 틀며 앙탈을 부렸다.

"어머님도 참! 여란이를 아끼시는 마음은 잘 알지만, 괜히 사돈 부인께서 언짢아하실까 걱정입니다. 제가 며칠 전 사돈댁에 들렀을 때 표정이 영 좋지 않았단 말입니다!"

해 씨는 살짝 난처해졌다. 명란은 익숙한 듯 고개를 떨구고 못 들은 척했다. 노대부인은 부처를 섬겼지만 호락호락한 사람은 아니었다. 왕 씨도 예전에는 허세를 떨긴 했지만 그래도 이번에는 불호령이 떨어질 게 분명했다.

역시 노대부인의 차가운 시선이 득의양양한 며느리에게 닿았다. 노대부인은 차를 한 모금 마시며 탄식했다.

"나도 예전에는 체면 때문에 이런 일까지 간섭하고 싶지 않았다. 하지만 화란이를 떠올리니 손녀딸의 건강이 가장 중요하다는 생각이 드는구나. 그러니 사돈댁에 실례를 범하는 짓이라 해도 신경 쓰지 않는다. 여란이의 성정은 화란이 보다 못하지 않느냐. 만약 사돈댁에서 실랑이라도 벌어지면 마음도 상하고 몸도 상할 테니 차라리 내가 죄인이 되는 게 낫지!"

화란이의 병약한 모습이 떠올랐는지 눈시울이 붉어진 왕 씨는 고개를 떨구고 아무 말도 하지 않았다. 사실 여란의 시어머니는 상대하기 쉬운 사람은 아니었다. 하지만 성가도 보통이 아니고, 그 집 아들이 일편단심 여란만 바라보고 있어 강경책이든 회유책이든 가리지 않고 쓰다가 이제야 잠잠해진 것이다.

노대부인은 찬 잔을 내려놓으며 말에 뼈를 담아 말했다.

"애미도 자식 복은 있는 편이지. 화란이는 아들을 둘이나 낳았으니 한시름 놓아도 되고 옆에 있는 아이들도 신경 쓸 게 없어. 하지만 여란이는 애미 손으로 기르기도 했고, 나도 나이가 들어 섬세하지 못한 부분이 있으니 애미가 자주 일깨워주어야 할 게야!"

노대부인은 다시 찻잔을 들어 목을 축이곤 말을 이었다.

"어쨌든 이제 그 집 며느리야. 아침 댓바람부터 달려와 저녁까지 친정에 붙어 있으면 안 되지. 다른 사람이 알면 우리 성가가 건방지다 하지 않겠나. 남편을 살뜰히 보살피고 공경해야지 은혜를 베풀 듯 생색을 내면 안 되는 게야. 앞으로 속 편하게 살려거든 말이다! 시어머니, 동서와도 사이좋게 지내야 하고, 참을 줄도 알아야지! 별것 아닌 일에도 세상 억울한 얼굴로 쪼르르 달려와 난리를 치면 되겠느냐. 어느 집안에 그런 며느리가 있단 말이냐. 그 아이는 금이야 옥이야 다 받아주지 않으면 안 되는 것이야? 문 서방이 그리 냉정한 사람은 아닌 것 같으니 여란이가 선을 넘지 않고 정신을 차린다면 문 서방도 여란이를 더 아껴줄 게야.”

노대부인은 불같이 화를 내지는 않았지만 따끔하게 일침을 놓았다. 말 한마디 한마디가 폐부를 찌른 듯 왕 씨가 꿀 먹은 벙어리처럼 아무 말도 하지 못했다.

“어머님 말씀 새겨듣겠습니다. 그리고 여란이에게도 잘 일러두도록 하겠습니다.”

왕 씨는 뻣뻣하게 긴장하고 있다가 뒤늦게 겨우 이 말 한마디만 내뱉었다.

해 씨는 명란이 하는 것처럼 고개를 떨구고 열심히 찻잔 속 찻잎을 세고 있었다.

노대부인은 왕 씨의 얼굴이 잿빛으로 변한 것을 보고 은근 통쾌해하며 또 한 방을 날렸다.

“만약 우리가 예를 소홀히 한다면 돌아오는 것도 분명 줄어들 것이다! 하지만 여란이가 예를 다 했는데도 사돈댁이 부당하게 나온다면 성가도 가만히 있지는 않을 게야!”

노대부인은 말을 하면 할수록 속에서 화가 치밀어 올랐다. 아끼는 큰 손녀가 설움을 당하는데 어째서 마음이 아프지 않겠는가. 하지만 어쨌든 더 좋은 집안으로 시집을 간 게 아닌가. 더 못한 집안으로 시집을 갔는데도 양보를 한다면 성가는 웃음거리가 될 것이다.

이래서 시댁은 대등한 곳이 제일 좋았다. 또 속여서 하는 혼인도 아니니 어느 한쪽이 양보하거나 참지 않아도 되니까.

명란은 세 번째로 찻잎을 세려다 화제를 돌릴 말을 떠올리곤 해 씨에게 말했다.

"올케, 혜아의 만월연은 언제쯤 열 생각이에요? 목이 빠져라 기다리고 있어요."

해 씨가 눈치를 채고 미소를 지으며 말했다.

"혜아를 낳을 때 제 몸이 좋지 않아 어머님께서 저를 생각해 쌍만월雙滿月[1]을 열어주시기로 하셨어요. 그러면 저나 혜아도 사람들을 만나거나 연회 상을 받을 기력이 있을 테니까요."

왕 씨는 고개를 끄덕이며 만족스러운 얼굴로 며느리를 바라봤다. 그런 다음 명란에게 말했다.

"그래, 맞다. 그때면 화란이도 몸을 풀었을 테고, 여란이도 안정기에 접어들 테니 오랜만에 다 같이 모이자꾸나."

명란은 상석에 앉아 있는 노대부인을 바라보았다. 노대부인은 별다른 표정 없이 쟁반에 놓인 말린 감귤을 만지작거리고 있었다. 입꼬리에서 옅은 조소가 느껴지는 것 같았다. 명란은 겨우 웃음을 참고 왕 씨에게 말했다.

"역시 어머님은 식견도 대단하시고, 생각도 세심하세요. 저희 아랫사람들이 잘 보고 배워야겠네요."

그녀는 존경 어린 눈빛으로 왕 씨를 바라보며 말과 표정에 진심을 담

---

1) 아이가 태어난 지 만 두 달째 되는 날 치르는 잔치.

있다. 이런 기술은 이미 도가 텄다. 설령 왕 씨가 상식과 먼 이야기를 한다 해도 명란은 눈 하나 깜짝하지 않고 무조건 찬성한다는 눈빛을 보낼 수 있었다.

왕 씨가 자신의 겸손함을 보여주기 위해 살짝 입을 가렸다. 그러고는 잽싸게 화제를 바꿨다.

"화란이 말이 나와서 말인데 며칠 전 내가 보러 가지 않았겠니. 몸은 야위었지만 기분은 꽤 좋아 보이더구나."

"그것참 잘됐네요. 지난번 세삼례 때 언니가 입고 있던 옷이 너무 크다고 생각했는데."

명란은 깊은 수심에 잠겼다. 그 '묘책'이 쓸모가 있었는지 알 수 없었다.

왕 씨가 뿌듯함을 감추지 못하고 기쁜 얼굴로 말했다.

"아! 요즘 사부인이 자기 일만으로도 벅차서 화란이가 아주 잘 지내고 있단다. 그리고 그렇게 네가 보고 싶다고 하더구나. 별일 없으면 시간을 내어 한번 찾아가 보거라."

"자기 일만으로도 벅차다고요? 사돈댁에 무슨 일이라도 있나요?"

명란은 속으로 쾌재를 부르면서도 불안해했다.

왕 씨가 입을 열려다 노대부인의 헛기침 소리를 듣고 정신을 차렸다. 아이들 앞에서 다른 집 어른들 얘기는 꺼내지 않는 편이 낫다는 생각이 든 것이다. 눈치 빠른 해 씨가 얼른 웃으며 말을 이었다.

"별일 아니에요. 사돈 어르신께서 얼마 전 새로운 이랑을 들이셨는데 사부인께서 그 이랑이 법도도 모르고 어르신을 제대로 모시지 못하는 것 같아 이것저것 가르쳐야 한다고 생각하신 모양이에요. 그래서 정신이 없으신 것이지요."

보라, 같은 말을 어쩜 이리 수준 높게 한단 말인가. 왕 씨는 아무래도 죽을 때까지 정진해야 할 것 같았다.

명란은 처음 듣는다는 듯 뜸 들이며 반응했다.

"아아……."

오예!

부부 사이에 첩을 끼워 넣는 것은 부도덕한 일이지만 사람이 자기 자신을 위하지 않으면 하늘이 벌을 내리는 법이었다. 사부인은 걸핏하면 화란을 괴롭히려고 그녀의 방에 수많은 여자를 들여 놓더니 이제 본인도 그 기분을 맛보게 된 것이다. 정말 쌤통이다! 명란은 속이 시원했다.

"……사부인께서 참으로 어지시네요."

명란은 순진한 표정으로 말했다.

노대부인은 웃는 듯 마는 듯한 얼굴로 손녀딸을 바라보았다. 명란은 순간 속이 뜨끔해 얼굴을 붉히며 고개를 떨구었다.

유모에게 안겨 나한상으로 간 전이는 목에 걸린 고옥古玉 반지를 만지작거렸다. 작고 오동통한 손가락 하나를 넣어보았지만 반지가 너무 헐거웠다. 두 손가락을 넣어 보아도 여전히 컸다. 마지막으로 네 손가락을 넣어보는데, 이런! 작은 손이 반지에 껴버린 것이 아닌가! 고옥은 매끄러워서 다행히 아프지는 않다. 전이는 작은 팔을 연신 흔들었다. 하지만 아무리 흔들어도 빠지지 않았다. 결국, 작은 주먹을 노대부인의 품에 들이대며 풀어달라고 했다.

노대부인은 별수 없이 아이를 어르며 반지를 빼주었다. 이때 밖에 있는 계집종이 큰소리로 외쳤다.

"나리와 장풍 도련님께서 오셨습니다."

노대부인을 제외한 청당의 아녀자들이 전부 일어나 예를 갖춰 인사했다. 성굉과 장풍이 순서대로 들어왔다. 이때 전이가 노대부인의 어깨 위로 끙끙대며 기어 올라오더니 짧은 팔을 뻗으며 성굉을 반갑게 맞았다.

중년이 되어 살이 붙은 성굉은 전이를 보자 마음이 환해졌다. 그는 노대부인에게 인사를 올린 후 웃으며 전이를 안아 들었다. 그리고 나한상 옆에 앉아 손자 녀석을 무릎에 앉히고 장난을 치기 시작했다.

"츄, 하부!"

전이가 옹알이를 하며 능숙하게 성굉의 수염을 잡았다.

"어이쿠! 우리 강아지!"

성굉은 손자에게 수염이 잡혀도 기분이 좋은지 싱글벙글했다.

노대부인이 손에 반지를 든 채로 오랜만에 할아버지와 손자가 함께 노는 모습을 바라보았다. 화가 나면서도 그 모습이 너무 우스워 욕을 해주었다.

"요 양심 없는 녀석!"

성굉이 전이를 안고 하하하 너털웃음을 지었다. 전이가 성굉에게 달려들어 그의 얼굴에 침이 잔뜩 발랐다. 그 모습을 본 왕 씨가 웃으며 말했다.

"할아버지와 손자처럼 친한 사이가 없다더니 그 말이 딱 맞습니다."

아무래도 아들딸들이 있었기에 성굉도 손자와 마냥 놀 수가 없어 잠깐 데리고 있다가 옆에 있던 유모에게 전이를 넘겼다. 노대부인이 해 씨에게 말했다.

"아이가 얌전히 있지를 못하는구나. 밖에 나가 두어 번 돌면 잠잠해질 게다. 오늘은 날도 좋으니 전이를 데리고 나가 놀아주거라."

해 씨가 온화한 목소리로 대답했다. 유모에게 안겨 있던 전이는 똘똘했다. 마치 그 말을 알아들은 듯 유모가 허리를 굽히자마자 두 다리를 뻗어 안정감 있게 서더니 잽싸게 밖으로 뛰어갔다. 계집종과 어멈들이 다급하게 그 뒤를 쫓아갔다.

해 씨가 불안했는지 서둘러 인사를 했다.

"아이가 버릇이 없어서…….."

"신경 쓰지 말거라."

성굉은 전이가 밖으로 나가는 모습을 흐뭇하게 바라보며 손을 저었다.

"자고로 사내아이라면 기운이 넘쳐야지. 앞으로 공부도 하고 무공도 닦으려면 체력이 좋아야 하는 법이니라."

"맞는 말이니라."

노대부인은 속으로는 좋아하면서도 일부러 비뚤게 말했다.

"저렇게 튼튼하니 앞으로 제 아비에게 회초리를 맞는 일이 있어도 걱정할 필요가 없겠구나! 여섯째 고모 같은 몸이면 아무짝에 쓸모없다. 손바닥만 맞아도 버거워할 테니!"

"할머니!"

명란이 난처해하며 말했다.

"하, 할머니, 왜 저한테……?!"

방 안에 웃음꽃이 피자 해 씨는 조심스레 밖으로 나갔다. 나머지 사람들은 연배에 따라 자리를 옮겨 앉았다. 성굉과 왕 씨는 나한상 양쪽으로 나눠 앉고, 명란과 장풍은 마주 보고 앉았다.

"고 서방은?"

노대부인이 한바탕 웃고 난 후 숨을 고르며 말했다.

성굉은 수염을 훑으려다 손자 때문에 수염이 헝클어진 것을 발견하고 가지런히 정리했다.

"서재에서 저와 얘기를 나누다가 오군도독부로 갔습니다. 요 며칠 황제께서 궁을 비우셔서 조회는 생략되었으나 다른 일이 많은가 봅니다."

명란은 성굉을 바라보았다. 비록 아침 일찍 퇴청을 하긴 했지만 표정만큼은 여전히 충군애국의 도리를 다하고 있었다. 명란이 장단을 맞춰 말을 이어받았다.

"두 분 태후마마께 가벼운 병증이 있어 서산행궁으로 요양을 가셨어요. 황제께서 며칠마다 두 분을 찾아뵈니 정말 효심이 지극하시지 않습니까."

성굉이 흡족한 표정으로 고개를 끄덕였다. 여식 중 명란이 가장 총명하고 손발이 잘 맞았다.

성굉도 이제 노회한 관료가 되었다. 아침에 감찰원에 가서 출근 도장을 찍은 뒤 별일 없어 보이면 바로 집으로 돌아왔다. 어차피 황제가 자리를 비웠으니 급한 일이 있을 게 없었다. 이런 와중에도 일이 바쁘다면 그는 황제와 가깝거나 황제가 아끼는 사람일 것이다. 예를 들면 방금 서둘러 집을 나선 자신의 여섯째 사위처럼 말이다.

"어머님, 방금 무슨 이야기를 나누고 계셨습니까? 온 집안이 웃음소리로 가득하던데."

기분이 좋은 성굉이 노대부인의 비위를 맞추며 물었다.

노대부인이 웃으며 명란을 가리켰다.

"제 언니들 얘기를 나누었단다. 화란이가 명란이를 보고 싶어 하고, 여란이도 움직일 수 있게 됐으니 혜아의 쌍만월 연회 때 다들 모이자고 말이다."

성굉도 웃으며 맞장구를 치다 갑자기 낙담하더니 조용히 물었다.

"헌데 묵란이가 시집을 더 일찍 갔는데 왜 여태 소식이 없는 것이냐?"

이 말 한마디에 청당의 분위기가 단번에 냉랭해졌다. 왕 씨는 입을 꾹 다물고 시선을 피했다. 계속 침묵하고 있던 장풍이 갑자기 고개를 들었고 얼굴에 그늘이 드리워졌다. 노대부인이 두 부자를 쓱 보고는 냉랭하게 말했다.

"원인이 있어야 결과도 있는 법. 여란이의 복을 탐탁지 않게 여기는데 어쩌겠느냐."

왕 씨는 내심 통쾌해했고, 성광은 그저 긴 한숨만 내쉴 뿐이었다. 노대부인은 그를 잠시 바라보다 마음이 짠해져 너그럽게 위로했다.

"너는 좋은 애비다. 이미 애비로서의 본분을 다했어. 묵란이의 길은 저 스스로 그렇게 만든 것이다. 제 부모와 가족에게 누를 끼쳐서라도 얻으려 한 자리니 말이야. 이제…… 그 아이는 누구 탓도 할 필요 없다."

명란은 고개를 떨구고 아무 말도 하지 않았다. 묵란의 일은 그녀도 들은 바 있었다. 잘 지내지도 못했지만 그렇다고 나쁘게 지내는 것도 아니라고 했다. 비록 달콤한 신혼 생활은 아니지만 영춘처럼 천대받고 살진 않았다.

묵란은 또 체면을 세우는 데 일가견이 있으니 안팎으로 티를 내지도 않을 것이다. 대략 서로 공경하며 적당히 사랑받을 부류다.

서녀는 잡초와 비슷했다. 꿋꿋이 살아남은 서녀는 생명력이 약할 수 없었다. 사랑을 듬뿍 받고 자란 적장녀 화란도 참아내고 있는데 서녀가 어디 가서 귀한 대접을 받겠는가? 임 이랑의 비호나 잘못된 교육이 없어도 묵란은 자신이 설 자리를 찾았을 것이다.

어리광도 부리고, 제멋대로 고집부리며 화도 막 내고 싶다고? 미안하지만 집안 배경이 화강암처럼 단단하고, 아무 조건 없이 친정의 지원을 받을 수 있는 사람이라야 가능할 것이다. 고대 여성들에게 있어 가장 원만하고 이상적인 결혼은 서로 존중하는 것이다. 내가 당신 대신 첩과 아이들을 보실필 테니 당신은 밥벌이를 책임지고 가문을 지켜라. 이렇게 서로 협력하며 하루하루를 사는 것이다.

모두가 예외 없이 하루하루를 버티고 있으니 명란은 누구를 동정하거나 연민을 가지지 않을 생각이다.

노대부인은 이 이야기를 더 이어가고 싶지 않아 성굉에게 말했다.

"오늘 무슨 일로 날 찾아온 것이냐?"

찾아온 이유를 떠올리자 성굉은 절로 기분이 좋아져 웃으며 말했다.

"어머니께서 예상하신 대로였습니다. 오늘 기쁜 소식을 전하러 왔습니다."

그가 장풍을 쓱 보더니 말을 이었다.

"며칠 전 류가의 잔치에 초대를 받지 않았습니까. 그런데 며칠 전 류형이 갑자기 찾아오더니 우리 집안과 혼인을 하고 싶다지 뭡니까."

노대부인이 눈을 반짝이며 말했다.

"어떤 아가씨냐?"

성굉이 한층 더 들떠서 말했다.

"그 집 적차녀인데 마침 또 셋째지 뭡니까."

왕 씨의 입이 떡 벌어졌다. 명란도 깜짝 놀라긴 마찬가지였다. 노대부인이 다급하게 되물었다.

"그게 사실이냐?"

"정말이고말고요! 류 형이 허튼소리 하는 사람은 아니지 않습니까."

성굉이 수염을 어루만지며 기쁜 얼굴로 옆에 있는 아들을 보았다. 보면 볼수록 인물이 훤하고 풍채도 남달랐다.

장풍은 얼굴을 붉히며 불안한 듯 몸을 가만히 두질 못했다. 그리고 우물쭈물하며 고개를 숙였다. 명란은 그 맞은편에 앉아 있었다. 의자가 낮아 장풍 쪽으로 곁눈질을 해 보니 장풍의 안색이 괴상했다. 부끄러운 것 같기도 하고, 원하지 않는 것 같기도 하고, 담담하게 운명을 받아들이는 것 같기도 했다.

류명 대인으로 말할 것 같으면 성굉과 동문수학해 동과에 급제한 동년배 친구이자 동료다. 성굉과 한결같은 우정을 이어오고 있으며 지금은 정5품에 해당하는 대리시 좌시승佐寺丞 [2]을 지내고 있다. 관직은 성굉만큼 높지 않지만, 연주 류가는 대대손손 적자들이 관직에 오른 진정한 관료 집안으로 백 년에서 이백 년 동안 명망을 이어왔다.

연주 류가에서는 이전 왕조부터 진사·거인이 끊이지 않고 나왔다. 정1품 두 명, 정2품 세 명을 배출하기도 했다. 그 자제들 중에도 관료가 된 사람들이 부지기수였다. 비록 최고 관직까지 오른 사람은 없지만, 대대로 고관대작을 차지한 것이다.

류가의 사당祠堂 [3]에는 관직 위패가 줄지어 있다고 했다. 비록 해가보다 명망이 높지는 않지만 어쨌든 뼈대 있는 집안이었다. 성굉은 매번 류가 이야기를 할 때마다 부러움과 탄식을 감추지 못했다.

당초 성굉은 여란을 류가에 시집보내고 싶었지만 아쉽게도 류가는 가풍이 엄격해 그 집 조부가 미리 정해 둔 혼사가 있었다. 그런데 그 집안의 적녀가 어째서……? 명란은 고개를 슬며시 왕 씨 쪽으로 돌려 무슨 말이 나오길 기다렸다.

"그 집안이 어찌 장풍이를 맘에 들어한 겁니까?"

---

2) 대리시에서 세 번째로 높은 관직.
3) 조상의 신주를 모셔 놓은 집.

왕 씨는 역시 가만있지 못하고 단도직입적으로 물었다.

"나리께서는 잘 알아보셨습니까? 뭔가 찜찜한 사연이 있는 건 아니겠지요?"

성굉은 좋은 분위기에 찬물을 끼얹은 왕 씨를 흘겨봤다. 노대부인도 살짝 눈살을 찌푸렸다.

"류가의 셋째 딸이라고 했느냐? 어렴풋이 기억하기론 이미 혼사가 정해진 것으로 아는데?"

장풍의 고개가 더 축 처졌다. 죽을 때까지 고개를 들지 않을 작정인 것 같았다. 왕 씨는 깜짝 놀라 물었다.

"혼사가 깨진 겁니까?"

성굉은 왕 씨를 다시 한번 노려보고는 노대부인의 물음에 답했다.

"어머니, 걱정 마십시오. 어찌 자식의 혼사를 두고 경솔한 짓을 하겠습니까. 류 형은 어머니께도 깍듯했으니 그의 사람 됨됨이는 잘 아실 겁니다. 제게 전부 털어놓았습니다. 셋째 딸의 혼사가 정해지긴 했었답니다. 정안 장씨 집안으로, 이미 사직한 장 각로의 적손자입니다."

노대부인은 눈을 지그시 감고 고개를 끄덕였다.

"딱 맞는 집안이지."

성굉은 노대부인의 노기가 누그러진 것을 보고 차를 마시며 목을 축였다.

"본래 작년에 혼사를 치르기로 했었답니다. 그런데 그때 정안에 역병이 돌지 않았습니까. 장 각로의 아들이 역병으로 세상을 떠나게 되어 장 공자가 삼 년 장을 치르러 가게 됐답니다."

"그런 연유로 혼사가 중단된 게로구나."

노대부인이 말했다.

성굉은 찻잔을 내려놓고 탄식했다.

"그래서 두 집안이 약속했답니다. 효기孝期가 끝나기를 기다렸다 다시 혼사를 진행하기로. 그런데 몇 달 전 류가에서 소식을 알아봤더니 글쎄……."

그는 긴 한숨을 내쉬었다.

"그 장 공자가 효기에 몸종과 정분이 나서 아들을 낳았다지 뭡니까!"

노대부인의 얼굴이 어두워졌고 왕 씨는 경멸조로 한마디 내뱉었다.

"정안 장가도 별 볼 일 없군요."

"류형의 형수님도 명망 있는 가문 출신이라 늘 예를 지키며 바르게 살았습니다. 하지만 이 소식을 듣고 어찌 된 일인지 직접 따져 묻기 위해 장안으로 갔지요. 그런데 장씨 집안에서는 사죄의 말과 변명만 늘어놓고 대책은 내놓지 않았다고 합니다. 형수님은 결국 딸을 그 집에 보내지 않기로 하셨답니다."

성굉이 낮은 목소리로 말했다.

집 안에 잠깐의 정적이 흐른 뒤 노대부인이 입을 열었다.

"나였더라도 딸을 그 집에 보내지 않았을 게다."

명란도 속으로 동의했다. 그 류 부인이란 사람은 사리가 밝구나.

첫째, 장 공자가 효기에 그런 일을 저질렀다는 건 효와 덕을 모르는 사람이라는 뜻이었다. 인품과 자제력은 어디다 팔아먹었단 말인가. 둘째, 이미 아이까지 낳은 것을 보면 장가의 규율이 엄하지 않다는 소리였다. 최소한 장 부인은 아들을 지나치게 금이야 옥이야 키운 것에 대한 책임을 면하기 어려웠다. 만약 시어머니가 그런 사람이라면 분명 시집살이가 고될 것이다. 셋째, 지금까지도 어미는 내치고 아들만 남기는 데 동의하지 않았다는 건 그 몸종이 보통내기가 아니어서 장 공자가 단단히 홀렸다는 소리였다.

이 세 가지로 짐작에 볼 때 장가에 시집을 가도 앞날이 평탄치 못할 것이다. 차라리 잠시 쓰리고 마는 편이 나았다. 딸을 시집보내 주도권을 장가에 넘기느니 이참에 혼인을 파하고 제대로 생각해 보는 것이 좋았다.

"파하면 파하는 게지요!"

왕 씨는 비꼬며 말했다.

"류가 같은 집안의 여식이 어디든 시집을 못 가겠습니까?"

"그게 그렇게 쉬운 일인 줄 아시오?!"

성굉은 쓴웃음을 지었다.

왕 씨가 성굉에게 대들려고 하는 찰나에 명란이 다급하게 끼어들었다.

"정말로 쉽지 않은 일입니다. 장가와 류가는 본래 사이가 깊지 않았습니까. 설사 혼인이 성사되지 않더라도 서로 적을 두고 있으면 안 되지요. 류가에서 이 일의 결백을 주장하고 싶다면 장 공자의 불효를 알리는 편이 낫습니다. 효도를 핵심으로 두는 것이 가장 중요합니다. 그렇게 되면 장 공자의 앞길도 밝지만은 않을 것입니다. 하지만 이 일을 숨기기만 한다면 혼약을 깬 잘못이 류가 아가씨에게 돌아가게 됩니다. 그러니 다음 혼처를 논하기가 쉽지 않지요……."

명란이 조곤조곤 하는 말에 왕 씨는 반박할 수가 없었다.

"그…… 그것참, 골치구나."

성굉은 명란을 대견한 눈초리로 바라본 후 노대부인에게 말했다.

"명란이 말처럼 여식이 나이를 먹어 가니 류형의 마음이 조급한가 봅니다. 그래서 저를 찾아온 것이지요. 주변 사람들은 내막을 모르지만 우리는 친분이 있지 않습니까. 이 일은 처음부터 장가에게 책임이 있지요. 게다가 어머니께서도 그 집 여식을 보시고 인품을 칭찬하지 않으셨습니까."

이 말을 들은 노대부인도 마음이 움직였다. 모자는 눈빛으로 신호를 주고받더니 확실히 마음을 굳힌 것 같았다.

이 혼사는 정말 더없이 좋은 기회였다.

장풍은 서자인 데다 지금은 그저 과거 응시생일 뿐이었다. 언제 진사가 될 수 있을지 장담할 수도 없다. 또한, 성가는 명문세가가 아니었기에 류가처럼 으리으리한 집안과 혼사를 논하는 일은 꿈도 못 꿀 일이다. 하지만 이번에 류가에서 먼저 혼인을 청했기 때문에 장풍이 그 집 사위로 들어가도 기가 죽거나 눈치를 봐야 할 필요가 없었다.

노대부인이 나한상의 손잡이를 내리치며 결심한 듯 말했다.

"이 혼사를 마다할 이유가 없다. 류가 여식의 인품은 두말할 필요 없이 현모양처 감이지. 너는 가서 사주를 물어보거라. 궁합이 맞으면……."

노대부인이 잠시 뜸을 들이다 말했다.

"내가 직접 찾아가서 혼담을 꺼내마."

왕 씨의 얼굴이 붉으락푸르락했다. 부아가 치밀어 오르는 것이다. 허나 그녀가 입을 열기도 전에 성굉이 재빨리 말을 이었다.

"어머니의 말씀이 옳습니다. 저도 같은 생각입니다. 여자 쪽에서 먼저 혼담을 꺼내게 할 순 없지요."

"기왕 혼인을 하기로 했으면 보기에도 좋은 게 낫지 않겠느냐."

노대부인의 말투가 단호했다.

"밖에는 내가 류가 여식의 성품을 너무 좋아해 과분하나 체면도 불사하고 혼담을 넣었다 이르거라."

"그리고 류형에게는 난처하겠지만 장가 쪽에서 먼저 삼년상을 이유로 혼사를 미룬 것이라 얘기하라 이르겠습니다."

성굉은 진즉에 세책을 나린해 둔 상태였다.

"이 일은 사람들의 입에 오르고도 남을 일이다. 우리 체면은 좀 덜 서도 류가의 체면은 살려 줘야 하느니라. 그들이 도움받은 것을 기억한다면 나중에 장풍이도 잘 돌봐줄 것이다!"

어머니와 아들은 서로 한마디씩 주고받으며 다른 사람이 끼어들 틈을 주지 않았다. 왕 씨는 답답해 죽을 지경이었다. 그저 머리가 좋지 않아 이 혼사를 반대할 구실을 찾지 못하는 자신을 원망할 수밖에 없었다. 명란은 왕 씨와 눈을 마주치지 않으려고 철저히 고개를 숙이고 있었다. 이건 너무도 좋은 혼사였다. 그녀 역시도 반대할 이유를 찾을 수가 없었다.

노대부인이 자애로운 눈빛으로 장풍을 바라보았다. 여하튼 먼 미래를 생각해야 했고, 장풍이 탄탄대로를 걷길 바랐다. 류가는 대대손손 고관대작 출신이 많았다. 관직이 높지는 않아도 수가 많고 힘이 있었기 때문에 장풍의 든든한 지원군이 될 것이다.

성굉은 서둘러 장풍에게 감사 인사를 올리라며 채근했다.

"손자가 부족하여 또 할머님께 폐를 끼쳤습니다. 연세도 적지 않으신데 손자의 혼사를 위해 이리 애써 주시니 몸 둘 바를 모르겠습니다."

장풍의 말은 언제나 감동적이었다. 얼굴을 붉히고 우물쭈물하는 것이 꼭 아가씨 같았지만.

노대부인이 큰소리로 웃었다.

"네가 좋은 아내를 둘 수 있다면 이 할미는 뭐든 할 수 있단다."

다들 한두 마디씩 장풍을 놀리자 성굉은 아들에게 가서 공부하라고 했다.

장풍의 얼굴이 저녁 노을빛처럼 붉어졌다. 두 뺨은 복사꽃 같았고 눈빛에는 슬픔과 한이 담겨 있었다. 그는 차마 어른들과 눈을 마주치지 못했다. 그저 자리를 떠나기 전 용기를 내어 명란을 슬쩍 바라보기만 했다. 명란은 마침 노대부인과 성굉에게 온갖 축하 인사를 늘어놓고 있었다. 순간 장풍의 눈빛을 보게 된 명란은 가슴이 저렸다.

그녀는 장풍의 마음을 알고 있었지만 차마 입 밖으로 꺼내지 못했다.

장풍이 나간 뒤, 노대부인과 성굉은 곧 혼사에 필요한 것들을 논의했다. 말하면 할수록 서로 장단이 잘 맞는 것 같았다. 명란은 왕 씨의 어두운 표정을 보자 마음이 무거워져 산토끼를 잡은 일이나 광주리로 참새를 잡을 일, 온천을 했던 일 등 산장에서 있었던 재미있는 일들에 대해 떠들기 시작했다.

왕 씨가 점점 흥미를 느끼며 물었다.

"그 온천 산장이 서산에도 있느냐? 다들 좋은 곳이라고 하던데. 산수가 좋아 마음을 다스리기에도 좋고, 온천욕을 하며 병을 고치기에도 좋다지. 알다시피 화란이가 몸이 안 좋지 않니……."

그녀가 말꼬리를 늘어뜨렸다.

명란은 냉큼 알아듣고 웃으며 말했다.

"어머니 말씀이 맞습니다. 저도 그 생각을 했어요. 산장을 잘 관리하라고 벌써 분부해 둔 걸요. 나중에 언니 몸이 좀 괜찮아지거들랑 온천 산장에서 며칠 머물려고요. 할머니와 어머니도 같이 가요. 아쉽지만 여란 언니는 회임을 했으니 온천욕은 좋지 않겠네요."

왕 씨는 명란이 고분고분 말을 잘 듣자 기분이 좋아져 한마디 덧붙였다.

"네가 좋은 아이라는 것은 나도 잘 알고 있다. 하지만 경성에 우리 집안 친지들도 몇 있지 않느냐. 네가 시집간 몸이긴 해도 네 이모를 잊으면 안 되느니라. 그 사람들도 내 덕을 좀 보면 좋겠구나……."

말이 끝나기도 전에 탁! 하고 부딪히는 소리가 들렸다. 노대부인이 찻잔을 세게 내려놓으면서 나는 소리였다. 그녀의 표정은 쌀쌀맞았다.

"시집간 딸은 이제 남이니라. 화란이는 건강이 나빠 몸조리가 필요해서 그렇다 치지만 아무나 다 고씨 집안으로 쪼르르 달려가면 대체 어쩌겠다는 것이냐? 빈대같이 빌붙으려는 것이냐 아니면 뭐라도 뜯어내려는 심산인 게냐. 성가 체면은 안중에도 없단 말이냐?!"

성굉은 늘 명예를 중시했다. 방금 왕 씨의 말을 별생각 없이 듣고 있다가 그제야 불쾌한 기분을 드러냈다. 왕 씨의 표정을 구기며 중얼거렸다.

"별것도 아닌 일이지 않습니까. 명란이도 이제 떵떵거리며 사는데 친정 식구 하나 못 돌봐주겠습니까……."

노대부인이 코웃음을 치며 왕 씨를 노려보고 말했다.

"시집간 지 얼마 되지도 않아 화란이는 물론이고 에미와 성백이 안사람, 거기다 여란이에게까지 후하게 베풀지 않았느냐! 귀한 담비 모피며, 설삼雪蔘 4)이며 먹고 입는 것 모두 말이다. 내가 말을 안 하고 있었다만 너는 그것들을 길에서 주워 온 것처럼 여기더구나. 그런 욕심은 줄이면 안 되는 것이야?!"

자식 앞에서 굴욕을 당하는 왕 씨는 수치심이 극에 달했지만, 노대부인의 노기 어린 말에 아무런 대꾸도 못 했다. 명란은 공손히 자리에서 일어나 조용히 한쪽에 섰다. 그녀는 아무런 말도 하고 싶지 않았다. 성가라면 몰라도 강 부인은 제발 그만 찾아왔으면 하는 바람이었다. 볼 때마다 훈계를 해대는데 명란은 성향이 M도 아니면서 매번 이리저리 맞고만 있었다.

---

4) 약재 이름.

청당이 잠시 조용해지자 노대부인은 성굉 부부를 훑어보며 뼈 있는 한마디를 남겼다.

"지금 장풍이처럼 정말로 좋은 혼처가 있었다면 내 기어서라도 청하러 갔을 게다. 고가? 못이 깊은 데다 탁하기가 이루 말할 수 없다. 나는 처음부터 그 혼사가 마음에 들지 않았느니라."

이 말에 왕 씨는 식은땀이 났고, 성굉은 속이 쓰렸다.

노대부인이 고개를 숙인 채 방 한쪽에 서 있는 명란을 바라보았다. 야위어 뾰족해진 턱선을 보니 얼굴을 보니 속에서 더욱 화가 치밀어 오르는 것 같아 목소리가 높아졌다.

"명란이는 느긋하고 자유분방한 아이라 제 본분에 맞는 평범한 곳으로 시집을 가야 했다. 한데 저 고가는 대소사가 얼마나 많으냐. 명란이가 이제 몇 살이냐. 어린 것이 이제 막 시집을 간데다 아껴 주는 어른도 없어서 매번 속사정을 다 몰라 눈치만 살피며 언제 어디서 문제가 터질까 전전긍긍하고 있지 않느냐. 제 몸 하나 돌볼 여력도 없단 말이다! 제 설자리조차 잡지 못했거늘 명란이를 빌어 '덕'을 보겠다는 게야?"

왕 씨는 얼굴이 화끈거렸다. 성굉도 사납게 그녀를 노려보았다. 제 배로 낳은 딸이 아니면 마음이 쓰이지도 않는 걸까? 다행히 장풍의 혼사는 그가 직접 처리할 생각이었다. 그렇지 않으면 일이 어떻게 돌아갈지 모를 일이었다.

명란은 눈물이 핑 돌았지만 겨우 참았다. 왕 씨가 걸핏하면 이것저것 요구하지 않도록 노대부인이 보호막 역할을 해 준 것을 알고 있었다. 그녀는 눈가에 맺힌 눈물이 마르도록 여러 번 눈을 깜박거렸다. 그리고 고개를 들고 노대부인의 곁으로 다가가 애교를 떨었다.

"할머니께서 저를 너무 아끼시니 제가 시댁을 통째로 갖다 바칠까봐 걱정해서 그러시는 게지요. 나중에 사람을 시켜서 도로 가져가야겠습니다!"

노대부인이 입을 삐죽거리자 명란이 그녀의 팔을 잡아당기며 애교 섞인 목소리로 달랬다.

"하지만 온천은 다른 사람은 몰라도 우리 가족은 다 갔으면 좋겠어요! 제가 할머니와 어머니께 안마도 해드릴게요. 제 손기술이 보통이 넘는 것은 할머니께서 제일 잘 아시잖아요. 나중에 너무 좋다고 거기서 살겠다고 하시면 안 돼요."

노대부인은 명란이 자신을 쥐락펴락하는 것을 보며 한번 꼬집어주었다. 그리고 흐뭇하게 명란을 바라보았다. 명란은 진심이 담긴 표정으로 성굉을 바라보며 진지하게 말했다.

"저도 효를 다 하겠지만 남녀가 유별한 법 아니겠습니까. 아버지께서는 오라버니와 사위들을 잘 보살피고 계시잖아요. 그래도 미리 한 가지 말씀드릴게요. 고 서방은 두 팔로 삼백석三百石 [5]의 활을 당길 수 있는 사람이니 너무 신경 쓰지 않으셔도 됩니다."

성굉은 굳은 얼굴을 누그러뜨리며 웃음을 터뜨렸다. 그리고 명란이를 가리키며 고개를 내저었다.

"네 이 녀석은 정말!"

노대부인도 마침내 기분이 풀렸는지 손녀딸을 품에 안으며 손바닥으로 몇 대 토닥토닥 때렸다.

"입만 살아서는!"

---

5) 쌀 삼백 가마의 무게.

한바탕 떠들썩하게 웃고 난 후 성굉과 왕 씨는 자리에서 물러났다. 청당에는 노대부인과 명란만 남았다. 노대부인은 서서히 웃는 얼굴을 거두고 나한상에서 내려와 명란을 뒷방으로 끌고 갔다.

"말해보거라. 시댁에 무슨 일이 벌어진 것이냐?"

노대부인은 진지한 표정으로 명란을 바라보았다.

"너는 내가 기른 아이지만 속으로 무슨 생각을 하고 있는지 모르겠구나. 쓸데없는 소리는 집어치우고 어서 말해 보거라!"

명란은 더 숨길 수 없겠다고 생각하여 단도직입적으로 말했다. 처음부터 끝까지 차를 연거푸 두 잔 정도 마시자 이야기가 끝났다.

"그래서 이틀 동안 여기서 숨어 있겠단 말이냐?"

노대부인의 목소리가 다소 격앙됐고 눈빛은 머리가 하얘질 정도로 매서웠다.

명란은 겁먹은 표정으로 우물쭈물 말했다.

"……그냥 생각만 했다는 것이지요. 저도 압니다. 옳지 않은 방법이란 걸."

"다행히 바보 천치는 아니구나!"

노대부인은 턱도 없다는 표정으로 명란을 노려보았다. 명란을 머리를 긁적이며 부끄러운 마음에 고개를 떨구었다. 노대부인은 명란을 끌어당기며 차분히 말했다.

"솔직히 말해보거라. 너는 고 서방이 너무 했다고 생각하는 게지? 속으로는 동의할 수 없으니 거기에 있고 싶지 않은 것이고. 내 말이 맞느냐?"

명란의 맑은 두 눈이 노대부인을 똑바로 바라보고 있었다. 잠깐 뒤에서야 고개를 내저으며 기어들어가는 목소리로 말했다.

"아니에요. 저는 나리의 행동이 옳았다고 생각해요."

노대부인의 눈동자가 잠시 흔들렸다. 명란은 노대부인의 어깨에 머리를 기대며 한마디 한마디 털어놓았다.

"그들은 눈물 콧물 다 쏟으며 자기들이 세상에서 가장 불쌍하다고 말했지만 저는 아직 멀었다고 생각해요. 나리가 무슨 생각을 하고 있는지 그 사람들은 분명히 알고 있어요. 바로 '공평'이지요. 그런데 저들은 일부러 한마디도 꺼내지 않고 있어요."

명란은 차분히 말을 이었다.

"나리는 저들을 몰아붙이려는 게 아니에요. 다만 부귀영화를 누리고 살 자격이 없다고 생각할 뿐이지요. 다들 나리의 권세를 이용하려고만 하지 백씨 부인과 나리를 홀대한 것에 대해서는 반성조차 하지 않아요. 그들이 울고 불며 경우 없이 쳐들어오는 것은 나리의 마음을 약하게 만들어서 그에게 편승하려는 것이에요."

명란은 살짝 넋을 놓으며 말했다.

"제가 숨은 까닭은 그저……."

실은 너무 밉고 귀찮아서 굳이 상대하고 싶지 않았기 때문이다.

노대부인은 따뜻하게 명란의 머리를 쓰다듬었다. 목소리가 봄볕처럼 포근했다.

"너는 똑똑한 아이니 내가 말을 보탤 필요는 없겠구나. 네 스스로 잘 알고 있을 테니 돌아가서 잘 지내거라."

• • •

이날 명란은 성부에서 배를 든든하게 채우고 잠도 충분히 잔 뒤 기세등등하게 징원으로 돌아갔다.

마음을 정리하자 기분이 좋아진 명란은 고정엽이 옷을 갈아입고 씻는 것을 세심하게 거들었다. 저녁도 여느 때와 마찬가지로 시원한 정원에서 먹었다. 주위의 시녀를 모두 물리고 부부 둘이서 술잔도 기울였다.

"내가 잠시 친정에 있으라 하지 않았느냐?"

고정엽이 입가에 미소를 머금고 말했다. 약간 취기도 오른 것 같았다.

명란은 고개를 가로저으며 말했다.

"할머니께서 부부는 일심동체라 하셨어요. 만약 나리께서 사람을 죽인다면 저는 무덤이라도 파야 한다고 말씀하셨지요."

고정엽은 술잔을 내밀고는 밝게 웃었다.

"할머님께서는 정말 현명하신 분이야!"

술을 단숨에 들이켜고 잔을 내려놓은 고정엽은 통쾌한 기분을 느끼며 다시 명란에게 물었다.

"그리고 장풍 형님의 혼사는 정말 둘도 없는 기회야. 류명 그자는 무뚝뚝하고 세상 물정에 어두워 보여도 실제로는 호방하고 원만한 사람이지. 이번에 경성에서 피바람이 불었을 때 대리시가 몇이나 잘려나갔느냐. 하지만 그 집안이 아직도 별일 없는 것을 보면 정말 난사람이지."

명란도 동의했다. 끼리끼리 노는 법이라고 했다. 왜 성쾽이 공부에 들어간 지 며칠 되지도 않아 당시 공부상서였던 노 노대인과 너무 늦게 만난 것을 한탄했겠는가. 본질적으로 그들은 같은 부류의 사람이었다.

본래 노 노대인은 공부상서에서 있다가 은퇴할 생각이었다. 한데 변란이 기회가 되어 내각에 오르게 될지 누가 알았겠는가. 성쾽이 노 노대인을 본보기로 삼기로 한 것은 당연한 이치였다.

성굉과 오랫동안 교제해왔으니 류명 대인의 해서海瑞[6] 코스프레도
한계가 있었을 거라고 명란은 생각했다.

"혼처가 나쁘지 않은데 왜 그런 표정을 짓는 것이냐?"

고정엽은 명란의 근심 어린 표정을 보았다.

"형님이 별로 달가워하지 않는 것이냐?"

명란은 말했다.

"어찌 싫어하겠습니까? 류가 아가씨는 용모나 심성이 아버지를 쏙 빼
다 박았는걸요."

고정엽은 그 말에 속뜻이 있는 것을 알아차리고 명란을 바라보며 말
했다.

"심성, 용모가 모두 닮았다고?"

그는 머릿속에 그리 곱지 않은 얼굴이 떠올랐다.

"정말 쏙 빼닮았지요."

류가 아가씨의 얼굴이 못생겼다는 뜻은 절대 아니었다……. 하하. 명
란은 그녀를 볼 때마다 고등학생 시절 선도부장 선생님 얼굴이 떠올랐
다. 가발을 쓰고 장신구를 찬 모습 말이다.

고정엽은 눈빛을 반짝이며 물었다.

"형님도 알고 있고?"

"당연히 알지요."

두 집안 여인들은 왕래가 잦았다. 장풍은 아가씨의 어린 시절 모습을
기억하지 못하겠지만, 여란은 외모가 별로인 그 댁 아가씨를 본 적이 있

---

[6] 명나라 사람으로 중국의 유명한 청백리.

었다. 그리고 매번 류가를 방문하고 돌아올 때면 소문을 내지 못해 안달이 났었다.

명란은 울상이 됐다.

"그래서 너무 기쁜 나머지 밥도 못 넘기고 있답니다."

제143화

출산에 관한 지도 방침: 오래 살고 많이 낳기

명란은 고씨 식구들과의 장기전에 돌입하기 위해 불을 끄고 잠자리에 누운 뒤 한 사내의 집적거림에도 아랑곳하지 않고 등을 돌려 잠을 청했다. 새우처럼 이불을 돌돌 말고 날이 밝을 때까지 잠만 자려는 태세였다. 고정엽은 서운하기도 하고 우습기도 했다. 그도 자제력이 없는 사람은 아니었기에 명란의 어깨만 끌어안고 잠을 청했다.

다음 날 아침, 잠에서 깨어난 명란은 이불 대신 남자의 건장한 팔에 싸여 있고, 배 위에 익숙한 긴 다리가 걸쳐져 있는 것을 깨달았다. 명란은 한참 눈을 비빈 뒤 온몸으로 남자를 밀어(아니, 냅다 차며) 잠을 깨웠다. 조회가 없는 날이면 명란은 최대한 고정엽과 함께 일어나 아침을 먹고 출근길을 배웅하려 했다.

몸단장을 하고 거울을 들여다보고 있는데 고정엽이 정방淨房에서 나오더니 조금 이상한 표정으로 손을 내저으며 계집종들을 방에서 내보냈다. 그러고는 명란의 앞으로 성큼성큼 걸어와 소매를 걷어붙이더니 장난스럽게 그녀를 바라보았다.

"고기가 먹고 싶었으면 말을 하지 굳이 이럴 것까지 있느냐?"

갈색으로 그을린 단단한 팔 위로 깨문 자국이 동그랗게 남아 있었다. 잇자국 세 개가 '品品'이라는 글자와 닮아 있었는데, 입을 한껏 벌린 모양이었다. 명란은 박장대소했다.

그녀는 속으로 뜨끔하긴 했지만 기억도 없고 고기가 먹고 싶은 것도 인정하기 싫어서 뻔뻔하게 굴었다.

"그건…… 전쟁을 치르기 전에 의식을 치르지 않습니까? 그 잇자국은 제 결의를 표현한 거예요."

고정엽은 본래 명란을 용서해줄 생각이었으나 요리조리 쏙쏙 빠져나가며 발뺌하는 모습을 보고 마음을 고쳐먹었다.

"말 한번 잘했다! 그럼 나도 그 결의에 답을 해야지."

고정엽은 그녀의 양쪽 어깨에 모양과 크기가 똑같은 잇자국을 두 개 남기고 흡족한 표정을 지었다. 명란은 순두부같이 부드러운 어깨를 부여잡고 억울한 표정을 지으며 고정엽에게 원망의 눈빛을 보냈다.

'엉엉, 나쁜 놈. 잠결에 아무 생각 없이 그런 걸 가지고 이러기야?'

명란이 만두 같은 얼굴로 죽을상을 짓자 고정엽은 웃음을 터뜨렸다. 그는 명란을 다정하게 안고 마구 쓰다듬었다. 하마터면 후끈한 아침을 보낼 뻔했다. 결국 식사할 겨를도 없이 소맥[1] 몇 개만 대충 욱여넣고 집을 나섰다. 그가 집을 나서기 전, 명란이 친절하게도 손수건을 꺼내어 고정엽의 입을 닦아주었다. 고정엽은 일부러 그녀의 얼굴에 마구 입을 맞추었다. 명란은 피할 틈도 없이 온 얼굴이 소맥 범벅이 되었다.

---

1) 꽃 모양으로 빚은 딤섬.

세숫대야를 들고 와 명란의 화장을 다시 정리해주면서 단귤이 불만 가득한 얼굴로 구시렁거리며 원망을 토로했다. 옆에 있던 최씨 어멈이 얼굴에 주름이 질 정도로 활짝 웃으며 단귤에게 말했다.

"어린 네가 뭘 안다고 그러느냐! 함부로 지껄이지 말거라."

신혼은 뭐니 뭐니 해도 이렇게 달콤해야 제맛이다. 예전만 해도 명란이 울적해서 고정엽도 기분이 좋지 않았다. 최씨 어멈도 얼마나 불안해했는가. 하지만 부부가 다시 행복하게 지내는 모습을 보니 이제는 안심이 됐다.

녕원후부 사람들이 다시 찾아왔다. 그런데 명란이 예전과 달리 훨씬 호의적인 태도를 보이는 게 아닌가!

여인들의 호소 앞에서 명란은 진심으로 동정하는 마음을 보였다. 게다가 '틀림없이 별일(목이 날아가는 일) 없을 것'이라며 긍정적인 말로 위로했다. 그러면서 관사에게 질문을 하거나, 월급을 나눠 주면서 차분하고 느긋하게 집안일을 처리했다.

그 와중에 고방도 두 번이나 열었다. 한 번은 질 좋은 가죽을 몇 장 꺼내 미리 예단禮單 2)을 준비하기 위해서였다. 그것은 손녀를 얻은 박薄 노장군 댁에게 보낼 축하 선물이었다. 박가는 늘 드러내는 걸 좋아하지 않으니 세삼이나 만월도 준비하지 않을 것이다.

두 번째로 고방을 연 것은 안에 물건을 넣기 위해서였다.

지난번 상량식 이후 명란은 드디어 지위가 높다는 것의 장점이 뭔지 깨달았다. 요즘 갖가지 선물이 줄줄이 들어오고 있기 때문이다. 고정엽

---

2) 하례품을 보낼 때 쓰는 선물 목록.

의 예전 부하 하나는 지금 지방 관료를 지내고 있는데 매년 여름과 겨울 혹은 연초에 '토산품'을 보내 왔다. 그리고 고정엽의 현재 부하들도 여러 가지 명목으로 '하례품'을 보내 왔다. 사돈의 팔촌은 더 말할 것도 없었다.

이런 일이 크게 낯설지는 않았다. 다만 예선에 성가가 여러 친구들에게 보낸 예단은 뇌물의 성격을 띠진 않았다. 그저 집안 식구끼리 자주 연락하고 서로 보살펴주자는 의미였다. 상대가 딱히 나의 호의를 바라진 않아도 이런 정중한 행동으로써 나의 마음과 세심함을 드러내고, 호의를 받고 나서 입을 싹 씻지 않았다는 걸 보여줄 수 있었다.

하지만 지금은 상황이 뒤바뀌어 선물을 받는 입장이 됐다. 그녀는 특권계층이 된 지 얼마 되지 않았기 때문에 당연하게 선물을 받는 데 익숙지 않았다.

"복伏 대인께서 너무 예를 차리셨구먼."

명란이 손에 예단을 들고 앞에 있는 어멈을 향해 미소 지으며 말했다.

"복 대인께서는 우리 시아버님과 함께 무예를 연마하신 분 아닌가. 오랫동안 친분을 나누셨는데 어찌 이런 것까지 보내셨어."

"부인 말씀대로입니다."

삼십 대로 보이는 어멈은 차림새가 무척 격식이 있었다. 그녀가 정중히 절을 했다.

"저희 대인께서 몸이 불편하시어 거동이 힘드시다보니 요 몇 년 왕래가 뜸했습니다……. 예전에 저희 대인께서 도독 대인을 보시고 장차 대성할 거라 하셨는데 오늘 보니 과연 그렇군요. 돌아가신 후부 나리의 아드님께서 이렇게 장성하신 것을 보시고 저희 대인께서도 무척 기뻐하셨습니다."

명란이 밝게 웃으며 고정병의 부인과 주 씨를 바라보았다. 둘의 표정이 매우 떨떠름했다.

요즘 들어 녕원후부와 친분을 쌓으려던 사람들이 점차 방향을 틀고 있었다. 고정엽은 공손백석과 오랫동안 상의한 끝에 말려든 사람들은 도와줄 수 있으면 도와주고, 자업자득인 사람들은 문전박대를 했다.

복 대인과 고 대인은 본래 동료였다. 복가 역시 권문세가 중 하나였는데 연이은 풍파 속에 운이 좋지 못했다.

다시 몇 차례 인사말을 주고받은 뒤 명란은 복 대인을 위한 약재를 챙겨 어멈에게 주었다.

답례하는 데도 신경 쓸 것이 많았다. 만약 받은 선물을 열어 보지도 않고 돌려보내면 '귀찮게 하지 마. 너랑 나랑 별로 친하지도 않잖아.'라는 의미다. 선물을 받은 뒤 신속하게 동등한 가치를 지닌 선물로 화답하면 '네 성의는 고맙지만 그래도 거리를 좀 두자.'라는 의미다. 그러나 지금처럼 소소하게 성의 표시를 하면 상대방의 호의를 받아들인다는 의미가 된다.

편안한 선물들은 받을 때 예의를 차릴 필요가 없다. 보통 한집안 식구처럼 지내는 친밀한 관계이거나 상사와 부하처럼 보살펴주는 관계 혹은 다른 특수한 관계이기 때문이다. 어쨌든 서로 없어서는 안 될 존재들이었다.

손님을 보낸 명란은 스스로가 대견했다. 결혼 후 새로운 것을 적잖이 배웠기 때문이다.

고정병 부인의 냉담한 말은 한 귀로 흘리며 명란은 주 씨와 다정하게 인사를 한 뒤 새롭게 올라온 간식을 권했다.

"이건 북쪽에서 새로 보내온 소락으로 만든 거랍니다. 북쪽 사람들은 소락을 그대로 먹는다고 하던데, 제가 느끼기엔 맛이 강하고 노린내가 있어서 아예 간식으로 만들라고 했지요. 그랬더니 고소하고 부드럽더라고요."

주 씨가 굳은 얼굴로 간식을 하나 집어 맛을 보았다. 고정병의 부인도 한입 베어 물고 말했다.

"동서는 참으로 태평하구려. 지금 집안 형제들이 모두 절박한 상황에 놓였는데 자넨 어찌 이리도 무심하게 지낼 수 있단 말인가. 바늘로 찔러도 피 한 방울 나오지 않겠어!"

"형님, 말씀 잘하셨습니다. 제 마음 씀씀이는 세상의 다른 여인네들과 다를 바 없답니다."

명란은 서서히 고개를 들고 입가에 옅은 웃음을 띠었다.

"그렇지만 형님께서 그리 말씀하시니 저도 가감 없이 한마디하겠습니다."

명란은 차분하게 치맛단을 정리하며 그녀를 바라보았다.

"바깥일은 본래 저 같은 아녀자가 왈가왈부할 수 없는 것입니다. 그럼에도 제가 할 수 있는 도리는 다 하였습니다. 만약 저희 나리에게 다른 생각이 있는 거라면 제가 어찌 강요할 수 있겠습니까?"

고정병 부인이 씩씩대자 명란이 정색하며 말했다.

"시집을 왔으면 남편을 따르는 것이 법도입니다. 남편이 곧 하늘이고 법이지요. 친정도 시댁 앞에서는 한 걸음 물러나야 합니다. 세상천지에 물어보세요. 대체 어느 집 여인이 다른 사람을 위해 자기 남편과 맞서겠습니까? 제 말이 불편하게 들리시겠지만, 몸에 좋은 약이 입에 쓰기 마련이지요."

고정병 부인도 도리를 아는 사람이라 반박하지 못했다. 입을 몇 번이나 달싹거리다 말을 꺼내려던 찰나에 명란이 웃으며 선수를 쳤다.

"형님께서는 그런 배포가 있으실지 모르겠으나, 저는 이 집에 들어온 지 반년도 채 안 됐고 슬하에 자식도 없으니 그저 본분을 다하며 조심할 수밖에 없습니다. 절대 도를 넘는 행동을 할 수가 없으니 이해해주세요."

말을 마친 명란이 쓴웃음을 지으며 어쩔 수 없음을 표현했다.

거절하면서도 상대에게 미움을 받지 않으려면 태도는 온화하게, 원칙은 올곧게, 말은 명확하게 해야 했다. 자신이 운이 없고, 힘이 부족한 것은 곧 하늘의 뜻임을 밝히는 것이다. 자신들은 동서지간이니 앞으로도 계속 만나려면 평화롭게 푸는 것이 상책이었다.

이렇게까지 얘기했으니 다른 건 더 말할 필요도 없었다. 저들도 이렇게 와서 매달리는 데 한계가 있을 것이다. 대략 며칠만 더 지나면 저들도 가망 없다는 걸 알고 그만둘 것이다.

명란은 두 사람에게 계속해서 차와 간식을 권했다. 그러면서 일이 있으면 일을 처리하고, 일이 없으면 반짇고리를 끼고 앉아 무언가를 만들며 자신의 현숙한 모습을 뽐냈다. 어쨌든 저들이 자기에게 달려들어 때리거나 하진 못할 테니 한쪽으로 듣고 한쪽으로 흘리면 될 일이었다.

"바느질 솜씨가 아주 좋으십니다."

그나마 눈치가 있는 주 씨가 명란의 곁으로 다가와 배두렁이를 집어 들고 칭찬을 했다.

"어머, 이 꽃 색깔 하며, 바느질이며 정말 으뜸이네요."

명란은 살짝 얼굴을 붉히며 실매듭을 지었다.

"친정의 큰언니가 저를 보고 싶다 하기에 내일 아침에 가 보려고요. 이건 조금만 더 하면 완성이 되니 아예 마무리 지어서 갖다 주려고요."

주 씨는 살짝 놀란 표정을 짓다 이내 평소 모습대로 돌아와 농담을 던졌다.

"아, 아무래도 친정 언니가 중하지요. 우리 현이에게 이렇게 잘 지어진 것을 걸칠 복이 있는지 모르겠습니다."

주 씨가 눈짓하더니 일부러 명란을 뚫어지게 쳐다보며 한마디를 보탰다.

"다른 집 아이 걸 만들지 말고 자기 자식 걸 만들어야요. 형님은 언제쯤 하나 낳으실 건가요?"

명란이 민망했는지 새빨간 얼굴로 배시시 웃으며 주 씨를 괜히 '퍽퍽' 때렸다.

"아이 참! 도, 동서도 짓궂게! 어떻게 그런 말을……."

무방비 상태로 있던 주 씨는 휘청거리며 하마터면 의자에서 떨어질 뻔했다. 맞은 곳도 너무 욱신거렸다.

• • •

다음 날 충근백부에 간 명란은 화란에게 이 이야기를 들려 주었다. 화란은 배를 잡고 웃다가 침상으로 엎어졌다. 그리고 가늘고 긴 손가락으로 명란의 이마를 누르며 말했다.

"너도 참! 어른이 되어서 아직도 아이 같기는! 그러니 속이 좀 시원하디?"

명란은 조금도 개의치 않았다.

"한동안 괴로워하라죠. 제가 그러라고 한 것도 아니잖아요. 저들은 속으로 기뻐하고 있을걸요. 만약 여란 언니였다면 빗자루랑 식칼을 들고 가서 시중을 들었을 텐데."

화란은 손수건을 꺼내 입을 틀어막고는 숨이 넘어갈 듯 웃었다.

명란은 화란을 자세히 관찰했다. 확실히 기운을 차린 것 같았다. 비록 몸은 여전히 야위었지만, 얼굴이 핀 것이 걱정이 없어 보였다. 유쾌하게 웃는 모습이 아무런 근심 걱정 없고, 교만하고 귀티가 흐르던 성가 맏딸로 다시 돌아간 듯했다.

겨우 웃음을 가라앉힌 화란이 사람을 시켜 간식을 한가득 내왔다.

"자, 먹어봐. 취선이가 오랜만에 만들었어."

불그스름한 팥앙금 꽃떡과 황금빛 과일 꿀범벅, 쫄깃쫄깃한 찹쌀 연근찜, 하얗고 통통한 소락말이까지 한입 베어 물자 익숙한 맛이 났다. 명란이 감탄하며 말했다.

"역시 할머니께서 언니를 가장 예뻐하시네요. 방씨 어멈의 손맛을 그대로 전수받은 취선이를 언니에게 보내주셨잖아요. 저는 시집간 이후로 한동안 이 맛을 느껴보지 못했어요."

옆에 있던 취미가 성난 체하며 말했다.

"알고 보니 아가씨께서는 저희를 싫어하셨군요. 됐어요. 취선 언니, 나랑 바꾸자. 아가씨가 우리를 싫증 내지 않게 말이야!"

취선이 입을 막고 웃자 화란도 취미를 가리키며 웃으며 말했다.

"망할 것, 명란이가 아랫것들한테 얼마나 너그러운지 세상 사람들이 다 아는데. 거기서 잘 지낸다고 잘난 체하지 않는 게 좋을 게다!"

"취선 언니!"

옆에 있던 소도가 익숙한 간식을 보더니 역시 마음이 동하여 뻔뻔스럽게 다가왔다.

"우리 아가씨가 좋으니까 언니도 우리 집으로 와!"

성정이 유순하고 말다툼을 싫어하는 취선은 그저 화란의 옆에 서서 얌전히 대답할 뿐이었다.

"나는 화란 아가씨와 함께 자랐어. 평생 아가씨를 돌보겠다고 결심했기 때문에 아가씨가 날 욕하고 쫓아내도 절대 곁을 떠나지 않을 거야."

명란은 샘이 난다며 한참을 종알거렸다. 화란은 굳이 말을 하지는 않았지만, 내심 뿌듯해하는 것 같았다. 그리고 몇 마디를 더 나눈 뒤 취선에게 취미와 소도를 데리고 나가 간식을 먹으라고 일렀다.

"큰언니, 요즘 기분이 좋아 보여요!"

명란이 다과를 입에 물고 의미심장하게 웃었다.

"이 간식은 만들려면 손도 많이 가고 까다롭잖아요. 부엌세간도 무더기로 필요하고. 큰언니만의 작은 부엌이 따로 있는 거예요?"

화란은 초롱초롱한 눈으로 명란이 입에 부스러기를 묻히고 먹는 것을 보더니 웃으며 그녀의 입가를 닦아주었다.

"방씨 어멈도 나이가 지긋하니 네가 어멈을 귀찮게 하지 않으려는 걸 나도 알아. 나중에 간식이 먹고 싶거든 내게 말하렴. 편지만 한 통 써 보내면 취선이한테 만들어 보내라고 할 테니까."

명란은 행복한 얼굴로 화란에게 기댔다.

"역시 큰언니밖에 없어요!"

화란이 봄맞이꽃 같은 얼굴로 웃음 지으며 명란의 머리를 쓰다듬었다.

"요 녀석!"

사람의 천성은 바뀌기 힘든 법이다. 화란의 성격은 명란이 가장 잘 알았다. 완벽한 장녀 스타일로, 자신보다 어리고 약한 사람을 돌봐 주길 좋아했다. 다른 사람을 도와주면 성취감을 얻을 수 있기에 도움을 받는 것보다 더 좋아했다.

"저기……."

한 가지 일을 떠올린 명란이 호기심 가득한 얼굴로 화란을 떠봤다.

"어떻게 됐어요?"

당시의 엉뚱한 계책이 지금은 어떻게 흘러가고 있는지 알 수 없었다. 조금 전 들어오다 슬쩍 본 것이 전부였다. 새로 들어온 이랑은 생김새가 단정하니 아름다웠다. 꽃다운 시절은 이미 지났지만, 따뜻하고 온화한 분위기는 감출 수 없었다. 그녀는 말이 별로 없었는데 언사가 매우 공손했다. 자신의 분수를 지키며 원 부인을 뒤따르고 있었는데 지나치게 비굴하게 굴거나 아첨을 하진 않았다.

명란을 슬쩍 본 화란은 동생이 무슨 생각을 하는지 알아채고 득의양양하게 말했다.

"계책이 맞아떨어졌단다."

수산백 부인도 천박하게 교태만 부리는 요망한 계집이 집안을 어지럽히는 것을 원치 않았다. 그녀가 데려온 장 이랑은 어리고 예쁘지는 않지만, 지혜롭고 어진 사람이었기 때문에 무례한 요구를 하지 않았고, 행동거지도 나쁘지 않았다. 거기다 살뜰하고 친절해서 위아래 할 것 없이 모두에게 자애로웠다. 그리하여 오랫동안 메말라 있던 충근백의 마음이 순식간에 나이아가라 폭포를 맞은 듯 촉촉이 젖은 것이다.

장 이랑은 양민 출신이고, 수산백 부인이 직접 데려온 사람이라 충근백 노대인도 두말 않고 받아들였다. 아주 전형적인 애첩이었다. 원 부인은 그녀가 들어오는 것을 막을 수 없었기에 조금씩 괴롭히기로 작정했다. 하지만 장 씨의 언행에서 잘못을 찾기가 힘들었다. 정실부인을 대할 때도 시종일관 예의를 지켰고, 억울하게 벌을 받아도 꿋꿋이 견딘 후 밤이 되어서야 온몸에 난 상처를 원 대감에게 보여주었다.

처벌한 이유를 두고 원 부인은 마땅한 근거를 찾지 못했다. 그저 입만 열면 '불경하여 자신을 화나게 했다'는 말만 했다. 명확한 이유가 없으니 원 대감은 불같이 화를 내며 칠거지악 중 하나인 '질투심' 때문이라고 콕 짚어주었다. 그리고 잘못에 대한 책임을 며느리를 괴롭혔을 때보다 훨씬 무겁게 졌다.

게다가 장 씨와 원 대감은 거의 매일 한 이불을 덮고 자는 사이이기 때문에 설령 원 부인이 용 상궁[3]의 바늘 고문을 써먹었다 해도 밤이 되면 장 이랑의 상처를 원 대감이 모두 알게 되는 상황이 됐다.

사당에서 이틀 밤을 반성한 후 원 부인은 화를 억누르며 다시는 장 씨를 심하게 대하지 않았다.

홍시는 조심해서 집어야 하는 법이다. 원 부인은 원가의 자손이 늘어나 방이 부족하니 충근백부 후원에 건물을 더 지어야겠다며 화란에게 은자를 '융통'해 달라고 했다.

장 씨가 어떻게 그리도 고분고분할 수 있었는지 생각해보면 그녀는 죽이 되든 밥이 되든 충근백부에서 자리를 잡아야 한다는 것을 분명히 알고 있었고, 의지할 곳이 필요했기 때문인지도 모른다. 백부의 총애만으로는 부족했다. 게다가 이 집에 들어오기 전부터 '원가가 와해되지 않도록 원 부인의 말썽을 막으라'는 수산백 부인의 당부도 있었다.

예전에 이런 일이 일어날 때마다 원 대감은 잘못된 줄 알면서도 원 부인이 이런저런 명목으로 돈을 쓰는 것을 말리지 못했다. 부인이 살림을 유지하는 것이 어렵다며 생트집을 잡았기 때문에 대감은 골치가 아파

---

3) 중국 드라마 〈황제의 딸〉의 등장인물. 황후의 유모이며 바늘을 찔러 사람을 괴롭힘.

그냥 내버려두었다.

화란도 늘 이상하다고 생각했지만 말을 꺼내지는 못했다. '집안 어른을 비난하는 것'도 불효이기 때문이다.

하지만 장 씨는 무척 똑똑했다. 그녀는 한 가지 질문을 던졌다. 충근백부는 부수입이 적어 장원과 점포, 녹봉 등 들고 나는 돈이 뻔했다. 또한 원가는 늘 검소하게 생활을 했으니 그동안 돈이 남아돌아도 한참을 남아돌았을 텐데 어째서 공사 한 번에 은자가 부족할 수 있느냐는 것이었다.

예를 들어 어느 집안의 연 소득이 10만 냥이고, 일 년 지출이 5만 냥이라고 하자. 그리고 몇 해 동안 크게 축하해야 할 일(원비성친元妃省親을 위해 별원을 짓는다든가[4])도 없고, 중병을 앓는 사람(화란의 치료비와 원문소의 대외비용은 모두 자체 부담이다)도 없고, 온 집안 식구가 능라비단으로 치장한 적도 없다고 하자. 이렇게 큰 지출이 없다면, 돈을 얼마를 쓰든 적자가 날 수가 없었다. 적자가 아니라 오히려 저축을 하고도 남아야 했다.

"소첩이 들어온 지 얼마 되지 않아 말씀드리기 조심스러우나 마님의 말씀대로라면 너무 심각합니다. 마치 둘째 며느님께 은자를 융통하지 않으면 우리 집안은 끼니도 때우기 어려운 것처럼 들리니 말입니다. 이게…… 대체 어찌 된 일이란 말입니까."

충근백 노대인도 괴로운 날을 보내고 있었기에 속으로 매우 놀랐다. 거기에 베갯머리송사까지 더해지니 다음 날 충근백부의 장부를 조사하

---

4) 소설 『홍루몽』에서 가원춘은 현덕비로 책봉된 후 성친(부모를 찾아뵙는 일)을 허락받는데, 이를 위해 가부에서는 대관원이라는 별원을 지어 원춘을 맞이함.

기에 이르렀다.

원 부인은 대경실색하여 반나절을 울며불며 장부를 넘기지 않았다. 하지만 이런 행동이 오히려 더 큰 의심을 낳았다. 결국은 노대인은 가규를 들먹여 장부를 강제로 빼앗았다. 장부를 조사해 보니 놀랍게도 원 부인이 매년 장부를 조작해 돈을 빼돌린 사실이 드러났다. 처음에는 친정집 살림에 보탰다고 둘러댔지만, 계속된 추궁 끝에 친정집 형제들의 '사업 자금'에 보탰다고 실토했다. 물론 그 '사업'은 실패로 끝났다.

노대인은 너무 화가 나 하마터면 피를 토할 뻔했다. 원가가 오랫동안 근검절약하여 모은 가산이 절반이나 사라졌기 때문이다.

사실 화란은 그저 시아버지가 백부의 살림이 아직 풍족해 며느리의 돈까지 가져갈 필요가 없는데 시어머니가 일부러 며느리를 구박하느라 저런다는 것만 알아 줬으면 했다. 그래서 장부를 조사하면 자기도 한동안 조용히 지낼 수 있겠거니 하고 생각한 것이다.

"시어머니의 배포가 그리 클 줄 몰랐단다."

화란도 매우 놀란 듯했다.

결국 원 부인은 집안 살림에서 영원히 손을 떼는 벌을 받았다. 앞으로 원가의 수입과 지출, 장부 내역은 두 며느리가 공동으로 관리하기로 했다. 만약 갈등이 생기면 장 이랑을 통해 노대인에게 알리도록 했다. 어쨌든 원 부인은 간섭할 수 없었다.

원 부인은 그날 밤 머리를 풀어헤친 채 목을 매겠다고 소동을 벌였다. 그리고 두 아들을 붙잡고 '공로는 없지만 고충은 있었다'는 말을 운운하며 통사정을 했다. 노대인은 너무 화가 나 몸 한쪽이 마비가 될 지경이었다.

"부인이 시집오기 전에 우리 원가의 살림은 지금보다도 훨씬 풍족했소. 그런데 대체 무슨 고충이 있었단 말이오?!"

급기야 노대인은 사당을 열겠다고 으름장을 놨다.

"더는 꼴 보기 싫소. 집안사람을 모조리 불러 모아 부인이 종부로서 자격이 있는지 따져 물을 것이오. 그때 가서 휴서를 쓰든, 비구니 암자로 보내든 형제들이 시키는 대로 할 것이오!"

원 부인은 그제야 겁을 내기 시작했다. 집안에서 그녀의 평판은 그다지 좋지 않았다. 정말로 사당을 연다면 그것은 사형 선고나 다름없었다.

"언니 기분이 왜 그렇게 좋은가 했더니."

명란은 이해가 됐다.

화란은 요 며칠 기분이 좋았다. 걸을 때도 가슴을 펴고 당당하게 걸었고, 활력과 생기가 넘쳤다.

"이번엔 아주버님도 시어머님을 돕지 않았단다!"

득의양양하게 웃는 모습이 아주 환했다.

"그거야 당연하지요."

명란은 조금도 이상한 생각이 들지 않았다. 어쨌든 원 부인이 탕진한 것은 원가 큰아들의 가산이었기 때문이다.

"요 며칠 저기 사는 부부도 꽤 시끄러웠단다."

화란은 동쪽을 가리켰다. 원가 장손 집 쪽이었다.

"아주버니가 형님을 질책했어. 시어머니를 도와 모든 일을 숨겼다고 말이야. 그러면서 이번에 조사하지 않았다면 훗날 작위를 물려받을 때 빈털터리가 될 뻔했다고도 말했지."

사실 원가 형제는 하나는 유능했고 하나는 평범했지만 사이는 좋았다. 특히 원문소는 형에게 자신은 가산을 조금만 물려받고 장차 제힘으로 일어서겠다는 뜻을 몇 번이나 표명했었다.

"말해 봐. 장 이랑한테 계집종 둘을 보내라고 할까 말까."

화란이 입술을 잘근잘근 씹으며 음흉한 웃음을 지어 보였다.

"저쪽도 좀 떠들썩해지라고……."

"안 돼요, 안 돼! 절대로 안 돼요!"

명란은 다급하게 화란의 계책을 막았다.

"형님 내외는 이대로 두는 게 좋아요."

두 형제 집의 첩실과 통방 수는 지금처럼 격차가 있는 게 좋았다.

"그래?"

화란은 의구심 가득한 표정을 지었다. 지금 너무도 기뻤기에 십 년 동안 참아온 울분을 한방에 터뜨리고 싶었던 것이다.

"큰아들 내외가 싸워 봐야 언니에게 무슨 이득이 있겠어요? 언니에게 콩고물이라도 떨어진답니까?"

명란이 소리를 낮추며 엉터리 참모 같은 표정으로 말했다.

"남을 해쳐서 나한테 좋을 게 없다면 하지 말아야죠! 남을 해치는 것도 나한테 이득이 있을 때 하는 거라고요!"

화란은 똑똑한 사람이라 명란의 뜻을 이해했지만 마음속 응어리는 대체 어찌하면 좋단 말인가.

명란은 옷깃 사이로 드러난 화란의 어깨를 보았다. 앙상하게 솟은 쇄골이 애처롭고 안쓰러웠다.

"큰언니, 멀리 보셔요. 사부인께선 절대 가만히 계시지 않을 거예요. 언니한테 분풀이를 할 게 뻔한데 그렇다고 언니가 대들 수도 없잖아요. 언니가 요즘 건강이 안 좋으니 분명 그걸 핑계 삼아 형부에게 또 첩을 들이라 하지 않겠어요?"

화란은 천천히 고개를 끄덕였다.

"맞아. 시어머니가 또다시 입을 연다면 이번엔 장 이랑에게 부탁해 시아버님께 알려야지! 두 아들과 두 며느리에게는 그런 편협한 법이 없으니까!"

화란은 십 년간 설움을 받았지만 지금은 남편의 마음을 사로잡았다 할 수 있었다. 거기다 아들까지 둘이나 있으니 어쨌든 작지만 힘이 있었다.

아들을 생각하던 화란은 시선을 돌려 명란의 소맷자락을 쥐고 조용히 물었다.

"참, 너는 아직 아무런 소식도 없느냐?"

명란은 입도 안 댄 찻잔을 들고 멍하니 화란을 바라보았다. 사고 전환이 이렇게 빠르다니. 명란은 어이가 없다는 듯이 말했다.

"시집간 지 겨우 두 달밖에 안 됐는데 어떻게 벌써 소식이 있어요."

그녀는 월경 주기가 다른 사람들보다 길었다. 40일에 한 번씩 찾아오고 배란기 역시 짧았다.

"시치미 떼지 말어!"

화란이 명란을 바라보며 손에 있던 떡을 빼앗았다.

"너 하가 노마님의 서신을 갖고 있잖아. 어쩔 생각이야? 대체 언제 낳을 거냐고?"

명란은 화란을 속일 수 없다는 것을 알고 쓴웃음을 지었다.

"실은 반년 후에 낳고 싶었어요. 그런데 며칠 전 할머께 한소리를 듣고 보니 지금 먹는 약까지만 먹고 말자는 생각이 들었어요. 대략 한 달 정도 남았어요."

성 노대부인의 뜻은 설령 낳는다고 해도 처음부터 아들을 낳으리라는 보장이 없으니 대충해서 얼른 낳으라는 것이었다.

화란이 만족스러운 표정으로 고개를 끄덕였다.

"알고 있으니 됐다! 여인은 결국 자식에게 기댈 수밖에 없어. 너도 함부로 행동하면 안 돼. 지금이야 고 서방이 널 아껴 주니 이렇게 제멋대로지."

명란은 두 손을 들고 억울함을 호소했다.

"무슨 말씀이세요! 저는 착실하게 살고 있습니다. 하가 노마님께서 첫 회임이 가장 중요하니 몸을 잘 보살피라고 하셨어요. 그래야 몇 명을 더 낳아도 순산할 수 있다고요. 그런데 고가에 들어가 보니 알게 모르게 난관이 얼마나 많던지요. 저택은 안이고 밖이고 정리가 하나도 안 되어 있고, 와서 시중드는 이들은 무슨 꿍꿍이를 품고 있는지 알 수도 없이 먹고 쓰는 게 한도 끝도 없었어요. 그런데 제가 어떻게 아이를 낳겠어요?"

하 노대부인의 의술이라도 당시 상황에서는 아이의 생명을 보장할 수 없었을 것이다. 누군가 작정하고 음모를 꾸민다면 막을 방법이 없었을 테니 말이다.

"입만 잘 놀려서는!"

화란이 명란의 귀를 잡아당기며 눈을 부라렸다.

"허튼소리 그만하고 어서 아들이나 낳거라!"

명란은 자기 귀를 지키기 위해 정색을 하고 말했다.

"저한테 그럴 게 아니라 언니도 몸조리 잘해요. 건강을 잃으면 다 부질없다고요! 만에 하나 잘못돼서 형부가 후처라도 들이면요? 언니는 조카들을 다른 사람 손에 맡길 수 있어요? 제가 이번에 가져온 약은 다 처방전에 맞춰 온 것들이에요! 언니도 스스로 잘 돌보라고요!"

화란은 귀 대신 명란의 만두 같은 얼굴을 꼬집으며 욕을 했다.

"오냐, 너 잘났다! 하가 노마님을 따라 배울 깜냥이 되니 단숨에 아들딸 여덟을 낳겠구나! 이 언니가 못 따라갈 정도로 말이다!"

명란은 얼굴이 빨개진 것도 신경 쓰지 않고 열심히 고개를 끄덕였다.

"네. 하가 노마님께 배워서 건강한 아이를 아주 많이 낳을 거예요."

"……."

제144화

고정엽, 큰형이 와서
담판을 짓잔다

명란의 예상은 적중했다. 그녀가 수심 가득한 얼굴로 안절부절못할수록 후부의 여자 권속들은 마치 희망을 본 듯 더욱 울며불며 매달렸다. 하지만 명란이 '할 테면 해보시지'라는 태도로 나오자 저들도 더는 방법이 없었다.

대엿새 정도가 지나자 세상은 다시 평온해졌다.

이는 아가씨를 희롱하는 건달에 비유할 수 있었다. 처음에는 그저 조금 건드려볼 생각이었다가도 아가씨가 옷깃을 부여잡고 눈물을 뚝뚝 흘리며 토끼처럼 겁먹은 얼굴로 '이러지 마세요!'라고 저항하면 건달은 더 흥분해서 수위를 높일지도 몰랐다. 하지만 아가씨가 치마를 들치며 '애송이, 어디 한번 덮쳐봐. 안 그러면 사내도 아니지.' 하는 사나운 얼굴로 맞서면 건달은 질겁하고 도망칠 가능성이 컸다.

명란은 자신도 참 기막힌 비유라는 생각이 들어 고정엽에게 자신의 견해를 자랑했다. 고정엽은 흥미를 보이며 방문을 모두 걸어 닫더니 탐구 정신에 입각해 방금 말한 이론을 당장 시험해보는 게 어떻겠냐고 말했다. 그러더니 자진해서 명란의 옷깃을 풀어주었다.

상건달을 만난 명란은 삼십육계 줄행랑을 칠 수밖에 없었다.

시간적으로 여유가 생기자 급하게 처리할 일이 떠오른 명란은 특별히 구향원으로 발걸음을 옮겼다.

지난번 명란이 입을 함부로 놀린 어멈을 곧장 스무 대를 쳐 내쫓은 이후 구향원 사람은 더는 용이를 업신여기지 않았다. 먹고 입고 자는 것 모두 정성을 다해 챙겨주었다. 환경이 체질을 바꾼다고 했던가. 시간이 지날수록 용이의 얼굴에도 살이 붙고 윤기가 흘렀다. 키도 훌쩍 커져서 위축되어 보이던 것도 많이 사라졌다.

명란은 직무를 다하는 사육사처럼 용이를 이리저리 살펴보고 나서야 공홍초와 추랑 두 사람에게 만족스러운 웃음을 지어 보였다.

"용이의 안색이 많이 좋아졌구먼. 다들 애썼네."

추랑이 경직된 웃음을 지었다. 눈빛에 걱정이 가득했다. 반면 공홍초는 임기응변에 능해 재빨리 대답했다.

"마님께서도 참. 용이는 나리의 첫째 딸이 아니옵니까. 구향원의 어느 누가 소홀히 하겠습니까?"

명란은 차갑게 그녀를 힐끗 바라보고 찻잔 뚜껑으로 찻잎을 저었다.

"몇째 딸인지는 중요하지 않네. 자네들은 그저 앞으로 어떤 일이 있든 용이가 녕원후부의 맏딸이라는 사실만 기억하면 되네. 확실한 주인이란 말일세."

용이는 재빠르게 명란을 훔쳐보고는 고개를 숙였다. 공홍초는 어리둥절했다. 평소 좋게 좋게 말하던 마님이 오늘은 왜 뾰족하게 구는 것일까? 그녀는 멋쩍게 웃으며 얌전히 한쪽으로 섰다.

명란이 따뜻한 미소를 지으며 그들에게 앉으라 하더니 용이의 일상과 글공부에 관해 물었다. 공홍초와 추랑은 멍한 표정으로 서로를 바라보았다. 용이는 약간 쭈뼛쭈뼛하며 작은 다리를 움직였다.

추랑은 불안했지만 재빨리 방에서 조그만 반짇고리를 가지고 나와 조각보 하나를 명란에게 보여주었다. 목소리에 긴장이 역력했다.

"시…… 시작한 지 얼마 되지 않아 아직 이것밖에 못 배웠습니다……."

명란은 조각보를 찬찬히 들여다보며 고개를 끄덕였다. 용이가 막 정원에 들어왔을 때 아이의 바느질 실력은 작은 구멍을 꿰매는 수준에 불과했다. 그러나 지금은 삐뚤빼뚤 하긴 해도 꽃잎 정도는 만들 수 있었다. 바느질과 자수는 완전히 다른 분야였다. 실력이 크게 늘진 않았지만 여하튼 발걸음은 뗀 셈이었다.

"그렇게 안절부절못할 것 없네. 내가 보기엔 이것도 나쁘지 않아. 뭐든 처음이 어려운 것 아니겠나. 용이는 똑똑한 아이니 조금만 더 신경을 써주면 실력이 크게 늘 것이야."

명란은 미소를 지으며 추랑을 격려하더니 의미심장한 말을 했다.

"자네가 나리께 지어준 옷을 본 적 있네. 정말 훌륭한 솜씨였어. 용이의 실력이 자네 반만 따라와도 앞으로 큰 도움이 될 것이야."

추랑이 고분고분 대답했다. 안색도 많이 좋아졌다.

그다음은 공홍초 차례였다. 용이가 왔을 때 아는 글자라고는 스무 자에서 서른 자 정도밖에 되지 않았다. 그중 삼분의 일은 쓸 줄 몰랐고, 삼분의 일은 다른 글자와 조합하면 알아볼 수 있었지만 따로 떼어 놓으면 잘 알지 못했다. 시는 〈정야사靜夜思〉[1]의 앞 두 구절과 〈아〉[2]의 첫 구절만 외울 줄 알았다(명란의 불만: 제 아버지를 쏙 빼닮아서는). 교육 이론상 이런 상황에서는 문화 교육이 효과가 좋았다. 그래서 명란은 기대에 찬 얼굴로 공 선생님을 바라보았다.

공홍초의 얼굴이 새파랗게 질렸다. 그녀의 시종 금희가 꾸물대며 '얇은' 종이를 건네주었다. 명란은 그것을 보자마자 표정이 굳었다. 글자는 많이 보던 것이었지만 획이 엉망이었다. 틀린 글자도 항상 같은 곳이 틀려 있었다. 명란은 희망을 버리지 않고 하나하나 글자 수를 세어보다 결국 폭발하고 말았다.

"한 달이 다 되어가는데 새로 익힌 글자가 겨우 열한두 개란 말인가, 어?"

마지막 말의 음이 높아지면서 차가운 기운을 내뿜었다.

"자네가 게을리 가르친 것인가, 아니면 용이가 따라가지 못한 것인가?"

사흘에 겨우 한 글자를 익힌다고? 고정엽의 유전자가 그렇게 형편없는 수준은 아니지 않나?

공 이랑이 억지웃음을 지었다. 대충 수습하고 넘어가고 싶었다.

"용이는 똘똘하지만 글공부에는 소질이 없나봅니다. 그러니……."

용이가 갑자기 고개를 들더니 억울함을 가득 담아 절대 인정 못 한다는 표정을 지었다. 공홍초는 그 모습에 난처했는지 머뭇거렸다.

"모두 제 잘못입니다. 제가 신경 써서 가르쳐야 했는데. 요즘 집안이 바삐 돌아가다보니……."

---

1) 당나라 이백의 오언고시. 향수를 노래한 시.
2) 낙빈왕駱賓王이 일곱 살에 쓴 시 〈영아咏鵝〉.

공 이랑도 난처했다. 용이에 대해 그저 그런 감정을 갖고 있는 데다 추랑처럼 살살 달래며 가르치는 성격도 아니기 때문이다. 또 구향원 전체에 명란의 눈과 귀가 있었기에 용이에게 손가락 하나만 까딱해도 명란에게 바로 알려졌다.

때리지도 못해, 어르지도 못해, 타이르지도 못하니 공 이랑은 귀찮은 마음에 게으름을 피운 것이다. 한데 명란이 불시에 검사할 줄이야.

명란은 차갑게 말했다.

"무엇이 바빴는가?"

공홍초의 고운 눈이 반짝였다. 말을 고르기가 어려운지 입술을 깨물며 말했다.

"제가 보잘것없기는 하지만 어쨌든 고가의 일 아닙니까. 지금 온 집안 사람들이 허둥대며 온종일 왔다 갔다 하니 저도 마음이 불안해서……."

그녀는 더 말을 잇지 못했다. 명란의 눈초리가 매서웠기 때문이다.

명란은 우선 아무 말 없이 단귤에게 먼저 용이를 데리고 나가라고 눈짓했다. 그녀가 천천히 찻잔을 내려놓자 잔 밑바닥과 받침이 부딪히며 청명한 소리를 냈다.

"공 이랑이 눈과 귀가 밝다더니 과연 그렇구면. 이번 일은 나도 끼어들 수가 없는데 공 이랑이 그렇게 '마음을 쓰고' 있을 줄이야!"

명란은 목소리를 높였다.

"자네가 걱정이 참으로 많았겠어?!"

명란은 싸늘한 눈빛으로 공 이랑을 노려보았다.

공홍초가 겁을 먹고 자리에서 일어났다. 옆에 있던 추랑도 그 모습에 같이 일어났다.

명란은 매서운 눈빛을 거두고 공 이랑과 추랑을 가만히 바라보았다.

그리고 다소 누그러진 어조로 말했다.

"나는 아직 어리기도 하고 아이를 길러 본 적도 없어서 여태껏 심각하게 생각하지 않았네. 그런데 며칠 전 충근백부에 갔다 외조카를 보지 않았겠는가. 이제 여섯 살이 넘은 아이가 글자 쓰는 것이며 말하는 것이며 무척 똑 부러지더군."

나이 어린 장이는 잘 빚은 도자기 인형처럼 조그맣게 생겨서는 말도 야무지고, 하는 짓도 대범했다. 누가 물으면 대답도 척척 잘하는 데다 겁먹거나 버릇없지도 않았다. 그러다 이제 곧 아홉 살이 되는 용이를 보니 명란은 머리가 지끈거렸다.

화란의 육성 계획에 따르면 대갓집 규수는 다섯 살 전후로 계몽 교육을 마쳐야 했다. 열 살 때부터는 자수, 말투나 태도, 자태, 교양 등을 내보일 수 있었다. 그리고 열다섯 살 전후가 되면 혼처를 결정해야 했다.

명란은 그 말을 듣고 속으로 죄책감을 느꼈다. 용이도 결국은 자기 배로 낳은 자식이 아니기 때문에 멀리까지 생각해 보지 않았던 것이다. 겨우 초등학교 2학년 나이니 조금 더 놀게 내버려 둬도 조급할 게 없다고 생각했다. 사태의 심각성을 전혀 몰랐던 것이다.

명란이 한숨을 내쉬며 간곡히 말했다.

"용이를 시사가부詩詞歌賦에 능한 재녀才女로 키우라는 것은 아니네. 하지만 자네도 이렇게 소홀하면 안 되지. 우리 같은 집안의 아가씨가 『여계』나 『규훈閨訓』3)도 읽지 못해서야 되겠나?! 누가 들으면 어처구니없는 농담이라고 생각할 걸세!"

---

3) 여자의 행동 규범에 관한 내용을 담은 책.

명란은 잠시 뜸을 들이더니 다시 목소리를 높였다.

"어머님께서 용이를 자네 손에 맡기셨으니 당연히 최선을 다하는 게 도리인 것을! 용이의 학업이 이 지경인데 다른 일에 관여할 겨를이 어디 있어?!"

요즘 녕원후부에 일이 있기는 했지만 추랑은 그래도 성실했다(사랑에 실패한 외로움을 달래기 위해서일 수도 있지만). 하지만 공홍초는 안팎으로 쏘다니면서 부산을 떨었기에 따끔하게 말할 필요가 있었다.

공홍초는 얼굴이 사색이 되어 식은땀을 삐질삐질 흘렸다. 이번에는 아무 말도 할 수가 없었다. 다리에 힘이 풀려 그대로 무릎을 꿇고 용서를 빌며 그간 소홀했던 것을 인정했다.

몇 마디 꾸짖고 나자 명란은 은근히 통쾌했다. 요 며칠 간의 화풀이를 공 이랑에게 한 셈이다. 마지막으로 몇 가지 분부만 내린 뒤 그녀는 자리를 떠났다. 구향원 입구에 이르자 화씨 어멈이 용이를 데리고 서 있는 것이 보였다.

용이가 고개를 들고 명란을 바라보더니 작은 입술을 깨물었다. 명란은 인내심 있게 기다렸지만, 용이는 끝내 아무 말도 하지 않고 몸을 돌려 뛰어가 버렸다. 화씨 어멈이 용이의 뒷모습을 보고 작게 한숨을 내쉬더니 명란에게 절을 했다.

"마님, 마음에 담아두지 마십시오. 애기씨가……."

어멈도 무슨 말로 위로해야 할지 모르는 것 같았다.

"저는 용이 애기씨를 쭉 지켜보았습니다. 지난 몇 년 동안은…… 에휴, 너무나 가여웠지요. 그래도 애기씨는 똑똑하십니다. 마님께서 잘 보살펴주시는 것도 알고요."

명란은 쓴웃음을 지었다. 사실 최선을 다해 용이를 보살펴준 것은 아니었다. 그저 책임을 지는 것이 두려웠기에 아랫사람에게 책임을 미루고 자신은 때때로 감독의 의무만 이행했다. 가끔은 용이가 자신을 경계하는 것이 다행이라 여기기도 했다. 만약 용이가 자신을 친근하게 대한다면, 자신은 또 저 아이를 어떻게 대해야 한단 말인가?

이 시대 아이들은 조숙해서 여덟아홉 살 여자아이라면 알 건 다 알았다. 더구나 아이의 생모가 아직 잘 살아 있지 않은가. 명란이 자진해서 따뜻한 모성애를 표현하려면 그 아이의 생모를 대신하는 일에도 관심을 가져야 했다.

명란은 무기력한 한숨을 내쉬었다.

그녀의 모성애는 본래도 넘쳐흐르지 않았다. 지난 몇 년 동안 화란과 해 씨의 아이들에게 진작 줘 버렸다. 포동포동 귀여운 조카들은 애교 섞인 목소리로 그녀를 부르거나 말랑말랑한 몸으로 그녀의 목을 끌어안았다. 또 온몸에 젖 냄새를 풍기며 달려와 뽀뽀를 해주었다. 그 아이들을 생각할 때면 마음이 말랑말랑해지는 게 너무나도 좋았다. 하지만 온몸에 가시를 세우고 있는 용이를 생각하면 명란은 친해질 자신이 없었다. 안 그래도 골칫거리가 쌓여 있는 판국에 스스로 일을 만들 필요는 없었다. 그저 아이를 잘 돌보라 명하고, 양심에 가책을 느끼지 않으면 그만이었다.

아이에게 정이 안 가는데 명란도 어쩔 도리가 없었다. 감정이란 게 자기 마음대로 되는 건 아니지 않은가.

그랬다. 그녀는 확실히 이기적인 사람이었다.

반성은 이쯤에서 끝내자. 첩에게 훈계도 했고, 남편의 혼외자도 살펴보았으니 계속 살아갈 일만 남았다.

요즘은 후부 쪽에서 귀찮게 하진 않았지만 사태는 점점 심각해지고 있었다. 와서 심문을 하는 사자使者의 태도는 갈수록 무례해졌고, 빈도 수도 점차 늘어갔다. 오월 말에는 대리시에서 아예 사람을 유사아문有司衙門으로 데려가 심문했다. 고정양과 고정적 형제는 심문을 받은 뒤 풀려났는데 얼굴이 새파랗게 질려 있었다.

유월 초이틀에 유정걸이 직접 금위군을 끌고 와 넷째 숙부와 고정병 부자를 끌고 갔다. 넷째 숙모와 고정훤의 부인, 고정병의 부인은 다섯째 숙부댁의 형제들을 찾아가 안에 있을 때 뭐라고 했는지 말하라며 설마 넷째 숙부댁에 죄를 덮어씌운 거냐고 물었다. 여인들을 얘기를 하다 감정이 격해져 욕지거리를 하기 시작했고, 나중에는 손찌검까지 하는 소동이 일어났다.

난리통 속에 누군가 고정양의 얼굴을 할퀴어 피가 철철 흘렀다. 한동안 사람을 만나기가 어려워 지금은 집에 숨어 요양 중이었다. 다섯째 숙부의 수염이 반쯤 뜯겨 나갔다.

이 소식을 들은 고정엽은 입가에 비웃음을 띠운 채 아무 말도 하지 않았다.

이틀 뒤, 고정위도 끌려갔다.

다음 날, 후부에서 사람을 보내 고정엽 부부에게 와달라고 청했다. 청을 하러 온 이는 소 씨를 곁에서 모시는 어멈이었다.

제145화

고정엽, 아버지가 와서
유산 나눠 가지란다

녕원후부로 향하는 내내 명란은 마음이 조마조마했다. 돈 꿔달란 사람에게 돈은 안 꿔주고 그 집에 놀러 가는 격이기 때문이다. 녕원후부에서는 이미 세 사람이 끌려갔다. 자기들이 지금처럼 목에 힘을 주고 갔다가 흠씬 두들겨 맞을지도 모를 일이었다. 명란은 자신의 가녀린 몸을 한번 바라본 뒤, 발을 살짝 걷어 마차 앞에서 말을 이끄는 고정엽을 보았다. 크고 위풍당당한 모습이었다.

명란은 안심하고 발을 내렸다. 그이를 보고 있으면 크게 안심이 되었다.

처참한 분위기가 흐르는 휜녕당에 고부 사람들이 모여 있었다.

창백한 얼굴의 고정욱이 상석에 앉아 있고, 수심 가득한 얼굴의 소 씨가 사발을 들고 그의 옆에 서 있었다. 그다음으로 고 태부인이 근심 가득한 얼굴로 앉아 있었다. 남녀가 양쪽으로 나뉘어 앉아 엄숙하게 대기하고 있는 모습이 꼭 무슨 조폭 모임 같았다.

넷째 숙모는 찻잔을 받쳐 든 채 무슨 생각을 하는지 고개를 숙이고 있었다. 고정병의 부인은 몰골이 말이 아니었다. 빨갛게 부은 두 눈에 분노가 담겨 있었다. 그녀는 원망 가득한 표정으로 옆에 있는 다섯째 숙부댁의 세 여인들을 사납게 노려보고 있었다.

고정양의 부인은 비굴함이 몸에 배어 별 감흥이 없었다. 그저 고개만 푹 숙이고 있으면 남들이 뭐라건 다 견뎌낼 수 있었다. 하지만 다섯째 숙모와 고정적의 부인은 가시방석에 앉아 있는 것처럼 불편한 모습이었다. 고정훤의 부인은 주 씨 곁에 앉아 계속 위로해주고 있었다. 주 씨는 처량한 얼굴로 눈물을 훔치며 그녀에게 몸을 기댔다.

맞은편에는 고부의 남자들이 앉아 있었는데 넷째 숙부댁 사람은 고정훤 한 사람뿐이었다. 반면 다섯째 숙부댁은 부자 세 사람이 모두 앉아 있었다. 모두 다 안색이 어둡고 굳은 표정이었다.

넓은 청당에 이렇게 사람이 많은데도 무거운 정적만 흘렀다. 그저 은은한 탕약 냄새만이 밖의 길을 따라 쓸쓸한 정원으로 들어왔다. 지난날 찾아오는 사람들로 인산인해를 이루었던 녕원후부는 나날이 썰렁해지고 있었다. 말로 표현할 수 없는 쓸쓸함이 뼛속 깊이 전해져 왔다. 고정엽과 명란이 자리에 앉을 때까지도 청당 안의 사람들 누구도 입을 열지 않았다.

사람들은 상석에 앉은 고정욱을 바라보았다. 마치 그가 말을 꺼내기를 기다리고 있는 것 같았다. 하지만 하필 그때 고정욱은 기력이 달렸는지 연이어 기침을 했다. 소 씨는 안쓰러워하며 그가 천천히 탕약을 먹을 수 있도록 시중을 들었다. 다른 사람들이 말을 하지 않으니 고정엽도 굳이 나서서 입을 열지 않았다. 그저 푸른 버드나무가 그려진 분채 찻잔만 차갑게 바라보았다. 찻잔 뚜껑을 뒤집어 잔 옆에 놓자 청아한 소리가 났다.

명란은 자리에 앉은 후 옆에 있던 주 씨의 초췌한 얼굴을 보았다. 얼굴이 누렇게 뜨고 양쪽 광대뼈가 도드라졌는데 뺨은 어째 부어 있는 모습이었다. 명란은 주 씨의 젊고 수려한 모습을 기억하고 있었기에 깜짝 놀라지 않을 수 없었다. 명란은 아직 내공이 부족해서 차마 못 본 척할 수가 없어 말을 걸었다.

"너…… 너무 초조해하지 말아요. 이렇게 몸 생각을 안 하다 나중에 셋째 서방님이 돌아오시면 어쩌려고 그래요?"

주 씨가 왈칵 눈물을 쏟으며 목이 메어 말했다.

"돌아오실 수 있을지 아직 모르지 않습니까!"

그러더니 고정훤 부인의 품에 안겨 낮게 울기 시작했다. 고정훤 부인은 주 씨를 다독이는 한편 명란을 보며 조용히 말했다.

"자네는 몰랐겠지만 얼마 전 의원이 태기가 있다고 했다네. 벌써 두 달이 되었다더군."

명란은 난처했다. 이런 상황에서 '축하하네.'라고 말해야 할지, 아니면 애매하게 '나중에 보약 한 제 지어 보내겠네.'라고 해야 할지 판단할 수가 없었다.

그 와중에 주 씨가 사력을 다해 몸을 일으키더니 눈물범벅이 된 얼굴로 무릎을 꿇으며 말했다.

"도와주세요, 아주버님. 예전에 어쨌든지 간에 저희 나, 나리는…… 아주버님의 친형제가 아니옵니까! 어찌 보고만 계십니까. 벌써 며칠째 감옥에서…… 어쩌고 있는지도 모르지 않습니까?"

주 씨가 더 격하게 눈물을 쏟아냈다.

고정엽은 이 말을 예상이나 한 것처럼 몸을 살짝 기울여 말했다.

"제수씨, 조급해 마십시오. 그저께 소식을 듣자마자 대리시를 찾아가 물어보았습니다."

"뭐라고 하더냐?"

고 태부인이 어느새 고개를 들고 다급하게 물었다.

고정엽이 고개를 끄덕이며 공손함을 드러냈다.

"심각한 상황은 아니었습니다. 다만 다른 곳에서 서신 몇 통이 발견됐는데 거기에 황제께서 내리신 녕원후의 인장이 찍혀 있었답니다."

남편에게 탕약을 먹이느라 여념이 없던 소 씨가 그 말에 깜짝 놀라 부들부들 떨며 말했다.

"인장이요? 그럴 리가 없습니다. 지난 몇 년 동안 형님께선 계속 병상에 계셨습니다. 정원에서 산책하는 것도 쉽지 않은데 어찌……?"

소 씨가 말을 멈추었다. 그녀의 시선은 이미 고 태부인을 향해 있었다. 입술이 한없이 떨렸다.

고정욱이 가쁜 숨을 참으며 고개를 들었다. 그때 마침 고정엽과 눈이 마주쳤다. 차분하고 생기 넘치는 모습이었다. 순간 분노가 치밀어 오르자 기침이 더 거세졌다.

고정엽이 시선을 돌리며 말을 이었다.

"대리시의 몇몇 대인들도 세세히 심문을 하고 나서야 큰형님께서 요양하시는 동안 셋째가 모든 사무를 관리했다는 걸 알게 됐답니다. 그래서 셋째를 데려간 것이지요."

주 씨가 그 말에 깜짝 놀라 황급히 말했다.

"저…… 저희 나리께서……."

"진술이 다른 사람도 있고, 책임을 회피하기 위해 마구잡이로 다른 사람을 끌어들이는 사람도 있다고 합니다. 허나 제가 이미 가서 인사를 해 두었습니다. 그 대인들도 한평생 형을 집행하다 보니 식견이 높습니다. 그러니 조사만 끝나면 큰 문제는 없을 겁니다."

고정엽이 조곤조곤 말했다.

"제수씨, 걱정하지 마십시오. 정위가 이 일에 깊이 가담하지 않고 그저 '부주의'했거나 '영합'했을 뿐이라면, 작당하여 사리사욕을 꾀한 것이 아니니 처벌받지 않을 겁니다."

주 씨가 눈물을 멈추고 망연자실한 표정을 지었다. 고 태부인은 고정엽의 말을 듣고 긴장하며 물었다.

"만약 죄가 인정된다면? 유배되는 것이냐? 아니면 군대로 끌려가는 것이야?"

고정엽이 살짝 미간을 찌푸리며 말했다.

"그건…… 조사가 끝나봐야 알겠지요."

고 태부인이 고정엽을 노려보았지만, 그는 의연한 자세로 꿈쩍도 하지 않았다. 고 태부인은 낙담하며 자리에 주저앉았다. 진상이 드러나게 생겼으니 마음이 뒤숭숭했다.

고정병의 부인은 줄곧 이를 악물고 참고 있다가 이 이야기가 나오자 자리에서 벌떡 일어났다. 그러더니 앞으로 몇 걸음 나아가 다섯째 숙부와 그의 두 아들에게 삿대질하며 소리쳤다.

"당신들이! 당신들이! 정위 서방님이 큰형님을 대신해 사무를 맡은 일은 집안 식구들만 아는 일입니다. 한데 대리시가 그걸 어찌 안단 말입니까. 제 목숨을 구하자고 정위 서방님을 팔아먹은 것 아닙니까!"

그녀는 머리가 산발이 다 되도록 분을 토해 냈고 눈에 독기가 가득했다. 다섯째 식구를 다 물어뜯어버릴 기세였다.

명란은 그녀의 말에 동의하지 않았다. 고정위가 큰형을 대신해 일했더라도 외부 사람들과 친분을 쌓는 일을 피할 순 없었을 것이다. 바깥사람들도 적잖이 알고 있었을 테니 다섯째 숙부댁 사람들이 말했다고 볼

순 없었다.

다섯째 숙부에게서 예전의 기세등등한 모습은 더는 찾아볼 수 없었다. 그저 맥없이 처져 있을 뿐이었다. 그는 조카며느리의 말에도 그저 몇 가닥 없는 수염을 매만지며 입을 꾹 다물었다. 오히려 다섯째 숙모가 엄하게 꾸짖었다.

"얼토당토않은 소리 그만하거라. 그리고 집안 어른께 그 무슨 말버릇이냐!"

"누가 집안의 어른이란 말입니까?! 흥! 목숨이 왔다 갔다 하는 시기에 제 몸 건사하기 바쁜데!"

고정병의 부인은 눈에 핏대를 세우며 더 거세게 망발을 쏟아냈다.

"우리 나리는 역왕을 대신해 잡일을 두어 번 해 준 게 답니다. 몇 대에 걸쳐서 했는지도 모를 일을 고가의 그이가 한 줄 바깥사람들이 어찌 안 답니까? 댁들이 책임을 회피하려고 주둥이를 놀려 쏙 빠진 것 아닙니까! 일을 한 사람은 우리 나리오나 당시 왕부를 들락거리며 대접받았던 사람은 댁들 아닙니까?!"

"이런 막돼먹은 여편네를 봤나! 사실을 왜곡하지 마시오!"

고정양이 탁자를 내리치더니 결국 큰소리로 말대꾸를 했다.

줄곧 45도 얼짱 각도를 유지하고 있던 고정양이 순간 고개를 돌렸다. 명란은 그제야 고정양의 뺨에 세 줄로 선명하게 새겨진 상처를 보았다.

"처음부터 사왕…… 역왕은 정병이를 탐탁지 않게 생각했소. 그 아이 스스로 온갖 아첨을 다 떨어서 그 일을 맡았단 말이오! 증거가 버젓이 있는데 그게 왜 우리 탓이오!"

고정병의 부인이 더 험악한 표정으로 노발대발했다.

"그 일을 우리 나리만 했습니까! 지금 그 집에 있는 요망한 두 계집도 그때 데려온 아이들 아닙니까! 흥! 만약 우리 나리께 모든 죄를 씌운다면 제가 직접 대리시를 찾아가 낱낱이 고할 것입니다. 어차피 이판사판이니 빠져나갈 생각은 하지 않는 게 좋으실 겁니다!"

명란은 고개를 숙인 채 치맛자락을 움켜쥐었다. 그녀는 알게 되었다. 비록 고가 형제들이 같은 피를 나누었지만 등급이 나누어져 있다는 것을. 고정양과 고정적은 적출이라 왕부에 출입하며 연회를 즐기고 친분을 쌓을 수 있지만, 고정병은 서출이라 사왕부에서 소외된 것이다. 하지만 불과 같은 고정병의 열정을 막을 수는 없었다. 결국 그는 온갖 아첨으로 더러운 일을 일부 맡게 된 것이다.

한쪽이 밝음이라면, 한쪽은 어둠이었다. 그런 까닭에 먼저 연행된 사람은 다섯째네 부자였지만, 나중에 구금된 사람은 넷째네 부자였던 것이다.

고정병의 부인은 친정이 평범한 부잣집이었기에 남편이 없다면 그들 모자는 더 기댈 곳이 없었다. 남은 삶이 편치 않을 수 있다는 생각이 들자 그 자리에서 대성통곡을 했다. 그녀는 발을 구르고 가슴을 치며 '아이고, 하늘이시여! 제가 살아 무엇합니까…….' 하고 울부짖었다.

고정병의 부인이 난리를 치는 통에 청당은 잠시 소란스러워졌다. 타이르는 사람, 질책하는 사람, 위로하는 사람이 뒤섞여 난장판이었다.

"그만하거라!"

결국 고 태부인이 언성을 높였다.

"소란을 피우라고 여기 부른 줄 아느냐? 일가친척끼리 의견을 나눠보자고 부른 게 아니더냐! 모두 자리에 앉거라!"

고정훤은 아버지와 동생이 모두 끌려가는 바람에 집안에서 자기 혼자만 남다 보니 마음이 가장 초조했다.

"큰어머님 말씀이 옳습니다. 다들 좋게 좋게 상의를 해야지요! 그러니 제수씨 우선 앉으세요!"

한참 만에 청당이 평온해졌다. 다섯째 숙부가 상기된 얼굴로 말했다.

"정욱아, 오늘 네가 이곳으로 우리를 부른 까닭이 무엇이냐? 어서 말을 해야 우리도 돌아갈 것이 아니냐! 괜히 모여 앉아 있으니 화만 돋우게 되지 않느냐!"

경우 없는 말투였다. 소 씨는 병약한 남편을 바라보다 분노가 치밀어 올라 다섯째 숙부를 노려보았다. 고정욱은 숨을 고르는 것조차 힘들어하다 간신히 입을 열었다.

"맞습니다. 제가 할 말이 있어 불렀습니다."

그가 충혈된 눈으로 고정엽을 바라보았다.

"형님, 말씀해보십시오."

고정엽이 몸을 돌렸다. 동작 하나하나가 공손하기 그지없었다.

고정욱의 새파란 입술이 파르르 떨렸다. 그는 뼈만 남아 앙상한 몸으로 고정엽을 노려보았다.

"내 한 가지만 묻겠다. 지금의 네 능력과 지위로 마음만 먹으면 고가를 위기에서 구할 수 있는 것이냐?"

명란은 속으로 감탄했다. 대단해! 저게 바로 핵심이지! 역시 피는 못 속인다고 같은 아버지 자식이 맞구나.

고정엽은 고정욱을 바라보기만 할 뿐 아무런 대답도 하지 않았다. 형제는 잠시 서로를 바라보았다. 그러다 고정욱이 먼저 웃음을 터뜨렸다. 아주 씁쓸한 웃음이었지만, 고정엽에게서 시선을 떼지 않았다.

"너는 할 수 있을 게다. 어쩌면 아주 힘들 수도 있겠지. 여기저기 사람들을 찾아다니며 부탁을 해야 할 게다. 어쩌면 황제께 청을 올려야 할 수도 있겠지……. 하지만 넌 할 수 있을 게다. 그렇지?"

고정엽은 굳은 얼굴로 아무 말도 하지 않았다.

고 태부인과 다섯째 숙부는 이 상황을 보고 끼어들려 했다. 하지만 고정욱의 손짓 하나로 단칼에 저지당했다. 그는 고정엽을 바라보며 계속 말했다.

"하지만 네가 뭣 때문에 황제 폐하나 동료들에게 부탁을 하겠느냐? 너를 홀대하고 모욕하고, 심지어 집에서 쫓아낸 사람들을 위해서 왜 굳이?"

그 말에 다섯째 숙부가 난처한 웃음을 지으며 말했다.

"정욱아, 그게 무슨 말이냐? 모두 한집 식구인 것을……."

고정욱은 더는 못 견디겠다는 듯 그의 말을 잘랐다. 그리고 조롱 섞인 웃음을 지었다.

"숙부님, 제발 정신 차리십시오! 입 밖으로 꺼내지 않는다고 해서 예전 일이 없는 일이 되는 게 아닙니다. 여가余家의 제수씨가 시집온 지 사흘 만에 정엽이와 다툰 까닭이 무엇입니까? 누군가 열심히 소문을 흘려서 아닙니까. 거기다 왜 날이 갈수록 갈등이 깊어졌습니까? 누군가 힘을 실어주어서 그런 것 아닙니까."

청당에 있던 여자 권속들은 순간 눈을 반짝이며 고개를 숙였다.

고정욱은 사촌 형제들을 바라보며 비웃었다.

"훗날 정엽이가 경성에도 머무르지 못하고 집을 떠나 수년간 돌아오지 못한 이유가 무엇입니까? 그리고 아버지께서 돌아가시고 정엽이가 영당靈堂 [1]에 와서 제사 지내는 걸 막은 건 누구였습니까?"

고정엽의 표정은 변함이 없었지만 의자 손잡이를 잡고 있던 손에 힘이 점점 들어가고 있었다.

다섯째 숙부는 무안했는지 시선을 피하며 아무 말도 하지 않았다. 고정훤도 멋쩍은 표정을 감추지 못했고, 고정적은 불안한 눈초리로 고정엽을 힐끔 바라보았다. 고정양이 이를 갈며 소리쳤다.

"자네는 결백한 것처럼 말하지 말게. 자네 책임은 없는 줄 아는가? 자네도……"

"맞습니다!"

고정욱이 냉소를 지었다. 피골이 상접한 얼굴과 높게 솟은 광대뼈가 무섭게 보였다.

"저도 책임이 있습니다! 아주 큰 책임이 있지요! 변명할 생각은 없습니다!"

고 태부인은 분위기가 점점 험악해지는 것을 보고 서둘러 말했다.

"어휴…… 정욱아, 지금 그런 얘기를 해서 어쩌자는 것이냐? 혀와 이도 다툴 때가 있는 것을. 어쨌든 한집안 식구인데……"

"형님 말씀이 옳습니다."

넷째 숙모도 덩달아 중재에 나섰다.

"지나간 일은 그저 지나간 일이다. 앞으로 우리가 대문을 꽁꽁 걸어 잠그고 살아도 여전히 한집안 식구인 것은 변함이 없고!"

"넷째 숙모님은 그 일들이 그저 지나가는 말이나 모호한 말로 덮을 수

---

1) 죽은 사람의 영정을 모신 방.

있는 것이라 생각하십니까?"

고정욱이 이렇게 말하며 다섯째 숙부을 바라보았다. 눈빛에 조롱이 섞여 있었다.

넷째 숙모는 더는 나설 재간이 없어 곧바로 입을 다물었다.

다섯째 숙부가 입을 열려고 하다가 이내 소용없다는 듯 가만히 있었다. 고정욱이 숨을 크게 들이마셨다.

"숙부님과 숙모님 두 분은 지금의 정엽이가 예전의 정엽이와 같다고 생각하십니까? 정말로 정엽이에게 몇 마디 다그치고 어르면 순순히 말을 들을 것이라 생각하십니까?"

그의 눈빛이 청당에 있는 사람들을 스쳐 지나갔다. 그러다 마침내 고정엽에게 시선이 머물렀다.

고정엽은 옅은 미소를 지으며 주먹을 풀었다. 그리고 느긋하고 고상한 자태로 탁자 위의 찻잔을 들고 차를 한 모금 마셨다. 그러고 난 뒤에도 무릎에 두 손을 얹고 잠자코 기다렸다.

고정욱은 속으로 쓴웃음을 지었다. 엄청난 자제력을 보니 역시 예전의 무지한 동생이 아니었다.

그는 청당에 있는 사람에게 시선을 돌려 천천히 한마디씩 말했다.

"내가 홀대했던 사람이 반대로 도움을 준다고 생각해 보십시오. 아주 기세등등하게요. 그러면 얼렁뚱땅 넘길 생각 말고 제대로 해명할 건 해명해야지요! 다들 잘 알고 계시지 않습니까!"

명란은 고정욱을 의심스러운 눈빛으로 바라보았다. '최종 보스는 맨 마지막에 등장'하는 법칙을 생각해 보면 고정욱은 절대 참회나 호소만으로 끝내지 않을 것이다. 분명 필살기가 있을 텐데 대체 뭘까?

고정욱은 꼬챙이 같은 손가락으로 옷소매에서 무언가를 꺼내려고 했지만 손이 심하게 떨렸다. 그 모습을 본 소 씨가 눈물을 삼키며 남편을 도와 소매에서 불에 그을린 서찰을 꺼냈다. 서찰은 모두 세 통이었고, 겉봉의 봉랍이 뜯어져 있었다. 그 안에는 흰색 편지지가 들어 있었다.

방금 말을 하는데 너무 많은 기운을 쏟아서인지 고정욱은 가쁜 숨을 내쉬며 몸을 뒤로 뉘었다. 그러면서 부인에게 편지를 고정엽에 세 건네주라는 눈빛을 건넸다. 그녀는 고정엽에게 몇 걸음 다가가 손에 들고 있던 서신을 건네주었다.

청당에 있던 노인들은 그것을 보자마자 대경실색했다. 다섯째 숙모가 엉겁결에 소리를 질렀다.

"저 서찰! 네가 어찌 저걸 아직도……."

그녀는 스스로 말실수를 했음을 깨닫고 깜짝 놀라 입을 틀어막았다.

고정엽은 그녀를 가만히 한번 바라보고는 소 씨에게 살짝 허리를 굽혀 예를 표한 뒤 서찰을 재빨리 읽었다. 명란의 자리에서는 그 편지 내용이 보이지 않았지만, 고정엽의 표정이 급속도로 굳어지고 손까지 미세하게 떠는 것이 보였다. 그는 서찰 하나를 다 읽고 황급하게 다른 것도 꺼내 보았다. 읽으면 읽을수록 더 놀라는 것 같았다.

명란은 궁금한 마음에 고정훤의 부인을 바라보았다. 그녀 역시 아무것도 모르는 눈치였다.

고정욱은 상황을 지켜보며 쉰 소리로 천천히 말했다.

"그 서찰은 아버지께서 임종 직전에 쓰신 것이다. 총 세 통이고 셋 다 똑같은 내용이지. 금릉에 계신 숙부님과 여기 두 숙부님께 각각 전달됐다. 아버지께서는 이 일을 아무에게도 알리지 않으셨고 끝까지 모두를 속이셨다."

그는 숨을 고르고 단숨에 말을 토해냈다.

"서신에는 네 생모인 백씨 부인이 고가에 시집을 때 가져온 혼수 내역이 적혀 있다. 남쪽에 있는 상등上等 논 구백삼십 무와 여항의 점포 대지 다섯 칸, 통회포通匯鋪 [2]에 맡겨 둔 은자 오만 삼천 냥이다. 아버지께서는 당신이 세상을 떠난 후, 분가 여부와 상관없이 이 유산을 모두 차자인 고정엽에게 물려주라고 하셨다. 그리고 세 숙부께 가족이자 오랜 친구 된 자격으로 영당에서 이 서찰을 읽어달라 하셨지."

주 씨와 고정훤의 부인 등 아녀자들도 처음 듣는 이야기에 어안이 벙벙했다. 고정병 부인은 알고 있었다는 듯 살금살금 옆으로 빠졌다. 명란 역시 너무 놀라 아무 말도 못 하고 바로 고정엽을 바라보았다. 그는 화석이라도 된 것처럼 아무 말 없이 단정하게 앉아 있었지만, 서찰을 들고 있는 손은 미세하게 떨리고 있었다.

순간, 청당에 정적이 흘렀다.

넷째 숙모와 고 태부인은 수치스러운 표정을 지었고, 다섯째 숙부 부부는 다른 사람들의 시선을 피해 고개를 돌렸다.

"그럼, 그 뒤에는 어찌 됐습니까?"

한참이 지나고 고정엽이 물었다. 가라앉은 목소리가 마치 산골짜기의 메아리 같았다.

고정욱이 냉소를 지으며 말했다.

"아버지께서 돌아가시기 직전, 공교롭게도 아홉째 숙부가 넘어져 다리를 다쳤지. 회복이 더뎌 장례식에 참석할 수 없게 되자 아들 둘을 대신 보냈다. 철이 없던 두 사람은 술에 취해 서찰에 관한 일을 모두 말했다.

---

2) 돈을 송금하는 곳으로, 은행과 유사한 점포.

그래서 우리도 서찰의 존재를 알게 됐고, 그날 밤 온갖 방법을 써서 세 통의 편지를 손안에 넣었다. 그런데 이 일은 거기서 끝나지 않았다."

그의 목소리에서는 조금의 괴로움도 느껴지지 않았다. 다른 사람을 조롱하고 있는 건지, 자신을 조롱하고 있는 건지 알 수 없었다.

고 태부인이 흐느껴 울기 시작했다.

"그때 내가 그러면 안 된다고 하지 않았느냐. 어찌 아버지의 유언을 거스를 수 있어? 그런데도 기어코…… 어휴……."

다섯째 숙모는 분노에 차서 그녀를 노려보았다. 넷째 숙모는 낮게 한숨을 쉬었다.

고정엽은 고개를 떨구었다. 머리가 혼란스러웠다. 칸이 많은 장식장의 조각으로 시선을 옮겼다. 비취색 꽃이 겹겹이 새겨져 있었고, 짐승의 얼굴이 새겨진 유백색 대리석 다리가 장식장을 받치고 있었다. 밖은 이미 황혼녘이었다. 석양빛이 대나무발 사이로 새어 들어와 방 안의 모든 가구를 찬란한 금빛으로 물들이고 있었다.

녕원후부에는 대리석으로 만든 짐승 얼굴이 무척 많았다. 방마다, 청당마다 있었다. 네다섯 살 때, 그는 매일 밖으로 나가고만 싶었다. 그의 아버지는 노발대발하며 몇 번이고 그를 혼냈지만 소용이 없었다. 결국 '집안의 짐승 조각을 다 세면 밖에 나가 놀아도 좋다'며 그를 구슬렸다. 그래서 그는 정말로 조그마한 몸을 웅크리고 그것들을 하나하나 셌다.

하지만 하루 이틀이 지나도 끝나지 않았다. 그는 미신을 믿지도 않았기 때문에 끈질기게 조각상을 세었다. 숙부와 숙모, 형제들 모두 '어리숙한 녀석'이라며 놀려댔지만, 아버지만큼은 조용히 한숨을 내쉬며 묵묵히 그의 머리를 쓰다듬어주었다. 굳은살 많던 아버지의 손이 닿으면 그는 황급하게 몸을 비틀어 숨어버렸다.

어렴풋하지만 아직도 그때 아버지의 눈빛을 기억하고 있었다. 기뻐하는 것 같으면서 슬퍼하는 듯한 그 눈빛을.

"저……."

소 씨는 이 일을 전혀 알지 못했다. 그녀는 오로지 남편의 건강이 걱정이었다. 고정욱은 우는 것보다 더 흉하게 웃음을 짓다가 연신 기침을 했다. 그녀는 도저히 지켜보기가 힘들어 직접 남편을 보호하기 위해 나섰다.

"서방님, 오해하지 마세요. 집안 어르신들께서는 서방님을 위해 재산을 지켜주려고 그러셨을 거예요. 서방님께서 함부로 사용하실까봐……."

고정엽은 기억 속에서 빠져나와 싸늘한 눈빛으로 바라보았다. 소 씨는 더 이상 말을 잇지 못했다.

"정말로 그렇다면 숙부님과 숙모님, 그리고 나머지 분들께 감사드려야겠지요."

고정엽은 꿋꿋하게 웃어 보였지만 말투에서는 오만함이 느껴졌다. 소 씨도 고정엽의 말투에서 분노와 조롱이 느낄 수 있었다.

청당에 있던 사람들은 불안과 공포에 떨었고, 여인들은 서로를 바라볼 뿐이었다. 다섯째 숙부는 어두운 얼굴로 아무 말도 하지 않았고, 고정양은 분노에 휩싸여 고정욱을 바라보며 속으로 '저 폐병쟁이가 왜 이것들을 까발리는 거야? 불난 집에 부채질하자는 거야?'라고 욕했다.

이제 도움은 고사하고 짓밟히지나 않으면 다행이었다.

명란은 조금씩 화가 치밀어 올라 더 이상 우호적인 태도를 유지하고 싶지 않았다. 그저 청당 한쪽에 정색하고 앉아 '저런 쌍놈의 자식들!' 하고 속으로 욕을 퍼부었다. 아차차! 아니지. 저들이 쌍놈의 자식이면 자신의 남편도 쌍놈의 자식이었다.

"큰형님, 말씀 다 끝나셨습니까?"

고정엽의 마음은 광기에 휩싸였다. 앞에 앉은 작자들의 얼굴을 다시는 보고 싶지 않았다. 고정병의 부인과 고 태부인이 뭐라고 하든 상관 않고 자리에서 일어나 무표정으로 말했다.

"말씀 다 끝나셨으면 먼저 자리에서 일어나겠습니다."

"기다리거라."

고정욱이 숨을 거칠게 내쉬며 목소리를 높여 말했다. 얼굴이 창백하다 못해 새파래졌다. 그가 일어서려고 안간힘을 쓰자 소 씨가 서둘러 부축했다.

"아직 끝나지 않았다. 나와 갈 데가 있느니라. 거기만 들르고 나면 네가 하고 싶은 대로 해도 좋다."

제146화

고정엽, 조상님이
애기 좀 하자신다

고정엽은 잠시 망설이다 이내 고개를 끄덕였다. 고정욱이 자리에서 일어나려 애쓰자 옆에 있던 소 씨가 눈물을 훔치던 손수건을 거두고 재빠르게 남편을 부축해 앞장서서 문가로 걸어갔다. 막 발걸음을 옮기려던 고정엽은 무슨 일이 생각났는지 뒤를 돌아보며 슬그머니 말했다.

"부인도 오시오."

명란은 속으로 한시름을 놓으며 곧장 자리에서 일어났다. 그리고 아주 태연하게 '실례할게요' 하는 표정을 지으며 여자 권속들에게 작별을 고하고는 천천히 대부대를 따랐다.

안쪽으로 들어가던 그들은 후부의 가장 서쪽에 다다랐다. 다행히 훤녕당이 서쪽에 위치했기 때문에 수화문 두 개를 지나 꽃이 핀 오솔길을 따라 걸으니 금방 도착했다.

명란은 고개를 들어 슬쩍 보았다. 그리고 다시 고개를 숙이며 살짝 입을 삐죽였다. 너무 뻔하네. 그녀의 예상대로였다.

이곳은 고가의 사당祠堂이었다. 우뚝 선 용마루와 하늘로 치솟은 추녀, 검은 유동 나무 기름을 바른 숙철熟鐵[1] 울타리가 이곳의 뜰을 겹겹이 둘러싸고 있었다. 안쪽에는 높고 큰 다섯 칸짜리 정당正堂이 두 줄로 마주보고 있었다. 북당北堂이 정당이고, 나머지 세 칸은 포하와 월대月臺[2]였다. 남당南堂은 부당副堂으로 양쪽에 작은 이방耳房이 있었다. 뜰에는 해를 가릴 정도로 거대한 오동나무 네 그루가 동서남북에 한 그루씩 서 있었다. 녕원후부가 세워진 날 심은 것으로, 오래도록 자손이 번성하라는 의미였다.

이곳으로 들어오니 명란은 저도 모르게 고개를 숙이며 경건한 마음을 갖게 되었다. 그 장엄한 기운에 어느 누구도 소리를 높여 말하거나 웃을 수 없었다.

청성靑城 고씨는 본래 평범한 집안으로 고기잡이와 농사, 장사로 생계를 꾸려가고 있었다. 그러다 왕조가 바뀌면서 사방에 전란이 일어나 논밭이 황폐하게 되자 백성들은 하나둘 고향 땅을 버리고 떠났다. 반면 청성은 군사적 요충지라 반드시 선점해야 할 땅이었기 때문에 그 지역의 적지 않은 자제들은 모두 군대에 들어가게 되었다.

혼란한 정세 속에서 고씨의 선조 고선덕은 천자를 호위하다 목숨을 잃었다. 슬하의 두 아들은 소년 무사로 불리며 20여 년 동안 전쟁터에서 적군과 싸웠다. 두 형제는 용맹함과 뛰어난 지략으로 혁혁한 공을 세워 각각 작위를 받았다. 고씨는 그야말로 벼락출세를 하게 된 것이다.

이후 고가는 고향의 조상묘와 사당을 정성껏 수리한 후 몇 대가 청성

---

1) 무쇠를 불에 달구어 단단하게 만든 쇠붙이.
2) 정전正殿 등 중요한 건물 앞에 놓이는 넓은 대.

으로 이주하여 자리를 잡았다. 그래서 지금도 고씨는 청성에서는 명실 상부한 명문가로서의 입지를 유지하고 있었다. 훗날, 녕원후부와 양양 후부 사이에 후계 다툼이 벌어지고, 고가는 아예 조묘祖廟 3)를 청성 고향 집에 세워 놓고, 두 후부는 각자 사당을 세워 종적宗籍 제명과 분가 권리를 가졌다.

사당으로 가던 도중, 갑자기 고정욱이 곁에 있던 부인에게 말했다.

"부인은 제수씨와 여기서 기다리시오. 정엽이와 나만 들어갈 테니."

그는 이렇게 말하며 부축하던 소 씨의 손을 밀어 냈다. 옆이 있던 계집 종이 고정욱에게 지팡이를 건네자 가볍게 웃으며 그것을 건네받았다. 그리고 살짝 떨리는 손으로 지팡이를 짚으며 비틀비틀 북당을 향해 걸 어갔다.

고정엽은 뒤를 돌아 명란을 한번 바라보고는 고정욱을 따라나섰다.

뜰에는 명란과 소 씨, 몸종 하나만 남게 됐다. 소 씨는 얼굴 한가득 근 심 어린 표정을 지으며 고정욱이 걸어가는 쪽을 한없이 바라보았다. 그 리고 명란을 향해 애써 웃음을 지어 보였다.

"우리는 이방에 가서 차를 마시는 게 어떻겠나."

명란은 소 씨가 남편을 걱정하는 것을 알아채고 미소로 답했다.

"여기는 아주 시원하네요. 해도 들지 않고요. 뜰에 앉아서 기다리지요. 형님 생각은 어떠세요?"

소 씨는 점점 멀어져가는 남편의 뒷모습을 뚫어져라 바라봤다. 쉽게 발걸음이 떨어지지 않던 차에 명란의 말을 들은 소 씨는 안도의 한숨을

---

3) 조상의 신주를 모시는 사당.

쉬며 말했다.

"그게 좋겠네. 시문아, 너는 가서……."

소 씨의 말을 들은 계집종은 대답을 하고 어디론가 가더니 조금 있다가 등나무 걸상 두 개와 작은 상을 가져와 나무 그늘에 놓았다. 그리고 차와 다과를 펼쳤다.

소 씨의 심각한 표정에 명란은 위로의 말이라도 건네주고 싶었다. 하지만 어디서부터 얘기를 꺼내야 할지 몰랐다. 이때 소 씨가 미간을 찌푸리며 말했다.

"……사당 안에 의자나 차 같은 게 있으려나?"

명란은 우물쭈물 제대로 대답하지 못했다. 그녀는 더듬거리며 말했다.

"저, 저도 잘 모르겠네요. 예전에 딱 한 번 들어가 본 게 전부라서요."

신혼 둘째 날 조상님께 제를 올리고, 족보에 이름을 올리고, 종친들을 익히느라 딱 한 번 갔던 것이다.

소 씨는 명란이 선생님 질문에 대답 못 한 아이처럼 괴로워하자 마음속 걱정이 가시지 않았음에도 저도 모르게 빙긋 웃어 보였다.

"나도 두 번밖에 못 가봤다네."

명망 높은 부잣집의 가규는 집안의 중대사가 아니면 시동생과 형수가 한 자리에 있는 것을 피했다. 남녀가 유별했기에 여인들은 마음대로 사당에 드나들 수 없었다. 새해 명절이 되어 조상님께 제사를 지낼 때도 남녀가 남쪽과 북쪽 사당에서 따로 지냈다.

두 사람이 몇 마디를 나누었을 때 작은 소리가 들려왔다. 사당을 지키는 노복이 북당 정문을 살짝 닫아 건 것이다.

널따란 사당은 어두컴컴했다. 높은 창 밑에 남겨진 미약한 빛이 전부였다.

"네가 불을 붙이거라."

고정욱이 말했다.

"나는 기운이 없구나."

고정엽이 앞으로 걸어 나가 향대 좌측에 있는 세 번째 나무 선반을 더듬어 기름종이에 잘 싸놓은 부싯돌과 부싯깃을 꺼냈다. 그러더니 기민하게 몸을 돌려 제대로 보지도 않고 황동 촛대에 불을 붙였다. 마치 이곳의 모든 것을 꿰고 있는 것 같은 능숙한 몸놀림이었다. 이렇게 빛이 어두운데도 그의 동작은 조금도 느리지 않았다.

고정욱은 고정엽이 능숙하게 부싯돌을 되돌려 놓는 것을 보고 자기도 모르게 피식 웃었다.

"이 사당에 대해서라면 우리 형제 중 네가 제일 잘 알겠구나."

고정엽이 살짝 왔다 갔다 하며 자조 섞인 말을 내뱉었다.

"당연하지요. 사흘마다 야단을 맞고, 닷새마다 큰 벌을 받다 보니 여기서 수시로 무릎을 꿇을 수밖에 없었으니까요. 해가 져도 내보내주지 않으면 어둠이 무서웠던 아이는 어쩔 수 없이 제 스스로 불을 켜야 했지요."

촛불을 밝히자 사당 안이 환해졌다. 사당은 모든 곳이 깔끔하게 정돈돼 있었다. 시시때때로 쓸고 닦았기 때문일 것이다. 사당 한쪽의 찻상에는 다반도 놓여 있었다. 사당에서 사용하는 것은 상등품인 향초라 불빛이 선명하고 그윽한 향나무 향기를 내뿜었다. 사방을 둘러보니 가로 여섯 장丈, 세로 석 장 정도 되는 팔 층 향안 위에 선조들의 위패가 빽빽하게 세워져 있었다. 청당이 높고 넓은 이유는 백 명이 넘는 고씨 집안 자제들이 다 같이 모여 제사를 올리기 위해서였다.

이 넓디넓은 사당에 지금은 형제 두 명뿐이었다.

고정엽은 향안 위에 새로 오른 위패를 뚫어지게 쳐다봤다.

고공언개지위顧公偃開之位

평범한 여섯 글자에 지금까지의 모든 분노와 차별, 설움, 의문이 끝이 났다. 앞으로는 더 질문을 할 필요가 없다. 모든 게 끝이 났다.

양쪽의 우뚝 선 기둥에는 녹나무 편액이 각각 세로로 걸려 있었다. 눈길을 사로잡는 커다란 여덟 글자가 나무에 새겨져 있었다. '조덕유방祖德流芳(조상의 덕이 후세까지 이어져), 만대영창萬代榮昌(대대손손 번창한다)'. 매끄럽고 힘 있는 안진경체顔眞卿體 [4]였다.

1대 녕원후 고우산은 평생 자유분방한 광초체를 사랑했다. 술에 취하면 네 종류의 초서체草書體 로 〈장진주將進酒〉를 단숨에 써 내려갈 수 있었다. 그래서 사람들은 왜 여기에는 틀에 박힌 안진경체를 사용했느냐고 물었다.

고우산은 자신이 평생을 술과 함께 거칠고 방탕하게 살았는데 죽기 전에 유일하게 바라는 것이 자손들의 무사 평안이기 때문이라고 말했다.

고정엽은 웃었다.

어릴 때 억지로 글씨 연습을 할 때면 그의 아버지는 자주 선조 우산공이 독학으로 서예 대가가 된 이야기를 하며 지독히도 말을 안 듣는 차남을 격려했다. 그 얘기를 하도 들어서 진절머리가 난 그는 붓대를 깨물며 중얼거렸다.

"광초체요? 글씨 틀린 걸 남들이 못 알아보게 하려고 그런 거잖아요."

그러면 고언개는 눈을 부릅뜨고 때릴 것처럼 손을 높이 치켜들었다. 하지만 내려올 줄 모르는 손과 달리 그의 표정은 이상하게 변했다. 욕을

---

4) 중국 당나라 서예가 안진경의 서체.

하고 싶기는 한데 또 웃고 싶기도 한 것 같았다. 어린 정엽은 조금도 두려워하지 않고 귀신같이 이렇게 말했다.

"아버지께서도 어렸을 때 저와 같은 생각을 하신 게 아닙니까?"

결국 그는 추가로 〈권학勸學〉[5]을 스무 번을 베껴 쓰는 벌을 받았다.

고정욱은 지팡이를 짚고 옆에 서서 조용히 고정엽을 바라보았다. 사실 세 형제 중 자신과 고정위는 외탁을 했고 유일하게 고정엽만 아버지를 쏙 빼닮았다. 행동이며 말투, 표정까지. 세월이 흐르면 흐를수록 더 닮아갔다.

아버지께서는 진작 아셨던 게 아닐까? 그래서 정엽을 그렇게 챙기셨던 것이다.

"……네가 이렇게 출세한 걸 알면 지하에 계신 조상님과 아버지도 무척 기뻐하실 게다."

말투가 침울했다. 고정욱도 자신이 왜 이렇게 말하는지 알지 못했다.

고정엽의 입꼬리가 조소를 하는 듯 위로 올라갔다.

"형님이 건강을 찾는다면 아버지께서 더 기뻐하시겠지요."

고정욱이 고정엽을 뚫어지게 바라봤다.

"내가 철이 들고부터 누군가 내게 알려 주었다. 내 생모는 네 어미 때문에 죽은 것이라고 말이다. 내가 이리 병약해진 것도 그때의 일이 화근이 된 것이라고 했지."

고정이 차갑게 말했다.

"녕원후부에 안 좋은 일이 생기면 모두 저희 모자 탓이지요. 이미 알고

---

5) 전국시대 순자의 사상을 엮음 『순자荀子』의 제1편 권학편.

있던 사실인데 형님을 통해 다시 한번 되새기게 되네요."

"나중에서야 알게 됐다. 그해 빚더미에 올랐던 일이 벌어졌을 때 나는 이미 태어난 뒤였으니 내 몸에 대해서는 누구도 원망할 수 없다는 걸 말이다."

고정욱이 침착하게 말했다.

"어머니는 본래 건강이 좋지 않으셨다. 아이를 낳아서는 안 되는 몸이었지."

그녀는 사랑하는 남편을 위해 목숨을 걸고 아들을 낳았다. 결국 스스로를 소진하고, 아이도 건강하지 못하게 되었다.

고정엽이 눈썹을 추켜세우며 비꼬았다.

"형님께서 알아주시니 감사합니다."

"제수씨와 사이가 좋아 보이더구나."

고정욱은 동생의 조롱에도 개의치 않고 뜬금없이 이 말을 던졌다.

"만약 오늘 집안에 큰일이 일어나 제수씨를 버리고 다른 여인을 아내로 맞아야 한다면 너는 어찌하겠느냐?"

"형님, 참 재미있는 질문이군요."

저들을 위해 명란을 버리라고? 고정엽은 헛웃음을 터뜨렸다.

"콜록, 콜록. 당연하겠지. 콜록. 훤녕당에 있는 사람들을 위해 절대 그렇게 하지 않겠지."

고정욱은 얕은 기침이 시작되자 손수건을 꺼내 입을 닦고 고정엽을 올려다보았다.

"만약 아버지를 위해서라면? 아버지의 목숨을 구하기 위해 제수씨를 버리고 다른 여인을 아내로 맞이해야 한다면 넌 어떻게 하겠느냐?!"

마지막 말을 뱉을 때 고정욱이 갑자기 목소리를 높였다. 그의 말이 날카로운 비수가 되어 고정엽의 심장에 꽂혔다.

고정엽은 깜짝 놀라 뒤로 한걸음 물러나다 이내 평정을 찾았다. 그의 큰형은 아주 똑똑한 사람이었다. 사람의 마음을 기웃거리다 약한 곳이 있으면 비집고 들어와 기회를 잡았으며, 생각이 깊고 빈틈이 없었다. 몸이 너무 허약하지만 않았다면 하루아침에 조정의 관리가 될 수 있는 아주 뛰어난 사람이었다.

아주 어렸을 때 아버지는 형이 일부러 지나가는 말처럼 던진 말에 자신에 대해 노여움을 누르지 못하고 더 심하게 자신을 벌했다. 그것 때문에 어렸을 때부터 적지 않은 고생을 해야 했다.

고정엽이 눈을 가늘게 떴다.

"대체 무슨 말씀을 하고 싶으신 겁니까?"

고정욱이 심하게 숨을 헐떡였다. 천천히 기둥에 기대다 손에 의자가 닿자 자리에 앉았다.

"네 말이 맞다. 고부의 주인과 하인들은 너희 모자에게 잘못을 저질렀다. 하지만 모든 사람들이 그런 건 아니었지. 정훤 형님은 어려서부터 사당에 있는 네게 몰래 먹을 것을 가져다주었다. 네가 영당 밖에서 들어오지 못하고 있을 때 아버지의 구타와 욕설에 맞서 네 편을 들어준 게 누구였느냐. 그리고…… 아버지께서는……. 너는 잘 모르겠지만 너희 모자가 설움을 당할 때 같이 괴로워하셨다……."

그 말은 하지 않는 편이 좋았다. 고정엽은 그 말을 듣고 더욱 화가 치밀어 올랐다. 그는 등을 곧게 세우고 옆에 있는 기둥에 주먹을 내리치며 오만하게 웃었다.

"아버지께서 알고 계셨으면 또 뭐요? 이십 년 넘게 다른 사람들이 제 어머니를 비방하는 걸 보고만 계셨지 않습니까! 이제 제 어머니를 들먹여 저를 능욕하십니까?! 아버지께서 정말로 괴로우셨다면 왜 잠자코 계셨답니까?! 그런 몇 마디 말로 제 마음을 돌릴 수 있을 거라고 생각했다면 큰 오산입니다."

고정욱은 미동도 하지 않고 고정엽을 바라봤다.

"바보 천치가 아닌 이상 나도 다 안다. 너도 양심에 손을 얹고 말해 보거라. 그동안 아버지께서 너를 어떻게 대하셨느냐? 아버지께서는 군무軍務가 바빠 하루에 두 시진 정도 쉬시면 잘 쉬시는 거였다. 그래도 그 시간을 네게 무공을 가르치시는 데 쓰셨다. 아버지께서는 네 공부에 나와 셋째를 합친 것보다 곱절은 더 많은 시간을 할애하셨다!"

아버지는 바쁜 하루를 마치고 집에 돌아오면 언제나 잊지 않고 '정엽이는 오늘 어땠느냐'고 물었다. 조금이라도 나쁜 얘기가 들리면 바로 목청을 높이며 가법을 들고 고정엽을 찾아가 야단을 쳤다.

고정욱은 마음이 아팠다. 아버지는 자신에게도 잘해 줬지만 곁에 머물려고 하지는 않았다. 이따금 자신의 창백한 얼굴과 허약한 몸을 보고는 상심하며 자리를 떠났다.

"아버지께서 그렇게 널 가르치신 게 널 아껴서가 아니면 대체 뭐란 말이냐? 솔직히 말해보거라. 만약 그때 같은 일이 네게도 일어난다면, 어쩔 수 없는 상황에서 뭘 어찌할 수 있겠느냐?!"

고정욱이 목소리를 높였다. 창백한 얼굴을 붉히며 노호했다.

"네가 제수씨를 생각하는 마음으로 아버지를 다시 보란 말이다!"

수년간 자제하는 것이 습관이 됐는지 고정엽은 속이 펄펄 끓는데도 꿋꿋하게 냉정을 유지하며 답했다.

"제게 '만약'은 없습니다. 저는 아버지와 달리 근심이 많지 않아 '어쩔 수 없는 상황'에 빠진다 해도 그리하진 않을 겁니다!"

군을 통솔하는 장군이리면 궁지에 몰리고 니서야 전군前軍을 희생시켜 적진으로 돌격하는 게 좋을지, 아니면 후군後軍을 희생시켜 적군의 추격을 막게 할지를 결정해서는 안 됐다. 애초에 이런 '희생을 선택해야 하는 상황'을 만들지 말아야 했다.

고가의 장남으로서 위로는 아버지가 있고, 아래로는 어린 형제들이 있다. 병약한 여인과의 오랜 정만을 생각하느라 그랬다 해도 어쨌든 가족의 형편도 생각해야 했다. 위기가 찾아오기 전에 미리 방비를 해야 옳았다. 한꺼번에 은자를 내놓기 어려웠다면 좋은 핑계나 구실을 만들어서 잠시 위기를 모면하고, 한 해나 반년 정도 시간을 끌면 됐다. 무 황제가 붕어하고 새 황제가 제위에 오르면 인정을 베풀 테니 상소를 올려 사정한다면 천천히 갚을 수 있었을 것이다.

첫째 부인인 대진 씨를 떠올리면 고정엽도 그녀가 세상을 일찍 떠난 것은 유감이었지만 그래도 싫은 건 어쩔 수 없었다. 아버지의 깊은 애정도 이해할 수 있었지만 어쨌든 대진 씨도 종부가 아니던가. 고가에 시집 온 지 거의 10년이 다 되어가는데 애정에만 신경 쓰며 감상에 빠졌지 시댁의 우환에 대해서는 하나도 알지 못했다.

그렇게 유약한 여인이 장자 적손에게 시집와 종부가 되어서는 안 되었다. 그걸 감당할 수 있는 지혜로운 여인이었다면 절대로 무작정 남편의 짐이 되지 않았을 것이다. 바로…… 명란처럼 말이다.

마음이 순간 따뜻해졌다. 형에게 시선을 돌린 고정엽은 잔혹한 냉소를 지었다.

"형님께서 저를 사당으로 데려오신 뜻은 알겠습니다. 선대 어르신들과 아버지 앞에서 용서를 빌라는 것이겠지요. 하지만 저도 한마디하겠습니다. 이번 일은 제가 굳이 나서지 않아도 고씨 종가가 무너지는 일은 없을 겁니다."

고정욱이 날카로운 눈빛으로 그를 사납게 노려보았다. 고정엽도 물러서지 않았다. 피를 나눈 두 형제가 호적수를 만난 고수처럼 서로의 지략을 겨루며 누가 이기나 힘겨루기를 하고 있었다.

한참 뒤 고정욱이 길게 한숨을 내쉬며 힘없이 의자에 기댔다. 그리고 향안을 가리키며 말했다.

"저기에 함이 하나 있다. 가서 보거라."

고정엽의 눈동자에 빛이 스쳐 지나갔다. 그는 향안 앞으로 걸어갔다.

그것은 어두운색의 무거운 나무 함이었다. 폭이 한 자에 길이는 두 자 정도 됐다. 네 귀퉁이는 금과 옥으로 장식되어 있었다. 어디 그뿐인가. 고정엽은 손에 닿는 느낌에 깜짝 놀랐다. 아주 진귀한 침향금사남목[6]으로 만들어진 것이었다. 이 정도 크기라면 억만금을 줘도 얻기 힘들었다.

자물쇠는 진즉에 풀려 있었다. 뚜껑을 열고 안쪽을 보니 명황색 비단이 덧대어진 것이 보였다. 위에는 쌍이권축雙耳卷軸[7]이 놓여 있었다. 금황색 위에 오색실로 봉룡문鳳龍紋이 수놓여 있었고, 그 위에 구름과 선학, 사자가 장식되어 있었다. 이건 바로 성지聖旨였다. 또 한쪽에는 시커먼 물건이 놓여 있었는데 두꺼운 아치형 철판이었다. 그 위에는 세로로 새겨 넣은 글자가 있었다. 글자는 주사朱砂로 채워져 있었고, 권수卷首에는 황금이 상감되어 있었다.

고정엽은 잠시 넋을 놓았다. 이것은 단서철권丹書鐵券[8]이었다.

---

6) 녹나무의 희귀종. 황금빛이 돌아 황실 가구나 건축물의 귀한 목재로 사용.
7) 두루마리.
8) 공신功臣의 공을 기록한 문권. 쇠에 붉은 글자를 새겨 만듦.

평소에는 설을 쇨 때만 이것을 꺼내 향안에 놓고 절을 했었다. 뒤쪽에 무릎을 꿇고 앉은 자제들은 아예 볼 수도 없었다. 고정엽 역시 고가의 보물을 처음 보는 것이었다.

"철권을 꺼내 제일 첫머리의 네 글자를 읽어보거라."

고정욱이 힘겹게 말했다.

단서철권은 본래 원통형이다. 작위를 부여받는 날, 그것을 둘로 쪼개어 조정과 작위를 받은 집안이 반반씩 나눠 갖는다. 그래서 고정엽의 손에 들려 있는 이 무거운 철판이 기왓장처럼 생긴 것이다.

고정엽은 천천히 철판을 돌려 권수를 보았다. 제일 첫머리에 황금으로 크게 쓰인 '개국보운開國輔運 [9]' 네 글자가 눈에 들어왔다.

고정엽은 고개를 들어 향안 위에 빽빽이 서 있는 위패를 보았다. 촛불 아래 그림자가 겹쳐져 마치 가시덤불 같았다. 그 그림자가 고씨 형제를 덮어 서로의 얼굴조차 보이지 않았다.

"선조 선덕공께서는 미천한 신분으로 태조를 보필하시다 부인과 어린아이를 남기고 돌아가셨다. 그리고 우산공께서는 더 혁혁한 공을 세우셨지. 그 후 태조와 태종께서 천하를 평정하실 때 고가의 자제 열한 명이 전장에서 목숨을 바쳤다……. 이런 것들은 내가 말할 필요도 없는 이야기겠지."

숨이 가빠 온 고정욱이 잠시 말을 멈췄다.

"네가 무슨 생각을 하는지 잘 안다."

고정욱은 말을 하며 숨을 헐떡였다. 그는 가슴을 부여잡고 말을 이

---

9) 나라를 세우는 데 힘을 보탬.

었다.

"아버지는 후부를 위해 네 생모를 아내로 맞아 널 낳았다. 너는 우리에 대한 원한 때문에 녕원후부가 몰락하고 작위를 박탈당하는 모습을 지켜보고 싶을 테지. 옥살이할 사람은 옥살이하고, 유배 갈 사람은 유배를 가길 바라고 있을 게야. 오랫동안 쌓인 원망과 분노를 원 없이 털어내려고 말이다. 십 년 정도 지나 네 군공이 쌓이고 나면 황제께서는 네게 다시 작위를 내리시겠지. 그때가 되면 넌 고씨 가문과 조상을 빛낸 셈이 되겠지! 너를 푸대접했던 사람들은 전부 죽거나 궁색하게 살게 될 테니 이 얼마나 완벽한 복수냐!"

고정욱은 말을 하면서 웃었다. 그렇게 웃다가 또 기침을 했다.

"하지만 황제도 내게 작위를 빼앗아 네게 줄 수는 없다. 설령 죄목을 씌운다 해도 힘없는 형과 형수를 핍박했다는 혐의는 피할 순 없을 것이다. 황제는 명성을 가장 중시하니 그렇게는 못 하실 것이다. 너를 위해서라도 그렇게는 하지 않을 게야. 하지만 너는 분노를 떨칠 수가 없지. 그래서 아예 뿌리째 뽑아 버리려는 것이다. 녕원후를 아예 무너뜨리는 것이지! 그렇지 않느냐?"

고정엽이 실성한 것처럼 웃고 있는 형을 아무 말 없이 싸늘하게 바라보았다.

"하지만, 하지만, 생각해본 적 있느냐……."

고정욱이 마침내 웃음을 거두고 처량한 얼굴로 말했다.

"수년을 기다려서 네가 다시 얻은 단서철권에 그 네 글자가 있을까? 벌써 여러 해가 되었다. 태조께서는 수많은 공신을 숙청하셨다. 태종께서는 즉위하시자마자 '구왕의 난'과 그 후의 여러 역모 사건을 빌미로 많은 제후를 옥에 가뒀다. 지금까지…… 얼마나 많은 개국공신들이 작위를 박탈당했느냐! 이런 단서철권을 가진 가문이 천하에 몇이나 있는지 넌 알고 있느냐?"

고정욱이 갑자기 흥분하기 시작했다.

"겨우 여덟이다. 여덟! 수정문신守正文臣이나 선력공신宣力功臣 같은 것들은 우리 가문 앞에서는 이름도 못 내밀어! 우리야말로 진정한 뼈대 있는 가문이다. 한 번도 끊기지 않았어! 양양후부에도 이게 없다. 지금 심가가 날고 긴다 해도 아무것도 아니다."

고정욱이 갑자기 힘을 내 고정엽 앞에 달려들었다. 비쩍 마른 손으로 고정엽의 앞섶을 잡으며 울부짖기 시작했다.

"네가 중책을 맡을 수 있었던 이유가 뭐라고 생각하느냐? 새 황제가 등극하자마자 너는 소수의 병사만으로 호위 업무를 인계받았다. 강도江都의 대영大營도 네 명령에 고분고분 따랐지. 황제 곁의 그 많은 측근들도 똑같이 병부와 성지를 가져가 군무를 받았는데 황제의 처남을 제외하고 누가 너만큼 순조로울 수 있었느냐?! 너는 다른 사람보다 빨리 군사를 보내고, 남들보다 더 빨리 환심을 샀다. 그래서 네가 공을 세울 수 있던 것이지! 그건 바로 네 성이 고씨기 때문이다! 고가의 선조들이 대대손손 군영에서 몸담았기 때문이란 말이다! 넌……."

기력을 소진한 고정욱은 심하게 기침을 했다. 거의 바닥에 쓰러질 것처럼 몸을 떨었다. 고정엽의 표정은 냉담했지만 무슨 생각에서인지 형을 부축해 다시 의자에 앉히고 차를 따라 건네주었다.

고정욱은 목에서 피가 날 정도로 세게 기침을 했다. 차로 겨우 억누르고 힘겹게 숨을 고르고 나니 다소 진정이 됐다. 향안 위에 놓인 검푸른 단서철권을 바라보는 그의 눈이 촉촉이 젖어 들었다. 그가 낮은 목소리로 말했다.

"그해 일이 벌어졌을 때 아버지께서는 이미 좌군도위左軍都尉[10]으로 계셨다. 무 황제뿐만 아니라 당시 태자였던 선황제 모두 아버지를 신임했지. 작위가 없었어도 전도가 유망한 분이셨다. 아버지는 결국 내 어머니를 버리셨다. 바로 저 네 글자 때문이다."

고정엽은 아무 말도 하지 않았다. 그는 어려서 아버지가 서재에 숨어 대진 씨의 초상화를 보며 통곡하던 모습을 여러 번 봤다.

촛불에 비친 형제의 그림자가 길게 늘어졌다. 한 사람은 건장했고, 한 사람은 몸이 굽어져 있었다. 고정욱은 자신의 그림자를 경멸하듯 바라보다 홀연히 속마음을 털어놨다. 그 오랜 세월 동안 그는 예전의 일 때문에 원한을 품고 있었던 것일까. 아니면 오늘과 같은 상황 때문에 질투를 하고 있었던 것일까. 허나 지금에 와서 그게 다 무슨 소용이 있겠는가.

"네가 네 생모의 억울함을 위해 나서는 것은 당연한 일이다."

다시 입을 열었을 때 고정욱은 어느 정도 마음이 가라앉은 상태였다.

"하지만 네게는 어머니만 있는 것이 아니다. 아버지도 있다. 네 몸의 절반에는 고씨의 피가, 녕원후부의 피가 흐르고 있다."

힘에 부친 탓에 고정욱이 천천히 말을 이었다.

"나는 후계를 세우지 못할 것이다. 내게 살날이 얼마나 더 남았는지는 장 태의에게 물어보거라. 보아하니 얼마 남지 않은 것 같으니."

고정욱의 얼굴은 고인 물처럼 초췌했지만 절벽에 우뚝 서 있는 소나무처럼 고결해 보였다.

"너는 저절로 작위를 물려받게 될 것이다. 밖에 있는 사람들을 어떻게

---

10) 좌군의 중급 무관.

처리할지는 네게 달렸다. 저들은 오랫동안 아버지의 그늘 아래에서 응석받이처럼 살았다. 지금 너의 수완대로라면 저들의 약점을 잡아 공격하는 것도 어렵진 않을 게다."

여기까지 듣고 있던 고정엽이 웃음을 터뜨리더니 비꼬며 입꼬리를 끌어 올렸다.

"형님께선 언제부터 그렇게 다 알고 계셨습니까? 예전에는 넷째, 다섯째 숙부와 친부자처럼 잘 지내셨던 것 같은데요."

특히 그를 상대할 때는 이간질과 선동에 있어서 완벽한 호흡을 보여 주었다.

고정욱은 그 말 속에 담긴 뜻을 알아들었지만 그저 담담하게 말할 뿐이었다.

"사람이 죽을 때가 되면 모든 것을 알게 되는 눈이 생기는 법이다. 게다가 저들이 어떤 종자인지는 내 진즉에 알고 있었고."

"처와 딸은 잊으셨습니까? 고씨 집안의 작위를 지킬 생각만 하시니 말입니다."

고정엽이 비꼬며 말했다.

"역시 고씨 집안의 훌륭한 자손이십니다."

"네 형수는 네게 잘했으니 넌 그이를 괴롭히지 않을 것이다. 너는 그런 사람이 아니야."

고정욱이 명쾌하게 답했다.

"제수씨가 들어오고 나서는 더 너그러워졌고."

고정엽은 속으로 뜨악했다. 이자가 이런 때에도 꾀를 부리다니.

"형님의 구변은 참으로 대단합니다. 이 동생이 할 말이 없게 만드시니 말입니다."

고정엽은 차갑게 미소 지었다.

"허나 저는 고가의 불초자식입니다. 저 네 글자를 위해 지금까지의 화를 다 삭이라니요. 너무 가볍게 말씀하시는 것 같군요. 하긴, 형님이 설움을 받은 것은 아니셨으니. 아버지께 붙들려 하마터면 종인부로 보내질 뻔했던 접니다. 고정양 그 더러운 작자가 아버지 처소의 계집종을 겁탈하고 자결까지 하게 만들어 놓고 제게 그 죄를 뒤집어씌웠습니다. 고정병은 청루의 노름패와 짜고 자기가 쓴 화대와 노름빚을 제 앞으로 걸어 뒀습니다. 아버지는 제 뼈가 부러지기 직전까지 절 때리셨습니다. 저는 화를 참지 못하고 청루의 노름패를 찾아가 대질했습니다. 하지만 더 큰 낭패만 보고 모욕적인 꼬리표까지 달고 와서 아버지의 분노를 샀지요. 저는 반항심에 더 삐뚤어졌습니다……. 결국 아버지를 실망시켜드렸지요. 집에서 쫓겨난 건 저였습니다."

고정엽이 담담하게 혼잣말처럼 말했다.

"……그때 고부에서 몇 명이 제 편이 돼 주었습니까? 정훤 형님은 몇 마디 해주셨지만 나중에는 나서지 못했습니다. 자기 친형제가 걸려 있었으니까요. 다른 사람은, 하하……."

어둡고 넓은 사당에 정적이 흘렀다. 형제는 오랫동안 아무 말도 하지 않았다.

오랜 시간이 흐른 뒤에야 고정욱이 탄식했다.

"나는 곧 죽을 사람이다. 하지만 아버지의 당부대로 고씨 가문을 지키려는 것뿐이다. 화풀이하고 싶다면 그렇게 하거라. 한을 풀고 싶다면 그렇게 하거라. 결국에는 다른 방법이 있을 것이다. 그러니 제발, 제발 고씨의 백년대계를 무너뜨리지는 말아라."

마지막 말을 마친 고정욱은 기력이 급격히 떨어져 거의 애원하다시피

했다. 이미 쇠약해질 대로 쇠약해져 더 이상 버티지 못했다.

"내 할 말은 다 했다. 남은 일은 네가 알아서 하거라……."

고정엽은 고개를 들고 향안 위에 걸려 있는 두 폭의 커다란 그림을 바라보았다. 제1대 녕원후부 고우산과 그 아내의 초상이었다.

고가의 남자들은 성년이 된 후에는 눈썹머리가 짙고 끝이 올라간 눈썹을 갖게 되는데 마치 모든 감정을 진한 먹물 속에 감춰 두는 것 같았다.

갑자기 굴욕적이었던 그날의 기억이 떠올랐다. 녕원후부가 완전히 하얗게 덮이고 나서야 그는 겨우 영당에 들어 관 너머로 아버지의 마지막 모습을 볼 수 있었다. 어린 그의 눈에 거대한 산처럼 보였던 아버지는 빼빼 마르고 약한 모습이었다.

열다섯 살 전까지 고정엽은 열등감과 고집 속에 스스로를 하찮게 여겼다. 상 유모를 만나고 생모가 고씨 집안으로 시집오게 된 연유를 알게 되자 분노와 원망이 솟아오르는 용암처럼 들끓었지만 어디다 하소연할 길이 없었다. 이 지경이 되자 아버지조차도 미워져 점점 더 엇나가기 시작했고, 부자 사이도 더욱 경직되었다.

그는 고정욱의 말을 믿을 수 없다는 걸 알고 있었다. 그가 어떤 사람인지는 지금까지 충분히 지켜보지 않았는가?

정말로 형의 작위를 물려받는다면 형수를 푸대접할 수 있을까?

아니면 정말로 작위를 빼앗는다면 다른 집은 어쨌든 남자가 있으니 상관없을 것이다. 하지만 그들은 고아와 과부 신세라 다른 친척들에게 얹혀살 수밖에 없으니 좋은 나날을 보내긴 어려웠다. 오로지 녕원후부가 건재하여 작고한 후작의 과부와 어린 딸이라는 명분이 있어야만 존중받으며 부귀하게 살 수 있을 것이다.

한이의 혼사는 말할 것도 없었다. 그것은 하늘과 땅 차이일 것이다.

지금의 고정엽은 남들이 함부로 무시하고 속일 수 있는 고가의 둘째 아들이 아니다. 저들이 속으로 무슨 생각을 하는지 그는 분명히 보았고, 속으로도 잘 알고 있었다.

고정욱은 자신이 죽은 뒤의 일을 처리하고 싶어했다. 처자식의 미래를 보살펴주고자 했다. 이런 형님의 뜻을 고분고분 따라야 하는 것일까?

어느새 머리 위로 빛이 환하게 드리워졌다. 사당 밖으로 나오는 그를 맞이한 것은 아름다운 익숙한 얼굴이었다. 초조함과 근심이 가득한 표정이었다. 고정엽은 명란의 눈이 정말 좋았다. 깨끗하고 차분한, 속세에 더럽혀지지 않은 눈이었다.

그의 뒤에는 암울하고 무거운 과거가 있지만, 그의 앞에는 밝게 빛나는 미래가 있었다.

제147화

항복으로 승리를 얻었으니
어찌 명군이 아니겠는가 上

6월인데도 날이 무더웠다. 다행히 간밤에 억수 같은 비가 쏟아졌다. 이 제 막 피기 시작한 꽃들이 얼마나 떨어졌는지 꽃술과 꽃잎이 바닥을 뒤 덮고 있었다. 비가 갠 후의 공기가 맑고 향기로웠다. 이른 아침인데도 상 쾌한 기분이 들었다.

진상이 두 손으로 대나무 발을 더 높게 말아 올렸다. 그러고는 뒤를 돌 아 다정한 미소를 지었다.

"해가 뜨지 않았을 때 서둘러 환기를 시켜야 해. 그래야 집 안이 덜 더 워져."

몸종 하나가 축축하게 젖은 작은 소쿠리를 들고 서서 시중을 들고 있 었다. 탁자 위에는 각양각색의 작은 과일 접시가 놓여 있었다. 백자로 된 것도 있었고 분채나 수정으로 된 것도 있었다. 팔각八角이나 규화葵花[1]

---

1) 해바라기.

모양도 있었다. 하나같이 아름답고 훌륭했다.

소매를 걷어붙이고 아직 물기가 남아 있는 과일을 하나하나 접시에 올리던 소도가 고개를 들고 환히 웃었다.

"간밤에 내린 비에 어찌나 놀랐던지. 빗소리가 너무 커서 곤장이나 채찍으로 때리는 줄 알았다니까. 빗방울 떨어지는 소리에 심장이 다 철렁거렸어."

어여쁜 맨얼굴의 약미가 그 소리를 듣더니 미간을 살짝 찌푸렸다.

"아무리 무서워도 어디 나리만 하겠어? 나는…… 지금까지 나리가 그리 노하시는 것을 본 적이 없다니까. 얼마나 놀랐다고."

"쌤통이지!"

녹지는 안으로 들어오더니 들고 있던 다반을 내려놓고 탁자 앞으로 걸어가 차를 마셨다.

진상이 그녀를 슬쩍 보고 웃으며 말했다.

"마님께서는 식사 다 하셨어? 어휴, 천천히 마셔. 누가 빼앗아 간다니?"

녹지가 잔을 내려놓더니 아무래도 부족했는지 다시 차를 한 사발 따라 마셨다.

"오늘 마님께서 아침상에 올라왔던 양념 소금으로 간을 한 메추리알 튀김을 주셨는데 너무 맛있었어. 하나로는 성에 안 차서 여러 개를 먹었더니 너무 짜……. 퉤퉤. 취미 언니하고 단귤이 올 때까지 억지로 참다가 간신히 나왔어."

"너야말로 쌤통이다."

소도가 눈을 흘겼다.

"누가 혼자 먹으래? 우리에게 조금 남겨주지 않고."

녹지가 찻잔을 내려놓고 허리에 손을 짚은 채 눈을 흘겼다.

"오늘 마님이 큰애기씨랑 식사를 하셨는데 애기씨가 적잖이 드시더라고. 내가 안 먹었어도 너희들에게까지 순서가 돌아오진 않았을 거야."

"됐다, 됐어. 메추리알 몇 개 가지고 싸우기는. 마님께서 언제 우리에게 먹는 거로 서럽게 하셨니?"

약미가 손을 내젓더니 이내 목소리를 낮추며 말했다.

"둘이 그 얘기나 해 봐. 어젯밤에 너희 둘이 마님의 명으로 나리께 식사를 가져다 드렸잖아. 거기서 대체 무슨 일이 있었던 거야? 내가 갔을 땐 오아가 피투성이가 돼서 끌려 나오고 있었어. 너무 무서웠다고."

녹지가 손수건으로 입을 닦으며 밖을 보더니 안쪽으로 걸어 들어와 앉으며 태연자약하게 말했다.

"별거 아니었어. 어젯밤 나리께서 이쪽에는 오시지도 않고 서재로 들어가신 걸 구향원의 개가 봤거든. 나리께서 밤늦도록 안 나오시니까 간교하게도 사람을 시켜 찬합을 가져오게 한 거야. 서재에 들어가서 나리를 '돌봐'드리겠다고 말이야. 순이가 들어가지 말라고 그렇게 말렸는데 오아가 일부러 아양을 떨며 큰 소리를 냈지. 그걸 안에 계시던 나리가 들으시더니……."

녹지가 입을 가리고 웃었다.

"그렇게 크게 노하실 줄 누가 알았겠어. 그래서 그대로 끌려 나가 곤장 30대를 맞았지. 흥, 쌤통이다!"

"그랬구나. 다른 사람 때문이 아니라 스스로 자초한 거였어."

약미가 경멸스럽다는 듯 무시하는 투로 말했다.

"공 이랑 곁에 있는 그 둘은 얼굴 좀 반반한 걸 믿고 매일 화려하게 치장하고선 여길 기웃거리잖아. 그러니 나리께서 좋게 보지 않으신 게지. 자중자애할 줄을 모른다니까."

진상과 녹지는 서로를 바라보며 속으로 웃었다. 약미는 콧대가 높고 자기애가 강해 평소 얄미운 말투로 사람들의 미움을 샀지만 그래도 마음은 순수했다. 하지만 고정엽이 있으면 뒷방에 숨어서 나오지 않거나 잠시 다른 곳에 가 있으면서 최대한 바깥주인의 눈에 띄지 않으려고 노력했다.

　"나리는 본래 성격이 좋지 않으셔. 마님 앞에서만 조심하시는 거지. 어젯밤 나리께서 뜨거운 차가 담긴 잔을 던져서 사방으로 찻물과 찻잔 조각이 튀었는데, 순이랑 외원外院의 호위들이 꼼짝도 못 하더라니까."

　소도가 말했다.

　그녀는 마지막 과일 접시를 내려놓았다. 그리고 깨끗한 물로 막 씻어놓은 푸른 나뭇가지와 잎사귀를 집어 몇 개를 골라내고는 싱싱한 과일 위에 장식하며 말을 이어갔다.

　"아니면 영정각이 왜 그렇게 얌전하겠어? 내가 듣기로 봉선 낭자가 데리고 온 계집종은 원래 네 명이었대. 그런데 무슨 일 때문인지 하나는 그 자리에서 맞아 죽었고, 하나는 반쯤 죽도록 맞았다가 며칠 못 가서 숨이 끊어졌다고 하더라. 봉선 낭자가 그때 너무 놀라서 몇 달을 앓아누웠다지…… 됐다. 춘아야, 이것들은 버리고 밖에 널어놓은 바구니를 가져오렴."

　그녀는 손을 털고 허리를 펴며 자잘한 잎을 모아 어린 계집종에게 건넸다. 열 살 정도 돼 보이는 동그란 얼굴의 그 계집종은 바로 알겠다며 밖으로 나갔다.

　말하는 사람은 전혀 자각하지 못했지만, 듣는 사람은 심장이 쿵쾅거렸다. 방에 있던 계집종들은 순간 등골이 오싹해져 아무 소리도 내지 못했다. 한참이 지나서야 녹지가 소리를 지르며 말했다.

"왜 그 얘기를 인제야 하는 거야! 어젯밤 나리께서 늦도록 돌아오시지 않으니까 채환이 그 망할 계집이 계속해서 '마님 대신 나리께서 어쩌고 계신지' 보러 간다고 했단 말이야."

소도는 당황했다.

"⋯⋯나한테 안 물어봤잖아?"

소도는 소문을 주워듣기는 좋아했어도 혀를 함부로 놀리는 사람은 아니었다. 명란이 그녀의 유일한 청중이었다.

훌륭한 소식통이 되려면 정직하고 성실한 것도 중요했지만 입조심을 하는 것도 중요했다. 그래야 누구든 안심하고 그 소식통에게 얘기를 털어놓을 것이다.

대화 도중 춘아가 앙증맞은 두 팔로 오죽烏竹으로 정교하게 짠 바구니 두 개를 끌고 들어왔다. 소도는 겹쳐진 바구니를 분리한 다음 과일이 놓인 접시를 바구니에 집어넣었다.

"진작 알았으면 가게 했을 거 아냐. 말리느라 얼마나 힘들었는데."

녹지가 투덜거렸다.

진상은 참지 못하고 입을 열었다.

"쓸데없는 짓 하지 마. 맨날 못된 짓만 생각하니 사고를 치지. 취미 언니에게 손바닥 맞지 않게 조심해!"

옛날 일을 떠올린 녹지가 혀를 쏙 내밀어 보이고는 아무 말도 하지 않았다.

약미가 길게 한숨을 쉬었다.

"쓸데없는 생각 마. 나리께서는 군에 계셨던 분이라 선비들처럼 여색을 좋아하거나 성정이 온화하지 않으셔. 나리께서 마님을 좋아하시니 다행이지, 안 그랬으면⋯⋯."

약미가 근심 어린 표정으로 손으로 턱을 받친 모습은 마치 완사浣紗[2]의 서시처럼 우수에 젖어 있었다.

녹지와 진상은 다시 한번 서로 마주보며 입을 삐죽거렸다.

어린 춘아가 그 말에 고개를 들더니 천진난만하게 말했다.

"나리의 성격은 많이 좋아지신 거예요. 마님께서 시집오시기 전에 있었던 일을 들었는데요, 내원內院에 있던 언니 한 명이 실수로 외서방에 들어갔는데 나리께서 한마디 말도 없이 당장에 사람을 불러 가두셨대요."

계집종들은 넋을 놓고 듣다가 황급히 물었다.

"그러고는?"

"그러고는…… 그러고는 없어요."

춘아는 요령 없이 바구니의 뚜껑을 덮으려 했다.

듣고 있던 계집종들이 화를 냈다.

"없다니? 그 사람은 나중에 어떻게 됐는데?"

소문을 전하면서 '다음 화에 계속'이라는 여지를 남기다니. 녹지가 손가락으로 춘아의 이마를 찌르려 하자 춘아가 머리를 감싸며 울먹였다.

"저는 모르지요. 그 후로 다시는 그 언니를 못 봤으니까요."

계집종들은 서로의 얼굴을 바라봤다. 춘아의 마지막 말이 알 수 없이 두려웠다. 두들겨 패서 팔아 버렸다는 것보다 더 무서웠다. 방 안에는 침묵이 흘렀다. 한참 후에야 녹지가 뭔가가 떠올랐는지 춘아를 노려보며 물었다.

---

2) 중국의 4대 미녀 중 하나인 서시가 빨래하던 장소.

"이 일을 네가 어찌 알지?"

춘아가 배짱 좋게 바로 대답했다.

"도가 둘째 도련님이 얘기하는 걸 사 호위가 들어서 공손 도련님한테 말했고, 공손 도련님이 얘기하는 걸 순이 오라버니가 들어서 제게 말해 줬어요."

녹지는 머리가 어지러웠고, 약미는 입을 쩍 벌렸다. 진상은 우는 건지 웃는 건지 모를 표정으로 소도와 춘아를 가리키며 말했다.

"먹을 가까이하면 검게 된다더니. 맨날 얘랑 같이 다니니까 너도 이런 거나 배우는구나. 이 망할 것하고는 어서 떨어져. 차라리 나를 따라."

춘아는 소도의 팔을 끌어안으며 애교스럽게 대답했다.

"진상 언니, 말은 고맙지만 저는 소도 언니와 떨어질 수 없어요. 언니가 얼마나 잘해주는데요. 맛있는 거랑 예쁜 옷이랑 아꼈다가 저희 어머니와 동생에게 보내주는걸요."

소도가 눈웃음을 치며 어린 춘아를 끌어안았다.

"너는 어쩜 그리 바른말만 하니? 내가 아무리 좋아도 그렇게 다 말할 필요는 없어. 사람은 겸손할 줄도 알아야 하는 거야."

계집종들은 잠시 갸우뚱하더니 모두 포복절도했다.

계집종들은 아무것도 모른 채 웃고 떠들었지만 명란은 그리 운이 좋지 못했다. 같은 시각, 명란은 머리가 터질 것처럼 아팠다.

전날 후부에서 돌아온 후부터 고정엽은 한마디 말도 없이 자신을 서재에 가둬 버렸다. 저녁도 방에 와서 먹지 않고 중간에 공손백석을 불러 한동안 상의를 한 게 전부였다.

명란은 사람을 시켜 고정엽의 식사와 차를 보내 관심을 보인 것 외에는 한 번도 건너가 보지 않았다.

의지가 굳고 성숙한 남자인 고정엽은 지금 마음이 상한 것이 아니라 고민 중이었다. 여인의 보살핌이 아니라 냉정한 사고가 필요했다.

그가 내서방이 아닌 외서방을 택한 것은 완곡하게 자신의 뜻을 표출한 것이었다.

명란은 조용히 방 안에 앉아 촛불을 바라보며 늦은 밤까지 기다리다가 결국엔 참지 못하고 잠이 들었다.

그런데 새벽녘에 온몸에 땀이 흥건한 상태로 깨게 될 줄 누가 알았겠는가. 눈을 떠 보니 칠흑같이 어두운 방 안에 덩치 커다란 남자가 창가에 앉아 있는 것이 보였다. 반짝거리는 눈을 깜빡거리지도 않으며 명란을 응시하고 있었는데, 그 눈빛이 깊고도 깊었다.

명란은 화들짝 놀라 잠이 반은 달아났다.

남자는 명란의 얼굴을 뚫어져라 쳐다만 볼 뿐 아무런 행동도 하지 않았다. 바깥의 빗소리가 거셌다. 빗방울이 미친 듯이 바닥을 내리치는 것이 심장을 때리는 것 같았다. 명란은 불안한 마음에 저도 모르게 몸을 움츠렸다.

그는 자신이 명란을 놀라게 했다는 걸 알고 그녀의 몸을 둥글게 말아 품에 안았다. 위로라는 걸 할 줄 모르는 그는 그저 유모가 아기를 재우는 것처럼 명란을 품에 안고 좌우로 살살 흔들었다. 어설픈 자세였지만 효과는 뛰어났다. 명란이 어물어물 물었지만 그는 대답 대신 더 열심히 명란을 흔들었다. 안 그래도 졸렸던 명란은 바로 다시 잠이 들었다.

이날 명란은 잠을 제대로 자지 못했다. 계속해서 극히 불안정한 상태였기에 아침에 일어났을 때 머리가 아픈 것은 당연한 일이었다. 깨어났을 때 옆자리는 이미 비어 있었다. 침상 옆의 낮은 평상에는 어제 갈아입은 옷이 남아 있었다. 이중으로 짠 얇은 비단 도포였는데, 소주蘇州 자수로 푸른 소나무와 반석이 은은하게 수놓여 있어서 빛나는 수실이 은은한 빛을 내뿜었다. 그런 옷을 아무렇게 벗어 놓은 것이다.

성가의 자제들은 누구도 감히 그리하지 못했다. 성굉은 집안 대대로 가문의 품격을 유지하려 했기에 항상 자제들이 몸가짐을 바르게 하도록 했다. 아무리 피곤해도 물건을 함부로 흐트리지 못하게 했다. 장백이라는 훌륭한 본보기까지 있으니 효과는 더욱 좋았다.

하지만 이 남자는 태어나면서부터 부잣집 도련님이었다. 어려서는 비단옷에 맛있는 음식만 먹었고, 오만하고 제멋대로였다. 강호를 떠돌 때는 아무도 간섭하는 사람이 없었고, 군대에 들어간 이후에는 또 누군가가 머리부터 발끝까지 시중을 들어주었다.

명란은 자신의 아이들이 그를 닮지 못하게 하겠다고 결심했다. 그러다가 자신이 한 생각에 놀라 실소를 했다.

거울을 보며 치장을 하던 명란은 취미를 시켜 공홍초에게 불경 세 권을 보냈다. 한동안은 문안을 올 필요가 없으니 '가르침이 엄하지 못했던 것'에 대한 벌로 조용히 방 안에서 불경을 각각 백 번씩 베껴 쓰라고 했다.

"나리의 외서방이 어디 마음대로 드나들 수 있는 곳입니까?"

취미가 차가운 표정으로 명을 수행하며 말했다.

"안에 귀중한 물건이 얼마나 많습니까. 그 계집애는 그 자리에서 맞아 죽었어도 할 말이 없습니다! 이랑께서도 단속 잘하세요."

정실 마님 교육 과정 중 '첩실 앞에서 존엄과 권위를 지키는 방법' 제3절에 성 노대부인은 이렇게 말했다. 절대로 그녀들 앞에서 감정을 표출해서는 안 되며, 칭찬을 할 때는 간단명료하게, 꾸짖을 때는 최대한 직접 나서지 말고 어느 정도 권위가 있는 어멈을 통해 얘기하며, 본인은 그저 상석에 앉아 상과 벌을 명확히 구별하기만 하면 된다고 말이다.

명란은 모든 걸 정리해 잘 적어두었다.

추랑이 용이를 데리고 문안을 왔을 때 명란은 그녀가 살짝 전전긍긍하는 걸 보고 새로 들어온 붉은 사향 구슬 목걸이 두 개와 궁에서 새로 하사받은 고급 둥글부채 하나를 상으로 내렸다. 어방御坊에서 만든 물건은 평범한 물건이라도 더 정교하고 아름다웠다. 추랑은 곧장 함박웃음을 짓더니 허리를 숙이며 연신 감사의 인사를 했다.

용이는 아직 어렸기에 이러한 물건들에 대해서 큰 관심이 없었다. 대신 단귤과 두 계집종이 차간에서 아침 식사를 차리는데 맛있는 냄새가 풍겨 오자 그쪽을 바라보며 두 눈을 반짝였다. 명란은 무심결에 용이에게 밥을 먹고 가라고 말했다. 그런데 용이가 바로 알겠다고 하지 않겠는가. 그 바람에 추랑은 혼자 돌아가야 했다.

어린 용이는 식욕이 아주 좋아서 녹두와 흰목이 버섯을 넣고 끓인 죽두 그릇과 양념 소금으로 간을 한 메추리알 반 접시, 대추떡 큰 덩이를 모두 해치웠다. 명란은 밥그릇을 든 채 그 모습을 멍하니 지켜보았다.

대갓집 애기씨가 이렇게 먹보처럼 게걸스럽게 먹는 건 좋지 않았지만, 뼈만 앙상해서 살집이라곤 찾아볼 수 없는 아이의 모습에 일단은 아무 말 않기로 했다. 성 노대부인이 명란을 하얗고 포동포동하게 만들기 위해 얼마나 노력을 기울였던가. 고상하고 우아한 노대부인은 자신의 먹는 모습을 보며 참고 또 참았을 것이다.

밥상을 물린 후 명란은 아무래도 용이가 과식을 한 것 같아 글자 몇 개를 시험 쳐 보고, 간단히 붓을 잡는 자세를 알려주었다. 그리고 소도에게 용이를 뒤뜰로 데리고 가 산책을 시킨 뒤 배웅하게 했다.

명란은 방을 나서는 용이의 뒷모습을 바라보며 생각에 잠겼다. 공홍초를 구향원에서 내보내야 할까?

잠을 제대로 자지 못한 상태에서 그런 고민까지 하사 두통이 나시 시작됐다.

용죽[3]으로 엮은 돗자리가 깔린 상비죽 평상에 기댄 명란은 창가의 빛을 마주 보고 책을 좀 읽다가 잠을 보충하기로 했다. 그러다가 한 쪽에 있던 반짇고리가 눈에 들어왔다. 명란은 한숨을 내쉬며 아직 마무리를 짓지 못한 배냇저고리를 꺼냈다. 너무 귀찮았지만 여란이 아이를 가진 걸 안 이상 어떻게든 성의 표시를 해야 했다. 여란은 명란의 자수를 척 보면 알았으니 누군가에게 몰래 대신 해달라고 부탁을 하기도 쉽지 않았다.

너무 오랫동안 바느질을 하지 않아서인지 손짓이 서툴렀다. 쭉 이어진 푸른 대나무의 테두리를 수놓는 데에만 해도 한 시진이 걸렸다. 명란은 하품을 하며 반짇고리에서 청록색, 연두색, 검푸른색 실을 꺼냈다.

그때 창가에 사람 그림자가 지나가는가 싶더니 고정엽이 직접 문발을 젖히며 성큼성큼 들어왔다.

명란은 화들짝 놀라 혹시 자신이 시간을 잘못 기억한 줄 알고 재빨리 물시계를 확인했다. 이제 막 사시巳時 일각一刻이 지난 참이었다.

"오늘은 어떻게 일찍 돌아오셨어요?"

명란은 웃으며 몸을 일으키려 했다.

고정엽은 재빨리 다가와 명란을 평상에 다시 앉혔다.

"어젯밤에 제대로 못 잤을 텐데 어찌 쉬지 않고 바느질을 하고 있느냐."

그러더니 자신도 평상에 앉으며 말을 이어갔다.

---

3) 대나무의 종류.

"옷을 갈아입으러 들렀다. 바로 연무장에 가보아야 한다."

명란이 하죽을 불러 옷을 가져 오라고 명하려는데 고정엽이 막아섰다.

"급한 것 없다. 잠시 같이 앉아 있자."

명란은 어쩔 수 없이 평상에 앉았다. 고개를 돌려 점점 높아지고 있는 해를 바라봤다. 작열하는 햇빛이 새로 칠을 한 연한 붉은색의 사창紗窓으로 들어와 주홍색의 화려한 조복에 쏟아졌고 그의 몸과 얼굴, 반듯한 이목구비를 비추며 그림자를 만들었다.

명란이 뭐라고 질문해야 할지 고민하고 있을 때 고정엽이 먼저 입을 열었다.

"오늘 조회가 끝나고 궁에 들어 황제 폐하를 알현했다."

"……아."

"그들이 비록 죄를 짓긴 했지만 너그럽게 처리해달라고 청했지."

명란은 고개를 숙인 채 스스로 물었다. 대체 왜 조금도 놀랍지 않은 것일까.

방 안은 쥐 죽은 듯 조용했다. 차간과 초간도 고요했다. 명란과 고정엽 두 내외가 같이 있기만 하면 바깥의 이방이나 수방에만 머슴아이 몇 명만 남겨 놓고 계집종들은 모두 눈치를 보며 물러났다.

"……마음이 약해진 것은 아니다. 저들의 세 치 혀에 놀아난 것도 아니야. 저들은 동정을 받을 자격도 없어! 하지만, 하지만……."

고정엽은 초조해하며 자리에서 벌떡 일어났다. 거대한 몸이 방을 왔다 갔다 하는 것이 궁지에 몰린 사나운 짐승처럼 보였다. 몸 안에 가득 찬 사납고 거친 기운을 당장이라도 발산하고 싶어하는 것 같았다.

명란은 관자놀이를 어루만졌다. 두통이 더 심해졌다.

"하지만…… 하……."

고정엽은 단호하고 과감한 성격이었다. 지금 그는 마음속이 분노로 가득 차 있지만 말이 나오지 않아, 그저 반들거리는 단향목 탁자를 주먹으로 내리칠 뿐이었다. 탁자 위에 놓여 있던 청자 찻잔이 그 바람에 살짝 위로 튀어 올랐다.

"저들에게 억울한 누명을 쓰고 유랑하는 기분이 어떤 건지 알려줄 수 없는 게 한이다!"

고정엽이 눈빛을 이글거리며 분통함에 이를 갈았다. 한참이 지나서야 들썩거리던 가슴이 조금씩 진정되었다.

"……이렇게 하는 것이."

고정엽이 명란의 곁에 털썩 주저앉았다.

"나중을 위해서라도…… 좋겠지."

명란은 그의 분노를 조금은 이해할 수 있었다.

사실 그는 저들을 위기에서 구해주고 싶지 않았다. 하지만 어젯밤 이해득실을 따져보며 심사숙고 한 끝에 자신의 성질을 죽이기로 했다. 고정엽은 너무도 억울했지만, 자신이 가장 원하는 것과 가장 원하지 않는 것을 기어코 묶어 놓은 하늘을 원망할 수밖에 없었다.

그가 집에 온 이유는 옷을 갈아입기 위해서가 아니라 답답함을 토로하기 위해서였다.

사실 명란도 몇 날 며칠을 고민했다. 그때 녕원후부의 넷째와 다섯째 집안에서 고정엽을 그리 대한 것에는 세 가지 이유가 있었다. 첫째, 염상의 아들이라는 신분이 자신들의 고귀한 가문에 어울리지 않다고 생각해 눈에 차지 않았다. 둘째, 그들을 조롱할 자격이 있는 사람인 고정엽이 남아 있으면 자신들이 백가의 돈을 쓰는 것이 불안하다 생각했다. 셋째, 변변치 않은 자기 아들이 후부 나리 앞에서 실수를 하면 덮어씌울 대상이 필요했는데 고정엽만큼 좋은 표적이 없었다.

그런 이유들이 겹쳐지자 그들은 점점 더 고정엽을 무시하고 적대시하게 됐다.

하지만 저 망할 것들이 아무리 괘씸해도 원칙적으로 큰 마찰은 없었다. 진짜 피 튀기는 전쟁은 종가 내부에서 벌어졌다.

"묵란 언니를…… 아시지요?"

명란이 잠시 침묵하더니 입을 뗐다.

"영창후부로 시집간 언니요."

고정엽이 살짝 놀라며 고개를 끄덕였다.

"우린 어릴 적부터 서로 맞지 않았어요."

명란이 손을 내밀어 남편의 커다란 손을 끌었다. 손이 닿은 곳이 아주 차가웠다. 명란은 천천히 말을 이었다.

"언니는 절 싫어해요. 왜냐하면 제가 할머님 앞에서 언니의 체면을 깎았고, 글 선생 앞에서 빛날 수 있었던 기회를 빼앗았고, 아버지의 관심을 빼앗았기 때문이지요. 저도 언니가 싫어요. 언니는…… 심성이 곱지 않아요."

고정엽은 고개를 돌렸다. 명란이 왜 그런 말을 꺼내는지 알 수 없었지만 조용히 듣고 있었다.

"한 번은 제가 아버지의 생신을 축하드리기 위해 보름 동안 매달려 신을 만들었는데 언니가 무늬를 보겠다며 가져가서는 신을 잘라버렸어요. 저는 어쩔 수 없이 며칠 밤을 지새워 새로 신을 만들었지요."

명란은 덤덤한 어투로 말하며 고개를 숙인 채 고정엽의 큰 손을 부드럽게 어루만졌다.

"어릴 적부터 얼마나 절 모해했는지 몰라요. 아버지 앞에서 제 흉을 보고, 어머님과 제 사이를 이간질했어요. 그럴 때마다 저는 최선을 다해 상황을 무마해야 했지요…….”

묵란을 경계하느라 명란은 아버지와 형제들에게 먹을 것을 보낼 수 없었고, 매번 보낼 때마다 극도로 조심해야 했다.

“어찌 되갚아주지 않은 것이냐.”

고정엽은 어두운 표정으로 명란의 작은 손을 쥐었다. 부드럽고 말캉한 손을 잡고 있자니 마음이 아파왔다. 명란은 어릴 적 생모를 여의었다. 조모의 비호를 받긴 했어도 생부 앞에서 그녀의 편을 들어줄 사람은 없었다. 위로는 성격이 좋지 않은 적모와 적출 언니가 있고, 밑으로는 중상모략을 일삼는 이랑과 서출 언니가 있으니 어떻게 살아왔을지 굳이 말할 필요도 없었다.

“처음에는 인내심이 부족해 좋은 방법을 생각해내지 못했어요.”

명란이 고개를 들고 씁쓸하게 웃으며 예전을 추억했다. 이 말은 사실이었다.

“조금 더 크고 나서는 몰래 언니를 괴롭히는 걸로 화풀이를 했지만 아쉽게도 실패할 때가 더 많았지요.”

차갑게 굳어 있던 고정엽의 입꼬리에 웃음기가 떠올랐다. 그는 명란의 코를 톡 하고 건드리며 나무랐다.

“못난 것 같으니라고.”

그의 눈에 아가씨들 사이의 다툼은 그저 아이들 싸움에 지나지 않았다.

“한 번은 언니가 깨진 도자기 조각으로 제 얼굴을 긁으려 했던 적도 있었지요. 그때 저는 너무 화가 나 나중에라도 언니가 큰 화를 당하면 저도 반드시 언니를 해하겠다고 다짐했어요.”

명란은 붉은 입술을 깨물며 장난꾸러기처럼 웃었다.

고정엽의 낯빛이 확 어두워졌다. 그러나 그가 뭐라고 입을 열기도 전에 명란은 먼저 평정을 되찾고 말을 이었다.

"하지만 지금은 그런 마음이 사라졌어요."

명란은 잠시 뜸을 들이다가 덤덤하게 말했다.

"제가 언니보다 잘 지낸다면 언니는 저를 볼 때마다 괴로울 거예요. 밤마다 뒤척이며 잠을 못 이루겠지요."

명란이 아는 묵란이라면 여유롭게 사는 명란과 행복이 넘치는 여란을 볼 때마다 죽는 것보다 괴로워할 게 분명했다. 질투심과 증오가 독니로 변해 매일 밤 그녀의 심장을 갉아 먹어 밤마다 잠을 못 이룰 것이 불 보듯 뻔했다.

고정엽이 눈을 가늘게 떴다. 그처럼 총명한 사람이 명란의 뜻을 이해하지 못할 리 없었다.

넷째 숙부와 다섯째 숙부는 오랫동안 고 대인의 보살핌을 받으며 살았기에 바깥세상의 풍파를 어떻게 헤쳐 나가야 하는지 전혀 알지 못했다. 후손 중에서도 딱히 출세가 기대되는 사람이 없었다. 종가의 고정위가 지금까지 글을 읽고 있으나 여전히 늠생에 불과했다.

고정엽의 지금 명성에 대해서는 미래를 예견할 수 있었다. 분명 얻는 것이 있으면 잃는 것이 있을 것이다.

"너무 화내지 마셔요. 속상해하실 것도 없어요. 우리가 그들보다 더 잘 살 것이니."

명란은 진지한 표정으로 고정엽을 바라보며 다정히 얘기했다.

"우리가 잘 지내는 걸 보면 그들은 약이 올라 분을 참지 못할 거예요."

"정말 내가 옳은 행동을 했다고 생각하느냐?"

고정엽이 목소리를 낮추며 의구심과 초조함이 담긴 눈빛으로 명란을 바라봤다. 마치 확답을 기다리는 것 같았다.

"돌아가신 어머니의 억울함을 잊고 나 자신을 위해……?"

"옳은 행동을 하셨어요. 그리고 어머님의 억울함은 이렇게 넘어가지 않을 거예요."

명란은 이상할 정도로 단호하게 고개를 끄덕였다.

"어머님을 위해 봉호를 청하고, 사당을 지어 덕망 높은 어르신에게 어머님을 위해 다시 족보를 세우세요. 백씨 부인께서 고가의 은인임을 후손들이 알 수 있게요. 앞으로 고가에서는 서방님의 말이 곧 법이 될 거예요."

역사는 이긴 자들의 것이다. 수많은 패배자들의 이야기는 모두 먼지 속에 묻혀 버린다.

그러니 앞으로 고정엽은 마음껏 백 씨를 찬양할 수 있다. 조금 더 과장되게 말하자면 앞으로 저 못된 놈들이 또 고정엽을 찾아와 부탁할 일이 생긴다면 다 함께 모여 백씨 부인의 영전 앞에 찾아가 머리를 조아리며 참회하도록 하면 될 것이다.

"옳은 말이다."

고정엽의 눈이 반짝였다. 고개를 숙이고 한참을 생각하더니 표정에서 모든 의구심이 사라졌다. 입가에는 다시 자신감이 넘쳐흘렀다. 그가 천천히 미소를 지으며 말했다.

"어떻게 해야 하는지는 내가 정하면 될 일이다. 가치도 없는 사람들 때문에 괜히 돌아갈 필요는 없지."

명란은 그의 생각이 넓어진 것을 알고 그의 현명한 선택을 입이 마르도록 칭찬했다.

가지런한 눈썹 아래 별처럼 빛나는 고정엽의 두 눈이 조용히 명란을 바라보다 그녀의 부드러운 얼굴을 쓰다듬었다.

명란은 순간 얼굴이 빨개져 얼른 창밖을 바라봤다.

고정엽은 저도 모르게 잘생긴 얼굴을 옆으로 돌리며 그림같이 단정하게 미소 지었다. 그리고 낮은 목소리로 말했다.

"넌 참 다정하구나."

명란의 얼굴이 더 붉게 달아올랐다.

그때 갑자기 넓은 소맷자락이 펼쳐지는가 싶더니, 명란이 미처 의식하기도 전에 고정엽이 그녀를 품 안에 안았다. 익숙한 남자의 향기가 코끝을 간지럽혔다. 간간이 옅은 침향 냄새가 느껴졌다. 갈색 빛이 도는 금실이 둘려 있는 소맷부리가 마치 칡덩굴에 달라붙어 있는 매미의 날개 같았다.

북소리처럼 낮은 남자의 목소리가 귓가에 울렸다.

"나는 네가 필요하다. 이 저택 안에서든, 네 규방 밖에서든 내가 가지고 있는 모든 것과 내가 가진 모든 능력을 다 써서 네가 하자는 대로, 네 뜻에 따라 모든 일을 처리할 것이다."

명란은 넓은 조복 소매에 푹 파묻혀 있었다. 아무것도 보이지 않은 상태에서 명란은 '남자의 달콤한 말은 믿을 것이 못 돼.'라며 자신에게 주문을 걸었으나 가슴이 뛰는 것은 막지 못했다.

• • •

그가 옷을 갈아입고 나간 후에도 명란은 계속해서 평상에 누운 채 창가에 놓인 푸릇푸릇한 군자란의 싹을 멍하니 바라봤다.

고정엽은 똑똑하고 예민했다. 경험 또한 풍부했다. 그래서 어떠한 도리든, 어떠한 이해관계든 이해 못하는 것이 없었다. 하지만 아무리 명확한 도리라도 먼저 마음으로 받아들여야 했다.

고정욱은 과연 나름의 수완을 갖고 있었다.

멍하니 있던 명란은 소매에서 천천히 편지 한 장을 꺼냈다. 오늘 아침 그의 옷에서 떨어진 것이었다.

"……아들을 잘못 가르친 애비의 잘못이고…… 성격이 직설적이고 솔직하며 이처럼 고집이 센 것은 모두 저의 잘못이니…… 어디에 있던 항상 생각하고 있으며…… 그 아이가 곤란한 상황에 부닥치지 않도록 형님께서 굽어살펴주시기를 바랍니다……. 이렇게 고개 숙여 감사드립니다. 부디……."

편지지는 색이 약간 바래 있었다. 종이가 굉장히 낡은 것으로 보아 여러 번 구겨졌다 펴진 것을 알 수 있었다. 위쪽의 검은 글씨에는 원 모양의 쭈글쭈글한 물방울 자국이 여러 개 있었다. 힘차지만 떨리는 글씨 위로 한 방울, 한 방울씩 번져 있었다.

명란은 순간 가슴이 아렸다.

사실 그는 아주 좋은 사람이었다.

제148화

항복으로 승리를 얻었으니
어찌 명군이 아니겠는가 下

어쨌든 하고 싶지 않은 일을 했기에 고정엽은 기분이 좋지 않았다. 명란은 좋은 말로 그의 마음을 달래주었고, 재미있는 일을 벌여 그를 즐겁게 해주었다. 그녀는 농담에 재능이 없었기에 자신의 어린 시절 흑역사를 끄집어내 이 목적을 달성할 수밖에 없었다. 그렇게 한밤중까지 떠들다가 잠이 들면 이튿날은 으레 늦잠을 잤다. 그런데 오늘, 그녀의 눈이 '저절로' 떠지기도 전에 궁에서 사람이 와 교지를 전했다.

단귤이 허둥대며 방으로 뛰어 들어왔다. 깜짝 놀라 잠에서 깬 명란은 허겁지겁 침상에서 내려와 단장을 시작했다. 늦잠을 자느라 교지를 못 받았다고 하면 경성 전체의 웃음거리로 전락할 것이기 때문이었다. 다행히 외원의 학 관사가 눈치 좋게 대처했다. 좋은 차와 좋은 간식을 내오고 알랑거리며 교지를 전하러 온 자를 잘 대접했다. 명란은 그 틈에 주관

珠冠[1])과 히피를 치려입고 니와 교지를 받았다.

이번에 온 내관이 들고 온 것은 의지懿旨[2])였다. 여전히 몽롱한 상태인 명란에게 사륙변려문[3])이 쏟아져 내렸다. 그녀는 자신을 '온순하고 정숙'하며, '효심이 깊고 우아하다'라고 칭찬하는 말만 알아들을 수 있었다. 그리고 약간의 상이 내려졌다.

교지 전달이 끝나자 명란은 연신 머리를 조아리며 하해와 같은 황은에 감사하다고 말했다. 그리고 황금색 비단으로 덮여 있는 상자는 볼 엄두도 내지 못하고 일단 서둘러 내관에게 뇌물부터 건넸다. 흰색 비단 주머니를 티 안 나게 안겼는데, 그 안에는 명란이 급하게 잡히는 대로 들고 나온 붉은 호박에 금테를 박아 넣은 묵직한 팔찌 한 쌍이 들어 있었다. 상스러워 보일까봐 한 번도 사용하지 않은 것이었다.

성실하고 돈후하게 생긴 그 내관은 서른 살 전후로 풍채가 좋았다. 그는 익숙한 손놀림으로 주머니를 열어 보았다. 눈빛에서 만족감이 빠르게 스쳐 지나갔다. 그가 담담하게 몸을 굽혀 인사했다.

"부인께서 너무 예의를 차리셨습니다. 이걸 어떻게 쓴답니까."

"조그마한 장신구인 것을요. 제가 보기엔 너무 고운데 대인께서 싫어하지 않으셨으면 좋겠네요."

명란이 수줍게 웃었다. 태감과 직접 교제하는 것은 처음이기에 말을 할 때 더 신중을 기했다.

"너무 예를 차리십니다. 대인이라니 제겐 당치 않습니다. 소동이라고

---

1) 보석으로 장식한 모자.
2) 황태후나 황후의 조령.
3) 중국의 육조와 당나라 때 성행한 한문 문체. 4자로 된 구와 6자로 된 구가 대구를 이룸.

불러주십시오."

그는 마침내 웃는 얼굴로 주머니를 소매 속에 집어넣었다.

명란은 자신이 호칭을 잘못 부르지 않았다는 것을 알고 속으로 살짝 안심했다. 어떤 내관들을 '공공公公'이라 불리는 것을 좋아하지 않았다.

명란은 더욱 온화하게 웃었다.

"이렇게 이른 아침부터 동 대인께서 오시느라 수고가 많으시네요. 아침 식사는 하셨나요? 괜찮으시다면 한술 뜨고 가시지요. 남방에서 올라온 햅쌀로 끓인 죽에 며칠 전 산에서 잡아 온 노루고기로 만든 장조림과 짠지를 곁들여 먹으면 맛이 아주 좋답니다. 대인께서도 맛을 좀 보시겠어요?"

단정하고 젊은 귀부인이 만면에 웃음을 띠고 친근하게 말을 하는데, 접대하는 말투가 아니라 우연히 만난 가족이나 친구에게 아침을 함께 먹자고 청하는 것처럼 마음에서 꾸밈없이 우러나오는 관심과 친절함이 느껴졌다.

이 동가 성을 가진 내관은 자기도 모르게 호감이 생겨 싱글벙글 웃으며 말했다.

"소인도 한술 뜨고 싶은 생각은 간절하나 어서 궁으로 돌아가 보고를 해야 합니다. 오늘은 아쉽지만 가보겠습니다. 황후마마께서 부인을 언급하실 때면 항상 칭찬을 하셨답니다."

명란이 쑥스러워하며 말했다.

"마마께서 과찬을 하셨나봅니다. 부끄럽네요. 아무런 공도 없이 이런 큰 상을 받다니 송구스럽습니다."

지금까지 한참을 비위 맞췄지만 사실 이 한마디가 바로 핵심이었다.

재수 없는 소리를 하는 것이 아니었다. 사실 명란은 시집온 후 두세 달

동안 사신의 집안일만 돌봤다. 가난한 이웃을 돕거나 향을 올리고 기부를 하면서 나라와 백성의 안정을 위해 기도를 드리지도 않았다. 뿐만 아니라 귀부인들의 사교 활동에도 참여하지 않았다. 시간이 남으면 집에서 잠을 자거나 장부를 볼 뿐이었다. 궁에서 하사한 상을 받으며 '황은이 망극하옵니다.'라고 말할 때 말고는 황제나 황후 일가를 떠올린 적도 없었다.

명란처럼 성취욕도 없고 게으른 사람이 아무런 이유도 없이 갑작스럽게 큰 상을 받으니 여러 생각을 할 수밖에 없었다.

여우같은 동 내관이 바로 의미심장한 미소를 지으며 웃었다.

"부인께서는 황송해하실 필요 없습니다. 부인께서는 좀처럼 바깥출입을 하지 않으시지만 지혜로우시다는 명성이 파다하지요. 어제는 황제 폐하께서 고 도독의 일 처리가 듬직하고 숙련된 것이 명신名臣의 품격을 갖추고 있다 하셨습니다. 그게 다 부인의 현명함과 덕이 있었기에 도독의 집안이 평안하여 황명에 집중할 수 있었던 것 아니겠습니까."

명란은 존경스러운 눈빛으로 동 내관을 쳐다봤다. 이 얼마나 수준 높은 말이란 말인가. 자신은 집에만 있는데 지혜롭다는 명성이 파다하게 퍼졌다니?! 나토(NATO)가 평화 조직이라는 말만큼 믿음이 가지 않는 얘기였다.

선지를 전하러 온 의장대를 배웅한 뒤 명란은 복잡한 마음을 안고 처소로 돌아갔다. 그리고 단귤을 불러 상으로 받은 금장식이 된 침향목 상자를 열어 보게 했다. 붉은색, 푸른색, 하늘색, 자주색 등 총 네 가지 색의 비단이 각각 열 필씩 들어 있었다. 보석처럼 고운 빛이 넘실대는 것이 참으로 고왔다.

단귤은 공단을 세어보며 신이 난 표정으로 뒤를 돌아보았다.

"색도 선명하고, 무늬도 너무 아름답네요. 아씨, 더운 날이 지나고 나면 금직각 어르신한테 새 옷을 몇 벌 지어 입고 노마님께 보여드리세요. 아주 좋아하실 거예요."

단귤은 너무 기쁜 나머지 명란의 새로운 호칭을 잊어버리고 말았다.

그 외에도 백옥, 비취, 금사로 복수길경문福壽吉慶紋을 장식한 여의如意 하나가 있었는데, 체온이 닿자 조금의 티도 없이 깨끗해졌다. 이 두 개는 그렇다 쳐도 열여섯 개가 한 벌을 구성한 맑은 하늘색의 비취옥 그릇 세트는 정말 대단했다. 커다란 비취 덩어리를 조각하여 만든 것 같았는데 하나하나가 3촌 정도 크기에 불과했지만 가장자리에 꽃과 새, 물고기, 경작지 등이 정교하게 새겨져 있었다. 손으로 받쳐드니 아주 차가운 맑은 물을 뜬 것 같은 느낌이었다. 사방으로 넘쳐흐르는 휘황찬란한 빛에 눈이 어지러웠다. 이렇게 귀한 물건은 필히 성城 몇 개 정도의 값을 할 것이었다.

소도는 그것들을 보자마자 몸이 굳었다. 혹시라도 잘못 건드렸다 깨지기라도 할까 봐 비취옥 그릇에서 멀찌감치 떨어졌다. 자기 몸을 열여덟 번 팔아도 절대 갚을 수 없는 물건이기에 소도는 열 발자국 떨어진 곳에서 침을 삼키며 쳐다봤다.

"쓸모없기는!"

단귤은 소도를 흘겨보더니 떨리는 손으로 비취 그릇을 하나씩 조심스레 솜과 융이 깔린 상자 속에 집어넣고 안도의 숨을 쉬었다. 그리고 벽사와 진상을 불러 비단을 창고에 넣게 한 뒤, 자신은 옥여의와 비취옥 그릇 상자를 명란의 뒷방에 있는 벽장에 뒀다.

명란은 마음이 싱숭생숭하고 초조했다.

사령이 오합지졸 부대에게 아무런 이유 없이 탄약과 장비를 준다면 십중팔구는 집결 나팔을 기다리라는 뜻이었다. 상사가 아무 이유 없이 잘해주는 것 역시 더 열심히 일하라는 뜻이었다. 남자가 아무 이유 없이 잘해 준다면 그건 태반이 바깥에서 미안한 일을 했기 때문이다.

그렇다면 황실은? 혹시 이유가 있는데 명란만 모르는 걸 수도 있었다.

"소도야!"

그녀는 벌떡 자리에서 일어나 목소리를 높였다.

"가서 공손 선생을 모셔 오너라."

• • •

이 시각에 공손백석을 모실 수 있을지는 미지수였다.

과거를 포기한 후부터 그는 몸은 초야에 있지만 마음으로는 조정을 염려하는 은사가 되겠다고 결심했다. 은사가 되려고 결심을 했으니 은사의 모습을 갖춰야 했다. 해가 중천에 뜰 때까지 잠을 자고, 반쯤 눕거나 기댄 상태로 책을 읽으며, 시를 읊을 때는 봉두난발 상태가 가장 좋았고, 글은 주로 한밤중에 써야 했다. 그는 혜강嵇康 [4] 같은 위진명사魏晉名士를 존경했지만, 배짱이 부족하여 헐벗고 나체로 다니거나 다른 사람의 묘지 앞에서 노래를 부르지는 못했다. 기껏 해 봐야 소매를 걷어붙이고 자신의 뜰 안 흰 벽에다 초서를 연습할 뿐이었다.

삼엄한 예법으로 많은 제한이 있어 실질적인 행동으로는 자신의 우상들께 존경의 뜻을 표할 수 없어 공손백석은 늘 괴로웠다.

---

4) 죽림칠현의 한 사람.

고성엽은 공손백석에 대한 명란의 '깊은 이해'를 들은 후 포복절도를 하느라 몸도 제대로 가누지 못했다. 자신과 명란이 비슷한 생각을 하고 있다는 걸 깨달은 것이다. 고성엽이 보기에 공손백석은 그런 것들을 좋아한다고는 하지만 실은 거기에 반감을 품은 사람이었다.

위진명사들은 예법의 구속을 받지 않고 어찌나 자유분방하게 행동했는지 하루가 멀다고 술에 취해 헛소리를 해 댔다. 공손백석은 겉보기에는 자유분방해 보였으나 실제로는 신중하고 절제할 줄 알았다. 사람을 만나면 어느 정도 대비를 했고, 무슨 일이 벌어져도 잘 떠벌리지 않는 사람이었다.

명란은 공손백석을 효과적으로 청하기 위해 특별히 용감하고 힘이 센 소도를 보냈다. 그러다 이번에는 가르침을 청하려고 부르는 것이기에 어느 정도 예를 갖추는 것이 좋다고 생각했다. 그래서 명란은 문화를 숭배하고 존경하는 약미를 딸려 보냈다.

편화청 안에 얼음 대야 두 개를 놓고 문발을 내렸다. 그리고 탁자 위에는 차와 간식거리, 우물물로 씻은 과일을 올려 둔 뒤 명란은 조용히 앉아서 기다렸다. 약 반 시진 후, 공손백석이 유유자적하게 걸어 들어왔다. 그 앞에는 불만 가득한 표정을 지은 채 크고 빠른 걸음으로 앞장선 소도가 있었고, 뒤에는 앞사람의 속도에 맞춰 예를 차리며 따라오는 약미가 보였다.

편화청은 물가에 세워져 있었고, 사방에는 격선문이 둘려 있었다. 주인과 손님은 인사를 한 후 탁자를 사이에 두고 각자 권의[5]에 앉았다. 명

---

5) 팔걸이가 붙은 둥근 의자.

란은 하인들을 물리라고 했다. 단귤은 알겠다며 물러나더니 관련 없는 어멈들과 계집종들을 스무 발자국 밖으로 몰아냈다. 사방의 창이 활짝 열려 있어도 밖에서는 안에 두 사람이 서로를 마주 보고 있는 모습만 볼 수 있었다. 물소리와 바람 소리를 빼면 그들이 하는 말을 전혀 들을 수 없었다.

고대인의 아이디어는 역시 칭찬해야 마땅했다.

의례적인 인사말을 주고받은 후 명란이 단도직입적으로 물었다.

"오늘 아침 궁에서 사람이 나와 상을 내리고 간 것을 알고 계시지요?"

공손백석이 부채를 부치며 말했다.

"조금 전 부인을 모시는 이가 말해주어 알게 됐습니다. 경하드립니다, 부인."

명란은 손수건을 꽉 쥔 채 체면 불고하고 다급히 물었다.

"저를 위해서가 아니라 도독과 연관이 있는 것 같습니다. 허나 도저히 짐작 가는 바가 없어 이렇게 선생을 모셨습니다."

공손백석은 즐거운지 온 얼굴의 주름이 깊어졌다. 부채를 부치는 속도도 배로 빨라졌다.

"지나친 걱정을 하고 계십니다. 황은이 넘치신 게지요. 부인의 아름다운 이름이 하늘에 닿아 복을 받으신 겝니다."

말은 그렇게 해도 그의 눈에는 장난기가 가득했다.

명란은 연속해서 말문이 막히고 말았다. 그녀는 입술을 깨물며 앞에 앉아 있는 늙은이의 얼굴을 할퀴어버리고 싶은 충동을 억눌렀다. 이미 그의 늙은 얼굴에는 주름이 가득 들어차 있었지만 말이다.

지적 능력이 뛰어난 인재, 줄여서 '고수'라 불리는 좀처럼 보기 힘든 이 생물체들은 비슷한 폐단을 갖고 있다. 바로 심오한 척을 하며 질문에 솔직히 대답해주기 전에 한 번씩 질문한 사람의 속을 뒤집어 놓는 폐단 말이다. 대체 유비는 자제력이 얼마나 강했기에 툭하면 깃털부채를 흔드는 그 녀석을 때려죽이지 않았을까.

명란은 생각을 가다듬고 두 번 심호흡을 한 뒤 정색을 하고 물었다.

"사촌 형제들이 부주의한 일 처리로 말도 안 되는 죄를 저질러 도독이 황제 폐하께 용서를 청했습니다. 감히 묻습니다. 선생께서는 찬성하셨습니까?"

"……좋은 질문을 하셨습니다."

공손백석은 드디어 장난을 멈추더니 쥘부채를 천천히 접으며 말했다.

"그동안 제가 중회에게 누차 권했던 일입니다. 그저께가 돼서야 승낙을 하더군요."

명란은 진지한 표정으로 자리에서 일어나 말했다.

"도독과 선생께서 염려하고 계신 일이라면 분명 중요한 일일 테니 저 같은 아녀자가 물어서는 안 되겠지요. 허나 이 일이 안채에까지 영향을 주고 있습니다. 내일 저는 감사 인사를 드리러 궁에 들어가야 합니다. 혹여 제가 말실수라도 할까 걱정되니 선생께서 가르침을 주십시오."

말을 마친 명란은 공손백석을 향해 깊이 절을 했다.

공손백석은 얼른 자리에서 일어나 살짝 옆으로 비켜서며 예를 갖춰 공수하며 말했다.

"너무 겸손하실 것 없습니다. 부인께서는 온화하고 겸손하실 뿐만 아니라 집안 단속도 잘 하고 계십니다. 중회의 복이라 할 수 있지요. 하지만 궁금하신 것이 있다면 제가 무엇이든 답을 해드리겠습니다."

요 며칠 냉정한 눈으로 명란을 지켜본 공손백석은 명란이 자제력이 무척 강한 여자라는 결론을 내렸다. 분명히 총애와 신임을 받고 있음에도 절대로 월권하지 않았으며, 조정의 대사와 관련이 있는 일이라면 절대 묻지 않았다(사실 그녀는 게을렀던 것이다).

고정엽의 권력이 강한 만큼 매일 그를 찾아와 아첨하려는 사람이 끊이지 않았는데, 명란은 절대로 그 권력을 이용해 이익을 탐하거나 우쭐대지 않았다. 누가 찾아오더라도 항상 공손하고 겸허하며 예를 차려서 대했다(실은 뇌물 받을 배짱이 없었다).

두 사람은 다시 자리에 앉았다. 명란은 한참을 생각하다가 질문을 하는 것 역시 쉽지 않다는 걸 깨달았다. 어디서부터 질문을 해야 할까?

"선생께서는 어찌하여 도독이 후부를 위해 청을 해야 한다고 하신 겁니까?"

시작이 나쁘지 않은 것 같았다.

공손백석이 몇 가닥 되지 않는 수염을 쓸며 느릿느릿 답했다.

"부인께선 지금의 황제 폐하가 어떤 분 같으십니까?"

완벽한 동문서답이었다. 명란은 다시 한번 손수건을 잡고 있던 손에 힘을 줬다. 그래, 지적 능력이 뛰어난 인재의 사유 방식에 적응해보도록 하자.

"신하 된 자는 함부로 성심을 추측해서는 안 된다는 말이 있습니다. 이 말은 반은 맞고 반은 틀렸습니다."

공손백석은 명란의 대답을 기다린 것이 아니었다. 그는 고개를 살짝 들어 천장을 바라보며 말을 이어갔다.

"성심을 추측하지 않고 어찌 일을 잘할 수 있겠습니까? 똑같이 학식이 있는 문신과 무장들이어도 성심을 정확히, 잘 읽은 자만이 출세를 할 수 있는 것입니다."

명란은 고개를 돌려 공손백석의 얼굴을 바라봤다. 사실 저 늙은이는 아직 쉰이 되지 않았다. 하지만 반평생을 분주하게 돌아다녀서 그런지 얼굴에 고생한 흔적이 가득했다. 살짝 튼 얼굴에는 주름이 가득했고, 얼굴은 환갑 정도 되는 사람처럼 늙어 보였다. 다만 두 눈만은 또렷하고 강하게 빛나고 있었다.

"중회는 아직 이립의 나이가 되지 않았습니다. 황제 폐하의 인척도 아니고, 왕야 시절부터 모신 오랜 신하도 아니며, 노장老將이나 권신權臣도 아닙니다. 그런데 대군을 이끌고 높은 지위를 갖게 된 건 무엇 때문이라 생각하십니까? 단성잠, 경개천, 종대유, 유정걸 그리고 심종흥. 그들은 모두 왕야 시절부터 황제 폐하를 따르며 십여 년 동안 풍파를 겪어 왔습니다. 그들 중 황제 폐하를 목숨 바쳐 모시지 않거나 충성심이 부족한 자가 있을까요?"

명란이 쓴웃음을 지었다.

"자격이나 나이를 따진다면 도독이 그들을 앞설 수 없겠지요."

공손백석이 시선을 맞추며 칭찬을 하듯 명란을 향해 고개를 끄덕이며 말을 이어갔다.

"황제 폐하께서는 즉위 초에 군대를 위로하기 위해 몇몇 노장을 예우하시며 녹봉과 작위를 올려 주셨습니다. 그래서 왕야 시절의 이들은 감히 움직이지 못했지요. 당시 저는 중회에게 '새 황제가 즉위하셨으니 필시 군대가 필요할 것입니다. 폐하께서 예전의 정을 기억하시어 관직을 하나 내리기를 바라며 평온하게 살거나, 모든 것을 내려놓고 폐하의 마음에서 중요한 위치를 차지하십시오.'라고 진언했습니다."

"당연히 후자를 선택했겠지요."

명란은 전혀 의외라는 생각이 들지 않았다.

"중회는 과감하고 빠르게 움직였습니다. 파면당할 위험을 무릅쓰고 잔혹한 형벌과 엄격한 법률로 많은 사람의 머리를 베었지요. 그리고 첫 몇 달 동안 수중의 군대를 훈련시켰습니다. 폐하께서 여러 번 꾸짖긴 하셨지만, 실은 그것이 폐하가 원하셨던 바였습니다."

공손백석이 허허 웃으며 수염을 쓰다듬었다. 그 웃음소리에서 자부심이 느껴졌다.

"그 후에 예상대로 변란이 일어났습니다. 전쟁이 일어났을 때 다른 장군들은 앞뒤를 재고 살피며 시간을 끌었습니다. 마음은 있으나 힘이 없는 자들은 효과적으로 신속하게 군대를 움직이지 못했고요. 오직 중회의 대군만이 명에 따라 남쪽으로 내려갈 수 있었습니다. 당시 군에서 다른 꿍꿍이가 있던 자들은 행군과 작전 중에 몰래 음해를 하며 군령을 제대로 지키지 않았습니다. 양군이 전쟁을 치르며 생사를 다투는데 어찌 실수를 용납할 수 있겠습니까. 중회는 그 자리에서 반을 죽이고 반을 잡아 가두었습니다. 그들 중에는 감 노장군의 오랜 부하와 조카도 있었지요."

명란은 '아' 하고 작게 탄식하며 놀라움을 감추지 못했다.

"탄핵을 당하면 어떻고 적을 만들면 또 어떻습니까? 한 번의 공으로 백 번의 잘못을 덮는 게 세상사 아닙니까! 황제께서는 형담 반란군을 모두 멸하시고는 자리를 굳건히 하셨습니다. 황제께서 어진 명군이셨기에 모든 관리들이 경축을 드렸지요. 중회는 전쟁에서 승리하였으니 새 황제를 옹립하는 데 으뜸가는 공신이 된 것입니다! 단성잠, 경개천, 종대유, 류정걸, 심종홍 모두 인정할 수밖에 없었지요!"

공손백석의 눈이 반짝이고, 목소리가 우렁찼다. 호탕한 기개가 가슴에 있는 것 같았다.

명란은 고정엽의 담력, 식견 그리고 박력을 상당히 존경했지만, 지금은 '선생이 방금 주저리주저리 말한 것들이 제 질문과 무슨 상관이 있는 것이지요?'라고 묻고 싶었다. 그러나 명인들은 대부분 성격이 좋지 않기 때문에 혹여 선생이 휭하니 가 버릴까 두려웠다. 이에 꾹 참고 그가 하는 이야기가 오늘의 대화와 전혀 상관이 없다는 걸 말하지 않았다.

"허나 기병은 위험한 수이지요. 게다가 기병은 정도正道가 아니고, 위험한 수이기에 자주 사용할 수 없습니다."

공손백석이 의자 등받이에 기대며 천천히 앉았다.

"결국 중회 역시 차례대로 나아가야 할 것입니다. 천천히 인맥과 공을 쌓아야지요. 적을 너무 만들거나 급진적으로 일을 처리하는 것은 좋지 않습니다."

명란은 습관적으로 고개를 끄덕였다. ……어어, 잠깐. 이 장면은 어디선가 본 것 같은데. 홍차를 즐기는 명장6) 역시 비슷한 말을 한 적이 있었다.

명란은 혼자 생각하다 자기도 모르게 말을 꺼냈다.

"……필승의 길은 적보다 많은 군대를 소집하고, 적보다 실수를 적게 하는 것. 그리고 잘 싸우면 되는 것이지요. 소수로 다수를 이기고, 약자가 강자를 이기는 것은 군사를 부리는 상도常道나 정도正道가 아닙니다."

공손백석은 그 얘기를 듣더니 다소 놀라며 웃음을 터뜨렸다.

"부인의 말씀이 아주 흥미롭습니다. 하지만 표현은 거칠어도 이치는 속되지 않군요. 바로 그것입니다."

명란은 억지웃음을 지었다. 지난 생의 법률 지식들은 거의 다 잊었어

---

6) 일본 SF소설 〈은하영웅전설〉 속 인물 양 웬리.

도 이것은 여전히 기억하고 있었다. 당과 국가로부터 받은 수년간의 교육이, 멋진 오빠들이 많이 등장하는 소설보다 인상 깊게 남지 않았다니 부끄러울 따름이었다.

"중회는 신흥 무장에 불과합니다. 관직은 2품이요, 훈장도 없고, 더 높은 작위도 없고, 기반도 없습니다. 비록 황제 폐하의 신임을 받고 있지만 그의 위로 그에게 이래라 저래라 간섭할 수 있는 상서와 각로, 대학사가 있습니다……. 중심을 잡고, 더 높이 올라가는 것은 쉽지 않을 것입니다."

목이 쉰 늙은이의 탄식이 방 안 전체를 흔들었다.

명란은 침묵했다. 그가 업적을 쌓는 일이 이렇게 어려울 줄이야.

"그렇다면 이제 원점으로 돌아가보지요. 황제께서는 대체 어떤 군주이실까요."

공손백석은 찻잔을 들고 천천히 차 찌꺼기를 후후 불더니 몇 모금 마시며 목을 적셨다. 그리고 말을 이었다.

"황제께서는 십여 세에 번지를 받아 오랜 시간을 촉 변경에서 머무르셨습니다. 군대는 물론이고 조정, 궁에 이르기까지 지원군은 일절 없었습니다. 잠저潛邸의 막료들이 큰 힘이 되었지요. 경성에 오신 후에 황제께서는 모든 일을 정교하게, 이치에 따라 진행하셨습니다."

이건 명란도 아는 것이었다. 아버지와 오라버니가 말하는 걸 들은 적이 있었기에 바로 대답할 수 있었다.

"그 이치란 바로 '효'겠지요."

"그렇습니다."

공손백석은 웃으며 속으로 명란이 선비 가문 출신이라 교양이 보통이 아니라 생각했다.

"황제께서 선황제의 침상 앞에 잠자리를 깔고 보름 동안 탕약 시중을 드셨기에 문무대신들 앞에서 기세등등하실 수 있는 겁니다. 또한 선황제를 위해 수효守孝를 하시며 삼 년 동안 수녀 간택을 하지 않으셨습니다. 의복과 음식도 간결하고 소박하게 하셨죠. 그러셨기에 향락을 쫓는 귀족 자제들을 엄히 다루실 수 있었던 겁니다. 불초한 자들을 징벌하는 것만으로도 고결한 선비들은 기뻐했을 것입니다."

명란은 천천히 마음을 가라앉혔다. 자신의 질문에 대해 선생은 별말하지 않은 것처럼 보여도 사실 모두 답한 것이나 마찬가지였다.

명란은 꽉 쥐고 있던 손을 천천히 펴고 고개를 든 채 조용히 그의 말을 들었다. 너무나 조용해 자신의 심장 소리도 들릴 정도였다. 명란은 평생 처음으로 진정한 의미의 권모술수와 계략의 매력을 알게 되었다. 기쁘지는 않아도 마음이 설레었다.

"선생의 말씀은 아직 끝나지 않았습니다."

명란의 목소리는 비 온 후 처마에서 매끄러운 돌계단으로 떨어지는 빗방울처럼 침착하고 부드러웠다.

아름다운 명란의 시선이 구석에 놓인 얼음 대야에 고정되었다.

"'이치에 따라'서는 무엇이고, '기세등등'은 또 무엇입니까. 황제는 선황제께서 친히 책봉하신 황태자이고, 그렇지 않다 해도 또 무엇이 대수입니까? 기껏해야 상소와 간언을 몇 번 받겠지만 어느 누가 지금의 황제 폐하를 인정하지 않겠습니까? 선생이나 다른 분들은 대체 무엇을 걱정하시는 겁니까?"

명란은 눈을 들었다. 조용히 흐르는 샘물 같은 맑은 눈으로 맞은편에 있는 사람을 똑바로 바라봤다.

공손백석의 손에 들려 있던 쥘부채가 순간 멈칫했다. 그는 웃음을 거두고 명란을 똑바로 바라보며 담담하게 말했다.

"부인 말씀이 옳습니다. 허나, 선황제께서 책봉한 황태자는 금상 한 분이 아니었습니다."

명란은 이해할 수 없었다. 삼왕야와 사왕야는 모두 죽었고, 오왕야는 반란을 일으켜 죽임을 당했으며, 육왕야는 서인으로 강등되었다. 칠왕야는 어린 시절에 요절하였으니 팔왕야가 황제가 되는 것이 당연한 이치가 아닌가? 대체 무슨 걱정을 하는 것일까.

명란은 살짝 정신이 혼미해졌다. 분명 아무 일이 없는데도 마음이 불안했다. 귓가에 낮은 북소리 같은 것이 들려왔다. 그 낮은 울림이 점점 가까워지던 순간, 머릿속이 번쩍하더니 무의식중에 말이 나왔다.

"예왕이군요! 육왕야가 삼왕야에게 양자로 보낸 그 어린 왕야 말이에요!"

공손백석은 내심 감탄하며 진지한 표정으로 명란을 향해 공수했다.

"부인께서는 고아하고 순결하시며 마음이 거울처럼 깨끗하십니다. 맞습니다, 바로 그 열 살이 채 되지 않은 어린 왕야입니다. 어린 왕야를 양자로 보낸 것이 성상의 뜻이었다는 걸 아셔야 합니다. 삼왕야를 황태자로 책봉한다는 것 또한 성상의 뜻이었습니다. 천하에 알리기 직전에 변란이 일어났을 뿐이지요."

여기까지 말한 늙은이는 한숨을 내쉬었다.

"선황제의 병이 위중하자 많은 이들이 선황제의 병상 앞에 가 울며불며 어린 왕야를 태자로 책봉하길 권했습니다. 다행히 선황제께서는 연륜이 있는 사람이 나라를 다스려야 한다는 이치를 잘 알고 계셨습니다. 이런 시국에 어린 황제가 즉위한다면 외척과 권신들의 다툼이 생겨 바로 큰 혼란에 빠질 수도 있으니까요. 그리하여 성덕태후의 애원에도 금상의 생모를 황후로 책봉하고, 곧 바로 태자를 세운 것이지요. 휴…… 이런 궁중의 비밀을 아는 사람은 많지 않습니다."

명란은 잠시 생각을 하더니 단호하게 말했다.

"이게 후환을 남긴 게 아니면 뭐란 말입니까? 아무도 선황제께 일 처리를 깔끔하게 하시라고 말씀을 올리지 않은 건가요."

삼왕야의 무리는 경성에서 몇 년을 활개 치며 알게 모르게 세력을 키웠다. 그 인력과 재력은 팔왕야와는 비교도 되지 않았다.

"내각의 경골한硬骨漢[7]인 경개충은 찍어냈지만, 신 수보는 도저히 잡히지 않는 늙은 여우같은 자입니다. 하물며 선황제께서 잘못된 부분을 알고 계셨다 해도 결단을 내리시지 못하셨을 겁니다. 결국 삼왕야는 참혹하게 죽었고, 삼왕비는 평소 선량하고 온화해 폐하의 마음을 얻었습니다. 성덕태후께서는 갑작스럽게 아들을 잃으셨으니 참으로 가련하시지요. 만약 다시 그녀들의 후계자를 박탈시킨다면 삼왕야에게는 향을 올릴 자손이 끊기는 것입니다. 선황제께서 결단을 내리시지 못한 것도 다 이유가 있는 것이지요. 아아…… 선황제께서 붕어하신 후로 조정과 후궁이 하루도 조용할 날이 없으니 황제께서도 쉽지 않으실 겁니다."

사실 공손백석은 이 일이 잘못됐다고 생각했지만, 이미 죽은 사람이고 또 선황제이기도 해서 더 논하기가 어려웠다.

명란은 아무 말도 하지 않았다. 모든 주장의 뒤에는 특정 세력이 있다는 정치학 교수님의 말이 떠올랐다.

팔왕야가 즉위하면 그가 변경 지역에서 데려온 엉성한 무리들이 출세

---

7) 의지가 강해 신념을 굽히지 않는 남자.

를 할 것이다. 삼왕야가 즉위를 하면 그를 받쳐 주던 큰 힘이 천하를 거느리게 될 것이다. 한 번이라도 권력의 맛을 본 사람은 누구라도 쉽게 포기할 수 없는 법이다.

이제야 명란은 황제가 왜 심 국구와 영국공부의 혼사를 서둘렀는지 이해할 수 있었다. 두 세력을 이용해 중도표를 끌어 오기 위함이었던 것이다. 또한 황제가 사왕야의 반역 사건에 집착하는 것 역시 적대 세력들을 한데 엮어 깨끗이 뿌리 뽑기 위함이었다.

"현재 조정의 세력은 크게 넷으로 나눌 수 있습니다. 황제, 성덕태후와 예왕, 고결한 문관 역시 하나의 세력으로 볼 수 있겠지요. 그리고 지방의 불온한 세력입니다."

공손백석은 미간을 찌푸린 채 주먹을 꽉 쥐며 생각에 잠겼다.

"대략 이 정도입니다. 모습을 드러내지 않은 세력이 더 있을 수 있지만 이 늙은이는 알지 못합니다."

"너무 심려 마세요."

명란은 그의 말에 집중하며 점점 빠져들었다.

"황제께서 하시는 일에 순서가 있는 것 같으니 분명 방도가 있으실 겁니다. 우선은 고결한 선비들인데, 그들은……."

명란은 단어 선택을 고민했다. 사실 그들이야말로 제일 교활한 집단이었다. 친정에도 두 명이나 있었다. 그들은 성인의 가르침으로 군왕을 보좌한다는 명목으로 언제나 이치의 편에 서서 한눈 팔지 않고 노선을 지켰다.

"황제 폐하의 제위가 날이 갈수록 굳건해지니 저들도 서서히 다가올 것입니다. 지방은 중앙만 굳건하다면 결국엔 평정이 되겠지요. 가장 골치 아픈 것은…… 흠흠, 선황제께서 임종 전 폐하에게 성덕태후와 예왕

모자를 잘 부탁한다 당부하셨다고 들었습니다."

공손백석은 다리를 치며 깊은 한숨을 내쉬었다.

"누가 아니랍니까. 내부에 침입한 적대 세력처럼 떼려야 뗄 수가 없습니다. 허나 큰 문제는 아닙니다. 황제께서 느긋하게 십 년 정도 기다리시면 견제하는 세력이 줄어들 테니 천천히 처리하면 될 것입니다."

"십 년이 지나면 다들 인정하고 더 이상 일을 벌이지 않을 수도 있겠지요."

명란은 낙관적으로 예측했다. 사실 이런 이익 집단들은 사교邪教 조직이 아니었기에 머리가 어떻게 된 것 아니고서야 한 길만 죽어라 고집하는 일은 없었다.

"다른 이야기는 이제 그만하고 이제 저희 이야기로 돌아가볼까요?"

공손백석은 '젊은 것들의 집중력이란, 쯧쯧' 같은 표정을 지었다. 명란은 억울했다. 화제를 수렴동에서 화염산으로 가져간 게 대체 누군데!

"현재 큰 혼란은 가라앉았지만, 그간 겉으로 드러나지 않는 세력들이 꿈틀대고 있고 조정은 더욱더 급박하게 변하고 있습니다. 편하게 살기 위해서는 폐하의 의중을 파악해야 할 뿐만 아니라 시국의 방향도 예측해야 합니다."

공손백석은 자리에서 일어나더니 뒤로 돌아 멀리 창밖의 풍경을 바라보며 탄식했다.

"황제께서 잘못되시면 중회도 분명 잘못될 것입니다. 하지만 황제께서 모든 일을 뜻대로 진행하신다 해도 중회가 반드시 좋을 거라는 보장은 없습니다."

"그게 무슨 말씀이신가요?"

명란은 아리따운 눈썹을 치켜올리며 물었다.

공손백석이 뒤로 돌며 유감스럽다는 듯이 웃었다.

"중회가 팔왕야셨던 폐하와 교분을 쌓긴 했지만 그래도 십수 년간 폐하의 곁을 호위하던 잠저 심복들에 비하면 한참 못 미칩니다. 하물며 팔왕야와 폐하는 더욱이 별개의 일이지요."

"……천자는 집이 없으니 집안일이 곧 나랏일이겠지요. 천자는 친구가 없고 군신의 구분만 있습니다. 또한 천자는 사사로움이 없고 마음속에 오직 종묘와 사직만 있지요."

명란은 순간 장 선생의 말을 떠올리며 낮게 읊조렸다. 소현자와 소계자[8] 조차도 넘지 못한 문턱이었다.

"부인께서 이리 잘 알고 계시니 제가 한시름 놓았습니다. 이 늙은이가 적잖은 힘을 들여 간곡히 타일렀는데 중회가 새겨들었는지는 모르겠습니다. 신하 된 자는 스스로 조심을 해야 합니다. 황제께서 무슨 일이든 다 감싸 주실 거라 생각해서는 안 됩니다."

공손백석이 웃으며 고개를 끄덕였다.

"그래서 후부에 그런 일이 벌어진 후에 중회에게 가서 청을 드리라 한 것입니다."

너무 갑작스러운 전환에 명란은 알아듣지 못하고 눈만 깜빡거렸다.

"첫째, 중회는 젊은 나이에 높은 자리에 올랐으니 많은 사람들의 질시를 받을 것이 분명합니다. 중회가 출세를 했는데 일가친척을 돌보지 않는다면 이치에 맞든 안 맞든 이러쿵저러쿵 말이 많을 것입니다."

그가 고개를 저으며 말했다.

---

8) 김용의 소설 『녹정기』의 등장인물.

명란은 고개를 끄덕였다. 그것 역시 애초에 그녀가 크게 우려했던 것이었다.

"둘째, 이번 일을 폐하께서는 어떻게 보실까요?"

공손백석은 음미하듯 눈을 가늘게 떴다.

"사실 후부에서 저지른 그런 지저분한 일들을 폐하께서는 마음에 담아 두고 계시지 않습니다. 처벌을 해도 그만, 안 해도 그만입니다. 대세에는 지장이 없지요. 중요한 것은 폐하께서 어떤 신하를 원하시느냐입니다. 이아易牙, 수초竪貂, 개방開方[9]입니다. 관중이 제환공에게 간언한 말은 '거울로 삼을 전례는 멀리 있지 않다殷鑑不遠.'였습니다."

명란은 감탄을 금치 못했다. 그 말이 정곡을 찔러 자신이 안채를 관리할 때 사사로운 정에 얽매이지 않은 경우가 더 많은지, 아니면 집안사람을 염려하는 경우가 더 많은지를 가슴에 손을 얹고 반성하게 되었다. 여기에는 심리적으로 아주 미묘한 차이가 있었다.

"셋째, 역시 가장 골치 아픈 부분이지요."

공손백석은 다시 자리에 앉아 마노로 만든 접시에서 포도알 몇 개를 집어 천천히 껍질을 벗겼다.

"중회의 억울함은 저도 알고, 부인도 알고, 후부 사람들도 압니다. 허나 바깥의 사람들은 몇이나 알겠습니까. 중회는 귀족 자제라는 명분을 갖고 있었지만, 후부 입장에서는 격이 떨어지는 약점이 밖에 존재하는 것이지요. 아아, 계속 헐뜯으면 뼈도 녹아 버린다고, 수십 년 된 선입견 아닙니까."

---

9) 제나라 환공의 측근들, 간신으로 유명함.

명란은 입술을 달싹이다 다시 다물었다.

"중회가 과연 그때의 일을 폭로할 수 있을까요? 못 합니다. 그리하면 큰 불효가 되니까요."

공손백석이 말을 이어갔다.

명란은 그 속에 들어 있는 깊은 뜻을 헤아리며 천천히 고개를 끄덕였다.

그해 백 씨의 일은 고부의 수치였다. 돈 때문에 부인을 들였는데, 그녀가 남긴 아들을 잘 돌보기는커녕 갖은 방법으로 핍박하다 집을 나가게 했으니 말이다. 만약 이 일이 바깥으로 퍼진다면 고 대인의 명성뿐만 아니라 후부까지도 웃음거리로 전락될 것이다.

하지만 아들이 아버지의 잘못을 말하고 다닐 수는 없었다. 만약 고정엽이 정말로 그 일을 떠들고 다녀 이미 고인이 된 아버지의 명성을 해친다면 그것이야말로 잘못이었다.

"이 세 가지 때문에 저는 계속해서 중회에게 눈앞의 득실에 얽매이지 말고 더 멀리 내다보라고 말했습니다. 앞날이 창창하지 않습니까. 중회가 모친의 명예를 회복하고, 자신의 진실을 밝힐 시간은 많으니 급할 필요가 없지요."

공손백석은 한쪽에 있던 차가운 손수건에 손을 닦고는 수염을 훑으며 말했다.

"얼마 전까지 중회가 상당히 화가 나 있어서 말을 꺼내기가 쉽지 않았습니다. 이틀 전 두 분이 후부에서 돌아왔을 때 중회의 기분이 조금 나아진 듯 보여 서둘러 들렀습니다. 이렇게 저렇게 말한 끝에 결국엔 설득에 성공하였지요."

명란은 이 늙은이가 진심으로 자신들을 걱정해 불굴의 의지로 설득을 했다는 생각에 내심 감동했다.

"……선생께서 고생하셨네요. 제가 어찌 감사드려야 할지 모르겠습니다."

명란은 진심으로 허리를 굽혀 인사를 했다.

공손백석이 손을 저으며 웃었다.

"아닙니다. 중회와 저는 망년지교忘年之交 [10]로 마음이 아주 잘 맞습니다. 게다가 헛되이 권한 것은 아닙니다. 저는 중회에게 다른 사람을 찾아가거나 반박할 것 없이 바로 폐하를 찾아가 사정을 하라고 했습니다. 속상한 이야기를 할 때 한바탕 울면 더 좋다고 했지요."

명란은 아, 하고 입을 벌렸다. 이 얼마나 현묘한 계략인가.

즉, 고정엽은 저 망할 놈들의 죄를 면해 달라 간 것이 아니라 저들의 죄는 분명하지만 자신의 얼굴을 봐서 가볍게 벌해 달라고 간 것이었다.

아니, 이번 설득의 핵심은 결과가 아닌 그 행동 자체일 것이다. 그 망할 놈들이 죄명을 벗을 수 있을지 없을지는 중요하지 않았다. 중요한 건 황제에게 고정엽의 어려움과 고초를 이해시키고, 인정과 도의를 중시하는 마음이 여리고 인자한 고정엽의 모습을 심어주는 것이었다.

비로소 생각이 트인 명란은 교활한 웃음을 지으며 작은 목소리로 물었다.

"그래서 울었나요?"

"그거야말로 이 늙은이가 부인께 여쭙고 싶은 겁니다."

공손백석이 눈을 부라리는 척하며 수염을 후 하고 불었다.

---

10) 나이 차이에 구애받지 않고 맺어진 친구.

명란이 입을 가리고 가볍게 웃었다. 눈앞의 늙은이가 꽤나 귀엽다고 생각하면서, 옷깃을 여미고 예를 갖추어 절을 했다. 그리고 미소를 지으며 말했다.

"군자와 한자리에서 나누는 대화가 십 년 동안 책을 읽는 것보다 낫다고 하더니, 선생께서 이 어리석은 아녀자를 하찮게 여기지 않으시고 세세히 이야기해주신 덕에 견문을 넓힐 수 있었습니다. 진심으로 감사드립니다."

"아닙니다, 아닙니다. 저 또한 그냥 말씀드린 것이 아닙니다."

공손백석이 웃으며 고개를 저었다.

"이번에 중회가 제 권유를 듣고 황제께 찾아가 청을 드렸지만 지금 잔뜩 골이 나 있습니다. 대장부가 일할 때는 마음이 편해야 합니다. 그렇지 않으면 다른 사람에게 미움을 사거나 자기 자신을 망치게 되지요. 어제 낮에 중회가 부인과 잠시 이야기를 나눈 뒤 집을 나서는데 안색이 많이 좋아졌더군요. 어젯밤…… 흠흠, 순이에게 들으니 오늘 아침 중회가 집을 나설 때는 얼굴이 환하게 펴서 아무 일도 없는 것처럼 보였다더군요."

늙은이의 계속된 칭찬에 명란은 너무 부끄러워 고개를 숙이고 얼굴을 붉혔다.

"제가 평생을 따라다니며 잔소리를 할 수도 없는 노릇입니다. 부인과 중회야말로 백년해로할 사이지요. 일찍부터 부인과 터놓고 이야기를 하는 것은 좋은 일입니다."

공손백석이 함박웃음을 지었다.

"어찌 되었든 선생 덕을 크게 보았습니다."

명란은 심히 부끄러워 황급히 화제를 돌렸다.

"중회 스스로 납득했기에 제가 설득할 수 있었던 겁니다."

공손백석도 겸손히 대답했다.

명란은 빨리 다른 화제로 넘어가고 싶어 질문을 던졌다.

"무슨 말씀이신가요?"

"중회가 화가 머리끝까지 나서 제게 물었습니다. 분노를 발설하면서도 일에 지장을 주지 않는 방도가 있느냐고요. 그래서 제가 있다고 답했습니다."

공손백석이 알 수 없는 표정을 지었다.

"중회가 기꺼이 고신孤臣 11)이 되면 된다고 말이지요."

"고신요?!"

명란은 화들짝 놀랐다. 안 될 일이었다. 그녀는 고신의 가족이 되고 싶지 않았다.

"그렇습니다. 혈혈단신으로 충심을 맹세하며 평생 황제의 신임에만 기대는 고신 말입니다."

명란은 한참을 아무 말 없이 있었다. 다른 자들과 작당하여 사리사욕을 꾀하는 것은 옳지 않지만 조정에 친구가 하나도 없는 건 안 될 말이었다.

길고 긴 역사 속의 그 감동적인 고신들 중 절반은 결말이 좋지 않았다. 상앙商鞅 12), 오기吳起 13), 조조晁錯 14)가 전형적인 예였다. 나머지 절반은 말

---

11) 주군에게 외면당한 외로운 신하.
12) 중국 전국시대 진나라의 정치가, 자신이 개발한 거열형에 처해짐.
13) 중국 전국시대의 병법가, 반란군의 화살을 맞고 죽음.
14) 중국 전한 시대의 관료, 원수지간인 원앙의 참언으로 참수형에 처해짐.

년이 괜찮았지만, 그 자손들은 보살펴 줄 자가 없어(아버지가 온갖 사람들과 원수가 되는 바람에) 가문의 영화가 한 대代에서 끝나버렸다. 혹리酷吏[15]였던 청나라 때의 관료 전문경田文鏡이 대표적인 예였다.

"부인, 걱정 마십시오."

공손백석이 잔뜩 구겨진 명란의 얼굴을 보며 웃음을 참았다.

"중회는 제 말을 듣자마자 일언지하에 거절했습니다."

명란은 안도하며 잔뜩 놀랐던 가슴을 쓸어내렸다. 좋다, 아주 좋다. 고정엽이 귀족 자제에서 전향한 동량지재棟梁之材처럼 보여도 사상이나 의식은 정치 소질을 따라가지 못한 게 다행이었다.

곁눈질로 명란을 살피던 공손백석은 조용히 미소 지으며 수염을 쓸었다.

사실 당시 고정엽은 이렇게 말했었다.

"제가 아내를 맞이한 건 편하게 살게 해주려고 한 것이지, 나를 따라 고생시키려고 들인 것이 아닙니다."

· · ·

이레 후, 깊은 밤.

소 씨는 뜨거운 탕약을 들고 방 안으로 들어오다 영침에 기댄 채 침상에 앉아 깊이 생각에 잠긴 고정욱을 발견했다. 걱정이 된 그녀는 미간을

---

15) 혹독하고 무자비한 관리.

찌푸리며 작게 한숨을 내쉬었다.

"어찌 또 일어나 계십니까? 어서 누우세요."

그녀는 남편을 부축하기 위해 앞으로 나아갔다.

고정욱이 손을 저었다.

"밤낮으로 누워 있는 것도 힘들어서 잠시 앉아 있었소."

소 씨는 아무 말 없이 옆에 앉아 탕약을 입으로 불어 식혔다.

"조금 전, 이모가 또 왔었소."

침상 머리맡을 바라보고 있는 고정욱의 낯빛은 초췌했지만 눈빛만큼
은 예리하게 빛나고 있었다.

소 씨가 들릴 듯 말 듯 한숨을 내쉬었다.

"왜 또…… 에휴, 뻔히 아픈 걸 아시면서 왜 자꾸 귀찮게 하시는지."

"애가 타겠지."

고정욱의 입가에 비웃음이 살짝 떠올랐다.

"내가 죽기 전에 그 일을 마무리 지으려는 게요."

소 씨는 머뭇거리다 결국에는 참지 못하고 말을 꺼냈다.

"어머님께서 하신 말씀은 생각해 보지 않으실 겁니까……?"

고정욱의 누런 얼굴이 이상하리만치 붉어지더니, 갑자기 웃음을 터뜨
렸다. 웃음소리에 기침이 섞여 나오자 소 씨가 황급히 그의 등을 두드려
주었다. 한참이 지나서야 기침이 잦아들었다. 고정욱이 가쁜 숨을 몰아
쉬며 입을 뗐다.

"최근 밖에서 뭐 들은 이야기 없소?"

소 씨가 잠시 생각을 하더니 말했다.

"그날 금위가 선지를 전하러 와서 말하길 후부와 역왕이 한 패이긴 하
나, 정엽 서방님의 공을 고려해서 넷째 숙부님은 연세도 있고 정위 서방

님도 깊게 연루되지 않았으니 모두 풀어준다고 했어요. 다만 정병 서방님은 몇몇 사람한테 지목을 받아 추운 지방에서 삼 년을 보내게 됐지요. 그래서 동서가 요 며칠 울며불며 괴로워하고 있어요."

"그게 다요?"

소 씨가 더 생각해보더니 고개를 저었다.

"당신은!"

고정욱이 웃었다.

"너무 고지식하오."

그는 힘들게 몸을 일으키며 낮은 목소리로 말했다.

"요 며칠 바깥에 떠도는 소문을 듣지 못했소? 이모가 마음씨가 악독한 계모라서 그 해에 정엽이를 억지로 내쫓았는데, 그 이유가 나를 말려 죽여 정위에게 작위를 잇게 하기 위함이라는 소문 말이오."

소 씨는 고개를 저었다.

"그런 말 같지도 않은 말을 신경 써서 뭐합니까."

등불 아래 해골처럼 바싹 마른 남편의 얼굴을 본 소 씨는 마음이 아렸다.

고정욱이 천천히 침상 머리맡에 기대며 살짝 비웃으며 말했다.

"조금 전 이모에게 말했소. 이제 정엽이가 날개를 단 데다, 수완도 있고 계략도 있어 내 말은 듣지 않을 테니 진짜로 믿는다면 얌전히 기다리라고 말이오. 내가 마음을 돌린다 해도 정엽이는 다음 수를 가지고 날 기다릴 거요. 후부를 지켜 낸 마당에 순순히 작위를 양보하진 않겠지. 이모에게 단념하라고 했소. 현이를 양자로 들이는 일은 다시 언급하지 말라고 말이오."

소 씨는 어안이 벙벙했다.

"그렇다면 그 뜬소문이, 정엽 서방님이……."

"완전히 뜬소문은 아니지."

고정욱이 자조했다.

"이모가 그런 마음을 품지 않았다 할 수 없으니."

잠시 후, 피곤으로 충혈된 소 씨의 눈에서 갑자기 눈물이 떨어졌다.

"정엽 서방님의 지금 능력으로 이 작위를 놓치겠습니까? 이렇게까지 핍박을 하는 까닭이 무엇입니까. 우리가 양자를 들이려는 건 나중에 당신을 위해 향을 올리고 제사상을 차려줄 후손을 만들기 위함이지 서방님과 작위 다툼을 하려는 게 아니잖아요. 서방님은 이것도 받아들일 수 없다는 겁니까."

고정욱은 가여운 부인을 보며 작은 목소리로 말했다.

"울지 마시오. 그러다가 눈이 상하오. 이 일은 정엽이를 탓할 수 없소. 이십여 년을 억울하게 있다가 이제야 곤경에서 벗어나 정정당당하게 작위를 얻을 생각을 하고 있는데 내가 양자를 들이면 정엽이에게 영원히 꼬리표가 달리지 않겠소. 일단 걸고넘어지기 시작하면 끝이 없을 것이오. 게다가 다른 사람도 아닌 현이를 양자로 들인다? 그리하면 이모의 소원이 이루어지는 셈인데, 흥, 정엽이가 어떻게 승낙을 하겠소?"

소 씨도 일을 돌이킬 수 없다는 걸 알기에 조용히 눈물만 흘렸다. 고정욱이 힘겹게 손을 들어 눈물을 닦아주었다.

"양자를 들이는 일은 이제 생각하지 마시오. 나는 사후 세계를 믿지 않소. 내 유일한 걱정은 부인과 한이뿐이오. 아아, 부인이 나를 따르다 일평생을 망쳤구려."

"그런 말 마세요!"

소 씨는 비명을 지르더니 남편의 다리를 붙잡고 울며 말했다.

"재주도 없고, 미모도 없고 집안도 평범한 제가 서방님께 시집올 수 있었던 것만으로도 크나큰 복이었습니다."

고정욱은 아내의 머리카락을 가볍게 쓸며 힘없이 입을 뗐다.

"당신에게 당부할 말이 있으니 잘 기억하시오."

소 씨가 고개를 들고 힘차게 고개를 끄덕였다.

마른 가지처럼 병약한 남자는 목소리를 최대한 낮추며 정색한 얼굴로 말했다.

"첫째, 내가 죽고 난 뒤 그 누가 와서 권하더라도 절대 양자 이야기는 꺼내지 마시오. 당신을 위해서가 아니라 한이를 위해서요. 내게 후사가 없어야만 정엽이와 제수씨가 당신과 한이에게 더 잘할 것이오. 한이가 시집을 가도 그 아이를 보호해줄 것이오. 속을 알 수 없는 양자를 들이는 것보다는 그쪽이 훨씬 좋을 거요."

소 씨는 눈물범벅이 된 얼굴로 침상 곁에 엎드린 채 계속해서 고개만 끄덕였다.

"둘째, 앞으로 혹여 제수씨와 이모가 대립할 일이 생기거든 부인은 절대 끼어들지 마시오. 특히 이모가 당신에게 무슨 일을 시키거든 신중에 신중을 기해야 하오."

고정욱은 특히 마지막 말에 힘을 주었다.

소 씨가 눈물을 흘리며 의아한 표정을 지었다.

고정욱이 슬픈 웃음을 지었다.

"나도 몇 년 전에 비로소 이모의 실체를 알게 됐소. 이모는 다른 사람을 방패막이로 쓰는 걸 가장 잘하오. 예전에는 넷째, 다섯째 숙부가 그 방패막이였지. 정엽이가 그들과 물과 불처럼 싸우는데도 이모는 아버지 앞에서는 언제나 좋은 사람이었소. 나조차도, 흠흠, 깜빡 속고 말았지."

소 씨가 멍한 얼굴로 눈물을 닦으며 말했다.

"설마요. 어머님은 아주 좋으신 분인걸요."

"아버지께서도 마지막엔 알아차리신 거요. 그러니 금릉과 청성의 족숙[16]들에게 서신을 남기셨지."

고정욱은 냉소를 지었다.

"넷째 숙부와 다섯째 숙부가 왜 그토록 열심히 족속들을 추궁했겠소. 아버지가 정엽이에게 남긴 가산을 가로채기 위해서였소. 이것도 종가의 일인데 저들과 무슨 관계가 있단 말인지. 하지만 이모는 그 재산을 공평하게 삼등분하고 싶다고 말했소. 흥, 다른 사람을 끌어들여 기회를 노리는 것이 바로 이모가 평생 해 온 수법이었지."

유언과도 같은 말을 들으며 소 씨는 온몸에 한기를 느꼈다. 가슴이 찢어질 듯 아팠지만 너무 슬퍼서 눈물조차 흐르지 않았다. 그저 묵묵히 고개를 끄덕일 뿐이었다.

"내가 볼 때 제수씨는 난폭하거나 박정한 사람은 아닌 것 같소. 그러니 당신이 이 두 가지를 지키면서 예를 갖춰 제수씨를 대하면 살아가는 데 큰 문제가 없을 거요. ……아니지, 큰 선물을 다시 보내는 게 나을까? 제수씨한테 밉보여서도 아니 되오. 됐소……. 이렇게 해도 괜찮을 거요. 당신 모녀는 평안하게 살 수 있을 거요. 한이의 혼사도 걱정할 거 없소."

피로가 극에 달한 고정욱은 목소리가 점점 작아지다 못해 거의 혼잣말을 하고 있었다. 무슨 생각을 하는 건지 얼굴에 기괴한 미소가 떠올랐

---

16) 유복친 안에 들지 않는 아저씨뻘 되는 집안사람.

다. 그러면서도 입으로는 계속 뭔가를 중얼거리고 있었다.

"아버지, 어머니, 제가 곧 갑니다. 너무 서두르지 마세요. 그래도 아버지께서는 기쁘시겠습니다. 정엽이가 크게 출세를 한 데다 아주 고운 색시를 얻었으니 말입니다. 어머니, 제 비참한 꼴을 보십시오. 어디 하나 정엽이만 못하지 않습니까……."

· · ·

숭덕 3년 6월 19일, 녕원후 고정욱이 세상을 떠났다.

같은 해 7월, 황제는 고정엽을 녕원후로 봉하고, 초품이등작超品二等爵을 내렸다. 그리고 그의 부인 성 씨를 정일품 고명 부인으로 봉했다.

제149화

고정엽의 벼슬길

고정욱이 죽자 소 씨는 몸과 마음이 전부 무너져버렸다. 누적된 피로와 슬픔이 한 번에 터져버려 초주검 상태로 몸져누웠다. 고 태부인 역시 '마음이 너무 아프다'며 끙끙 앓아누웠다.

명란은 상황이 심상치 않다는 것을 알고 한참을 생각하다 고정욱의 장례를 자신이 도맡지 않겠다고 결심했다. 고가의 규율에 익숙하지 않은 것은 그렇다 치더라도, 지금 같은 상황에서는 그녀가 어떻게 하든 분명 입방아를 찧는 사람이 있을 것이다. 허나 새로운 녕원후 부인으로서 책임을 회피할 수도 없는 노릇이었다. 이런저런 생각 끝에 결국 그녀는 고정훤의 부인에게 도움을 요청했다.

"제가 힘을 보태기 싫어 그런 것이 아니라 나이가 어리다보니 어디 큰일을 겪어봤어야 말이죠. 아주버님의 장례가 얼마나 중요한데 혹여 실수라도 한다면 분명히 말이 나오지 않겠어요."

명란은 아주 솔직하게 전부 털어놓았다.

"이 집안에서 형님이라면 제가 믿고 따를 수 있어요. 형님께서 안 도와주신다면 누굴 찾아가야 할지 모르겠어요."

고정훤의 부인은 참견꾼이라 항상 일 벌이기를 좋아했다. 거기다 명란이 이렇게 간절히 자신에게 의지해오자 기분이 좋아졌다. 그래서 바로 알겠다고 답한 뒤 돌아가서 남편과 상의를 했다.

"그렇게 큰일을, 알겠다고 대답했단 말이오?"

고정병이 며칠 동안 북서쪽으로 떠나야 해서 고정훤은 지금 사방을 다니며 여장을 꾸리느라 정신이 없었다. 집으로 돌아와 그 소식을 듣고는 순간 좋지 않다는 생각이 든 그는 다급히 부인에게 말했다.

"종가의 일에 우리는 되도록 참견하지 맙시다. 일을 만들지 말란 말이오. 일은 없을수록 좋은 거지!"

"나리께선 모르십니다!"

고정훤의 부인이 남편을 흘겨보더니 바짝 다가가 상세히 설명했다.

"제가 이 일을 곰곰이 생각해보았는데 조금 귀찮기는 해도 좋은 점이 있어요. 우선, 동서가 곤란한 것은 사실이지요. 장례를 크게 치르면 정엽 서방님이 싫어하실 테고, 만약 작게 치르면 사람들 입에 오르내리겠죠. 제가 대신 이 일을 처리해주면 동서는 제가 잘해준 걸 잊지 않을 겁니다. 둘째……."

고정훤의 부인이 남편에게 차를 건네며 목소리를 낮췄다.

"지금 상황을 보면 세간을 내는 건 시간문제 아닙니까. 그때가 되면 우리가 기댈 곳은 우리뿐이지요. 하지만 최근 몇 년 동안 아버님의 대소사를 모두 정엽 서방님이 처리했잖아요. 우리는 연줄도 없고, 인맥도 없고, 돈도 얼마 없어요. 이번에 장례를 치르면서 쓸 만한 사람들을 많이 사귀어야 합니다."

고정훤이 아니라는 듯 고개를 저었다.

"우리 집의 그 친척과 친구들은 이미 알고 있지 않소?"

"나리!"

고정훤의 부인이 남편의 이마를 있는 힘껏 누르며 말했다.

"원래 알고 지내던 자들이랑 정엽 서방님 얼굴을 보고 문상을 오는 사람들이랑 같습니까? 다들 실권을 쥐고 있는 사람들이잖아요. 동서가 이렇게 큰일을 제게 부탁한 걸 저들이 알게 된다면 우리를 다르게 보지 않겠어요?!"

고정훤은 본래 일을 벌이는 것을 싫어했다. 하지만 아들딸들이 클수록 혼담이 오가거나 공부를 시켜야 하는 상황이 올 테니 장차 일을 도모하지 않을 수 없었다. 매번 고정엽에 기댈 수 없었기에 고정훤은 결국 탄식하며 고개를 끄덕였다.

이튿날 명란은 성의 표시를 하기 위해 후부의 목패와 창고 열쇠를 받으러 소 씨의 처소로 직접 찾아갔다. 반나절 동안 침을 튀기며 자신의 고충과 외부의 도움을 받아야 하는 이유에 대해 설명했다. 그런데 소 씨가 맥없이 이렇게 말하는 게 아닌가.

"……전부 어머님께 있다네……."

왜 진작 말하지 않은 거야! 명란은 바로 일어나 고 태부인의 처소로 향했다.

고 태부인은 머리에 미색의 띠를 두르고 골골거리며 누운 채로 약을 먹고 있었다. 명란이 두 번이나 꾀꼬리 같은 목소리로 설명을 마쳤을 때 태부인은 어리둥절한 듯한 표정으로 명란을 한참 동안 뚫어지라 쳐다봤다. 실핏줄이 선 눈으로 명란을 바라보던 고 태부인은 속으로 당황하며 향씨 어멈을 시켜 물건을 가져오게 했다.

몰래 식은땀을 훔친 명란은 뿌듯한 표정을 지으며 고정훤의 부인에게 목패와 열쇠를 건넸다. 명란은 끝까지 '아직 나이가 어려 혼자 감당할 수 없습니다.'라는 평계를 고수하며 고 태부인이 주 씨를 시켜 이 일을 가져 가지는 못할 거라고 안심까지 시켜주었다.

지금 밖에서는 계모인 고 태부인이 지난 수십 년 동안 '다른 꿍꿍이를 품어왔다'는 소문이 파다하게 돌고 있었다. 이런 상황에서 주 씨에게 장 례를 맡긴다면 소문에 날개―수십 년 동안 권력을 휘두르며 병약한 장 남 간호는 큰며느리한테 전부 떠맡기더니, 이런 상황에서도 손을 떼려 하지 않는다!―를 달아주는 셈이었다.

고정훤의 부인은 일 처리가 시원시원한 사람이었다. 게다가 방해하는 사람도 없었으니 순풍에 돛을 단 듯 일을 깔끔하게 처리했다. 장례는 겸 손하면서도 존중을 담았고, 법도를 지키면서도 어수선하지 않게 진행 됐다. 울어야 할 때는 곡성이 온 부府에 우레와 같이 울려 퍼져 반 리里 밖 에서도 들릴 정도였다. 그리고 손님을 대접할 때는 하인들이 안팎으로 돌아다니며 질서정연하게 대접했다.

한편, 명란은 계화유 반 병을 들고 고정욱의 영전 앞에 가서 하루에 몇 번 울기만 하면 됐다. 그러다 힘이 남으면 녕원후부의 인간관계를 익히 고, 그 김에 오랫동안 호기심을 가져 왔던 후부의 창고를 힐끔거렸다.

명란은 고정훤의 부인에게 부탁한 것이 옳은 선택이었다는 생각이 들 었다. 그녀는 하루걸러 한 번씩 겹치지 않게 말을 바꿔가며 고정훤의 부 인에게 감사 인사를 했다. 고정훤의 부인은 기쁨이 극에 달해 하루에 두 시진[1]밖에 자지 못해도 전혀 피로하지 않았다.

그 외에 시간이 남으면 명란은 주로 소 씨의 처소에서 시간을 보냈다.

---

1) 네 시간.

태의원의 공식 견해에 따르면, 고 태부인의 병은 '마음'을 잘 다스리면 되는 문제였다. 반면, 소 씨의 병은 너무 갑작스러웠고, 등불이 꺼질 것처럼 그 기세가 위태로웠다. 매우 놀란 명란은 밖에서 슬픈 척을 하고 있느니 차라리 살아 있는 사람의 병간호를 하는 것이 낫다고 생각했다. 게다가 나중을 위해 친분을 쌓을 수도 있으니 말이다.

그러나 소 씨는 명란을 상대하려고 하지 않았다. 명란이 무슨 말을 하든, 무슨 행동을 하든 눈을 감고 차가운 얼굴로 명란을 대했다. 하지만 명란은 화를 내지 않고 다정하게 그녀를 보살폈다. 약 처방전을 살피고, 탕약도 맛보며 바깥 장례식 상황과 중요한 일을 그녀에게 알려주었다. 또한 용이를 데려와 한이와 어울리게 했다. 매일 징원에서 맛있는 것과 놀거리를 가져와 어린 한이가 잠시나마 슬픔을 잊고 잘 먹고 잘 잘 수 있게 해주었다. 소 씨는 본래 차가운 사람이 아니었기에 그런 명란의 조심스러운 배려에 마음이 약해졌다. 그리고 지금까지 쌓아 온 원한을 이제 부에 들어온 지 몇 달도 되지 않는 새 신부에게까지 품어서는 안 된다고 생각했다. 그렇게 소 씨의 안색은 점차 회복되었고, 명란을 대하는 태도도 많이 누그러졌다.

명란은 소 씨가 낙담하여 병을 털고 일어날 생각도 하지 않고 그저 슬픔에 젖어 병이 악화되는 것을 보고 자신의 어릴 적 이야기까지 꺼내며 쉴 새 없이 수다를 떨었다. 그녀는 친모인 위 씨가 세상을 떴을 때 느꼈던 자신의 '공포'와 '방황'과 '고독' 그리고 막막함을 백 배쯤 과장해서 말했다.

"······어미가 없는 아이는 잡초 같다더니 정말 그렇더라고요······."

명란은 눈을 붉히며(방금 영전에 가서 한바탕 울고 왔다) 코맹맹이 소리로 말했다.

"저희 정실 마님은 좋은 분이셨지만 안팎으로 집안 관리를 하고 자녀들을 돌보시느라 바쁘셨지요……. 할머니께서 저를 가엾게 여기지 않으셨다면 저, 저는 정말……."

명란을 일부러 말끝을 흐리며 소 씨가 마음껏 상상할 수 있게 여지를 남겨주었다.

소 씨는 그 말을 듣고 많이 놀랐다. 고 태부인이 아무리 '좋은 사람'이라도 딸을 안심하고 맡길 수는 없었다. 이미 아비를 잃은 딸이 만약 어미까지 잃는다면 장차 어찌 될지 알 수 없는 노릇이었다. 그녀가 심지를 굳건히 하자 병세가 빠른 속도로 좋아졌다. 출상하는 날에는 친지와 손님들에게 감사의 인사를 할 정도로 상태가 좋아졌다.

물론 명란도 좋은 평가를 받을 수 있었다. 고 태부인은 미소 지으며 명란을 칭찬했고, 명란은 겸손한 척하면서도 속으로 이렇게 생각했다.

'어머님을 본보기로 삼아 열심히 배우겠습니다.'

따져 보면 명란은 태어나서 처음 이렇게 열심히 다른 사람의 상을 치른 것이었다. 자신의 계집종들이 화려하게 치장하는 것을 허락하지 않았을 뿐만 아니라 용이에게도 흰옷 두 벌을 새로 지어주었다. 명란 본인역시 머리부터 발끝까지 나무랄 데 없는 차림을 유지했다.

버드나무 가지 문양이 네 가지 옅은 색으로 들어가 있는 배자와 반짝이는 작은 진주와 은으로 만든 장신구에는 색이라고 할 것이 하나도 없었다. 심지어 신코에 달린 산호술도 떼어버렸다. 명란은 그 차림을 하고 고정엽 앞에서 한 바퀴를 돌며 어떠냐고 물었다.

고정엽이 입꼬리를 올리며 말했다.

"내가 죽으면 현처賢妻가 딱 이런 모습이겠군."

후부 대문의 등롱도 전부 흰색 천을 씌웠다. 명란은 정원 대문에도 흰

422

색 등롱 두 개를 걸어야겠다고 생각했다.

"석 달만 걸면 되겠지요."

그런데 고정엽이 이렇게 말할 줄이야.

"아버지께서 돌아가셨을 때는 백 일밖에 안 걸었는데, 그렇게 오래 걸어 두면 내가 죽은 줄 알 거다."

명란은 한숨을 내쉬었다.

그래. 이 녀석, 요즘 기분이 좋지 않지. 미운 말만 골라서 하고 걸핏하면 조소에, 비아냥에. 이해가 가는 바지만.

열심히 힘을 길러 원수를 찾아갔는데 제대로 붙기도 전에 원수가 죽어버린 데다 장례까지 훌륭하게 치르고 있으니 말이다. 자신의 체면을 살려 주는 사람들은 대부분 집안 사정도 모르고(분위기를 조성하기도 전에) 영전에서 너나 할 것 없이 슬피 울고 있는데 자기가 거기다 대고 '나랑 형은 전생의 원수이자 현생의 적수이니 그렇게 열심히 슬퍼할 필요 없습니다.'라고 말할 수도 없지 않은가.

사실 명란도 기분이 좋지는 않았다. 장례를 치른 건 그렇다 쳐도 후부로 들어간 조의금은…… 명란은 속이 쓰렸다. 큰집이 아직 분가하지 않은 탓에 그 많은 금은보화가 전부 후부 창고로 들어가게 됐다. 하지만 앞으로 저 사람들의 성의에 명란이 답례를 해야 하는데 분가로 떨어지는 게 얼마나 될지 알 수 없었다.

하지만 그래도 명란은 넓은 마음씨로 고정엽을 달랬다.

"그래도 돌아가신 분을 존중해야지요. 사람은 모두 죽으니 이제 그만 마음 풀어요."

"나는 철이 들 무렵부터 형이 오래 살 수 없다는 걸 알고 있었다."

고정엽이 무표정하게 말했다.

"형의 계략 또한 적지 않게 봐왔고."

어린 시절 고정엽은 큰형에게 깊은 인상을 받았다. 고정욱은 산송장이나 다름없는 몸으로 다른 사람이 먹여주는 탕약을 먹으면서도 사악한 눈빛을 반짝이며 아버지에게 참언하는 사람이었다. 어려서부터 그는 이 중병에 걸린 환자 때문에 수많은 고초를 겪어야 했다. 고정엽은 병으로 악행을 상쇄할 수 없고, 동정 역시 증오에 영향을 주지 못한다고 생각했다. 나쁜 짓을 한 사람은 병상에 누워서라도 벌을 받아야 했다.

그런 관념은 상당히 현대적인 것이라 명란은 바로 그를 높이 평가하며 칭찬했다.

"부군께서는 역시 은혜와 원한이 분명하신 분이군요. 과연 대장부이십니다."

고정엽은 명란을 흘겨보았지만, 기분이 좋아졌는지 웃으며 욕을 했다.

"말솜씨가 대단하단 말이야! 네가 조정에 들어 학자들과 입심을 겨루어야 하는데 정말 안타깝구나!"

최근 그는 학자들에게도 불만이 많았다. 그랬다. 이게 요즘 그가 우울한 두 번째 이유였다.

6월부터 그는 정식으로 오군도독부 부총도독을 겸하게 되어 좌군도독을 이끌었고, 태자소보太子少保 2)로도 책봉되었다. 지위 상승의 결과로 그는 군사와 국가의 일을 논하는 일에 직접 참여하게 되었다. 시국이 안정되면서 모든 암투는 점차 말과 글로 하는 논쟁으로 변했다. 정전은 파별 간의 힘겨루기 장이 되었다. 무리를 지은 이들이 매일 그곳에서 침을

---

2) 태자를 보필하는 직책.

튀기며 언쟁을 벌였다.

선황제의 시호를 정할 때도 다투려 했고, 두 태후에게 준 의장 대우가 다를 때도 다투려 했다. 인사이동을 두고도 다퉜고, 행정 배치나 국가 정책을 결정할 때는 끼니까지 걸러가면서 열심히 다퉜다. 하필 이번 왕조는 대대로 문관이 무장을 통솔하는 제도를 유지해왔기 때문에 무관들 대부분이 상소를 올리면 거기에 대해 왈가왈부하는 것은 문관들의 몫이었다.

예전에 고정엽이 자신의 것만 관리할 때는 정전에서 얘기를 들어도 왼쪽 귀로 들어 오른쪽 귀로 흘려보내면 그만이었다. 어차피 중요한 상소는 여러 번 베껴져서 중신들이 알아서 연구하도록 보내졌다. 하지만 지금 그는 반은 무장, 반은 문관이었기에 귀를 쫑긋 세우고 열심히 들어야 했다. 황제가 문관의 얘기에 말문이 막혔을 때 가장 좋아하는 말이 '××경의 생각은 어떠하오?'였기 때문이다.

여기서 말하는 ××경은 주로 심종홍, 요 각로 그리고 고모 씨가 돌아가면서 담당하고 있었고, 간혹 다른 사람들이 우정 출연을 하기도 했다.

어찌 생각하긴 뭘 어찌 생각한단 말인가! 만약 그에게 글을 쓰는 재주가 있었다면 왜 이 업종을 택해 칼끝에 묻은 피를 핥으며 살고 있겠는가 말이다.

선황제의 시호에 '문文'자를 하나 더 넣을지 말지가 대체 뭐가 중요하단 말인가? 이 일을 위해 평소 원한이 있던 두 파벌은 유능한 인재들을 내보냈다. 해 뜰 때부터 해 질 때까지 케케묵은 지식을 자랑하며 경전을 인용했다. 삼황오제三皇五帝부터 시작해 선황제가 만년에 영비를 총애한 것에 대한 부당함까지 들먹이며 언쟁을 벌였다.

그래도 이러한 언쟁은 온건한 편이었다. 어쨌든 황제는 다른 의견이 없었기에 아랫사람들이 싸우는 것을 보는 것이 꽤나 흥미로웠다.

새 황제는 너무 물러서 조정이 얼마나 음흉한지 잘 알지 못했다.

두 파벌이 쉴 새 없이 논쟁을 벌이다가 황제에게 중재를 요청했는데 만약 황제가 동의하지 않으면 그것은 불효였다.

선황제께서 임종을 앞두고 친히 폐하를 불모지에서 끌어와 키워주고, 지지해주고, 후계로 세워주었는데 폐하는 선황제께서 나쁘다고 생각하는 겁니까?! 양심도 없으십니다! 그러고는 뭐라 뭐라 떠들며 경전을 잔뜩 인용했다.

만약 황제가 동의한다면 그것은 아둔함이었다. 선황제께서 태자 책봉이라는 대사를 십여 년 가까이 미루신 탓에 나라에 피바람이 불어 온 경성이 피로 물들었습니다. 두 번의 변란으로 얼마나 많은 충신과 장군들이 죽었는데 그냥 이렇게 넘어간단 말입니까? 폐하, 천하 백성들의 바른 도리와 인심을 위해서라면 폐하의 사사로운 효명孝名은 버리셔야 합니다!

그러고는 뭐라 뭐라 떠들며 다시금 경전을 잔뜩 인용했다.

새 황제는 기가 막힐 따름이었다. 아이고, 가만히 있어도 불똥이 튀다니. 이 일은 그렇게 반년을 싸우며 온갖 힘을 다 빼고 나서야 마무리되었다.

얼마 전, 조정에서는 또 두 태후에 대한 대우 문제를 놓고 논쟁이 펼쳐졌다.

황제는 자연히 생모가 더 좋은 대우를 받기를 원했으나 문신 무리가 동의하지 않았다. 선황제가 임종 전 모두가 있는 앞에서 '내가 떠난 후 황귀비를 잘 대접하도록 해라. 모든 대우를 황후와 동등하게 하거라.'라는 유조를 남겼다는 것이었다.

사실 당시 선황제는 이미 병세가 심각하여 제정신이 아니었다. 곧 숨이 넘어갈 상태였기에 오랫동안 곁에 있었던 덕비만이 떠올랐던 것이다. 현대 법률의 관점에서는 이런 상황에서 남긴 유언은 사실 아무런 효력이 없었다.

보름 가까이 논쟁을 하며 황제는 화가 나 이를 악물었다. 허나 녀석들은 물러나기는커녕 말끝마다 나이로 보나 자격으로 보나 성덕태후를 더 크고 존귀한 동측 후전에 모셔야 한다고 목소리를 높였다. 당시 딴생각을 하고 있던 경개천은 황제의 우연한 지명 질문을 받고 순간적으로 '생모가 당연히 더욱 존귀하다.'라고 경솔하게 말해버렸다.

그 말이 벌집을 건드렸다.

경개천은 그 자리에서 화산재가 온 하늘을 뒤덮듯 온갖 질책과 욕설을 들어야 했다. '본데없다', '예를 모른다', '황당무계하다' 같은 말은 가벼운 축이었다. 더 심하게는 아예 대놓고 '속이 음흉하다', '의도가 불순하다'라고 말하는 경우도 있었다.

불쌍한 경개천은 어지러울 정도로 욕을 먹어 넋이 나갔다. 들리는 얘기로 종대유가 부축을 해서 집에 데려다줬다고 한다.

고정엽은 황제가 사실 경개천을 굉장히 동정하고 있다고 추측했다.

인심 좋은 촉蜀 변경에서 가장 쉽게 볼 수 있는 해결 방법은 은혜는 은혜로, 복수는 복수로 갚는 것이다. 문제가 생기면 모두가 일제히 칼을 빼들고 삼도육동三刀六洞[3]으로 일을 완수했다. 경개천은 문관처럼 공격성 강한 생물을 경험해 본 적이 없었을 것이다. 그들은 겉보기에는 고상하

---

3) 칼로 몸에 구멍을 세 개 내는 형벌.

고 점잖아 보이지만, 마음속은 흉악하기 그지없었다. 손은 절대 쓰지 않고 오직 입만 놀렸다. 붓 한 자루로 조상은 물론 처제네 둘째 삼촌의 조카가 최근 청루에 가서 계산을 하지 않은 것까지 욕을 하며 피 한 방울 흘리지 않고 사람을 죽였다.

이튿날, 그를 탄핵하는 상소가 흩날리는 눈꽃처럼 내각에 날아들었다.

고대 종법의 규율에 따르면, 핏줄로 이어진 어머니는 예법상의 어머니보다 중요하지 않았다. 서출 아들이 출세를 해도 고명을 받는 것은 적모였고, 첩실인 생모에게는 아무것도 없었다(살기는 조금 편해질 수도 있지만). 첩실인 생모에게도 꼭 영광을 돌려줘야겠다고 해도 먼저 적모를 챙기고 나서야 한 단계 낮춰 생모를 챙길 수 있었다.

경개천은 너무 억울했다. 예법에 대항하겠다는 강한 의지를 갖고 한 말이 아니었기 때문이다.

사실 자세히 분석해보면 황가皇家의 상황은 그렇지 않았다.

성안황후는 비妃로 있다가 바로 태후가 된 것이 아니었다. 그녀는 정식 책봉례를 치르고 황후가 된 사람이었다. 반면 황귀비(덕비)는 비妃에서 바로 태후가 되었다. 황제가 된 아들이 없는데 무슨 근거로 태후가 되었단 말인가?!

문관들은 허황한 말로 다른 사람의 눈과 귀를 어지럽혔다. 경개천의 약점 하나를 물고 늘어지며 쉴 새 없이 소란을 피웠다. 말 한마디에 십만 팔천 리 밖까지 끌어들였다.

새 황제는 즉위하자마자 저들의 인해전술에 휘말려, 침 튀기는 언쟁에 정신이 혼미해져 두 명의 태후를 책봉했다. 지금 그는 곳곳에서 후궁 관련 견제를 받을 때마다 그때의 결정을 후회했다.

아마 누군가가 뒤에서 부추겼으리라 짐작한 황제는 생모를 위해서도 그렇고 앞으로 자신을 위해서도 입장을 견고히 해야 한다고 생각했다. 성덕태후가 태묘太廟[4]를 찾아가 선황제에게 울며불며 할지라도 절대로 용납하지 않으리라 결심했다.

이에 가장 선두에 섰던 관원 대여섯을 단숨에 파면하고, 십여 명을 강등시키고 나서야 저들의 기세를 꺾을 수 있었다. 그리고 성덕태후가 몸져누운 죄를 무리들에게 덮어씌웠다. 죄명은 '황가의 정을 그르친 저의가 불손하다'였다.

이번 전쟁은 대승이었다. 불쌍한 경개천만 아직까지 병을 핑계로 집에 칩거하며 사람 만나기를 꺼리고 있었다.

하지만 요 각로는 이런 강경한 대책은 자주 쓸 수 없다고 말했다. 이번에는 황제에게 타당한 이유가 있었고, 사직의 이익과 큰 관련이 없었지만, 매번 황제의 권위로 사람들을 누른다면 명성을 해칠 수 있다는 것이었다.

명란은 고개를 끄덕였다. 역시 구관이 명관이었다. 요 각로의 말은 요점을 정확히 파악하고 있었다.

힘으로 누르기보다는 간언을 많이 듣고, 신하들의 의견을 채택하며 뭇사람의 힘을 모으는 것이 바람직했다. 어쨌든 황제와 고정엽 등은 아직 경험이 적고, 국정에 대해 아직도 배우고 있는 중이었다. 동서남북의 민심에도 큰 차이가 있었고, 관료 사회는 파벌이 많고 복잡했다. 만약 고집대로 밀고 나가다가 혹시라도 일을 그르치면 핑계를 댈 수 있는 이유도 없이 모두 황제 한 사람만의 잘못이 될 터였다.

---

4) 황실의 사당.

그래서 고정엽 학생은 더욱 분발할 수밖에 없었다.

황제를 실망시키지 않고, 나아가 경개천의 전철을 밟지 않기 위해 고정엽은 밤마다 공문서를 붙들고 씨름을 했다. 조회에서도 정신을 똑바로 차리고 문관들과 싸우며 단 한 순간도 게으름을 피우지 않았다. 퇴근 후 부로 돌아와서는 그 원수 같은 큰형의 영전에 가서 눈물을 흘려야 했는데, 눈물은 못 짜도 우는 척은 해야 했다. 그러니 우울하지 않은 것이 이상할 정도였다.

다행히 그는 아주 총명한 사람이었다. 원수 같은 형의 49재 무렵에는 조정에서 한두 마디 끼어들 수 있게 되었다. 게다가―요 각로의 말에 따르면―말참견도 상당히 수준이 있었다.

며칠 전, 조정에서 염무鹽務[5]에 대한 토론이 벌어졌다.

몇 년 동안 염무는 아주 엉망이었다. 사염私鹽이 기승을 부리고, 관염官鹽은 세금을 걷지 못했는데도 장부는 흠잡을 데 없이 완벽했다. 위아래가 한통속이 된 것이었다. 선황제가 사람을 여럿 보내 조사를 했지만 아무런 소득 없이 돌아오거나, 그들과 한패가 되었다가 결국 함거[6]를 타고 경성으로 돌아와 업무 보고를 했다.

지금의 황제가 정비하려 하자 백관이 언제나처럼 들고 일어났다. 그들의 대략적인 의견은 한 번 건드리면 간단히 끝나지 않을 테고, 그러면 천하가 또다시 불안해질 수 있다는 것이었다.

고정엽은 오전 내내 듣고 있다가 목소리가 가장 컸던 사람을 붙잡고

---

5) 소금에 관한 업무.
6) 죄인을 실어 나르던 수레.

아주 겸손한 얼굴로 물었다.

"다른 것은 차치하고 염무에 대해서만 여쭙겠습니다. 이걸 바로잡아야 할까요, 바로잡지 말아야 할까요?"

그 관원은 불만 가득한 얼굴로 또 한참을 결과가 어떠니, 영향이 어떠니, 어려움이 어떠니 하는 이야기를 늘어놨다.

고정엽이 또 물었다.

"그 말은 염무를 바로잡지 말자는 것입니까? 그냥 이대로 썩게 두자고요?"

그 입만 산 자들이 어떻게 말을 돌려 하든 고정엽은 한 가지 질문만 반복했다.

"나라와 백성을 위해 염무를 바로잡아야 합니까, 하지 말아야 합니까?"

염세는 국고 수입의 5분의 1을 차지하고 있었지만 지금은 50분의 1도 못 미칠 정도였다. 염무가 이렇게 썩어 문드러졌는데 어느 관료가 감히 바로잡지 말자고 하겠는가. 순간 조정이 침묵에 잠겼다. 그 상황을 지켜보던 황제는 기세가 등등해졌다.

좋아, 아주 좋아. 모두 염무를 바로잡아야 한다고 생각하니 이제 '어떻게', '누구를 파견해', '천천히 할 것인지 아니면 단칼에 할 것인지'에 대한 문제가 남았다.

명란은 크게 칭찬했다. 고정엽은 과연 대단했다. 국책을 논하기 시작한 지 며칠 되지도 않아 논쟁을 분리하는 방법을 익힌 것이다. 그러나 조정에서 염무를 바로잡을 적임자를 논하기 시작했을 때 명란은 벌벌 떨며 물을 수밖에 없었다.

"나리가…… 가시려고요?"

고정엽이 소매를 펄럭이며 태사의[7]에 앉아 웃었다.

"오늘 아침 폐하께 말씀드렸다. 그런 세세한 일은 내가 할 수 없다고 말이야."

명란은 가슴을 치며 안도의 한숨을 크게 내쉬었다.

고대의 여인으로 살기란 정말 쉽지 않았다. 남편이 해서海瑞[8]가 되는 걸 원치 않았지만, 그렇다고 엄숭嚴嵩[9]이 되는 것도 원치 않았다. 제일 좋은 건 담륜譚倫[10]처럼 충과 의를 모두 챙기는 것은 물론, 천하에 인맥을 두고 높은 관직과 두둑한 녹봉을 누리다 퇴직해 자손을 많이 남기는 것이었다.

고정엽은 그런 명란을 보고 귓불을 꼬집으며 다정하게 말했다.

"걱정 말아라. 폐하께서 이미 점찍은 사람이 있으니. 몇 년 전 양회[11] 병란이 끝났을 때 각지 위소 주둔지에 사람을 물갈이했는데 도지휘사 일급 대부분이 황명에 충성을 보여 폐하께서 드디어 시작하시기로 결정하셨다."

고정엽의 팔을 끌어안고 나팔꽃 같은 미소를 지으며 명란은 그의 두툼한 팔뚝에 머리를 기대고 낮게 말했다.

"당신만 평안하다면 부귀영화 따위는 아무래도 상관없어요."

명란의 말투는 다정했고 몸은 따뜻하고 부드러웠다.

---

7) 반원형 등받이와 팔걸이가 달린 커다란 팔걸이의자.
8) 중국 명나라 때 사람으로 중국 역대의 청백리로 유명함.
9) 중국 명나라 때 사람으로 재상을 지내면서 권력을 독점하고 충신을 학살해서 대중의 분노를 사서 탄핵당한 후 면직되었음.
10) 중국 명나라 때의 유능한 관료.
11) 회하 주변 지역.

고정엽은 가슴이 간질거려 바로 명란을 끌어안았다. 그윽한 눈빛으로 미소를 지으며 한 손으로 천천히 허리 아래쪽을 더듬었다.

명란이 그의 손을 막으며 얼굴을 붉혔다.

"상복을 입고 있지 않습니까."

이 세상에 완벽한 피임은 없었다. 게다가 지금은 위험한 기간이었다.

굳은 얼굴로 한참 동안 명란을 안고 만지작거리던 고정엽은 끝내 몸을 일으켜 성큼성큼 밖으로 나갔다. 명란은 그의 안색이 좋지 못한 것을 보고 따라 나서며 그의 뒤통수에 대고 작은 목소리로 이유를 물었다.

"등롱 떼러 간다."

제150화

저들이 나가지 않으면
징원의 담장을 허물지 않을 겁니다

주周나라 예법에 따르면 친형이 죽었을 경우 동생은 1년 동안 재최부장 기齋衰不杖朞 [1]를 해야 했지만 실은 9개월이었다. 그러나 고정욱은 평범한 형이 아니라 고부 종가의 적장자이자 후작 작위를 물려받은 자로, 가장의 위치에 있던 사람이었다. 그래서 첫 3개월 동안은 부모상처럼 치르며 동침과 연회 그리고 향락을 금해야 했다.

꽃처럼 어여쁜 부인을 앞에 두고도 그저 바라볼 수밖에 없다니. 하루가 다르게 불러가는 주 씨의 배를 보며 남자의 얼굴은 검게 죽어갔다. 자신은 태어날 때부터 진秦씨 집안과 안 맞는다는 생각까지 들었다.

한 번은 동창후부에서 그들 내외에게 새로 딴 매실과 차를 맛보러 오라고 초대를 했는데 단호하게 거절을 했다.

고 태부인이 뻘게진 눈으로 명란을 찾아와 한바탕 설득을 했다.

---

1) 형제가 죽었을 때 1년간 상복을 입고 지팡이를 짚지 않는 것을 의미.

"나리의 상심이 크답니다."

명란의 말투가 부드러웠다.

"슬픔이 쌓여서 가고 싶은 기분이 안 든다고 합니다. 흰 등롱도 아주버님 생각이 나서 볼 수 없다고…… 아주버님이 떠오르면 마음이 아플 테니 그런 거겠지요."

고 태부인은 숨이 턱 막혔다. 최근에 있었던 일이 떠오르자 더욱 울분이 터져 하마터면 또 기절할 뻔했다.

'허약한' 시어머니를 위로한 명란은 유유히 징원으로 돌아왔다. 그런데 성가에서 서신이 와 있었다. 장백이 곧 지방관이 되어 떠나는데 대략 월말에 떠날 예정이니 명란 부부가 성부에 한번 다녀가길 바란다는 내용이었다.

명란이 이상하다는 듯이 고개를 돌리며 말했다.

"분명 지방으로 내려갈 사람은 아버지라고 들었는데 어째서 장백 오라버니가 내려가게 된 걸까요."

손에 책을 들고 창가에 비스듬히 기대어 있던 고정엽이 실소를 했다.

"연로한 장인의 통찰력이 신시기 그 늙은 여우의 약삭빠름을 따라가지 못한 게지."

아닌 게 아니라 그 정계의 오뚝이 역시 인물은 인물이었다. 어디에 갖다 놔도 사람들의 미움을 사지 않았다. 황제의 눈치를 살필 줄 알면서도 관료들의 속내까지 파악하고 있어 새 황제에게서 꽤나 괜찮은 평가를 받고 있었다.

하지만 근래의 관료 사회는 갈수록 먹고 사는 게 쉽지 않았다. 저쪽에서 미움을 사지 않으면 이쪽에서 미움을 샀고, 조정의 관리들에게 미움을 받지 않으면 황제에게서 미움을 받았다. 오랜 명성이 실추되기 십상이 있고, 늘그막에 도랑에 빠질 수 있었다. 신시기는 연초부터 상소를 올려 걸해乞骸 [2]를 청하였다. 황제는 당연히 동의하지 않았다. 그러자 신시기는 꾀병을 부리며 두문불출했다. 이 꾀병은 반 년(이 기간에 전에 없이 격렬했던 조정의 논쟁을 두 번이나 피해갔다)이나 계속되었다. 노골적인 무단결근이었다.

줄다리기에서 진 황제는 결국 사직을 허해주었다.

황제의 구상에 따르면 믿음이 안 가는 수보가 오느니 차라리 저 교활한 늙은이가 계속 자리를 지키는 것이 나았다. 그러다 때가 되었을 때 자신의 심복을 앉히면 될 일이었다. 황제가 신임하는 요 대인은 내각에 들어온 지 얼마 되지 않아 연륜이 부족했다. 신시기가 이런 때에 사직을 해버린 것이다. 황제가 점찍어 둔 사람은 앉힐 수 없었고, 앉힐 수 있는 사람은 황제가 안심할 수 없었다.

늙은 여우는 처세에 밝았다. 황제의 윤허를 받자마자 바로 사람을 추천한 것이다. 온갖 계략과 두뇌 싸움이 판치는 조정에서 황제는 늘 반쯤 졸고 있는 상태였던 노 노대인을 훑어보았다. 됐다, 너로 하자.

"그 늙은이가……."

고정엽은 그를 언급할 때마다 자신도 모르게 이를 악물었다.

사실 노 노대인은 신시기보다도 나이가 많았고, 사람도 훨씬 덤덤해서 할 말은 하고, 해야 할 일은 하는 성격이었다. 황제가 싫어하지만 않는다면 그는 관에 들어가는 날 때까지 나라를 위해 헌신하고 싶어했다.

떠나기 전, 신시기는 자신이 가장 좋게 본 조카와 손녀사위를 모두 지

---

2) 늙은 재상이 벼슬을 내놓고 은퇴하길 청하는 일.

방으로 발령을 내고, 조정에 외조카와 제자를 남겨 두어 보살피게 했다. 열정적으로 이 일들을 처리한 신시기는 나라를 위해 온 힘을 다 바쳤다는 듯이 근심 어린 모습을 하고 고향으로 가는 마차에 올라탔다.

성굉은 노 노대인 쪽으로부터 무언가 언질을 받았거나 혹은 스스로 뭔가를 알아차렸는지, 이제 막 정계에 입문한 아들을 진흙탕 속에 끌고 들어갈 수 없다고 판단했다. 일단 몸을 피하고 분위기를 살피는 것이 창창한 앞날을 막지 않을 방법이라고 생각했다.

고정엽은 매우 찬성이었다. 그의 높은 관직과 황제의 두터운 신임, 그리고 무장으로서 조정의 뜻에 크게 관여치 않는데도(그는 여전히 무武를 위주로 했다) 누군가 손을 쓰거나 음해할 수 있었는데 하물며 성장백쯤이야.

두 내외는 성부에 도착하고 나서야 성굉이 고정엽에게 부탁할 것이 있다는 것을 알게 됐다.

"궁벽한 택현까지 가는 길이 멀고 험하긴 해도 장백이가 고생하는 것은 걱정이 되지 않네. 젊어서 고생은 사서도 하지 않겠나. 그저 길이 황량하고 외져서 아직 위험……."

고정엽이 눈썹을 살짝 치켜뜨더니 공손하게 말했다.

"장인어른께서 염려하시는 것도 충분히 일리가 있습니다. 제가 형님을 보호해 줄 믿음직한 자들을 찾아볼 테니 너무 걱정 마십시오."

그는 잠시 멈추었다 마음을 바꿔 다시 말했다.

"진주부陳州府가 택현에서 가까운데 마침 제 오랜 벗들이 그곳에 있습니다. 제가 돌아가는 대로 서신을 보내 무뢰배가 형님을 괴롭히지 못하게 살펴 달라 청하겠습니다."

성굉은 안도의 한숨을 내쉬었다.

"우리 부 가정들의 능력을 내 믿을 수가 있어야지. 자네가 얘기를 꺼내 주었으니 그저 일 잘하고 충성심이 높은 자들이라면 성가에서 절대 그들을 섭섭하게 하지 않을 걸세. 인연을 길게 이어갈 수 있다면 늙고 병들어 죽을 때까지 보살펴줄 수도 있겠지."

고정엽이 고개를 끄덕이며 말했다.

"그렇다면 더 좋겠군요."

"잘 부탁하네."

장백이 공수를 하며 허리를 숙였다.

안채에는 왕 씨가 대성통곡을 하며 명란의 소매를 잡고 하소연을 했다.

"네 아버지가 대체 무슨 생각인지 모르겠구나. 우리 집안이 능력이 없는 것도 아닌데 지방으로 보낼 거면 좋은 곳을 골라줄 일이지 하필이면 척박하고 민심도 박한 곳으로……. 내가 걱정이, 걱정이 돼서……."

상석에 앉은 노대부인의 낯빛이 어두워졌다. 한마디도 하고 싶지 않은 눈치였다.

명란은 꽉 잡혀서 아픈 손목을 만지며 계속 위로했다.

"마음을 편히 가지세요. 아버지께서는 사리에 밝으시잖아요. 이게 다 오라버니 잘되라고 하신 일일 거예요."

"장백이를 위해서라니? 내가 보기엔 노망이 난 것 같다!"

왕 씨가 더욱 서럽게 울었다.

"네 큰오라비는 어려서부터 귀하게 커서 고생이라고는 해본 적이 없는데 이를 어쩌면 좋단 말이냐!"

명란은 머리가 깨질 것 같았다. 반나절을 달랬는데도 왕 씨는 울음을 그치기는커녕 점점 더 크게 울었다.

결국 참지 못한 노대부인이 탁자를 탁 치며 호통을 쳤다.

"그만해라! 밖에 사위가 앉아 있는데도 체면을 차리지 않는 것이야! 보아하니 네 고질병이 또 도지는 모양이다. 사내들의 바깥일에 작작 참견하거라. 또 사달 내지 말고!"

손수건을 움켜쥔 왕 씨가 소리를 낮추며 훌쩍였다.

"제가 어떻게 바깥일에 참견을 하겠습니까. 하지만 이건 장백이의 일입니다! 장백이는…… 듣자 하니 그곳 사람들은 아주 미개하다던데 장백이가 어디서 그런 걸 겪어봤겠……."

"입 다물 거라! 네가 뭘 아느냐?!"

노대부인은 며느리의 아둔함이 한스러워 찻잔을 꽉 움켜쥐었다. 정신 차리라고 찻잔을 집어 던지고 싶었다.

"택현이 궁벽하고 요충지는 아니지만 이렇게 눈에 띄지 않는 지방일수록 이익 다툼이 적다. 장백이만 무탈하게 지내면 된다. 그곳을 잘 다스리며 백성과 휴식도 취하고, 다리와 길을 고치며 농업을 장려한다면 오히려 큰 치적을 쌓게 될 것이다. 편안한 곳에 가서 무엇을 하겠느냐? 뒷돈을 챙길까?"

왕 씨가 얼빠진 표정을 지었다.

"저, 정말 그런……?"

노대부인은 그 모습을 보고 한숨만 내쉴 뿐이었다.

"인구가 많고 풍요로운 지방의 지현知縣[3]으로 가면 좋을 것 같으냐? 살기 좋고 철과 소금이 나는 빈해濱海는 뒤쪽으로 층층이 지독하게 얽혀

---

3) 현령.

있다. 우리같이 뿌리가 얕은 집안이 가면 장백이는 옴짝달싹 못 할 테니 관료로서 지내기 어려울 게야."

왕 씨의 울음소리는 점점 줄어들었지만 근심 어린 표정을 짓는 것이 완전히 믿지 못하는 듯했다. 노대부인이 짜증을 내며 직설적으로 말했다.

"어쨌든 이미 정해진 일이니 너도 괜한 말 말거라. 그래야 장백이 내외가 편안한 마음으로 길을 떠날 게 아니냐."

"내외요? 며늘아기도 가는 겁니까?"

왕 씨의 주의력은 참으로 신비로웠다. 눈물을 훔치면서 덜 중요한 걸 잡고 늘어졌다.

"다른 집의 며느리들은 다 남아서 시부모를 모신다고요!"

"당연히 함께 가야지!"

노대부인이 눈을 부라리며 호통을 쳤다.

"그 황량한 곳이 뭐 살기 좋은 곳이라도 되는 줄 아느냐. 며늘아기가 따라가 돌보지 않으면 네가 안심할 수 있더냐! 장백이를 혼자 보낼 생각이야? 입 다물고 내 말 명심해라. 괜히 급하게 이랑을 들여 길 떠나는 데 불편하게 하지 말아라. 장백이 내외를 세심하게 돌봐줄 어멈과 계집종들을 물색하는 게 더 중요하다."

꾸지람을 들은 왕 씨가 얼굴이 붉으락푸르락해져서 멋쩍은 듯 고개를 숙였다. 노대부인이 비꼬는 표정을 지으며 한마디 덧붙였다.

"안심하거라. 사내에게 그런 마음이 생기면 아무리 신통한 능력을 갖춘 부인이라도 막을 수 없을 게다! 이런 때에 허튼짓 하지 말란 말이다! 시간이 있으면 여란이나 자주 들여다보거라. 출산을 앞두고 허둥대지 않게."

명란은 시종일관 고개를 숙인 채 한쪽에 공손히 서 있었다. 조부모가 부모를 훈계하는데 어린 것이 뭐라고 하기도 그렇고, 노대부인의 말이 구구절절 옳았기 때문이다. 왕 씨는 태엽을 제대로 감지 않아 중요한 순간에 고장이 나버린 시계처럼 멍하니 있었다.

몇 마디를 더 한 후 노대부인은 왕 씨를 시켜 고정엽을 불러오게 했다. 간만에 처가를 방문한 사위에게 장모 얼굴도 못 보게 할 수는 없었기 때문이다. 왕 씨는 그 말을 듣고 재빨리 자신의 처소로 돌아가 얼굴을 씻고 새로 단장을 했다.

명란 혼자만 수안당에 남긴 노대부인은 일상적인 안부를 물은 뒤 본론으로 들어갔다.

"너희 후부가 분가한다는 소문이 있더구나? 폐하께서 부府를 세우라고 은자를 하사하지 않았느냐. 벌써 두 달이 다 돼가는데 왜 아직까지 합치지 않는 것이냐?"

명란이 쓴웃음을 지었다. 노대부인이 그 질문을 할 것이라 예상했던 명란은 전부 툭 터놓고 얘기했다.

"분가를 생각하긴 했었어요. 나리가 그들과 함께 살고 싶어 하지 않았거든요. 하지만 어떻게 이야기를 꺼내고 쫓아낼지 생각을 못해서 아직까지 고민 중이에요……. 휴우."

이 일은 정말 예상치 못한 일이었다.

당시 고정욱의 상태가 좋지 않았을 때, 금릉과 청성의 본가에서 친족들이 하나 둘 도착했다. 그런데 고정욱이 갑자기 사람들을 앞에 두고 힘겹게 병상에서 일어나더니 베개 밑에서 종이 두 장을 꺼낼 줄 누가 알았겠는가.

한 장에는 그가 작위를 세습한 이후 논밭과 장원, 은자, 점포, 그리고 조상 대대로 내려온 귀중한 물건과 그간 수집한 서화 등 후부의 재산이 세세히 적혀 있었다. 순간 고 태부인의 얼굴이 파랗게 질렸다.

나머지 한 장은 아주 오래된 문서였다. 대략 30년 전, 고정엽의 조부모가 자녀들을 분가시킬 때 쓴 매매 계약서였다. 거기엔 적출 자녀 세 명(첫째, 넷째, 다섯째)에게 얼마를 주었고, 서출 자녀(일찍 분가한 서자)에게 얼마를 주었는지 부동산, 은자, 전답 등 모든 내용이 아주 자세히 기록되어 있었다.

넷째 숙부와 다섯째 숙부 등의 안색이 순식간에 변했다.

고정욱은 아직 힘이 있을 때 몇몇 친족들에게 하나하나 보여주며 위에 찍힌 인감을 대조해두었다.

고정욱은 병으로 죽음을 앞두고 있었지만 정신만은 아주 또렷했고, 말도 멋지게 했다.

"정엽이는 오랫동안 밖에 있었기에 집안 사정은 잘 알지 못합니다. 오늘 사촌 형제들 앞에서 모든 걸 인계했으니 앞으로 집안일이 순탄할 겁니다. 저도 아버지께서 임종 전에 하신 당부에 면목이 서게 됐군요."

침묵 속에 사람들의 속내가 훤하게 드러났다.

"고가의 그 대인이 확실히 인물은 인물이구나."

노대부인이 느릿하게 말하며 두 눈을 살짝 감았다.

명란이 탄식했다.

"나리가…… 무척 언짢아했어요."

상당히 힘들 거라는 것도 알고 있었고, 지탄을 받는 거라는 것도 알고 있었지만 고정엽은 그래도 저 망할 자식들을 공정하게 처리할 자신이 있었다. 그런데 고정욱이 자기 대신 그 일을 한 것이다. 고 태부인의 미움을 받을 수도 있는 위험을 무릅쓰고 말이다. 이 빚은 기억하지 않으려 해도 해야 했다.

"저들이 순순히 가겠느냐?"

노대부인이 의자에 등을 기대며 조용히 물었다.

"가지 않으려 해도 가야 하겠죠."

맑은 목소리가 평소와 다르게 냉정했다.

노대부인은 갑자기 눈을 번쩍 뜨더니 명란을 뚫어져라 쳐다보았다. 눈에서 갑자기 생기를 내뿜으며 낮은 목소리로 물었다.

"너는 어찌 지내느냐?"

명란은 몸을 곧추세우고, 분홍빛 입꼬리를 살짝 올리며 말했다.

"지금 단서철권과 편액이 모두 제 손에 있어요. 저들이 나가지 않으면 징원의 담장을 허물지 않을 거예요. 합가라니 꿈 깨라죠."

"그래서……."

노대부인이 표정을 누그러트리며 흥미진진하다는 듯 말했다.

"저도, 나리도, 다른 사람들도 모두 기다릴 수 있어요. 다만……."

명란이 옅은 웃음을 지었다.

"정찬 아가씨는 기다리지 못하겠죠."

고정찬이 좋은 가문과 혼사를 논하고 싶다면 서둘러야 했다. 안 그러면 정말 노처녀가 될 수도 있었다.

고 태부인은 일평생을 뒤에 숨어 고결한 척을 하며 다른 사람을 방패막이로 쓰는 데에 능한 사람이었다.

이번에 명란은 그녀의 손을 빌어 그녀의 조력자들을 처리할 생각이었다. 일의 진상이 밝혀지면 각자의 진짜 얼굴이 드러날 것이다. 앞으로 또 싸울 일이 생긴다면 그때는 스스로 웃통을 벗고 나서야겠지. 전부 상대해주마!

한참이 지나서야 노대부인이 빙그레 웃으며 말했다.

"네가 생각해낸 것이냐?"

명란이 굳센 눈빛으로 대답했다.

"나리가 제게 명예와 믿음을 주었는데 그저 누리기만 할 수는 없잖아요."

제151화

막내 시누이의 혼사

아버지 성굉 덕에 명란은 최고 수준의 여우짓을 십 년 가까이 참관하는 행운을 누렸다.

임 이랑은 갖은 구실을 이용해 손쉽게 왕 씨를 도발할 수 있었다. 몇 번은 명란이 보기에도 그녀가 자진해서 벌을 받으려 했다고 확신할 수 있을 정도였다. 벌로 서 있거나 무릎을 꿇고 있다가 상처라도 나면 더 좋았다. 그런 다음 한껏 가련한 표정을 지으면 성굉이 왕 씨와 한바탕 말다툼을 하게 됐다.

나중에 방씨 어멈이 남몰래 들려 준 이야기에 따르면, 지금의 임 이랑은 예전에 비할 바가 못 된다고 한다. 예전(요의의가 타임슬립을 하기 전)의 임 이랑은 아무것도 할 필요가 없었다. 사람들 앞에서든 뒤에서든 몰래 눈물을 훔치거나(억울하다는 티를 내며), 애수에 잠기거나(신세 한탄), 심지어 쓸쓸한 표정만 지어도 당시의 성굉은 바로 피가 끓어올라 정의감에 넘쳐 그녀를 편들거나, 왕 씨를 꾸짖거나, 큰 호의를 베풀었다.

명란은 여우짓에 한 명 혹은 여러 명의 불공정한 정의의 사도가 필요하다는 결론을 내렸다. 그들은 여우의 각종 타협과 대의명분에 쉽게 '감

445

동'하여 계속해시 익의 세력을 물리쳐 주기 때문이다.

사실 명란은 임 이랑의 실력이 부족하다는 생각이 들었다. 임 이랑은 기껏 해 봐야 성굉을 부추겨 자신을 위해 나서게 만드는 정도에 불과했기 때문이다. 진정한 실력자라면 정실부인의 친자식들도 '감동'시켜서 친모와 대립하며 자신의 가정을 파괴한 첩실 편을 들게 할 것이다. 이 얼마나 엄청난 능력인가.

요컨대 여우의 전투 방식은 본인은 뒤로 숨으면서 '정의의 사도'들의 힘을 빌리는 것이다. 만약 자신이 직접 나서서 발톱을 드러낸다면 그땐 여우가 아니라 식충 식물이라 불러야 할 것이다.

그래서 지금 명란은 이상한 흥분을 느끼고 있었다. 앞으로 며칠 동안 온갖 골치 아픈 일들이 자신을 기다리고 있을 거란 걸 알고 있으면서도 여전히 기대감에 흥분을 느끼고 있었다. 대신 나서서 도와줄 사람이 없어지고 난 뒤, 그 '현명하고 대범한' 고 태부인이 어떻게 나올지 궁금했기 때문이다.

장례가 끝나고 어느 날, 고정엽은 당시의 분가 계약서를 손에 들고 사람들이 모인 자리에서 아랑곳하지 않는 말투로 말했다.

"넷째 숙부와 다섯째 숙부께서는 언제쯤 거처를 옮기실 겁니까? 도움이 필요하시다면 말씀만 하십시오. 제가 바로 도움을 드리겠습니다."

최근 속상한 일이 많았던 다섯째 숙부가 바로 화를 냈다.

"이 녀석, 이렇게 사람을 내쫓겠다는 것이냐?!"

고정엽은 말하는 것도 귀찮다는 듯 소매를 뿌리치며 자리에서 일어나더니 얌전한 척 앉아 있던 명란을 데리고 자리를 떴다.

큰 파도가 모래를 씻어 낸다는 건 이런 절체절명의 순간이 되어서야 사람의 본성을 알 수 있다는 말일 것이다.

아직도 문인의 도도함을 지니고 있던 다섯째 숙부는 오만불손한 고정엽을 보고 두말 않고 이사를 나가겠다고 대답했다. 그러면서 '네 놈이 가지 말라 해도 갈 것이라'며 시원하게 쏘아붙이기까지 했다. 다섯째 숙모는 다급한 마음에 몇 번 설득을 하다 실패하자 결국 '그 저택은 오랫동안 사람이 살지 않아서 수리를 해야 하니 며칠이 걸릴 것이다.'라는 핑계를 대며 날짜를 미뤘다.

고정양은 감옥에 있을 때 충격을 받아 부로 돌아와서는 방에 틀어박혀 어여쁜 첩을 끼고 술독에 빠져 지내며 밖으로 나오려 하지 않았다. 고정양의 부인은 늘 그렇듯 몸을 사리며 아무 말도 하지 않았다. 또한 고정적 부부도 의견의 불일치로 인해 이사 가는 일을 차일피일 미루었다.

명란은 그 얘기를 듣고 빙그레 웃으며 뒤를 돌아봤다.

"보세요, 제 말이 맞죠? 다섯째 숙부는 고결하시지만, 다섯째 숙모님은 가식이죠."

고정엽이 말했다.

"당초 큰며느리를 들일 때 다들 다섯째 숙부가 세상 물정에는 어두워도 끝까지 신의를 지켜 군자의 품격을 잃지 않았다고 했지. 다섯째 숙모는 자식을 버릇없게 키운 자애로운 어머니라고 했고."

명란은 그 말에 수긍하며 참지 못하고 물었다.

"누가 그렇게 분별 있는 말을 했나요?"

고정엽이 표정을 구기더니 한참 만에 조용히 말했다.

"아버지."

혼란스러운 다섯째 숙부 쪽과 달리 넷째 숙부 쪽은 드물게 평온했다. 넷째 숙부는 침상에 누워 끙끙거리며 '앓고' 있었다. 마치 그날 고정엽이 한 말을 듣지 못한 것처럼 그 집안의 윗사람부터 아랫사람까지 어느 누구도 그 얘기를 언급하지 않았다.

명란은 그들을 경멸하며 입을 삐죽거렸지만 아무런 평가도 하지 않았다.

이렇게 보름이 지나고, 고 태부인은 점차 '쾌차'해 이 집 저 집을 돌아다니며 설득과 위로를 했다. 간절하게 두 집을 만류하며 자기 멋대로 그날 고정엽이 한 말은 그냥 해 본 말에 불과하니 진심으로 받아들이지 말라고 했다.

그리고 명란이 문안을 왔을 때 이 일을 꺼냈다.

"정욱이가 떠난 지도 이제 백 일이 지났으니 공사를 해도 무방할 게다. 폐하께서 징원과 후부 사이의 땅까지 하사하셨는데 너희는 언제 담장을 허물고 부를 병합할 것이냐?"

명란은 그럴 줄 알았다는 듯이 미소를 지으며 말했다.

"땅과 담장은 어디 도망가지 않고 계속 그 자리에 있을 테니 급할 것 없지요."

고 태부인이 눈을 번뜩이더니 손목에 차고 있는 염주를 천천히 만지기 시작했다.

"급할 것은 없으나 차일피일 미룰 수는 없으니 일을 진행해야 하지 않겠느냐. 한집안 식구끼리 담장을 사이에 두고 있다는 게 말이 되느냐?"

명란이 소매로 얼굴을 가리며 살짝 웃었다.

"어머님께서도 참. 금릉, 청성, 경성 세 지역에 어디 담장이 하나뿐이겠습니까. 그렇다고 해서 저희가 한집안 식구가 아닌 것도 아니지 않습니까? 혈육 간의 정은 타고난 것이니 중요한 순간이 오면 당연히 나서서 돕게 될 것입니다. 한집안 식구인지 아닌지가 담장 하나로 결정되는 것도 아니니 너무 걱정 마세요."

고 태부인은 얼이 빠져 있다가 억지로 웃으며 말했다.

"네 말도 일리가 있구나."

그러더니 잠시 머뭇거리면서 근심 어린 표정을 지었다.

"그리고 넷째 숙부와 다섯째 숙부가 당초 잘못은 하였으나 이미 다 지나간 일이니 이제 후부의 편액을 걸어 놓아야 한다. 요 며칠 꿈에 네 시아버지가 나와 마음이 영 불안하구나. 이제 정엽이의 능력으로 우리 가문의 명성과 위세를 다시 드높여야 할 것이다. 그렇지 않으면…… 내가 저승에 가서 네 시아버지를 무슨 낯으로 뵙겠느냐!"

이렇게 말하는 고 태부인의 눈에 눈물이 반짝였다.

어른이 이렇게 호소하면 보통은 마음이 흔들릴 테지만, 명란은 창밖을 바라보며 느릿느릿 대답했다.

"아버님의 소원이요? 그렇지 않은 것 같은데요. 아버님께서 임종 전에 하신 말씀도 다들 중요하게 여기시지 않는 것 같은데요."

이 대답을 들은 고 태부인의 안색이 순식간에 변했다.

고정엽은 애초에 분한 것을 참는 성격이 아니었다. 이번에 후부를 대신해 폐하에게 용서도 빌고, 고정욱의 장례도 치르느라 화가 쌓일 대로 쌓였지만 화를 낼 수 없는 상황이었다. 모든 손님이 돌아가고 난 후에 금릉과 청성의 친족들 앞에서 일을 폭로한 게 그나마 불만을 터뜨린 것이었다.

당초 부탁을 받았던 몇몇 친족들은 부끄러움과 분노로 말을 잇지 못했다. 특히 청성 직계 쪽의 적출 오촌 당숙은 그 자리에서 난리를 쳤다.

"너희가 우리에게 서신을 넘겨달라고 하더니 아주 여러 가지로 억지를 부리는구나. 정엽이가 함부로 낭비를 할까봐 재산을 대신 돌봐주려 한다고 하지 않았더냐. 예전에는 정엽이가 방탕하고 철이 없었다지만 지금은 군대를 이끌고 있으니 출세를 한 셈 아니냐. 한데 어찌 여태껏 손에 쥐고 내놓지 않는 것이냐!"

넷째와 다섯째 숙부는 난처해하며 감히 입을 열지 못했다. 그저 고정양만이 겁 없이 떠들었다.

"큰당숙은 그때 병환이 깊어 소생할 가망이 없었지 않습니까. 정신이 멀쩡한지 누가 알았나요? 만약 망령이라도 들었다면……."

말이 끝나기도 전에 사람들의 경멸 어린 눈빛이 그에게 쏟아졌고, 바로 다음 순간 다섯째 숙부가 '짝' 하는 큰소리가 울릴 정도로 그의 뺨을 세게 갈겼다.

사람들의 비난 속에 고 태부인은 재산의 3분의 1을 일찌감치 내놓았음에도 강철처럼 단단했던 자신의 명성에 흠을 잡혔다. 동년배인 동서로 '현모양처'의 상징인 고 태부인과 자주 비교를 당하곤 했던 금릉의 한 당숙모는 원래도 신랄한 사람이었는데 이 기회를 놓칠세라 바로 비꼬았다.

"백 년에 한 번 나올까 말까 한 훌륭한 계모인 줄 알았더니!"

그 얘기를 들은 고정엽은 속이 후련했다. 얼마나 속이 후련했던지 나중에 다섯째 숙부가 3분의 1의 재산을 내놓았는데도 별로 주의를 기울이지 않았다.

오직 넷째 숙부만이 철면피를 깔고 계속해서 시치미를 뗐다.

고 태부인이 삽시간에 표정을 바꾸고 딱딱한 말투로 얘기했다.

"어찌되었든 날은 정해야 하지 않겠느냐!"

명란이 여유로운 동작으로 찻잎을 쓸며 느긋하게 대답했다.

"어머님 말씀이 옳습니다. 허나 나리 말씀이 땅을 파헤치고 공사를 하는 게 작은 일이 아니니 나중에 자기가 한가해졌을 때 직접 나서서 공사

현장을 감독하겠답니다. 지금은 너무 바쁘지만 몇 년 지나고 나면 한가해질 터이니 그때 다시 얘기해도 늦지 않겠지요."

고 태부인은 한숨을 내쉬었다.

"몇 년? 날 놀리는 것이냐!"

그러고는 바로 분통을 터뜨렸다.

"우리 고가의 체면은 어찌 하란 말이냐!"

명란이 여전히 느긋한 어조로 대답했다.

"조급해하지 마세요. 나리가 이번 공사는 단순히 담장을 허무는 것이 아니라 대대적인 정비가 될지도 모르겠다 하더라고요. 후부가 몇 대를 거쳐 온 만큼 어떤 건물들은 아주 오래되지 않았습니까. 그러니 이번 기회에 앞쪽 담장과 일부를 제대로 개축하겠답니다."

고 태부인이 눈을 반짝이며 물었다.

"그렇다면 두 숙부들의 처소야말로 공사를 해야 하지 않겠느냐?"

"그건 저도 알지 못하니 장인들의 말을 들어 봐야겠지요."

명란은 일부러 아둔한 척을 했다.

고 태부인은 한동안 명란을 뚫어지라 쳐다봤다. 눈빛이 무척 살벌했다.

명란이 온화하게 웃으며 얘기했다.

"폐하께서 내리신 성지에도 '부를 병합하는 일은 일시적인 조치다'라고 적혀 있거늘 어머님께서는 어찌 그리 서두르시나요? 게다가 담장을 사이에 두고 있긴 하지만 향을 반 개 피울 정도의 시간이면 도착하지 않습니까. 이쪽에 일이 생기거든 얼마든지 사람을 시켜 알려주세요."

고 태부인의 안색은 이미 파랗게 질려 있었지만, 명란은 전혀 이상한 기색이 없이 그녀를 똑바로 바라보았다.

"……네 말에 일리가 있구나. 하긴 급할 것 없지."

고 태부인은 더 이상 떠들지 않고 얼굴을 풀며 다시 나한상에 기대어 이런 저런 집안일을 얘기하기 시작했다. 명란 역시 고 태부인이 시작한 수다에 적극적으로 동참했다.

이번에는 이렇게 넘겼다지만 명란은 긴장을 하지 않을 수 없었다.

'상대가 만만치 않으니 조심해야겠어.'

그 후, 명란은 평소대로 생활했다. 자주 소 씨의 건강을 들여다보며 간식거리와 놀거리를 챙겨가 한이와 놀아주었다. 그런 다음 집안 살림을 돌보고, 용이의 학업을 검사하고, 연회에 참석하라는 초대를 완곡히 거절하며 본분에 따라 상복을 입고 지냈다.

8월 초, 명란은 눈물을 머금고 장백 내외를 배웅했다. 장백 내외는 환경이 열악한 부임지에 의원과 약품이 부족할 것을 걱정하여 아들과 딸은 남겨 두고 떠났다. 전이는 수안당에서 노대부인의 보살핌을 받게 되었고, 혜아는 왕 씨가 보살피게 되었다.

대외적인 이유는 노대부인이 연로하여 기력이 부족하니 왕 씨가 분담하기로 했다는 것이었다.

혜아는 눈처럼 뽀얀 피부에 귀엽게 생긴 아이였다. 발그스름하고 포동포동한 아이가 하루 종일 웃는 얼굴로 여기저기를 기어 다니는 모습은 상당히 사랑스러웠다. 그 덕에 원망 가득했던 왕 씨의 마음도 많이 풀렸다. 기댈 곳이 생겨서인지 명란이 친정에 갈 때마다 왕 씨의 안색이 밝아지고 태도도 부드러워진 것을 느낄 수 있었다. 왕 씨는 어린 손녀를 안고 한시도 내려놓으려 하지 않았다.

이것은 좋은 일이었다. 단결과 화목에 도움이 되었다.

최근의 일상은 무료했다. 시간을 보낼 수 있는 모든 오락거리가 금지

되었기 때문이다. 그나마 최대의 수확이라 할 것은 좀처럼 나아질 기미가 보이지 않았던 용이의 학업이 조금씩 발전하는 모습을 보이기 시작했다는 사실이었다.

어느 날 오전, 명란은 용이를 데리고 『여계』 제3편 「경신敬愼」 시험을 보았다. 용이는 단숨에 내용 전부를 외웠다. 뿐만 아니라 말을 더듬거리며 제가 먼저 외워 쓸 수 있다고 말하기까지 했다.

용이는 한 글자도 틀리지 않고 전부 외워서 썼다. 필치가 조금 둔하긴 했지만, 글자 하나하나가 반듯했다. 제법 애써 노력을 한 티가 났다. 며칠 전만 해도 '유우도당有虞陶唐'[1]을 '우어도탕鯽魚淘湯'[2]이라고 적었던 아이였기에 명란은 놀라우면서도 기뻤다. 아미타불. 거의 포기하고 있었는데 그래도 출가하기 전에 『여사서女四書』는 뗄 수 있겠구나.

명란은 그 자리에서 폭풍 칭찬을 해주었다. 얼굴이 빨개진 용이는 쑥스러워하며 고개를 숙였다. 명란은 작은 상자에서 수정판에 장미 모양 장식이 되어 있는 작고 정교한 금 귀걸이를 꺼내 상으로 주려고 했다. 그러자 용이는 기쁜 마음을 애써 억누르며 거절하더니 우물거리며 한이를 징원에 데려와 며칠 놀면 안 되냐고 물었다.

명란은 처음으로 이 아이가 다르게 보였다.

용이는 천성적으로 고집이 세고 움직이는 것을 좋아하며 책 읽는 것을 좋아하지 않았다. 하지만 어린 자매를 위해 이런 부탁을 하는 건 쉬운 일이 아니었다. 게다가 명란 역시 분별 있고 영리한 한이를 어여삐 여겼

---

1) 중국 고대의 제왕들. 유우는 순舜임금, 도당은 요堯임금을 말함.
2) 오징어국.

다. 부친이 세상을 뜬 뒤 한이는 어린 나이에도 무기력함과 슬픔을 삭기며 혼자가 된 모친을 위로했다. 또한 하인들을 엄히 단속하는 게 꼭 애어른 같았다.

한이를 데려와 바람을 쐬게 해주는 것도 좋을 것이다. 명란은 바로 승낙하며 속으로 소 씨를 어떻게 설득할지를 고민했다.

용이는 크게 기뻐했다. 그 후 며칠 동안 학습 효과가 눈에 띄게 상승했다. 어린 손님이 오자 용이는 세심한 어린 주인이 되어 매일같이 야윈 한이를 이끌고 기분 전환을 시켜 주었다. 함께 장기를 두거나 조각보를 만들기도 했고, 열흘 만에 구련환 네 개를 풀었으며, 칠교목[3] 세 벌을 새로 사기도 했다. 정원 곳곳에 화려하게 핀 여름 화초들이 사람의 마음을 설레게 하며 두 아이의 놀이터가 되어주었다.

명란은 혹시라도 더운 여름날 아이들이 바깥에서 오래 햇볕을 쐬다 몸이 상할까 걱정되어 아이들의 흥미를 먹는 것으로 유도했다.

두 어린 자매는 연못으로 가 연방[4]을 따왔다. 그런 다음 안에 있는 연밥을 하나하나 빼내 흰목이버섯탕을 끓였다. 거기에 얼음을 넣으니 아주 시원하고 맛있었다. 또 둘은 연근을 따와 달콤한 찹쌀연근찜을 만들기도 했다. 윤기가 자르르한 꿀을 끼얹으니 풍미가 대단히 좋았다……. 이렇게 만든 각종 여름 별미를 이웃한 후부의 어르신들께 보내기도 했다.

명란은 구향원의 부드러운 풀밭에 두 사람이 탈 수 있는 그네를 달아

---

3) 나무 퍼즐.
4) 연밥이 들어 있는 송이.

주며 햇볕이 뜨거울 때는 타지 말라고 했다. 만약 규칙을 어기면 바로 그 네를 없애겠다고 하자 아이들은 심각한 얼굴로 알았다고 답했다. 심지 어 명란은 목수를 시켜 커다란 함지박도 만들어주었다. 그 함지박은 높 이가 두 척尺 반, 둘레가 다섯 척이었기에 실내에서도 발장구 정도 치는 것이 가능했다. 고대의 어린 소녀들이 어디서 이런 물건을 보았겠는가. 아이들은 순식간에 물놀이에 빠져들었다. 배두렁이와 속바지 차림으로 하루 종일 그 속에 들어가 나올 생각도 안 하고 놀았다.

하루하루가 지날수록 한이도 어쩔 수 없는 어린아이였기에 차츰 그늘 이 걷히고 밝은 모습을 보였다. 얼굴에도 웃음이 다시 피어나기 시작했 다. 또한 엄한 어른이 규율로 단속하지 않았기에 둘은 마치 여름방학을 맞이한 초등학생처럼 하루 종일 어린 참새 마냥 재잘재잘 떠들었다. 징 원 전체가 시끌벅적해졌다.

어린아이에게는 역시 같이 놀 친구가 필요했다.

명란은 턱을 괴고 확연히 살이 오른 아이들의 얼굴을 한참 동안 바라 봤다. 아이들의 피부는 햇볕에 살짝 그을려 있었고, 반짝거리는 눈동자 에는 생기가 가득했다. 그 모습을 보자 명란도 기분이 좋아졌다. 그러면 서 아직 열 살도 되지 않은 어린아이들에게 서둘러 규율을 가르칠 필요 는 없겠단 생각이 들었다.

게다가 한이가 있으니 용이도 공부를 더 잘하게 되었다.

여름은 길고 길었다. 명란과 고정엽이 다시 기세등등하게 큰일에 착 수할 때쯤, 고 태부인의 건강도 예전처럼 회복되었다. 고 태부인은 자신 의 딸과 함께 적극적으로 이 집 저 집의 초청에 응했고, 자주 명란을 동 행했다.

명란은 시집오기 전에도 겪어보았기에 이런 모임에 아주 익숙했다.

고정찬의 인륜지대사가 걸린 일이라 명란도 차마 거절할 수가 없어 인맥이나 넓히자고 생각하기로 했다. 게다가 찌는 듯한 날씨에 고정찬의 얼음처럼 차갑고 도도한 얼굴을 보고 있자니 더위가 조금 가시는 것 같은 느낌도 들었다.

고 태부인은 명란을 데리고 다니면 고부顧府의 화목함을 뽐낼 수 있을 거로 생각한 것 같았다. 하지만 안타깝게도 협조하려는 명란과 달리 아직 어린 고정찬은 명란과 화목한 척하는 데 능하지 못했다.

각 부의 여자 권속들은 모두 닳고 닳은 사람들이기에 고가의 올케와 시누이 사이에 어색한 기운이 흐른다는 것을 바로 알아챘다. 그리고 아무리 눈치가 없어도 소식이 오는 걸 막지만 않는다면 고가가 아직 부를 병합하지 않고 따로 살고 있다는 걸 알고 있었을 것이다.

사람들은 이런 소식에 흥미를 가졌다.

사실 명란은 말할 기회가 많지 않았다. 이런 귀부인들의 모임은 서열 나누기가 확실했으니, 아직 출가하지 않은 규수들은 거의 말을 하지 않고 '선량하고 공손하며, 말이 없고 지혜로운' 모습을 보여야 했다. 명란처럼 아직 아이를 낳지 않은 새색시는 시집온 지 얼마 되지 않았기 때문에 활발하거나 호방해 보여서는 더더욱 안 됐다.

명란은 그저 단정하게 앉아 시종일관 온화하고 수줍어하는 미소를 띤 채 중간중간 맞장구치는 말 몇 마디를 하기만 하면 되었다.

제일 성가신 건 일부 눈치 없는 부인들이 "……어찌 아직도 따로 살고 있나요?"라든가 "왜 아직도 부를 병합하지 않았나요?"와 같은 질문을 하는 것이었다. 그때마다 고 태부인은 아주 자애로운 표정으로 한쪽에 앉아 여유만만하게 명란이 사람들 앞에서 어떻게 대답할지를 기다렸다. 그녀는 붙임성이 좋았기에 이런 질문을 하는 사람이 적지 않았다. 일부는 순수하게 호기심에서였지만, 일부는…….

"땅을 파고 공사를 하는 것이 작은 일은 아니지요. 풍수사風水師에게 풍수를 보게 한 뒤 황력을 따져 언제 시작할지 정할까 합니다."

충경후부에서 열린 다과회에서 명란은 이렇게 대답했다.

충경후부의 노대인은 정鄭 노장군의 친형이었다. 오래전에 분가를 했지만, 두 집안은 정이 아주 두터웠다. 정가는 항상 신중하게 행동했기에 조정 일에 연루되지 않았고, 줄을 잘 선택한 덕분에 정준과 정효 두 형제는 황제의 신임을 받고 있는 상황이었다.

속으로 어떤 생각을 하든 명란의 이런 해명을 듣고 나면 대부분의 사람들은 더 이상 캐묻지 않았다. 어쨌든 남의 집안일이었기 때문이다. 하지만 입이 가벼운 몇몇은 웃으며 이렇게 말했다.

"그렇게 힘들일 필요 없지요! 담장 하나 무너트리면 그만인 것을."

명란은 근심 가득한 표정으로 말했다.

"휴…… 제가 지나치게 신경을 쓰는 것 같긴 합니다만……. 허나, 저희 나리는 군에 몸을 담고 있어 칼에 묻은 피로 공명을 세우지 않습니까. 그래서 제가 항상 마음을 놓지 못한답니다. 땅을 파고 담장을 무너뜨리는 이런 큰일은 운수와도 관련이 있다 보니 어쨌든 조심하는 것이 좋겠지요."

그 자리에는 무장의 식구들이 많았기에 그 얘기를 듣자 순간 다들 마음을 졸였다. 이론적으로 전쟁터에 나가 목숨을 걸고 싸우는 무관 집안의 여자들이 문관 집안의 여자들보다 더 자주 절에 다녀야 했다.

평소 단정하고 경건한 정 부인조차도 고개를 살짝 끄덕이며 동의를 표했다. 경개천의 부인은 한술 더 떠 가슴을 쓸어내리며 연신 불경을 외웠다.

"고가 아우의 말이 맞아요. 저도 며칠 전 천사天師 5)를 청해 저희 집 풍수를 보았답니다."

경개천이 경성에 들어온 이후 그 집안의 여러 일이 순조롭지 않았으니 경 부인이 우려하는 것은 너무도 당연했다.

그 화제가 시작되자 여자 권속들은 순간 흥미를 느끼며 어느 풍수사가 영험한지, 어느 절의 향불이 왕성한지, 어느 대사의 불법이 심오한지를 토론하기 시작했다. 명란은 고개를 숙이고 속으로 참회했다. 풍수지리에 관한 미신을 퍼트릴 의도는 아니었는데.

다들 흥이 돋아 얘기하는 가운데, 고 태부인의 낯빛이 어두워졌다. 하지만 그걸 대놓고 드러낼 수는 없었다.

진짜 단정하고 신중한 귀부인은 남의 집안일에 대해 꼬치꼬치 캐묻지 않는 법이다. 간혹 과하게 눈치 없이 구는 무례한 자가 있으면 명란은 미소 띤 얼굴로 고개를 숙인 채 아무 말도 하지 않았다. 대꾸하는 것조차 귀찮았던 것이다. 사람들은 명란이 이 화제에 대해 이야기하고 싶어 하지 않는다는 것을 눈치챘다. 분위기를 읽을 줄 아는 이들은 다른 쪽으로 화제를 돌렸다. 가끔 한두 명 정도 무례하게 물고 늘어지는 사람들이 있었는데, 그럴 때면 명란은 집주인을 뚫어지라 쳐다봤다.

집주인이 해결하면 가장 좋고, 혹여 그렇지 못한 경우에는 그 집과의 왕래를 줄여 나갔다. 그리하면 해결하지 못할 것은 거의 없었다.

고 태부인의 대인 관계가 아무리 좋다 해도 그들 역시 고정엽의 부인에게 밉보이고 싶지 않았던 것이다.

---

5) 도교의 지도자.

가장 난감했던 경우는 고 태부인의 친정인 동창후부에 갔을 때였다.

내력도 모를 방계의 부인이 계속해서 트집을 잡더니 명란을 '핑계를 대며 회피하며, 작은 일을 크게 부풀린다'고 비웃기까지 한 것이다.

명란은 더 이상 참지 않고 바로 반격에 나서며 냉소했다.

"처음 뵙는 분인데 참으로 친절하시네요. 집수리 같은 자질구레한 일은 저와 나리도 급하지 않은데 부인께서는 뭐가 그리 급하신 건가요? 남의 일에 참견하기 좋아하는 건 대체 어느 가문의 법도란 말입니까!"

그 부인은 시정에서나 볼 법한 억척스러움을 갖고 있어서 소란을 벌이려 했다. 그런 사람과 말을 섞는 것은 자기 체신을 깎아 먹는 일이었다. 명란은 아무 말 없이 일어나 자리를 뜨려 했다. 애초에 진秦가와 가깝게 지낼 생각이 없던 차였다.

동창후 부인, 즉 고 태부인의 손위 올케는 상황이 심상치 않은 것을 보고 바로 등장해 사태를 원만히 수습했다. 고 태부인도 상황을 크게 만들 수는 없었다. 그녀가 부를 병합하기 원하는 이유는 고정찬이 떳떳하게 혼인하길 원해서였다. 진짜 다투기라도 했다간 오히려 일을 그르칠 수 있었다.

일정 기간의 관찰 끝에 명란은 고 태부인의 의중을 파악할 수 있었다.

고 태부인이 점찍은 사윗감은 총 세 명이었다. 하나는 충경후부의 세손, 즉 정鄭가 형제의 큰조카였다. 고정찬보다 한 살 위로, 체격과 용모가 훌륭하고 늠름하며 열성적인 성격이었다. 또 하나는 장흥백부의 둘째 아들로, 그의 모친은 총독 두 명과 학사 세 명을 배출한 명문가 량梁가의 적녀였다. 마지막 한 명은 갈葛 노상서의 셋째 아들로, 젊은 나이에 이미 관직에 나간 자였다.

귀한 집안에서 며느리를 들일 때, 특히 종부의 경우에는 품성과 인품을 중시했다.

정가에서는 동서인 심청평에게 고정찬에 대해 물었다. 그녀가 명란과 어느 정도 친분이 있었기 때문이다. 심청평이 웃으며 대답했다.

"녕원후 부인이 어찌 알겠습니까? 그 두 사람은 몇 마디 나눠보지도 못했는걸요."

"그럴 리가?"

정 부인이 화들짝 놀랐다.

"녕원후 부인이 예법에 잘 지켜 며칠마다 문안을 간다고 들었는데. 자네도 그 부인이 과부가 된 형님과 가여운 조카를 잘 돌본다 하지 않았나. 어찌……."

"형님, 무슨 생각을 하시는 겁니까?"

심청평이 성을 내면서 웃었다.

"고 도독이 얼마나 대단한데요. 폐하께서 갖고 계시던 설삼 세 뿌리를 저희 큰오라버니와 고 도독에게 한 뿌리씩 하사하셨습니다. 고 도독은 그걸 과부가 된 형수와 고 태부인에게 몸보신용으로 선물했고요. 여기서 뭘 더 어떻게 하겠습니까? 어쨌든 계모 아닙니까. 그 정찬 낭자는 녕원후 부인이 문안을 가도 나와 보지도 않는다고요. 나와도 몇 마디 하지도 않고요."

정 부인은 할 말을 잃었다.

부符가는 아들의 앞날을 걱정했기에 당질인 부근연에게 물었다.

부근연은 한참을 침묵하더니 한 마디를 뱉었다.

"고정엽과 고정찬은…… 서로 잘 알지 못합니다."

부 부인이 포기하지 않고 또 물었다.

"그 정찬 낭자는 성격이 어떠하냐?"

부근연이 대답했다.

"시서詩書에 능하고, 가부歌賦를 지을 줄 알며, 서화에 능하다고 하더군요."

품성을 물었건만 돌아오는 대답은 온통 능력에 관한 것뿐이었다. 이 두 마디로 모든 것을 알 수가 있었다. 부 대인과 부 부인은 크게 실망했다.

반면 갈葛가는 정해후 가문의 규수를 더 마음에 두고 있는 듯, 현재 알게 모르게 절반 정도 상황이 진행되어 있었다.

사실 명란은 고정찬의 성격으로 볼 때 그렇게 가세가 혁혁한 집안은 별로라고 생각했다. 혹시라도 다툼이 벌어졌을 때 친정에서 찾아가 말하기 어려웠기 때문이다. 차라리 성격 좋은 남편감을 찾아 고정찬의 도도한 성격을 받아주게 하는 것이 방법이었다.

몇 번의 접촉 끝에 고 태부인도 상대방의 완곡한 거절을 느낄 수 있었다. 결국 포기하고 차선책을 찾을 수밖에 없었다.

사실 이 세 집안 말고도 좋은 신랑감은 많았다. 예를 들어 모 총병 집안, 모 총독 집안, 모 지방의 명문세가 등이 있었다. 하지만 먼 곳으로 시집을 가야 했기에 아무래도 좋지 않았다. 안타깝게도 잘 알지 못하거나 교분이 없는 집안에서는 며느릿감의 품성을 알아볼 수 없었기에 떠도는 소문에 기대고 있었는데, 그들은 녕원후부가 현재 둘로 갈라져서 살고 있다는 것을 듣고 살짝 망설이고 있었다.

명란은 여전히 느긋했으나 고 태부인은 차츰 안절부절못하게 되었다. 문안을 올리러 갈 때마다 명란은 그녀가 평온해 보이는 겉모습과 달리 내심 초조함을 감추고 있다는 것을 알 수 있었다. 고 태부인이 끊임없이 눈치를 줬음에도 불구하고 명란은 시치미를 뗐다.

몇 번은 고 태부인이 기만한 대도를 버리고 명란에게 애원하기까지 했다. 그 어미의 마음이 실로 절절했다.

명란은 처음으로 자신이 이렇게 모진 마음을 먹을 수 있다는 사실을 발견했다. 그런 고 태부인을 보고도 전혀 마음이 약해지지 않았고, 평온한 얼굴로 얼버무리며 넘어갔기 때문이다.

모든 사람은 자신의 선택에 대한 책임을 져야 하는 법이다.

고 태부인이 고정엽을 그런 식으로 대하기로 결정했으면, 이제 와서 후회하지 말아야 했다. 고정찬이 명란을 냉대하기로 결심했으면, 명란이 자기를 위해 좋은 말을 해주기를 바라서는 안 됐다. 왜냐하면 명란은 실제로 시누이에 대해 '잘 몰랐기' 때문이다.

어쨌든 그녀들이 억울할 건 없었다.

손가락을 꼽아 보자 시간이 얼추 된 것 같았다. 명란은 고정엽에게 고 태부인의 태도가 많이 누그러졌음을 보고했다. 이에 고정엽은 바로 집안 어르신에게 분가 문제를 제기해달라고 했다.

제152화

집안싸움의 달인

사람의 정은 물처럼 높고 낮음이 있고, 세상사는 구름처럼 예측하기 어려웠다.

넷째 숙부와 다섯째 숙부는 어제까지 자신들의 눈치를 살피던 친족들이 하루아침에 이런 말을 하리라고는 생각지 못했다.

고정엽이 모셔온 집안 어르신은 이가 흔들리고 머리카락이 빠졌음에도 어려운 문자를 써가며 큰소리를 쳤다. 상앙商鞅[1]의 '분이령分異令'[2] 반포부터 역대 예법을 쭉 읊으며 무릇 가문이 번성하려면 부府를 세우고 분가를 해야 하는 법이라고 했다. 그리하면 모든 집안의 번성에 도움이 되고, 또 서로를 도울 수도 있다는 것이었다. 그러면서 사륙변려문을 잔뜩 늘어놓았는데, 한마디로 요약하자면 이런 뜻이었다.

'분가를 했으면 각자 알아서 살아야 한다.'

---

1) 중국 전국시대 진나라의 정치가.
2) 상앙의 변법 내용 중 하나. 성인 남자 2인이 분가를 하지 않고 있으면 세금을 배로 거두는 것을 이름.

녕원후? 부모가 세상을 뜬 후에 형제간의 우애가 좋아 함께 살기를 원하는 경우도 있긴 하오. 허나 부모나 숙부에게 기대고, 적장자에게 기댄다는 소리는 들어봤어도, 숙부가 조카에게 기댄다는 소리는 들어본 적이 없소이다.

태부인이 아직 건재하다고 말씀하시는 게요? 하지만 재취로 들어온 큰형수는 자네 두 시동생들보다 젊지 않소. 그러니 제발 후부를 떠나기 싫은 이유가 형수님을 떠나는 게 '아쉬워서'라는 말은 마시오.

고정욱을 말씀하신 거구려. 그는 몸이 허약해 후부의 가세를 지키기 어려웠으니 어른들의 도움을 받아도 크게 비난할 일은 아니오. 허나 고정엽은 펄펄 날아다니지 않소.

후부가 오늘날의 '성과'를 이룰 수 있었던 것은 여러분들의 적극적인 참여 덕분이오. 그동안 여러분의 지지와 도움, 세세한 보살핌에 감사드리오. 이제 공을 세웠으니 물러나면 되겠소. 여러분들의 찬란한 모습과 고상한 정조는 영원히 우리의 가슴에 남아 있을 거요. 그럼 이만 살펴 가시오. 배웅은 안 하겠소.

다섯째 숙부는 화가 나서 온몸을 부들부들 떨다가 태사의에 털썩 주저앉았다. 넷째 숙부는 탁자를 치며 자리에서 벌떡 일어났다.

"내가 남겠다면 남는 거고, 가겠다면 가는 것이지 어디 제3자가 감 놔라 대추 놔라 하는 것이야!"

천성이 막돼먹은 넷째 숙부는 아예 생떼를 쓰기 시작했다. 뒤쪽에 목을 잔뜩 움츠리고 있는 사람들에게 삿대질을 하고, 큰소리로 욕설을 퍼부었다.

"뻔뻔한 것들! 옛날엔 개가죽에 바르는 고약처럼 찰싹 붙어서 내 잇새에 낀 것들이나 주우며 살던 것이 이제 내 세력이 약해지니 돌을 던지는구나! 잘 들어라, 이놈들아! 나는 절대 못 간다! 정엽이 그놈이 재주가 있으면 직접 와서 쫓아내라고 해!"

그의 기세가 아주 대단했지만 안타깝게도 그에게 장량계張良計[3]가 있었다면 상대에게는 과장제過墻梯[4]가 있었다.

오래지 지나지 않아 고정환이 땀을 뻘뻘 흘리며 들어오더니 자신의 부친에게 귓속말을 했다. 넷째 숙부의 안색이 삼시간에 확 바뀌었다. 그는 한참 동안 이를 악물고 있다가 갑자기 의자에 털썩 주저앉더니 다시는 항변을 하지 않았다.

이런 급반전도 사실 속사정을 보면 신기할 것도 없었다. 명란이 물어볼 필요도 없이 넷째 숙부 쪽에서 소문이 퍼져 나왔다.

고정병은 유배 판결을 받았다. 그러나 같은 삼천리 귀양길이라 해도 북쪽으로 가는 것과 서쪽으로 가는 것은 상당히 차이가 있었다. 경성에서 북쪽으로 삼천리를 가면 만리장성 밖이었다. 날씨가 추울 뿐 아니라 인정도 각박하고, 갈노족이 시도 때도 없이 침략을 일삼는 곳이었다. 거기서 잘 지내기는 고사하고 부디 몸 성히 집에 돌아올 수 있게만 해 달라고 조상에게 향을 올려야 하는 상황이었다.

한편, 서쪽 삼천리는 사정이 달랐다. 무황제가 노아간도사奴兒干都司[5]를 진압한 이래로 진중과 분원은 숙청을 통해 안정을 되찾은 데다 조정에서 수십 년 관리해온 것이 효과를 드러내기 시작했다. 밭을 개간하고, 군대를 주둔시켜 국경을 지키고 있었다. 더 서쪽으로 가도 적지 않은 마

---

[3] 한나라 고조 유방의 책사인 장량의 계략이라는 뜻으로 아주 뛰어난 계략을 일컬음.
[4] 성을 공격할 때 썼던 높은 사다리로 대응 방안을 일컬음.
[5] 명나라 때 흑룡강성, 아무르강, 송화강 등지에 설치한 군사 기관.

을과 현성縣城이 있었다. 즐길 거리가 적다는 것 말고는(청루 기녀들의 평균 연령이 서른다섯 살 이상이었다) 모든 것이 갖춰져 있었다.

유배지가 정확히 정해진 극소수의 사람들(운 없는 임충[6]이여!)을 제외하면, 대부분의 죄인들에게는 협상의 여지가 있었다. 그렇기에 매년 조정에서 유배형을 받은 자들이 내려오면 형부와 관아의 벼슬아치들은 사람들이 너무 많이 찾아와 문지방이 다 헤질 정도로 쏠쏠한 재미를 볼 수 있었다(좋은 직장일세, 좋은 직장이야).

고정훤은 듬직한 맏형이었다. 최근 그는 은자를 들고 사방을 돌아다니며 고정병이 족쇄를 차지 않고 마차에 올라 두 명의 몸종을 데리고 조금이라도 더 편하게 유배를 갈 수 있도록 고군분투했다. 또한 유배지를 비교적 평온한 북서쪽의 작은 마을로 정해 밖에서 노숙을 하거나 비참하게 지내지 않게 해주려고 노력했다. 그런데 대충 얘기가 끝난 상황에서 갑자기 문제가 발생했다.

애초에 역왕과 엮인 사람이 많아서 명문세가의 웬만한 사람들은 다 연루되어 있었다. 그중 고가와 죄질이 비슷한 자들이 적지 않았는데, 중죄라기보다는 윗선에 아첨을 하느라 반쯤 걸친 것이기 때문에 역모죄라고 할 수도 없었다. 다행히 가문이 아직 세력도 있고 인맥도 있어서 한바탕 돌아다니며 얘기를 한 끝에 고가를 빼낼 수 있었다.

고대에서는 어떤 죄가 가장 무거울까? 적과 내통해 나라를 파는 것(매국)과 모반을 저지르는 것(국가 전복 기도)였다.

---

6) 『수호전』의 등장인물. 조정의 무관이었으나 억울한 모함을 받아 창주로 유배됨. 유배지로 향하는 도중과 유배지로 도착하고 난 뒤에도 여러 번 암살 위협을 받다가, 유배지를 탈출해 양산으로 감.

일반적으로 고대는 계급이 엄격한 사회였다. 만약 본인이 피라미드 꼭대기에 있는 권력의 중심에 있고 뒷배가 탄탄하다면, 양민의 여식을 겁탈하고 말고삐를 풀어 농민들의 밭을 짓밟더라도, 심지어 부정부패를 몇 번 저질러도 기껏해야 목이 잘리는 것으로 끝났다. 가산과 딸린 식구들까지 몰수한다면 그게 가장 큰 벌이었다(황제의 친척이라면 이 항목은 면제였다).

하지만 앞서 말한 두 가지 죄는 일단 범하면 삼족은 그냥 죽은 목숨이었다. 삼족, 구족 심지어 십족까지 죽여 없애게 되는데, 몇 족까지 멸하느냐는 순전히 황제의 기분과 인품에 달려 있었다.

그런데 하필이면 역왕이 저지른 죄가 모반이었다.

그런 점에서 고가가 받은 벌은 가벼운 편이었다. 어쨌든 그들은 역왕의 실질적인 끄나풀이었기 때문이다.

고가에서는 고정병 한 명에게만 벌이 내려졌지만, 다른 집안의 경우는 부자와 삼촌조카까지 여럿이 잡혀 들어갔다. 겨우 유배 삼 년? 다른 이들은 기본이 십 년 이상이었다. 그들은 당연히 반발했다.

뭐? 고가는 미녀들을 갖다 바쳤을 뿐이라고? 우리 집안은 광대 몇 사람을 보낸 게 전부거든? 설마 기예를 파는 게 몸을 파는 것보다 사회에 더 큰 해가 된단 말인가?! 대체 양심과 도리는 어디다 팔아먹은 게야! 남창을 사들인 자들도 강하게 불만을 표출했다! 이건 분명 남녀 차별이었다.

방법이 다른 것도 아니지 않은가!

그렇다. 이상은 명란이 머릿속에서 나온 생각이었다. 소도가 물어온 흥미로운 소식을 들은 명란은 머리를 평상에 박은 채 양심도 없이 침상을 두드리며 소리 없이 박장대소했다.

상황이 이렇게 돌아가자 형부도 골치를 썩게 되었다.

고가의 일은 황제가 친히 명을 내린 것이지만, 구체적인 형량은 형부가 내리는 것이었다. 당초에 황제의 뜻을 감안하여 고정병에게 약한 벌을 내렸으나, 지금은……. 만약 일이 커져 참견을 좋아하는 언관(너희 형부는 사람에 따라 대접을 달리하는구나)에게 걸리기라도 하면 성가신 일이었다. 황제의 명으로 죄를 사면한 것은 되돌릴 수 없지만, 죄가 인정된 경우라면 중벌로 다스릴 수 있었다.

며칠 지나지 않아 형부에서는 소문이 퍼지기 시작했다. 고정병의 형량을 이천 리 밖(멀고 위험한 변경 지역)으로 유배를 보내거나 유배 기간을 칠 년, 아니면 꽉 채워서 십 년으로 조정한다는 소문이었다. 넷째 숙부는 '합의금'조로 다시 막대한 은자를 치러야만 할 판이었다.

넷째 숙부는 이번엔 정말로 두려웠다.

은자를 쓰자니 벌써 갖다 박은 돈이 적지 않았다. 밑 빠진 독에 물 붓기 꼴인 데다 진짜 효과가 있을지도 미지수였다. 연줄을 대자니 조상 덕에 물려받은 이름뿐인 오품짜리 직위를 뺏기고 난 뒤로 아무도 도와주지 않았다. 심지어 형부에 발을 들일 수도 없었다.

소식을 들은 유 이랑과 고정병의 부인은 거의 졸도할 지경이었다. 정신을 차린 둘은 넷째 숙부에게 살려 달라며 달려갔다. 바짓가랑이를 잡고 울며불며 밤이고 낮이고 난리를 쳤다. 넷째 숙부는 속수무책이었지만 자신의 체면을 내려놓지 못했기에 큰아들을 시켜 고정엽에게 도움을 청했다.

고정엽이 서재에서 무슨 말을 했는지는 알 수 없었지만 서재에서 나오는 고정훤은 고개를 떨군 채 잔뜩 기가 죽은 모습이었다. 귀가한 고정훤의 상황 보고를 들은 넷째 숙부는 노발대발을 하며 고정훤에게 호통을 쳤다.

그렇게 또 며칠이 흘렀다. 이날 용이와 한이는 방 가운데 서서 『도화원기』[7]를 암송했고, 명란은 상석에 앉아 미소를 지으며 듣고 있었다. 『도화원기』는 문체가 산뜻하고 점잖으면서도 우아해 명란은 평소에도 그 풍격을 좋아했다. 거기다 청아한 목소리로 암송하는 두 아이의 귀여운 얼굴을 보고 있자니 방 안에 즐거움이 넘쳤다. 옆에서 한이를 지켜보던 유모도 덩달아 기뻐했다.

암송이 끝나자 명란은 연신 고개를 끄덕여 칭찬했다. 영리한 한이는 명란에게 다가와 명란의 소매를 잡아 끌며 애교를 부렸다.

"작은어머니, 저희가 모두 외웠으니 약조를 지켜주세요!"

명란이 인자하게 웃으며 한이의 작은 얼굴을 보듬었다.

"당연히 그래야지. 이따가 단귤을 시켜 우리를 보내 주마. 그리고 학관사에게 새끼 토끼를 위한 집을 만들어달라고 하마. 됐느냐?"

한이 옆에서 우물쭈물하던 용이가 눈빛을 반짝이며 작은 소리로 말했다.

"음…… 2층으로 만들면 안 될까요? 위에 풀과 꽃을 덮어서요."

명란은 실소하며 장난을 쳤다.

"당연히 되지. 그 대신 너희에게 다른 외울 거리를 내주면 어떨까."

"좋아요, 좋아요! 아무거나 정해주시면 저랑 용이가 외울게요!"

한이가 얼른 대답했다. 용이 역시 잔뜩 신난 표정으로 작은 얼굴을 붉히며 환히 웃었다. 천진난만한 눈이 반짝거리고 있었다.

---

7) 도연명의 산문.

명란은 조금 기쁘고 안심이 됐다.

만약 자신이 낳은 아이였다면 진즉에 목을 비틀며 '요 녀석, 어디서 놀 궁리하는 것만 배워가지고!' 혹은 '제대로 공부 안 하면 혼쭐이 날 줄 알아!'와 같은 잔소리를 했을 것이다. 그렇게 힘들일 필요가 없는 것을! 용이는 애초에 책에 관심이 없고 고집이 셌기에 가르치기가 힘들었는데, 아아…… 이제야 방법을 찾은 듯했다.

아이들을 보내고 숨도 못 돌렸는데 바깥이 시끄러웠다.

"넷째 숙부님 댁 둘째 마님의 안색이 좋지 않습니다. 마님, 조심하세요."

녹지가 종종걸음으로 다가와 작은 소리로 귀띔했다.

알고 보니 넷째 숙부댁의 여자 권속들이 무리를 지어 찾아온 것이었다. 명란은 가슴이 철렁했지만 이내 정신을 가다듬고 전투에 임할 준비를 했다.

손님을 맞이해 자리를 안내한 뒤 양측은 얼굴을 마주 보았다.

사실 녹지가 상황을 너무 좋게 표현한 것이었다. 고정병의 부인뿐만 아니라, 넷째 숙부댁의 모든 여자 권속들의 안색이 보기 흉한 잿빛이 되어 있었다.

차를 권하고 인사치레를 나눈 뒤, 고정병의 부인은 계집종들이 아직 곁에 있음에도 황급히 고정병의 상황에 대해 털어놓으며 명란에게 도움을 요청했다. 이야기를 들은 명란은 아무런 대답 없이 손을 내저으며 하인들을 내보냈다. 그리고 혹시라도 싸움이 일어날 상황에 대비해 녹지와 소도를 경호원 격으로 방 안에 남겨 두었다.

"형님."

명란이 입으로 차를 불었다. 옅은 노란색과 연두색 밑바닥을 가진 분채 찻잔에 가볍게 물결이 일며 호박색 찻물이 일렁거렸다. 명란이 온화한 어조로 말을 이었다.

"지난번에도 말씀드렸지만 저는 사내들의 바깥일에 끼어들 수 없습니다. 나리가 나서 준다면 당연히 좋겠지만 그럴 수 없다면 나리에게도 '그럴 수 없는' 이유가 있겠지요. 그러니 제게 말씀을 하셔도 아무 소용이 없습니다."

고정병의 부인이 팽팽하게 당겨졌던 마지막 한 줄기 현이 끊어진 것처럼 자리에서 벌떡 일어나더니 핏발 선 눈으로 명란을 노려봤다.

"감히 그런 말을 하다니! 우리 집안이 다 죽어 나가야 속이 시원하겠는가?! 그래, 그럼 내가 죽어주겠네!"

명란은 그녀를 힐끗 쳐다보더니 아무런 동요도 않고 언제나처럼 미소를 지었다.

"형님, 또 그런 농담을 하시는군요. 아주버님께서 멀쩡히 살아 계시는데 형님이 죽으시면 조카들은 어쩌란 말씀이십니까?"

'죽어버리겠다'는 수는 명란에게 씨알도 먹히지 않았다.

넷째 숙모는 지친 표정으로 조용히 앉아 아무 말도 하지 않았다. 고정 횐의 부인은 그 광경을 지켜보다 분통을 터트리며 고정병의 부인에게 호통쳤다.

"어서 자리에 앉지 못하겠나! 어째서 동서에게 화풀이를 하는 게야? 자고로 출가한 아녀자는 부군을 따르는 법. 정엽 서방님이 어릴 적부터 고집이 센 것을 어쩌하란 말인가. 왜 애먼 동서에게 화풀이를 해?! 입만 열었다 하면 죽어버린다 어쩐다 소리를 하니 재수가 있겠나!"

고정병의 부인도 진짜 죽을 마음은 없었기에 은근슬쩍 자기가 뱉은 말을 삼키며 의자에 엎드려 울음을 터트렸다.

"그럼 어쩌란 말입니까?!"

그녀는 눈물을 흘리며 명란에게 달려들었다.

"우리 나리가 서방님에게 밉보인 건 나도 잘 알고 있네. 하지만 스님 체면은 세워주지 않아도 부처님 체면은 세워주어야지 않겠나. 다 같은 조상님을 모시면서 어찌 형제가 고생하는 것을 두고 본단 말인가! 서방님도 참으로 매정하네. 사람이 죽는 걸 보고도 구해주지 않고……."

명란이 들고 있던 찻잔을 탁 내려놓으며 차가운 표정으로 일갈했다.

"형님, 양심에 손을 얹고 말씀하시지요! 사람이 죽는 걸 보고도 구하지 않다니요!"

명란이 허리를 곧게 펴고 자리에서 일어나며 앞에 앉아 있는 여자 셋을 훑어보았다. 그러다 고정병의 부인에게 시선을 멈추고는 냉소를 지으며 말했다.

"형님, 밖에 나가서 한번 물어보세요. 우리 집안과 비슷한 죄를 지은 자들이 어떤 벌을 받았는지 말입니다! 가산을 몰수당한 자도 있고, 유배를 간 자도 있고, 심지어 목이 달아난 자도 있습니다! 옥살이만 해도 얼마나 많은 사람들이, 얼마나 오랫동안 하게 되었는지 알고 계십니까?!"

명란의 목소리는 격앙되어 있었고 분노한 기색이 역력했다. 명란은 앞으로 몇 걸음 걸어 나가 가까이서 고정병의 부인을 노려보았다.

"지금 우리 집안에서 넷째 숙부님도 무사하시고, 다섯째 숙부님도 무사하시고, 여러 형제들도 다 무사합니다. 한 명만 벌을 받게 된 것도 뇌물을 써서 형을 가볍게 한 것이고요! 허허……. 이게 다 누가 뛰어 다니며 힘을 쓴 덕인 줄 아십니까! 그런데 형님께서는 말 한마디로 모든 공을 없애 버리시는군요!"

명란은 길고 커다란 고운 눈을 가늘게 뜨며 비난했다.

"예전에는 나리가 조금 매정하다고 생각했는데 지금 보니, 흥, 기껏 좋은 일을 하고도 고맙다는 소리는커녕 원망만 듣는군요!"

말을 마치고 감정이 격해진 명란은 한쪽에 몸을 틀고 앉아 입을 다물었다.

평소 같았으면 이런 일이 생길 때마다 고정환의 부인이 나서서 상황을 무마시켰지만 오늘은 그녀도 화가 난 탓인지 입을 열지 않았다. 고정병의 부인이 눈치를 보더니 고정환의 부인 쪽으로 몸을 돌려 또 울며불며 매달렸다.

"형님, 무슨 말씀이라도 해보세요! 형님은 동서와 사이가 좋지 않습니까. 뭐라고 말씀 좀 해보세요! 이대로 저희 나리가 고생하는 것을 두고 보실 참인가요!"

고정환 부인의 소매에서 우드득 뜯어지는 소리가 났다. 짜증이 난 그녀는 동서를 밀어내며 감정 없이 말했다.

"내가 무슨 말을 할 수 있겠는가? 나는 태세신太歲神[8]이 아니라 옆집 사는 손위 동서일 뿐일세."

부글부글 끓어오르는 속을 풀 데가 없던 고정병의 부인은 고정환의 부인에게 삿대질을 하며 소리를 질렀다.

"형님 속셈이 뭔지 맞춰 볼까요? 우리 두 내외가 죽으면 속 시키면 형님 내외가 재산을 독점하려는 게지요!"

고정환의 부인이 대노하여 자리에서 벌떡 일어나더니 소매에서 종이 몇 장을 꺼내 탁자 위에 탁 하고 올려놓았다.

"와서 이게 뭔지 한번 보게!"

---

8) 도교에서 모시는 신 중 하나로 인간의 길흉화복을 관장함.

사람들의 시선이 그 종이로 향했다. 알록달록한 전당표였다

고정환의 부인은 얼굴을 붉히며 목에 핏대를 세웠다.

"요즘 서방님을 위해 뇌물을 쓰느라 곳곳에 은자를 써야 하는데, 지난 몇 년 동안 모든 재산을 서방님이 움켜쥐고 있어서 우리는 한 푼도 만져 보지 못했네! 당장 은자를 써야겠고, 아버님은 맨날 주머니 사정이 어렵다고 하시니 우리 집의 그 분별없는 양반이 할 수 없이 집안 물건을 저당 잡혔다네!"

그녀는 치밀어 오르는 화를 참지 못하고 결국 폭발했다.

"동서, 내가 언제 자네한테 은자 한 푼이라도 받아 봤다면 이런 말도 하지 않았을 걸세! 나는 자네한테 형님으로서 도리를 다했으니 자네도 말을 곱게 하게! 날 건드렸다가는 다들 편히 살진 못할 게야!"

고정병의 부인은 멍하니 입을 벌린 채 할 말을 잃었다. 사실 그녀는 은자를 내놓는 것에 인색했다. 아이들과 자신을 위해 본전을 남겨 놓고 여러 사람에게 기댈 생각이었다. 그런데 시아버지도 그렇게 인색할 줄이야. 그녀는 눈물을 흘리며 좀처럼 말을 꺼내지 못했다.

자기들끼리 내분을 일으키기 시작한 꼴을 보며 좌불안석이 된 넷째 숙모가 결국 자리에서 일어나 명란에게 애원했다.

"명란아, 네가 시집온 지 얼마 되진 않았지만 그래도 네가 마음이 너그럽다는 건 내가 알고 있다. 네 시아주버니의 상황이 이런데 자식도 아직 어리단다. 가엾다는 생각이 들지 않느냐?"

명란이 고개를 들더니 아주 의아하다는 눈빛으로 넷째 숙모를 쳐다봤다.

"숙모님께 감히 여쭙겠습니다. 예전에 저희 나리가 집을 떠날 때 수중에 은자가 얼마나 있었는지 아십니까? 집을 나가서도 의탁할 사람이 있

었던가요? 강호 사람들은 싸움을 잘하는데 나리가 평안하게 지냈을까요? 그 시절 나리가 어디서 무엇을 하든 밥도 잘 먹고 옷도 따뜻하게 입고 다녔을까요? 이 커다란 후부에서 누구 하나 아는 사람이 있습니까? 어찌 지냈냐고 물어본 사람은요?"

명란은 질문이 끝날 때마다 잠시 멈추었다. 한마디 한마디가 칼로 후벼 파거나 찌르는 것처럼 아주 날카로웠다. 좀 더 세게 말하자면 그 시절 고정엽이 만약 객사를 했다면 시신을 거두러 올 사람조차 없었을 것이다. 명란은 속에서 경멸이 끓어올랐지만 그저 덤덤하게 말할 따름이었다.

"지금 아주버님은 걱정해주시는 부모님도 계시고, 힘써 주는 형제도 있으니 그때의 저희 나리보다 훨씬 형편이 낫네요."

이런 추궁에 넷째 숙모는 한마디도 답을 하지 못했다. 잠시 후 그녀가 난처한 표정을 지으며 작게 말했다.

"그 아이가…… 억울한 일을 당했다는 걸 나도 잘 알고 있다."

명란이 비웃듯이 입꼬리를 올렸다.

"이 조카며느리 생각에는 말입니다, 일단 자기 집의 사내부터 챙긴 뒤에 남의 집 사내를 걱정하는 것이 좋을 듯합니다."

명란의 동정심은 한도가 아주 낮아서 소수의 사람에게만 허용되었다.

고정병의 부인은 시어머니조차 꿀 먹은 벙어리가 되자 마음이 조급해져 입을 떼려고 했다. 그때 명란이 뒤를 돌아보며 한 발 앞서 말을 꺼냈다.

"형님, 솔직하게 말씀드리지요. 저희 나리는 그간 아주버님과의 '정'을 생각해 이미 최선을 다했습니다."

명란은 특별히 '정'이라는 말을 강조했다. 고정병의 부인은 멍하니 얼어붙었다. 명란은 그런 그녀의 표정을 보고 미소를 지으며 말을 이었다.

"상황이 이리 되었으니 형님은 저희 나리에게 부탁을 할 게 아니라 가서 넷째 숙부님께 부탁해보세요."

"무, 무슨 부탁?"

고정병 부인의 동공이 흔들렸다.

명란은 속으로 경멸이 일었으나 덤덤히 대답했다.

"형님, 알면서 모르는 척하는 게 만병통치약은 아니랍니다."

다섯째 숙부댁은 아주 명쾌했다. 이미 가산과 하인들을 정리하기 시작해 대략 열흘에서 보름이 지나면 이사를 나갈 것이다.

이렇게까지 이야기를 했는데 일부러 모르는 척하는 게 아니라면 명란의 말뜻을 모를 리가 없었다.

고정병의 부인은 그대로 주저앉았다. 그녀도 분가는 하기 싫었다. 큰 나무 밑의 그늘이 얼마나 시원한가. 특히 지금은 유명무실하게나마 있던 시아버지의 세습 작위도 없어진 상황이었다. 한편 고정훤의 부인은 굳게 입을 다문 채 침묵을 지키고 있었다.

넷째 숙모가 며느리들을 이리저리 살펴더니 탄식을 했다. 그리고 명란의 손을 잡아끌며 애원하기 시작했다.

"정엽이가 우리를 원망하고 있다는 건 잘 알고 있다. 지난 세월…… 넷째 숙부와 정병이가 잘못을 하긴 했지. 허나, 명란아…….."

그녀가 울먹이며 사정했다.

"이사는 꼭 갈 것이다. 허나, 정형이의 얼굴을 봐서 이 년만 늦춰줄 수는 없겠느냐? 이제 곧 정형이 혼처도 찾아봐야 하는데 후부에서 출가할 수 있다면…….."

명란은 마음을 가라앉히고 뒤를 돌아 그녀를 바라보며 다정한 목소리로 말했다.

"숙모님, 힘드신 사정은 잘 압니다. 허나, 이 년은커녕 두 달도 나리가 원하지 않을 겁니다. 나리가 너무 모질다 생각 마시고 예전에 있었던 그 은자에 얽힌 일을 생각해보세요."

넷째 숙모가 고개를 번쩍 들더니 말을 더듬거렸다.

"무슨 일을……?"

명란이 그녀를 뚫어지라 쳐다보며 차분히 대답했다.

"다른 건 차치하고, 홍수각의 일과 만성 전당포의 일을 생각해 보시지요."

고정병의 부인이 갑자기 고개를 번쩍 들더니 날카롭게 쏘아붙였다.

"그래, 그 두 사건은 우리 나리가 폭로했지. 정엽 서방님이 지목됐고. 설마 그 일로 앙심을 품고! 어떻게……."

그녀는 말을 끝맺지 못했다. 명란의 칼날처럼 날카롭고 싸늘한 눈빛이 자신을 향하고 있었기 때문이다.

명란이 고정병의 부인을 주시하며 한 글자 한 글자 힘주어 말했다.

"그때의 시시비비는 오늘 말하지 않겠습니다. 허나 그 사건의 내막이 어떤지는 하늘이 알고, 땅이 알고, 아주버님도 알고, 다른 사람들도 알고 있지요. 형님이 떳떳하다면 부처님 앞에 가서 양심이 없는 그 사람을 저주해보시지요!"

고정병의 부인은 켕기는 것이 있었다. 첫 번째 사건 때는 자신이 시집오기 전이었지만, 두 번째 사건은 자신도 잘 알고 있었다. 그때 누군가가 대신 누명을 써 준 덕에 자기 집은 은자도 쓰지 않고 벌도 받지 않았다며 내심 즐거워했기 때문이다.

고정환의 부인은 눈이 휘둥그레졌다. 처음에는 무슨 얘긴지 알아듣지 못했지만 잠시 생각해보자 금방 상황이 이해되기 시작했다. 이에 더욱 경멸하는 표정으로 고정병의 부인을 바라보았다.

넷째 숙모는 속으로 한숨을 내쉬었다. 그녀는 그 두 사건을 친히 목격했던 것이다. 당시에는 속사정을 몰랐다 해도 나중에는 진상을 알게 되었다. 자기 남편과 아들은 행실이 실로 천박했기에 고정엽이 앙심을 품었다 해도 그를 나무랄 수는 없었다. 자신도 몸을 사리느라 고정엽을 변호해주지 않았었다. 그러니 어찌 그에게 도움을 청할 수 있겠는가.

"설마 그걸로 원한을 품은 것이냐?"

넷째 숙모가 떨리는 목소리로 물었다.

명란은 기나긴 한숨을 내쉬며 부드럽게 말했다.

"그 원한을 품고 싶지 않으니 분가를 하자는 것입니다. 지금 나리는 속이 끓어서 화풀이를 하는 겁니다. 세월이 지나 조카들이 모두 장성하고 자손이 번창하게 되면…… 결국엔 한 집안 식구 아닙니까. 인정 많은 나리가 어떻게 후손들에게 원한을 품겠습니까."

명란은 애초에 무고한 사람들에게까지 날을 세울 생각은 없었다. 고정형이 비록 넷째 숙부의 여식이긴 하지만 그녀가 좋은 곳으로 시집을 갔으면 하고 바랄 뿐이었다.

'후손'이라는 두 글자에 고정훤의 부인은 가슴이 미친 듯이 뛰었다. 그녀의 유일한 걱정거리는 슬하의 세 아들뿐이었기 때문이다. 실은 얼마 전 명란이 귀띔을 해주길 고정엽이 그녀의 장자인 고사구를 위해 천위영에 자리를 마련해 줬다고 했다.

장차 숙부의 보살핌 아래 고사구 본인이 조금만 더 분발한다면 미래가 보장될 수 있을 것이다. 그러나 이 일은 때려죽인다 해도 발설할 수는 없었다. 그랬다가는 바로 온 식구들에게 '우리 편을 배신하고 남과 내통

했다'는 욕을 듣게 될 것이니, 이 일은 분가를 한 후에 밝히는 게 나았다. 그런 이유로 고정훤은 아버지와 동생에게 미안한 마음이 들어 필사적으로 고정병을 도우려 사방을 돌아다녔던 것이다.

고정훤의 부인은 진작부터 고정엽과 자신의 시아버지 간의 깊은 원한 관계를 눈치채고 있었다. 만약 같이 살다가 허구한 날 다투게 된다면, 그때 가서 고정훤은 누구 편을 들어야 하는 걸까? 아버지 편을 들자니 고정엽에게 미움을 사게 될 것이고, 그렇다고 고정엽 편을 들자니 불효자가 될 게 뻔했다.

차라리 분가를 한다면 고정엽과 시아버지가 마주칠 일은 없을 것이다. 때가 되면 고정엽은 고정훤과의 옛 정을 생각할 것이고, 자신과 명란은 평소에도 왕래를 자주하는 편이니 오히려 분가하는 것이 더 득이 되는 것이다.

그렇기에 고정훤의 부인은 처음부터 분가를 찬성했다.

이번 담화가 끝난 뒤, 넷째 숙부는 더 이상 어영부영 넘어갈 수 없다는 걸 깨달았다. 또 다시 사나흘을 끌었다. 고 태부인이 여전히 '병상에 누운' 채로 넷째 숙부와 다섯째 숙부를 위해 나서지 않자 그도 단념했다. 그러고는 집안 어르신에게 이사를 가겠다고 큰소리를 쳤다.

이리하여 넷째 숙부댁 식구들도 급히 이삿짐을 싸기 시작했다.

수십 년을 함께 엮여 살았으니 재무 상황도 명확히 정리해야 했고, 하인들 역시 데려갈 자들과 남겨 놓을 자들을 정확히 나눠야 했다. 순식간에 고부는 어수선하고 분주해졌다.

가을 햇살이 좋고, 공기가 상쾌했다. 명란은 창문을 활짝 열어 둔 채 연한 자주색 구름무늬가 수놓인 푹신한 대영침에 기대어 앉아 있었다. 따뜻한 흰목이버섯배찜을 한 손에 받쳐 들고 천천히 떠먹는 명란의 얼굴 위로 옅은 비웃음이 띠올랐다.

명란은 이미 고인이 된 시아버지를 만나 보진 못했지만 분명 너그럽고 자애로운 가장이었으리란 생각이 들었다. 그러니 동생 둘을 자기 날개 아래 보호하다 그 나이 먹도록 아무것도 모르는 사람으로 만든 게지.

두 숙부 중 하나는 개망나니로 집안에서만 난폭하게 구는 사람이었고, 다른 하나는 스스로 인품이 고결하다 여기며 남을 깔보는 사람이었다.

둘 중 한 사람이라도 어른스러웠다면 고정엽이 두각을 나타냈을 때 어떻게든 예전의 앙금을 풀고 조심스럽게 사죄하며 원한 관계를 없애기 위해 노력했을 것이다. 그러나 그들은 끝까지 어른의 권위를 내세우며 고정엽을 이용하고, 계속해서 체면을 차리려 했다. 그 결과……. 목소리가 아무리 커도 소용없었다. 고정엽이 손을 쓸 것도 없이 그들은 견뎌 내지 못했다.

어마어마한 힘 앞에서 흉악하게 날뛰던 그들의 모습이 어쩌면 그렇게 나약해 보이던지.

게다가 이번 고정엽의 분가 요구는 합당한 것이었다.

천조상국天朝上國 [9]은 진한시대부터 유가 학설을 세워 '최고 권력자의 유일성'을 연구해왔다.

이 이론을 국가 층위에서 본다면 '하늘에는 두 개의 태양이 있을 수 없고, 나라에는 두 명의 주인이 있을 수 없었다'. 후계 문제에 대입해본다면 바로 적장자 계승제였다. 혼인에 적용한다면 일부일처다첩제일 것

---

9) 천자의 나라, 중국이 스스로를 높여 이르는 말

이다.

옛사람들은 무수한 피의 교훈으로 똑똑히 알고 있었다. 일단 권력이 분산되고 나면 그 다음은 끝없는 분쟁과 성가신 일투성이였다. 그래서 한 경제景帝부터 한 무제武帝까지 삭번削藩[10]을 시행하지 않을 수 없었다. 황제들은 자신의 숙부와 사촌 형제, 조카들을 십여 차례 불러 다독이며 그들이 철저하게 얌전히 지내도록 했다. 또 그래서 바람기가 있는 고대의 사내들은 자체적으로 처첩 제도를 만들어 예법을 통해 자신을 단속했다. 그들은 안채를 모두 정실부인의 관리하에 두었다. 그래야만 향후 발생할 불미스러운 일에 대한 걱정 없이 마음 놓고 바깥일을 할 수 있었기 때문이다.

분가도 마찬가지였다. 부모가 살아 계실 때는 아들들은 분가를 하지 않아도 무방했다. 한 집안의 가장인 부친이 집안 내부의 모순을 관리할 수 있는 충분한 권위를 갖고 있었기 때문이다. 장남이 있으면 동생들은 분가를 하지 않아도 괜찮았다. 그 역시 '장남은 아버지와 같다'는 말이 있기 때문이다. 하지만 장남마저 세상을 떠났다면 어떻게 해야 할까.

조카가 한 집안의 가장이 되었는데 숙부들이 여전히 집에 남아 있다면 어떻게 될까. 일단 집안 내부에 의견 충돌이 발생했을 때는 종법에 따라 조카에게 최종 결정 권한이 있었다. 그러나 노인을 공경하는 풍습에 따라 조카는 숙부의 의견을 존중해야만 한다.

그러면 최고 권력자의 유일성은 파괴될 것이다. 이는 가문에 극히 유해하다.

---

10) 지방 제후들의 권력을 축소시키는 것

그러니 넷째 숙부가 뻣뻣하게 버티는 것은 그 어떤 예법에도 맞지 않았다. 거기에 고정엽의 권세까지 더해지니, 넷째 숙부는 패할 수밖에 없었다. 고정엽이 굳이 나설 필요도 없이 차가운 표정으로 방관만 해도 족했다.

사실상 가장 골치 아픈 상대는 바로 고 태부인이었다.

고 태부인은 줄곧 좋은 평판을 갖고 있었다. 설령 누군가 고 태부인의 저의를 의심한다 해도 그녀가 큰형수의 신분을 내세우며 불쌍한 모습으로 의붓아들이 자신을 박대할까 두려우니 두 숙부를 남게 해달라고 집안 어르신에게 호소한다면 그야말로 골치 아파지는 것이었다.

"이 거래는 먼저 그 사람과 해야 한다. 그러면 그 뒤는 문제도 아니지."

고정엽의 수려한 얼굴에 난해한 표정이 떠올랐다. 바다 같이 깊은 눈동자 속에는 끝없는 차가움이 깃들어 있었다.

하루하루 기다리며 차근차근 지켜보았다. 고 태부인이 몸을 사리며 다시는 이 일에 관여하지 않게 됐을 때 사실 그녀는 이미 묵인한 것이나 다름없었다. 그리고 고정엽은 그제야 분가 이야기를 꺼냈다. 자신은 털 끝 하나 다치지 않고 적을 치려 한 것이다.

그는 태어날 때부터 성격이 불같고 직선적이었다. 세월의 풍화와 적지 않은 고난을 겪으면서 맹렬한 불과 빙하는 서서히 심연과도 같은 끈기와 인내로 바뀌었다.

"너는 성정이 너무 올곧아서 음험한 수단을 막으래야 막을 수 없을 것이다."

고정엽이 명란의 귓가에 나직이 속삭였다. 그의 눈빛은 바다처럼 고요했다. 명란을 가여워하는 마음을 감추지 못했다.

"사람이 많으면 일도 많은 법. 엉망진창인 것들을 없애고 나면 네가 천천히 정리하거라."

　명란은 그가 무슨 걱정을 하는지 알고 있었다. 자신을 보호해주지 못할까 걱정하는 것이었다.

　마음이 말랑해진 명란은 팔을 뻗어 그의 목을 끌어안았다. 수염이 까슬까슬하게 난 그의 뺨에 얼굴을 대고 있자니 마음이 따뜻해졌다.

　집안싸움에 천부적인 재능을 갖고 있지 않은 명란은 앞으로 많은 것을 배워야 했다.

제153화

오랫동안 기다려온
교전을 현장 참관하다

강제로 분가를 하게 된 다섯째 숙부는 엄청난 모욕을 느끼며 체면이 바닥에 떨어졌다고 생각했다. 이에 온종일 서재에 처박힌 채 '그 불초한 조카 놈'의 의기양양한 얼굴을 보길 거부하다 짐 정리가 끝나고 이사를 하는 날이 돼서야 얼굴을 드러냈다. 그러나 끝없는 분노와 증오 속에 그의 예술적 성취는 오히려 수직 상승했다. 붓을 휘둘러 큼직하게 휘갈긴 글씨는 살아 있는 듯 생동감이 넘쳐 당장이라도 종이 밖으로 뛰쳐나올 것 같았다. 즉흥적으로 지은 시는 격정적이고 호방했으며 자유로운 운율을 담고 있었다. 이번에는 손님을 초대해 아첨을 청할 것도 없었다. 자신이 봐도 대단히 일취월장했음을 알 수 있었다.

"……이태백은 실의에 빠져 반평생 산과 강을 누볐고, 회소懷素 [1]는 평생을 청빈하게 살며 속세를 버리고 초야에서 살아갔네. 예로부터 성현

―――――

1) 당나라 때의 유명한 서예가.

은 모두 이러했으니 설마 몸 고생, 마음고생을 해야 대성하게 되는 것인가……?"

그는 자신이 관직에 오르기 위해 글공부를 했으나 성공하지 못한 이유가 혹시 너무 편안히 살았기 때문은 아닐지 생각했다. 자신도 고생을 조금 더 했더라면 성과를 얻을 수 있었을까?(드디어 진실을 깨달으셨군요!)

똑같이 울분을 느끼는 와중에 다섯째 숙부는 예술에서 위안을 찾았지만, 넷째 숙부는 그렇게 생각이 트인 편이 아니라 온종일 엉뚱한 사람에게 화풀이를 하거나 걸핏하면 욕지거리를 해댔다. 그 바람에 넷째 숙부네는 먹구름이 드리워졌다. 그러던 어느 날, 넷째 숙부는 유 이랑의 귀띔에 드디어 머릿속이 환하게 트이는 기분이 들었다. 갈 때는 가더라도 득이 되는 무언가를 챙겨 가야겠다는 생각이 든 것이다.

"다섯째 아우 성정에……."

넷째 숙부는 주저했다.

"은자 몇 푼 받자고 나랑 같이 따지러 가진 않을 터인데."

쉰 살이 다 되어 가는 나이였지만, 관리를 잘한 덕에 서른 남짓으로밖에 보이지 않는 유 이랑이 우아하게 웃으며 넷째 숙부에게 다가섰다.

"그 댁 마님이 계시지 않습니까? 그리고 다섯째 나리 성격은 잘 아시면서. 불을 붙이기만 하면 앞뒤 안 가리고 싸울 일이 아니어도 싸우려 드실 겝니다."

집안싸움에 특출난 재능을 갖고 있는 유 이랑은 실력이 보통이 아니었다. 과연 그녀의 예상대로 다섯째 숙부는 처음에는 가기 싫어했지만 자신의 아내가 생계가 어려워 독립이 힘들다고 울며불며 하소연하자 어쩔 수 없이 넷째 숙부의 제안을 받아들였다.

이날 명란은 직접 한이를 데려다주었디. 소 씨는 싱글벙글 웃으며 돌아온 딸과 떨어지는 게 아쉬워 함께 따라온 용이를 보았다. 다시 본 딸의 얼굴은 혈색이 좋았고, 키도 더 자란 것 같았다. 자신의 소매를 잡고 참새처럼 재잘재잘 쉼 없이 떠드는 아이는 무척 건강하고 쾌활해 보였다. 소 씨는 한이에게 딸려 보낸 어멈으로부터 한이가 정원에서 잘 지냈다는 얘기를 듣고는 명란에게 감사한 마음이 들었다. 두 동서는 손을 맞잡고 많은 이야기를 나누고 나서야 자리에서 일어났다.

명란은 용이가 한이와 조금 더 이야기를 나눌 수 있도록 남겨 둔 뒤 소 씨와 함께 고 태부인의 처소로 건너가 배가 잔뜩 부른 주 씨에게 따뜻한 관심을 표했다. 고 태부인은 대영침에 기댄 채 몇 마디를 거드는 등 방안의 분위기가 상당히 화기애애했다.

"……네 큰동서의 건강도 많이 좋아진 듯하니 이제 아무 걱정이 없구나. 이제 네 시누이의 혼사만 남았어."

고 태부인이 근심 어린 목소리로 탄식을 했다.

"과년한 나이인데 아직도 혼처가 정해지지 않았으니."

큰 병이 나은 지 얼마 되지 않은 소 씨가 가느다란 목소리로 고 태부인을 위로했다.

"어머님, 너무 걱정하지 마세요. 아가씨는 성품으로 보나 외모로 보나 온 경성에서 손꼽히지 않습니까. 하늘이 무심하시어 연달아 일이 생기다 보니 잠시 지체된 것뿐입니다."

그 말이 꽤나 효과적이었는지 고 태부인의 표정이 한결 풀어졌다.

"형님 말이 옳습니다."

주 씨가 몸을 옆으로 틀며 온화한 목소리로 맞장구쳤다.

"어머님, 너무 염려 마세요. 중산후 집안의 큰규수도 곧 열여덟 살이

고, 한국공 집안의 몇몇 규수들과 엄 상서 댁의 규수도……. 잘 살펴보면 요 몇 년간 경성 안에서 혼사가 미뤄진 규수가 정찬 아가씨 하나만은 아 닙니다."

울상이던 고 태부인의 얼굴에 미소가 떠올랐다.

"너희 말을 들으니 기분이 나아지는구나. 정녕 그렇다면 다행이겠어. 휴……. 명란아, 네 의견은 어떠하냐?"

그녀가 명란을 바라보았다.

최근 이삼 년간 국상이니 병란이니 하며 정세가 변화무쌍했다. 경성 의 작위를 가진 가문들은 수차례 기복을 겪어 귀한 집안의 규수들 중 혼 사가 미뤄진 이가 적지 않았다. 그러니 고정찬의 나이에 아직 시집을 못 간 것이 크게 눈에 띄지는 않았다.

명란은 조금 멋쩍은 듯 웃으며 대답했다.

"저, 저는 잘 모르겠습니다. 아가씨의 인품과 외모라면 필시 좋은 인연 을 만날 수 있겠지요. 어쨌든…… 저는 아가씨에게 첨장[2]을 해 줄 날을 기다리고 있습니다."

다소 맹한 듯한 명란의 모습에 소 씨가 참지 못하고 웃음을 터트렸다.

"아우도 참, 아가씨 혼사 이야기를 하는데 자네가 얼굴을 붉힐 게 뭐 있나! 아직 새댁이라 그런지 수줍음이 많구먼."

이런 반응이야말로 명란이 바라던 바였다. 명란은 고개를 더욱 푹 숙 이고 속눈썹을 파르르 떨었다.

고 태부인이 눈을 반짝이더니 아무렇지 않은 척 웃었다. 새언니가 시

---

2) 혼수를 보태주는 것.

집가는 시누이에게 침장을 해주는 것은 정해진 풍습이었다. 명란은 혼처를 찾는 데 도움을 주겠단 말도, 첨장을 얼마나 하겠다는 말도 하지 않았으니 그 말은 하나 마나 한 말이었다.

명란이 위기를 넘겼단 생각에 안도의 한숨을 내쉬었다. 본래는 재빨리 자리를 뜰 생각이었는데 몇 마디 나누기도 전에 넷째 숙부와 다섯째 숙부가 들이닥칠 줄 누가 알았겠는가.

넷째 숙부가 앞장서 들어왔고, 그의 옆에는 다정하게 그를 부축한 유이랑이 있었다. 다른 쪽에는 안색이 좋지 않은 넷째 숙모가 있었고, 뒤쪽에는 고개를 빳빳하게 쳐든 다섯째 숙부 내외가 있었다. 고 태부인은 그들의 기세에 미간을 살짝 찌푸리다 얼른 표정을 고치고 자세를 바르게 했다. 명란은 깜짝 놀라며 소 씨, 주 씨와 함께 공손하게 자리에서 일어났다.

들어오자마자 명란을 발견한 다섯째 숙모는 불쾌감을 드러내며 여러 번 기침을 했다. 명란은 그녀를 그저 목구멍에 걸린 생선 가시라 생각하며 무시했다. 한편, 넷째 숙부도 독기 어린 눈빛으로 명란을 쳐다보았다. 명란은 고개를 돌리고 그가 나이가 많아 눈꺼풀에 쥐가 났다고 생각하며 아무렇지 않다는 듯 미동도 하지 않았다. 의례적인 인사말이 오간 후, 넷째 숙부가 단도직입적으로 돈 얘기를 꺼냈다.

"다시 재산을 나누자니요?"

이미 마음의 준비를 하고 있던 고 태부인조차도 이 기상천외한 제의에 화들짝 놀랐다.

"넷째 서방님, 그 무슨 말씀입니까? 돌아가신 시부모님께서 진작 세간을 내주시지 않았습니까?"

넷째 숙부가 천연덕스럽게 한숨을 쉬었다.

"그렇기는 하지만 수십 년 동안 세 집이 같이 생활하지 않았습니까. 오랜 세월이 흘렀는데 재산이 그렇게 정확하게 나눠지겠습니까. 하나씩 따지고 들면 다들 감정만 상할 테니 차라리 한 번 더 재산을 나누시지요. 이런 얘기까지 꺼내고 싶진 않았지만 집안 사정이 어려워 체면을 무릅쓰고 말씀드립니다."

그 말에 평소 세상일에 밝은 주 씨가 바로 얼굴을 붉혔다. 세상사에 무관심한 소 씨도 속으로 화를 냈다. '젊은 새색시는 자주 얼굴을 내밀면 안 된다'는 법도에 따라 명란은 고개를 숙인 채 소 씨 뒤에 서서 '드디어 올 것이 왔구나.' 하고 생각했다. 명란은 숨을 죽이고 집중한 채 큰 전쟁의 발발을 기다렸다. 그녀는 진작부터 고 태부인의 화력이 최대치가 되었을 때 전투력이 얼마나 될지 궁금해하고 있었다. 제발 실망스럽지 않기를.

컴 온, 베이비!

고 태부인은 무표정한 얼굴로 한 손으로 탁자를 누르고, 다른 한 손으로는 손수건을 꽉 쥐고 있었다. 손가락에 끼워진 백옥과 비취색 보석으로 장식된 가느다란 은반지가 은은하게 빛났다. 고 태부인은 잠시 생각하더니 부드럽게 고개를 돌리며 말했다.

"명란아, 이 일을 어찌하면 좋을지 말해보거라. 엄밀히 말하면 네가 녕원후부의 안주인 아니냐."

"제 나이에 무엇을 알겠습니까."

구경거리를 기다리던 관중이 갑자기 무대 위로 끌어올려진 셈이었다. 명란은 눈을 깜빡이며 겸손하게 고개를 숙인 채 절을 했다. 이어 조심스럽게 고개를 들고는 조용히 한숨을 내쉬었다.

"생계의 어려움을 말하자면 징원 역시 좋은 상황은 아닙니다. 아아, 오기는 인정에 성의를 표해야 할 곳은 많고, 장원에서는 한동안 은자를 거두지 못하고 있습니다. 게다가 며칠 후면 저택을 수리해야 하니 은자를 물 쓰듯 쓰고 있지요. 다행히 다섯째 숙부님과 어머님이 아버님께서 나리에게 남기신 재산을 주신 덕에 급한 불은 끌 수 있게 되었지요. 넷째 숙부님, 숙부님께서는……."

넷째 숙부는 명란이 그 얘기를 꺼낼까 봐 두려워하고 있었다. 사실 집 안사람들 앞에서 그들은 고정엽을 대신해 재산을 보관하고 있었다고 이미 말한 상황이니, 이제 와서 욕심을 부리며 내주지 않을 수도 없는 상황이었다. 넷째 숙부는 순간 말문이 막혔지만 그래도 재빨리 반응하며 화제를 돌렸다.

"그 무슨 말이냐. 정엽이가 후부의 주인이 되었고, 정욱이가 세상을 떠나면서 재산에 대해 분명히 말해 두지 않았느냐. 그런데도 쓸 은자가 부족해? 그리고 형수님, 손가락을 너무 꽉 쥐고 계십니다."

고 태부인이 무슨 생각에 잠긴 듯 명란을 흘끗 쳐다보더니 천천히 입을 뗐다.

"이 일은 나중에 다시 얘기하도록 하지요. 명란아, 일단 오늘 이 일에 대해 말해 보거라."

명란은 눈썹을 치켜세웠다. 명란도 필사적으로 빚을 독촉할 생각은 없었다. 저들은 뻔뻔스러웠지만 자신은 체면을 차릴 작정이었다. 하지만 빚을 독촉할 수 있는 권리는 평생 유지할 생각이었다. 앞으로 자주 꺼내 쓸 수 있으니 오히려 잘된 것이었다.

명란은 앞으로 살짝 나아가 반듯하게 서서 미소를 지었다.

"고가에 시집온 지 채 일 년도 되지 않은 제가 오래전의 일을 어찌 알 수 있겠습니까. 넷째 숙부님께서 이리 말씀하시는 것을 보면 필시 연유가 있을 듯한데……. 혹시 돌아가신 아버님께서 두 숙부님에게 은자를 빌리신 적이 있는지요?"

명란은 넷째 숙부를 쓱 쳐다보더니 살짝 고개를 돌려 소 씨와 주 씨 두 동서를 바라보았다.

넷째 숙부는 말문이 막혀 아무 말도 하지 못했다. 소씨가 냉랭한 얼굴로 말했다.

"내가 알기론 그러신 적 없네."

주 씨는 화가 머리끝까지 치밀어 올라 직설적으로 말을 내뱉었다.

"없다 뿐이겠습니까. 제가 알고 있는 것만 해도 아버님께서 숙부님에게 은자를 융통해주신 게 서너 번은 됩니다. 금액도 매번 오천 냥이 넘었지요."

명란이 헉 하고 놀라며 제법 그럴듯한 목소리와 표정으로 '경악'하며 말했다.

"정말입니까?!"

그러고는 믿을 수 없다는 표정으로 넷째 숙부를 뚫어져라 쳐다보았다.

말 한마디에 모든 것이 탄로 난 넷째 숙부는 얼굴을 들지 못했다. 부끄러움은 분노가 되었다. 그가 주 씨에게 소리를 질렀다.

"어른이 말씀하시는데 네가 뭐라고 끼어드는 것이냐?! 수십 년 된 집안일에 복잡한 속사정이 한둘인 줄 아느냐! 네가 시집온 지 얼마나 되었다고 아는 척을 하는 게야?!"

그러더니 옆으로 고개를 돌려 말했다.

"다섯째 아우, 이것 보게. 사람이 떠나면 인정도 사라진다더니 큰형님께서 돌아가신 지 몇 년 되지도 않았는데 우리 둘을 사람 취급도 하지 않는구먼! 자네가 어제 체면 차리느라 오지 않겠다 했지? 보게, 제대로 훈계를 하지 않으면 우린 이제 설 자리도 없어질 판국이야!"

다섯째 숙부가 어두운 표정으로 팔걸이를 내려치며 꾸짖었다.

"질부는 대갓집 출신이면서 어찌 이리 법도도 모르는 게냐! 네 형님들은 가만히 있는 게 보이지도 않느냐? 이 일이 너희 같은 아랫사람이 끼어들 일이냔 말이야!"

주 씨가 눈시울을 붉힌 채 배를 받치고 옆으로 비켜섰다.

다섯째 숙모가 기다란 손가락으로 찻잔 뚜껑을 밀며 괴상한 소리를 했다.

"질부, 다섯째 숙부가 모진 소리 한다고 생각하지 말게. 고가에 일이 얼마나 많은가. 지난 이십 년 동안 명절 손님 대접이며, 혼사며, 장례까지 세 집안이 모두 같은 장부를 사용했지. 식구들끼리 은자를 융통한 일은 말할 것도 없고 말이야. 시집온 지 얼마 되지도 않은 사람이 뭘 알겠나!"

고 태부인은 애써 가슴속의 화를 억눌렀으나 눈빛은 갈수록 어두워졌다.

주 씨의 안색이 창백해진 것을 보다 못한 명란이 말했다.

"동서는 회임을 하였으니 오래 서 있으면 안 됩니다. 처소로 돌아가서 쉬는 것이 좋겠어요."

혹시라도 자신에게 불똥이 튈까 염려한 명란은 그곳을 벗어나 싸움 구경을 할 생각으로 주 씨를 부축해 나가려고 했다.

그런데 고 태부인이 조용하게 한마디를 덧붙일 줄이야.

"소심이가 부축해 뒤에 가서 앉도록 하거라. 너희는 거기서 듣기만 하면 될 게야. 명란아, 너는 내 옆에 앉거라. 이제 너희 내외가 이 후부의 주인이니라. 서방님들, 그렇지요?"

넷째 숙부는 '흥' 하고 콧방귀를 뀌었고, 다섯째 숙부는 도도한 표정으로 고개를 돌린 채 아무 말도 하지 않았다. 명란은 손가락을 꺾으며 스스로 운 없음을 인정하고 고 태부인의 옆에 있는 둥그런 의자에 앉았다. 소 씨는 주 씨를 부축해 병풍 뒤로 가서 앉았다.

고 태부인이 차가운 시선으로 다섯째 숙모를 쳐다봤다.

"나도 다섯째 동서보다 시집을 늦게 왔으니 동서의 말대로라면 나도 할 말이 없겠구먼?"

과연 연륜 있는 큰형수답게 위엄이 넘쳤다. 다섯째 숙모가 억지웃음을 지었다.

"……형님, 그게 무슨 말씀이십니까. 형님께서 말을 못 하시면 또 누가 할 수 있단 말입니까?"

"허면, 내 얘기하도록 하지. 이번에 정확히 해 둬야 나중에 또 다투지 않을 테니까."

고 태부인이 의미심장한 말을 꺼내자 다섯째 숙부는 머쓱한 표정을 지었다. 하지만 넷째 숙부는 더욱 씩씩거렸다. 명란은 얼른 귀를 쫑긋 세 웠다.

"고가는 우리 대까지 총 두 번 분가를 했습니다. 첫 번째 분가를 할 때 는 내가 시집오기 전이라 시부모님께서 집안 어르신을 불러 분배하시 고 모두 문서로 남겨 두셨지요. 당시 나리는 변경에 나가 있었기에, 나리 몫은 시부모님께서 맡아주셨습니다. 아버님이 돌아가신 해에 어머님도 건강이 안 좋아지셨는데 황제 폐하께서 감사하게도 나리를 경성으로 불러 주셨어요. 제가 나리를 따라 경성으로 들어오고 나서야 우리 몫을 어머님께 건네받았습니다. 그때까지 우리 세 집안의 재산은 아주 명확 히 나뉘어져 있었습니다. 제 말이 틀린 데가 있습니까?"

넷째 숙부는 화를 내며 아무 말도 하지 않았다. 다섯째 숙부가 작은 목소리로 대답했다.

"형수님 말씀이 옳습니다."

고 태부인이 허리를 곧게 펴고 앉더니, 엄숙하고 경건한 눈빛으로 말을 이었다.

"후에 어머님께서 돌아가시면서 아들 삼형제를 모두 모아 놓고 아버님의 재산을 세 집안이 공평하게 나누라 친히 이르셨습니다. 그리고 어머님의 혼수와 은자는 모두 나리께 주셨지요. 이 말은 우리 모두 똑똑히 들은 것입니다! 하지만 넷째 서방님은 어머님께서 살아 계실 때는 아무 말을 않고 있다가 돌아가시고 나니까 어머님께서 병환이 깊은 탓에 헛소리를 하신 것이니 받아들일 수 없다며 이미 출가한 시누이들까지 영당에 불러들여 한바탕 소란을 일으켰지요! 제 말에 거짓이 있습니까?"

다섯째 숙부는 더욱 부끄러워하며 입을 꾹 다물었다. 그러나 넷째 숙부는 목에 핏대를 세우며 되받아쳤다.

"그때 어머니께서 병환이 중하여 사람도 알아보지 못하셨는데 어떻게 그 말을 곧이곧대로 받아들일 수 있습니까! 모두 한 배에서 난 아들들인데 어찌 그리 편애를 하시난 말입니다!"

고 태부인이 고개를 돌리며 날카롭게 응수했다.

"어머님께서 정신이 있으셨든 없으셨든, 편애를 하셨든 하시지 않았든 그건 중요치 않습니다. 하지만 나리께선 동생들과의 우애가 상할까 염려해 그 자리에서 어머님께서 물려주신 가산을 분배하셨습니다. 동생들에게 전부 나눠 주고 정작 본인은 한 푼도 가져가지 않았다고요! 제가 하는 말에 어디 한 글자라도 거짓된 게 있습니까?"

명란은 그 얘기를 듣고 말문이 막혔다. 어느 집안의 아우가 그런 신통한 형을 두었단 말인가. 정말이지 전생에 나라를 구했구나.

그러자 다섯째 숙모까지도 고개를 숙이고 입을 다물었다. 오직 넷째 숙부만이 핏대를 세우며 억지를 부렸다.

"그건 형님의 뜻이었습니다. 형수님이 불쾌하셨으면 왜 그때 말씀하지 않으셨습니까! 게다가 저와 다섯째 아우는 결국 얼마 가져가지도 못했습니다!"

고 태부인이 비웃으며 대꾸했다.

"여필종부인데 제가 어찌 나리의 뜻을 거스를 수 있겠습니까. 게다가 그 시누이들은 모두 넷째 서방님이 부른 것인데 누굴 원망하십니까."

넷째 숙부는 멍하니 얼어붙어 아무 말도 하지 못했다. 유 이랑이 조심스럽게 그의 소매를 끌어당겼다. 그는 잔뜩 화가 난 채 자리에 앉았다.

한참 동안 방 안에서는 넷째 숙부가 씩씩거리는 소리만 들렸다.

고 태부인의 수수한 얼굴에 점차 근심 어린 표정이 떠오르는가 싶더니, 슬픈 목소리로 입을 열었다.

"세 집안이 사사로운 장부는 분리했다지만 청소나 바느질, 당직 등 집안일에 드는 은자는 다들 저희 집에 와서 매달 받아갔습니다. 지금까지 사계절 의복이며, 마차와 몸종, 먹고 마시는 것까지 어느 것 하나 저희 집에서 부담하지 않은 것이 있던가요! 지금까지 넷째 서방님이 바깥에서 드신 술이나 다섯째 서방님이 사들인 서화는 물론 청루 외상값까지 모두 큰형께서 갚지 않았습니까."

명란은 너무 놀라 입을 다물지 못했다. 어차피 숨길 수 없었으니 그냥 숨기지 않기로 했다. 이번에는 정말로 깜짝 놀랐다.

넷째 숙부의 얼굴은 잿빛이 되었다. 분노 때문인지 부끄러움 때문인지 알 수 없었다. 다섯째 숙부는 명란 못지않게 놀란 듯했다. 그가 다섯째 숙모를 돌아보더니 벌떡 자리에서 일어났다.

"나는 분명 서화 점포에 계산을 했는데 어째서……?"

사람들의 시선이 쏠리자 다섯째 숙모의 얼굴은 새빨갛게 달아올랐고, 차마 남편의 눈을 마주치지 못해 고개를 숙인 채 손수건만 쥐어뜯고 있었다.

다섯째 숙부는 상황을 파악한 듯 긴 한숨을 내쉬며 의자에 털썩 주저앉아 아예 입을 닫아 버렸다.

"아까 다섯째 동서가 명절이며 손님 접대며 혼사며 장례며 다 같이 했다고 말했지요. 다들 장부를 한번 보시겠습니까. 어느 집이 손해를 보고, 어느 집이 득을 봤는지 말입니다! 지금까지 조카들의 공무와 인맥 관리에 사용된 은자를 누가 냈는지는 두말할 필요도 없겠지요!"

말을 할수록 기세가 등등해진 고 태부인은 차마 고개를 들지 못하는 다섯째 숙부를 노려봤다.

넷째 숙부도 감히 끼어들지 못했다. 그는 다섯째 숙부 내외처럼 깨끗하지 못했던 것이다. 장부 내역 등을 잘 알고 있었기에 따지고 들면 들수록 자신들이 억지를 부리고 있는 게 들통 나기 쉬웠다.

고 태부인의 눈빛은 엄숙하고 위엄이 있었다.

이번 연극에서 고 태부인은 공명정대한 선한 역을 맡았다. 공평무사하고, 자애로우며, 도량이 넓고 남모르게 좋은 일을 하는 역할이었다. 반면, 넷째 숙부를 위시한 무리는 빛나지 않는 역을 맡았다. 탐욕스럽고 박정한 데다 염치도 없어서 수십 년 동안 착한 형과 형수에게 빈대를 붙은 것으로도 모자라 배은망덕하기까지 한 역할 말이다.

명란은 하마터면 손뼉을 칠 뻔했다.

고 태부인은 분명 저들을 오랫동안 참아오며 사건 하나하나를 다 기억하고 있었을 것이다. 하지만 그녀의 인내심은 당해 낼 자가 없었다. 사람 좋은 남편 앞에서 자신의 이미지를 좋게 하기 위해 모든 원망과 불만을 억지로 누르고 있었으니 말이다. 명란은 사실 이런 종류의 사람들에게 탄복했다. 열세인 상황이 뒤집힐 기미가 보이지 않을 때는 고집을 부려 맞서지 않고 가장 많은 이득을 얻을 때까지 기회를 엿보며 몸을 낮추는 사람 말이다.

고 태부인은 애물단지인 시동생들을 떨쳐버릴 수 없게 되자 아예 그들을 가치 있는 것으로 만들어버렸다. 이러한 상황을 최대한 활용해 먼 미래를 내다보며 그들을 이용해 진짜 눈엣가시들을 없앤 것이다. 자기 친아들이 작위를 물려받을 수만 있다면, 그때 가서 계산할 자들과는 계산을 하고, 내칠 자들은 내치면 될 터였다. 어차피 그녀는 골칫덩어리 두 시동생들의 약점을 쥐고 있었으니 혹여 소문이 난다 해도 그녀는 꿀릴게 없었다.

이쯤 되자 전쟁의 승패가 거의 판가름 났다. 오직 넷째 숙부만이 완강하게 버티고 있었다. 그가 갑자기 자리에서 벌떡 일어나더니 두 눈이 충혈된 상태로 포효했다.

"제가 오늘에서야 형수님이 여장부라는 걸 알았습니다. 말이 아주 청산유수십니다! 예전엔 참으로 죄송했군요! 하지만 어머니께서 병상에 누워 계실 때 우리 세 형제의 손을 잡고 당부하신 말씀은 잊지 마십시오. 그때 분명 큰형님이 저와 다섯째 아우를 잘 보살피겠다고 약조를 했단 말입니다! 그런데 뭐요? 이제 큰형님이 안 계시니 모르는 척을 하시겠다고요? 이제야 본색을 드러내는군요!"

이번에는 명란도 웃음을 참지 못했다. 병풍 뒤에서 두 사람의 웃음소리가 들린 걸 봐서는 소 씨와 주 씨도 웃음을 참지 못한 듯했다.

고 태부인은 냉소를 감추지 못하고 증오와 혐오가 가득한 눈빛으로 차갑게 말했다.

"어머님께서 큰형님에게 은자를 더 주시겠다고 한 건 병환 때문에 하신 헛소리라면서요. 그런데 큰형님에게 두 동생을 잘 보살피라고 하신 말씀은 마음에 새기고 계시네요. 모두 임종을 앞두고 하신 말씀인데 어째서 앞에 건 헛소리고, 뒤에 건 헛소리가 아니랍니까? 넷째 서방님은 기억력이 참으로 좋으십니다. 참으로 대단하세요."

명란은 속으로 탄식했다. 고가의 시조모는 분별 있는 사람인데 불초한 자손들이 자애로운 모친의 마음을 전부 개나 먹으라고 줘버렸구나.

아무리 얼굴이 두꺼운 넷째 숙부라 해도 더는 억지를 부릴 수가 없었다. 그는 화를 이기지 못해 몸을 부들부들 떨더니, 자리에 털썩 주저앉아 옆에 있는 탁자를 내려쳤다. 하마터면 찻잔이 튀어 오를 뻔했다.

넷째 숙모는 상황이 좋지 않게 돌아가자 황급히 사과를 하기 시작했다.

"형님께서 그동안 못난 저희들 때문에 마음 고생하신 걸 제가 어찌 모르겠습니까. 저희 나리가 요 며칠 정병이의 일로 골치를 썩느라 말이 곱게 나가지 않은 것이니 형님께서 이해하세요. 어쨌든 한 집안 식구 아닙니까. 이제 저희가 분가를 해야 하는데 정말로 어려움이 있어서 그럽니다. 형님께서 조금만이라도 도와주세요."

대단한 능력이다! 명란은 감탄하며 넷째 숙모를 슬쩍 쳐다봤다. 그쪽도 고수셨군요.

그런데 그 말이 고 태부인을 상심하게 할 줄 누가 알았겠는가. 고 태부인이 눈시울을 붉히며 얘기했다.

"넷째 동서의 말이 참으로 우습구면. 두 서방님들 모두 위풍당당한 사내대장부고 조카들도 다들 한창인 나이이지. 그동안 넷째, 다섯째네는 큰집에서 가져만 가더니, 이제는 과부와 고아가 된 우리를 괴롭히기까지 하니 내가 앞으로 편히 살 수 있겠는가?!"

참으로 의미심장한 말이었다. 고정엽과 고 태부인이 예전부터 좋지도 나쁘지도 않은 관계였다는 건 다들 아는 사실이었다. 명란은 얼굴이 살짝 화끈거렸다. 그저 불똥이 튀지 않게 입을 다물고 있을 수밖에 없었다.

상황이 진정되자 고 태부인은 이제 그만해도 되겠다 생각했다. 그런데 옆쪽에서 누군가 치고 나올 줄이야. 유 이랑은 사람들이 아무 말도 안 하는 것을 보고 마음이 조급해져 얼른 큰 소리로 외쳤다.

"제가 끼어들 자리는 아니겠지만 그래도 제가 여기서 산 게 수십 년이니 한 말씀 올리고 싶습니다."

손가락 두 개 너비의 섶에 자주색 천을 댄 붉은 대금 배자를 입은 유 이랑이 히죽거리며 말했다.

"마님 말씀은 전부 일리가 있습니다. 저희와 다섯째 나리 댁은 분명 큰 댁의 도움을 많이 받았지요. 허나 큰나리께서도 알고 계셨지 않습니까? 제가 아는 큰나리는 더할 나위 없이 너그럽고 후하신 분이었습니다. 마음이 맑은 거울과도 같으셨지요. 동생들이 그저 형님의 덕을 본 것뿐입니다. 큰나리께서는 두 동생들이 잘 살길 바라신 게지요! 큰나리의 뜻이 이러할진데 마님은 어째서 따르지 않으시는 겁니까?"

너무나 뻔뻔하고 염치가 없는 소리였지만 그런 것치고는 나름의 논리가 있었다. 넷째 숙부는 순간 영감이라도 받은 듯 벌떡 일어나 큰소리로 말했다.

"옳거니! 형님의 뜻이 바로 그것입니다! 형제 사이에 내 것 네 것이 어디 있습니까. 형님은 한 번도 우리에게 따지시지 않았는데 형수님은 어찌 그리 계산이 정확하십니까. 입만 열었다 하면 여필종부라고 하시는 대 정말로 형님과의 정을 생각하신다면 지금까지 해 오던 대로 해야 옳지요!"

명란은 할 말을 잃었다. 고정엽이 그들과 말을 해 봤자 소용이 없다며 피한 이유를 이제야 알 것 같았다. 이런 억지에는 주먹과 권력으로 밀어붙이는 것이 가장 효과적이겠지. 명란은 한숨을 내쉬며 고 태부인의 안색을 몰래 살폈다. 옆집에 사는 아우의 첩실이 감히 장자의 정실 마님을 도발했으니 십중팔구 눈물이 쏙 빠지게 훈계를 할 것이다.

그런데…….

고 태부인의 안색이 순식간에 변하더니 눈시울이 붉어지고 촉촉해졌다. 여장부 같던 그녀가 순식간에 물기를 촉촉하게 머금은 가련한 한 떨기 하얀 꽃처럼 돌변했다.

비통한 얼굴로 탁자 위에 쓰러진 고 태부인은 다섯째 숙부를 바라보며 울먹이는 목소리로 한탄을 했다.

"다섯째 서방님, 서방님은 고가에서 가장 교양 있고 도리에 밝은 사람 아닙니까. 뭐라고 말씀 좀 해보세요. 그동안 형수인 제가 서방님들을 섭섭하게 대한 적 있습니까? 잘한 건 없지만 그렇다고 마음을 쓰지 않은 것은 아닙니다! 이제 기댈 곳도 없는데 끼어들 자격도 없는 물건이 제 얼굴을 짓밟다니요! 온 경성에 물어보십시오. 어느 일가붙이의 이랑이 이리도 당돌하게 설치는지 말입니다! 수십 년 동안 제가 형수 노릇을 헛한 게지요. 차라리 큰형님을 따라 가 버릴 것을!"

진작부터 좌불안석이던 다섯째 숙부는 얼굴이 화끈거릴 정도로 부끄러워했다. 그는 옷을 펄럭이며 벌떡 일어나더니 유 이랑과 넷째 숙부를 향해 호통을 쳤다.

"채신머리없이 황당무계한 소리를 하다니! 이 대체 어느 집안의 법도란 말입니까!"

하지만 어쨌거나 형이었기에 더 이상의 욕은 할 수가 없었다. 다섯째 숙부는 소매를 휘날리며 자리를 떴고, 다섯째 숙모도 황급히 그의 뒤를 따랐다.

명란은 떠나는 그들을 눈으로 배웅한 뒤 고 태부인을 보며 다시금 이 치를 깨달았다.

적이 누구냐에 따라 대응도 달라야 했다. 다섯째 숙부는 체면을 중시하는 사람이었고, 다섯째 숙모는 약점이 잡힌 상태였기에 당당히 말할 수 없는 입장이었다. 이쪽 집안사람들은 공략이 가능한 대상이었고, 회유로 격퇴하는 것이 상책이었다. 반면 넷째 숙부 쪽은 무례하고 파렴치했기에 정면 돌파가 필요했다.

이처럼 변화무쌍한 대응책을 능수능란하게 펼치며 인내심까지 강한 고 태부인을 보고 있자니, 명란은 자신의 전술이 너무 단순하고 멍청해 보여 부끄러울 지경이었다.

방의 삼분의 일이 비었다. 넷째 숙부는 어색하게 멀뚱히 서 있었고, 그 옆에는 '물건'이라는 소리까지 들은 유 이랑이 서 있었다.

고 태부인이 눈물을 훔치며 천천히 자리에서 일어났다. 그러고는 넷째 숙부를 바라보며 덤덤하게 말했다.

"넷째 서방님, 불만이 있거든 집안 어르신을 모셔와 사당을 여시지요. 다 같이 장부를 보면서 찬찬히 따져봅시다. 서방님이 정말로 손해를 봤다면 제가 한 푼도 빼놓지 않고 배로 갚아드리겠습니다! 하지만 그게 아니라면……."

고 태부인이 명란을 흘끗 보더니 다정한 목소리로 말했다.

"정엽이가 넷째 서방님 쪽에 놔두고 온 재산에 대해 얘기를 해봐야겠지요."

　명란은 고개를 숙였다. 이용당한 것이다.

　넷째 숙부는 말문이 막힌 채 이를 악물고 한참 동안 쏘아보더니 결국
에는 패배를 인정하고 쌩하니 자리를 떠났다.

　사람들이 떠나자 방 안에 적막이 흘렀다. 소 씨가 주 씨를 부축해 천천
히 밖으로 나왔다. 그들은 고 태부인을 한 번 보고 다시 명란을 한 번 바
라보았다. 그들의 표정이 제각각으로 변했다.

　명란이 소 씨를 바라봤을 때, 소 씨도 마침 명란을 살피고 있었다. 둘
의 시선이 마주쳤다.

　"저기…… 용이를 보러 가려고 하는데…… 형님도 같이 가시겠어요?"

　소 씨가 우아하게 웃으며 말했다.

　"좋네."

제154화

두 숙부의
분가 이후

요 며칠 소도는 자신의 인간관계가 갑자기 좋아진 듯한 느낌을 받았다.

잘 모르는 계집종들과 '우연히' 담소를 나눈 첫날, 그녀들은 소도와 '너무 늦게 알게 된 것을 한탄하며' 의자매를 맺고 싶어 안달했다. 둘째 날에는 '마음에 오래 담아 온 고충'과 '충성과 관용, 정직과 신뢰에 관한 자신의 심경'을 솔직하게 털어놓더니, 셋째 날에는 후부에 남고 싶다는 뜻을, 가능하다면 정원에서 일하고 싶다는 뜻을 노골적으로 또는 은밀하게 내비쳤다.

분가 날이 다가왔다. 바보가 아닌 이상 후부에 남는 편이 좋다는 걸 알기에 계집종과 머슴아이부터 어멈과 관사 할 것 없이 다들 부탁하고 다니느라 분주했다. 료용댁처럼 명란이 부리는 관사 어멈과 외원의 몇몇 우두머리 관사는 만나기도 쉽고 부탁하기도 쉬워 사람들이 제일 먼저 접근했다.

"정말 괜찮은 사람이라면 남겨도 무방하단다."

명란의 온화한 미소에 단귤은 내심 놀랐다. 명란은 줄곧 나이만 믿고 거들먹거리는 사람들을 싫어했다. 일을 잘한다고 볼 수도 없고, 틈만 나면 몰래 게으름을 피우는 데다 밖에서는 후부에서 일한답시고 다른 사람들을 얕잡아 보기 때문이다.

"마님껜 규칙이 있네. 사람은 누구나 잘못을 저지르니 작은 실수쯤은 그냥 넘기실 테지만 천성이 교활한 사람을 남기면 그를 추천한 사람도 같이 추궁할 것이야. 다들 이를 명심해야 하네."

취미가 가지런하게 쪽 찐 머리를 매만지며 조리 있게 설명했다. 제법 관사 어멈의 태가 났다.

이렇게 되자 부탁을 하러 온 관사들이 주춤거렸다. 행여 자신한테 피해가 올까 걱정이 된 것이다. 명란의 일 처리 방식은 그녀의 연약하고 순진해 보이는 외모와 달랐다. 게다가 자신들은 명란이 친정에서 데려온 사람들이 아니었다. 한시도 빨리 주인마님의 신임을 얻어야 할 판국에 누가 잘 모르는 사람을 위해 책임을 지겠는가.

명란이 데려온 몸종 중에 이런 걸 부탁할 만한 사람은 대부분 영민하여 이런 일에 얽히지 않으려고 했다. 그나마 제일 만만한 상대가 소도였는데, 애석하게도 그녀의 일 처리 방식은 이러했다.

"안영댁? 그 사람을 아느냐?"

명란이 물었다.

"모릅니다."

"어떤 재주가 있지?"

"모르는데요."

"품성은 어떠하지?"

"사흘 전에 알게 된 사람이에요."

"아는 게 전혀 없구나. 바보 같은 계집애, 그러면서 무슨 줄을 놓아준다는 게야?"

명란이 낙담하며 말했다.

"그 사람이 부탁했는걸요."

얼굴이 동그란 이 아이는 선의에서 남을 도운 것이다.

"복숭아 세 광주리와 게 한 바구니만 받았어요. 다른 건 안 받았다고요."

심지어 '전 정직하고 청렴해요.'라고 말하는 듯한 얼굴이었다.

"저 멍청이!"

녹지가 짜증 난다는 듯이 고개를 숙이더니 나지막이 욕했다.

"너도 쟤만큼 먹었잖니."

단귤이 입술을 달싹이더니 슬그머니 시선을 다른 곳으로 돌렸다.

단귤과 녹지는 방에 낯빛이 어두운 여주인과 멍청한 소도를 남겨 두고 뒤쪽 포하로 향했다. 차수방에 들어가니 취수와 춘아 두 사람밖에 보이지 않았다.

녹지가 거친 말투로 말했다.

"망할 년들, 어디로 도망간 거야?"

단귤이 잠시 생각하더니 인상을 찌푸리며 말했다.

"지금은 벽사와 채환이 일하는 시간 아니냐? 그 아이들은 어디 갔어?"

취수가 일어서더니 웃으면서 말했다.

"아까 왕귀댁이 후부의 수레와 말에 대해 물어볼 게 있다고 해서 채환 언니는 거기 갔고요. 벽사 언니는 배탈이 났어요. 방에 잠시 다녀오겠다며 저희더러 여기를 지키고 있으랬어요."

녹지는 코웃음을 쳤고, 단귤은 애매모호하게 웃었다.

"됐다. 요즘 바람이 불기 시작해서 고뿔에 걸렸겠지. 아마 옷을 껴입으러 방에 갔을 거다. 왕귀댁 쪽은 채환 혼자 감당할 수 없을 테니, 네가 다녀오렴."

입을 삐죽 내민 녹지가 발을 옮겼다.

계집종의 거처는 가회거 주실 뒤에 일렬로 늘어서 있었다. 하인의 거처라고는 하나, 아랫사람에게 후한 명란이 비용을 넉넉히 지출하여 정식 상방처럼 담을 쌓고 구들을 만들었다. 특히 서열이 높은 계집종들의 방은 깔끔하게 잘 꾸며져 있어 여염집 아가씨들 방보다 훨씬 좋았다. 매일 청소와 세탁을 해주는 머슴아이와 어멈들도 있었다.

"그래도 멍청하진 않구나. 일을 벌이기 전에 나한테 물으러 오다니."

약미는 팔 아래에 매화와 까치가 그려진 담황색 비단 베개를 괸 채 침상에 비스듬히 누워 있었다. 얼굴이 발그레한 것이 아직 잠에서 덜 깬 듯했다.

"아직 고민 중이니까요."

벽사의 미간에 근심이 가득했다.

"채환은 괜찮다고 하던데, 오늘 소도도 마님께 부탁하러 갔어요. 소도도 부탁하는데, 왜 나는 안 돼요?"

약미가 약간 비꼬듯이 말했다.

"넌 네가 대단한 줄 아는구나. 단귤, 소도 그 둘이랑 우리랑 마님의 마음에서 비중이 같은 줄 아니? 녹지도 인제야 그럴 자격이 생겼는데."

벽사는 얼굴을 붉히며 이렇게 중얼거렸다.

"소도만 못하다는 거 알아요. 그치만 채환이 그랬어요. 청탁하러 온 사람들 전부 후부 어르신들을 오래 모신 가복이래요. 연줄도 많아서 이참에 환심을 사면 이득이 있을 거고, 아니면 앞으로……."

이야기에 막 흥이 붙으려는 참에 약미가 냉소를 지으며 눈을 희번덕거렸다.

벽사는 약미를 보더니 재빨리 말했다.

"채환이 그랬어요. 인품과 능력만 보면 소도는 우리한테 못 미친다고 말이에요. 바느질도 별로고 일 처리도 경솔하고 바보 티 내면서 얼빠진 체하고. 마님께서 워낙 인정을 중시하시는 분이니까 걔 체면을 살려주시는 거죠. 내가 걔보다는 못해도 마님을 모신 세월이 있는데, 마님께서는 절대……."

약미는 더는 못 들어주겠는지 벌떡 침상에서 일어나 정색했다.

"말끝마다 채환이 그랬는데, 채환이 그랬는데, 걔가 네 조상이라도 되니! 걔 말을 들을 거면 나한텐 왜 온 건데. 걔 말대로 하면 되잖아!"

평소에 줏대가 없는 벽사는 단균과 녹지에게 핀잔을 많이 들었다. 진상을 비롯한 다른 아이들과는 말이 통하지 않았다. 그에 비하면 약미는 말이 직설적이고 도도하고 종종 얄미운 짓도 하지만 시간이 지날수록 지내기 편하다고 생각되는 사람이었다. 벽사는 약미가 화를 내자 '알았어요, 언니.'라고 거듭 말하며 용서를 구했다.

"그 망할 년의 말을 듣니?"

약미가 차가운 표정으로 말했다.

"그 요염한 얼굴로 매일 나리 근처에서 어슬렁거리잖아. 그 옹졸한 머리를 굴리면서. 홍, 마님께서 모르실 줄 아나, 우리가 장님인 줄 아나! 착한 단균이 계속 감싸주지 않았더라면 진작에 최씨 어멈이 구실을 찾아서 내쫓았을 거야. 이제 우리 마님은 고명 부인이 됐어. 설마 성부의 큰마님께서 계집종 하나 때문에 마님과 얼굴 붉히실 거 같아?! 두고 봐. 최씨 어멈이 지금 별 관여 안 한다지만, 하유창댁이 있으니. 방씨 어멈이 키운 사람이라 수단이 장난 아닐 거야!"

어릴 적부터 취미에게 훈육을 받은 터라 취미가 그들에게 미치는 영

항력은 여전히 대단했다. 벽사는 저도 모르게 목을 움츠렸다. 약미가 눈을 부릅뜨고 다그쳤다.

"내가 진작 말했지. 그 망할 년 얘기는 가급적 듣지 말라고. 계속 걔 말 듣다가 나중에 문제가 생겨도 울면서 찾아오지나 마!"

벽사는 억지로 웃음을 지으며 거듭 사과했다.

약미는 그제야 마음이 풀렸는지 다시 이야기를 계속했다.

"대답해 봐. 네 경력이 단균과 소도보다는 못하다고는 해도 녹지는? 나이도 녹지보다 네가 더 많잖아! 지금 걔는 마님 안채에도 들어가는데 넌 아니야. 진상과 하하도 너보다 더 많이 마님한테 불려 가지. 넌 스스로 능력 있다고 생각하는데 왜 이 지경이 된 걸까?"

약미의 말에 벽사의 얼굴이 붉으락푸르락해졌다. 벽사가 고개를 숙인 채 말했다.

"언니가 가르쳐 줘요."

벽사가 고개를 숙이고 나오자 기분이 좋아진 약미가 한 수 가르쳐주기 시작했다.

"우리가 누구야? 녕원후 마님의 몸종이잖아! 마님께서 뭐라 안 하시는데 후부의 관사나 어멈이 뿔이 난다 한들 감히 우리한테 화를 풀 수 있겠어?! 무서워할 필요 없어."

다시 말해, 마님만 잘 모시면 다른 사람은 신경 쓸 필요 없다는 뜻이었다.

답답함이 풀린 벽사는 침상 근처로 가서 약미의 팔을 끌어당기며 비위를 맞췄다.

"언니 말이 맞아요! 다 채환 그 망할 년이 헛소리한 거예요. 이제 다른 사람 눈치나 보며 살던 모창재에 있는 것도 아닌데."

약미가 오만하게 웃더니 등을 더 꼿꼿이 세웠다.

"잘 들어. 소도를 얕보지 마. 걔가 멍청해 보여도 사실 똑똑한 애야! 무엇을 듣고 보든, 그게 좋든 나쁘든, 향기롭든 냄새가 나든, 자기가 아는 건 하나도 빠짐없이 마님께 고한다고. 소도는 마님한테 감추는 게 아예 없어. 그 점에서 꿍꿍이가 전혀 없다는 걸 알 수 있지. 단도직입적으로 말해서 마님의 충신이야."

벽사가 그 말에 발끈했다.

"걘 엄청 멍청하고, 생각이 없어요. 마님 곁을 떠나면 아무것도 모르고 성격도 모났는데, 무슨 일을 하겠어요? 그러니까 아무 자리도 못 맡지!"

"자리 못 맡는 게 어때서? 마님이 좋아하고 신임하는데!"

약미가 벽사의 머리를 손가락으로 세게 쿡 찔렀다.

"나중에 유능한 남편을 찾아주면, 그게 후부 안의 관사든 바깥의 장원 관리자든 점포 주인이든 얼마나 떵떵거리고 잘 살겠어! 멍청한 사람은 멍청한 대로 복이 있는 거라고."

그녀는 이 말을 하면서 천천히 옛 기억을 떠올렸다.

"어릴 적에 우리 아버지께서 그러셨지. 이름난 왕부와 공백후부의 대관사들은 밖에서 위세가 대단해서, 하급 관리들조차 연줄을 맺으려고 그렇게 난리래……."

벽사는 그 말에 솔깃했다. 성부에 있을 적에도 들은 적이 있지만 지금처럼 노골적인 표현으로 들은 적은 없었으니까.

약미는 무언가 떠오른 듯 돌연히 엄숙하게 말했다.

"넌 평소에 사람 마음을 넘겨짚는데, 그게 네 최대 단점이야! 연초에 게 일었던 일을 잊지 마!"

계속 마음을 다잡지 못하고 있던 벽사는 그 이름을 듣는 순간 가슴이 서늘해졌다.

"연초의 능력과 성품이 너만 못했을까? 걔도 지레짐작하는 걸 좋아했어. 아가씨가 제 얘기를 꺼내기도 전이었는데, 성부에 남고 싶어서 급한 마음에 자기 부모한테 서신을 보냈잖아."

약미는 이런 사람을 업신여기는 터라 더욱 무례한 말투로 말했다.

"아가씨는 모든 걸 아셨지만 이렇게 말씀하시더라. '사람마다 생각이 다르니 원하는 대로 하게 놔두려무나.' 평소에 아무 내색 안 하셨지만 그나마 있던 마음마저 사라진 거야. 나중에 연초가 울고 불며 하소연했지만 아가씨께서는 상대하려고도 않으셨어. 넌 같은 전철을 밟지 말아야지. 마님께서는 너그럽고 인자하시지만 속이기 쉬운 상대는 아니야."

"……마님께서는 확실히 모진 분이에요. 그 일 한 번 때문에 정을 떼시다니."

벽사의 심장이 미친 듯이 뛰었다.

명란이 친정에 갈 때마다 연초는 명란을 만날 기회를 엿봤다. 옛정에 호소해 보기 위해서였다. 그러나 명란은 은자와 비단을 상으로 내리면서도 단 한 번도 연초를 보려고 하지 않았다. 이게 무슨 뜻인지는 다들 분명히 알고 있었다.

"모질긴 뭐가 모질어! 계집종이 딴마음을 품었는데, 어느 주인이 자기 사람으로 대하겠어?"

약미가 콧방귀를 뀌었다.

"우리 주인은 모시기 어렵다면 정말로 모시기 어려운 분이야. 통찰력이 뛰어나서 뭘 감추기 힘들거든. 근데 모시기 쉽다면 또 정말로 모시기 쉬워. 진심으로 대하면 절대 홀대하지 않으시니까. 단귤, 소도처럼 온전히 충성하는 애들은 주인께서 알아서 좋은 길을 마련해주시지. 하지만 너나 연초같이 하루 종일 자기 생각만 하는 애들은……. 후후, 벽사 아가씨, 아가씨의 훌륭한 식견으로 계획을 세우시면, 마님께서 아가씨가 계획한 대로 사시게 놔두실 겁니다.”

벽사는 알았다고 대답했지만 반쯤 멍해 보였다. 제대로 알아들었는지 모를 노릇이었다.

소란이 다 끝난 후 다섯째 숙부 가족이 먼저 녕원후부를 떠났다. 다시 사나흘이 지나 넷째 숙부 가족도 이사했다. 떠나기 직전, 넷째 숙부는 녕원후부 입구에 있는 돌사자를 바라보며 두 번이나 냉소를 지었다.

자연스레 형부 쪽도 빠르게 잠잠해졌다. 누군가 또다시 고씨 집안을 들먹거리며 책잡으려 한다면 형부는 “고씨 집안에는 능력 있는 아들이 있소. 공적을 인정받은 탓에 조정의 신임이 두텁고 공적이 과실보다 크니 가볍게 처벌한다 한들 무엇이 이상하단 말이오!”라고 떳떳하게 말할 수 있으리라.

하지만 넷째 숙부가 두 번이나 냉소를 지은 탓에 고정엽은 고정병을 좀 더 멀리 보내야 하나 심각하게 고민했다.

“너무 매몰차게 하지 마세요. 그래도 한 집안 형제잖아요.”

명란은 고정엽이 정말 고정병을 죽이려 한다고 생각하지 않았다.

고정엽의 대답은 다소 의외였다.

“선인은 단명하고, 악인은 천 년을 산다 하지 않느냐. 형님은 죽을 리 없다.”

그는 어제 형부에 다녀왔다. 고정병은 팔팔했고, 고정휜에게 생활의 불편함과 대우의 부당함을 눈물로 토로할 때도 기운이 넘쳤다. 고정엽이 돌아설 때는 유배 길에 계집종 두 명과 어멈 한 명을 붙여 달라고 고래고래 소리 지르기도 했다.

고정엽은 치가 떨렸다. 과거의 증오까지 함께 올컥 치솟았다. 유배를 무슨 봄나들이 가는 걸로 여기다니!

순식간에 후부가 절반이나 비어버리자 명란은 당초에 구두로 한 약속을 이행하려고 했다. 그녀는 적당한 미장이를 찾아서 공사를 시작해야겠다고 생각했다. 거들먹거리는 것도 적당한 때 멈춰야 좋은 여론을 계속 유지할 수 있으니까.

"넷째 숙부의 빚도 회수하지 못했고, 고씨 집안의 재산 관리도 너에게 넘기지 않았는데, 이걸로 그냥 넘어가려는 것이냐?"

고정엽이 웃는 듯 마는 듯한 표정으로 그녀를 바라보았다.

"정말로 속도 좋구나."

"도둑도 나름의 원칙을 가지고 행동하는 법이에요. 말을 했으면 책임을 져야죠."

"신용이 없는 사람에게 신용을 말하는 것이냐?"

고정엽이 웃었다.

얼굴이 발그레해진 명란이 겸연쩍어하며 변명했다.

"매번 신용을 지키다가 가끔 지키지 않으면 영향이 큰 법이지요."

고정엽은 실소하며 몸을 젖히더니 찬사를 보냈다.

"심오한 말이로구나! 병법가에게나 있을 법한 간사함의 진수야."

칭찬을 받은 명란은 기세등등한 뚱보 개구리처럼 목을 높이 쳐들며 짐짓 여유 있게 말했다.

"은자로 해결할 수 있는 일이라면 일이라 할 수도 없지요."

고정엽이 눈썹을 치켜올리며 농담조로 대꾸했다.

"호부[1]의 진 상서께서 네 이야기를 들으신다면 손뼉 치며 감탄했을 것이다. 허나 안타깝게도 국고가 도와주지 않는구나."

명란은 울적했다. 드라마 대사는 역시 고대 사회에서 안 먹히는구나.

1) 육부 중 하나, 호적과 재정을 관리하는 부서.

제155화

주연과 조연

사실 명란은 허풍을 떤 게 아니었다. 그 대단한 친척들에게서 벗어날 수만 있다면 고씨 집안의 재산도 틀림없이 포기했을 것이다. 은자는 천천히 다시 벌면 되지만 그런 유의 친척들은 떼어 내려야 떼어 낼 수 없으니까.

그날 명란은 평소대로 고 태부인께 문안 인사를 올리러 휜지원에 갔다. 대화 도중 부를 합치자는 이야기가 나왔을 때, 고 태부인은 명란이 발뺌할 줄 알았다. 그런데 뜻밖에도 명란은 순순히 진도를 뺐다.

"경 부인이 장천사라는 사람을 추천해 줬어요. 경성의 풍수를 많이 봤다고 합니다. 성실하고, 입도 무겁고, 재물을 노리고 사기 치는 자는 아니랍니다."

주 씨가 불룩한 배를 받친 채 옆에서 거들었다.

"장천사 얘기는 저도 들은 적 있어요. 저희 친정에서 정원 두 개를 넓힐 때도 장천사를 불렀거든요. 아주 영험하다 합니다. 집안이 번성하고 혼인하려는 남녀들은 모두 순조롭게 짝을 찾는다고 들었어요."

고 태부인은 그 말을 듣고 기뻐하며 물었다.

"미장이는 찾았느냐?"

명란이 미소 지으며 대답했다.

"이번에 정 부인께서 한 사람을 추천해주셨어요. 작년에 그 댁에서 황후 폐하의 동생분을 집안에 들일 때 집의 절반을 새로 고쳤는데, 벽과 대들보는 견고하고 지붕, 침상은 통풍이 잘되고 열이 잘 통한다고 합니다. 지금 정효 대인 부부가 살고 있는데 아주 좋다더군요. 그 미장이는 솜씨만 좋은 것이 아니라 착실한 사람이라 가격을 마음대로 정하지 않는다 합니다. 사람을 시켜 정씨 집안의 명첩을 들고 찾아갔더니 일을 받아들이더군요. 며칠간 땅을 측량하고 도면을 정리해서 보여 준다 하였습니다."

찻잔 뚜껑을 열던 고 태부인의 손이 멈칫했다.

"……그저께 공사를 시작한다더니 벌써 계획을 다 짰던 게로구나. 행동이 아주 빨라. 다만 낯선 사람들이 고부 안채에 들어온다니 염려가 되는구나."

소 씨가 시어머니의 안색을 살피며 조심스럽게 물었다.

"마음에 걸리는 부분이라도 있으시나요?"

"정씨 집안에서 추천한 사람인데 무슨 문제가 있겠느냐? 다만……."

고 태부인이 찻잔 뚜껑을 내려놓더니 손목에 있는 염주를 가볍게 만지작거렸다.

"너는 시집온 지 얼마 되지 않아서 우리 고씨 집안에서 늘 부르는 미장이가 있다는 걸 몰랐겠지. 네 시아버님 때부터 쓰던 자들이란다. 원래 막 총관에게 시켜서 너에게 말하려고 했건만."

깜짝 놀란 명란은 부끄러운 듯 손으로 입을 살짝 가리며 말했다.

"어머나, 전혀 몰랐습니다. 정 부인에게도 이미 말해버렸는데 이를 어써년 좋죠. 이제 와서 사람을 바꾼다고 하기도 어렵고……."

고 태부인은 한참 명란을 지긋이 바라보더니 천천히 말했다.

"다들 네가 어리고 경험도 부족할 거라지만 내가 보기에 그렇지 않구나. 정엽이는 조정의 일 때문에 다른 걸 신경 쓸 여력이 없는 터라, 사실 이렇게 큰일을 너처럼 젊은 사람이 처리하기에는 어려울 줄 알았다. 그런데 집안의 어른과 동서들에게 묻지 않고 혼자서 일을 처리했구나. 과연 후생가외後生可畏 [1]로다……."

명란은 그 말에 담긴 의미를 짐짓 모른 체했다. 왕 씨가 성 노대부인 앞에서 그랬듯이(왕 씨는 정말 못 알아들은 거지만) 아무것도 모른다는 얼굴로 천진난만하게 웃었다.

"전부 어머님 덕분이지요."

그녀는 이제야 노대부인이 왜 왕 씨를 점점 더 노골적으로 꾸짖었는지 깨달았다. 눈총을 줘도 못 알아듣는 며느리 탓에 신중하고 조심스러웠던 후부 아가씨가 매서운 시어머니로 변한 것이리라.

이런 분위기에 잘 적응하지 못하는 소 씨는 고개를 다른 쪽으로 돌렸고, 주 씨는 고개를 숙인 채 배를 어루만졌다. 한쪽은 젊고 권력이 있는 의붓아들이고, 다른 한쪽은 본디 사이가 서먹한 의붓어머니다. 그런 의붓어머니가 의붓 며느리에게 자신을 공경하라고 얼마나 요구할 수 있을까.

화내기에 적절한 시기가 아니라는 것을 아는 고 태부인은 일단 모르는 체하고 딸을 출가시킨 후에 다시 따져야겠다고 생각했다.

---

1) 젊은 후학들을 두려워할 만하다는 뜻.

명란도 일부러 트집을 잡지 않았다. 그녀는 지금 매우 바빴다. 집안일 뿐만 아니라 담을 허물고 땅을 파는 일도 관리해야 했다. 후부와 징원 사이에는 비어 있는 작은 처소와 숲이 있었다. 제일 처음에 할 작업은 두 저택 사이를 막고 있는 울타리와 높은 담을 철거하고, 중간에 있는 처소와 숲을 모두 아우를 수 있게 두 집의 담을 연결하는 것이었다.

그래도 이건 처리하기 쉬운 편이었다. 은자가 진짜 많이 필요한 곳은 그 내부였다. 궁벽한 숲을 바꾸려면 둘러쌀 곳은 둘러싸고, 평평하게 다듬을 곳은 다듬어 각종 과일나무와 화초를 심어야 했다. 빈터에 길을 낼 공간을 남긴 후에는 정자니, 누각이니 설치해야 할 것도 많았다.

천천히 하자. 명란은 서두르지 않고 조금씩 보완해 갈 생각이었다. 모든 일은 자기 능력껏 해야 한다. 은자가 있는 만큼 일하면 그만이다.

아녀자는 얼굴을 드러내기 곤란한 탓에 관사인 학대성이 하루에 열댓 번씩 부 안팎을 뛰어다녔다. 명란도 지시를 내리느라 늘 입이 마르고 혀가 아팠다. 그런데 남자 주인인 고모 씨는 처음부터 끝까지 겨우 두 번 시공 현장에 왔을 뿐이다.(그것도 지나가는 길에!) 그는 도합 세 번 도면을 펼쳐 보더니 '문은 작게 만들어라.'라는 쓸데없는 소리만 하고 소맷자락을 펄럭이며 국가와 백성을 위해 일하러 갔다.

명란의 일상은 계속되었고, 공사도 너무 빠르지도 느리지도 않게 계속 진행됐다.

가을바람이 불어오고 가을 게의 살이 차오르던 때, 황궁에서 망극한 황은을 보여주고자 하사품을 내렸다. 왕야들은 일제히 월병과 토란, 밤, 국화 등을 받았고, 성심을 산 몇몇 집안에도 하사품이 내려졌다.

명란은 황제 진상품 중 묵색, 금색, 밝은 자색, 옅은 분홍색, 붉은색, 흰색 등 여섯 가지 색상의 큰 국화와 신선한 게 열 바구니를 받았다. 전례에 없던 특별한 하사품을 받으면 감사 인사차 입궁하는 것이 관례였다.

궁의 고귀하신 분이 그녀를 만나 주지 않더라도 신하 된 자로서 마땅히 예를 갖춰야 했으며 그렇지 않으면 크나큰 불경죄를 저지르는 것이었다. 내무부에 명첩을 보냈더니 허가가 떨어졌다.(진심으로 유감이었다.) 다음 날 명란은 어쩔 수 없이 아침 일찍 일어나 적당한 복식을 갖춘 후 마차를 타고 궁으로 향했다.

황성 내문을 지난 후 마차에서 내린 명란은 묵직한 옷과 홀쭉해진 뱃가죽을 이끌고 넓디넓은 궁 안을 한참 걸어야 했다. 그것도 모자라 황공해하면서도 몹시 즐거워하는 듯한 왜곡된 표정을 시종일관 유지해야 했다. 실로 힘들었다.

명란은 차라리 상을 적게 받고 싶었다.

궁인의 인도에 따라 궁실로 들어갔다. 안에는 이미 일품 고명 부인의 복식을 한 여인 두 명이 앉아 있었다. 마흔 정도에 얼굴이 하얗고 점잖은 분위기의 부인은 명란이 모르는 사람이었다. 다른 한 명은 놀랍게도 오랫동안 못 본 국구부인 장 씨였다.

두 사람은 외모가 꽤 닮았고 행동이 친밀했다.

명란은 그들을 향해 최대한 우아한 미소를 지으려고 노력하며 궁중 예법이 허용하는 최대 속도로 자리에 가서 앉았다. 그런 다음 우아하게 고개를 들어 두 부인을 향해 미소 지었다. 장 씨와 겨우 인사말만 나눈 차에 궁녀가 들어오더니 낭랑한 목소리로 외쳤다.

"전부 이녕궁으로 이동해주십시오."

명란은 순간 가슴이 덜컥 내려앉았다. 이녕궁은 성덕태후의 거처였다. 세 사람은 바로 일어나 이동할 채비를 했다. 그때 장 씨가 명란을 향해 웃으며 말했다.

"이분은 제 어머니세요."

어느 정도 짐작했던 터라 명란은 황급히 발을 멈추고 예를 행했다.

"영국공 부인을 뵙습니다."

"예를 거두게."

몸가짐이 단정한 영국공 부인이 친밀하게 명란의 손을 잡았다. 그녀는 걸으면서 명란을 보더니 조용히 웃었다.

"역시 곱군. 고씨 집안 둘째 도련님이 선녀 같은 부인을 맞았다더니 그 소문이 사실이었어."

명란은 얼굴을 붉히며 겸양의 말을 몇 마디 했다.

궁 안에서는 사적인 대화를 삼가는 것이 좋았다. 세 사람은 조용히 궁녀를 따라갔고, 얼마 지나지 않아 이녕궁에 도착했다. 궁녀가 세 사람의 당도를 알린 후 세 사람은 줄줄이 안으로 들어갔다. 세 사람은 무릎을 꿇고 엎드려 절한 후 한쪽에 숙연하게 섰다.

예전에 공 상궁이 고개를 숙인 공손한 자세로 아무도 모르게 주변을 살필 수 있는 방법을 몇 가지 가르쳐줬었다. 명란은 그중에서 살짝 고개를 기울인 채 눈꺼풀은 그냥 두고 눈동자만 굴리는 기술을 펼쳤다. 그러자 주변의 상황이 또렷이 들어오기 시작했다.

실내에는 궁중 의복을 갖춰 입은 여인들이 가득했다. 명란은 빠르게 한번 훑었다. 정중앙 상석에는 성덕태후가 앉아 있었고, 그 아랫자리에는 황후가 앉아 있었다. 황후 옆에는 그녀의 여동생인 심청평이 서 있었는데, 두 자매의 안색이 그다지 좋지 않았다. 성덕태후의 자태와 말투는 시원시원하고 여유 있었다. 젊었을 때는 아름답고 생기 넘치는 미인이었으리라. 태후가 막 도착한 세 사람을 향해 웃었다.

"새로운 차가 들어와서 황후 자매와 함께 마시려고 초대했던 것인데,

세 사람까지 먼 걸음을 하게 만들었군."

명란을 포함한 세 사람은 황급히 아니라고 말하며, 여러 차례 감사 인사를 올렸다.

심청평이 애써 미소를 유지하며 장 씨와 영국공 부인에게 다가와 올케와 사돈댁 어른에게 예를 행했다. 황후가 웃으며 말했다.

"마침 여러분 생각을 하고 있었습니다. 어선방에서 만든 흑미떡이 있는데, 촉의 남쪽 지방에 전해지는 비법으로 만들었답니다. 경성에선 보기 힘든 맛이니 나중에 가져가서 맛 좀 보세요."

영국공 부인이 먼저 감사 인사를 올렸고, 명란과 장 씨가 이어서 인사했다. 영국공 부인이 웃으며 말했다.

"남방 음식은 풍미가 다채롭다고 들었습니다. 평생 경성에서 산 제가 마마 덕분에 이런 호사를 누리는군요."

황후도 웃는 얼굴로 치렛말을 두어 마디 하더니 불러온 배를 받친 채 옆에 있는 옥소의에게 살짝 눈살을 찌푸리며 말했다.

"몸도 편치 않을 터인데 돌아가서 쉬지 그러나."

옥소의는 회임한 탓인지 예전보다 더 아름다워 보였다. 그녀가 웃으며 말했다.

"걱정해주셔서 감사합니다. 하오나 제가 어릴 적부터 식탐이 있어서요. 모처럼 좋은 차를 마실 기회가 왔는데 어찌 돌아갈 수 있겠습니까?"

성덕태후가 환하게 웃으며 말했다.

"이 장난꾸러기 같으니! 예쁜 말만 골라 하는구나. 어쩐지 요즘 황상과 황후가 그리 널 아끼더라니!"

"태후마마도 참, 그럼 마마께서는 절 아끼지 않으십니까?"

옥소의가 뾰로통해했다.

성덕태후 옆에는 앙상한 여인이 앉아 있었다. 태후의 직계 가족이자 며느리인 삼왕비였다. 그녀마저 이 기회를 놓치지 않고 몇 마디를 거들면서 실내는 웃음바다가 되었다. 오직 한 사람, 황후만 안색이 어두워진 채 단정한 모습을 유지하기 위해 애쓰고 있었다.

명란은 서둘러 시선을 거두고 고개를 숙였다.

자신의 친모가 고생할 것을 염려한 황제는 일부러 두 태후의 거처를 떨어뜨려 놓았다. 덕분에 성안태후는 마음이 편해졌지만 황후는 고생이 심했다. 그녀는 매일 아침 두 곳으로 달려가 두 시어머니께 문안 인사를 올리고 다시 회궁해 후궁들의 인사를 받아야 했던 것이다.

영국공은 본디 모든 국공의 우두머리였다. 조정에서 지위도 높고 뭇사람의 존경을 받기 때문에 성덕태후도 영국공 부인에게 자리를 마련해주었다. 명란과 심청평, 장 씨도 그 덕분에 근처에 있는 의자에 앉을 수 있었다. 명란은 속으로 쾌재를 불렀다.

자리에 앉자마자 성덕태후가 영국공 부인에게 반쯤 웃으며 말했다.

"자네 앞에서 감추고 말 것도 없지. 이 아이들을 보게……."

성덕태후가 곁에 있는 궁중 의복을 차려입은 여인 둘을 가리켰다. 손가락을 따라 시선을 돌린 명란은 저도 모르게 화들짝 놀랐다. 스무 살이 채 안 되어 보이는 절세미인들이었다! 꽃다운 나이인 열서너 살은 넘은 듯했으나 숨 막힐 정도로 광채가 나는 아리따운 여인들이었다.

"내 곁에서 오래 시중들던 아이들이네. 온화하고 영리할뿐더러 법도와 도리를 잘 아는 아이들이라 내가 아주 좋아하지. 이제 나이도 있으니 혼처를 찾아주고 싶은데……. 허허, 멀리 보내기 아쉬워서 황상을 모시게 할까 했는데 황후가 탐탁지 않아하지 뭔가."

성덕태후는 탄식을 내뱉으며 영국공 부인을 똑바로 바라보았다.

황후의 '질투'를 질책하는 것이었다.

명란은 묵묵히 치마에 달린 진주를 세면서 속으로 수백 번 되뇌었다.

'난 주연이 아니다. 대사 없는 엑스트라……'

영국공 부인도 호락호락한 사람은 아니었다. 그녀가 상냥한 웃음을 지으며 말했다.

"황상께서 지금처럼 자손이 번성하신 것은 모두 황후마마의 어질고 선한 마음 덕이라 생각되옵니다. 태후마마께서는 물론 지극한 호의를 베푸신 것이나 황후마마께도 다른 생각이 있으신 게지요. 하온데 참으로 출중한 낭자들입니다. 이들 나이에 맞는 준수한 젊은이를 골라 주시는 게 더 낫지 않겠습니까?"

그 말을 들은 황후의 얼굴에 순간 미소가 피어났다. 웃음을 머금은 눈이 영국공 부인을 향했다. 잘했다는 칭찬의 뜻이었다.

완곡한 반대에 태후는 이도 저도 아닌 미소를 띠었다.

"준수한 젊은이니 뭐니, 나도 그만 고민하려네. 궁에 둘 수 없다면 차라리 가까운 사람에게 보내야지. 국구나 정 장군이나……"

태후의 차가운 눈이 실내를 훑더니 명란의 앞에서 멈췄다.

"고 도독의 첩으로 말이야. 그럼 나도 자주 볼 수 있지 않겠나."

명란은 속으로 '괜히 여기 있다가 봉변당했다!'라고 울부짖었다. 태후의 목표는 심씨 집안이었지만 애꿎은 고정엽까지 말려든 꼴이었다.

심청평이 가장 먼저 펄쩍 뛰었다가, 곧장 놀란 기색을 감추고 침착하게 말하기 위해 노력했다.

"어찌 그리할 수 있겠습니까. 태후마마 곁에 있던 사람은 전부 귀한 사람들인걸요. 좋은 혼처를 찾아야지 첩이 웬 말씀이십니까."

성덕태후가 '허허' 웃으며 당황한 심청평을 즐거운 듯이 바라봤다.

"귀하기는. 이 아이들은 원래 민가에서 온 아이들이다. 어린 나이에 입궁한 탓에 의지할 친정도 없지. 남편감을 찾으니 온화하고 너그러운 주인을 찾는 게 나을 듯하구나. 내 체면을 생각해 이 아이들에게 편안한 삶을 보장해줄 것 같은데……. 어떤가, 여기 내 체면을 살려줄 사람이 있는가?"

태후는 말끝을 살짝 올리며 위압적인 분위기를 실었다.

황후의 얼굴은 창백해졌고 심청평의 얼굴도 콕 찌르면 피가 나올 것처럼 새빨개졌다. 오직 장 씨의 표정만이 변함이 없었다. 그녀는 조용히 일어나 예를 행한 후 말했다.

"제가 태후마마의 분부를 따르겠습니다."

영국공 부인이 인자하고 근심 어린 눈빛으로 딸을 바라보았다. 그 눈빛에는 연민과 안타까움, 그리고 약간의 질책이 담겨 있었다.

장 씨의 말에 명란은 하마터면 이렇게 말할 뻔했다.

'기왕 이렇게 된 거 차라리 둘 다 거둬서 당신 시누이와 내 걱정 좀 덜어 줘요. 당신같이 어진 주인이라면 태후마마께서도 안심할 거예요.'

다행히 명란은 지금 자기가 어디 있는지 떠올리고, 영특하게도 자기 입을 제때 단속했다.

하지만 태후에게 후수後手가 있었을 줄 누가 알았을까. 태후가 짐짓 탄식하듯 말했다.

"선황의 수효 때문에 혼기를 놓친 아이들이 아직도 많구나. 이 아이들에게 좋은 혼처를 찾아줘야 할 터인데."

명란이 결국 참지 못하고 두 여인을 다시 보았다. 그들은 고개를 숙이고 있었다. 곱게 화장한 얼굴에는 붉은빛이 감돌았고, 수줍어하는 모습은 놀라울 정도로 요염하고 아름다웠다. 보기만 해도 멍해지는 기분이었다.

그러다 불현듯 깨달았다. 이 여인들은 필시 성덕태후가 자기 아들을 위해 준비한 아이들이었으리라. 안타깝게도 불의의 화 때문에 그녀의 아들이 황위를 뺏기고 자기도 갇힌 꼴이 되면서 저들의 혼사도 지연된 것이다.

그들 뒤에 있는 병풍에 여인들이 여럿 서 있는 것 같은 그림자가 어른거렸다. 명란은 황당무계한 생각이 들었다. 혹시 예비용으로 준비한 여인들이 줄줄이 서 있는 건가?

태후가 다시 한번 심청평에게 묻자 심청평은 아무 말도 하지 못하고 황후에게 도움을 구하는 눈길을 보냈다.

성덕태후는 서두르지 않았다. 그저 빙긋 웃으며 난처한 상황에서 벗어나기 위해 애쓰는 심청평을 보았다. 그러다 천천히 명란 쪽을 돌아보는데, 옆에 있던 삼왕비가 느닷없이 명란에게 질문을 던졌다.

"고 부인, 왜 웃는 겁니까?"

방 안의 모든 시선이 공손한 자세로 우아하게 서 있는 명란에게 쏠렸다. 그녀는 무슨 생각을 하고 있는지 입꼬리를 살짝 올리고 옅게 웃고 있었다.

"고 부인, 왜 웃는 겁니까? 설마 태후마마를 비웃는 건 아니겠지요?"

삼왕비는 본디 온화하고 자상한 성격으로 경성에 그 명성이 자자했다. 하지만 남편이 독주를 마시고 죽는 장면을 직접 목격한 뒤로 성격이 완전히 바뀌면서 상당히 날카로워졌다.

그 한마디에 화들짝 놀란 명란은 내심 자신의 경솔함을 후회했다. 순간 방심했구나 싶었다. 결혼한 후에 너무 편안히 지냈던 탓인지 성부에 있을 때처럼 남들이 하는 대로 따라 해야 한다는 사실을 망각했던 것이다. 그녀는 돌아가서 다시 훈련해야겠다고 다짐했다. 지난 경험을 돌이켜 봤을 때, 이런 경우에는 아무 일 없었다는 듯 태연자약하게 행동하는 것보다 자연스럽게 말을 받는 편이 훨씬 결과가 좋았다.

"제, 제가, 어찌 감히 태후마마를 비웃겠습니까……."

명란은 황공하다는 표정으로 더듬더듬 답했다.

역시 효과가 있었다. 태후와 삼왕비는 즐거워하며 그녀를 바라보았다. 언짢았던 것이 풀린 듯했다.

화제가 바뀌자 심청평이 안도의 한숨을 내쉬었다. 황후가 이 기회를 놓치지 않고 서둘러 말했다.

"삼왕비, 그 무슨 말씀입니까. 고 부인처럼 학식 있고 사리에 밝은 여인이 어찌 무례를 범하겠어요. 고 부인은 내 동생처럼 신경줄이 질기지 않으니 그리 무섭게 으르지 마시지요. 가만히 있는 사람 괜히 놀랍니다."

황후는 반쯤 농담 섞인 어조로 훈계했다. 두 태후마마를 제외하면 천하에서 그녀가 훈계할 수 없는 여인은 없었다.

얼굴이 굳은 삼왕비는 아무 말도 하지 않았다. 성덕태후가 입을 떼려는 순간, 영국공 부인이 미소를 띤 채 명란에게 물었다.

"조금 전에 왜 웃었나?"

탈출구가 생기자 명란이 황급히 말했다.

"태후마마께서 혼사를 말씀하시는데 제가 어찌 비웃겠습니까. 다만……."

명란은 소매로 입을 가린 채 수줍어하며 살짝 웃었다.

"요즘 월하노인이 부지런히 움직이시는 듯해서 그렇습니다. 도처에서 혼인이 치러지고 있으니까요. 저도 최근 들어 여러 번 치러야 했지요."

"그게 무슨 이야기냐?"

성덕태후가 흥미로운 듯이 물었다.

명란이 공손히 대답했다.

"태후마마께 아룁니다. 얼마 전에 저희 집 나리가 이런 말을 했습니다. 변방에 병사를 주둔시켜야 하는데, 병사들의 마음을 안정시키는 가장 좋은 방법은 권속과 함께 이주하게 하는 것이니 미혼자들을 서둘러 혼인시키는 것이 좋다고요. 하여 제게도 집안에서 혼인할 때가 된 계집종을 찾아 변방에 가는 병사와 맺어주라고 했습니다. 하오나 애석하게도……."

그녀는 때론 머뭇거리기도 하고 때론 힘을 빼기도 하면서 말의 완급을 완벽하게 조절했다.

뜨거운 가마솥 위에 있는 개미처럼 안절부절못하던 심청평이 느닷없이 눈을 반짝이더니 큰 소리로 외쳤다.

"그 일은 저도 들었습니다. 이번에 이동하는 대군은 대부분 변방에서 모집한 젊은이들인데, 연이은 전란으로 열에 아홉 집은 비어서 짝을 찾기가 어려웠다지요. 단순히 고향과 가족을 떠나보내는 것도 힘든데 변방으로 보내야 하니 딸을 시집보내려는 사람이 거의 없다고 합니다."

이것은 꾸며 낸 이야기가 아니라 사실이었다. 단지 그 정도로 상황이 심각하지 않을 뿐이었다.

"맞습니다."

명란이 말을 받으며 깊은 시름에 빠진 표정으로 말했다.

"민가의 딸을 억지로 시집보낼 수 없으니 저희 집 계집종들을 가지고 생각해 볼 수밖에요. 그런데 이리저리 머리를 굴려 봐도 계란으로 바위 치기 격입니다. 이 일 때문에 골치가 이만저만 아니랍니다."

황후가 궁금증을 참지 못하고 물었다.

"계집종들이 시집가려 하느냐?"

어쨌든 외지고 가난한 지역에 산 적이 있었기에, 황후는 경성의 화려함을 포기할 자가 거의 없다는 사실을 알고 있었다.

명란은 말하기 무안하다는 듯이 우물쭈물했다.

"황후마마께 아룁니다. 혼인을 받아들인 계집종들에게 혼수로 은자를 얹어주자 시집가려는 아이들이 생겼습니다."

그러나 그들 대부분은 팔려 온 계집종들이었다.

영국공 부인이 명란을 향해 웃으며 말했다.

"내가 도리어 고 부인을 난처하게 만들었군."

그녀가 고개를 돌려 딸에게 말했다.

"어쩐지 집에서 내보낼 계집종이 있냐고 물어보더니, 이런 뜻이 있었구나."

황후는 그 말을 듣더니 고개를 거듭 끄덕였다. 장 씨는 웃을 뿐 아무 대답도 하지 않았다.

성덕태후는 두서없는 이야기에 미간을 살짝 찌푸렸다. 화제를 어떻게 돌릴까 고민하던 그때, 흥분한 심청평이 한 발 앞으로 나왔다. 지나친 압박감이 도리어 그녀의 잠재력을 끌어올린 걸까. 심청평에게서 광채가 뿜어져 나오는 것 같았다. 마음속에 계산이 선 그녀는 황후와 태후를 바라보며 낭랑한 목소리로 말했다.

"태후마마, 궁에 있는 나이 찬 여인들을 병사들에게 배필로 점지해주심이 어떨는지요?"

"그 무슨 허튼소리냐!"

"무엄하구나!"

태후와 삼왕비 두 고부가 동시에 성난 목소리로 꾸짖자 심청평은 이에 불복하며 바로 대들려고 했다. 행여나 심청평이 황당한 일을 저지를

까 걱정된 황후가 말을 가로챘다.

"무슨 터무니없는 소리를 하는 게냐! 모두 태후마마의 곁에 있던 귀한 아이들이거늘, 어찌 네가 함부로 끼어드는 것이야!"

눈시울이 붉어진 심청평이 반박하고자 입을 열려는 그때, 뒤에서 갑자기 노쇠한 음성이 들렸다.

"허튼소리는 무슨! 내가 보기엔 묘안입니다!"

모두가 일제히 고개를 돌렸다. 노년의 귀부인 둘이 서로 팔짱을 낀 채 들어오고 있었다. 그중 한 명은 성안태후로, 그녀의 뒤로는 궁녀들이 날개처럼 양쪽으로 길게 늘어서 있었다.

"고모님과 모후께서 오셨군요!"

황후의 목소리에는 감출 수 없는 기쁨이 서려 있었다.

성덕태후를 제외한 모든 여인이 황후 뒤에 서서 대장공주와 성안태후에게 예를 올렸다.

"좋은 차가 들어왔다던데 혼자 몰래 마시려고 우리를 부르지 않다니. 말씀해 보세요. 이게 무슨 경우입니까?"

대장공주가 자리에 앉아 태후를 흘겨보더니 거드름을 피우며 놀리듯 말했다.

성덕태후는 난감한 듯 연신 부인했다.

"공주가 계신 줄 알았더라면 내가 맞아 죽을지언정 어찌 공주를 빼놓았겠소?"

이 기풍과 기세를 보아하니 틀림없이 경녕대장공주겠군, 명란은 속으로 생각했다.

우스갯소리를 몇 마디 한 경녕대장공주가 갑자기 정색하며 삼왕비에게 말했다.

"내가 밖에서 들었는데 자네가 황후의 여동생을 질책하더군. 저 아이가 무슨 잘못이라도 하였나?"

삼왕비는 전전긍긍하며 이를 악문 채 말했다.

"태후마마의 측근 시녀이온데 아무리 그래도 일개 병사에게 시집보낼 수 있겠습니까? 행여 말이라도 새면 태후마마의 체면이 바닥에 떨어질 것입니다."

"아? 그거라면 걱정할 필요 없네."

경녕대장공주가 손을 저었다.

"군에 청년 무장이 적지 않아. 그들의 배필로 보낸다면 창피하지 않을 걸세. 그 아이들에게 복이 있다면 부군이 전쟁에서 공을 세워 팔자가 필테니 첩이 되는 것보다 훨씬 좋지 않겠나!"

시원스럽고 노골적인 언변에 고부는 할 말을 잃었다.

경녕대장공주는 무황제 만년부터 조정에서 제일 권세 있는 공주로 떠올랐다. 하늘이 그녀를 후하게 대했다고나 할까.

그녀는 원래 일개 궁녀의 소생이었다. 그러나 그녀의 생모가 병으로 죽고, 며칠 지나지 않아 황후의 적녀가 요절했다. 정안황후의 비통함을 달래 주기 위해 무황제는 세 살 된 경녕을 황후의 거처로 보내 키웠다. 물론 그녀 자신도 매우 총명하고 영리했다. 사람을 대하고 일을 처리하는 것이 시원시원했던 덕분에 정안황후의 눈에 들었고, 빠르게 황후의 진심 어린 애정을 얻었다.

사람을 좋아하면 그 집 지붕의 까마귀까지 좋아한다고 했다. 무황제는 그녀를 적녀로 여기며 아끼고 사랑했다. 선황은 그녀를 친누나로 여기며 공경하고 귀하게 대했다. 원래 그녀보다 태생이 더 존귀한 귀비, 숙비 소생의 공주들은 결국 그녀에게 뒤처졌다.

계례 후에는 준수하고 자유로운 명문가 공자에게 시집갔다. 부부 사이도 화목했고, 자녀도 넘쳤다. 몇십 년의 세월은 순풍에 돛 단 듯했다.

그녀의 유일한 골칫거리는 그녀가 마흔 살에 낳은 늦둥이다. 새로운 황제가 등극한 그해 효기 중에 홍등가에 갔다가 붙잡혀 처벌을 받았다. 하지만 경녕대장공주가 어떤 사람인가. 그녀가 지난 수십 년 동안 탄탄대로를 걸을 수 있었던 건 단순히 선제와 남매간의 정이 돈독해서가 아니었다. 그녀 자신의 능력도 탁월했다.

그녀를 초대한 황제와 허심탄회하게 대화를 한 후 그녀는 재빨리 태도를 바꿨고, 두 사람은 세인트 세이야의 페가수스 유성권과 같은 속도로 화해했다.

계속 분을 참았던 황후는 눈앞에 지지자가 생기자 서둘러 맞장구를 쳤다.

"고모님 말씀이 맞습니다. 아까 태후마마께서도 이 아이들은 원래 민가에서 온 처자들로 부모가 없다고 말씀하셨습니다."

"그럼 마침 잘되지 않았습니까?"

경녕대장공주가 탁자를 치며 좋아했다.

"황상께 가서 말씀드립시다. 원래 선제께서 붕어하셨을 때 사람을 좀 내보냈었어야 했지요. 이 아이들이 기댈 곳 없이 사느니 이참에 시집가는 편이 누이 좋고 매부 좋은 일 아니겠습니까. 어찌 생각하십니까?"

성안태후가 순박하게 웃었다.

"공주 나이가 몇인데 그 급한 성미는 여전하오."

두 사람이 대화를 주고받으며 곧 결론을 내릴 것 같은 모습을 보고 옆에서 대화를 듣던 사람들은 눈이 휘둥그레졌다.

진노한 성덕태후의 낯빛이 어두워졌다.

"궁 안의 아이들은 온실 속 화초처럼 응석받이로 자랐습니다. 이런 아이들을 변방으로 보내다니 양을 호랑이 굴로 떠미는 격 아닙니까? 황당무계한 말입니다!"

경녕대장공주가 고개를 치켜들며 일어섰다. 그녀의 눈빛이 형형히 빛났다.

"국가의 일에 우리가 나서지 않으면 누가 힘을 쓰겠습니까? 궁에 연고가 없고 나이가 찬 여인들은 신랑을 기다리고, 나라를 위해 변방을 지키고 군주를 위해 충성하는 병사들은 신부를 바라고 있습니다. 하늘이 맺어 준 인연인 것을, 무엇이 나쁘다는 겁니까?"

긴장감이 감도는 공기 중에 탁탁 하고 불꽃 튀는 소리가 날 것만 같았다. 명란은 조용히 벽에 기대서 고개를 숙인 채 속으로 되뇌었다.

"난 엑스트라다, 주연이 아니다……."

제156화

알콩달콩 부부

나날이 쌀쌀해지는 가을날, 방 안은 늦은 봄처럼 포근했다. 아침 해가 밝기 전이라 아직 어두컴컴한 시각, 탁상 위에 놓인 기린 장식 도자기 향로의 불은 이미 꺼졌고, 그저 있는 듯 없는 듯한 향기만이 그 주변을 유유히 맴돌았다.

명란은 야밤에 치른 전투로 많이 졸렸지만 아침 일찍 눈을 떴다. 그녀는 보리새우처럼 몸을 웅크려 남자의 품 안에서 조금씩 빠져나와, 이불을 껴안고 침상 위에 앉아 멍하니 남자를 바라보았다. 튼튼한 팔뚝은 윤기 나는 담갈색 피부를 뽐냈고, 살짝 구부린 길쭉한 목 뒤로 왕성한 생명력을 자랑하는 굵고 검은 머리카락이 침상을 덮고 있었다. 그의 오뚝한 코는 부드러운 침구에 파묻혀 살짝 코 고는 소리를 냈다.

곤히 자는 그를 보자 명란은 살짝 질투가 났다.

이 인간은 마치 생존 능력이 뛰어난 야생 동물 같았다. 어떤 때는 잠귀가 너무 밝아 자명종이 필요 없을 정도로 작은 소리에도 바로 일어났지만, 마음 놓고 잘 수 있을 때는 드러눕자마자 바로 잠들어 삼 초 안에 인사불성이 되었다.

고정엽이 몇 번 군영에서 말을 타느라 녹초가 되어 돌아온 적이 있었다. 분명 방금까지 명란과 대화를 하고 있었는데 명란이 고개를 돌려서 보니 이미 단잠에 빠져 코를 비틀어도 일어날 줄을 몰랐다.

곧고 아름다운 옆얼굴과 고집스럽고 결단성 있는 아래턱을 보며 명란은 멍하니 생각했다. 혼인하고 얼마 지나지 않아 그녀는 고모 씨에게 윗사람에 대한 믿음이 심각하게 부족하다는 사실을 깨달았다. 물자를 호송할 때는 삼십 년간 이름을 날린 호송단 우두머리를 믿지 않았고, 상단을 호위하며 황폐한 산간벽지를 지날 때는 우두머리가 무능력하다고 생각했다. 조방에 들어가서는 사흘도 안 돼서 (은근슬쩍) 키잡이를 무시했고, 자신의 세력을 만든 후에는 (조용히) 방주를 못마땅하게 여겼다.

혼인 후 모든 것이 서서히 안정되고 나서, 고정엽은 강회와 천촉[1]에 있는 재산들을 천천히 회수했다. 명란은 전답과 점포의 증서, 은표를 받은 후에야 고정엽이 강호에서 사업에 성공해 적지 않은 재산을 축적했다는 사실을 알았다.

그는 자신의 손으로 일궈낸 성과를 자랑스러워했다. 하지만 사실 이런 일들은 '떳떳하게 드러내기 어려운' 미천한 일로, 이런 일을 하는 사람은 장사치보다도 더 못한 취급을 받는지라 공손백석에게조차 많이 이야기하지 않았다.

그런데 드디어 그에게 충실한 청중이 생긴 것이다. 새로 얻은 아내는 책을 많이 읽어 이치를 알면서도 글깨나 읽은 사람 특유의 진부한 느낌

---

1) 사천성.

이 나지 않았으며, 사고가 개방적이었다. 그가 과거 얘기를 해주면 늘 흥미진진한 얼굴로 들어주었다.

명란은 고정엽의 인생을 보며 '하늘은 공평하다'라는 말을 충분히 실감할 수 있었다.

고정엽은 어린 나이에 어머니를 잃었다. 아버지는 별로였고, 계모와 숙부, 형제들은 나쁜 짓을 많이 했던 터라 성장 과정에서 힘든 일을 많이 겪었다. 하지만 그는 매우 특출난 재능을 물려받았다. 친가의 용맹함과 싸움을 잘하는 우월한 유전자뿐만 아니라, 신기하게도 외조부의 두뇌와 일 처리 능력까지 이어받은 것이다.

그 옛날 백 노대인도 밑바닥부터 시작했었다. 이것저것 가리지 않고 모두 시도했고, 독특한 안목과 담대한 생각을 통해 빈손으로 엄청난 부를 일궜다('백만 냥, 백만 냥이라고.' 하며 명란은 항상 마음에 담아두고 있었다).

고정엽도 아내가 남편의 체면을 살려주려는 것이 아니라 진짜로 흥미를 느낀다는 사실을 알았다. 그가 이야기할 때마다 아내는 손뼉까지 치며 감탄했고, 그때 그곳에 있지 못한 것을 아쉬워했다. 그래서 그는 더 기분 좋게 이런저런 이야기를 털어놓을 수 있었다.

부부는 대화를 하면 할수록 죽이 잘 맞았다. 뜻이 맞고 마음이 통하는 느낌이랄까. 이런 결혼 생활은 사람을 기분 좋게 만들었다. 누군가와 함께 하는 삶이 따스한 봄바람 속에 앉아 있는 것처럼 기분이 좋은 일일 줄이야. 예전에는 미처 생각지 못한 것이었다. 그러니 좋은 아내를 얻기 위해 작지만 음험한 계책을 쓰는 것은 사실상 꼭 필요했다.

고정엽은 그때 자신이 아주 현명했다고 생각했다.

"높은 자리에 앉았다고 능력이 뛰어나다고 할 수 없다. 이 세상에는 운과 우연도 있으니까."

고정엽이 눈살을 찌푸리며 말했다.

명란은 조심스럽게 떠봤다.

"지금의 황상께서도 운이 좋으신 분이죠. 그래서⋯⋯."

지금 황제가 황위를 차지한 것은 전략과 계략의 결과가 아니라 칠팔 할은 하늘의 도움이었다. 위에 있던 형들이 모두 죽는 바람에 황위가 그에게 돌아간 거니까.

"그렇지 않다. 잠룡이 물속에 몸을 숨기고 있듯이 능력을 뚜렷하게 드러내시진 않았지만, 폐하의 공훈과 업적은 탁월했어."

고정엽이 고개를 흔들며 반박했다.

"만약 폐하께서 황자 시절에 겸허하고 인자하게 행동하지 않았더라면 선제께서도 강산을 맡기지 않으셨겠지."

명란은 고개를 끄덕였다. 서열 5위였던 형왕은 사치스러운 생활과 튀는 행동으로 여러 차례 선황의 심기를 건드렸고, 결국 여덟째인 지금의 황상에게 밀렸다.(형왕은 억울해서 이렇게 말할 것이다. "내 어찌 두 형님께서 그리 엉뚱한 짓을 해서 날 물 먹일 줄 알았겠나. 황위에 오를 희망이 안 보이니 부친께서 살아 계실 때 최대한 호사를 누리려고 했던 것뿐인데!")

"⋯⋯게다가 폐하께서 어진 사람을 예로 대하는 모습은 그 옛날 맹상군孟嘗君[2]과 닮으셨다. 황제의 자리에 오르기 전에 초라한 집도 문제 삼지 않으시고, 재물은 풍족하지 않지만 늘 훌륭한 선비들과 진심으로 교

---

2) 중국 전국시대 정치가. 재산을 털어 천하의 인재를 후하게 대우하여 수천의 식객을 거느렸으며, 현명함으로 이름을 널리 떨침.

제하려 하셨지."

고정엽은 천천히 기억을 떠올렸다.

명란은 연신 고개를 끄덕였다. 사실이 증명하듯 팔왕야 시절에 먹여 살린 그 참모들은 매우 쓸모가 있었다. 막 입성해 태자로 책봉될 때 그들이 내놓은 몇 가지 계책은 매우 절묘하지 않았던가.

"그 자리에 오른 것은 필시 남보다 뛰어난 면이 있기 때문이다. 허나 이러한 이유로 무턱대고 따른다면 이 또한 우둔한 것이지."

고정엽의 냉담한 얼굴에 비웃음을 걸려 있었다.

"예전에 유능했다고 지금도 그렇다고 할 수 없어……."

명란은 두 배로 고개를 열심히 끄덕였다. 예를 들어 감 노장군이 그랬다. 일찍이 시체가 산을 이루고 피가 바다를 이루는 곳에서 죽기 살기로 싸운 용맹한 장수였던 그는 지금 우둔한 늙은이일 뿐이었다.

"게다가 한 가지를 잘한다고 다른 것도 잘하는 것은 아니야."

명란은 마늘 빻듯이 고개를 끄덕였다.

우리 불쌍한 경 장군도 예전에는 지혜와 용기를 겸비한 인물이었고, 촉 지역에서 호걸로 이름을 날렸다. 하지만 지위가 오른 후 되레 인생이 꼬여버렸다. 원래 황제는 그를 선부宣府와 대동大同에 보내 총병總兵[3]을 맡기고 변방을 수호하게 하려 했으나 아직도 결정을 내리지 못했다. 천자의 발아래에서도 다루기 힘든 사람인데 변방에 가서 지방 토호라도 되면 어찌하겠는가.

어떤 이들은 능력에 한계 때문에 특정 직위 이상은 오르기 힘들었다.

---

3) 군대를 통솔하고 한 지방을 지키는 벼슬.

"한 장수가 공훈을 세우기 위해선 수많은 병사가 죽는다. 결국 앞에 설 수 있는 사람은 극소수일 수밖에 없지."

고정엽은 깊은 한숨을 내쉬었다.

명란은 종잡을 수가 없었다. 이 말만 들으면 고정엽은 회의론자 같지만, 그녀가 밖에서 들은 얘기는 사뭇 달랐다.

모두들 고 장군의 호탕함이 하늘을 찌른다고 했다. 시체 더미에서 사람을 건지고 천군만마의 칼과 화살도 기꺼이 감수하고, 전우를 형제처럼 대하며, 병사를 자식처럼 여긴다고 했다. 그만큼 충성스럽고, 용맹하고, 의협심이 있는 사람이라는 것이다. 심지어 '무장 노숙魯肅 [4]'이라는 별명도 있었다(연기한 거겠지).

얘기를 듣다가 어지러워진 명란은 정신을 차린 후에 이런 결론을 내렸다. 지도자의 말은 따르되 전부 듣지는 마라. 사람이란 변하는 동물이니 예전에 보던 방식으로 사람을 봐선 안 된다. 과거에 팔왕야가 믿을 만한 분이었다고 해서 황제가 된 후에도 그렇다는 것은 아니다. 신중히 판단하고 무턱대고 맹종하면 안 된다.

그래서 미혼 병사를 장가보내는 일에서도 고정엽은 수심 가득한 얼굴로 열심히 하는 척 소리만 요란하게 냈다. 실상은…… 명란이 상금도 내걸고, 온 가족을 노비에서 빼 주겠다고 한참을 외친 끝에 겨우 일고여덟 쌍이 성사되었을 뿐이다.

하지만 양보다 질이랄까.

료용댁은 신중에 신중을 기해 용모 단정하고 품행이 온순하며 장래가

─────

4) 삼국시대 오나라 전략가.

밝은 젊은이를 뽑았다. 서로 상의히여 어울린다고 판단되면 남녀 당사자도 발을 사이에 두고 만났다. 서로 힐끔거리기도 하고, 손수건을 입에 물고 잘근거리기도 하고, 얼굴을 붉히기도 하고……. 명란은 여기에 혼수도 얹어 주었다. 자율성과 자발성에 기반하여 혼인을 해서인지 다들 시집, 장가가는 것을 기뻐했다.

명란이 시집보낸 이들은 막일하던 계집종들로, 몸도 건강하고 용모도 단정했다. 성실하고, 일도 잘하고, 아이도 잘 낳아 기를 사람들이라 북방에 가더라도 충분히 잘 살 수 있었다. 강제로 맺어진 다른 혼사에 비해 훨씬 낫다며 일부 눈썰미 좋은 병사의 아내들도 조용히 고개를 끄덕였다.

그 후 병사兵舍를 들여다보면, 한쪽에서는 애정 없는 부부가 싸우는 통에 온종일 울음소리가 끊이지 않는 반면, 다른 한쪽에서는 깨를 볶는 부부가 찰싹 붙어서 방문을 꼭 잠그고 있는 통에 피눈물 흘리는 노총각들이 생겨났다.

결과적으로, 고정엽에게 중매를 부탁하는 이들이 늘어났다. 나중에는 갑장甲長 5)까지 쭈뼛거리며 사앙에게 좋은 혼처를 구해 달라며 부탁했다. 그러나 고정엽은 눈 한번 꿈쩍하지 않았다. 그의 얼굴에는 기쁨과 분노 그 어떤 감정도 나타나지 않았다.

열정적인 공산당 입당 지원자였던 요의의는 끝내 참지 못하고 그의 행동을 질책했다.

고정엽이 웃으며 말했다.

---

5) 보갑제에서 십 호를 단위로 한 조직인 '갑'의 우두머리.

"이번에 이동하는 대군은 삼만 명이 넘는다. 이미 처자가 있는 이들과 본인이 알아서 혼인할 수 있는 이들, 그 지역의 여인 수 등 이것저것 계산해 보니 대략 오륙천 명이 모자라더구나. 네 곁에 있는 복숭아와 자두, 여지 모두를 넣고 계산해도 계집종을 얼마나 더 구할 수 있겠느냐? 경성 전체에 이렇게 할 수 있는 집은 또 몇이나 있고?"

이건 근본적인 해결책이 아니었다.

"그럼 어떡해요?"

명란도 어려움에 부딪혔다.

사실 고정엽은 처음에 회중淮中과 회남淮南을 생각했다. 이제 막 전란이 끝난 곳이 아닌가. 의지할 곳 없이 떠도는 여인과 아이들이 많으니 이들을 북방으로 데려가면 국가와 백성에게도 이익이 될 터였다. 하지만 그곳은 요 각로(그때는 내각에 들어가기 전이었다)가 반년간 다스리고 나서 그 어떤 지역보다 빠르게 안정을 되찾았다. 그가 식량을 풀고, 땅을 나눠 주고, 소작료를 받지 않고, 조세를 줄여주자 유랑민들도 다시 돌아와 삶의 터전을 가졌다. 고대에서 고향은 중요했다. 배만 채울 수 있다면 그 누가 고향을 떠나려 하겠는가.

이렇게 되자 목표는 경성으로 바뀌었다. 드넓은 황궁에서 궁녀 이천여 명 정도만 내보내면 대충 해결될 것 같았다. 남는 노총각들은 그냥 알아서 살라고 하는 수밖에.

그러나 궁녀를 줄이자는 제안을 조정 대신이자 무관(간언은 주로 문관의 일이고, 남의 영역을 침범하는 것은 옳지 않다)인 고정엽이 어찌 황상에게 꺼내겠는가?

이상적인 방법은 심 국구에게 부탁해 황후에게 전달하는 것이었다. 나이 많은 하급 궁녀를 내보낼 수 있을 뿐만 아니라 좋은 평판까지 얻을 수 있는 길이라며 말이다.

그런데 심종홍이 이렇게 말귀가 안 통할 줄이야. 됐다 그러지 뭐. 그래 봤자 노총각 오륙천 명이니 사실 그리 대단한 일도 아니었다. 이보다 훨씬 심각한 국정 문제가 고정엽의 탁자 위에 산더미처럼 쌓여 있는 판에 그도 더 이상 이 일에 신경 쓰기 싫어졌다.

며칠 전 명란은 약간은 조마조마한 마음을 안고 이녕궁에서 일어난 일을 고정엽에게 전했다. 성덕태후의 미움을 사지 않았을까 걱정이 됐다. 하지만 고정엽은 고개를 저으며 웃었다.

"태후마마께서 거슬려하는 인물은 많다. 눈앞에서 상황을 좌지우지하려는 여우 신 대감부터 장씨, 심씨, 정씨 세 가문까지 있으니 너와 내 차례까지 오지는 않을 것이야. 그리고 요즘 태후마마께서는 정신없이 바쁘시거든……."

너무 일찍 일어난 탓일까. 명란은 아침을 먹을 때도 꾸벅꾸벅 졸았다. 고정엽은 그녀가 쌀 쪼는 병아리처럼 고개를 꾸벅이는 걸 발견했다. 자기한테 음식을 집어 줄 때도 두 눈은 몽롱했다. 발그스레한 작은 얼굴과 잠에 잔뜩 취한 눈이 몹시 사랑스러웠다. 그의 눈썹이 살짝 올라갔다. 갑자기 장난기가 발동한 것이다. 그는 탁자에 놓인 장아찌 접시에서 생강채와 고추채를 집어 그녀의 죽 그릇에 넣어주었다.

명란은 고개를 숙인 채 젓가락질을 해서 죽을 입 안에 밀어 넣었다.

"쓰읍…… 꺅, 매워!"

그대로 굳어버린 그녀는 음식을 삼키지도, 넘기지도 못하고 손가락으로 젓가락을 꽉 쥔 채 눈물만 글썽거렸다.

"빨리 뱉어라. 얼른!"

늠름한 남자가 정직한 얼굴을 하고 가볍게 질책했다.

"밥 먹을 때는 좀 보면서 먹으라고 말하지 않았더냐. 어찌 이렇게 조심성이 없어. 매운 것도 잘 못 먹으면서."

"제가…… 집은 건가요?"

명란은 멍한 얼굴로 고개를 숙여 방금 자신이 뱉은 것을 보았다. 그 정도로 정신이 없었나?

"아직도 매우냐? 자, 어서 입을 헹궈라."

남자는 그녀에게 다가가 등을 가볍게 두드려 주며 자상하게 차를 권했다.

명란은 두 손으로 그의 손목을 잡고 그의 손에 들린 물을 마신 후, 달콤한 웃음을 지으며 감동한 듯이 말했다.

"고마워요. 당신은 정말 좋은 사람이에요."

고정엽이 눈처럼 하얀 치아를 드러내며 그윽한 눈동자를 빛냈다. 그는 고개를 숙여 매운맛 때문에 검붉어진 명란의 입술을 질근 깨물었다. 그러더니 고개를 들고 산과 강이 요동칠 정도로 크게 웃었다. 몇 년은 더 어려진 것 같았다.

문 근처에서 시중을 들던 하하와 진상은 서로 눈을 마주치고는 곧 얌전히 고개를 숙였다.

이녕궁에서의 격전 이후로 모 엑스트라는 무서운 속도로 극을 이끌어 나갔다. 심 국구가 생각지도 못한 것을 그의 여동생이 생각해 낸 셈이었다. 하지만 영감靈感의 대문이 활짝 열렸을 때 황제도 문득 깨달았다. 기회가 왔다는 걸.

〈6권에 계속〉

시녀명란전 ❺

초판 1쇄 인쇄 2020년 4월 1일 초판 1쇄 발행 2020년 4월 9일

지은이 관심즉란关心则乱
옮긴이 (주)호연
펴낸이 연준혁

웹소설본부 본부장 이진영
책임편집 최은정 윤가람
디자인 김태수
표지 그림 감몬

펴낸곳 (주)위즈덤하우스 출판등록 2000년 5월 23일 제13-1071호
주소 경기도 고양시 일산동구 정발산로 43-20 센트럴프라자 6층
전화 031-936-4000 팩스 031-903-3893
홈페이지 www.wisdomhouse.co.kr

값 14,000원
ISBN 979-11-90786-09-6 04820
ISBN 979-11-90427-73-9 04820(세트)